암흑검사

2

암흑검사

2

초연 장편소설

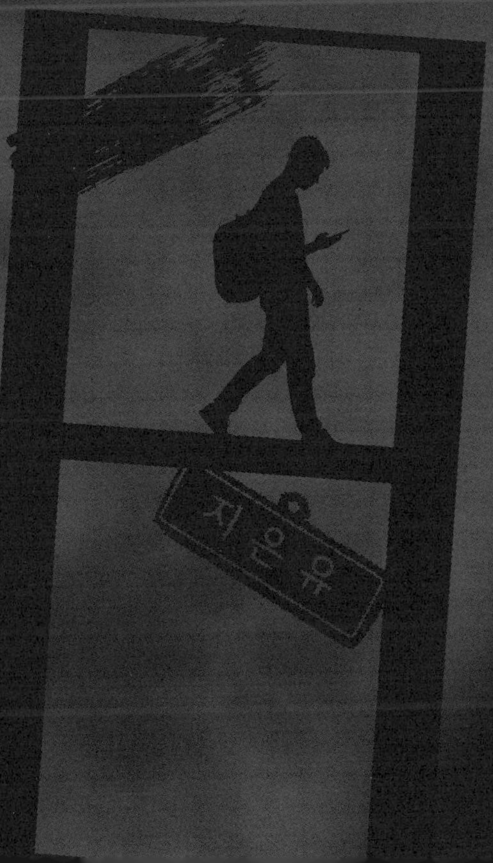

연담

차례
———

4장 — 엄마

8

5장 — 진리품

186

6장 — 마지막 실험

422

4장

———

엄마

74

1년 전 9월 14일 목요일 오후 1시 30분. 성암고등학교 매점.

"아줌마, 불닭볶음면 하나 주세요."

소원은 컵라면에 물을 부어 가장 구석진 테이블로 갔다. 거의 열흘째, 급식을 먹지 않고 있었다. 쉬는 시간에도 교실에 있지 않으려고 괜히 나와서 돌아다녔다. 친구들과 함께 있다 보면 꼭 '그 얘기'가 나오는 게 싫었다. 그러나 친구들로부터 도망 다닌다고 해서 모든 게 차단되는 건 절대 아니었다.

— 평화한국당에서 추진하고 있는 지적장애인 관리법, 이른바 '김별하 법'의 내용을 두고 찬반 여론이 팽팽히 갈리고 있는 가운데, 성암지방검찰청과 법원 앞에서는 초등학생 살인 사건의 범인 지모 군을 사형에 처해야 한다는 규탄 집회가 연일 열리고 있습니다…….

매점 벽에 설치된 TV에서 오후 1시 뉴스가 나오고 있었다. 평소 같았다면 뉴스에서 무슨 얘기가 나오건 말건, 남자 고등학생들이 관심을 가질 리 만무했을 것이다. 그들에게 관심사라고는 먹을 것, 게임, 여자 연예인, 동아리 활동, 입시뿐이었으니까. 그러나 오늘만큼은, 뉴스가 나오자마자 매점이 물을 끼얹은 것처럼 일제히 조용해지면서 TV로 모두의 시선이 쏠렸다.

— 지모 군은 최근 성암대학병원에서 정신감정을 받았으며, 경도의 지적장애가 있으나 책임 능력이 없다고 볼 정도는 아니라는 결과가 나온 것으로 알려졌습니다. 수사팀 책임자인 강한 검사가 치료감호를 청구하지 않을 것이라고 밝힌 가운데, 변호인이 법정에서 심신상실이나 심신미약을 주장할 것인지, 아니면 다른 주장을 할 것인지에 귀추가 주목되고 있습니다.

소원이 입술을 지그시 깨물면서 컵라면을 뒤적이는데, 서너 명의 학생들이 우르르 몰려 들어오더니 소원이 앉은 테이블에 와서 앉았다. 다른 사람들을 피하려고 일부러 구석에 처박혔는데, 반갑지 않은 합석에 소원은 저도 모르게 미간을 찡그렸다. 학생들은 과자 봉지와 콜라 캔을 테이블에 잔뜩 펼쳐놓더니 뉴스를 보면서 자기들끼리 수군대기 시작했다.

"야, 근데 솔직히 지온유가 정상은 아니지 않냐?"

여드름이 덕지덕지 난 남학생이 의아하다는 듯 말하자, 그 옆에서 과자를 우적대던 안경잡이 하나가 받아쳤다.

"정상이 아니니까 문제지, 개새끼야."

"그게 뭔 개소리야, 씹새야."

누가 들으면 싸우는 것 같겠지만, 매점 안에서는 누구도 이상하게 보지 않았다. 원래 고등학교 남학생들이란 종족이 한 단어 건너 한 단어마다 욕이 나오지 않으면 대화가 안 됐다. 안경잡이가 과자를 한 움큼 집어 들면서 아는 척을 했다.

"우리나라 법이 존나 이상해서 정상이면 유죄고 정상이 아니면 무죄라잖아. 그러니까 정상이 아닌 새끼들을 정상이라고 해서라도 감옥에 처넣어야 한다고. 안 그러면 나도 웬 미친놈한테 걸려서 뒈지는 거 아닌가, 벌벌 떨면서 살아야 하잖아."

잠자코 듣고 있던 소원은 뒷덜미가 뻣뻣하게 굳어지면서 발작 같은 분노가 가슴 밑바닥에서부터 확 치밀어올랐다. 머리가 생각하기도 전에 몸이 먼저 움직였다. 불끈 움켜쥔 주먹이 테이블 한가운데를 쾅 소리 나게 내리쳤다. 한 입도 먹지 않은 컵라면이 옆으로 쓰러지면서 국물이 테이블을 온통 적시고 흘러내렸다.

"아, 씨발, 뭐야?"

졸지에 라면 국물 테러를 당한 남학생들이 깜짝 놀라 뒤로 물러나면서 소리쳤다. 그러거나 말거나, 소원은 벌떡 일어나서 그 자리를 떠버렸다.

"저 씹새긴 왜 또 지랄이야?"

"뭔 놈의 학교에 미친놈들이 이렇게 많냐, 진짜. 쟤도 지온유랑 같은 임대 사는 놈 아니야?"

성큼성큼 걸어서 매점을 빠져나오는 소원의 등 뒤에서, 남학생들이 욕설 섞인 험담을 하는 소리가 들렸다. 매점 건물에서 왼쪽으로 가면 교실로 올라가는 계단이 나오고, 오른쪽으로 가면 운동장이 나왔다.

소원은 교실로 돌아가고 싶은 마음이 들지 않았다. 그래서 오른쪽으로 걸어갔다. 운동장 구석의 자전거 보관대에는 열흘 가까이 타지 않은 소원의 자전거가 체인에 묶여 세워져 있었다. 온유가 체포되어 끌려간 후, 소원은 온유를 떠올리게 하는 것들은 뭐든지 피하려고 했다.

이루 말할 수 없이 혼란스러웠다. 변호사나 누군가와 얘기를 해본다거나, 면회를 가봐야겠다는 생각조차 들지 않았다. 뭐가 옳은 건지 알 수가 없었다. 온유가 사람을 해치다니, 그것도 아무 잘못도 없는 연약한 어린 여자애를. 처음엔 절대 그럴 리 없다고 생각했는데, 언론에서 보도되는 내용을 듣고 있으니 자신의 확신에 점점 자신감이 없어졌다.

'그날 밤 복도에서 봤던 온유의 모습은 확실히 이상했지. 마치 다른 사람 같았어. 정말 정신에 문제가 있는 걸까? 6년간 친하게 지냈던 나도 모르는 그런 모습이 있다고?'

자전거를 그대로 지나친 소원은 주머니에 양손을 꽂고 걸어갔다. 왠지 모르게 입에서 쓴맛 같은 게 났다. 운동장을 가로질러 교문까지 가는 길이 평소보다 몇 배는 더 길게 느껴졌다. 마침내 교문 앞에 다다랐을 때, 그곳에는 소원이 처음 보는 낯선 여자 하나가 서성이고 있었다. 소원이 그녀의 앞을 그대로 지나쳐 가려는데, 조심스럽게 부르는 음성이 귓가에 와닿았다.

"류소원 학생?"

소원은 무심한 표정으로 뒤를 돌아보았다. 자를 대고 자른 것처럼 단정한 단발머리, 정갈한 흰색 블라우스와 검은색 스커트, 산뜻한 감색 재킷 차림의 여자는 학부모라고 하기에는 조금 젊어 보였다. 그녀는 소원의 얼굴을 관찰하듯 유심히 살피면서 다시 한번 물었다.

"류소원 학생 맞지?"

"맞는데요, 누구세요?"

소원이 경계심 어린 표정으로 되묻자, 여자는 그를 향해 악수를 청하듯 손을 내밀었다.

"난 윤지영 변호사라고 해. 온유의 국선변호를 맡고 있어. 잠깐 얘기 좀 할 수 있을까?"

* * *

"교실로 찾아가려고 했는데 밖으로 나오는 거 보고 좀 놀랐어. 정말 학교에 다시 안 들어가 봐도 되니?"

지영은 큼지막하게 썬 샌드위치에 이쑤시개를 꽂아 소원의 앞으로 밀어주면서 상냥하게 물었다. 소원은 처음 보는 사람으로부터 이렇게 친절한 대우를 받는 게 조금 어색하기도 하고 쑥스럽기도 해서, 괜히 퉁명스럽게 대꾸했다.

"됐어요. 어차피 수업을 듣지도 않고 대학에도 안 갈 건데요. 그건 그렇고, 저한테 무슨 얘기가 듣고 싶으신 거예요?"

소원의 붙임성 없는 태도에도, 지영은 무안해하는 기색 없이 차분한 어조로 말을 꺼냈다.

"류소원 학생이 온유의 제일 친한 친구라고 들었어. 임대아파트에서도 바로 옆에 살고."

사실 소원이 온유의 친구라는 사실은 둘만의 비밀이었다. 학교에서는 소원의 고집에 따라 서로 모른 척하고 다녔다. 아파트 안에서는 자주 어울려 다녔지만, 어차피 임대아파트 사람들은 다들 자기 먹고살기도 바빠서 누가 누구와 친한지는커녕 누가 자기 아파트에 살고 있는지도 잘 몰랐다. 소원은 의심스러운 듯 눈썹을 추켜올리면서 물었다.

"온유가 그래요? 우리가 친하다고?"

"응, 온유가 가장 좋아하는 사람이라고 하던데."

"……."

가장 좋아하는 사람. 그 말이 가시처럼 소원의 가슴을 아프게 찔렀다. 만일 자기가 온유와 같은 입장에 있었어도 그렇게 말할 수 있었을까. 면회 한 번 오지 않은, 다른 사람들 앞에서는 친구라는 것도 인정하기 싫어하는 '친구'에 대해서.

"온유의 반 학생들에 대해서는 탐문이 이루어졌는데, 그중에서 친하다고 하는 애는 한 명도 없더라고. 그래서 소원이 얘기를 좀 들어보고 싶었어. 혹시 이 사건에 대해 아는 게 있는지."

소원은 그 말에 대답하는 대신 모른 척 샌드위치 토막을 입에 넣었다. 두꺼운 빵을 한참 동안 씹으면서 시간을 끌다가, 지영의 눈치를 살피면서 아주 작은 목소리로 말했다.

"……사실은 저 그날 같이 있었어요. 온유랑."

뜻밖의 고백을 들은 지영의 눈이 휘둥그레졌다.

"그게 정말이니? 그런데 왜 경찰에 얘기하지 않았어?"

"내내 같이 있었던 게 아니거든요. 그래서 그 뭐지? 알리바이? 그게 있다고 할 수가 없어요. 그리고……."

"그리고?"

"제가 하는 얘기가 온유한테 그렇게 좋을 것 같지 않아서요."

소원은 다 기어들어 가는 목소리로 웅얼거리듯 말했다. 형사들이 학교를 돌아다니면서 지온유에 대해 아는 게 있는 사람을 찾아다닐 때 앞으로 나서지 않았던 것도, 죽은 듯 조용히 있었던 것도 다 그것 때문이었다.

온유가 그날 '별이'를 만난다고 하면서 신나게 나간 얘기, 한밤중에 비에 흠뻑 젖은 채 돌아와 복도 벽에 머리를 찧으며 서 있었다는 것도. 그 누구에게도 얘기해서는 안 될 것 같은 기분이 들었다. 온유가 수갑을 차고 법정에 서게 되는 건 어떻게 할 수 없다고 쳐도, 소위 '관뚜껑 닫고 못 박는' 짓을 자신이 하고 싶지는 않았다. 지영은 온화한 표정으로 달래듯 말했다.

"나한테는 무슨 말이든 해도 괜찮아. 그러니까 처음부터 자세히 한번 얘기해볼래?"

소원은 그 말을 믿어도 되는지 모르겠다는 표정으로 한참이나 지영을 쳐다보았다. 그래도 그녀의 눈빛은 흔들리지 않고 한결같았다. 이 사람을 믿어도 될까. 그래도 변호사라는데 믿어도 되지 않을까. 달리 믿을 사람도 없는데. 한참을 고민하던 소원은 머뭇머뭇 입을 열었다.

"그날 비가 많이 왔잖아요. 학교 끝나고 나서 자전거를 타고 오는 데……."

소원이 그날 있었던 일을 얘기하는 데는 10분이 채 걸리지 않았다. 소원은 망설이다가 복도에서 목격했던 것까지 전부 털어놓고 말았다. 온유가 머리로 벽을 들이받았다는 말을 들었을 때 지영은 잠시 흠칫했지만, 그 외에는 눈을 감고 팔짱을 낀 채 묵묵히 들었다. 마침내 소원의 말이 끝나자, 지영은 감았던 눈을 뜨면서 침착하게 물었다.

"온유가 집에서 나간 시각이 몇 시쯤이라고?"

"저녁 6시? 아마 그쯤 될 거예요. 잠깐만요."

소원은 주머니에서 휴대전화를 꺼내, 온유와 주고받은 카톡 메시지창을 열었다. 9월 1일 오후 5시 45분에 전송된 별하의 사진이 마지막이었다. 소원은 그 사진을 지영에게 보여주면서 설명했다.

"이거 온유가 그날 저한테 보내준 거예요. 이 사진을 그림으로 그려주면 좋겠다면서요. 당연히 안 된다고 했지만. 이걸 받은 게 5시 45분이라고 되어 있는데, 온유는 조금 있다가 집에서 나갔어요. 그러니까 거의 15분에서 20분 정도 있다가요."

지영은 소원의 휴대전화에 띄워진 사진을 몇 초 동안 유심히 들여다보았다. 그러다가 뭔가에 생각이 미친 듯 혼자 가만히 고개를 끄덕이더니 소원에게 물었다.

"방금 한 그 말, 법정에서 그대로 해줄 수 있니?"

"이게 도움이 되는 얘기예요, 온유한테?"

"아직 확실하진 않지만, 아마도 그럴 거야. 자세한 건 국과수에 들러서 물어봐야겠지만. 그 사진도 절대 지우지 말고 법정에 가지고 가주면 좋겠는데."

"네, 그렇게 할게요. 그럼 저기 변호사님…… 그날 밤에 있었던 일도 그대로 말해요?"

소원은 지영의 눈치를 보면서 물었다. 온유에게 불리한 얘기를 하고 싶진 않았다. 하지만 그렇다고 해서 그날 오후 이후로 온유를 다시 보지 못했다고 거짓말을 하는 것도 내키지 않았다. 머리를 굴리거나 그럴듯한 거짓말을 꾸며내는 건 소원의 특기 분야가 아니었다. 지영은 그런 소원을 안심시키듯 부드럽게 웃으면서 다짐하듯 말했다.

"넌 그냥 있었던 일을 사실대로 말하기만 하면 돼. 그걸 듣고 판단하는 건 재판부의 몫이니까."

"……네."

소원은 고개를 끄덕이며 대답했다. 그리고 그 순간, 지영에 대한 믿음이 생겼다. 이 사람은 적어도 지금까지 겪어왔던 어른들과는 다를 거라는 그런 믿음이. 지영은 문답이 끝난 후에도, 소원이 샌드위치를 다 먹고 주스를 다 마실 때까지 참을성 있게 기다려주었다. 그런 점도 소원의 마음에 들었다. 자기 볼일 끝났다고 휙 가버리지 않는 점이.

지영과 함께 베이커리 카페를 나오는 길, 소원은 내내 묻고 싶었던 걸 마침내 물어보았다.

"변호사님은 온유가 결백하다는 걸 믿으시는 거죠? 어떻게 그럴 수 있어요? 현장에서 DNA랑 지문도 나왔다면서요."

그건 사실 소원의 마음을 정확하게 표현한 문장은 아니었다. 진짜 하고 싶었던 말은 아마도 이것이었을 것이다.

'제가 어떻게 하면 온유가 결백하다는 걸 믿을 수 있을까요? 믿고 싶은데, 믿기가 어려워요.'

그리고 그런 소원의 마음을 훤히 들여다보는 것처럼, 지영은 힘주어 말했다.

"그럴 애가 아니라는 걸 아니까."

"……."

"그것만으로 충분한 거야, 누군가를 믿는 데는. 그럴 사람이 아니란 걸 아는 것만으로도 충분해. 증거는 조작될 수도 있고 오염될 수도 있지만, 사람의 믿음은 누구도 건드릴 수 없거든."

지영의 말이, 작지만 아주 단단한 돌처럼 소원의 가슴에 와서 박혔다.

11월 1일 목요일 저녁 7시. 소원의 집 앞.

"아 씨, 난 그냥 간다니까요. 형 혼자 얘기하시라고요. 진짜 싫다고요."

소원은 굳게 닫혀 있는 문을 쳐다보면서 영 내키지 않는다는 듯 투덜거렸다. 지온유의 인간관계를 파헤치려는 강한의 수사망은 시간의 흐름에 따라 자연스럽게 여기까지 펼쳐졌다. 온유가 체포된 후, 즉 그의 수감 생활에 대해 알아보기 위해 면회객 명단을 뽑아봤지만 나온 거라고는 변호인 접견 기록뿐이었다. 내부 생활에 대해서는 교도관에게 직접 물어보는 게 제일 빨랐다.

운명의 장난이라고 해야 할까. 가장 친한 친구의 아버지, 그러니까 소원의 아버지가 온유의 교도관이 된 것은. 소원의 아버지가 성암교도소 내에서 강력범 및 관찰 대상 수용자를 전담하는 직책을 맡고 있기 때문에 어떻게 보면 당연한 결과이기도 했다. 강한은 호시탐탐 빠져나갈 기회만을 노리고 있는 소원의 속을 훤히 들여다보고 단호하게 말했다.

"가긴 어딜 가? 다른 사람 집도 아니고 너희 집인데. 애초에 널 활동보조인으로 들일 때부터 아버님께는 직접 말씀드리고 인사를 드렸어야 하는 건데. 어떻게 보면 많이 늦은 거지."

"아니, 형이랑 나랑 결혼을 할 것도 아닌데 뭔 인사를 드려요. 미치겠네, 진짜."

소원은 투덜거리면서도 결국 강한을 문 앞에 두고 혼자 떠나지는 못했다. 그 정도 책임감은 있었다. 도살장에 끌려가는 가축처럼 죽을상을 하고 있던 소원은 결국 미적미적 키패드를 켜고 비밀번호를 눌렀다. 현관문을 열자마자, 무뚝뚝한 중년 남자의 목소리가 안쪽에서 들려왔다.

"누구세요?"

"저예요, 소원이."

"……."

아들이 5주 만에 집에 왔는데 반응은 침묵이었다. 소원의 아버지는 예전의 강한보다 더한 성격인 것 같았다. 소원은 그런 아버지에게 이골이 나 있는 듯, 아무 말 없이 강한의 손을 팔꿈치에 얹고 그를 집 안으로 안내했다.

"여기요."

거실을 지나 부엌 앞에 선 소원은 강한의 어깨를 잡아 테이블 앞에 세워놓으면서 짤막하게 말했다. '우리 아버지예요'도 아니고, '인사하세요'도 아니고, 그냥 '여기요'였다. 난 지금 이 상황이 매우 못마땅하고 불편해 죽겠다는 나름의 항변이었지만, 강한은 아랑곳하지 않았다. 그는 아까 목소리가 들렸던 방향을 대강 가늠해보고는 그쪽을 향해 정중히 고개를 숙이며 말했다.

"안녕하세요. 성암지방검찰청 소속 검사 강한이라고 합니다."

18

"알고 있습니다, 검사님. 저 망나니 녀석을 데리고 사시느라 고생이 많으십니다. 말 안 들으면 부담 없이 두들겨 패주십시오. 저는 소원이 애비 되는, 성암교도소 류성진 부이사관입니다."

지극히 깍듯한 말이 돌아왔다. 강한은 성진이 자신보다 더 깊이 허리를 숙이며 인사하고 있다는 걸 눈으로 보지 않아도 알 수 있었다. 성진은 저녁 식사를 준비하는 중이었는지, 고소한 밥 냄새와 함께 구수한 된장찌개 냄새가 퍼졌다. 오랫동안 숙이고 있던 허리를 마침내 편 성진이 아들을 힐끗 바라보면서 무심한 말투로 물었다.

"밥은 먹었냐?"

"……이따가 나가서 먹을 거예요."

"검사님 몸도 불편하신데 뭘 굳이 나가서 먹어. 여기서 먹고 가."

소원은 환자 취급받는 것을 무엇보다 싫어하는 강한이 사양해주기를 기대하면서 그를 쳐다보았다. 그러나 강한은 주시면 감사히 먹겠다는 암묵적인 의사를 드러내며 우두커니 서 있었다. 딱히 밥을 먹고 싶어서 그런 건 아니었고, 함께 식사를 하며 이야기를 나누면 성진에게서 좀더 솔직한 이야기를 들을 수 있을 거라고 계산한 것이다. 결국 강한과 소원은 성진과 함께, 다소 어색하게 테이블에 둘러앉게 되었다.

"차린 게 별로 없어서 죄송합니다. 남자가 살림하는 게 다 그렇죠, 뭐."

성진은 찌개와 반찬을 연달아 내오면서 송구스러워했다. 소원은 커다란 냄비에 통째로 담겨 있는 찌개를 보더니, 말없이 부엌으로 가서 빈 접시를 가져왔다. 그리고 강한이 편히 먹을 수 있도록 국을 떠서 옮겨 담은 다음, 그의 손 앞에 숟가락과 젓가락을 놓아주면서 말했다.

"형 기준으로 12시 방향에 밥이 있고요. 2시 방향에 찌개, 4시 방향에 두부조림, 9시 방향에 김치가 있어요. 찌개는 뜨거우니까 조금 식은 다음에 드세요."

소원은 이미 백번 가까이 반복해서 이골이 난 과정이었지만, 성진은 그 모습을 신기하다는 듯 쳐다보았다. 자기 아들이 이런 것도 할 수 있는지 전혀 몰랐다는 표정이었다.

기대치를 한껏 낮춰놓은 것에 비해 저녁 식사는 의외로 맛있었다. 햇반과 인스턴트 된장찌개를 데우고, 반찬가게에서 사온 반찬들을 담아놓은 것뿐이라는 걸 소원은 알았지만, 그래도 두 남자가 최근 먹었던 것들 중에서는 가장 집밥에 가까운 형태였다. 성진은 소원이 한 입 크기로 잘라놓은 두부조림을 강한이 젓가락으로 가져가는 모습을 유심히 지켜보다가 입을 열었다.

"들으셨는지 모르겠지만, 애엄마는 20년 전에 세상을 떴습니다. 원래도 몸이 약했는데, 분만 과정에서 양막 파열이 일어났어요."

"아, 왜 묻지도 않은 얘기를 하고 그래요. 청승맞게."

맥락에 맞지 않게 튀어나온 과거 얘기에 소원은 미간을 찡그렸지만, 성진은 아랑곳하지 않고 말을 계속했다.

"열 살 때까지는 저희 어머님이 같이 있어주셨는데, 간암으로 돌아가시는 바람에 그 후엔 제가 혼자 애를 키웠습니다. 그러다 보니 애가 사근사근한 면이 없어요. 다른 것도 다 부족하고요. 부디 너그럽게 봐주십시오."

"아니, 뭘 너그럽게 봐줘요. 아부지야말로 복날에 개 패듯이 두들겨 패지나 말아요."

식사가 어느 정도 마무리된 후, 강한은 젓가락을 내려놓으면서 한층 진지해진 어조로 말했다.

"사실 오늘 찾아뵌 건, 올해 3월까지 성암교도소에 수감되어 있던 수형자에 대해 여쭤보기 위해섭니다."

"지온유 말씀이시군요."

성진은 강한이 문간에 나타날 때부터 예상하고 있었던 듯 곧바로 말을 받았고, 강한은 얘기가 빨라진 것에 안심하면서 곧바로 핵심 질문을 던졌다.

"아시다시피 연쇄 상해 사건 용의자가 지온유와 관계 있는 인물일 것으로 모두 추측하고 있고, 특히 살인 사건 전후의 인간관계를 주목해서 살펴보고 있습니다. 지온유가 수감 생활 중 특별히 가깝게 지낸 수형자라든가, 아니면 교도소 내의 누군가가 있습니까?"

"가깝게 지낸 사람……."

성진은 잠시 먼 데를 보는 것처럼 아득해진 시선으로 중얼거리면서 기억을 더듬었다.

"변호사가 살뜰하게 챙겨주는 편이었죠. 국선이라고 생각하기 어려울 정도로. 면회도 자주 오고, 사식이나 영치품도 잘 넣어주고. 심지어 재판이 끝난 후에도요. 그 외에는 아무도 없는 거나 마찬가지였습니다."

"아무도요? 같은 방을 썼던 수형자도요?"

강한의 질문에, 성진은 조금 망설이다가 자세한 얘기를 풀어놓기 시작했다.

"지온유는 형이 확정되기 전까지는 다른 미결 수용자들과 함께 8인실을 썼습니다. 그때까지는 별문제가 없었죠. 그렇게 크진 않았지만 창문이 있었거든요. 문제는 형이 확정된 다음이었죠. 그때부터는 강력범들이 있는 6인실로 옮겼습니다. 창문 없는 방이었죠."

"……."

강한도 지온유에게 폐소공포증이 있다는 말은 들었지만, 그걸 진지하게 믿은 적은 없었다. 엄밀히 말하면 믿고 안 믿고를 따질 만큼 관심을 두지도 않았다. 징역 살기 싫어서 온갖 핑계를 대는 인간들을 수두룩하게 봤다. 검사에는 걸리지 않는 희귀병이 있다고 주장하는 놈부터, 바이러스 보균자라고 거짓말하던 놈, 자기가 없으면 고양이가 굶어 죽는다고 질질 짜던 놈까지.

지온유가 교도소에서 결국 자살했다는 비보를 들었을 때도, 자기 범행에 대한 죄책감 때문이지 다른 이유가 아니라고 생각했다. 아니, 그렇게 생각해버리려고 했다. 자세히 알고 싶지 않았다. 그러나 지금, 온유의 자살로부터 7개월이 지난 이 시점에 그 얘기를 듣게 된 것이다.

"낮에는 그래도 괜찮았습니다. 일단 복도가 잘 보이고, 노역이나 운동을 한다고 돌아다니기도 하니까요. 문제는 밤이었죠. 소등하기만 하면 애가 난리가 나는 겁니다. 땀을 뻘뻘 흘리면서 알아들을 수도 없는 말을 중얼거리고, 소리를 지르고, 문에 찰싹 달라붙어서 떨어지지 않으려고 하고. 한번 그러기 시작하면 그 방은 물론이고 옆방 사람들까지 그날은 밤을 새우는 겁니다."

성진은 악몽 같던 그날들이 아직도 기억에 선명한 듯 진저리를 치면서 말을 이어갔다.

"검사님도 아시잖습니까. 5, 6년씩 형을 사는 강력범들, 심기가 뒤틀릴 대로 뒤틀려서 아주 사소한 일에도 돌아버려요. 밤마다 잠을 설치게 하는 어린놈을 가만히 내버려두면 그게 더 이상하죠. 그러니 하루가 멀다 하고 두들겨 패는 겁니다. 눈에 잘 보이지 않는 곳만 골라서."

"왜 말리지 않았습니까? 부이사관님이나, 아니면 다른 교도관이라도."

"……솔직히 말씀드려도 됩니까?"

성진은 그렇게 말하면서 입고 있던 셔츠의 앞섶을 반사적으로 더듬거렸다. 담배를 찾으려는 무의식적인 행동이었다. 이곳이 집 안이고 담배를 피우면 안 된다는 사실을 깨달은 성진은 담배 대신 냉수 한잔을 벌컥벌컥 들이켠 후 마침내 내뱉듯이 말했다.

"인과응보라고 생각했거든요. 저도 자식을 키우는 아버지로서, 아무 죄 없는 어린애를 죽인 건 생각하면 할수록 혐오스러웠습니다. 그 범인이 아들놈 친구라는 건 더 끔찍했고요."

바로 그 시점에 소원은 의자를 밀면서 일어났다. 더 이상 듣고 싶지 않았다. 아니, 들을 수가 없었다. 소원이 현관문을 열고 나가는 소리를 들으면서, 강한은 부자의 갈등이 단순히 성격 차이 때문만은 아니라는 걸 알 수 있었다. 성진은 쓸쓸한 어조로 말했다.

"때리는 기술이 귀신 같은 놈들이라 상처를 안 남긴다고 해도, 골병은 들 대로 들었겠죠. 지온유가 의무실에 세 번 넘게 실려 간 후, 결국 독방으로 옮기자는 결정이 내려졌습니다. 그런데 그게 화근이었죠. 창문 없는 독방에 갇히자마자, 애가 벽에다가 머리를 찧어대면서 발작을 일으키기 시작했거든요. 그러다가 사흘 후에 자살합니다."

강한은 잠시 숨을 멈췄다. 목덜미에 뭔가 아주 차가운 물질이 닿은 것처럼 한기가 들었다. 지온유의 비참한 죽음은 자신 때문일까. 의식은 곧바로 '아니다'라고 대답했지만, 징그러운 벌레가 살갗을 스멀스멀 기어오르는 것 같은 섬뜩한 기분은 여전했다. 적어도 한 사람은, 연쇄 상해 사건의 범인은 온유의 죽음에 대한 책임은 강한을 비롯한 사법계 일원들에게 있다고 생각하고 있었다.

"지온유로부터 들었던 말 중에 혹시 뭔가 기억나는 건 없으십니까?"

강헌의 질문을 받은 성진은 거의 몇 분 가까이 입을 열지 않았다. 그래서 강헌은 대화가 이것으로 끝난 줄 알고 주섬주섬 떠날 준비를 했다. 의자에 걸어두었던 겉옷을 챙기고, 책상 위에 놓아두었던 휴대전화도 더듬어서 손에 쥐었을 때, 성진이 작은 목소리로 중얼거렸다.

"집에 갈 수 있다고 했잖아."

"뭐라고요?"

"그런 말을 했어요. 발작을 일으킬 적에. '아니라고 하면 집에 갈 수 있다고 했잖아.' 뭐 대충 그 비슷한 말을 계속하던 게 기억나요. 누구한테 한 말인지는 모르겠지만."

강헌은 성진의 말을 묵묵히 머릿속에 새겼다. 아직은 뜻을 알 수 없는 그 말이, 언젠가 수사에서 중대한 의미를 갖게 될 것이라는 직감이 들었다.

"오늘 해주신 이야기, 진술서 형태로 검찰청에 제출해주실 수 있겠습니까?"

"네, 물론입니다. 도움이 되기만 한다면 뭐든지요."

성진은 테이블에서 일어나는 강헌을 부축해주려고 했지만, 강헌은 손을 들어서 사양했다. 그리고 손목에 걸린 케인을 펴서 꼼꼼히 앞을 확인하며 나아가기 시작했다. 성진은 강헌의 앞을 가로막는 장애물이 없는지 확인하면서 현관까지 그를 따라 나왔다.

"검사님, 못나빠진 제 아들놈, 잘 부탁드립니다. 대단하신 분과 함께 있으면서, 저놈도 뭔가 좀 배우는 게 있었으면 좋겠습니다."

"별말씀을요. 아까도 보셨겠지만, 제가 오히려 도움을 많이 받고 있습니다."

"공부는 못하지만 무식한 녀석은 아니거든요. 한번 익힌 일은 곧 잘 할 겁니다.”

성진의 담백한 말투에서는 아들에 대한 어쩔 수 없는 애정과 은근한 믿음이 배어났다. 강한은 엷게 미소 지으면서 고개를 한 번 끄덕이고는 성진이 열어준 문 사이로 나왔다.

이번에도 어김없이 문간 옆에서 사람의 기척이 느껴졌다. 강한은 이제 놀라지도 않았다. 성진도 이렇게 될 거라고 예상했기에, 검사님 댁에는 어떻게 가실 거냐고 걱정하지 않았던 것이다. 강한은 여전히 앞으로 몸을 향한 채 간결하게 물었다.

“아버지한테 인사도 안 하고 갈 거야?”

“상관하지 마세요.”

소원은 퉁명스럽게 말하면서 강한의 손 앞에 자신의 팔꿈치를 가져다댔다. 더 얘기하지 말고 가자는 제스처였다. 강한은 소원의 팔꿈치를 잡으면서 넌지시 충고했다.

“아버지한테 잘해드려. 나중에 후회하지 말고. 아버지가 있는 것만으로도 고마운 일이야.”

함께 발걸음을 옮기기 시작하면서, 강한은 소원이 입속에 사탕을 문 것처럼 ‘꼰대 같기는’ 하고 중얼거리는 걸 들은 것 같았다.

76

11월 2일 금요일 오전 8시 45분. 성암지방검찰청 앞 지하철역.

"거봐요, 형. 지하철 타는 것도 별거 아니죠? 내가 괜찮을 거라고 그랬잖아요."

소원은 강한의 팔짱을 낀 채로 지하철에서 내리면서 말했다. 손으로 팔꿈치를 잡고 가게 하는 보행법은 도떼기시장처럼 붐비는 지하철 안에서는 아무 소용이 없었다. 이리 치이고 저리 밀리느라 옷매무새는 물론이고 머리카락까지 흐트러진 강한이 기막힌 표정을 지으며 대꾸했다.

"별거 아니라고? 아까 그 아주머니가 내 엉덩이를 쥐었다가 놨다고, 분명히!"

"에이, 뭐 자기 가방이나 그런 걸로 착각했겠죠. 형 엉덩이에 뭐 만질 만한 게 있다고 굳이 주무르겠어요."

"만질 만한 게 있는지 없는지 네가 어떻게 알아?"

둘은 시답잖은 말싸움을 하면서 승강장을 빠져나왔다. 오늘따라 장애인 전용 콜택시는 물론이고 일반 택시도 잡히지 않아서, 이대로 있다간 정말 지각하겠다 싶어 어쩔 수 없이 지하철을 탄 것이었다. 캄캄한 어둠 속에서 땀 냄새와 입 냄새와 후덥지근한 열기에 시달린 강한은 아침부터 혼이 나갈 지경이었지만, 소원은 태연하기만 했다.

"앞으로는 매일 지하철 타고 출퇴근하면 어때요? 택시비 아낀 건 형이랑 나랑 반땡하고."

"야, 그걸 왜 반땡을……."

"어? 저기 세은 누나 같은데요?"

어처구니없어하는 강한의 말을, 소원은 그렇게 뚝 잘라먹어버렸다. 환승구 저편에서 걸어가고 있는 세은의 모습이 그를 설레게 했다. 손을 흔들며 세은의 이름을 부르려던 소원은, 그녀의 옆에서 불쑥 튀어나와 말을 거는 중년 여자를 보고 멈칫했다.

"은하? 어머, 너 은하 아니니? 나 민호 엄마야. 1703호에 살았던."

중년 여자는 낯선 이름으로 세은을 부르면서 알은척하고 있었다. 세은의 표정이 딱딱하게 굳어지는 것이 소원이 서 있는 곳에서도 훤히 보였다.

"안 그래도 어떻게 됐는지 걱정 많이 했는데. 작년 그 일 이후로……."

"죄송해요, 사람 잘못 보셨어요."

세은은 아주머니의 말을 도중에 가로막으면서 차가운 투로 말했다. 그리고 총총걸음으로 아주머니를 지나쳐 순식간에 환승구를 벗어나버리고 말았다. 입을 헤 벌린 채 그 모습을 지켜보고 있던 소원이 다소 익살스러운 투로 강한에게 말했다.

"세은 누나, 기분 나쁜 일 있나 봐요. 오늘은 잘못 건드리면 안 되겠는데요?"

그러나 약 10분 후, 검사실에서 두 남자와 맞닥뜨린 세은은 언제나처럼 밝고 사근사근했다. 일과를 시작할 때 늘 그렇듯이, 부장검사실에서 우편물과 팩스를 챙겨와 하나하나 확인하던 그녀가 강한을 불렀다.

"검사님, 고유정 판사님한테서 팩스가 왔어요. 발급 일자가 10월 25일로 되어 있는 의사 소견서예요. 환자 이름이…… 지온유라고 되어 있네요."

고유정 판사, 진단서, 그리고 지온유. 강한은 연달아 나온 세 단어에, 옆에 있던 소원이 동작을 멈추는 것을 기척만으로 알 수 있었다. 이제 소원도 강한이 펜션에서 받았던 전화의 내용을 짐작할 수 있을 것이다. 강한은 덤덤하게 말했다.

"그래요. 세은 씨가 좀 읽어줄래요?"

언제나 그랬던 것처럼 소원에게 읽어달라고 하지 않은 것은 그의 감정에 대한 배려였다. 소원이 무거운 침묵을 지키는 가운데, 세은이 낭랑한 목소리로 소견서를 읽어내려가기 시작했다.

"상기 환자는 지능 지수 65의 중도 지적장애를 갖고 있어 정상적인 사회생활 및 의사소통이 어렵다고 판단됩니다. 자율적인 판단이 가능하지만 타인의 유도와 암시에 넘어가기 쉬우며, 감정 조절에 문제가 있고 본인의 행동을 통제하기 어렵습니다. 비좁고 어두운 곳에 갇히는 게 두렵다고 하소연하고 있어 정신적 외상에서 기인한 폐소공포증이 있는 것으로 보이고……."

세은이 읽어주는 내용을 들으며 강한의 눈썹이 점점 위로 올라갔다. 고 판사가 왜 이 진단서의 존재를 숨겼을까. 강한은 고 판사의 남편이 올해 평화한국당에 입당해서 공천을 받으며 승승장구하고 있는 사실을 떠올렸다. 그 두 가지 사이에 연관이 없다고는 도저히 믿기 어려웠다.

고 판사가 청탁을 받은 게 아니라고 해도, 어쩌면 암묵적인 약속 같은 게 있었던 게 아닐까. 조 대표가 강한에게 그랬던 것처럼 고 판사에게도 찾아가 장밋빛 미래를 얘기하진 않았을까.

고 판사에게 직접 물어보는 게 가장 빠르겠지만, 그녀에게 솔직한 대답을 듣지 못하리라는 것을 강한은 알고 있었다. 그 또한 조 대표와 있었던 일들에 대해 털어놓을 마음은 없었으므로.

'하지만 난 조 대표에게 잘 보이기 위해 고의적으로 증거를 누락시키진 않았어.'

강한은 그렇게 스스로 합리화하면서도 가슴 한구석이 석연치 않았다.

* * *

오후 2시 30분. 성암지방검찰청 증거보관실.

"장갑, 확실히 낀 거 맞지?"

"아, 꼈다니까요. 양손 다. 평생 속고만 사셨나, 진짜."

소원은 비닐장갑 낀 손을 쥐었다 폈다 해서 일부러 바스락거리는 소리를 냈다. 검찰청에 매일 출근하면서도 증거보관실에 와보는 건 처음이었다. 강한도, 평소에는 올 일이 전혀 없다고 했다. 그런데 오늘은 외부인이나 다름없는 소원을 데리고 들어왔다. 증거보관함에서 1년 동안 잠자고 있던 지온유의 휴대전화 안에서 친모의 흔적을 찾아보기 위해서였다.

"다른 건 절대 건드리지 마. 휴대전화만 꺼내. 어떤 건지는 네가 알지?"

"알아요."

소원은 강한이 엄격하게 당부하는 말에 시큰둥하게 대답하면서 파란색 상자를 열었다. 강한이 왜 다른 건 건드리지 말라고 하는지는 알고 있었다. 1년 전 사건을 재수사하는 게 아니라는 걸 분명히 해두고 싶은 것이다. 그러나 뚜껑을 열자마자 소원의 시야에 들어온 것은, 여자아이의 옷이었다. 투명한 비닐에 싸인, 형체를 알아볼 수 없을 정도로 갈가리 찢긴 분홍 원피스.

"왜 그래?"

소원의 분위기가 갑자기 싸늘하게 가라앉은 것을 알아차린 강한이 물었다. 소원은 장갑 낀 손으로 원피스 아래를 들추면서 살짝 잠긴 목소리로 대답했다.

"아무것도 아니에요."

원피스 아래에도 온갖 물건들이 놓여 있었다. 하나같이 비닐에 싸여 있었지만, 그래도 형체를 알아볼 수 있었다. 소원은 그 당시 뉴스에서 들었던 물건들을 실제로 보고 있다는 걸 깨달았다. 사건 현장에서 발견된 성인잡지, 과자 봉지, 음료수 캔. 족적을 떠놓은 석고보드도 있었다. 소원은 상자 구석에서 '지은유 휴대전화'라고 쓰여 있는 누런 종이봉투를 찾아냈다.

"여기 있네요."

소원은 휴대전화가 당연히 켜지지 않을 거라고 생각하고, 시험 삼아 홈 버튼을 눌러보았다. 그러자 휴대전화에 불이 들어오면서 전원이 켜졌다. 주인이 돌아오기만을 기다리면서 혼자 잠들어 있던 휴대전화. 그게 뭐라고, 소원은 괜히 가슴 한구석이 아릿해졌다.

"뭐부터 찾아볼까요?"

"전화번호부. 친엄마로 생각되는 사람이 있는지 찾아봐."

"없을 텐데. 그런 거 있었으면 제가 옛날에 알았을걸요."

소원은 회의적으로 중얼거리면서 전화번호부 메뉴로 들어갔다. 저장된 번호는 고작 일곱 개에 불과했다. 위탁부모와 소원, 고등학교 3년을 다니는 동안의 담임교사 세 명, 그리고 사회복지사. 그러나 소원이 전화번호를 다 확인한 후에도 강한은 포기하지 않았다.

"통화 목록, 문자메시지 내역, 카카오톡, 그리고 휴대전화 사진 갤러리까지 다 확인해봐."

통화 목록은 무섭도록 썰렁했다. 문자메시지 내역도 마찬가지였다. 카카오톡에는 스팸을 제외하면 대화방이라고는 딱 두 개밖에 열려 있지 않았다.

하나는 소원과 주고받은 것. 별건 아니었다. 온유는 스마트폰을 능숙하게 사용하는 편은 아니었으니까. 심심할 때마다 하나씩 날리는 의미 없는 이모티콘과 오타 섞인 짤막한 말에, 소원은 무심하게 대답하고는 했다.

나머지 하나는 위탁모와 주고받은 것. 온유의 위탁모는 아이들을 키우면서 이따금 주상복합으로 가사도우미 일을 나가곤 했다. 그럴 때마다 온유에게 동생들 데려와라, 설거지해놔라, 청소해놔라, 이것저것 명령하듯 지시한 내용이 남아 있었다.

"아들을 키우려고 한 건지 하인을 들인 건지……."

소원은 혀를 쯧쯧 차면서 사진 갤러리로 넘어갔다. 사진 개수는 쓸데없이 많은데 중요해 보이는 건 별로 없었다. 온유에게 휴대전화로 사진 찍는 법을 가르쳐준 사람이 바로 소원이었다. 온유는 버튼 하나만 누르면 사진이 찍힌다는 사실에 거의 열광하다시피 신기해하면서 이것저것 마구잡이로 찍어댔지만, 초점이나 구도를 제대로 맞추는 경우는 별로 없었다.

"형도 예전에 이 사진들 다 보셨을 거 아니에요. 그런데 왜 또 보라고 하세요?"

"그땐 나도 직접 보진 않았어. 워낙 사진이 많고 엉망으로 나온 것들이 대부분이라. 수사관한테 보고서 피해자와 연관 있어 보이는 것만 추리라고 했지. 별하 사진이 꽤 많았던 걸로 기억하는데, 맞지?"

강한의 말대로, 갤러리에는 별하의 사진이 100장 가까이 있었다. 물론 별하가 렌즈를 보고 포즈를 취해준 그런 사진은 아니었고, 전부 옆에서 뒤에서 몰래 찍은 것들이었다. 그 사진이 다른 사람들 눈에 얼마나 이상해 보였을지는 짐작하기 어렵지 않았다. 소원에게도 좋아 보이지는 않았으니까. 갤러리의 사진들을 획획 넘기던 소원의 손가락이 한 지점에서 우뚝 멎었다.

"형, 여기 좀 이상한 사진이 있어요."

"이상한 사진? 뭔데?"

"책가방 메고 지나가는 별하를 멀리서 찍은 사진인데, 모퉁이에 희끄무레한 게 찍혀 있어요. 그러니까, 꼭 사람 손가락같이."

소원은 사진의 배경이 주상복합아파트 입구임을 알아보았다. 사진이 찍힌 날짜는 1년 전 8월 16일. 울창하게 우거진 나무 끄트머리를 가로질러 희뿌옇게 번진 손가락이 찍혀 있었다. 강한은 그 얘길 듣고도 딱히 동요하지 않았다.

"그럼 손가락이겠지. 지온유가 사진 찍다가 잘못해서 찍힌 거 아냐?"

"아닐걸요. 휴대전화 렌즈는 위쪽에 달려 있고, 사진 찍을 때는 손이 휴대전화 아래를 잡잖아요. 이건 다른 사람 손인 거 같아요. 꼭 저 길 찍으라고 가리키고 있는 것 같은데……."

그 순간, 소원의 머릿속에 새로운 생각 하나가 떠올랐다. 온유에게 자기 외에 다른 친구는 없었다는 믿음이 워낙 굳건해서, 이전에는 한 번도 해보지 않았던 생각이었다. 소원은 의사 소견서에 적혀 있던, '타인의 유도와 암시에 넘어가기 쉽다'는 말을 떠올리며 조심스레 덧붙였다.

"형, 전부터 이상하게 여겼던 건데요. 온유는 별하 이전에는 어린 여자애한테 관심을 보인 적이 없었어요. TV에 나오는 연예인이나, 옆 학교 여고생들을 보고 예쁘다고 한 적은 많았어도."

"그래서?"

"혹시 말이에요, 온유가 별하에게 관심을 갖도록 누가 유도했던 건 아닐까요?"

"그걸 어떻게 유도하는데?"

"그게…….."

소원은 그만 말문이 막혀버렸다. 그러게, 누군가에게 관심을 갖도록 사람의 마음을 움직이려면 어떻게 해야 하는 걸까. 그때, 증거보관실 문이 벌컥 열리면서 유미가 뛰어 들어왔다.

"오빠! 이것 좀 봐! 얼른!"

어찌나 마음이 급한지, 유미는 강한 앞에서 '이걸 보라'는 표현을 사용하면 안 된다는 사실뿐만 아니라, 늘 새침하게 부르던 '선배님'이라는 호칭조차 까맣게 잊어버린 상태였다. 강한은 소리가 난 방향으로 돌아앉으며 물었다.

"뭔데?"

"저번에 폐쇄한 'joy0331' 계정 있잖아. 그것과 똑같은 아이디로 새 계정이 만들어졌어. 그리고 새 범행 예고까지 올라왔어. 그것도 어제 오후 4시에. 기자가 발견하고 제보 전화를 했더라고."

강한은 자기도 모르게 제자리에서 벌떡 일어났다. 또 다른 희생자가 발생할지도 모른다는 범인의 경고가 있었음에도, 사실 강한은 여태껏 반신반의하는 상태였다. 경찰, 검사, 그리고 판결을 내린 판사까지 건드렸는데 이젠 더 복수할 대상도 없지 않은가 싶었다. 그런데 그 경고가 다시 한번 현실로 이루어지려 하고 있었다.

"이번엔 누구야?"

이전까지의 범행 예고는 모두 형식이 같았다. 타깃의 사진 위에 범행 방식을 암시하는 성경 구절을 써놓는 형식이었다. 그래서 저번에도 고유정 판사를 찾기가 쉬웠다. 그러나 유미에게서 돌아온 대답은 강한의 기대를 부수어놓았다.

"이번에는 사진이 없어. 검은 실루엣 이미지뿐이야. 마치 누군지 맞혀보라는 것처럼. 그냥 성경 구절만 있어. 잠언 13장 15절. '배신자는 자멸의 길을 갈 뿐이다.'"

"사진이 없다고요? 그러면 어떻게 찾아요? 앞으로 한 시간 30분 안에 범행이 일어날 텐데!"

강한 대신 소원이 다급하게 외쳤다. 강한은 아랫입술을 지그시 깨물었다. 고 판사 때보다 시간이 훨씬 촉박했다. 사람 해치는 것을 무슨 다트게임 정도로 생각하는 이 미친놈의 행동을 예측하고 달려가 막을 시간이.

77

가장 중요한 건 당황해서 허둥지둥하지 않는 것이었다. 강한은 무서울 정도로 침착해졌다.

"오늘이 11월 2일이지?"

"맞아. 선배 혹시 뭐 짐작 가는 거 있어?"

유미의 말에 강한은 머릿속으로 달력을 넘겨가면서 기억을 더듬었다. 일반적인 사건이라면 날짜별로 무슨 일이 있었는지 일일이 기억하기 어려울 테지만, 지온유 사건은 달랐다. 중요했던 날, 의미 있던 날은 어렴풋이나마 날짜를 기억하고 있었다.

"지온유에 대한 1심 판결이 선고되고 나서 약 일주일 후, 내 기억이 맞는다면 1년 전 오늘 피고인 측의 항소포기서가 제출됐어."

"나도 기억나. 우리 쪽에서는 피해자 유족의 강력한 청원을 받아들여서 항소를 포기했고, 그래서 그대로 1심 판결이 확정됐지? 징역 20년으로."

유미가 강한의 말을 받았다. 항소포기 건에 대해서는 검찰청 내부에서도 팽팽하게 의견 대립이 있었다. 강한이, 그리고 검찰이 줄기차게 원했던 형량은 당연히 사형 아니면 무기징역이었다. 1심이 워낙 순조롭게 진행되었기에, 2심에 올라갔을 때 형량이 늘어날 가능성도 높아 보였다.

그럼에도 결국 항소를 포기할 수밖에 없었던 것은, 다름 아닌 김별하 부모의 간절한 부탁 때문이었다. 물론 그들도 재판 초기에는 사형 아닌 다른 결과는 받아들일 수 없다고 강경하게 외쳤다. 그러나 언론과 대중의 도를 넘은 관심, 아니 스토킹에 가까운 괴롭힘과 끈질기게 파생되는 온갖 악성 루머는 자식을 잃은 부모의 인내심마저 바닥나게 했다.

— 범인이 20년형을 선고받든, 사형을 선고받든, 어차피 별하는 돌아오지 않습니다. 저희에게는 잊힐 권리가 있습니다. 이제 좀 제발, 모든 게 끝났으면 좋겠습니다.

별하의 아버지가 애끓는 울음을 토해내면서 기자회견 하는 모습을 보고, 강한도 고집을 꺾고 항소를 포기하지 않을 수 없었다. 그래도 피고인 측에서는 당연히 항소할 거라고 생각했는데, 뜻밖에도 검찰보다 먼저 항소를 포기해버리고 말았던 것이다.

"우리가 항소를 포기한 건 그렇다 쳐도, 국선변호인이 먼저 항소포기서를 제출했던 건, 지온유를 옹호하는 범인 입장에서는 배신으로 여겨지지 않았을까?"

강한은 이번 범행 예고에 쓰인 성경 구절을 떠올리며 말했다. 잠언 13장 15절, '배신자는 자멸의 길을 갈 뿐이다.' '배신자'는 알겠는데, '자멸의 길'이라는 건 무슨 의미일까. 이번에는 귀나 눈, 손 같은 구체적인 암시가 나오지 않았다. 그래서 더 불안했다. 강한의 말을 들은 소원이 붙잡고 있던 온유의 휴대전화를 상자 안에 도로 내팽개치면서 벌떡 일어났다.

"그 말은, 이번에는 윤지영 변호사님이 타깃이라는 거예요?"

소원이 알고 있는 온유의 변호사는 지영뿐이었다. 그러나 그가 모르는 법원과 검찰의 내부 사정이 많았다. 가만히 눈살을 찡그리는 강한 대신 유미가 설명했다.

"그건 확실하지 않아. 고유정 판사가 1심 변론 종결 직후에 국선변호인을 다른 사람으로 교체해버렸거든. 항소포기서를 제출한 건 새 변호사인데, 범인이 그것까지 알고 있을지는……."

"당연히 알겠지. 이 사건에 대해서라면 모르는 게 하나도 없는 놈인데."

강한이 유미의 말을 가로막으면서 덧붙였다.

"내가 기억하기로, 지온유의 새 국선변호인은 국선 전담이 아니라 사선 변호사였어. 김영철 변호사. 법원 근처에 사무실이 있는."

"아, 선배 모르겠구나. 선배 입원하고 있는 동안, 김 변호사님 사무실 정리하고 미국으로 가셨어. 은퇴하고, 아들 며느리하고 같이 사신다고."

유미의 말에 강한은 조금 혼란스러운 낯빛이 되었다.

"미국이라고? 설마 범인이 거기까지 가지는 않았을 거고, 그러면 역시 윤 변호사님으로 잘못 알고 있는 건가? 그렇게 치명적인 실수를 할 놈은 아닐 텐데."

담당 형사와 검사, 판사가 누구에게도 말하지 않은 사적인 일정까지 치밀하게 뒷조사한 범인이었다.

그러나 한편으로, 가능한 실수라는 생각도 들었다. 국선변호인 교체 사실에 대해서는 내부인이 아니면 알기가 어려웠다. 거기엔 약간의 불미스러운 사정이 얽혀 있었기에, 언론에 노출되지 않도록 다들 조심했다. 교체된 국선이 한 일이라고는 한 장짜리 항소포기서를 달랑 제출한 것뿐이었다. 강한보다 더 마음이 급해진 소원이 주머니에서 휴대전화를 꺼내며 소리쳤다.

"잠깐만요, 제가 변호사님 전화번호를 알아요! 당장 전화 걸어볼게요!"

"스피커폰으로 해."

소원은 강한의 지시대로 스피커폰 기능을 켰다. 신호음이 두 번 가고 나서 통화가 연결되었다. 강한은 처음에는 전화가 엉뚱한 곳으로 잘못 걸린 줄 알았다. 지영의 조용한 목소리 대신, 수십 명이 동시에 시끄럽게 와글대는 소리가 휴대전화 스피커에서 터져나온 것이다.

"변호사님, 저 소원이에요!"

소원은 냅다 고함을 쳤지만, 그 우렁찬 목소리조차 그 번잡한 소음을 뚫고 들어가진 못했다. 지영은 소원의 이름조차 제대로 듣지 못한 듯했다.

— 여보세요? 나 지금 집회에 나와 있어서 통화하기 어려워요.

지영의 말도 뚝뚝 끊어졌다. 적어도 듣는 것에는 나머지 두 사람보다 훨씬 예민한 강한에게도 자음과 모음이 다 뭉개져서 들릴 정도였다. 소원은 의사소통하는 것을 포기하고 일방적으로 소리치기 시작했다.

"통화하기 어려워도 제 말 들으세요! 거긴 위험해요! 당장 나오세요! 변호사님, 들려요?"

— 나중에 다시 걸게요. 죄송해요. 아주 중요한 집회라서. 방해받으면 안 돼요.

소원의 필사적인 노력에도 불구하고 결국 지영에게 메시지를 전하지 못한 채 전화는 끊어져버리고 말았다. 소원이 얼른 다시 걸었지만, 휴대전화가 꺼져 있다는 안내 음성이 흘러나왔다. 강한은 유미가 앉아 있는 방향으로 시선을 돌리면서 물었다.

"오늘 어디서 무슨 집회가 있는데?"

"지난주에 평화한국당 조 대표가 김별하 법을 국회에 발의했잖아. 오늘 오후에 국회 앞에서 입법 반대 집회가 열린다고 들었어. 입법 찬성 집회도 함께 열릴 예정이라서, 무슨 돌발 사태가 일어날지 모른다고 공안부에서 긴장하고 있던데."

이거다. 강한은 직감이 왔다.

지영은 작년부터 '지온유는 진범이 아니다. 만일 지온유가 진범이었다고 하더라도 대한민국 모든 지적장애인의 발목에 족쇄를 채우는 빌미가 되어서는 안 된다'고 줄기차게 주장해왔다. 처음에는 자신들의 입장은 살인범에 대한 옹호와는 아무 상관이 없다며 지영과의 사이에 냉정하게 선을 긋던 입법 반대 세력에서도, 어느 순간부터 지영을 인정하고 받아들였을 정도였다.

"가자. 국회 앞으로."

강한은 소원을 이끌고 증거보관실을 나서면서, 제발 이번만은 늦지 않기를, 또 한 사람의 인생이 망가지는 것을 막을 수 있기를 간절히 빌었다.

* * *

오후 4시. 여의도 국회의사당 정문 앞.

"장애인 차별 법안을 전면 폐기하라! 장애인은 강압적으로 관리해야 할 대상이 아니다! 우리의 가족, 친구, 아이 들을 잠재적 범죄자 취급하지 마라!"

지영은 녹색 티셔츠를 입은 사람들 사이에 섞여 구호를 외치고 있었다. 누구보다 열심히 핏대를 올리고 있었지만, 유독 이상할 정도로 힘들어 보였다. 창백하게 질린 얼굴에 핏기라고는 하나도 없었고, 이마가 식은땀으로 흥건해진 것이 다른 사람들 눈에도 보였다. 그녀의 옆에 있던 중년 남자가 걱정스러운 표정으로 말을 걸어왔다.

"윤 변호사님, 괜찮으세요? 아무래도 몸이 안 좋아 보이시는데. 앉아서 쉬시는 게 낫지 않겠어요?"

"아니요, 할 수 있어요. 조금만 더 할게요."

지영은 악문 잇새로 목소리를 쥐어짜내듯 말했다. 더 얘기해도 통하지 않을 걸 알았는지, 중년 남성은 무리해서 설득하려고 하지 않았다. 그는 길 언저리에 설치된 천막을 가리키면서 상냥하게 말했다.

"그럼 저기 가서 음료수라도 드시고 하세요. 장애아동부모협회에서 협찬해준 거예요."

"네, 그럴게요. 감사합니다."

지영은 잠시 대열에서 빠져나와 천막 쪽으로 향했다. 천막 안에서도 녹색 티셔츠를 입은 사람들이 바쁘게 오가고 있었다. 구석에는 플라스틱 병에 든 탄산음료가 박스째로 겹겹이 쌓여 있었다.

"이거 한 개만 가져갈게요."

"네, 그러세요. 윤 변호사님."

녹색 티셔츠를 입은 사람 중 한 명에게 양해를 구한 지영은 그중 맨 위 박스에 든 음료수병을 하나 집었다. 그리고 천막 앞에 놓인 간이의자에 앉았다. 휴대전화를 켤까 하다가, 집회에 집중하기도 어렵고 또 배터리를 아껴야 한다는 생각에 그냥 그만두었다. 어깨에 메고 있던 백팩을 의자 아래로 내려놓은 그녀가 그 안에서 손수건을 꺼내 땀을 닦고 있을 때였다.

"이런 씨×, 분명히 우리 쪽으로 던진 게 맞다니까!"

지영의 시선이 향해 있는 반대편에서 크고 거친 남자의 목소리가 들렸다. 그리고 그에 질세라 받아치는 날카로운 여자의 목소리.

"아니라니까요! 어쩌다 실수로 그렇게 된 거라고 몇 번을 말해요! 진짜 무슨 피해의식 있나."

"뭐? 피해의식이 있는 쪽이 누군데? 거참 말 기분 나쁘게 하네."

언성이 급격히 높아지면서 모두의 시선이 그쪽으로 쏠렸지만, 지영은 돌아보지 않았다. 보지 않아도 뻔했다. 그쪽에는 입법 찬성 집회를 하는 사람들이 모여 있었다. 허술한 바리케이드가 쳐져 있었지만 별생각 없이 던진 휴짓조각도 쉽게 넘어갈 수 있는 정도였고, 이미 격앙된 사람들의 감정에 불이 붙기란 쉬웠을 것이다.

싸움이 길어질 조짐을 보이자, 천막 안에 있던 사람들이 걱정스러운 표정을 하고 그쪽으로 달려갔다. 덕분에 지영은 천막 앞에 덩그러니 혼자 남겨졌다. 음료수, 그리고 백팩과 함께.

"자, 자. 진정하고, 좋은 말로 얘기합시다. 다들 자식 걱정하는 부모 입장인 건 똑같지 않습니까?"

몇 분이 지나고, 누군가가 중재하고 나서는 듯 달래는 목소리가 들렸다. 가까스로 진화되는 것 같은 분위기에 지영은 한결 안도했다. 그녀는 평화주의자였다. 사회의 분열과 갈등을 막으려는 목적에서 열린 이 집회로 인해 또 다른 대립이 조장되는 건 원치 않았다.

"서로 의견이 틀린 게 아니라 다른 거라는 것만 인정하면 되는데, 그게 쉽지 않지……."

지영은 그렇게 중얼거리면서 탄산음료를 쥔 손을 들어 올렸다. 녹색의 불투명한 음료수병 속에서 기포가 부글거리며 올라오는 게 언뜻 비쳤다. 그대로 입가에 가져다대려는 순간이었다.

"변호사님! 그 음료수 드시면 안 돼요!"

쩌렁쩌렁한 목소리가 공기를 가르면서 시위 현장에 울려 퍼졌다. 지영은 깜짝 놀라면서 음료수를 마시려던 손을 멈췄다. 그러자마자 큰길 저편에서 강한과 소원이 모습을 드러냈다.

"소원이?"

지영은 눈을 동그랗게 뜨면서 소원의 이름을 불렀다. 소원은 거칠게 숨을 몰아쉬면서 이쪽으로 뛰어오더니, 그녀의 손에서 음료수병을 확 빼앗아 들었다.

"위험해요. 아무거나 드시면 안 돼요!"

"뭐? 이게 무슨……."

소원은 음료수병을 거꾸로 들어서 잔디밭 위에 주르륵 쏟았다. 그러자 코를 쏘는 지독한 신 냄새가 나면서, 치이이익 하는 소리와 함께 불길한 연기가 피어올랐다. 강한은 눈으로 보지 않아도 오감으로 기억해냈다. 그의 인생을 송두리째 바꿔놓았던 그 소리를, 그 냄새를, 그 느낌을.

"고농도 염산이군요. 그대로 드셨다면 틀림없이 큰일이 났을 겁니다."

"염산이라고요?"

강한의 말에 지영은 소스라치게 놀라면서 의자 옆에 놓아두었던 백팩을 끌어안았다. 소원은 반사적으로 나온 것 같은 그 동작을 보면서, 아무리 경험 많은 변호사라 해도 역시 생명의 위협 앞에서는 겁에 질리지 않을 수 없을 거라고 생각했다.

"음료수라고 했죠? 어떤 종류입니까? 언제 어디서 누가 준 거죠?"

강한은 지영의 목소리가 들려온 방향을 향해 날카롭게 질문했다. 사실 이번 범행이 음독의 형태로 이루어질 것이라고 구체적으로 짐작했던 것은 아니었다. 그러나 예전 범행들과 달리 어떤 물리적 타격이 가해지는 게 아니라, 피해자 스스로 방아쇠를 당기게 하는 함정 같은 장치가 숨겨져 있을 거라는 생각은 했다. '배신자는 자멸의 길을 간다'는 구절이 있었으니까.

"그냥 평범한 탄산음료예요. 장애아동부모협회에서 협찬받아서 저기 천막에서 나눠주는 걸 받아왔어요. 아니, 정확히 말하면, 천막에 쌓여 있는 박스에서 내가 집어왔어요."

"박스에서 집어오셨다고요? 변호사님이 직접?"

지영의 대답에 강한은 혼란스러운 표정이 되었다. 여러 개 중에서 무작위로 집어온 것이라면, 누구도 지영이 그 음료수를 마실 것이라고 미리 예측하고 염산을 탈 수는 없는 것이 아닌가.

"변호사님, 혹시······."

강한이 조심스럽게 입을 열려는 찰나였다. 큰소리가 나는 것을 듣고 무슨 일인가 싶어 모여들었던 구경꾼들 사이에서 누군가 다급하고 절박한 어조로 외쳤다.

"어이쿠! 그럼 다른 사람들한테 나눠준 음료수병들도 당장 회수해야겠습니다. 다들 뭐 해! 어서 돌아다니면서 찾지 않고!"

"그러게요. 정말 큰일이네요!"

사람들은 흩어져서 찾자느니, 전체 방송을 하자느니, 마이크에 대고 얘기하자느니 하면서 제각각 대응책을 외치고 있었다. 정신없이 웅성대는 소리가 강한의 청각을 덮어버렸다. 남아 있는 거라곤, 코의 점막을 헐게 할 것처럼 강렬한 염산 냄새뿐이었다.

78

11월 3일 토요일 오후 3시. 성암지방검찰청 검사장실.

— 최근 성암시를 공포와 충격으로 몰아넣은 연쇄 상해 사건의 네 번째 피해자로 지목된 윤지영 변호사가 30분 전 성암프레스센터에서 기자회견을 열고 입장을 발표했습니다.

강한은 검사장실 소파에 꼿꼿이 허리를 세우고 앉아 TV에서 흘러나오는 앵커의 목소리에 귀 기울이고 있었다. 상석에는 당연히 검사장이 앉아 있었고, 검사장실 안에 그들 외에 다른 사람은 없었다. 검사장은 단 한마디도 하지 않았고, 계속해서 기자회견 영상이 나오는지 지영의 목소리가 들려왔다.

— 저는 지난 금요일 오후 4시경 여의도 국회의사당 앞에 있는 시위 현장에서 음독 테러를 당할 뻔했습니다. 제가 마시려던 음료수 병에 이상한 물질이 섞여 있었고, 국립과학수사연구원의 검사 결과 45퍼센트 고농도의 염산인 것으로 확인되었습니다.

강한은 지영의 떨리는 목소리에 숨겨진 다양한 감정들을 읽어냈다. 염산을 마시지 않고 지나갔다는 안도감, 아직 가시지 않은 충격,

한번 실패한 범행은 다시 시도해 어떻게든 성공시키고야 마는 범인에 대한 공포, 그리고 분노. 그 대상은 누구일까. 범인? 아니, 뜻밖에도 범인이 아니었다.

— 다들 알고 계신 것처럼, 일주일 전 연쇄 상해 사건의 범인은 국내 언론에 공개 서신을 보내 성암시 초등학생 살인 사건을 재수사해서 진범을 찾아내지 않으면 또 다른 희생자가 생길지도 모른다고 경고한 바 있습니다. 하지만 성암지방검찰청은 자신들의 명예가 실추될까봐 그 걱정에 급급한 나머지 사건을 재수사하려는 노력조차 하지 않았습니다.

침착하게 시작했던 지영의 말투는 점점 비판하는 조로 변해갔다. 그녀는 숨을 고르려는 것처럼 잠시 말을 멈추었고, 다음 순간 강한은 TV 스피커에서 흘러나오는 아주 작은 소리를 들었다. 달칵. 그걸 단번에 알아들을 수 있었던 건, 그가 사용하는 녹음기에서 나는 소리와 똑같았기 때문이다. 강한은 지영이 녹음한 음성을 들려주려고 한다는 것을 알아차렸다.

'혹시 범인에 대한 단서가 있는 걸까?'

강한은 잠시나마 기대했다. 그러나 다음 순간, 스피커에서 난데없이 튀어나오는 소원의 목소리가 그의 기대를 산산이 부수었다.

— 1년 전 사건을 다시 들여다보진 않아요. 다들 그 당시 잘못한 게 없다고 믿고 있거든요. 그 얘기를 하는 것 자체를 꺼리는 분위기예요. 저도 이게 옳다고 생각하진 않지만, 높으신 검사님들이 그렇게 하신다는데 어쩌겠어요.

강한은 숨을 멈춘 채 잠시 굳어져버렸다. 냉철함의 화신이라고 할 수 있는 그가 이토록 동요하는 모습을 보이는 것도 흔치 않은 일이었다. 이게 소원의 목소리라는 건 너무도 확실한데, 도대체 어쩌다 이런 얘기가 지영의 녹음기에 포착되고 말았는지는 알 수 없었다. 지영은 다시 한번 달칵 소리를 내면서 녹음기를 끄더니 말을 이었다.

— 이건 제가 성암지방검찰청에 근무하는 남자 직원과 대화한 내용을 녹취한 것입니다. 방금 들으셨다시피, 상황이 이 지경에 이르렀는데도 수사팀 검사들은 과거 수사에 오류가 있을 수 있다는 가능성조차 인정하지 않고 있습니다. 어쩌면 이렇게까지 오만할 수가 있을까요?

지영은 위풍당당하게 검찰을, 그리고 강한을 질타했다. 변호사 사무실을 그만두고 한때 폐인 같은 모습으로 동네 뒷골목을 돌아다니던 사람이라고는 상상조차 할 수 없었다.

— 저는 지온유의 국선변호인을 맡았던 사람인데도 타깃이 되었습니다. 솔직히 말하면 범인이 왜 저를 노렸는지는 아직도 잘 모르겠습니다. 제 변호가 마음에 들지 않았다거나, 결과에 만족하지 못했다거나, 아니면 범인에게만 통하는 다른 논리가 있었겠죠.

그 부분은 강한에게도 여전히 미스터리였다. 범인은 정말 항소심이 열리지 않았다는 이유로 지영을 죽이려고 한 것일까. 그녀는 협박에 가까운 발언으로 기자회견의 대미를 장식했다.

— 한 가지 확실한 건, 이 성암시에서 수사기관이나 사법기관에 연관된 일을 하는 누구도 안전하지 않다는 것입니다. 자기도 모르는 사이에 어떤 식으로든 1년 전 사건에 엮여서 범인의 다음 희생자로 지목될 수도 있으니까요. 따라서 저는 성암지방검찰청에, 불특정 다수의 목숨과 안전을 담보로 한 이 자존심 싸움을 당장 중단하고 재수사를 개시할 것을 요구하는 바입니다.

그 말을 마지막으로 기자회견 영상이 끝나고 날씨 뉴스가 나오기 시작했다. 강한은 검사장이 말을 꺼내기를 기다렸다.

"강 검사, 총장님께서 직접 전화하셨네. 더는 불필요한 희생자가 나오는 걸 볼 수 없으니, 현재 사건 수사와 과거 사건에 대한 재수사를 동시에 진행하라고. 나도 이 시점에선 그게 옳다고 생각하네."

"……."

"자네는 지금까지 해왔던 것처럼 염산 테러범을 잡는 데만 집중하면 돼. 지온유 사건 재수사는 부수석과 정유미 검사에게 맡기겠네. 자네가 말했던 것처럼 수사 과정에 아무것도 부실한 점이 없었다면, 재수사를 해도 같은 결과가 나올 테니 걱정하지 않아도 될걸세."

사실 검사장은 강한을 질책할 수도 있는 입장이었지만, 그 대신 온건하게 설득하는 쪽을 택했다. 한 검사의 인생에 한 획을 그을 만큼, 아니 어떻게 보면 검사 인생을 새롭게 쓰게 만든 중대한 사건을 전면 재수사한다는 게 어떤 의미인지, 검사장은 윗사람이기 전에 같은 검사로서 이해할 수 있었기 때문이다.

"……이만 가보겠습니다."

강한은 겨우 그렇게만 대답하고 자리에서 일어났다. 그가 앉아 있던 소파에서 검사장실 입구까지는 아무런 장애물도 없이 그냥 비어 있었다. 일직선으로 쭉 걸어가기만 하면 되는데, 저도 모르게 비스듬한 방향으로 빠지던 강한은 급기야 케인을 엉뚱한 곳에 짚으면서 검사장실 책상에 정강이를 부딪히고 말았다. 그 모습을 본 검사장이 놀라서 다가오려고 했다.

"강 검사, 괜찮나? 부축해줄까?"

"괜찮습니다."

강한은 단호하게 손을 내젓고, 다시 케인으로 앞을 더듬더듬 짚으면서 검사장실을 나왔다. 문 앞에서는 이번에도 어김없이 소원이 기다리고 있었다. 소원이 강한의 손 앞에 제 팔꿈치를 가져다대는데,

강한은 그걸 차갑게 뿌리치면서 말했다.

"너, 나 좀 보자."

*　*　*

"홍세은 수사관, 잠깐 나가 있어요. 이 녀석하고 둘이서만 할 얘기가 있으니까."

케인을 짚으며 성큼성큼 들어온 강한은 다짜고짜 세은에게 그렇게 말했다. 그의 뒤에는 소원이 고개를 살짝 숙인 채 들어오고 있었다.

"네? 검사님, 하지만……."

수사관이 검사실을 비우는 건 원칙에 어긋난다고 말하려던 세은은 강한의 정색한 표정을 보고 입을 다물고 말았다. 무슨 일인지는 몰라도 아주 심각한 것만은 확실했다. 그녀가 나가고 문이 닫힌 후, 강한은 뒤돌아서면서 싸늘한 어조로 말했다.

"입을 놀려야 할 때와 다물어야 할 때를 아직도 구분 못하지. 네 생각 없는 말 때문에 우리 검찰청이, 아니 검찰 전체가 어떤 망신을 당하게 됐는지 알기나 해?"

기자회견 영상을 보지 못한 소원은 정확히 자기가 했던 어떤 말이 뉴스에 나온 것인지는 알지 못했다. 그저 여기까지 올라오는 길에 강한에게, '네가 윤지영 변호사에게 떠들어댄 내용이 뉴스에 나왔다'고 들었을 뿐이었다. 그것만으로도 기가 확 꺾일 줄 알았는데, 소원은 의외로 당당한 태도였다.

"솔직히 제가 없는 말을 한 건 아니잖아요."

"뭐?"

"있는 그대로 말했을 뿐이라고요. 아니, 더 심하게 얘기할 수도 있었는데 최대한 좋게 말했다고요. 심지어 욕도 한마디 안 했잖아요. 윤 변호사님이 녹음하고 계신 건 몰랐지만, 알았다고 하더라도 없는 얘길 꾸며내진 않았을 거예요."

"……."

소원은 차라리 이렇게 되어서 잘됐다고 생각했다. 그가 보기에 강한은 정신을 좀 차릴 필요가 있었다. 검찰의 긍지고 검사의 자존심이고 뭐고, 지금 그런 게 중요한 상황이 아니지 않은가.

"그러니까 애초에 그놈의 고집을 꺾고 재수사했으면 이런 사달이 안 나잖아요. 형, 사람 하나 죽일 뻔한 거 알고는 있어요?"

이상했다. 침착하게 말하려고 했는데, 소원은 말하는 도중에 자기도 모르게 감정이 격앙되는 것을 느꼈다. 그는 주먹을 불끈 쥐면서 강한을 향해 윽박지르듯 소리쳤다.

"형도 살인자가 될 뻔한 거라고요. 아니, 이미 살인자나 다름없죠. 온유는 형 때문에 죽은 거잖아요!"

그건 절대 건드리면 안 되는 부분이라는 걸, 소원도 알고 있었다. 말하고 나서야 아차 싶었지만 거둬들일 뜻은 없었다. 이왕 이렇게 된 거 갈 데까지 가보자 싶었다. 소원이 말을 끝맺는 동시에 강한의 오른손이 허공으로 올라갔다. 마치 소원의 뺨을 때리려는 것처럼. 소원은 겁먹지도 물러서지도 않았다. 오히려 강한의 앞으로 한 걸음 나서면서 제 얼굴을 들이밀었다.

"때려봐요. 지금 이 각도에서 그대로 내리치면 정통으로 맞을 거예요."

"……."

"뭐 해요, 때려보라니까요? 왕년에 한주먹하셨다면서요. 좀 보여줘봐요."

소원이 깐죽거릴수록 확 패주고 싶은 강한의 마음도 강해졌지만, 이상하게도 팔이 움직이지 않았다. 물론 링 위에서긴 했지만 여태까지 사람 때리는 걸 주저해본 적이 없었는데. 강한은 텅 빈 동공으로 소원의 목소리가 들리는 방향을 노려볼 뿐, 손을 내리치지는 못했다.

"왜요? 못 때리겠어요?"

두 남자 사이에 끊어질 것처럼 팽팽한 긴장감이 감도는데, 강한의 안주머니에서 휴대전화가 진동하면서 그 긴장감을 잠시나마 깨뜨렸다. 강한은 안주머니에 손을 넣어 휴대전화를 꺼내면서 소원을 향해 위협적으로 말했다.

"너 지금 그 자리에 꼼짝 말고 있어."

"네, 네. 시키시는 대로 해야죠."

그래봤자 소원에게는 별 위협이 되지 못했다. 강한은 약이 올라 아랫입술을 지그시 깨물면서 휴대전화 화면을 더듬어 통화 연결 버튼을 눌렀다.

"여보세요?"

— 강한 검사님 되시죠? 여기 요양병원인데요. 최대한 빨리 오셔야 할 것 같아요. 어머님 상태가 갑자기 나빠졌어요. 상황이 심각해요.

"지금 가겠습니다."

강한은 망설임 없이 대답하고 전화를 끊었다. 휴대전화에서 새어나오는 목소리를 엿듣고 있던 소원도 덩달아 심각한 표정이 되었다. 싸우고 있었다는 사실은 어느새 잊어버렸다.

"형, 어머니가 편찮으세요? 어디가 편찮으신데요? 어느 병원이에요?"

"택시 불러."

강한은 짤막하게 말하면서 손을 더듬어 의자를 찾고, 의자에 걸쳐

두었던 겉옷을 집어 들었다.

"여보세요? 콜이죠? 여기 성암지방검찰청인데요……."

소원이 콜택시 회사에 다급하게 전화하는 소리가 들렸다. 택시가 도착하는 데는 채 5분이 걸리지 않았다. 소원은 강한을 향해 팔꿈치를 내밀었고, 강한도 이번에는 거부하지 않았다. 로비까지 엘리베이터를 타고 내려가 대기하던 택시에 올라탄 강한은 기사에게 행선지를 말했다.

"성암요양병원이요."

도심 한복판에 있는 대학병원과 달리, 변두리에 있는 요양병원까지는 택시로도 30분이 넘게 걸렸다. 그동안 강한은 창밖을 내다보면서, 아니 창밖을 보는 것처럼 턱을 괴고 자세를 취한 채 한마디도 하지 않았다. 소원도 그런 강한에게 말을 걸어볼 엄두를 내지 못했다.

"다 왔습니다."

구불구불한 길을 한참 달리던 택시가 마침내 커다란 적색 벽돌 건물 앞에 멈춰섰다. 강한은 어머니가 전원해온 이 병원에 와보는 게 처음이었다. 병원 측에 모든 걸 알아서 처리해달라고 부탁하고 비용만 냈다. 관심이 없어서가 아니라, 앞도 보지 못하는 보호자가 와봤자 짐만 될 거라는 생각에서였다. 그래서 강한은 막상 병원에 도착하자 어디로 가야 할지 몰랐다.

"형, 집중치료실로 가면 되죠? 이쪽이에요!"

택시에서 계산을 마치고 내린 소원이 눈치 빠르게 강한의 팔을 잡아끌었다. 시각장애인 보행 안내는 천천히, 조심스럽게 하는 게 원칙이라지만 지금은 그럴 여유가 없었다.

집중치료실은 3층에 있었다. 강한을 질질 끌고 오다시피 한 소원이 자동문을 지나 안으로 들어가려는데, 스테이션에 서 있던 간호사가 그들을 향해 소리쳤다.

"한영애 환자 보호자분이시죠?"

"네, 아들입니다."

소원은 가만히 있고 강한이 대답했다. 간호사는 선글라스를 끼고 케인을 손목에 끼운 강한을 조금 놀란 표정으로 훑어보더니 말했다.

"안으로 들어가시면 안 돼요. 지금 CPR(심폐소생술) 중이에요."

"CPR이요?"

강한의 가슴이 덜컥 내려앉았다. 그의 모친에게는 부정맥 증상이 있었고, 이전에도 심정지가 두 번 온 적이 있었다. 중환자실이 있는 병원에 있어야만 하는 건 그래서였다. 그때, 집중치료실 저편에서 절박하게 외치는 의사의 목소리가 들려왔다.

"150줄 차지, 물러서! 하나, 둘, 셋, 샷!"

"200줄 차지, 하나, 둘, 셋, 샷!"

강한은 그쪽을 향해 우두커니 선 채 주먹을 불끈 쥐었다. 손등에서 푸르스름한 굵은 핏줄이 튀어나왔다. 심장이 빠르게 뛰는 소리가 귓바퀴를 덮었다.

79

다행히 강한의 어머니는 죽지 않았다. 강한은 집중치료실에 있는 어머니의 침대 앞에 앉아서, 그녀의 목소리나 숨소리 대신 기계가 삑삑거리는 전자음에 귀 기울이고 있었다. 소원은 아무 말도 하지 않은 채 그 옆자리에 앉아 있었다.

"저, 보호자분도 몸이 편치 않으신 것 같은데 이런 말씀을 드리기가 죄송합니다만⋯⋯."

강한에게 누군가 다가와 말을 걸었다. 훅 끼쳐오는 소독약 냄새와 그 끝에 묻어나는 스킨 냄새. 정중하면서도 권위가 있는 목소리. 의사였다.

"말씀하십시오. 괜찮습니다."

"원무과에서 들으니 입원할 때부터 안내를 받으셨다고요. 우리 요양병원은 어머님 같은 특수한 환자를 감당할 수 있는 장소가 아닙니다. 언제 또 위급 상황이 생길지 모르는데, 대학병원으로 옮기셔야 합니다."

"대학병원에서 나가라고 해서 어쩔 수 없이 이곳으로 온 거 아닙니까."

강한은 무뚝뚝하게 받아쳤다. 솔직히 말하면 그도 지칠 대로 지쳤다. 어느 병원에서도 돈은 안 되고 손만 많이 가는 식물인간 상태의 환자를 받아주려고 하지 않았다. 의사는 강한의 마음을 다 안다는 듯 차분하고 온화한 어조로 달래듯 말했다.

"원래 성암대학병원에 계셨죠? 그쪽에 어떻게든 얘기해보시는 게 좋겠습니다. 솔직히 말씀드리자면, 이곳에 계시는 한, 어머님은 하루하루가 위험합니다. 잘 생각해보세요."

의사는 그 말을 마지막으로 남기고 사라졌다. 강한은 화가 난 것 같기도 하고, 슬프기도 한 것 같은 무표정한 얼굴로 잠시 앉아 있었다. 그러다가 옆에 앉아 있는 소원에게 말했다.

"잠깐 나 좀 혼자 있게 해줄래? 아니, 우리 어머니하고 둘이 있게 해줘."

"……필요하면 전화하세요."

소원은 그답지 않게 고분고분하게 대답하고는 집중치료실 밖으로 나갔다. 소원의 발소리가 멀어지는 것을 잠자코 듣고 있던 강한은, 그 소리가 완전히 사라졌을 때 주머니에서 휴대전화를 꺼냈다. 연락처를 일일이 넘기면서 확인할 기운도 없어서, 그냥 음성인식 기능을 사용하기로 했다.

"조민국 대표에게 전화 걸어."

— 조, 민, 국, 대, 표, 님에게 전화를 겁니다.

다행히 음성인식 기능은 강한의 목소리를 한번에 알아들었다. 신호음이 몇 번 지나간 후, 스피커폰에서 조 대표의 목소리가 흘러나왔다.

— 오, 강 검사. 그동안 잘 지냈나? 안 그래도 한번 연락하려고 했네.

이게 조민국이라는 사람의 대단하고 또 무서운 점이었다. 강한이 여진과의 약혼을 깨뜨린 후, 조 대표는 연락을 싹 끊고 강한을 죽은 사람 취급했다. 그런데 지금 조 대표의 유쾌한 말투를 들으면 그런 일은 일어나지 않았던 것 같았다.

"바쁘실 테니 단도직입적으로 용건만 얘기하겠습니다. 대표님의 도움이 필요합니다."

— 무슨 일인가?

"대표님께서 VIP병동에 입원시켜주셨던 저희 어머니께서 지금 요양병원으로 전원 오신 상태인데, 여기에선 오래 버티지 못하실 것 같습니다. 다시 대학병원으로 옮겨야 합니다."

— 성암지검에서 지온유 사건을 재수사할 거라고 들었네. 참으로 유감이 아닐 수 없어. 한 나라의 사법기관이 테러범의 위협에 굴복해서 줏대 없이 행동하는 것 말일세.

조 대표는 강한의 부탁에 가타부타 뭐라고 대답하는 대신 뜬금없이 재수사 얘기를 꺼냈다.

— 내 보좌관은 하던 일도 그만두고 고향으로 내려갔네. 아내가 극심한 우울증에 시달려 자살 시도까지 했다고 하더군. 그런데 그들에게 고통스러운 기억을 일깨워주려고 하는 건가?

"대표님, 그건……."

— 어차피 범인이 뒤바뀌진 않을 것 아닌가. 그럴 리가 없지. 지온유가 감옥에서 자살까지 했는데. 그랬다가는 검사인 자네가 엉뚱한 사람을, 그것도 어린 소년을 죽음으로 몰고 갔다고 인정하는 게될 테니. 대한민국 사법계에 다시 없었던 치명적인 과오로 남을걸세.

조 대표는 묵직한 말로 강한의 뼈를 때렸다. 강한이 아무 말도 하지 못하고 머뭇거리는데, 조 대표가 선심 쓴다는 듯한 투로 덧붙였다.

— 재수사는 최대한 신속하게, 조용하게 마무리될 것으로 기대하겠네. 사건 기록을 한번 재검토하고, 당시 가장 강력한 증거였던 DNA 증거를 확인해보는 정도면 충분하겠지. 피해자와 피해자 가족을 다시 들쑤시는 일은 절대 없게 해주게.

"......."

— 어머님은 내일 오전에 곧바로 대학병원 VIP병동으로 들어가실 수 있게 조치하겠네. 비용은 걱정하지 말고. 한때 가족이었던 사이에 그 정도는 당연한 거 아니겠나.

조 대표는 그렇게 말하고는 일방적으로 전화를 끊었다. 뚜, 뚜, 뚜. 소리가 울리는 동안 강한은 휴대전화를 쥔 채 우두커니 앉아 있었다. 다른 사람도 아닌 조 대표에게 부탁하는 처지가 된 것이 이루 말할 수 없이 비참했다.

'아픈 어머니를 볼모로 잡힌 것 같군. 아니, 같은 게 아니라 그게 맞는 건가......'

강한의 입가에 소태처럼 쓴웃음이 번지고 있을 때, 등 뒤에서 갑자기 소원의 목소리가 났다.

"이제 알겠네요. 1년 전에도 이런 식이었던 거예요?"

강한은 흠칫 놀라서 고개를 들었다. 평소 같았다면 자신이 있는 공간으로 누군가 들어오는 기척을 곧바로 알아차렸을 것이다. 그런데 조금 전에는 조 대표와 통화하느라 소원이 들어와 서 있다는 것을 알지 못했다.

"조 대표? 조민국? 그 사람이 뭔데요? 뭐가 그렇게 대단해서 대한민국 검사가 쩔쩔매면서 한마디도 못해요?"

"병원에서 큰소리 내지 마. 차라리 나가서 얘기하자."

"뭐 어때요? 어차피 형 어머니는 아무것도 못 듣잖아요. 아무것도 모르잖아요."

가시처럼 아프게 찌르는 말에, 강한은 그만 어깨를 움찔했다. 소원은 그런 강한을 보면서 비웃듯이 물었다.

"왜요? 내 말이 너무 잔인해요? 형이 당하는 입장이 되니까 좀 느껴져요?"

"밖으로 나와."

강한은 케인을 짚고 집중치료실을 나가면서 소원에게 명령했다. 더는 소원에게 자신의 명령이 먹히지 않으리라는 직감이 들었지만. 옆얼굴이 묘하게 따끔거리는 느낌에, 소원이 자신을 지그시 노려보고 있다는 걸 알 수 있었다.

그래도 소원은 강한을 따라 나갔다. 그들 사이에는 꼭 해야 하는 얘기가 있었다. 더는 미룰 수 없었다.

* * *

강한과 소원은 병원 앞길까지 나왔다. 그곳은 차도와 인도 구분이 따로 없었다. 강한은 더 한적하고 안전한 곳으로 가서 얘기하고 싶었지만, 소원이 거기까지 조용히 나와준 것도 많이 참은 거였다. 그는 병원 현관문을 벗어나자마자 강한의 옷소매를 잡고 있던 손을 뿌리치듯 놓아버리면서 말했다.

"형. 아니, 강한 검사님. 마지막으로 한 번만 더 물어볼게요. 1년 전, 온유의 사건을 정말 아무 편견 없이 공정하게 수사한 게 맞아요?"

"난 모든 증거를 검토해보고 그에 맞는 합리적인 결정을 내렸을 뿐이야."

"그건 제가 물어본 것에 대한 대답이 아니잖아요."

"……."

"밖에 나갔다가, 간호사들이 하는 얘기를 들었어요. 검사님 어머님은 원래 대학병원 VIP병동에 있으셨다고요. 거기 입원비가 하루에 80만 원이라고요. 근데도 자리가 없어서 아무나 못 들어간다면서요? 검사님, 솔직히 그렇게까지 부자는 아니잖아요. 그런데 어떻게 검사님 어머님은 그런 곳에 1년 가까이 입원하셨던 거예요?"

소원은 주먹을 불끈 쥐며 따지듯 물었다. 봇물처럼 터져나오기 시작한 말은 그칠 줄 몰랐다.

"조 대표가 검사님 뒤를 봐준 거죠. 그래서 어머님도 연줄로 입원시키고, 조 대표 딸하고 약혼도 하고, 좋은 집, 좋은 차도 사고. 나한테는 검찰 내부 사정을 얘기하면 안 된다고 해놓고 조 대표랑은 줄줄이 다 얘기하잖아요."

"……말 함부로 하지 마."

강한은 아랫입술을 지그시 깨물면서 경고하듯 말했지만, 소원은 멈출 생각이 조금도 없었다.

"내가 뭘 함부로 말했는데요? 그냥 사실 그대로 말했을 뿐이잖아요. 왜요? 팩트로 처맞으니까 아파요? 더 해줘요? 검사님도 결국은 영화나 드라마에 나오는 검사들이랑 똑같아요. 권력에 빌붙는 개라고요!"

그 순간, 더는 참지 못한 강한이 소원의 목소리가 들리는 쪽으로 주먹을 날렸다. 그러나 소원을 붙잡고 있었던 게 아니어서, 정확한 방향과 각도를 가늠하기는 어려웠다. 허공을 가로지른 강한의 주먹은 소원의 어깨 위쪽을 스쳐 지나갔다. 아프지도 않을 정도였다.

"이건 분명 그쪽이 먼저 친 거예요. 선빵 날린 거라고요."

소원은 가소롭다는 듯 어깨를 툭툭 털어내면서 강한을 향해 그렇게 못 박았다. 그리고 다음 순간, 그의 얼굴을 향해 있는 힘껏 주먹을 날렸다.

퍽-!

얼굴에 주먹이 정통으로 맞아들어가는 묵직한 소리와 함께 강한의 몸이 홱 뒤로 넘어갔다. 만일 이곳이 링이고 강한이 앞을 볼 수 있었다면 절대 있을 수 없는 일이었다. 소원은 휘청대는 강한을 향해 한 단어 한 단어 힘주어 말했다.

"지온유가 범인이든 아니든, 진짜 중요한 건 그게 아니에요. 모르겠어요? 검사님이 돈과 권력의 유혹에 졌다는 거, 그래서 더 파볼 수 있는 사건을 파보지 않았다는 거. 그게 잘못인 거라고요. 절대 용서받을 수도 없고 돌이킬 수도 없는 일이라고요."

"……"

"이번 일은 어떻게 보면 검사님에게 주어진 기회예요. 잘못을 만회할 수 있는 마지막 기회요. 그걸 똑바로 볼 수 없다면, 마음의 눈까지 멀어버린 거라면, 나도 더는 당신 같은 인간을 돕고 싶지 않아."

"류소원……."

강한은 들릴락 말락 작게 소원의 이름을 불렀다. 이상했다. 소원은 분명 강한을 원망하고 있는데, 비난하고 있는데, 그 목소리는 꼭 금방이라도 울음이 묻어날 것만 같았다. 꼭 맞은 사람보다 때린 사람이 더 아픈 것처럼.

"우린 여기서 끝이에요. 남은 봉사활동 시간은 제가 어떻게든 채워볼게요. 이 꼴을 보고 사느니 차라리 화장실 청소, 도로 청소나 하면서 노예처럼 사는 게 낫겠어요. 아니면 뭐, 그냥 나도 감방에 처넣으시든가. 어차피 그게 당신들 주특기잖아요?"

소원은 신랄한 빈정거림만을 남기고서, 강한을 길 한복판에 두고 등을 돌렸다. 급속히 작아지는 발걸음 소리가, 그가 얼마나 빠르게 걸어가고 있는지 알려주었다. 강한은 소원을 붙잡지 않았다. 언젠가는 이렇게 될 수밖에 없었다는 생각만 들 뿐이었다. 자석의 S극과 S극을 억지로 붙여놓아봤자 언젠가는 더 거센 반동으로 튕겨나갈 뿐이라고.

'택시를 불러서 집에 가야겠군. 그다음 일은 그다음에 생각하자.'

강한은 소원 없이도 집에까지 가는 건 별문제가 없을 거라고 여기면서 휴대전화를 꺼내 들었다. 그런데 다음 순간, 누군가 병원으로 급하게 뛰어 들어가면서 강한의 어깨를 세게 치고 지나갔다. 그 바람에 강한의 손가락 사이에 있던 휴대전화가 허공으로 휙 날아가고 말았다.

"아, 죄송합니다!"

"이봐요, 휴대전화를 주워주고 가야죠!"

강한은 다급하게 소리쳤지만, 그 사람은 이미 병원 안으로 들어가버린 후였다. 강한은 조심스럽게 쪼그려 앉아서 발 주변을 더듬거렸지만 휴대전화는 손에 잡히지 않았다. 멀리 날아가버린 것 같았다. 갑자기 마음이 급해졌다. 언제 어디서 차가 달려올지 모르는 상황이었다.

"저기, 아무도 안 계십니까? 좀 도와주십시오. 저는 시각장애인입니다."

강한은 인기척이라고는 느껴지지 않는 허공에 대고 소리쳤지만, 역시 대답은 돌아오지 않았다. 대신 강한의 오른편에서 부우우웅 소리를 내면서 차 한 대가 거칠게 달려왔다. 강한은 소스라치게 놀라면서 허둥지둥 몸을 일으켰다. 다급하게 케인을 펴서 바닥을 짚으려다가, 케인이 제대로 펴지지 않는 바람에 그대로 앞으로 고꾸라졌다.

"웃!"

강한은 길 언저리의 진흙탕에 무릎을 처박으면서 넘어졌다. 자동차는 그 옆을 아슬아슬하게 스쳐 지나갔다. 얼굴에 튄 진흙을 손등으로 닦아내면서, 강한은 스스로에게 묻지 않을 수 없었다.

'난 정말 돈과 권력의 유혹에 넘어갔던 걸까? 편견과 예단에 가득 찬 눈으로 사건을 보고 있었던 걸까? 나도 의식하지 못하는 사이에, 조 대표의 구미에 맞는 수사 결과를 끌어내고 싶은 마음이 있었던 거라면…….'

어떻게든 몸을 일으키려고 바닥을 더듬거리던 강한의 손끝에, 익숙한 촉감이 와닿았다. 그의 휴대전화였다. 어디로 날아갔나 했더니 진흙탕에 처박혔던 것이다. 강한은 다급히 휴대전화를 건져냈다. 혹시 고장 난 게 아닌가 싶어서 조마조마한 찰나, 기적처럼 휴대전화가 울렸다. 강한은 누군지 확인해볼 틈도 없이 통화 버튼을 찾아서 눌렀다.

— 검사님, 저 한정남 경감입니다. 꼭 드려야 할 말씀이 있어서 전화드렸습니다. 사실 1년 전 사건에서, 제가 사건 기록에 남기지 않았던 진술이 있었습니다. 그때는 별거 아니라고 생각해서 그냥 넘어갔는데…….

"……."

— 검사님, 듣고 계십니까? 검사님?

온통 갈색 물이 튄 얼굴로 길바닥 한복판에 주저앉아 있는 강한의 귓가에, 한 경감의 목소리가 헛된 메아리를 남기며 울려 퍼지고 있었다.

80

1년 전 10월 10일 화요일 오후 4시 30분. 성암지방법원 형사 제
2합의부 법정.

"양심에 따라 숨김과 보탬이 없이 사실 그대로 말하고 만일 거짓
말이 있으면 위증의 벌을 받기로 맹세합니다. 류, 소, 원."

소원은 이름 석 자를 말하는 것과 동시에 손을 내렸다. 증인석에
서 보았을 때 법대 우측, 변호인석이라고 쓰인 자리에 앉아 있는 지
영이 우선 신문을 시작했다.

"먼저 증인이 누구인지, 피고인과는 어떤 관계인지 말씀해주세요."

"이름은 류소원이고요. 성암고등학교 3학년 7반이고요. 저기 앉
아 있는 온유…… 그러니까 피고인하고 친구 사이예요."

소원은 지영의 옆자리에 앉아 있는 온유를 힐끔거리면서 말했다.
온유는 소원과 똑같은 하늘색 옷을 입고 있었다. 다른 게 있다면, 소
원의 옷은 교복이고 온유의 옷은 수의(囚衣)라는 점뿐이었다. 온유는
소원과 눈이 마주치는 순간, 여기가 어딘지 분위기 파악도 못한 듯
입꼬리를 끌어올리면서 히죽 웃어 보였다. 물론 소원은 웃기는커녕

눈도 제대로 보지 못했지만.

"피고인과 친구 사이라고요? 많이 친한 사이인가요?"

"가장 친해요. 중학교에 입학할 때쯤 온유네가, 그러니까 온유랑 온유 위탁부모님이 저희 아파트 옆집으로 이사 와서 그때부터 쭉 가깝게 지냈어요."

"그러면 평소 자주 만나기도 했겠네요?"

"네, 등하교는 웬만하면 같이하는 편이었어요. 온유가 저희 집에 놀러 오기도 했고요. 사실, 그 사건이 있었던 날에도 왔어요."

소원의 말은 법정에 작은 파문을 일으켰다. 법대에는 세 명의 판사가 앉아 있었는데, 진행을 주도하는 건 그중 가운데 앉아 있는 여자 판사, 고유정이었다. 그녀는 소원의 말을 듣자마자 목을 길게 빼면서 그의 얼굴을 들여다보았다.

반면, 붉은 깃이 달린 검은색 법복을 입고 검사석에 앉아 있는 남자는 눈썹 한 올 꿈틀하지 않았다. 강한 검사였다. 지영은 본격적인 신문을 시작했다.

"방금 증인이 말한 '그 사건'은 김별하 양이 살해당한 사건이고, '그 사건이 있었던 날'이란 9월 1일 금요일을 말하는 게 맞나요?"

"네, 맞아요. 그날 수업이 3시 50분에 끝났는데 자전거를 타고 집에 가다가 폐공장 앞길에서 온유를 만났어요. 자전거를 태워달라고 하도 졸라서 태웠다가 같이 넘어졌는데, 옷을 다 버려서 그대로 집에 데려왔어요. 라면을 끓여서 같이 먹고, 6시 무렵까지 같이 있었던 거 같아요."

"6시까지 뭘 하면서 시간을 보냈나요?"

"그냥, 얘기했어요. 온유가 별이를 만나러 가야 한다고 해서, 좋아하는 애냐고 제가 놀렸어요. 생일인데 선물도 준비 안 했다고 하기에 그러면 안 된다고 했더니 그림을 그려달라고 하더라고요. 별이가 누군지 알아야 제가 그려주든지 말든지 하잖아요. 그랬더니 온유가 어떤 여자애 사진을 메신저로 보내줬어요."

소원의 말이 끝나자마자 지영은 실물화상기에 컬러 출력한 사진 한 장을 올려놓았다. 소원이 휴대전화에 저장해놓았던 별하의 사진이었다.

"이 사진을 말하는 건가요? 오후 5시 45분에 피고인 휴대전화에서 증인 휴대전화로 전송된?"

"맞아요."

"그러면 5시 45분까지 피고인과 증인이 함께 있었던 건 확실한 거네요?"

"네."

소원이 고개를 끄덕이는 것과 동시에, 여태껏 무심한 표정으로 가만히 앉아 있던 강한이 마이크에 대고 입을 열었다.

"이의 있습니다. 계속 같은 질문을 반복하고 있습니다. 의도가 뭡니까?"

"중요한 논점이기 때문에 확실히 해두려는 겁니다. 검찰 측 증거 제32호증, 국립과학수사연구원의 부검보고서를 봐주십시오."

지영은 보고서 복사본을 실물화상기에 올려놓고 형광펜으로 동그라미 친 부분을 손가락으로 짚었다.

"피해자의 사망추정 시각이 오후 5시 10분에서 30분 사이. 오차 범위는 20분 내라고 되어 있죠. 피해자는 사건 당일 5시까지 발레학원에 있었고, 발레학원에서 받았던 간식이 부검 당시 위에 그대로 남아 있는 상태였기 때문에 이보다 큰 오차는 날 수 없다고 했습니다. 그러니까 만일 류소원 증인의 말이 사실이라면, 피고인에게는 알리바이가 성립하는 것입니다."

지영의 말에 판사의 얼굴이 심각하게 굳어졌다. 반면 강한은 아무런 타격도 입지 않은 듯, 법복 옷깃을 가볍게 잡아당겨 펴면서 여유만만한 태도로 자리에서 일어났다.

"변호사님 주 신문 끝나셨으면, 검찰 측 반대신문 시작하겠습니다."

강한은 검사석을 벗어나 소원이 서 있는 증인석까지 성큼성큼 걸어왔다. 신문 사항을 적은 종이도, 마이크 같은 것도 필요 없었다. 그저 그의 두뇌와 목소리면 충분했다.

"증인, 피고인과 친구 사이라고요?"

"네."

"친구가 맞습니까? 경찰과 검찰에서 두 차례에 걸쳐 성암고등학교 학생들을 탐문했을 때, 둘의 관계에 대해서 언급한 사람은 단 하나도 없던데요."

"그건……."

소원은 피고인석에 앉아 있는 온유를 보고 그만 입을 다물어버렸다. 온유가 보는 앞에서, '장애인과 친구라는 사실이 창피했다'고는 도저히 말할 수 없었다. 강한은 말끝을 흐리는 소원을 보며 그럴 줄 알았다는 듯 말을 이었다.

"피고인의 담임선생님 진술에서도, 생활기록부에 첨부된 교우관계 조사서에도 증인의 이름은 없었습니다. 둘이 거의 매일 같이 등하교했다면서, 정작 그 모습을 목격한 사람은 하나도 없군요. 그 학교에는, 증인과 피고인만 따로 다니는 특별한 지하통로라도 있었던 겁니까?"

강한의 신랄한 빈정거림에, 법대 오른쪽에 앉아 있던 젊은 배석판사가 저도 모르게 픽 웃는 소리가 났다. 소원은 어떻게든 변명해보려고 했다.

"학교까지 같이 가진 않았어요. 등교할 땐 아파트에서 폐공장 건물까지 같이 간 다음에 헤어지고, 하교할 땐 반대로 건물 앞에서 만났어요. 저한테도 저기, 다른 친구들이 있으니까……."

소원은 자기 말이 궁색하게 들린다는 걸 알았다. 아마 강한에게도 마찬가지였을 것이다.

"피고인의 집단상담 기록을 보니 고등학교 2학년 때 수학여행을 갔던 내용이 나와 있더군요. 그 당시 증인도 피고인과 같은 반이었죠?"

강한은 이미 다 알고 있는 걸 확인하는 투로 말했다. 류소원이라는 이름이 적힌 증인신청서가 제출된 직후, 철저한 사전조사를 마쳤다. 이런 애송이 하나 박살 내는 것쯤은 일도 아니었다.

"같은 반이긴 했는데요……."

"수학여행을 가는 버스에서 누구도 피고인의 옆에 앉고 싶어하지 않아서 피고인은 결국 혼자 앉아서 갔다고요. 수학여행 장소인 유스호스텔에서도 다들 피고인과 같이 방 쓰는 걸 싫어해서 독방을 쓰게 됐고요. 증인이 피고인의 친구라면, 그런 상황에서 왜 가만히 있었습니까?"

"……."

"둘이 이웃집에 살면서 알고 지낸 건 맞지만 친구라고 표현할 만한 사이는 아니었죠? 사건 당일에도 함께 있지 않았던 것 아닙니까?"

강한은 다 꿰뚫어 보고 있다는 듯한 투로 말했다. 소원은 어떻게 반박해야 할지 몰라 허둥거리다가, 휴대전화에 있던 사진을 떠올리고는 절박하게 외쳤다.

"그 사진, 사진 받은 거 있잖아요!"

"그건 다른 어디에서 보냈을 수도 있는 거 아닌가요? 어차피 메신 저 전송 내역만으로는 정확한 위치가 나오지 않으니까."

"저는 그런 건 몰라요. 그날 온유랑 같이 라면을 먹었다고요, 분 명히."

"맞아요, 우리 라면 먹었어요."

점점 문답의 간격이 짧아지는 신문에 갑자기 끼어든 사람은 피고 인석에 앉아 있던 온유였다. 강한은 들을 가치도 없다는 듯 그쪽을 쳐다보지 않았다. 대신 지영이 부드럽게 손을 뻗어 온유더러 가만히 있으라는 시늉을 했다. 강한은 차갑게 코웃음 치며 말했다.

"같이 앉을 수는 없어도 같이 라면은 먹을 수 있다는 거죠. 뭐, 그 렇다고 칩시다. 검찰청에서 증인의 아버지인 류성진 교도관에게 전 화해 확인해본 결과, 류 교도관이 그날 5시 30분에 퇴근했고 퇴근해 보니 증인 혼자 있었다고 하던데요. 그건 어떻게 된 겁니까?"

강한은 빠른 속도로 말하면서 실물화상기에 '수사보고서'라고 쓰 인 서류 한 장을 올려놓았다. 거기에는 강한이 방금 말한 내용이 타 이핑되어 있었다. 그걸 본 소원은 잠시 당황하다가 어물어물 대답 했다.

"그건 아부지가 거짓말하는 거예요. 내가 온유하고 엮이는 것 자 체를 싫어해요. 오늘 증인 나오는 것도 반대했고. 한번 나가기 시작 하면 계속 나가야 한다고, 재판이 언제까지 갈지도 모르고 기자들이 찾아올지도 모른다고……. 그러니까 그냥 아무것도 모른다고 하라 고……."

"증인이 거짓말하는 게 아니고요? 증인의 아버지는 3년 연속 모 범 교도관으로 표창받을 만큼 성실하고 정직한 인물로 정평이 나 있 던데요. 반면 증인은 어떻습니까? 올해 3월, 시험 도중 부정행위를 저질러서 징계받은 전력이 있지 않습니까?"

강한은 사전에 입수한 성암고등학교 징계위원회의 회의록 사본 일부를 실물화상기에 올려놓았다. '3학년 류소원' '커닝' '0점 처리' 같은 자극적인 단어들에 줄을 쳐놓은 게 제일 먼저 눈에 띄었다. 소원의 얼굴이 확 달아오르면서 붉어졌다.

"그건 초치기라고 애들이 다 하는 건데, 재수 없게 혼자만 걸려서……. 진짜 시험도 아니었고 그냥 모의고사였어요. 그것도 제2외국어……."

"모의고사면 부정행위를 해도 된다는 겁니까? 모의고사 성적을 지표로 해서 전국의 고등학교 3학년 학생들이 자기 진로를 결정하게 될 텐데요. 그게 증인에게는 장난입니까? 부정행위가 형법상 위계에 의한 업무방해죄로 처벌받는 행위라는 건 알고 있습니까?"

강한은 소원이 정신이 하나도 없을 정도로 거세게 몰아붙였다. 제아무리 당돌한 성격이라지만, 그렇지 않아도 처음 와보는 형사법정, 더구나 살인 사건 증인이 되었다는 어마어마한 상황에 적응하지 못하고 있던 소원은 속수무책으로 당할 수밖에 없었다. 그나마 도와줄 수 있는 사람은 변호사 지영뿐이었다.

"이의 있습니다. 검사가 증인을 심리적으로 압박하고 있습니다."

"마지막 질문은 철회하겠습니다. 다시 묻겠습니다. 증인 아버지가 거짓말한 거라면 증인 아버지를 검찰 측 증인으로 불러서 확인해봐도 되겠습니까? 둘의 증언이 다르다면 둘 중 하나는 위증죄의 책임을 지게 될 텐데, 그래도 괜찮겠냐는 겁니다."

"판사님! 이의 있습니다!"

점점 공격적으로 변하는 강한의 신문에 지영이 자리를 박차고 일어났다. 그러나 고 판사는 아직까지도 강한을 적극적으로 제지하지 않고 있었다. 마치 둘이 사전에 짜고 움직이는 것처럼. 그때, 여태껏 수세에 몰리고만 있던 소원이 용감하게 반박하고 나섰다.

"제가 온유와 친하다는 것 자체가 거짓말이면, 뭐 하러 굳이 법정에 나와서 거짓말을 하겠어요? 그냥 아무것도 안 하고 가만히 있겠죠."

"그렇군요. 그에 대한 설명이 필요하겠군요."

강한은 소원의 반격에도 당황하는 기색 하나 없이 실물화상기에 있던 수사보고서를 치우고 또 하나의 증거물을 올려놓았다. 바로 사진이었다. 소원은 어떤 중년 남자와 맥도날드에 앉아서 햄버거를 먹고 있는 자신의 옆모습을 사진 속에서 발견하고 당혹스러운 낯빛이 되었다.

"증인은 이 사진에 찍힌 것처럼 닷새 전, 성암역 앞 맥도날드에서 범죄 르포 전문작가 최기준 씨를 만나서 면담한 사실이 있죠?"

"아뇨, 면담이 아니고요. 그냥 그 사람이 갑자기 찾아와서 얘기 좀 하자고 했어요. 햄버거를 사주기에 먹은 것뿐이고요."

소원은 갑자기 이 사진이 왜 튀어나왔는지 몰라 당황해서 횡설수설했다. 그러나 강한은 애초부터 명확히 노리고 있는 바가 있었다.

"최 작가는 유명한 형사사건에 관련된 사람들을 매수해서 알아낸 기밀정보로 책을 쓰고 팔아먹는다고 알려진 사람인데, 최 작가가 증인에게도 돈을 주겠다고 했습니까?"

"아뇨, 절대 아니에요. 그냥 이것저것 물어보긴 했는데 대답은 안 해줬어요. 아는 것도 없었고!"

소원은 억울하다는 듯 소리쳤다. 그 사람이 작가이고 이름이 최기준이라는 것도 방금 알았다.

닷새 전, 그가 학교 앞에서 교복 차림의 소원을 보고 잠시 얘기 좀 하자고 해서, 그냥 기자 중 한 명인 줄 알았다. 싫다고 하면 분명히 다른 애한테 갈 테고, 그랬다가는 온유에 대해 안 좋은 얘기만 잔뜩 나올 것 같아 차라리 일단 같이 가서 모른다는 말만 계속하자고 마음먹고 따라갔던 것이다. 그런데 사진이 찍힐 줄은 정말 꿈에도 몰랐다.

강한은 드디어 빌미를 잡은 사람처럼 맹공격을 퍼부었다.

"증인은 사건 초기에는 수사기관에 단 한 번도 모습을 드러낸 적이 없었죠. 그런데 이제 와 별로 친하지도 않았던 피고인의 알리바이에 대해 증언하겠다고 나선 건, 증언 내용을 르포 작가에게 팔아먹고 돈과 유명세를 얻을 목적이 아닙니까? 가정 형편이 어렵다고 들었는데."

"절대 아니에요!"

소원은 필사적으로 외쳤지만, 마음속으로는 이미 다 끝장났다는 걸 느낄 수 있었다. 자신의 증언도, 그리고 온유도. 판사는 이미 마음을 정한 듯 보였다.

"이상, 반대신문을 마치겠습니다."

강한은 조 대표가 '두 번째 선물'이라면서 보내준 사진을 기록 속에 말없이 챙겨 넣으며 보일 듯 말 듯 미소 지었다. 소원은 그 미소가 자기가 살면서 본 것 중에서 가장 비열한 표정이라고 생각했다.

81

11월 4일 일요일 오전 9시 30분. 강한의 집.

"류뚱, 지금 몇 시야?"

강한은 눈을 뜨는 것과 동시에 중얼거리듯 물었다. 그러나 대답은 돌아오지 않았다. 아직도 자는 건가. 게으른 녀석 같으니. 멍하니 그런 생각을 하던 강한의 의식에 불쑥 어젯밤 일이 떠올랐다. 소원과 싸운 것과, 한 경감에게 전화가 왔던 것까지도.

"아, 맞다. 한 경감님."

강한은 다급하게 몸을 일으켜 침대에서 내려오다가, 바닥에 떨어져 있는 옷가지를 밟고서 그대로 쭉 미끄러졌다. 바닥으로 추락하듯 넘어지면서 침대 프레임에 턱을 세게 부딪혔다.

"윽!"

강한은 눈앞에 별이 보이는 것 같은 얼얼한 통증에 턱을 양손으로 감싸 쥔 채 몇 분 동안 괴로워했다. 어젯밤, 지나가던 순찰차에 의해 발견되어 간신히 집에 돌아온 것까진 좋았는데, 피로에 지친 나머지 뱀 허물 벗듯 훌훌 벗은 옷가지를 아무렇게나 던져버린 것이 문제였다.

"그러고 보니까 그 녀석, 옷 한 벌 안 가지고 갔네. 그 고집에 제집으로 들어갔을 리는 없고. 어쩌려고 그러지?"

강한은 어젯밤 어디서 잤을지 모르는 소원을 생각하다가, 이내 고개를 저으며 그 생각을 떨쳐버렸다. 어린애도 아니고 스무 살이나 먹었고, 멀쩡하고 건강한 몸이 있는데 뭐가 걱정이겠나 싶었다.

강한은 소원이 없는 상태에서 혼자 화장실까지 걸어가 세수를 하고, 샤워를 하고, 머리를 말린 다음 옷장이 있는 안방으로 돌아왔다. 아침 식사와 면도는 그냥 생략하기로 했다. 강한이 손을 뻗었을 때 바로 닿을 만한 높이의 선반에는 소원이 속옷, 셔츠, 바지, 양말, 이렇게 미리 맞춰놓은 사흘치 옷이 차례대로 개켜져 있었다.

"오늘 날씨가 추워서 좀 두꺼운 걸 입어야 할 것 같긴 한데…….
뭐, 얼어 죽진 않겠지."

강한은 개중 맨 앞에 있는 옷가지들을 한 손으로 집으면서 무심히 중얼거렸다.

— 현재 시각은 오전 10시 20분입니다.

침대 머리맡을 더듬거려 찾아낸 시각장애인용 탁상시계의 버튼을 누르자 안내음성이 흘러나왔다. 이 시계도 소원이 인터넷 쇼핑몰을 뒤져 찾아낸 거였다. 나 홀로 외출 준비를 마친 강한은 곧바로 장애인용 콜택시를 호출하고 집 앞으로 나가서 기다렸다.

장애인용 콜택시는 그 수가 많지 않은 만큼, 보통 한번 왔던 기사가 또 오는 경우가 많았다. 강한을 여러 차례 본 적이 있는 기사는 강한이 서 있는 자리까지 바짝 다가와 택시를 세웠다. 그리고 운전석에서 민첩하게 뛰어내려 뒷좌석 문을 열어주러 왔다.

"검사님? 오늘은 웬일로 혼자 나오셨네요. 학생은요?"

"잠깐 어디 갔습니다."

강한은 덤덤한 말투로 대답하고 택시 뒷좌석에 올라탔다.

"어디 갔다고요? 웬일이래요? 검사님과 껌딱지처럼 붙어다니더니."

기사는 강한이 알려준 카페 주소를 내비게이션에 입력하고 차를 몰기 시작하면서 입담 좋게 떠들어댔다. 강한은 그의 목소리를 알고 있었다. 평소에는 이렇게 호들갑스럽게 떠들어대는 사람이 아닌데 오늘은 좀 달랐다.

"제가 장애인 콜택시 몬 게 벌써 5년인데, 그동안 활동보조인도 이런 사람 저런 사람 숱하게 봤단 말이죠. 솔직히 그 학생을 처음 봤을 때는 뭐 이런 어린애가 도움이 되겠나 싶었어요."

"……."

"그런데 보면 볼수록 애가 진국이더라고요. 겉보기와 달리 참 세심하게 잘 챙겨요. 예약 전화할 때마다 검사님이 빙 돌아갈 필요 없게 택시는 꼭 문 앞에다가 세워달라고 하고, 속도가 너무 빠르면 안 보이는 사람은 불안하니까 시속 80킬로미터 이하로 몰아달라고 하고, 오가는 동안 검사님 쉬셔야 하니까 라디오나 트로트 음악은 틀지 말고 조용히 있어달라고 하고."

"……."

"아, 조용히 있어야 하는데 제가 수다를 너무 많이 떨었네요, 죄송합니다. 눈치 없이 그만."

"아닙니다."

강한이 차분한 말투로 대답하자, 택시 기사는 자발적으로 입을 다물고 운전에 열중했다. 평화로운 침묵 속에서, 강한은 휴대전화를 켠 채로 잠시 고민했다. 어디에 있는 건지 물어보기라도 할까. 그러나 소원이 원하는 건 그렇게 어설픈 걱정이 아닐 거라는 생각이 들었다.

* * *

오후 12시. 성암동 소재 카페 '윤'.

"강 검사님, 여깁니다!"

케인을 짚으면서 카페 안으로 들어서던 강한의 귀에 한 경감의 목소리가 들렸다. '여기'라는 말이 아무 도움도 되지 못한다는 걸 모르는 모양이었다. 강한은 잠시 그 자리에 우두커니 선 채 가만히 있었다. 목소리의 음량을 통해 대강 방향과 거리를 짐작하는 것은 가능했지만, 처음 와본 곳에서는 일단 움직이지 않는 게 상책이라는 걸 어젯밤의 경험을 통해 배웠다.

"아이쿠, 죄송합니다. 제가 눈치가 없었네요."

한 경감은 강한이 움직이지 않는 이유를 뒤늦게 알아차린 듯 서둘러 이쪽으로 다가왔다. 다짜고짜 팔을 잡아 자리로 데려가는 손짓이 거칠고 우악스러웠지만 강한은 묵묵히 참아 넘겼다. 보행 안내에 대한 기본적인 배경지식이 없는 사람에게 그 이상을 기대하는 건 무리였다.

"저번에 그 학생은요? 같이 오지 않으신 겁니까? 그럴 줄 알았으면 검사님 댁 근처로 약속 장소를 잡았을 텐데요."

"괜찮습니다. 그건 그렇고, 기록에 남기지 않았던 진술이라니 그게 대체 무슨 얘깁니까?"

강한은 곧장 용건으로 들어갔다. 피해자와 이런 식으로 검찰청 밖에서 만나 사적으로 대화를 나누는 것 자체가 엄밀히 말하면 원칙에 어긋났다. 한 경감의 간곡한 부탁이 아니었다면, 그리고 충격적인 발언이 아니었다면, 강한은 절대 이 자리에 나오지 않았을 것이다. 한 경감은 잠시 망설이다가 천천히 입을 열었다.

"저, 경찰 그만뒀습니다. 아니, 정확히 말하면 잘린 거죠. 도저히 사표를 내지 않으면 안 될 지경에까지 몰렸으니까요. 이틀 전 동료들한테 마지막 인사하고 책상 정리해서 나왔습니다."

"……그러셨군요."

"뭐 그렇다고 인생 종 쳤다고 생각하는 건 아닙니다. 사실 그날 검사님이 다녀가신 후로 생각 많이 했습니다. 저런 사람도 포기하지 않고 열심히 사는데 나라고 못할 게 뭐 있나 하고. 아, 혹시 기분 상하셨으면 죄송합니다. 그런 의미로 말한 건 아닙니다."

"알고 있습니다."

"책상을 정리하다가 작년까지 썼던 업무 수첩을 찾았습니다. 휴대전화로 메모하기 시작하면서 버린 줄 알았는데 갖고 있었더라고요."

그 말이 끝나는 것과 동시에 패딩 주머니를 뒤지는 것처럼 바스락거리는 소리가 났다. 그리고 수첩 페이지를 팔랑팔랑 넘기는 소리. 한 경감은 바짝 마른 입술을 침으로 축여가면서 말을 이었다.

"그놈이 처음으로 저를 덮쳤던 날이 9월 3일이었죠. 혹시나 해서 1년 전 9월 3일에 무슨 일이 있었는지 찾아봤습니다. 피해 아동이 살해당하던 날, 수업받았던 발레학원 있죠? 거기로 탐문조사를 갔더라고요."

"그럼 그날, 발레학원 탐문조사 내용 중 보고하지 않은 부분이 있다는 겁니까?"

당연한 결론을 추론해서 묻는 강한의 말투는 침착했지만, 얼굴은 딱딱하게 굳어 있었다. 발레학원은 별하가 사건 직전 마지막으로 들렀던 장소였다. 심지어 발레학원 교사는 별하가 용의자와 함께 가는 것을 직접 목격하기까지 했다. 그런데 그 조사 내용에 거짓이 섞여 있다면, 지온유 사건 수사에는 정말 심각한 오류가 있었던 것이 된다.

"일부러 보고하지 않은 건 아니고, 보고할 필요가 없다고 판단한 겁니다. 어린애들의 망상이라고 생각했거든요."

"그 망상이라는 게, 정확히 뭘 말하는 겁니까?"

강한의 질문에, 한 경감은 오래된 기억을 더듬는 것처럼 다소 두서없이 얘기하기 시작했다.

"제가 발레학원 선생님으로부터 별하가 남자 고등학생과 함께 가는 걸 봤다는 얘길 듣고 있을 때였습니다. 그 학생이 누군지 아느냐고 물어보니까 모른다고 하더라고요. 그때 옆에서 연습하고 있던 여자애들 몇 명이, 자기들은 누군지 안다고 했어요."

"별하가 누구와 함께 갔는지 안다고 했다고요?"

강한은 누군가 등골에 찬물을 끼얹은 것처럼 정신이 번쩍 들었다. 도대체 왜 이 이야기를 이전에 듣지 못했나 싶었다. 강한이 그렇게 생각하는 걸 한 경감도 알았는지, 주저주저 눈치를 보면서 말을 이어나갔다.

"이름이나 뭐 그런 걸 얘기해준 건 아니고요. 별하가 좋아하는 오빠라고 했어요. 6학년 수학여행 갔을 때 진실게임에서 얘기했다나? 잘생기고 공부도 잘한다고. 그 얘기가 나오니까 아주 신이 나서 얘기하더라고요, 친구가 죽은 상황에서. 하여간 애들이란."

"잘생기고, 공부도 잘하고. 절대 지온유는 아니군요. 그 학생이 범인이 아니라 하더라도 참고인으로서 충분히 가치가 있었을 것 같은데, 더 자세히 물어보진 않았습니까?"

"저기, 그게……."

한 경감은 이 문답이 점점 신문조로 변해가는 게 불편한지 테이블을 손가락 끝으로 톡톡 두드리면서 불안한 기색을 드러냈다.

"안 그래도 물어볼까 생각했습니다. 검사님이 말씀하신 대로 그 뭐냐 증인으로서의 가치, 그게 있을 것 같았거든요. 그런데 그때, 조민국 의원이 나타났습니다."

"조 의원님이요? 발레학원에요?"

이 문맥에서 그 이름이 튀어나올 줄 몰랐던 강한은 놀라움을 감추지 못했다. 조 대표가 그 당시에 피해자 가족의 대변인 노릇을 하면서 여기저기 영향력을 행사하고 다니긴 했지만, 그렇다고 해서 발레학원에까지 찾아가는 건 좀 너무 가지 않았나 싶었다.

"발레학원에 남아 있는 아이 물건을 대신 가지러 왔다고 하더군요. 아이 부모는 아이 물건을 보는 것은 물론이고 이름만 들어도 못 견디는 상황이라고요."

"아……."

"제가 아이들과 얘기하는 걸 조 의원이 옆에서 들었던 모양입니다. 잠깐 보자고 하더라고요. 철없는 여자애들이 상상을 부풀려서 멋대로 얘기하는 걸 진지하게 받아들이지 말라고요. 괜히 잘못 건드렸다가 피해 아동이 남자 고등학생과 불건전한 관계라고 이상한 소문이라도 나면 책임질 거냐고요. 왜, 그렇지 않아도 그 사건을 둘러싸고 온갖 추잡한 얘기가 돌지 않았습니까."

"……."

강한은 침묵을 지키면서 생각에 잠겼다. 조 의원의 말이 아주 일리가 없는 건 아니었다. 옷을 입지 않은, 초등학교 6학년 여자아이의 시신이 폐건물에서 발견된 사건은 남의 불행에 대해 떠들기 좋아하는 이들의 호기심을 강하게 자극했다.

누군가는 근거도 없이 아동학대를 의심했고, 뜬금없이 별하 아버지가 소아성애자라는 소문이 퍼지질 않나, 별하가 학교폭력의 주동자였고 살해 사건은 극심한 왕따에 대한 보복이라는, 말도 안 되는 주장도 튀어나왔다. 더 웃긴 건 그 모든 가십이 아무런 여과 없이 인터넷 뉴스로 보도되었다는 것이다.

"듣고 나니 그런 것 같더라고요. 저도 딸 둘을 키워봐서 아는데, 그 나이대 여자애들은 상상하고 현실을 잘 구분하지 못한단 말이에요. TV에 나오는 연예인이랑 자기가 사귀는 사이라고 생각하질 않나, 진지하게 결혼할 거라고 하질 않나. 그 말에 쉽게 휘둘리면 안 되겠다 싶더라고요."

"그런데 왜 이제 와서 이 얘기를 하기로 마음먹은 겁니까?"

"그게, 제가 겪어봤잖아요. 이번에 뇌물 수사를 받으면서. 물론 제가 잘못한 것도 있지만 얼떨결에 덤터기 쓴 것도 많단 말이죠. 그건 내가 한 게 아니라고 아무리 얘기해도, 한번 찍히고 나니까 아무도 안 들어준단 말이에요."

한 경감은 땅이 꺼져라 한숨을 쉬면서 답답하다는 듯 하소연했다.

"미치고 환장하겠더라고요. 밤에 자다가도 벌떡 일어나서 가슴을 쥐어뜯었다니까요. 저도 범인이 지온유 사건 재수사를 요구한단 말을 처음에 들었을 땐 화가 났죠. 꽐라가 될 때까지 술을 처마시고 집 안 가구를 다 때려 부쉈다니까요. 그런데 그 와중에도, 미친놈처럼 날뛰는 와중에도 가슴 한구석에 뭔가 걸리더라고요. 혹시 내가 정말 뭔가 잘못한 건 아닐까. 나처럼 억울한, 아니 나보다 훨씬 더 억울한 사람을 만들어낸 적은 없었나 하고."

"……."

"그래서 아주 조금의 잘못이라도 있다면 지금이라도 고치고 싶었습니다. 너무 늦지 않았기를 바랄 뿐이죠. 제가 드린 정보를 검사님께서 어떻게 쓰실지는 모르겠지만, 아무것도 아닐지도 모르겠지만,

그래도 전 꼭 말씀드려야 했습니다."

한 경감은 드디어 하고 싶은 말을 다한 듯 입을 다물었다. 강한 또한 한참 동안 태산 같은 침묵을 지키고 있었다. 강한이 더는 뭔가 말할 기미를 보이지 않자, 한 경감은 수첩을 다시 주머니 속에 주섬주섬 넣으면서 자리에서 일어날 준비를 하기 시작했다. 그때 강한이 문득 한 경감에게 물었다. 사건에 대한 질문은 아니었다.

"일할 곳은 구했습니까? 가족은요?"

"먼저 은퇴한 친구 놈이 작은 보안업체를 운영하는데 와서 도와달랍니다. 월급은 쥐꼬리만 하지만 뭐, 자업자득이려니 해야죠. 그래도 마누라가 이혼만은 안 하고 넘어가주겠다는데 그것만으로도 감지덕지죠."

"그렇군요."

"제 걱정은 안 해주셔도 됩니다, 검사님. 전 제가 잘못한 걸 갚으면서 열심히 살겠습니다. 어쩌면 이번 사건이 저를 정신 차리게 해준 것 같기도 합니다. 아무 일도 일어나지 않았으면, 저는 그냥 게임장 주인들한테 뒷돈이나 받고 그 돈을 또 토토에 꼴아박으면서 부패한 형사로 한심한 인생을 살았겠죠."

한 경감의 말끝에 희미한 웃음기가 배어났다. 뒤늦은 깨달음, 결단, 그리고 지울 수 없는 회한이 섞여 있는 쓰라린 웃음이었다.

11월 5일 월요일 오후 2시. 성암여자중학교 운동장.

"패스, 패스하라고! 귓구멍이 막혔냐?"

"앞에 수비 있는 거 안 보이냐? 지랄 좀 하지 마, 미친년아!"

강한은 벤치에 앉은 채 운동장에 메아리치는 소리에 귀 기울이고 있었다. 여자중학교라 가녀린 소녀들이 수줍은 목소리로 소곤소곤 대화하는 것을 듣게 될 줄 알았는데, 현실은 상상했던 것과 사뭇 달랐다.

20분 정도 기다렸을까. 한 무리의 사람들이 운동장을 가로질러 벤치 쪽으로 다가오는 발소리가 들렸다. 발소리의 숫자로 가늠해보자면 서너 명쯤? 이윽고 발소리가 멎고, 강한이 교무실에서 만났던 학생주임 교사의 음성이 들려왔다.

"검사님, 이 아이들입니다. 전부 세 명, 맞죠? 너희들, 검사님께서 물어보시는 건 뭐든지 사실대로 성의껏 대답해드려야 한다."

뒷말은 강한이 아닌 학생들에게 한 말이었다. 학생주임은 학생들을 벤치 앞에 세워두고 잠자코 자리를 피해주었다. 그것도 강한이 미리 부탁한 일이었다. 아이들이 선생님 앞에서는 아무래도 편하게 얘기하기가 어려울 것을 감안한 것이었다. 학생주임이 사라지자마자, 허스키한 목소리의 여학생이 호기심에 가득 찬 질문을 던졌다.

"진짜 검사님이에요? 근데 눈이 안 보이세요? 어쩌다가요?"

"야, 그런 거 물어보는 거 아니야."

실로폰처럼 낭랑한 목소리의 여학생이 재빨리 가로막았지만, 강한은 크게 개의치 않았다. 강한이 장애인이라는 사실을 전혀 의식하지 않는 것처럼 위선을 떠는 어른들보다, 이렇게 천진난만하게 대놓고 물어보는 아이들의 방식이 그에게는 훨씬 거부감이 덜했다.

"괜찮아. 눈에 염산이 튀어서 앞이 안 보이게 됐어."

"아, 나 이분 누군지 알아. 뉴스에서 봤어. 작년에……."

허스키 보이스가 뭔가 대단한 발견을 한 것처럼 소리치자, 나머지 아이들이 일제히 헉, 하고 놀란 숨을 들이쉬는 게 들렸다.

"맞아, 내가 별하 사건을 수사했던 강한 검사란다. 바로 그 일로 너희한테 물어보고 싶은 게 있어서 왔어. 너희들, 별하하고 같은 발레학원에 다녔지? 그 일이 있던 날도 별하를 봤고?"

"……."

강한의 질문에 아이들은 약속이나 한 것처럼 돌연 합죽이가 되어버렸다. 강한도 대답을 기대하고 물어본 건 아니었다. 발레학원에 전화해서 작년 수강생 중 별하와 같은 학교, 같은 반이었던 아이들이 누구인지 알아내는 건 어렵지 않았다. 별하는 영원히 초등학교 6학년에 머물러 있게 됐지만, 그 친구들은 이제 어엿한 중학생이 되었다.

"너희들이 뭘 잘못했다는 건 아니니까 겁먹을 필요 없어. 그때 발레학원에 탐문하러 온 형사님한테, 별하가 좋아하는 오빠가 있다는 말을 한 적이 있지? 그 얘길 자세히 듣고 싶은데."

"그때 형사 아저씨가 어디 가서 그 얘기 하고 다니지 말라고 했어요. 그러다 고소당한다고."

이번에도 제일 먼저 대답한 건 허스키 보이스였다. 강한은 그 아이가 이 집단에서 주도적인 발언권을 가지고 있다는 걸 쉽게 알 수 있었다.

"너희들이 나한테 얘기했다는 건 아무도 알지 못하게 할 거야. 그러니까 뭐든지 말해도 돼. 뉴스를 봤다면 알겠지만, 지금 누군가가 별하 사건을 핑계 삼아서 사람들을 해치고 있어. 그래서 아주 사소한 정보라도 꼭 필요한 상황이야."

다시 한번 침묵이 이어졌다. 강한은 앞이 보이지 않았지만, 난처한 표정으로 서로 마주 보면서 입을 벙긋거리고 있는 아이들이 보이는 것 같았다.

'네가 말해.'

'내가 왜? 네가 말해.'

이런 식으로 서로 미루고 있을 게 분명했다. 강한은 이번에도 허스키 보이스가 나설 거라고 예상했고, 그 예상은 틀리지 않았다.

"저희도 자세히 아는 건 아니에요. 그 오빠 얼굴도 몰라요. 진실게임 할 때 '예스 또는 노' 다섯 개로 좋아하는 사람에 대해 고백했는데, 그때 들었던 게 다예요."

— 그 사람은 나이가 많아? 예스.

— 잘생겼어? 예스, 예스.

— 키 180센티미터 넘어? 노.

— 공부 잘해? 예스, 예스, 예스.

— 같은 동네 살아? 예스.

별하는 그렇게 대답했다고 했다.

"그리고 그날요, 별하 생일이었잖아요. 학원에서 간식 먹으면서 별하가 그랬단 말이에요. 이런 날 그 오빠가 만나러 와주면 좋겠다고. 그러다가 수업 끝나고 다들 집에 갈 준비를 하는데, 걔가 창밖을 보더니 갑자기 그랬어요. 그 오빠가 진짜로 왔다고. 자기 어떡하냐고."

"진짜로 왔다고?"

"네, 근데 그냥 하는 소린 줄 알았어요. 우리 부럽게 만들려고. 솔직히 나이 많고 잘생긴 오빠가 초딩한테 왜 관심을 가지겠어요? 여중이나 여고에 가면 예쁜 언니들이 얼마나 많은데. 그래서 별하가 우산도 필요 없다고 하면서 뛰쳐나가는 거 보고 다들 웃었어요. 괜히 엉뚱한 사람 보고 그러는 거 아니냐고."

"너희 중에 혹시 그때 왔던 오빠를, 실제로 본 애가 있니?"

강한은 1년 전 한 경감이 직접 했어야 할 질문을 던졌다. 혹시 몰라서 지난해 성암고등학교 졸업앨범과, 현재 2학년, 3학년 학생들의 운동회 단체사진까지 받아 왔다. 목격자가 있다면 얼굴을 확인해달라고 할 작정이었다. 아이들이 대답하지 않고 미적거리는 와중에, 아까의 그 실로폰 목소리를 가진 여학생이 머뭇거리며 앞으로 나섰다.

"저…… 제가…… 별하가 나간 다음에 궁금해서 창밖으로 내다봤었어요. 진짜 그 오빠가 온 건지 알고 싶었거든요. 그랬더니 별하가 어떤 남자랑 같이 우산을 쓰고 있더라고요."

소녀는 자기가 하는 말이 얼마나 중요한 것인지 막연히 직감한 듯 떨고 있었지만, 거짓말하는 사람들에게서 느껴지는, 특유의 과장된 말투는 느껴지지 않았다.

"얼굴은 못 봤어요. 우산에 가려져 있었어요. 우산을 들고 있는 팔이랑 그 아래만 보였어요. 비에 젖었는지 옷소매를 걷고 있었는데,

팔꿈치에 막 그런 거 있었어요. 뭐라고 해야 하지? 그거, 막, 오돌토돌한 거. 좀 징그럽고. 데었을 때 생기는 기 있잖아요."

"화상 자국?"

강한은 자신의 선글라스 아래 얼룩지듯 남아 있는 흉터를 떠올리면서 물었다.

"아, 네, 그거요. 그게 기억에 남았어요."

소녀는 겁먹은 듯 말했다.

"너희들 방금 이 얘기 나 말고 다른 누구한테 한 적 있어?"

"화상 자국 얘기하는 건 이번이 처음이에요."

실로폰 목소리의 소녀가 곧바로 대답했다. 잠시 후, 허스키 보이스 소녀의 대답이 더해졌다.

"진실게임 얘기는 한 번 한 적이 있어요. 올해 5월 5일 어린이날에요. 성당에서 별하 추모예배를 했었거든요. 그때 우리끼리 그 오빠는 어떻게 됐을까 얘기하고 있었는데, 뒷자리에 앉은 어떤 아줌마가 우리 애길 듣더니 꼬치꼬치 캐물었어요. 별하 이모라고, 별하가 좋아했던 사람이 궁금하다고."

강한은 '이모'라는 단어에 주목했다. 별하의 이모뻘이었다면 적어도 삼십대, 아니면 사십대의 중년 여성이라는 얘기였다. 어쩌면 연쇄 상해 사건의 용의자와 같은 인물일지도 몰랐다.

"별하 이모라고? 그 아주머니에 대해서 기억나는 거 있어? 어떻게 생겼는지?"

"음…… 키가 컸어요. 머리는 짧은 편이었고. 어디 아픈 사람같이 되게 말랐어요."

강한은 별하의 진짜 이모를 실제로 본 적이 있었다. 얼굴까지는 기억나지 않지만 키가 작고, 예쁘장하고, 적당히 살이 오른, 근심 걱정 없이 잘사는 부잣집 사모님 느낌이었던 게 기억났다. 중년 여성이라면 8개월 동안 살은 빠질 수 있어도 갑자기 키가 클 수는 없었다.

'굽 높은 구두를 신으면 가능하겠지만, 추모예배에 그런 걸 신고 왔다간 대번에 눈에 띄겠지.'

소녀들이 만난 인물이 별하의 이모가 아니라는 사실은 이로써 분명해졌다. 강한은 그게 온유의 친모일 거라고 생각했다. 온유가 진범이 아니라고 생각했더라도 죽은 아이를 추모하는 마음에서 몰래 예배에 참석했는지도 모른다. 아니면 정보를 수집할 목적으로 참석한 것일지도 모르고. 생각에 잠겨 있는 강한을 향해 실로폰 목소리의 소녀가 한마디 덧붙였다.

"아, 그리고 가슴에 금색 브로치를 달고 있었어요. 꽃잎이 두 개 달린 거요. 특이하고 예뻤는데."

"금색 브로치?"

꽃 모양으로 생긴 금색 브로치를 단 여자. 강한은 지금까지 어슴푸레하기만 했던 범인의 윤곽이 점점 선명해지는 것 같은 기분이 들었다.

* * *

저녁 8시. 강한의 집 앞.

"소원이 도망갔다고 왜 나한테 얘기 안 했어? 그러면 내가 와봤을 거 아니야."

유미는 집 앞에 차를 세우면서 투덜거렸다. 강한은 퇴근하고 오는 길 내내 이 문제로 귀가 닳도록 잔소리를 들었다. 강한은 네가 올 게 뻔해서 얘기 안 한 거라고 대꾸하고 싶었지만, 그랬다가는 더 심한 잔소리가 돌아올 것을 알기 때문에 그냥 잠자코 있었다.

"그러지 말고 전화해서 사과하고 화해해. 더럽고 치사해도 좀 참고. 성질 죽이고. 선배한테는 그 애가 필요하잖아. 활동보조인 신청한 건 아직도 감감무소식이라면서."

"그 녀석이 나한테 원하는 건 사과가 아니야. 결단이지."

"그게 무슨 말이야?"

"……그런 게 있어."

강한은 짤막하게 대답하면서 차문을 열고 내렸다. 얼른 운전석에서 내린 유미가 쪼르르 그를 따라왔다. 강한과 함께 집으로 들어간 유미는 단 이틀 사이에 엉망진창이 되어버린 집 안을 보면서 입을 떡 벌렸다.

"용케도 이러고 살았네. 그동안 류소원이 한 일이 많긴 많았나 봐. 집 안이 순식간에 이 지경이 된 걸 보니까."

강한은 그 말에 대답하지 않은 채 재킷을 벗으며 욕실로 향했다. 샤워를 마치고 나오자 온 집 안에 식욕을 자극하는 냄새가 퍼지고 있었다. 매콤하면서도 새콤한 김치볶음밥 냄새였다. 유미는 여기저기 음식물이 떨어지고, 물이 엎질러지고, 배달음식 용기가 아무렇게나 쌓여 있는 부엌을 전광석화 같은 속도로 정리하면서 강한에게 명령하듯 말했다.

"와서 앉아."

"나 목욕가운 차림인데."

"뭐 어때? 벗은 것도 아니고. 벗었다고 해도 별로 관심 없어. 식기 전에 와서 먹기나 해."

유미의 무심한 말투에 강한은 고개를 끄덕여 수긍하면서 테이블에 가서 앉았다. 유미는 흘리지 않도록 우묵한 그릇에 담은 김치볶음

밥을 그의 앞에 놓고, 자기 몫으로도 한 그릇 담아서 그의 맞은편에 앉았다. 두 사람은 미리 약속한 것도 아닌데 같은 타이밍에 숟가락을 집어 들고, 꽤나 닮아 보이는 동작으로 밥을 먹기 시작했다.

"선배, 당분간 내가 여기서 지낼까? 출퇴근 같이 하고. 소원이가 쓰던 방 내가 쓰면 되잖아."

"됐어. 이상한 소문이라도 나면 골치 아파."

"뭐 어때. 이제 약혼한 상태도 아니잖아."

유미는 조금 뾰로통한 말투로 받아쳤다. 그녀는 착각하고 있었다. 강한은 사실 자신이 아니라 유미를 걱정하는 거였다. 혹시나 자신과 유미의 관계가 소문나면 그녀가 나중에 다른 사람을 만나는 데 지장이 있을까봐. 법조계는 매우 좁고 소문이 빨리 도는 곳이었고 그만큼 인간관계를 맺는 데 지극히 보수적이었다.

그뿐만이 아니었다. 강한은 어렴풋이 직감하고 있었다. 여진과 파혼하고 소원도 떠나버린 지금, 유미가 집에 들어온다면 그녀와 적당한 거리를 유지하기란 거의 불가능에 가까울 거라는 것을. 그녀와 연인으로 지낸 세월이 9년이었고 헤어진 지는 이제 고작 1년이었다. 지금도 이렇게 테이블을 사이에 두고 마주 앉아 있으면 우리가 정말 헤어졌었나 싶었다.

'정안인일 때는 집안 좋은 여자와 결혼하고 싶다고 버려놓고, 시각장애인이 되니까 다시 만난다고? 여자한테 할 짓이 있고 못할 짓이 있지.'

강한은 여러 가지 염려를 구구절절 얘기하는 대신, 전혀 농담처럼 들리지 않는 무미건조한 투의 농담을 던지는 것으로 난처한 상황을 넘겨버렸다.

"김치볶음밥밖에 만들 줄 모르는 여자와 같이 살 생각 없어."

"뭐야, 언제는 내가 해주는 김치볶음밥이 5성급 호텔 셰프가 해주는 음식보다 맛있다더니."

"그때는 사귀는 사이였으니까 도의적인 립서비스를 해준 거고."

"그러면 류소원은? 걔는 요리도 하나도 못하는데 걔랑은 잘 살았잖아. 난 선배가 누구하고 그렇게 가깝게 지내는 거 처음 봤어."

강한은 유미의 그 말에 배어나는 질투 비슷한 감정을 느꼈다. 사실 그도 어리둥절했다. 류소원이 뭐라고, 대단할 게 뭐 있다고, 그 녀석 하나 없어졌다고 이렇게 집 안이 텅 빈 기분이 드는지. 강한은 뻐근하게 메어오는 목구멍에 김치볶음밥을 쑤셔넣으면서 중얼거렸다.

"걔는 그냥 친동생 같아. 말 더럽게 안 듣고, 나와 달리 공부도 못하는. 그런 주제에 쓸데없이 마음만 여린 막냇동생."

83

11월 7일 수요일 오후 1시. 고(故) 김별하의 집.

"그런데 주인도 없는 집에 들어가도 되는 거야? 절차 밟아서 압수수색하는 게 낫지 않을까?"

유미는 강한이 미리 알려준 비밀번호를 키패드에 누르면서 불안감 섞인 투로 물었다. 어서 들어오라는 듯 곧바로 문이 열렸지만, 선뜻 들어가기가 망설여졌다. 도둑질이 아닌데도 도둑질하러 온 것 같은 이상한 기분이 들어서였다.

그런 면에서 아무것도 보이지 않는 강한은 오히려 거침없었다. 그는 텅 빈 신발장을 케인으로 더듬더듬 짚으면서 앞장서서 안으로 들어갔다.

"별하 아빠와 통화했어. 와주면 좋겠다고 정중히 얘기했는데, 이 집에 오면 딸 생각이 나서 제정신으로 있을 수 없을 것 같대. 고향에 내려가 살면서 간신히 사람 구실을 하기 시작했다는데. 뭘 더 어떻게 요구하겠어. 아이 방에 들어가서 뒤져보라고 허락해준 것만으로도 고맙지."

강한은 멀쩡한 집을 비워둔 채 시골집에 살고 있는 별하 아빠와 통화했던 것을 떠올렸다. 처음에는 강한의 이름을 듣자마자 얘기하고 싶지 않다면서 전화를 끊어버리려고 했다. 강한이 다급하게 뉴스 보셨냐고, 사건 관련자들을 타깃으로 한 연쇄 상해 사건이 일어나고 있고 자신은 그로 인해 실명까지 했다고 말하자, 별하 아빠는 잠시 침묵을 지키다가 불쑥 이렇게 말했다.

— 그게 뭐 어때서요. 전 13년 동안 볕에라도 델까, 바람에라도 쓸릴까 애지중지하며 키우던 딸아이를 잃었습니다. 우리 별하가 다시 돌아올 수만 있다면, 제 눈 같은 건 백번 천번 기쁘게 잃을 수 있습니다. 검사님은 부모가 되어본 적이 없어서 모르실 겁니다.

그 말투에서 강한은 별하 아빠가 뉴스와 신문을 통해 이 사건에 대해 이미 들었다는 걸 알아차렸다. 그는 진심이었다. 설령 지온유가 진범이 아니라 하더라도, 다른 사람이 범인이라 하더라도, 딸이 죽었다는 사실은 변하지 않았고 그는 그 문제에 상관하고 싶지 않은 것이다. 아니, 1년간 정신착란에 가까운 절망에 시달리면서 상관할 기력조차 잃어버렸는지도 모른다.

"몇 년간은 돌아오지 않을 작정으로 다 들고 이사 갔나 보네. 현관에도 거실에도 주방에도 가구나 물건이 아무것도 없어."

유미의 설명이 아니어도, 강한은 오랫동안 사람이 살지 않은 빈집 안에서 훅 끼쳐오는 냉기만으로도 대충 그려볼 수 있었다. 사랑하는 가족을 잃은 사람들의 마음을 그림으로 그린다면 이런 모습이 아닐까.

"이리 와봐, 선배. 여기가 별하 방인가 봐. 여기만 그대로 남아 있어."

강한은 케인으로 앞을 확인하면서 유미가 그를 부르고 있는 방향으로 나아갔다. 빈집이라 장애물을 걱정하지 않아도 되는 건 좋았다.

유미가 손을 잡고 이끄는 대로 문간을 넘어 방 안으로 들어가자, 확실히 바깥과는 공기의 흐름이 다르다는 것을 느낄 수 있었다.

"침대엔 이불이 덮여 있고, 옷장 손잡이에는 발레복이 걸려 있어. 그 아래에는 토슈즈도 가지런히 모아놨네. 책상에는 초등학교 6학년 교과서가 꽂혀 있고. 의자에 놓인 방석이 흐트러진 것까지 그대로 놔뒀어. 금방이라도 여자아이가 '학교 다녀왔습니다' 하고 뛰어들어올 것처럼."

유미는 별하의 흔적이 곳곳에 남아 있는 방을 둘러보면서 조금 쓸쓸한 투로 말했다. 그러나 감상은 감상이고 일은 일이었다. 그녀는 손에 쥐고 있던 서류가방을 바닥에 내려놓고 그 안에서 비닐장갑을 꺼내서 끼었다. 이미 1년 전에 증거수집이 끝난 사건이고, 여기가 사건 현장도 아니므로 불필요한 과정일 수도 있겠지만 만일을 대비해서였다.

양손에 장갑을 낀 유미는 옷장 쪽으로 다가가면서 강한에게 물었다.

"여기서 뭘 찾아야 해, 선배? 웬만한 건 다 별하 엄마 아빠가 들여다봤을 것 같은데."

"뭐든지. 그 오빠라는 녀석의 정체를 알려주는 거라면. 몰래 간직한 사진 같은 거 없을까?"

"요즘 애들이잖아. 사진은 휴대전화에 없었다면 없는 거야. 차라리 교환 일기장이나 비밀 일기장 같은 걸 찾는 게 빠를 것 같은데."

유미는 옷장 문을 열고 그 안에 차곡차곡 정리되어 있는 옷 사이사이를 자세히 들여다보면서 말했다. 그 말에 강한은 회의적인 반응을 보였다.

"아직도 일기를 쓰는 애들이 있어? 그런 건 우리 때나 썼지. 다

SNS 하느라 바쁘지 않나?"

"에이, 그거야말로 선배가 모르니까 하는 얘기지. 여자애들 마음은 세대를 막론하고 다 똑같아. 알록달록 예쁘게 꾸민 일기장에, 말린 꽃도 붙여놓고, 색색의 펜으로 아무도 모르는 비밀 얘기를 적고 싶은 거라고. 그러다 보면 꼭 어른이 된 것 같은 기분이 들거든."

"너도 그랬어?"

"……옷장에는 별거 없는 거 같네. 침대를 뒤져볼게."

유미가 괜히 말을 돌리자 강한은 소리 없이 피식 웃었다. 유미는 어린애들이 물건을 숨겨놓을 만한 곳은 다 찾아보았다. 베개 커버 안, 매트리스 사이, 침대와 벽 사이의 틈새, 침대 밑바닥, 창틀 사이. 계속해서 커튼을 들춰보고 책장에 꽂힌 책도 하나씩 다 열어보았지만 별다른 걸 발견할 수 없었다.

드르륵- 탁. 드르륵- 탁.

유미는 책상 서랍을 하나씩 열었다가 닫기를 반복하면서 실망한 듯 말했다.

"그냥 학교에서 쓰는 학용품과 노트뿐이야. 친구들한테 받은 생일 카드나 크리스마스 카드도 있고. 반짝이풀이 엄청나게 붙어 있는 거 보니까 굳이 열어보지 않아도 될 것 같아."

유미는 마지막 세 번째 서랍까지 열어보고 나서 다시 닫았다.

드르륵- 턱-.

"잠깐만."

강한이 손을 허공으로 뻗으면서 말했다. 앞의 두 서랍을 닫을 때와 마지막 서랍을 닫을 때의 소리가 묘하게 달랐다. 뭔가 둔탁하고 시원스럽지 못한 느낌이었다.

"그 서랍, 뒤쪽에 뭐가 있는지 한번 봐봐."

"뒤쪽?"

유미는 덜커덩 소리가 나도록 서랍을 밖으로 빼낸 다음 깊은 구석까지 손을 집어넣었다. 처음에는 아무것도 잡히지 않았다. 그런데 허공에서 계속 손을 휘젓다 보니 뭔가가 손가락 끝에 걸렸다. 유미는 바스락거리는 그 물건을 재빨리 잡아채서 밖으로 꺼냈다. 꽃 문양 일러스트가 그려진 작고 얇은 공책이었다.

"일기장이네. 정말 있을 줄은 몰랐는데."

"읽어봐. 전부 다 소리 내어 읽지는 말고, 네가 먼저 눈으로 읽어보고 중요할 것 같은 부분만."

강한의 말에, 유미는 일기장을 첫 장부터 눈으로 빠르게 훑어내려가기 시작했다. 매일 수천 페이지 분량의 기록을 읽는 검사에게 초등학생의 일기장 내용을 파악하는 건 일도 아니었다.

"주로 친구들 얘기야. 이 나이 때는 학교와 친구가 세상의 전부니까. 가끔 가족들 얘기도 나오고. 무척 사이좋은 가족이었나 봐. 아빠가 크리스마스 때 산타 분장을 하고서 선물 준 얘기, 엄마랑 쇼핑하고 아이스크림 먹은 얘기, 언니한테서 전화가 왔다는 얘기도 있네. 별하한테 언니가 있었어? 전화가 왔다는 걸 보니까 따로 사는 것 같은데?"

유미는 일기장의 어느 한 페이지를 펼친 채 유심히 들여다보면서 물었다. 강한은 기억을 더듬는 것처럼 눈가를 찡그리면서 대답했다.

"어, 아마 있었을 거야. 나도 본 적은 없어. 나이 차이가 많이 나고, 미국에서 어학연수 중이라고 했는데. 사건이 터지고 나서 부모가 한국에 못 들어오게 했어. 기자들한테 너덜너덜 물어뜯길 게 뻔해서. 큰딸의 존재를 아예 숨기려고 했지. 나중에 벌어진 일들을 보면 그게 현명한 선택이었고."

강한은 별하의 가족을 둘러싸고 인터넷상으로 퍼져나갔던 온갖 지저분한 소문들을 떠올리면서 대답했다. 유미는 처음 듣는 얘기에 놀라움을 표시했다.

"난 전혀 몰랐네. 언니 이름은 뭐였는데?"

"나도 확실히 기억나는 건 아닌데 아마 별하랑 비슷한 이름이었을 거야. 돌림자처럼."

"그러면 그 언니라는 애도 찾아봐야 하는 거 아냐? 동생에 대해 더 알고 있는 게 있을지도 모르잖아. 별하가 누굴 좋아했는지 알지도 모르고. 원래 자매들끼리는 그런 비밀을 공유하기도 하니까."

유미는 새롭게 알게 된 정보에 조금 들떠서 빠르게 말을 쏟아냈다. 그러나 강한은 고개를 가로저으며 단호하게 대답했다.

"아니, 나이 많은 언니고, 어학연수 간 지 몇 년 됐다고 했으니까 그런 비밀까지 알진 못했을 거야. 그리고 큰딸에게 접촉을 시도했다간 별하 부모가 절대 가만히 있지 않았을 테고. 지금도 마찬가지일걸?"

강한은 별하의 부모가 큰딸을 동생의 장례식에도 참석하지 못하게 했다는 사실을 떠올렸다. 아무리 막아도 기자들이 어떻게 해서든 몰려올 거라는 생각에서였다. 그리고 그때도 그들의 예측은 들어맞았다. 성당에서 비공개로 치러진 장례식에 신자로 위장한 기자들이 카메라를 숨겨 들어와 영상을 촬영하고, 심지어 유족들에게 인터뷰까지 시도하는 바람에 장례식이 엉망이 되어버렸던 것이다.

"별하 사건이 끝나고 나서 공중파 다큐멘터리도 나오고, 르포 서적도 나오고, 심지어 그 사건을 소재로 한 소설까지 출간됐지만 누구도 별하 언니에 대해서는 몰랐잖아. 그게 다 별하 부모와 조 대표가 철저하게 막아서 그래."

"그런가. 그래도 피해자 가족을 전부 조사하지 않았다는 게 난 마음에 걸리는데……. 어, 잠깐! 여기 흥미로운 게 있어."

공책을 팔랑팔랑 넘기던 유미가 다시 어느 한 페이지를 펼쳐놓고 흥분한 목소리로 말했다.

"오늘 엘리베이터에서 K를 만났다. 어디 가느냐고 물어서 미술학원에 간다고 했더니 열심히 하라고 해줬다. 내 머리를 쓰다듬으면서 귀엽다고 했다. 아직도 내가 어린애로만 보이나 보다. 속상하다. 어휴, 별하야. 네가 어린애지 그러면 어른이야?"

"그게 다야? 다른 건 없어?"

"음, 이 페이지는 이게 끝이고…… 더 찾아볼게. 여기도 있네. 올해 생일 파티는 주말에 하기로 했다. 엄마가 부르고 싶은 사람을 부르라고 했는데, K는 안 되겠지?"

유미는 그 문장을 읽는 것을 마지막으로 탁 소리 나게 노트를 덮었다.

"이게 끝이야. 애초에 페이지 수가 많지 않아. 쓰다가…… 음, 쓰다가 멈췄으니까."

유미는 별하의 죽음을 최대한 조심스럽게 돌려 말했다. 강한은 실망하지 않았다. 그 짧은 문장들에서도 유추할 수 있는 게 꽤 있었다. 별하가 좋아했던 남학생의 이니셜이 K라는 것. K는 별하와 같은 아파트에 살고 있었으며, 어릴 때부터 별하를 보아왔을 거라는 것. 그리고 마지막으로, 별하의 엄마는 별하가 K를 좋아한다는 사실에 대해 전혀 몰랐다는 것까지.

"이제 나가자. 여기서 더 찾을 건 없을 것 같다. 일단 일기장은 검찰청으로 가져가고."

강한은 조심스럽게 걸터앉아 있던 침대에서 일어나면서 유미를 향해 말했다. 유미가 바스락거리면서 비닐장갑을 벗는 소리가 들렸다. 그녀는 서류가방을 열고 미리 준비해온 증거물 봉투에 일기장을 넣었다. 그러고 강한을 따라서 방을 나서려다가, 잠시 우뚝 멈춰서서 꼼짝도 하지 않았다. 그녀의 시선은 주인을 기다리는 것처럼 얌전하게 놓여 있는 토슈즈에 고정되어 있었다. 강한은 아까와는 달리 서늘하게 가라앉은 그녀의 기분을 느끼고서 짤막하게 물었다.

"왜?"

"그냥, 너무 마음이 아파서. 이사를 가면서도 죽은 아이의 방은 건드리지 못하는 부모의 슬픔이라는 게. 거기에 끝이라는 게 존재하기는 할까?"

"……."

"있잖아, 오빠. 검찰청에서 일하면서 가끔 아이가 죽거나 다치는 사건을 보면, 난 무서워져. 이 세상은 이렇게나 위험하고 나쁜 사람들도 많은데, 그에 비하면 아이는 너무도 작고 연약한 존재잖아. 내 능력으로 다치지 않게, 안전하게 지켜줄 수 있을까 그런 생각이 들어서 겁나."

"검사인 네가 지켜주지 못한다면 누가 지키겠어."

"그런가."

강한의 말에 유미는 조금 씁쓸하게 웃어 보이더니, 강한의 옷소매를 잡으면서 떠보듯이 물었다.

"오빠는 어때? 자식 낳고 싶지 않아? 결혼을 누구랑 할지 그 문제는 제쳐두고서라도, 그냥 오빠 닮은 아이 말이야."

"난 싫어."

강한은 생각해보는 시늉조차 하지 않고 단칼에 대답했다. 유미는 그 냉정함에 상처를 받으면서도 한편으로는 가슴이 아렸다.

"왜? 눈 때문에?"

"아니, 그건 상관없어. 아이는 사랑받으면서 커야 하잖아. 사랑도 받아본 사람이 할 줄 아는 거지. 난 그걸 배운 적이 없어서 해주지도 못해."

강한은 무척 슬프고 비참한 얘기를 아무렇지도 않은 듯 무심한 투로 던져놓았다. 그리고 유미가 순간적으로 할 말을 잃은 사이, 케인으로 앞을 툭툭 짚으면서 거실로 나갔다. 태산처럼 넓은 등 너머로 그가 혼잣말처럼 중얼거리는 게 들려왔다.

"그래도 만일 낳게 된다면, 소원이 같은 아들 녀석이면 좋긴 하겠네. 말은 더럽게 안 듣겠지만 심지도 굳고, 은근히 생각도 깊고, 남을 배려할 줄도 알고."

그 말을 들은 유미는 놀라움을 감출 수 없었다. 소원에 대한 강한의 마음이 어떤 것인지, 그녀는 바로 지금 이 순간 제대로 알게 되었던 것이다.

84

저녁 9시. CJ편의점 성암지방법원점.

"어서 오세요."

딸랑딸랑, 종소리와 함께 아르바이트생의 맥빠진 목소리가 편의점 안에 울려 퍼졌다. 유미는 또각또각 구둣발 소리를 내면서 카운터 바로 앞까지 걸어왔다. 그리고 스머프처럼 새파란 조끼를 입고 있는 소원을 쳐다보면서 한심하다는 듯 물었다.

"기껏 패기 있게 뛰쳐나와서 온 데가 여기야?"

"누나?"

카운터에 팔을 괴고 반쯤 드러눕다시피 앉아 있던 소원이 상체를 벌떡 일으키면서 부르짖자, 유미는 눈살을 가볍게 찡그리면서 호칭을 정정해주었다.

"정 검사님."

"정 검사님 누나. 아르바이트생한테 반말하시면 안 돼요."

"커피 하나 줘."

"여기가 카페도 아니고, 캔커피, 봉지커피, 커피 아이스크림에 커피맛 사탕까지 다양하게 있는데 그렇게 말씀하시면 어떻게 알아요? 편의점의 모든 것은 셀프, 가서 가지고 오세요."

소원이 당돌하게 말하자, 유미는 카운터 바로 옆에 있는 음료수 냉장고로 가서 캔커피를 하나 집어왔다. 유미가 캔커피를 카운터에 내려놓자마자 소원은 거의 기계에 가까운 손놀림으로 바코드를 찍으면서 물었다.

"1500원입니다. 봉투 필요하세요?"

"밤에는 여기서 시간 때우고, 낮에는 어디서 자는 거야? 찜질방? PC방?"

"영수증 드릴까요?"

"계속 이러고 살 거야? 선배네 집으로 안 돌아가?"

소원은 유미와 서로 대답은 안 하고 질문만 해대다가, 도저히 안 되겠다 싶었는지 이마를 벅벅 긁으면서 퉁명스럽게 대답했다.

"그때그때 발길 닿는 데서 자고요. 제가 알아서 살게요. 그 집으로 돌아가느니 차라리 영등포역 뒷골목에 가서 왕첸 아저씨하고 짝짜 꿍하면서 사는 게 백배 낫겠어요."

소원은 지갑에서 카드를 꺼내 내미는 유미에게 카드 단말기를 손짓해 보이면서 말을 이었다.

"누나도 이제 그 인간 걱정은 그만해요. 둘이 사귀다가 헤어진 사이 맞죠? 인성이 너무 쓰레기라서 누나가 먼저 찬 거 아니에요? 할 만큼 하셨으니 죄책감은 그만 느끼시고 깔끔하게 새 출발하세요. 세상에 좋은 남자 많아요."

"……."

유미는 자기가 차인 거라는 진실을 굳이 밝히지는 않았다. 대신 편의점 구석에 쌓여 있는 초록색 우유 상자를 하나 가져다가 카운터 앞에 엎어놓고 그걸 의자 삼아 걸터앉더니, 방금 구매한 캔커피 마개를 땄다. 그걸 본 소원은 두 눈을 치켜떴다.

"이보세요, 손님. 여기서 이러시면 안 됩니다. 이거 업무방해라고요. 드실 거면 저기 컵라면 먹는 곳에 가서 드세요."

"업무방해란 말도 적절하게 쓸 줄 알고, 서당개 3년이면 진짜로 풍월을 읊는구나."

"누나, 지금 저보고 개라고 하신 거예요?"

유미는 그 말에 대답은 안 하고, 커피를 한 모금 홀짝 들이켜면서 독백하듯 말했다.

"선배가 원래부터 성격이 지금 같았던 건 아니야. 대학 다닐 때, 그리고 연수원 다닐 때까지도 과묵하고 고집이 세긴 해도 차갑거나 무심하진 않았어. 오히려 은근히 다정하고 안 보이는 데서 잘 챙겨주는 사람이었지. 내가 언제 어떻게 선배를 좋아하게 됐는지 알아?"

"그냥 얼굴 잘생기고 몸 좋은 거 봤을 때 게임 끝난 거 아니에요?"

소원의 이죽거림에도 유미는 굴하지 않고 이야기를 이어나갔다.

"신입생 환영회를 갔는데 말이야. 그날 눈이 엄청 많이 내렸어. 우리 학교는 언덕이 많아서, 꽁꽁 얼어붙으면 걸어다니기 힘들었거든. 근데 난 무모하게도 높은 구두를 신고 간 거야. 예쁘게 보이고 싶어서."

"예쁜 애들은 구두를 신든 운동화를 신든 예뻐요."

"신입생 환영회가 끝나고 다 같이 뒤풀이하러 간다고 언덕을 내려가는데, 모델처럼 우아하고 도도하게 걸으려고 하다가, 그만 빙판에 발이 미끄러지면서 넘어졌어. 그것도 진짜 웃기게. 탈춤 추는 것처럼 어깨하고 팔을 막 흔들고, 시조새 같은 소리를 내면서, 트리플 악셀 하듯 빙글빙글 돌다가 꽈당 엉덩방아를 찧었어."

"으, 듣기만 해도 쪽팔려서 죽을 것 같아."

"보고 있던 애들이 뒤집어지고 난리가 났지. 꽈당녀라고 즉석에서 별명도 붙여주고. 동영상으로 못 찍어둔 게 아깝다고. 웃고 떠드느라 누구 하나 일으켜주러 오는 사람이 없었어. 너무 창피하고 아프고 서러워서 눈물이 찔끔 나려고 하는데, 그때까지 인사 한 번 해보지 않은 3학년 선배가 불쑥 뒤에서 튀어나오는 거야. 그러더니 괜찮냐고 물으면서 손을 내밀어줬어."

유미는 스물두 살 강한의 모습을 떠올리며 엷은 미소를 지었다. 지금처럼 키 크고 어깨 넓고, 외모는 앳되었지만 풍기는 분위기가 다른 선배들과 달리 사뭇 어른스러웠다. 유미가 얼떨결에 손을 내밀어 그의 손을 잡자, 그는 그녀를 가뿐하게 일으켜 세워주고 코트에 묻은 눈과 진흙을 털어주었다. 그리고 웃고 있는 애들을 차분한 눈빛으로 바라보며 말했다.

— 너희들, 웃지 마. 사람 다치는 건 재밌는 일이 아니야.

유미는 그때 첫눈에 반한다는 게 어떤 것인지 처음으로 경험했다. 공부하느라 바빠서 연애에는 관심 없다는 대학생 겸 고시생을 하루도 빼놓지 않고 부지런히 쫓아다닌 지 장장 10개월 만에, 강한은 공부를 방해하지 않는다는 조건으로 그녀를 받아들였다.

"다들 내가 제풀에 지쳐 나가떨어질 거라고 예상했어. 근데 그거 알아? 강한은 공부도, 일도, 운동도 열심히 하는 만큼 연애도 성실하게 하는 남자였어."

강한은 공부해야 한다고 말하면서도 유미가 그를 필요로 할 때는 어김없이 나타나주었고, 피곤한 날에도 끝까지 앉아서 그녀의 말을 묵묵히 들어주었다. 무엇보다 좋은 건 아무리 예쁜 여자가 접근해도 돌은커녕 먼지만도 못하게 취급한다는 것이었다. 적어도 강한을 만나는 동안, 유미는 자신의 선택을 한 번도 후회해본 적이 없었다.

"그런데 지금은 왜 저렇게 됐어요?"

어느새 유미의 이야기에 관심이 생긴 소원은 카운터에 턱을 괴고 그녀를 향해 슬쩍 몸을 기울이면서 물었다. 유미는 갑자기 목이 마른 듯 커피를 한 모금 더 마시고 나서 작게 말했다.

"선배 아버지 때문에."

"아버지요? 돌아가신 거 아니었어요?"

소원은 강한으로부터 아버지에 대한 얘기를 들은 적이 단 한 번도 없었다. 심지어 집 안에 사진 한 장 없었다. 그래서 당연히 자기 엄마 처럼 이미 세상에 없는 존재려니 생각했던 것이다. 유미는 캔을 쥐고 있던 손에 지그시 힘을 주면서 대답했다.

"아주 옛날부터 선배는 아버지가 누군지 모르고 자랐대."

어느새 소원은 이죽거리거나 끼어드는 것을 멈추고 유미의 얘기 에 조용히 귀 기울이고 있었다.

"초등학교 5학년 때, 엄마가 술에 잔뜩 취해 아버지라고 생각되는 사람의 명함이랑 사진을 보여줬다. 그걸 오랫동안 간직하면서 찾아 가도 될까, 안 될까, 어린 나이에 혼자서 엄청나게 고민한 거야. 그러 다가 중학교 3학년 때, 어머니가 처음으로 쓰러져서 병원에 입원하 셨대. 그때 처음으로 아버지란 사람의 회사를 찾아가본 거야. 그런데 난 너 같은 거 모른다고 외면당했고."

"……."

"어머니의 병세가 심각하다는 걸 알고 고등학교에 들어가자마자 권투를 그만뒀대. 졸업하자마자 취업해야겠다고 마음먹고 죽어라 공부했는데, 어머니 상태가 점점 나빠진 거야. 수술비 나올 데가 없 으니까, 결국 다시 아버지를 찾아갔는데……."

"근데 또 무시당했어요? 그 아버지란 작자한테?"

"무시만 당했으면 다행이지. 회사에 찾아가도 안 만나주니까 전화도 하고 메시지도 남기고 집 앞에서도 얼쩡거리고 그랬나 봐. 그럴 수밖에 없잖아. 수술 안 하면 엄마가 돌아가신다는데. 그런데 그러다가 그 사람 본처라는 여자하고 마주치는 바람에 흠씬 두들겨 맞고 쫓겨났대."

"두들겨 맞아요? 형이요?"

소원은 깜짝 놀라 소리쳤다. 강한이 다른 사람에게 얻어맞다니 상상할 수 없는 일이었다. 물론 며칠 전 강한에게 주먹을 날리긴 했지만, 그건 강한이 앞이 보이지 않는 상태였고, 적극적으로 방어할 의지가 없었기에 가능했다는 걸 소원은 알았다. 유미는 고개를 절레절레 저으며 말을 이었다.

"응, 다른 사람들이 다 보는 큰길가에서. 교복이 찢어질 정도로 심하게 맞고 구둣발에 등을 밟히기까지 했대. 하지만 여자를 때릴 수는 없어서 그냥 참았다고."

유미가 강한으로부터 그 이야기를 들은 것은 사귄 지 4년이 지나서였다. 사법고시에 합격하고 사법연수원에 들어가면서 유미는 당연히 강한과의 미래를 꿈꾸기 시작했지만, 그는 결혼의 '결' 자도, 실수로라도 꺼내는 법이 없었다. 자기 부모님을 만나줬으면 한다는 유미의 부탁을 강한이 단칼에 거절하는 바람에, 둘은 사귀고 나서 처음으로 크게 싸웠다.

"난 심지어 오빠 부모님이 어디에 사시는지, 무슨 일을 하시는지, 어떻게 생겼는지 아무것도 모르잖아. 이래서는 남하고 다른 게 뭐야? 날 정말 여자친구로 생각하기는 해?"

유미는 그동안 강한으로부터 그의 가족에 대한 이야기를 전혀 들지 못했던 섭섭함을 토로하면서 이럴 거면 차라리 헤어지자고 말해버렸다. 공부도 때려치우고 연수원에 출석도 안 한 채 사흘 낮밤을 이불 속에서 울면서 지새웠을 때, 절대 술에 취하는 법이 없는 강한이 취한 목소리로 전화를 걸어왔다. 그리고 방금 유미가 소원에게 해준 이야기를 들려주었다.

"별로 아프진 않았어. 그 여자 입장에서는 내가 소름 끼치게 싫었을 테니까, 그렇게 미친 사람처럼 행동하는 것도 이해할 수 있었어. 그 여자보다는, 말릴 생각도 하지 않고 마치 남 일 보듯이 팔짱을 끼고 지켜보는 그 여자 남편이 더 미웠지."

강한은 절대 '아버지'라는 단어를 사용하지 않았다. '그 사람' '그 인간', 아니면 '그 여자 남편'이었다. 유미는 몇 년이 지난 후에도 마치 어제 일처럼 분노에 가득 차 그날 일을 되새기는 강한의 심정을 이해할 수 있었다. 그때 수술을 받지 못한 그의 어머니는 다행히 죽진 않았지만, 다시는 예전의 모습으로 돌아가지 못했다.

"그 사람은 대기업 부장 직함을 달고 있었어. 그래서 결심했지. 대학을 가야겠구나. 좋은 대학 좋은 과에 가서 그 사람이 절대 무시할 수 없는 사람이 되어야겠다고."

그래서 강한은 우리나라 최고의 명문대 법대에 수석으로 입학했고, 마찬가지로 수석에 가까운 성적으로 사법고시에 합격한 후 사법연수원과 군법무관 과정을 거쳐 검찰청에 들어갔다. 강한과 두 살 차이가 나긴 하지만 군법무관을 하지 않아도 되는 유미는 그와 얼추 비슷한 시기에 검사가 되었다. 그리고 강한이 변하는 과정을 옆에서 생생히 지켜보았다.

"첫 임지 발령을 받은 뒤, 어머니를 모시고 관사에 살게 되면서 선배는 마음을 좀 놓는 것 같았어. 유해졌다고 해야 하나. 휴가를 받게 되면 멀리 여행을 가보고 싶다는 얘기도 했어. 그런데 바로 그때 아버지를 다시 마주치게 된 거야. 그것도 이번에는 검사하고 피의자 신분으로."

사건의 발단은 강한의 검사실로 걸려온 전화 한 통이었다. '그 사람'은 강한에게 아들이라고 부르면서, 회사에서 회계 처리를 잘못하는 바람에 고발당했으니 잘 좀 해결해줬으면 좋겠다는 뻔뻔한 부탁을 해왔다. 마침 사건을 맡게 된 검찰청이 바로 강한의 검찰청이었던 것이다.

"헐, 진짜 못돼 처먹었네요. 모른 척할 땐 언제고 자기가 궁지에 몰리니까 갑자기 아들이에요?"

소원은 제 일이라도 되는 것처럼 주먹을 불끈 쥐면서 분노했다. 유미도 그 당시 지금의 소원처럼 분개했었다. 그러나 정작 강한의 반응은 무덤덤했다. 꼭 마음이 죽어버린 사람처럼.

"선배는 자기 아버지에 대한 모든 걸 샅샅이 조사해서, 기존의 횡령 혐의뿐만 아니라 배임, 탈세, 주가 조작 혐의까지 밝혀냈어. 덕분에 원래는 벌금 수준에서 끝날 수 있었던 사안이 뉴스에 나올 만큼 걷잡을 수 없이 커졌고, 선배 아버지는 징역 8년형을 선고받고 감옥에 갔어."

"……."

"그때부터야. 그때부터 선배가 지금 같은 성격으로 변했어. 자기는 아버지와는 다른 사람이라는 걸, 결함 없는 완벽한 인간이라는 걸 입증해야 하는 강박관념에 시달리는 것 같기도 하고. 반대로 자기가 너무 심했던 건 아닌가 하는 죄책감을 없애려고, 내가 하는 일은 무조건 옳다고 우기는 버릇이 생긴 것 같기도 하고."

유미는 어느새 텅 비어버린 커피캔을 손가락 끝으로 톡톡 두드리면서 말했다.

"사실 이유가 뭔지는 중요하지 않지. 자기 자신을 너무 빡빡하게 몰아세우다 보니 주변 사람들에게도 비슷한 기준을 요구하게 되고, 또 다른 사람들을 살필 여유가 없어진 거야."

소원은 아무리 피곤한 상태에서도 일이 남아 있으면 절대 자지 않던 강한의 모습을 떠올리며 저도 모르게 고개를 끄덕였다. 유미는 커피캔을 내려놓고 소원을 똑바로 쳐다보며 말했다.

"난 사람의 근본이 변하지 않는다고 믿어. 그래서 선배가 원래 모습으로 돌아오길 기다리고 있어. 어쩌면 이번 사건이, 그리고 너와의 만남이 계기가 될지도 모른다고 생각했었는데."

"……자기 어머니한테 절절매는 걸 보고, 실은 정에 약한 사람이구나 생각하긴 했어요."

소원은 저도 모르게 생각했던 바를 중얼거렸다. 그 말을 들은 유미의 눈이 확 커졌다.

"선배 어머니를 만났어? 알코올중독 클리닉에서?"

"알코올중독 클리닉이요? 의식도 없는 분이 어떻게 술을 마셔요?"

그 후 몇 분 동안이나, 둘은 상대방이 하는 말을 알아듣지 못하는 사람들처럼 얼빠진 표정으로 서로를 쳐다보고 있었다.

85

11월 8일 목요일 아침 7시 30분. 강한의 집.

— 아침 7시 30분입니다.

강한은 휴대전화에서 흘러나오는 알람 메시지를 듣고 눈을 떴다. 잠에서 깨자마자 가장 먼저 느껴지는 것은 극심한 허기였다. 어젯밤 유미가 오지 않았고, 배달음식을 시켜 먹는 것도 지겨워서 그냥 굶어버린 탓이었다. 강한은 거지떼가 아우성치는 것 같은 뱃속을 무시한 채 묵묵히 욕실로 향했다.

"수염이 영⋯⋯."

미지근한 물을 틀어놓고 세수하던 강한은 왼쪽 뺨을 손바닥으로 문지르면서 석연찮은 표정을 지었다. 유미가 다녀갔던 날 그녀에게 부탁해서 어떻게 면도를 하긴 했는데, 아무래도 얼굴 면도를 해본 적이 없는 여자의 손길이라 어설픈 부분이 많았다. 턱에는 생채기가 났고, 어디는 아기 엉덩이처럼 민망할 정도로 반들반들한 반면, 다른 곳은 짧은 털이 그대로 남아 있었다.

"내가 직접 하는 건 아직 위험하겠지⋯⋯."

강한은 혼자 중얼거리다가 이내 고개를 저었다. 어떻게든 다른 수가 생기겠지 싶었다. 예전 같았으면 절대 있을 수 없는 일이었다. 이것도 시력을 잃고 난 후 생긴 현저한 변화였다. '어떻게든 되겠지'라는 태평한 생각을 할 수 있게 된 것. 달리 뭘 할 수 있는 게 없으니까.

삑 삑 삑 삑-.

욕실을 나온 강한이 옷을 갈아입기 위해 안방으로 돌아갔을 때였다. 밖에서 현관문 키패드를 누르는 전자음이 들려왔다. 강한은 그 소리를 분명히 들었음에도 못 들은 척 옷장을 열었다.

터벅-. 터벅-.

죽 걸려 있는 옷들을 손끝으로 하나씩 만져보고 있던 강한의 귀에 이번에는 조심스러운 발소리가 들려왔다. 발소리는 거실을 가로질러 안방으로 점점 다가오고 있었다. 그래도 강한은 여전히 반응을 보이지 않았다.

적당한 두께와 질감의 셔츠를 찾아내고, 넥타이 걸이에 걸려 있는 넥타이를 아무거나 하나 집어 들려는데, 어느새 안방으로 들어온 발소리의 주인공이 바로 앞까지 다가와 강한의 손목을 턱 붙잡으면서 말했다.

"땡땡이 셔츠에 꿀벌 무늬 넥타이요? 진심이에요?"

"무슨 소리야, 나한테 그런 셔츠나 넥타이가 없는데."

"안 속네."

소원은 김빠진 듯한 투로 중얼거렸다. 그러더니 닷새 동안 집을 비운 게 아니라 방금 아침 산책을 다녀온 것처럼 천연덕스러운 말투로 강한에게 물었다.

"형, 아침은 먹었어요?"

"배 안 고파."

강한이 말을 마치기도 전에, 그의 뱃속에서 천둥소리처럼 요란한 꾸륵 소리가 났다. 소원은 피식 웃으면서 한쪽 손에 들고 있던 비닐 봉지를 바스락바스락 소리가 나도록 흔들어 보였다.

"편의점에서 팔고 남은 삼각김밥이랑 샌드위치를 가져왔어요. 옷 입고 나오세요. 같이 먹어요."

강한이 옷을 입는 데는 남들보다 훨씬 더 오랜 시간이 걸렸다. 소매가 들어가야 하는 곳이며 단추가 있는 위치를 하나하나 손으로 더듬어가며 찾고, 단추를 끼우고, 혹시 단추가 하나씩 밀리지 않았는지 꼼꼼히 확인도 해야 했다. 물론 소원이 도와주면 훨씬 빨라지겠지만, 강한이 혼자 할 수 있는 일은 도움 없이 스스로 하고 싶어한다는 걸 소원은 잘 알고 있었다.

주방으로 간 소원은 먹기 편하도록 포장을 모두 벗겨낸 삼각김밥과 샌드위치를 테이블에 차려놓고 강한이 나오기를 기다렸다. 약 10분 후, 두 남자는 아무 일도 없었던 것처럼 마주 앉았다. 강한은 눅눅해진 샌드위치를 한 입 베어물면서 무심한 어조로 툭 던지듯 물었다.

"그동안 밥은 잘 챙겨 먹었고? 아픈 데는 없고?"

"네."

"됐다, 그럼."

그게 끝이었다. 강한은 소원에게 어디서 지냈는지, 어떻게 지냈는지, 심지어 왜 돌아왔는지조차 묻지 않았다. 소원은 숙제하는 것처럼 열심히 샌드위치를 씹고 있는 강한을 보면서 간밤에 유미와 나눴던 대화를 떠올렸다.

"난 선배 어머니가 작년 가을에 알코올중독 치료 클리닉에 들어가신 걸로 알고 있었어. 식물인간 상태가 되셨다니, 그런 건 정말 꿈에도 몰랐어. 한번 찾아가볼까 하다가, 차인 주제에 질척거리는 걸로 보일 것 같아서 관뒀는데."

"왜 누나한테 사실대로 말하지 않은 걸까요? 워낙 자존심이 강한 사람이니까 부담 주기 싫었던 걸까요?"

"그럴 수도 있겠지. 하지만 난 왠지 그 반대일 것 같아. 어쩌면 그냥, 물어보기 무서웠던 게 아닐까. 식물인간인 어머니가 있어도 자기와 결혼하고 싶은지. 옆에 있어줄 건지."

그렇게 말하는 유미의 얼굴에는 짙은 연민이 배어 있었지만, 소원은 솔직히 좀 회의적이었다.

"혼자 남게 될까봐 무서워한다고요? 그 사람이요?"

"선배라고 해서 아무것도 무섭지 않은 건 아냐. 누구에게나 너무 무서워서 피하고 싶은 질문은 있어."

그 말을 들은 순간 소원은 뜨끔했다. 자신에게도 있었으니까. 대답을 알고 싶지 않아서 아예 의식 저편으로 꽁꽁 숨겨둔 질문, 그건 바로 '온유와 친구가 된 것을 후회하는지'였다. 혹시나 그 대답이 예스일까봐, 애써 다른 척해봤자 자기도 결국 똑같은 인간일까봐 소원은 생각조차 하지 않으려 했다. 잠시 입을 다문 소원을 향해 유미가 부드럽게 달래듯 말했다.

"그러니까 너무 화내지 마, 소원아. 지금 선배에게는 '지온유가 과연 진범인가?', 이 질문만큼 두려운 게 없을 거야. 거기엔 자칫 잘못하면 자기 가치관과 지금까지 살아온 삶을 송두리째 무너뜨릴지도 모르는 함정이 숨겨져 있거든."

"……."

"그래도 선배는 조금씩 노력하고 있어. 별하와 발레학원을 같이 다닌 애들도 만나보고, 그 애 집에도 가보고. 다른 가능성이 있다는 사실을 천천히 받아들이는 중이야. 말 안 해도 속으로는 알고 있을 거야. 아무리 두려워도 이건 자기가 해야 하는, 할 수밖에 없는 일이라는 걸."

유미는 그 말을 마지막으로 편의점을 나갔고, 소원은 몇 시간 동안이나 깊은 생각에 잠겼다. 편의점 야간근무가 끝나자마자 곧바로 그만두겠다고 하고 이 집으로 돌아온 건 두 가지 이유에서였다.

하나는 그동안 소원이 알고 지낸 강한이 두려움에 못 이겨 진실을 외면하는 비겁한 인간은 아니었다는 것.

그리고 나머지 하나는, 강한이 뭘 잘못했든 그는 그 무엇과도 바꿀 수 없는 것을 잃음으로써 이미 그 대가를 넘치도록 치렀다는 것.

소원은 어지간히 배가 고팠는지 점점 샌드위치 먹는 속도가 빨라지는 강한을 물끄러미 바라보다가 자리에서 일어나면서 말했다.

"천천히 드세요. 콜택시 불러놓을게요."

* * *

"역시 소원이가 있으니 든든하네요."

세은은 두 남자가 함께 출근하는 모습을 보며 흐뭇한 미소를 지었다. 대놓고 말은 못했지만, 닷새 동안 홀로 남겨진 강한의 뒤치다꺼리를 하느라 세은도 여간 고생이 아니었다. 어디 그뿐인가. 혹시 자기가 눈을 뗀 사이에 다치기라도 하지 않을까. 화장실에 혼자 갔다가 넘어지기라도 하는 건 아닐까 단 한순간도 마음을 놓을 수가 없었다.

"든든하긴 무슨. 귀찮고 시끄럽기만 하지."

강한은 시큰둥하게 대답했지만, 그 표정은 분명 눈에 띄게 밝아보였다. 강한의 말을 들은 소원은 이것 보라는 듯 과장되게 눈을 치켜뜨면서 어깨를 으쓱했고, 그 제스처에 세은은 풋 소리 내어 웃었다. 확실히 둘이 있을 때와 셋이 있을 때는 분위기가 달랐다.

"아, 맞다, 검사님. 수석님 방에서 지온유 사건 기록을 달라고 하는데요. 기록 검토하신다고요. 제가 캐비닛에서 꺼내 가져갈까요?"

"아니, 그냥 둬요."

"네?"

"그 사건 기록 검토, 내가 한다고."

강한의 말에 세은의 눈이 휘둥그레졌다. 그렇게 싫다고, 안 한다고 고집을 부리더니 웬일로 마음을 바꿨나 싶었던 것이다. 강한은 덤덤한 말투로 덧붙였다.

"그 기록에서 찾아낼 게 있으면 내가 찾고, 더 해볼 게 있으면 내가 해보겠다고 전해줘요. 그 사건을 이 세상에서 제일 잘 아는 사람은 아마 범인과 피해자 다음으로 나일 테니까."

강한은 한번 마음먹는 게 힘들어서 그렇지, 일단 마음먹으면 곧바로 실천에 옮기는 성격이었다. 그는 소원과 유미를 데리고 증거 보관실로 내려갔다. 보관실 문을 열고 들어가면서 소원이 믿지 않게 이죽거렸다.

"전에는 휴대전화 말고 다른 물건에는 손대지도 말라더니, 이제는 손대도 되는 거예요?"

강한은 소원의 말에 대답하는 대신, 두 손을 들어 올려 까닥까닥하는 시늉을 했다. 그 의미를 알아들은 소원이 두 손에 비닐장갑을 끼고, 유미에게도 장갑 한 켤레를 건네주었다. 강한은 자리에 앉으면서 두 사람을 향해 말했다.

"소원이는 이 물건들을 전에 한번 본 적이 있을 테고, 정 검사는 그보다 더 자세히 알고 있겠지. 난 수십 번도 넘게 들여다봤지만, 그때 보고 듣고 판단한 것들은 모두 기억 저편에 넣어둘 거야. 눈으로 보는 것과 그 외의 감각으로 보는 것들이 다르기도 할 거고."

"우리가 뭘 찾아야 하는 건데?"

그렇게 질문한 것은 유미였다. 강한이 자신을 떠난 진짜 이유를 마침내 알게 되었지만, 그녀가 그를 대하는 태도는 전혀 달라지지 않았다. 그게 그의 자존심을 지켜주기 위한 그녀 나름의 배려였다. 그런 구구절절한 이야기는 이 사건이 끝나고 나서 해도 늦지 않을 터였다.

"그때 나를 비롯한 수사팀은 이 물건들을 오직 한 가지 방향으로 해석했어. 지온유와 연관이 있는가, 없는가. 하지만 이 사건에 지온유가 아닌 제3자가 연관되었을 가능성이 확인된 이상, 이제는 이 안에 있는 그 누군가의 흔적을 찾아야 해. 조그만 단서도 놓치지 말고, 샅샅이."

강한은 그렇게 말하면서 장갑 낀 손을 상자 속으로 집어넣었다. 제일 먼저 손에 집힌 것은 단단하고 매끄러운 물체, 음료수 캔인 것 같았다. 유미는 온유의 휴대전화를 다시 들여다보려고 하는 건지 휴대전화 전원 켜는 소리가 들렸고, 소원이 앉아 있는 쪽에서는 팔락팔락 종이 넘기는 소리가 들렸다. 강한은 이 박스 안에서 그런 소리를 낼 만한 물건이 하나뿐임을 알고 있었다.

"류뚱 너, 성인잡지 보고 있지? 죽고 싶냐?"

"왜요, 조그만 것도 놓치지 말고 샅샅이 들여다보라면서요."

소원은 능청스럽게 대답하면서 잡지 넘기는 손을 멈추지 않았다. 한 쌍의 만담가들처럼 투덕거리는 두 남자의 대화에 피식 웃던 유미가 문득 생각난 듯 강한에게 물었다.

"저 성인잡지에서는 지온유 지문만 나왔지? 그래서 경찰에서는 지온유 소유물로 판단했고."

"그랬지. 성암고등학교 앞 서점에서 판매하는 잡지인 걸로 확인됐거든. 서점 주인은 아니라고 잡아뗐지만, 미성년자에게 그냥 팔았던 게 아닌가 추측했었어."

강한의 말에 소원이 잡지를 넘기던 손을 멈칫하면서 물었다.

"학교 앞 서점이면, 학생문고요? 서점이랑 문방구랑 같이 있는?"

"응, 그거 맞을 거야."

"아닌데, 거기 민증 검사 완전 철저하게 해요. 민증에 붙은 사진 얼굴까지 비교하는데, 조금이라도 다르면 성인물 절대 안 팔아요. 아빠 양복을 입고 가도 민증 보여달라고 한다니까요."

"꼭 해본 적 있는 사람처럼 얘기한다, 너?"

강한의 예리한 지적에 소원은 어깨를 움찔하더니, 헛기침을 하면서 얼버무렸다.

"어쨌든, 학생문고 사장님이 온유한테 성인잡지를 팔았을 리가 없어요. 그 사장님은 온유를 알고 있었거든요. 애들이 괴롭히면 아픈 애한테 그러는 거 아니라고 막아주고 그랬어요."

"그러면 다른 사람이 사다준 거 아니야? 서점 사장이 얼굴을 잘 모르는 다른 애가?"

유미가 반문하자, 이번에는 강한이 대답했다.

"그러면 다른 사람 지문이 하나라도 나왔어야지. 비닐에 싸인 상태로 구입해서 뜯었다고 하면, 서점 주인 지문이 안 나온 건 설명 가능해. 하지만 성인잡지를 대신 사다준 고등학생이 그걸 뜯어보지 않았다고? 그랬을 리 없지. 여기 류소원을 봐. 1초도 못 견디고 열어보잖아."

"이상한 점이 한 가지 더 있어요."

어느새 이 추리게임에 재미를 붙인 소원이 성인잡지까지 덮어놓고서 열을 올리고 있었다. 아마 예전 같았다면 강한은 소원이 사건에 대한 의견을 내놓는 즉시 '네가 상관할 게 아니다'라면서 가로막으려고 들었을 것이다. 그러나 이제 강한은 소원의 얘기를 잠자코 듣고 있었다.

"이거, 폐공장 건물에서 발견됐다고 했죠? 작년 7월호 잡지니까 사건이 일어나기 전에 누가 거기다 버렸겠네요. 근데 지문이 하나밖에 없었다는 게 제일 이상해요. 거기 들락날락하는 애들이 한둘이 아닌데, 누구도 여기에 손대지 않았다는 거잖아요."

소원의 날카로운 지적에, 강한과 유미는 잠시 침묵에 잠겼다. 몇 분 동안 태산 같은 정적이 흐른 후, 강한이 먼저 입을 열었다.

"그러면 결론은 하나뿐이네. 버려져 있던 잡지를 누군가 주워서 지온유에게 만지게 하고, 자기 지문을 포함한 나머지 지문은 지워버렸다는 거지."

50페이지에 달하는 잡지의 모든 페이지를 일일이 닦아내는 그 꼼꼼함과 치밀함. 강한은 그런 범인을 다른 데서도 본 적이 있었다. 바로 자신의 인생을 송두리째 뒤바꿔놓은 염산 테러 사건에서였다. 등골이 얼음물을 끼얹은 것처럼 돌연 서늘해졌다.

"지문 얘기가 나와서 말인데, 별하 몸에서도 지온유 지문이 나왔지? 다른 사람 지문은 안 나오고."

유미는 증거물 상자 안에 들어 있는 사진을 한 장 한 장 넘겨보면서 말했다. 그 안에는 실오라기 하나 걸치지 않고 콘크리트 바닥에서 발견된 피해 아동을 여러 각도에서 찍은 사진도 있었다. 소원은 다른 건 다 무던하게 넘겨도 시체 사진만큼은 아직도 보기 힘들어했고, 강한은 볼 수가 없었기에, 그 사진을 들여다보는 건 유미의 몫이었다.

"등, 허리, 그리고 팔에서 전체 지문과 부분 지문이 네 개 나왔지. 그게 강력한 증거가 됐고."

강한은 기억을 더듬어가면서 설명했다. 원래 피부에서 지문을 채취하는 게 쉬운 일은 아니었다. 일반적인 기술로는 불가능하고, 국과수에서 사용하는 특수 레이저 장비가 있어야 했으며, 그나마도 지문이 보존되려면 여러 가지 까다로운 조건을 충족시켜야 했다. 다행히 이 사건은 피해자 시신이 사망한 지 일곱 시간 이내에 발견됐고, 비온 날이라 시신에도 습기가 묻어 있어서 운 좋게 지문이 채취된 경우였다. 강한의 말을 듣고 있던 소원이 불쑥 질문을 던졌다.

"그러면 옷은요? 그 애가 입고 있던 옷에서도 지문이 나왔어요?"

소원의 시선은 유미의 손에 들린 사진에 박혀 있었다. 별하가 사망 당일 입고 있던 딸기 무늬 분홍색 원피스를 찍은 사진이었다. 강한은 망설임 없이 대답했다.

"아니, 몸에서 지문이 나왔는데 옷까지 검사해볼 필요가 없었지. 게다가 섬유에는 지문이 온전하게 남지 않아. 연쇄 상해 사건의 범인이 꼈던 장갑처럼 딱딱한 재질의 가죽이라든가 그런 게 아닌 한."

소원은 강한의 설명을 들으면서 장갑 낀 손으로 상자를 뒤적였다. 상자 맨 아래쪽에, 비닐로 둘둘 말아 밀봉해놓은 옷가지가 들어 있었다. 문제의 분홍색 원피스였다. 소원은 조심스러운 손길로 비닐 봉인을 뜯고, 원피스를 펼쳐 책상 위에 올려놓았다. 원피스 등에 달린 지퍼가 4분의 3가량 내려가다 중간에 걸려 있었고, 아래 치맛단은 갈기갈기 찢어진 상태였다.

"형, 누나. 이거 있잖아요. 누가 옷을 벗기려다가 지퍼가 걸리니까 짜증나서 아래를 찢어버린 것 같아요. 그러면 지퍼 손잡이와 버클 부분에 그 사람 지문이 찍히지 않았을까요?"

소원의 질문에, 강한은 손끝으로 턱을 천천히 문지르면서 잠시 생각하다가 대답했다.

"그랬을 수도 있겠지. 하지만 그래봤자 법정에서 증거로 쓸 수 있을 만큼 유효한 전체 지문이 찍히진 않았을 거야. 기껏해야 부분 지문 정도일까."

"그래도, 지금이라도 한번 검사해보면 안 될까요? 법정에 증거로 가져갈 수 없어도 괜찮아요. 한 사람만 설득할 수 있으면."

"한 사람? 그게 누군데?"

"형이요."

"난 설득한다고?"

"네, 이번에는 예전에 하지 않았던 것들, 할 필요가 없다고 생각했던 것들도 다 해봐야 해요. 관점을 바꿔야 한다고요. 우리는 지금 온유가 범인이라는 걸 입증하기 위해서 수사하는 게 아니라, 범인이 아니라는 걸 입증하기 위해서 수사하는 거니까. 형이 그걸 납득해야 하니까."

"……."

강한은 소원의 말에 대놓고 수긍하진 않았지만, 그렇다고 차디찬 면박을 주지도 않았다. 그게 곧 승낙의 의미라는 걸, 이젠 소원도 잘 알았다. 유미는 자기가 알아서 하겠다는 듯 소원을 향해 한쪽 눈을 찡긋하면서 다시 비닐봉투에 원피스를 따로 챙겨넣었다. 비닐을 접는 소리가 바스락바스락 요란하게 울리는 동안에도 강한은 별다른 말을 하지 않았다.

"이 기다란 석고판들은 뭐예요? 발자국이 찍혀 있는데, 이건 누구 발자국이에요?"

계속해서 상자를 뒤지던 소원은 비닐봉투에 들어 있는 족적 석고판들을 발견하고는 신기해하는 어조로 외쳤다. 그러나 강한의 반응은 무덤덤하기만 했다.

"현장에 남아 있던 족적 중 상태를 봤을 때 비교적 최근 것들을 보관해놓은 거야. 증거물로 사용한 건 지온유의 족적 하나뿐이지만."

"하나, 둘, 셋, 넷, 다섯, 여섯. 이렇게 많이 있는데, 누구 건지는 한 개만 확인했다고요? 진짜 너무 대충한 거 아니에요?"

소원은 책상 위에 줄줄이 늘어놓은 족적 석고판을 내려다보면서 황당하다는 듯 물었다. 강한은 순간적으로 욱하는 표정이 되었다가,

소원의 도발에 일일이 넘어가는 것도 바보 같다는 생각에 마음을 가라앉히면서 차근차근 설명했다.

"원래 족적으로 알아낼 수 있는 건 한계가 있어. 용의자가 있을 때 용의자의 신발 샘플과 비교해보거나, 범행 장소에 침입한 경로나 도주로를 알아내거나, 그게 아니면 걸음걸이나 신체상의 특징을 알아내는 정도지."

강한은 그의 머릿속에 통째로 들어 있는 것이나 다름없는 법과학 교과서의 내용을 되살렸다.

"가령 범인이 한쪽 다리를 전다면 두 개의 족적이 새겨진 깊이가 다르겠지. 자전거나 오토바이를 항상 타고 다닌다면 신발 중간쯤에 페달을 밟은 자국이 남아 있을 거고. 마당발이라면 신발 안쪽이 바깥쪽보다 많이 닳아 있을 거야. 족적만 봐서는 누가 누군지 알아낼 수 없어."

"하지만 이 중에 진짜 범인의 발자국이 있을지도 모르는데……."

안타까운 듯 중얼거리며 석고판을 하나하나 들여다보던 소원은, 다섯 번째 석고판 앞에서 문득 움직임을 멈췄다. 앞쪽이 물고기처럼 미끈한 유선형으로 빠진 운동화 족적이었다.

"형, 근데 나 이거 어디서 본 적이 있는 것 같은데……. 잠깐만요, 검색 좀 해볼게요."

소원은 휴대전화를 꺼내서 인터넷 검색을 시작했고, 강한과 유미는 어안이 벙벙한 표정이 되었다.

"운동화 바닥만 보고 어떤 건지 알 수 있다고? 류뚱, 너 무슨 운동화 수집이라도 하냐?"

"제가 그럴 돈이 어딨어요? 그냥 멋있어 보이니까, 다른 애들이 얘기할 때 끼어들어서 사진 구경하고 가끔 진짜로 신고 오는 애들이 있으면 훔쳐보기나 하고 그런 거죠, 뭐."

소원은 휴대전화 화면을 획획 넘기면서 태연하게 대꾸했다. 중고등학교 남자애들이 으레 그렇듯 소원도 멋지고 근사한 운동화라면 눈이 돌아가는 것은 마찬가지였다. 넉살 좋은 애들은 한번 신어보게 해달라고 조르기라도 하지만, 소원은 또 그런 성격은 아니라서 멀리서 힐끗거리는 걸로 아쉬움을 달래고는 했다.

"아, 여기 있다! 에어조던 1 레트로 하이. 현재 인터넷 최저가가 57만 9000원. 밑창이 완전히 똑같이 생겼어요!"

마침내 원하던 사진을 찾아낸 소원이 휴대전화를 조작하던 손가락을 멈추고 외치는 말에, 강한은 흠칫 놀라고 말았다. 아무도 알아보지 못했던 고가 운동화의 모델명을 소원이 단번에 알아낸 것도 그랬지만, 진짜 놀란 이유는 따로 있었다.

"57만 9000원? 고등학생 운동화가? 말이 돼?"

"진작에 품절되고 리셀가라서 그래요. 에어조던이잖아요. 지금은 우리나라 남고딩이라면 누구나 신고 싶어 안달하는 신발이라고요."

그런가. 고등학교 시절 갖고 싶은 것이라고는 새 글러브밖에 없었던 강한으로서는 이해하기 어려운 일이었다.

"품절이라고? 그럼 아주 적은 물량만 풀렸던 건가? 판매대장 같은 걸 확보할 수 있지 않을까?"

강한은 은근한 기대를 걸면서 물었지만, 이어지는 소원의 대답이 그 기대를 산산이 부숴버리고 말았다.

"에이, 형 이거 작년 모델이라서 막상 나왔을 당시엔 몇만 켤레씩 팔렸을걸요? 그때 우리 학교에도 신고 왔던 애가 있었는데……."

무심결에 말하던 소원의 머릿속에, 순간적으로 기억의 한 장면이 스치고 지나갔다. 교실 안이었다. 여름인지 다들 반팔을 입고 있었고, 공기가 눅눅하고 끈적끈적했다. 소원이 책상에 엎드려 공책에 낙서를 끄적이고 있었는데, 앞문이 벌컥 열리면서 누군가 헐레벌떡 뛰어 들어왔다.

"야, 옆 반에 ○○○가 에어조던 신상 신고 왔어! 씨×, 간지 작살!"

"오, 진짜? 진짜? 나 한 번만 신어보게 해달라고 그래야지!"

"이 새끼는 맨날 신어보게 해달래. 니 돈으로 사서 신어, 거지새끼야!"

소원의 말을 들은 강한은 이게 심상치 않은 단서임을 직감하고 다급하게 캐물었다.

"이 운동화를 가진 애가 성암고등학교에 있었다고? 너랑 같은 학년? 같은 반? 누구였는데?"

"저기, 그게…… 누구였는지 기억이 안 나요. 옆 반이었는데……."

어물거리는 소원을 보고 유미는 어처구니없다는 표정을 지었다. 하지만 그 누구보다 환장할 노릇인 건 소원 본인이었다. 반 아이들이 와자지껄 떠들던 내용까지 세세하게 떠오르는데, 정작 옆 반의 누구였는지 그 이름 석 자가 생각이 안 난다니, 자기가 생각해도 기가 막혔다.

* * *

11월 10일 토요일 오후 5시. 아이리스백화점 스포츠 매장.

"요즘 대학생들한테 제일 인기 있는 운동화가 어떤 거죠?"

직원은 선글라스를 낀 남자가 케인으로 앞을 더듬거리며 뚜벅뚜벅 매장 안으로 걸어 들어오는 것을 보고 화들짝 놀랐다. 그러나 그것도 잠시, 곧 영업용 미소를 띠면서 싹싹하게 대답했다.

"요즘 에어맥스 97 미드나잇 네이비를 많이들 찾으시고요, 손님. 에어줌이나 베이퍼맥스 시리즈도 꾸준히 잘나가고요. 한번 살펴보시겠어요?"

"그거, 앞에 걸로 두 켤레 주세요. 에어맥스 미드나잇 어쩌고. 한 켤레는 270으로 주시고, 나머지 한 켤레는 애 사이즈로."

강한이 등 뒤에 멀뚱멀뚱 서 있는 소원을 가리키면서 말하자, 소원은 두 눈을 둥그렇게 떴다.

"네? 저도 사주시는 거예요? 왜요?"

강한이 뜬금없이 백화점에 데려가달라기에, 당연히 자기 물건을 사려나 보다 하고 별생각 없이 따라온 소원이었다. 강한은 재킷 품속에서 지갑을 꺼내면서 무뚝뚝하게 대꾸했다.

"사주는 데도 이유가 필요해? 빨리 사이즈나 말해. 내 마음 바뀌기 전에."

"275요! 운동화 끈은 하얀색, 빨간색, 검은색, 세 개 다 넣어주시고요. 얼른 주세요, 우리 형님 마음 바꾸시기 전에!"

다급하게 외치는 소원의 목소리를 듣고 강한은 피식 웃었다. 운동화를 사서 매장을 나온 그들은 백화점 구석에 있는 카페에 들어가 앉았다. 강한의 앞에는 너무 뜨겁지 않게 식힌 에스프레소가, 소원의 앞에는 얼음을 가득 넣은 탄산음료가 놓였다.

"형, 근데 270 사이즈 운동화는 왜 사신 거예요? 형 사이즈는 280이잖아요."

강한은 그 말에 대답하는 대신, 발치에 놓아두었던 운동화 쇼핑백을 소원이 있는 방향으로 지그시 내밀었다.

"이것도 저 가지라고요?"

"아니, 지온유 가져다줘. 추모공원에. 나중에 수사 끝나고 나면."

너무도 뜻밖의 말에, 소원은 쇼핑백을 받아들 생각도 하지 못하고 입만 벌리고 있었다. 그런 그를 향해 강한은 차분하게 말을 이었다.

"물론 이걸로 때우겠다는 건 절대 아니야. 재수사는 끝까지 할 거고, 내가 책임져야 하는 부분이 생긴다면 기꺼이 책임질 거다. 단지, 너한테서 57만 원짜리 운동화 얘기를 들었을 때부터, 그냥 이상하게 계속 마음에 걸려서……."

정확히 뭐가 맘에 걸렸다는 건지, 소원은 굳이 물어보지 않았다. 그 순간 소원도 같은 생각을 하고 있었으니까. 고등학교 3년 내내 온유가 신고 다녔던, 뒤축이 다 닳은, 낡아빠진 싸구려 운동화. 소원은 괜히 콧등이 얼얼해지는 것을 감추려고 애써 가벼운 목소리로 말했다.

"그럼 제 거는요? 가출하지 말라고 뇌물 주는 거예요?"

"어."

소원은 농담 삼아 한 말이었는데, 강한은 아무렇지도 않게 인정하면서 덧붙였다.

"그동안 네가 하는 일을 무시해서 미안하다. 나한테는 네가 필요해. 그러니까 어디로 튈 생각하지 말고, 가능한 한 오랫동안 우리집에 있어주면 좋겠다."

소원은 아까보다 더 깜짝 놀라서 입을 떡 벌렸다. 방금 제대로 들은 것인지 귀가 의심될 정도였다. 저 무뚝뚝한 인간에게서 '미안하다, 네가 필요해, 우리집에 있어주면 좋겠다', 이 세 문장을 한꺼번에 듣다니, 살다 보니 참 별일이 다 있다 싶었다.

"그러면 형, 이제 죽고 싶지는 않은 거예요?"

멍한 표정을 짓고 있던 소원은 충동적으로 불쑥 묻고 말았다. 강한이 입원 기간 중 자살 시도를 했다는 얘기는 가출을 끝내고 돌아오기 전날 밤, 편의점에서 유미를 통해 들었다. 사실 그게 소원이 돌아온 이유 중 하나이기도 했다. 혼자 남겨진 강한이 나쁜 마음을 먹기라도 할까봐.

소원의 말을 들은 강한은 잠시 생각에 잠겼다. 처음에 그는 이 사건 수사를 삶의 마지막 프로젝트로 여겼고, 그 후에는 어떤 식으로든 조용히 마무리 지을 작정이었다. 그런데 지난 두 달간 소원과 함께 수사에 열중하다 보니, 어느새 죽고 싶은 마음이 완전히 사라져버렸다. 굳이 죽어야 하나 싶었다. 이렇게 누군가와 함께 카페에 앉아서 커피를 마시며 즐겁게 대화할 수 있는데.

"죽긴 왜 죽어. 검사가 숨이 붙어 있는 한, 수사를 해야지."

강한은 단호하게 대답하고는 앞에 놓인 커피를 한 모금 마셨다. 씁쓸하면서도 향기롭고, 깊은 감칠맛이 났다. 꼭 인생처럼.

"그러니까 이번 사건이 끝난 후에도 활동보조인 역할은 계속해줬으면 좋겠다. 대신 일하는 시간은 하루 여섯 시간으로 줄이고, 남는 시간에는 네 공부를 해. 대학에 갈 수 있도록 내가 지원할 테니까. 너도 하고 싶은 게 있을 거 아냐?"

"하고 싶은 거⋯⋯."

소원은 잔을 지그시 움켜쥐면서 중얼거렸다. 그림 그리고 싶다는 말을 해볼까. 강한이라면 미대에 진학할 수 있도록 충분히 도와줄 수 있을 것 같았지만, 그렇게까지 신세를 지는 게 맞는 일인지 확신이 서지 않았다. 소원이 망설이고 있는데, 강한의 휴대전화가 울렸다. 모르는 번호가 화면에 뜬 것을 보고, 소원은 강한이 통화하기 쉽도록 스피커폰을 눌러주었다.

"네, 강한 검사입니다."

— 검사님? 여기 국과수입니다. 의뢰하신 지문 분석 결과가 나왔는데요.

87

11월 12일 월요일 오전 10시. 성암지방검찰청 609호 검사실.

"검사님께서 예상하신 대로, 면으로 만든 원피스에서는 지문을 채취하지 못했습니다. 거기까지는 뭐 당연한 건데요, 지퍼 후크나 버클에서도 아무 흔적이 나오지 않은 건 이상하더군요."

국립과학수사연구원에서 나온 분석관이 강한의 책상 위에 보고서를 올려놓으면서 말했다. 강한은 윗눈썹을 추켜올리면서 확인하듯 물었다.

"부분 지문도 없었습니까?"

"부분 지문은커녕 지문의 흔적조차 없었습니다. 마치 뭔가로 닦아낸 것처럼. 혹시나 해서 미량 DNA 검사까지 해봤는데 나온 게 없습니다. 원하신다면 재검사를 해볼까요?"

"아니요, 그럴 필요는 없습니다. 수고 많으셨습니다."

분석관이 나간 후, 검사실에는 한동안 침묵이 흘렀다. 강한의 표정이 너무도 심각하게 굳어 있어서, 소원도 세은도 감히 말을 걸 엄두를 내지 못했다. 한참 후에 가까스로 먼저 입술을 뗀 사람은 세은이었다.

"검사님, 그게 무슨 의미예요? 별하 몸에는 지온유의 지문이 있고, 옷 지퍼에는 없다는 게."

"……피해자의 옷을 벗겨낸 사람이 지온유가 아니란 얘기죠. 지온유가 피해자의 시신을 만진 건 사실이지만, 그 당시 피해자는 이미 사망한 상태였을 가능성이 크다는 뜻이기도 하고요."

강한은 힘이 쭉 풀린 두 다리를 감추려고 책상을 손으로 짚으면서 망연자실하여 중얼거렸다.

"지온유는 정말로, 범인이 아니었어. 별하를 죽인 진범은 따로 있었어."

그 말에 소원은 펄쩍 뛰어오르고 싶을 만큼 기뻐야 마땅했다. 강한에게 온유가 진범이 아니라는 사실을 납득시키기 위해, 오직 그 이유만으로 지금까지 온갖 개고생을 해온 것이나 다름없으니 말이다. 그러나 지금 이 순간, 소원은 기쁘지가 않았다. 그냥 조금 슬프고, 허탈했다. 소원은 강한이 앉을 수 있도록 의자를 빼주면서 말했다.

"그럼 역시 그 사람이 범인일까요? 별하가 좋아했다는 잘생긴 오빠 말이에요. 같은 아파트에 살았고, 팔꿈치에 화상 자국이 있고, 나이키 에어조던을 신는 사람."

"……방금 뭐라고 했어요?"

서늘한 목소리로 물은 사람은 바로 세은이었다. 그녀는 소원의 마지막 말을 듣는 순간, 쇠뭉치로 뒤통수를 맞은 것 같은 표정을 지으면서 자리에서 벌떡 일어났다. 그제야 소원은 에어조던에 대해 세은이 모른다는 사실을 깨달았다.

강한과 소원, 유미가 알아낸 내용은 수사관인 세은과도 당연히 공유하고 있었다. 그러나 지난 목요일 검찰청 증거보관실에서 봤던 족적에 대해서는 따로 얘기하지 않았던 것이다.

"아, 죄송해요. 누나한테도 말씀드렸어야 했는데. 제가 깜박했어요. 현장에서 발견된 족적 중에 에어조던 1 레트로 하이가 있었어요."

"그거, 신발 사이즈가 몇이었어요?"

그렇게 묻는 세은의 목소리가 가늘게 떨리고 있었다. 소원은 그런 세은의 태도가 뭔가 이상하다고 생각하면서도 일단 대답해주었다.

"저하고 같은 사이즈인 것 같았으니까, 275겠네요. 그래봤자 별 의미 없어요. 그게 얼마나 흔한 사이즈인데⋯⋯."

그러나 소원은 말을 끝마치지 못했다. 세은이 그의 옆을 홱 지나쳐서 검사실 밖으로 나가버렸던 것이다. 분위기가 심상치 않았다. 소원은 얼빠진 표정으로 그 뒷모습을 보고 있다가 잔뜩 풀 죽은 목소리로 강한에게 말했다.

"어떡하죠, 형? 세은 누나 화 많이 났나 봐요. 따돌림당하는 것처럼 느꼈는지도 모르겠어요. 아, 진짜 그런 거 아닌데. 미안해서 어떡하지."

"그래서 그런 건 아닐 거야. 너무 신경 쓰지 마. 홍세은 수사관은 그것보단 도량이 넓은 사람이니까."

강한은 피곤한 투로 말하면서 이마를 짚었다. 한 주가 시작되는 월요일 오전인데, 감당하기 어려울 정도로 어마어마한 소식을 듣는 바람에 아닌 게 아니라 정말 피곤했다. 깊은 한숨을 내쉬는 강한을 향해 소원이 조심스러운 말투로 물었다.

"그나저나 이제 어떻게 하죠? 온유가 범인이 아니라는 걸 공개적으로 밝혀야 하지 않을까요? 그래야 정신 나간 테러범도 사람들을 해치고 다니는 걸 멈출 텐데."

"당연히 공개적으로 밝혀야지. 기자회견 할 거야. 가능한 한 빨리.

내일 오후쯤."

'기자회견'이라는 말에 소원은 정신이 번쩍 들었다. 그동안 온유의 결백을 밝혀야 한다고 줄기차게 주장해오긴 했지만, 그렇게 되면 세상이 다시 한번 발칵 뒤집어질 거라는 게 이제야 생생하게 실감 났다. 이제 소원에게는 온유 말고도 걱정해야 할 사람이 하나 더 있었다. 바로 강한이었다.

"형, 괜찮겠어요?"

"아니, 괜찮지 않겠지. 괜찮지 말아야지. 내가 잘못한 건데. 검사장님과 다른 검사들에게는 미안하지만, 네 말대로 이게 내 잘못을 만회할 수 있는 마지막 기회인지도 모르니까."

강한은 그렇게 말하면서 책상을 더듬어 내선 전화기를 찾았다. 검사장에게 이 상황을 보고하려는 것이었다. 그런 강한을 보면서 소원은 조용히 생각했다. 어쩌면 유미의 말대로 강한은 원래 남을 아끼고 배려할 줄 아는 따뜻한 사람이었고, 지금은 천천히 그 모습으로 돌아가는 중인지도 모르겠다고.

* * *

11월 13일 화요일 오전 8시. 강한의 집.

"잠깐만요. 그 넥타이보다는 이게 좋겠어요. 하늘색이요. 이게 형 피부색에 더 잘 맞아요."

소원은 강한의 목에 걸려 있던 넥타이를 걷어가더니, 좀더 매끄러운 질감의 다른 넥타이를 매주면서 말했다. 매듭을 두 번 지어 넥타이를 매주는 손길이 평소보다 훨씬 꼼꼼했다. 넥타이를 매고 그 위에 넥타이핀까지 채운 후, 소원은 한 걸음 물러나서 자신의 작품을 감상했다.

"좋아요. 멋있어요."

"멋있으면 뭐해, 어차피 욕먹을 텐데."

"그러니까요. 멋있게 욕먹으라고요."

소원의 말에 강한은 피식 웃고 말았다. 양복 재킷 위에 코트를 걸쳐주고, 그 위에 '멋있으라고' 머플러까지 세심하게 둘러주는 소원의 어깨 너머로, 아침마다 틀어놓는 라디오 뉴스 소리가 들려왔다.

— 성암지방검찰청 강한 검사가 오늘 오전 11시 기자회견을 가질 예정입니다. 기자회견의 구체적인 내용은 밝혀지지 않았지만, 연쇄 상해 사건의 용의자가 재수사를 요구했던 성암시 초등학생 살인 사건의 진범에 관련된 내용일 것으로 추측됩니다.

머플러를 매던 소원의 손이 멈추고, 어느새 소원도 강한과 마찬가지로 뉴스에 귀를 기울이고 있었다.

— 만일 연쇄 상해 사건의 용의자가 주장하는 것처럼 지모 씨가 아닌 다른 사람이 진범인 것으로 확인되었을 경우, 강한 검사는 징역형을 받던 중 정신적인 스트레스로 인해 자살한 지모 씨에 대한 법적, 도의적 책임을 피할 수 없을 것으로 보이고…….

"아, 시끄럽다. 형, 우리 얼른 출근이나 해요. 조금 있으면 택시가 올 거예요."

소원은 다급하게 손을 뻗어 라디오를 꺼버리면서 말했다. 그대로 가방과 케인을 챙겨서 강한을 문간으로 이끌려고 하는데, 강한이 우뚝 멈춰서면서 말했다.

"잠깐, 출발하기 전에 전화 걸어야 할 곳이 있어."

"전화요? 어디요?"

"윤지영 변호사님."

소원은 강한에게 왜 전화하려는 것인지 캐묻지 않았다. 그저 지영의 번호를 눌러놓은 휴대전화를 강한의 손에 쥐여주고, 그를 소파에 앉혀준 후, 조용히 통화할 수 있도록 그를 내버려두고 방을 나갔을 뿐이다. 강한은 선명하게 귓가를 파고드는 신호음을 들으면서 지영이 전화 받기만을 기다렸다. 지금 이 순간, 그는 검사가 아니라 죄를 고백하려는 죄인이 된 기분이었다.

— 여보세요.

"윤 변호사님, 저 강한입니다."

— 알고 있어요.

지영의 목소리는 싸늘하리만큼 차분하고, 침착하고, 그리고 아주 많이 지쳐 있는 듯했다.

"오늘 기자회견을 하기 전, 변호사님한테는 개인적으로 말씀드리는 게 도리일 것 같아서 연락드렸습니다. 지은유 사건의 기록과 새로운 증거들을 검토해본 결과, 지은유가 아닌 제3자가 범인일 가능성이 높은 것으로 확인되었습니다. 변호사님께는 정말…… 정말 죄송합니다."

강한은 지영이 불같이 화를 낼 거라고 생각했다. 미친 듯이 소리치고, 울고, 억울함을 토로할 거라고 생각했다. 그러나 지영은 그중 어느 것도 하지 않았다. 그녀가 지키는 그 천근 같은 침묵에서, 천 마디 말보다, 눈물보다 더 뿌리 깊은 회한이 느껴졌다. 지영은 한참이 지난 후에야 입을 열었다.

— 지금이라도 사과해줘서 고마워요. 그게 나한테 어떤 의미인지, 강 검사님은 상상도 못하실 거예요.

"윤 변호사님……."

— 저도 드릴 말씀이 있어요. 연쇄 상해 사건의 진범과 관련된 아

주 중요한 이야기예요. 전화로 할 만한 얘기는 아니니까, 기자회견이 끝나면 저희 집으로 와주시면 좋겠어요. 주소는 문자메시지로 보내 드릴게요. 아, 그리고 검사님.

"네?"

— 저희 집에 오실 때, 소원이는 데리고 오지 마세요.

강한이 왜냐고 묻기도 전에 전화는 저쪽에서 먼저 끊어져버렸다. 강한은 지영의 속내를 도저히 짐작할 수가 없었다. 언제는 강한 몰래 소원을 따로 만나 이런저런 얘기를 캐내서 그를 화나게 하더니, 이제 는 또 소원을 빼놓고 만나려고 하는 게. 그러나 길게 생각할 시간도 없이, 밖에서 택시 경적이 울렸다.

'무슨 용건인지는 직접 가보면 알 수 있겠지.'

강한과 소원은 택시를 타고 검찰청에 도착했다. 성암지검 현관 앞 에는 방송 차량과 기자들이 벌떼처럼 몰려든 상태였다. 그들이 누굴 기다리고 있는지는 명백했다. 생전 이런 광경을 처음 보는 택시 기사 가 운전대를 잡은 채로 입이 떡 벌어졌다.

"어이구, 도떼기시장이네. 잘못하면 깔려 죽겠어. 검사님, 정말 저 안으로 들어가신다고요? 다치시기라도 하면 어쩝니까. 후문으로 돌 아갈까요?"

"그러면 후문까지 쫓아올 겁니다. 거긴 좁아서 더 민폐일 거고요. 그냥 여기서 내려주세요."

다행히 기자들은 이 택시에 강한이 타고 있다는 걸 아직 모르고 있었지만, 눈치채는 건 시간문제였다. 강한은 다쳐도 어쩔 수 없다고 생각하면서 내릴 준비를 했다. 강한이 뒷좌석 문손잡이를 잡으려는 순간, 소원이 눈을 반짝 빛내면서 그를 제지했다.

"형, 잠깐만요. 좋은 생각이 있어요."

그로부터 3분 후, 택시 문이 열리고 선글라스를 낀 남자가 내렸다. 양복 재킷을 걸치고, 머플러를 코 바로 아래까지 둘둘 감은 남자는 케인으로 더듬더듬 앞을 짚으면서 검찰청 현관으로 향하기 시작했다.

"강한 검사다!"

기자 무리 중 한 명이 남자를 발견하고 외치자, 나머지 기자들도 일제히 와아아 소리를 내면서 몰려들었다. 현관의 낮은 계단을 묵묵히 올라가는 남자를 향해 사정없는 카메라 플래시와 함께 질문 세례가 퍼부어졌다.

"강한 검사님! 직접적으로 수사에 참여하지 않고 계신 걸로 아는데 주임검사가 아닌 검사님께서 기자회견을 하시는 이유는 뭐죠?"

"김별하 사건을 수사할 때 과오가 있었다는 점을 인정하려는 겁니까?"

"평화한국당 조민국 대표가 성암지검의 재수사 계획에 대해 테러리스트에 대한 굴복이라면서 유감을 표명했는데 여기에 대해 어떤 생각을 갖고 계십니까?"

남자는 기자들이 뭐라고 하든 아랑곳하지 않고 검찰청 현관문을 열고 들어갔고, 끈질긴 기자들은 그 안까지 꾸역꾸역 따라갔다. 그동안 남자를 태우고 왔던 택시는 뒷문으로 사라졌다.

택시가 시야에서 완전히 사라진 것을 확인한 남자는 갑자기 제자리에 우뚝 서더니, 지금까지 수족처럼 사용하고 있던 케인을 척척 접어 주머니에 넣었다. 그리고 그 모습을 본 기자들은 일제히 어안이 벙벙한 표정이 되었다.

남자는 선글라스를 쓴 채로 입가를 가렸던 머플러만 풀었다. 그러자 장난스럽게 씨익 웃고 있는 입꼬리가 드러났다. 자신의 계획이 보기 좋게 먹혀들어간 것에 기뻐하고 있는 소원이었다.

　— 어차피 사람들은 형하고 저하고 키 차이가 얼마나 나는지, 체격이 어떻게 다른지 구분도 못할 거예요. 그냥 선글라스 끼고 케인 짚고 있으면 강한 검사라고 생각할 거라고요. 제 말을 믿으세요. 저 기자들 중 누구도 의심하는 사람은 없을 테니까.

　소원은 기자들을 향해 여유만만하게 손을 흔들면서 넉살 좋게 말했다.

　"아, 죄송합니다. 전 강한 검사가 아니에요. 그냥 선글라스 끼고 다니는 거 좋아하는 평범한 민원인이죠. 기자회견이고 뭐고 전 아무것도 모르니까 제 사진은 보도하지 말아주세요."

　소원의 기지 덕분에 강한은 후문을 통해 무사히, 그리고 조용히 검찰청으로 입성할 수 있었다. 그의 검사 인생에서 가장 중요할 기자회견이 얼마 남지 않은 시각이었다.

88

"정말 괜찮겠어? 이 일로 선배의 검사 생명이 끝장날 수도 있어. 실명한 것보다, 이게 더 치명적일 수도 있다고."

유미는 강한의 옷매무새를 다듬어주면서도 끝내 걱정을 놓지 못했다. 문 너머에서는 대회의실을 가득 채운 기자들이 웅성웅성 떠들어대는 소리와 벌써 키보드를 두드리는 소리가 요란했다. 유미에게는 그 소리가 강한을 잡아먹으려고 기다리는 늑대 울음소리처럼 들렸다. 강한은 기자회견 중에 휴대전화가 울리지 않도록 전원을 끄면서 담담한 투로 대답했다.

"괜찮아. 이 사건으로 인해 진짜 목숨을 잃은 사람들도 있고, 그보다 더 소중한 걸 잃은 사람들도 있으니까. 진작에 이렇게 했어야 하는 일이었어."

유미의 안내를 받으며 여기까지 온 강한이 케인을 펼치려는 순간, 그녀가 그의 손목을 잡으면서 충동적으로 불쑥 말했다. 아니, 어쩌면 충동적인 것처럼 가장했을 뿐, 지난 1년간 내내 하고 싶었던 말이었는지도 몰랐다.

"이제 다 알아. 오빠가 나한테 왜 헤어지자고 했는지. 어머니 의식 불명 상태로 병원에 누워 계신다면서. 나 그거 괜찮아. 감당할 수 있어. 그러니까 우리 지금이라도 다시 시작하면 안 돼?"

"……."

"이 기자회견에서 오빠가 하고 싶은 말 하고 나면 그때부터는 모두가 다 오빠의 적이 될 거야. 원래 인심이란 게 그렇잖아. 백 가지를 잘했어도 한 가지를 실수하면 그게 전부가 되어버린다고. 오빠가 세상 사람들한테서 뭇매를 맞을 때, 그래도 변함없이 지지해줄 한 사람이 필요할 때, 그때 내가 옆에 있어주고 싶어서 그래."

강한의 시선은 유미를 향하고 있었지만, 보이는 거라곤 암흑뿐이었다. 그는 지금 이 순간, 그 무엇보다 그녀의 얼굴이 보고 싶었다. 그의 기억 속에서 그녀가 언제나 서른 살로, 다른 여자와 약혼하러 가는 전 남자친구를 발갛게 부은 눈으로 노려보고 있는 아직 앳된 얼굴로 남아 있을 거라는 게 처음으로 슬펐다. 그녀가 마흔 살이 되고, 쉰 살이 되고, 언젠가 백발이 성성한 할머니가 되어가는 모습을 보고 싶었는데. 그래서 강한은 그녀의 이름을 불렀다.

"유미야. 10년 전에 내가 그 언덕에서 너한테 손 내밀었던 거 기억해?"

"……그걸 어떻게 잊어."

"사실은 말이야. 그때 내가 너한테 손을 내민 게 아니야. 네가 나한테 손을 내밀었던 거지. 외롭고, 이기적이고, 희망이라고는 없던 나에게."

"오빠."

"그동안 고마웠다. 지금도 고맙고. 앞으로도 고마울 일이 많겠지. 그러니까 그보다 더 네 인생에 폐 끼치는 짓은 안 할게."

단호한 말과 함께 강한의 입가에 엷게 번지는 미소를 보고 유미는 뭐라고 해야 할지 몰랐다. 그의 마음을 너무도 잘 이해할 수 있었기 때문이다. 그녀가 말없이 그의 손을 잡으려고 하는 순간, 복도 저편에서 누군가 숨을 헐떡이면서 다급하게 달려왔다. 소원이었다.

"형, 잠깐만요!"

"류소원? 넌 검사실에 있으라고 했잖아. 기자들 눈에 띄어서 좋을 것 없다니까."

소원의 목소리를 알아들은 강한이 가볍게 눈살을 찡그렸지만, 소원은 굴하지 않고 강한의 바로 앞까지 와서 섰다. 그리고 주머니 속에서 뭔가를 꺼내 강한의 손에 쥐여주면서 말했다.

"자, 이거요. 부적이에요."

"부적?"

강한은 소원이 쥐여준 물건을 엄지와 검지로 만져보면서 그 정체를 알아내려고 했다. 가늘고 기다란 나무 막대 같은 거였는데, 끝은 아주 가늘고 갈수록 조금씩 통통해지다가, 맞은편 끝으로 가면 차갑고 매끄러운 알루미늄 같은 것으로 덮인 부분이 나오고, 그다음에는 얇게 다듬어진 털 같은 부분이 나왔다. 강한은 한쪽 눈썹을 추켜올리면서 물었다.

"이거, 붓이야? 그림 그릴 때 쓰는."

"네, 저한테 정말 소중한 물건이에요. 온유한테 마지막으로 받은 생일 선물이거든요."

"……."

"형, 저 안에 들어가 얘기하면서, 이 결정을 후회하고 싶어지는 순간이 올 때마다, 이 붓의 감촉을 느끼면서 기억해주세요. 형은 지금 누군가를 위해 올바른 일을 하고 있다는 걸요."

소원은 강한의 재킷 안주머니에 붓을 넣어주고는, 격려하듯 그의 어깨를 가볍게 툭툭 쳤다. 그러고는 갑자기 너무 진지해졌던 게 조금은 민망했는지 평소와 같은 말투로 덧붙였다.

"아니, 그러니까 내 말은. 쫄지 말라고요. 에이 씨, 대한민국 검사잖아요! 간지 작살이라고요!"

소원의 허세 섞인 말에, 강한도 유미도 풋 웃음을 터뜨리고 말았다. 그리고 그 순간 유미는 깨달았다. 지난 1년 동안 강한의 숙적이었던, 아니 숙적 수준도 되지 못하고 걸리적거리는 눈엣가시였던 소원이 어느새 강한의 든든한 친구가 되었다는 사실을. 강한은 이제 혼자가 아니었다. 어떤 상황이 오더라도 그의 곁을 떠나지 않고 지켜줄 사람이 둘이나 있었으니까.

* * *

— 단도직입적으로 말씀드리겠습니다. 작년 9월 1일에 발생했던 성암시 초등학생 살인 사건을 재검토한 결과, 지온유가 아닌 제3자가 범행에 깊이 개입했을 가능성이 확인되었습니다.

소원은 모니터 속에서 한 글자 한 글자 힘주어 또박또박 말하는 강한을 보면서 저도 모르게 긴장감에 주먹을 움켜쥐었다.

기자회견장 안에 들어가는 것을 허락받지 못한 그는 세은과 함께 검사실 컴퓨터 모니터로 어느 뉴스 방송국에서 해주는 기자회견 실시간 중계를 시청하고 있었다. 화질은 조악했지만, 소리는 들을 만했다. 강한의 폭탄선언이 끝나자마자 회견장 전체가 충격과 흥분으로 들끓었다.

— 방금 그 말은, 지온유가 진범이 아니었다고 시인하는 겁니까?

검찰이 엉뚱한 사람을 살인죄로 잡아넣었다는 건가요?

— 새롭게 확인된 용의자는 누구죠? 신원을 알아낸 상대입니까? 혹시 연쇄 상해 사건의 용의자와 동일 인물인가요?

— 도대체 어쩌다가 이런 끔찍한 실수가 일어나게 된 거죠?

질문이 앞쪽이고 뒤쪽이고 옆쪽이고를 가리지 않고 정신없이 쏟아져나왔다. 강한은 당황하거나 동요하는 기색을 보이지 않은 채 연단에 우두커니 서서 그 말들을 온몸으로 받아냈다. 한차례 소나기 같은 질문 세례가 지나간 후, 강한은 신중하게 입술을 떼었다.

— 검사윤리강령 제3조 제2항은 이렇게 규정하고 있습니다. 검사는 피의자나 피해자, 기타 사건관계인에 대하여 정당한 이유 없이 차별 대우를 하지 아니하며 어떠한 압력이나 유혹, 정실에도 영향을 받지 아니하고, 오로지 법과 양심에 따라 엄정하고 공평하게 직무를 수행한다.

강한의 목소리는 나지막했지만, 까마귀떼처럼 떠들어대던 기자들을 일제히 조용하게 만들고도 남을 만한 힘이 있었다.

— 그러나 사실 검사가 가장 경계해야 할 대상은 따로 있습니다. 바로 자기 자신입니다. 개인적 편견과 사회적 통념에 사로잡혀 있는, 오만하게도 자기 자신의 판단이 절대적으로 옳다고 믿는, 그리고 모두가 원하는 방향으로 사건을 편리하게 이끌어나가고 싶어하는 자의식이죠. 저는 그 자의식에 눈이 멀어서 꼭 들여다봐야 할 것을 들여다보지 못했습니다.

강한은 그의 뒤에 서 있는 유미를 비롯한 같은 형사부 검사들, 그리고 검사장의 존재를 인식하면서 정면을 향해 천천히 고개를 숙였다.

— 이 모든 것은 전적으로 저의 불찰이고 과오입니다. 모든 비난은 제가 받겠습니다. 다른 검사들이나 성암지검에는 피해가 가지 않

기만을 바랍니다.

강한은 고개를 숙인 채로 한참 있었다. 그동안 찰칵이는 플래시 소리가 대회의실을 가득 메웠다. 강한이 마침내 고개를 들었을 때, 앞줄에 있던 기자들 중 한 명이 기습적으로 소리쳤다.

— 연쇄 상해 사건의 용의자는 지온유의 가족 또는 친척인 것으로 추정되고 있는 상황인데, 공식적인 사과 성명이라도 발표해야 하는 것 아닙니까?

강한은 목소리가 들려온 쪽으로 고개를 돌렸다. 기자들, 그리고 소원을 비롯한 많은 사람이 긴장한 채 그 모습을 직접 또는 생중계를 통해서 지켜보고 있었다. 범죄자에게 사과해야 하는 것 아니냐는 말을 들은 검사가 어떻게 반응할지, 극적인 걸 좋아하는 대중에게는 확 구미가 당기는 장면일 수밖에 없었다.

— 사과라고요?

강한은 낮은 목소리로 그 말을 반복하면서, 천천히 선글라스를 벗었다. 우둘투둘하게 얽은 눈가의 끔찍한 상처가 여과 없이 드러나는 순간, 기자들 사이에서 헉 하고 놀란 숨을 들이켜는 소리가 들려왔다. 강한은 그 소리를 듣지 못한 척 담담한 어조로 말을 이었다.

— 이건 피해 중 일부일 뿐입니다. 한정남 경감은 한쪽 귀의 청력을 잃고 경찰을 그만두었고, 고유정 판사는 두 손을 쓰지 못하게 되었습니다. 윤지영 변호사는 목숨을 잃을 뻔했고요. 네 사람을 잔인하게 해친 일은 그 어떤 이유로도 정당화될 수 없습니다. 저 세 사람과 지온유 군, 김별하 양과 그 유족에게는 백번이고 천번이고 사죄하겠지만, 범인에게는 아닙니다.

강한은 벗었던 선글라스를 다시 쓰면서 결의에 찬 어조로 덧붙였다.

— 저는 주임검사로서 책임을 지고, 김별하 양을 죽인 진범을 끝까지 찾아내겠습니다. 정유미 검사를 비롯한 성암지검 수사팀은 연쇄 상해 사건의 범인을 추적해서 검거할 것입니다. 그리고 이 일련의 사건들이 모두 끝나고 나면, 저는 징계든 해임이든, 제가 받아야 할 처분을 달게 받을 것입니다. 다시 한번 죄송하다는 말씀을 드립니다.

강한은 연단을 손으로 짚은 채 더듬더듬 그 옆으로 나왔다. 그리고 이번에는 더 깊이, 더 간절하게, 머리만 숙이는 게 아니라 허리까지 숙여서 사죄의 절을 올렸다. 그 장면을 마지막으로 중계가 끝나고, 뉴스 앵커의 목소리가 화면에 덧입혀졌다.

— 강한 검사의 충격적인 선언 내용이 퍼져나가면서, 수사 미진을 지적하며 재수사 및 재심을 요청했던 지모 씨의 국선변호인, 윤지영 변호사의 과거 발언이 재조명되고 있습니다.

그 멘트와 함께 화면이 전환되면서 1년 전, 법원 앞에서 인터뷰하고 있는 지영의 모습이 나왔다. 그녀는 지금보다 훨씬 건강하고, 의욕이 넘쳐 보이고, 그리고 화가 나 보였다.

— 검찰은 처음부터 피고인을 범인으로 단정하고 편중된 방향으로 수사를 진행했습니다. 어쩌면 피해 아동을 살해한 범인은 지금 이 시각에도 멀쩡히 거리를 활보하고 있을지도…….

"우욱!"

화면 속에서 열변을 토하는 지영의 모습을 소원이 멍하니 보고 있는데, 세은이 옆에서 갑자기 구역질을 했다. 깜짝 놀란 소원이 자리에서 벌떡 일어나면서 세은의 어깨를 붙잡았다.

"누나, 괜찮아요? 왜 그래요? 어디 아파요?"

"아니, 그냥…… 속이 안 좋아서. 나 잠깐 화장실 좀 다녀올게."

세은은 그녀의 어깨를 붙잡은 소원의 손을 밀쳐내더니 비틀대면서 화장실로 뛰어갔다. 소원은 그녀의 뒤를 따라가고 싶었지만, 여자 화장실 앞에서 얼씬대는 게 그렇게 좋은 생각인 것 같지 않았다. 가뜩이나 요즘 신경이 예민해져 있는 세은의 기분을 더 거스르고 싶지 않았다.

소원이 이러지도 저러지도 못하고 갈팡질팡하고 있는데, 멀리서부터 툭, 툭 하고 케인을 짚으며 걸어오는 소리가 들렸다. 강한이었다. 소원은 문가로 다가갔다. 방금 뉴스 화면에서 보았던 사람을 몇 분 만에 눈앞에서 보는 건 신기한 경험이었다. 소원은 강한이 가장 좋아하는 푹신한 가죽 회전의자를 뒤로 빼주면서 태연하게 물었다.

"털리고 왔어요?"

"아주 영혼까지 탈탈 털리고 왔지."

강한은 익숙한 위치에 놓인 회전의자에 등을 파묻고 앉으면서 마찬가지로 태연하게 대답했다.

"그래서 기분이 어때요?"

"속이 다 시원하네. 어떻게든 범인을 빨리 잡아야겠다는 생각뿐이야."

소원은 강한이 말하는 범인이 어느 쪽 범인인지 묻지 않았다. 아마 둘 다일 것이다. 뉴스에서는 여전히 윤지영 변호사에 대한 보도가 이어지고 있었다.

— 놀랍게도 윤지영 변호사는 이번 연쇄 상해 사건의 네 번째 피해자가 되기도 했습니다. 유일하게 지모 씨를 옹호했던 윤 변호사가 피해자가 된 이유에 대해 경찰대학교 범죄심리학과 심영철 교수가 분석하기로는…….

강한은 입을 일자로 다문 채 묵묵히 뉴스에 귀 기울이고 있었다. 일단 기자회견을 끝내고 나자, 자기 집으로 오면 중요한 이야기를 해주겠다던 지영과의 통화가 떠올랐다. 무슨 얘기를 해주려는 걸까. 그리고 소원을 데려오지 말라고 한 이유는 뭘까. 그때 검사실 전화가 울렸다. 자리를 비운 세은을 대신해 소원이 민첩하게 전화를 받았다.

"네, 성암지방검찰청 609호 검사실입니다. 네, 강한 검사님 계신 곳 맞아요. 뭐라고요? 누구…… 아줌마?"

소원은 수화기를 한쪽 손으로 막고서 강한에게만 들리게 말했다.

"형, 온유 위탁모 아줌마라는데요? 꼭 해야 할 말이 있대요."

단 몇 분이라도 숨을 돌릴 틈이 없었다. 강한은 한숨을 쉬면서 손을 뻗어 소원이 건네주는 전화기를 받아들었다.

"강한 검사입니다."

— 검사님? 저번에 온유 친엄마에 대해서 기억나는 게 있으면 나중에라도 연락하라고 하셨죠?

수화기 너머에서 들려오는 중년 여자의 목소리는 떨리고 있었다. 강한은 그 떨림에서 충격과 공포, 그리고 불안감을 감지했다.

"네, 맞습니다. 아무리 사소한 것이라도 좋습니다. 혹시 뭐 생각나신 것 있습니까?"

— 저…… 그 여자가 지금 TV에 나오고 있어요.

"뭐라고요?"

— 검사님이 기자회견 하신다고 해서 정말 오랜만에 TV를 켜봤는데……. 기자회견 끝나고 바로 그 채널에서 그 여자 얼굴이 나오고 있어요. 이름이…… 윤지영 변호사라고 하네요?

89

오후 1시. 평화오피스텔 앞.

"전 아직도 못 믿겠어요. 윤 변호사님이 온유 친엄마라고요? 어떻게 그럴 수가 있어요?"

소원이 갑자기 우뚝 멈춰서는 바람에, 그의 팔꿈치를 잡고 따라오던 강한까지 덩달아 멈춰섰다. 목이 말라서 연신 들이켜고 있던 생수병이 쏟아질 뻔했다.

검찰청에서부터 여기까지 오는 길, 소원이 못 믿겠다는 말을 한 게 족히 서른 번은 되었을 것이다. 그들의 옆에서는 유미와 그 방의 남자 수사관이 집 번지수를 확인하고 있었다. 세은은 속이 안 좋다고 검사실을 나간 후 돌아오지 않았기에 데리고 오지 못했다.

"불가능한 일은 아니야. 윤지영 변호사가 마흔두 살이니까, 스물두 살 때 아이를 낳고서 버렸다면, 그리고 아무도 모르게 관계를 유지해왔다면 얘기가 맞아떨어지기는 하지."

강한은 돈 한 푼 안 받고 하는 변호라고는 믿을 수 없을 만큼 지온유 사건에 모든 것을 다 바쳐 헌신적으로 매달리던 지영을 떠올리면서 대답했다. 그러나 소원은 여전히 쇼크 상태였다.

"그러니까요, 어떻게 그런 비밀을 덮을 수가 있느냔 말이에요. 그 위탁모 아줌마도 그래요. 온유가 재판받는 내내 윤 변호사님이 TV나 인터넷 뉴스에 얼마나 많이 나왔는데, 이번 사건 때도 마찬가지고. 그런데 이제 와 그 사람이 윤 변호사라고요? 믿을 수 있는 거예요?"

"작년에는 뉴스를 일부러 안 봤다잖아. 요즘엔 바빠서 뉴스 볼 시간이 없었다고 하고."

"바쁘긴요. 그게 아니라 술에 찌들어서 올해가 몇 년도인지도 모르고 산 거겠죠. 그 상황에서 용케 기자회견은 봤네요."

강한은 소원이 큰소리로 투덜거리는 걸 제지하지 않았다. 사실 그도 같은 의문을 품었던 것이다. 거기에 대해서 온유의 위탁모라는 사람이 하는 말이 또 걸작이었다.

— 옆집 여자가 그러더라고요. 만일 수사에 잘못된 점이 있으면 우리한테 보상금이라도 주지 않겠냐고. 그래서 혹시 기자회견에서 그런 얘기가 나올까봐 한번 본 거죠.

거짓말이라기에는 너무 어처구니없고 뻔뻔해서, 그래서 오히려 믿음이 가는 얘기였다. 온유의 위탁모는 옛날에 봤던 그 여자가 윤지영 변호사가 확실하다고 몇 번이나 강조했다. 피해자가 가해자로 돌변하는 순간이었다. 강한은 전화를 끊자마자 유미와 검사장, 그리고 성암경찰서 수사팀에게까지 이 사실을 알리고 곧바로 지영의 집으로 달려온 참이었다.

"선배, 그런데 윤 변호사가 문을 안 열어주면 어떡하지? 지금 체포영장도 없는데. 일단 긴급체포해야 하나?"

유미는 긴장한 나머지 다른 사람들 앞에서 강한에게 존댓말하는 것도 잊어버렸다. 강한은 소원의 안내를 받아 지영이 사는 오피스텔 입구로 발을 들이면서 가만히 고개를 가로저었다.

"아니, 자기 집으로 오라고까지 했으니까 문을 안 열어주진 않을 거야."

"그럼 어디로 도망가버린 거 아닐까?"

"도망가려면 진즉에 도망갔겠지. 끈질기게 나와 소원이의 주위를 얼쩡거리는 대신에."

강한과 유미가 몇 마디 주고받는 사이, 일행은 엘리베이터를 타고 오피스텔 3층에 도착했다. 법조인대관에 나와 있는 지영의 주소는 평화오피스텔 302호였다. 제일 먼저 엘리베이터에서 내린 소원은 초인종을 누르려다가, 이내 생각을 바꿨는지 똑똑 소리 나게 문을 두드렸다.

"윤 변호사님? 저 소원이에요. 안에 계세요?"

"……."

소원은 그래도 지영이 다른 사람보다는 자신에게 더 마음을 열어줄 것이라는 막연한 기대가 있었다. 그러나 문을 몇 번이나 두드려도 안에서는 대답이 없었다. 고개를 갸웃거리며 별생각 없이 문손잡이를 잡았던 소원은, 손잡이가 아무런 저항도 없이 옆으로 쓱 돌아가버리는 것에 흠칫 놀랐다.

"형! 누나! 문이 열려 있어요!"

그 말을 들은 강한의 등골에 서늘한 기운이 스며들었다. 일이 뭔가 대단히 잘못되었을 때 느껴지는 묘한 직감, '쎄한 느낌'이었다. 강한의 옆에 서 있던 유미도 같은 생각을 한 모양이었다. 그들은 동시에 입을 열어서 문을 열려는 소원을 막으려고 했다.

"잠깐……."

그러나 성질 급한 소원은 이미 문을 홱 잡아당겨 열어버린 후였다. 문틈이 벌어지면서, 매캐한 연기 냄새가 훅 끼쳐 나왔다. 그냥 단순한 연기가 아니었다. 화학 약품을 태운 것처럼 불쾌하고 지독한, 한 모금만 들이마셔도 머리가 깨질 것처럼 아픈 그런 연기였다.

"윽!"

소원은 자기도 모르게 손으로 코와 입을 가리면서 외마디 신음을 내뱉었다. 상황을 눈치챈 강한이 더듬더듬 손을 뻗어 소원의 어깨를 잡고 현관 앞에서 밀쳐냈다.

"소원이 넌 저쪽으로 가 있어. 다른 사람들도."

'저쪽'이라고 해봤자 3미터가량 떨어진 엘리베이터 앞으로 물러나는 게 전부였다. 강한은 문손잡이를 잡은 채 어딘가 서 있을 유미를 향해 체계적인 지시를 내렸다.

"정 검사, 복도 창문 전부 열고, 비상구 문도 열어. 119에 연락해. 번개탄을 태워 자살을 시도한 사람이 있다고 얘기하고. 검찰청에도 상황을 알리고, 성암서에 전화해서 빨리 와달라고 해."

계속해서 강한은 품속에서 손수건을 꺼내 들었다. 아까부터 마시고 있던 생수병에 남은 물로 손수건을 적신 후 그대로 집 안으로 들어가려고 했다. 그걸 본 소원이 기겁해서 소리쳤다.

"형! 정신 나갔어요? 어딜 들어가려고 그래요? 안에 불이 났을지도 모르는데."

"열기가 없는 걸 봐서 화재는 아니야. 아직 숨이 붙어 있을지도 몰라. 일산화탄소 중독은 응급조치를 언제 하는가에 따라 생사가 갈릴 수도 있고, 잘못하면 평생 장애를 안고 살아가게 될 수도 있다고. 윤지영 변호사 상태를 확인해보고, 공기가 잘 통하는 곳으로 옮겨야 해."

"그럼 나도 같이 들어가요. 눈도 안 보이면서! 변호사님이 어딨는지 찾아야 할 거 아니에요!"

강한은 소원의 말에 반박할 수 없었다. 일일이 바닥을 더듬어가면서 사람을 찾기에는 시간이 너무 오래 걸릴 테니까.

소원은 강한을 향해 왼쪽 팔꿈치를 내밀었고, 강한은 오른손으로 그 팔꿈치를 잡았다. 유미가 119에 전화를 걸고, 수사관이 잘 열리지 않는 낡은 창문을 여느라 낑낑대고 있는 동안, 두 남자는 일산화탄소로 가득 찬 집 안으로 들어섰다.

"자, 이걸 코에 대고 숨을 쉬어. 그러면 일산화탄소가 침투하는 속도를 늦출 수 있어."

강한은 왼손에 쥐고 있던 젖은 손수건을 소원에게 내밀었다. 사람은 둘이었고, 손수건은 하나뿐이었다. 소원은 잠시 강한을 쳐다보다가, 망설임 없이 손수건의 양쪽 모서리를 붙잡고 힘을 주었다. 쫙 소리를 내면서 손수건이 둘로 갈라지자, 소원은 한쪽을 강한에게 내밀었다.

"여기요. 형이 어떻게 해야 할지 말해주기도 전에 쓰러지면 곤란하잖아요."

강한은 묵묵히 손수건을 받아들었다. 소원의 도움을 받아 신발장에 설치된 문턱을 넘으면서, 그는 마치 이런 일이 있을 것을 알고 오기라도 한 사람처럼 거침없이 지시했다.

"일단 집 안으로 들어가자마자 창문부터 다 열어. 그다음에는 번개탄이 타고 있는 곳을 찾아서 끄고. 예전에는 가스버너와 부탄가스를 많이 썼는데, 오래 버티지 못하는 게 단점이지. 윤 변호사는 똑똑한 사람이니까 인덕션이나 가스레인지를 썼을지도 몰라. 부엌을 확인해봐."

"형은 그런 걸 어떻게 다 알아요? 원래 검사들은 이런 거 다 공부하는 거예요?"

"아니, 우리 엄마도 내가 어렸을 때 연탄으로 자살하려고 한 적이 있었거든. 그래서 알지."

"……."

소원은 뭔가 말하고 싶었지만, 뭐라고 말해야 할지 몰랐다. 신발장을 거쳐 좁은 복도를 지나자, 안개처럼 뿌옇게 회색 연기가 서려 있는 작은 거실이 눈에 들어왔다. 집 안에 들어온 지 이제 고작 1분도 지나지 않았는데, 벌써부터 머리가 깨질 듯이 아프고 속이 메슥거렸다.

지영의 집은 거실 왼쪽에 주방 겸 부엌이, 오른쪽에 화장실이 딸려 있고, 거실 정면에서 곧바로 큰방으로 통하는 구조였다. 소원은 강한을 잠시 세워두고 거실로, 부엌으로, 그리고 화장실로 부지런히 뛰어다녔다.

"창문 다 열었어요. 가스레인지도 껐고요. 프라이팬에 번개탄이 다섯 개 들어 있는데, 거의 다 타버리고 지금 한 개밖에 안 남았어요. 윤 변호사님은 찾지 못했고요."

소원은 손수건으로 입을 막은 채 웅얼거리듯 보고했다. 활짝 열린 창문을 통해 신선한 공기가 솔솔 새어 들어오기 시작하자 조금은 살 것 같았다. 한편 번개탄 네 개가 전부 타버렸다는 말에 강한은 가슴이 덜컥 내려앉았다. 그가 지영과 통화한 시각이 오전 8시경이었으니, 통화가 끝난 직후부터 계속 번개탄을 피운 것 같았다. 그렇다면 생존 가능성은 희박했다.

"형, 방으로 들어가볼게요!"

소원은 강한의 손에 자기 손을 얹은 채 방으로 발걸음을 옮겼다. 거실에도, 부엌에도, 화장실에도 없다면 지영이 있을 곳은 한 군데뿐이었다. 아니나 다를까. 열려 있는 방문 사이로 들어가자마자, 작은 싱글 침대 위에 누워 있는 지영의 모습이 시야에 잡혔다.

"윤 변호사님! 아 참, 창문! 창문부터 열어야……."

안방 창문은 집 안 다른 곳의 창문과 달리, 박스 테이프로 빈틈이 전부 메워져 있었다. 소원은 테이프를 떼어내려고 애썼지만, 워낙 꼼꼼히 붙여놓은 탓에 쉽지 않았다. 소원이 끙끙대는 소리를 들은 강한이 손목에 걸고 있던 케인을 펼치면서 말했다.

"저리 비켜봐."

"네? 형 뭘 하려고…… 헉!"

강한은 케인으로 창틀 끝을 몇 번 더듬어서 창문이 있는 위치를 확인하더니, 소원의 말이 채 끝나기도 전에 그대로 창문을 내리찍었다. 케인의 뾰족한 끝에 창 유리가 박살 나면서 바깥공기가 들어오기 시작했다. 강한은 그제야 코를 틀어막고 있던 손수건을 내리면서 소원에게 명령했다.

"윤 변호사가 숨 쉬는지 확인해봐. 맥박이 뛰는지도 짚어보고. 동공반사가 있는지 확인해보고 일단 인공호흡을……."

강한이 말하기 전에 소원은 이미 침대 앞에 가 있었다. 지영은 기도하는 사람처럼 가슴에 두 손을 모으고 천장을 올려다보는 자세로 얌전히 누워 있었다. 눈은 가지런히 감고 있었고, 두 뺨은 연지를 칠한 것처럼 발그레하게 물들어 있었다. 소원은 덜덜 떨리는 손끝을 지영의 코 아래로 가져다댔다. 거기서 살아 있는 생명의 숨결이라고는 흔적조차 느껴지지 않았다.

"소용없어요, 형. 늦었어요."

소원은 지영의 몸에서 느껴지는 오싹한 한기, 그리고 규칙적으로 오르락내리락하는 대신 꿈쩍도 하지 않는 가슴을 내려다보면서 넋

나간 사람처럼 중얼거렸다. 손에서 힘이 풀리면서, 조금 전까지만 해도 생명줄처럼 필사적으로 움켜쥐고 있던 젖은 손수건이 바닥으로 툭 떨어져 힘없이 나뒹굴었다.

"윤 변호사님은 이미 돌아가셨다고요."

그 말을 들은 강한은 케인으로 앞을 짚으면서 천천히 이쪽으로 다가왔다. 그는 눈높이를 맞추기 위해 침대 앞에 무릎을 꿇고 앉았다. 그러고는 재킷 안주머니로 손을 넣어 비닐장갑을 꺼냈다. 혹시 증거물을 수집할 일이 생길지도 모른다고 생각해서 막판에 급히 챙겨넣은 것이었다. 그 증거물이라는 것이, 용의자의 자살한 시신이 될 거라고는 전혀 예상하지 못했지만.

강한은 장갑 낀 손으로 생기라고는 한 점도 남아 있지 않은 지영의 시신을 더듬더듬 만지기 시작했다. 손끝에 감기는 차갑고 물렁물렁한 죽음의 질감. 정확히 뭘 찾고 있는 건지는 강한 자신도 몰랐다. 정황상 있을 리 없는 타살의 흔적? 지영이 남기고 간 수많은 수수께끼에 대한 해답? 그것도 아니면, 자신의 눈을 빼앗아간 것에 대한 사과의 표시?

"정장을 입고 계세요. 하얀 블라우스에, 까만 치마에. 법원에 나갈 때 입으시던 그 정장인 것 같아요. 작년에 본 기억이 나요. 오늘은 머리도 단정하게 다듬으셨어요. 예전처럼요."

소원은 강한이 지영의 옷차림을 확인하려는 것이라고 생각했는지, 거의 습관에 가까운 설명을 덧붙였다. 소원의 음성도 걷잡을 수 없이 떨리고 있었다. 강한과 달리 소원은 죽은 사람을 눈앞에서 보는 게 처음이었다. 그건 뭐랄까. 지금 여기서 숨 쉬고 말하고 있는 나 자신도 한순간 저렇게 변할 수 있다는 냉연한 사실을 깨우쳐주는 경험이었다.

강한은 금방이라도 법정에 나가려는 것처럼 머리를 매만지고, 정장을 입은 지영이 침대에 누워 있는 모습을 상상하면서 천천히 손을 움직였다. 가슴에서 아무런 움직임도 느껴지지 않는다는 걸 다시 한번 확인하고 손을 떼려는 순간, 손등에 뭔가 차갑고 단단한 물체가 걸렸다.

'이게 뭐지?'

강한은 비닐장갑을 통해 그 물체를 만져보았다. 작고, 둥글고, 돋을새김으로 문양이 새겨져 있었다.

"아, 형. 그건 배지……."

소원이 말해주기 전에, 강한은 이 물건이 뭔지 이미 알아차렸다. 변호사 배지였다. 그 사실을 깨닫는 순간, 성암여자중학교에서 별하의 옛 친구들을 만났을 때가 떠올랐다. 그때, 별하의 추모예배에서 만났던 '별하의 이모'를 자청한 여자에 대해 한 소녀가 이렇게 말했었다.

— 키가 컸어요. 머리는 짧은 편이었고. 어디 아픈 사람같이 되게 말랐어요. 그리고 가슴에 금색 브로치를 달고 있었어요. 꽃잎이 두 개 달린 거요. 특이하고 예뻤는데.

그날, 소녀가 봤던 건 꽃잎이 그려진 브로치가 아니었다. 꽃잎이 두 개 늘어진 것처럼 보이는 저울이 그려진 변호사 배지였다.

90

오후 1시 15분. 고(故) 윤지영의 집.

"119는 취소해. 대신 검시관을 불러야겠어. 성암서 강력계 형사들은 언제쯤 올 수 있대?"

강한은 한 발 늦게 안방으로 들어온 유미를 향해 침착하게 물었다. 우당탕탕 소리를 내면서 요란하게 들어왔던 그녀는, 지영의 시신을 보고서 할 말을 잃었는지 입을 열지 못하고 있다가, 강한의 질문을 받고 나서야 떠듬떠듬 대답했다.

"어…… 119 취소하고 경찰청 과학수사계에 연락할게……. 형사들은, 지금 마약 사범 검거하러 나가서 시간이 좀 걸린대."

"그래, 그럼 일단 우리끼리 초동수사를 해야겠군."

유미는 천신만고 끝에 확보한 용의자가 자살해버린 이 어처구니없는 상황에 완전히 얼빠진 상태였지만, 강한은 평정심을 잃지 않았다. 어쩌면 지영이 온유의 친모라는 걸 안 순간부터 이런 결과를 막연하게나마 예상했는지도 몰랐다. 하필 기자회견이 끝나고 나서 자기 집으로 오라고 초대한 것이나, 소원을 데려오지 말라고 한 것도.

'아들 친구에게만큼은 자신의 이런 모습을 보여주고 싶지 않았던 거겠지.'

그러나 강한은 그녀의 부탁을 무시했고, 결국 소원이 그녀의 시신을 처음으로 발견한 사람이 되고 말았다. 어디 그뿐인가. 강한은 현장 확인과 초동수사를 하는 데도 소원의 도움을 받지 않을 수 없었다. 이미 소원은 강한의 눈이나 다름없었다. 강한은 소원의 눈썰미와 관찰력, 그리고 용기와 끈기를 믿고 있었다.

"소원아. 시신 주변에 편지나 메모 같은 것이 있는지 살펴봐. 아마도 유서를 남겼을 거야."

소원은 지영의 시신을 볼 때마다 눈을 질끈 감고 싶은 충동을 참으면서 그 주변을 힐끗힐끗 살펴보았다. 이런 광경을 1년에 몇 번씩이나 보고 산다니, '검찰청 놈들' 어쩌고 하면서 무시했던 검찰청 사람들이 새삼 대단하게 여겨졌다. 소원은 침대 구석구석까지 눈으로 확인한 다음, 하얀 담요를 끌어올려 지영의 얼굴을 살며시 덮어주었다. 그리고 강한에게 보고했다.

"편지나 메모는 없어요. 그 대신 휴대전화가 있는데요."

"그래? 그럼 휴대전화에 뭐가 있는지 살펴봐."

강한은 그가 끼고 있던 비닐장갑을 벗어서 소원에게 건네주면서 말했다. 장갑을 받아서 낀 소원은 휴대전화를 눌러보았다. 화면에는 잠금이 걸려 있지 않았다. 마치 누군가 들여다봐주기를 기다리고 있는 것처럼.

"휴대전화 메인 화면에 녹음파일이 있어요. 제목에는 오늘 날짜가 쓰여 있고요. 11월 13일 오전 9시요."

"틀어봐."

강한은 짤막하게 대꾸했다. 그 녹음파일이 지영의 유서일 것이라는 직감이 왔다. 그녀는 편지를 읽을 수 없는 강한의 처지를 고려해서, 녹음 형태의 편지를 남긴 것이다. 소원은 녹음파일을 재생하고 음량을 최대로 키웠다. 병든 것처럼 메마른 기침 소리가 두 번 난 다음, 그들이 익히 알고 있는 지영의 차분한 목소리가 흘러나오기 시작했다.

— 지금쯤 눈치채셨을지도 모르지만, 온유는 제가 버린 친아들입니다. 자세한 사정에 대해서는 말을 아끼겠습니다. 저 말고 다른 사람들도 연관되어 있는 문제니까요. 그냥 이렇게만 말하겠습니다. 그 애를 버리고 나서 단 한 순간도 생각하지 않은 적이 없고, 중학생이 된 그 애를 다시 만났을 때가 제 인생에서 가장 기쁘고 행복한 순간이었다고요.

자살을 앞두고 녹음한 것이었음에도 불구하고, 온유에 대해 얘기하는 그 순간만큼은 지영의 목소리가 따뜻하고 행복하게 들렸다. 소원은 어머니의 사랑이라는 걸 한 번도 받아본 적이 없지만, 내게도 어머니가 있다면 이랬을까 하는 느낌이 들 정도였다.

— 6년 동안, 할 수 있는 한 그 애와 자주 만나 오랜 시간을 보내려고 노력했습니다. 온유는 남들이 보기에는 모자라 보였을지 몰라도, 제게는 한없이 착하고, 배려심 깊고, 낳아준 어미로부터 버림받고 위탁부모로부터는 정신적 학대 수준의 방치를 당했음에도 불구하고 남을 미워하지 않고 사랑할 줄 아는 아이였어요.

지영은 잠시 간격을 두었다가 말을 이었다.

— 강한 검사님, 제가 법정에서 이렇게 말했을 때 냉소하셨죠. 그런 걸 변호인이 어떻게 알 수 있냐고 하시면서요. 전 알 수 있었어요. 그 아이의 엄마니까요. 6년이라는 시간 동안 그 애를 열심히 지켜봤으니까요. 하지만 그 말을 법정에서 할 수는 없었죠.

강한도 기억했다. 최후변론을 하면서, 지영은 온유가 도저히 누군가를 해치거나 죽일 수 있는 성품이 아니라는 말을 하소연에 가깝게 길게 토로했다. 그러나 검사 생활을 하면서 그와 비슷한 변명을 귀에 못이 박이도록 들어본 강한은 어깨를 으쓱하면서 코웃음을 쳤을 뿐이었다.

"그래서 지금 범행을 하지 않았다고 주장하시는 겁니까, 아니면 하긴 했는데 그 당시 제정신이 아니었다고 주장하시는 겁니까? 변호인은 노선을 확실히 정하세요. 이렇게 중요한 형사사건에서 예비주장이라니, 없어도 너무 없어 보입니다."

강한은 그 말을 한 직후 지영의 반응이 어떤지는 살피지 못했다. 고 판사의 표정을 확인하느라 바빴기 때문이다. 강한이 한 말은 사실 변호인의 최후변론을 방해하는 걸로 제지를 당할 수도 있었다. 그러나 시니컬해 보이는 고 판사의 표정은 그녀 역시 강한과 같은 생각을 하고 있다는 걸 역력히 드러내고 있었다. 강한이 회상에 잠긴 동안에도 녹음파일은 계속되었다.

— 온유가 좋아하는 애가 있다는 얘긴 한 적이 있었습니다. 그게 초등학생이라는 건 몰랐지만, 알았다고 하더라도 이상하게 여기진 않았을 거예요. 온유는 초등학생이든 고등학생이든 대학생이든 다 똑같이 좋아하고 친해지고 싶어하는, 정에 굶주린 애였어요. 그런데 그 순수함이 결국 그 애의 발목을 잡아서 유아 살인범에 강간 미수범이라는 끔찍한 누명을 쓰게 했네요.

지영의 말끝에서는 도저히 감출 수 없는 깊은 회한이 묻어났다.

— 저는 15년간 변호사로 활동해왔지만, 제 아들의 재판을 하면서 만큼 스스로가 무력하게 느껴진 적은 없었습니다. 모든 증거가 불리하게 나왔죠. 저조차도 이해할 수 없을 만큼. 제가 온유 엄마가 아닌

그냥 변호인이었다면, 그랬다면 저도 그 애가 진범이라고 믿었을 겁니다. 그러니까 소원이에게 전해주세요. 온유를 의심한 적이 있다고 해서 죄책감을 가질 필요는 없다고요.

자신의 이름이 나오자 소원은 움찔했다. 지영은 모두 알고 있었던 것이다. 소원의 속내까지.

— 죄책감을 가져야 할 사람이 있다면 저겠죠. 온유가 그렇게 태어난 것도, 그렇게 자란 것도 제 탓이고, 항소심을 받을 기회를 빼앗긴 것도 저 때문이니까요. 감옥 안에서 폐소공포증 치료라도 받을 수 있게 해주려고 했는데, 그것마저 실패하고 말았죠.

그 말을 듣고 있는 강한은 가슴 한구석이 뜨끔했다. 성암교도소에서 강한에게 지온유의 폐소공포증 치료를 위한 의사를 불러야 하는지 문의해왔을 때, 그는 두 번 생각해보지도 않고 단호하게 아니라고 대답했던 것이다. 겉으로는 폐소공포증이 교도소에서 치료해주는 질병 항목에 들어 있지 않다는 핑계를 댔지만, 실은 온유가 꾀병을 부리고 있다고 생각해서였다. 그러나 지영은 강한에 대한 원망의 말 한마디 없이 다음 이야기로 넘어갔다.

— 마지막으로 생각한 방책이 온유의 친권을 되찾아와서 재심을 청구하는 거였습니다. 그래서 온유의 머리카락을 뽑아와서 제 머리카락과 함께 DNA 감정을 의뢰했죠. 그러나 DNA 검사 결과가 나오기 이틀 전, 제 아들은 교도소 독방 창살에 바지로 목을 매어 목숨을 끊었습니다. 스무 살을 맞는 생일날 새벽이었죠.

지영은 거기서 잠시 목이 메는 듯 말을 멈췄다가, 간신히 다시 이어나갔다.

— 저는 그 애가 자살하는 방법을 알고 있는 줄도 몰랐습니다. 그런 쪽으로 머리를 쓸 수 있는 애가 아니었으니까요. 얼마나 무서웠으

면, 얼마나 견디기 힘들었으면, 자살이라는 단어의 의미도 제대로 모르는 애가 자살을 했을까요. 그걸 생각하면 미쳐버릴 것 같았습니다. 멀쩡히 숨 쉬고 있는데도 심장이 터져나갈 것 같았어요.

사실 그건 소원도 의아하게 생각했던 부분이었다. 온유와 자살이라니, 너무도 어울리지 않는 조합이라고 생각했다. 그가 아는 온유는 누가 때려도, 괴롭혀도, 넘어져서 다쳐도 아프다고 징징 울면 울었지 자살 같은 극단적인 방법을 시도할 성품은 결코 아니었다.

― 그때부터인 것 같습니다. 제가 병들기 시작한 게. 꼬박 사흘 동안 아무것도 먹지도 눈을 붙이지도 못하고 판결문만 읽고 또 읽으면서 어디서부터 잘못된 것인지 생각하곤 했어요. 극심한 불면증과 우울증, 거식증으로 변호사 일도 그만둘 수밖에 없는 상태가 되었습니다.

그제야 강한과 소원은 지영이 고작 반년도 되지 않는 기간 동안 완전히 다른 사람처럼 변해버린 이유를 알 수 있었다. 어디가 아픈 것 같다고 생각했는데, 그녀는 정말 아팠던 것이다. 마음이 병들어서, 결국 몸까지 병들어버리고 만 것이었다.

― 차라리 저도 죽어서 편해지고 싶었어요. 하지만 저에게는 온유 말고도 생각해야 할 자식이 하나 더 있었습니다. 이미 이혼 가정의 자식이라는 상처를 안고 살고 있는 어린 딸에게, 엄마가 자살했다는 아픔까지 안겨줄 수는 없었어요. 결국엔 이렇게 되고 말았지만.

지영으로부터 들은 딸의 이름, '아연.' 소원은 그 이름이 '온유'라는 이름에 들어간 자음과 모음을 이리저리 바꿔서 만든 것이라는 걸 뒤늦게 깨달았다.

― 이러지도 저러지도 못하고 그야말로 죽지 못해 살고 있을 때, 별하의 추모예배가 열린다는 소식을 들었어요. 온유가 범인이 아니

라는 믿음은 변함없었지만, 그래도 그 아이를 기리고 싶었습니다. 똑같이 자식을 잃은 부모 입장에서. 그런데 누가 알았겠어요. 그곳에서 만난 별하의 친구들로부터, 재판 내내 그토록 찾아 헤매던 또 다른 용의자에 대한 얘기를 듣게 될 줄을.

강한은 지영이 무슨 얘기를 들었는지 이미 잘 알고 있었다. 별하에게 좋아하는 오빠가 따로 있었다는, 사건 당일 그 오빠가 자기를 데리러 왔다면서 학원을 뛰쳐나갔다는 내용일 것이다.

— 피해망상이라고 해도 좋습니다. 저는 그때부터 한 가지 생각에 사로잡혔어요. 모두가 온유를 범인으로 몰아가려는 것 같다는 그 느낌이 어쩌면 맞을지도 모른다는. 그때부터 유심히 관찰하기 시작했어요. 가장 먼저 눈에 띈 사람은 그 사람이었죠. 힘들고 위험한 강력부에서 벗어나, 소위 '부수입'을 챙기기 좋다는 생활질서계 단속팀으로 옮겨간 한정남 경감.

강한은 멈칫했다. 한 경감이 올해 초 강력계에서 나왔다는 얘기를 들었을 때도 별생각 없이 넘겼을 뿐, 그런 식으로 해석해본 적은 없었던 것이다. 지온유 사건 하나가 도대체 몇 사람의 인생을 바꿔놓은 것인가.

— 두 번째로는 모두의 놀림거리인 무명 정치인의 아내에서 하루아침에 평화한국당 공천 후보의 아내가 된 고유정 판사. 그리고 마지막으로, 특수부에서 승승장구하면서 차기 대선 후보의 딸과 약혼까지 한 강한 검사.

강한의 이름이 나오자 소원과 유미가 동시에 움찔하면서 그를 쳐다보았다. 그러나 정작 강한은 아무 말도 듣지 못한 것처럼 태연했다.

— 그들에게는 공통점이 있었죠. 목격자의 진술을, 진단서를 무시하고, 어떻게든 온유를 악질 살인범으로 몰고 가려 했다는 것. 그리

고 그에 대해 어떤 형태로든 포상을 받았다는 것.

강한의 표정이 서늘하게 굳어졌다. 죽은 지영이 남기고 간 말 한 마디 한마디가 칼이 되어 그를 날카롭게 찌르는 것 같았다.

— 청탁 같은 걸 의심하는 건 아닙니다. 저도 변호사라서 잘 알고 있습니다. 금전이나 승진을 대가로 결백한 사람에게 살인 누명을 씌우는 경찰이나 검사, 판사는 영화 속에나 존재한다는 걸요. 대신 현실에는 아집과 편견에 사로잡혀 미리 정해놓은 결론 외의 것은 받아들이지 않으려는 경찰, 검사, 판사가 존재하죠. 그리고 그들을 이용하려는 사람들도요.

이제야 맞아떨어졌다. 애초에 항소포기서를 제출한 당사자도 아닌 지영이 네 번째 피해자가 됐던 게 이상했다. 처음부터, 그리고 언제나 타깃은 한정남과 강한, 고유정, 이 세 사람뿐이었다. 아마 후속 범죄에 대한 계획 같은 것도 존재하지 않았을 것이다.

— 저는 그들에게 묻고 싶었습니다. 당신들이 피해자가 된다고 해도 똑같이 할 것인지. 그런 식으로 여론에 휩쓸려 가볍게 수사하고, 재판할 것인지. 거기서 모든 일이 시작됐습니다.

소원은 긴장감에 침을 꿀꺽 삼켰다. 드디어 당사자의 목소리로 듣게 되는 것이다. 이 복잡한 사건의 전말을.

91

— 제가 이번 일을 계획하면서 가장 중요하게 생각한 건 세 가지
였습니다. 첫째는 제 정체가 절대 드러나지 않게 하는 것, 두 번째
는 그렇다고 해서 무고한 사람이 누명을 쓰지 않게 하는 것, 그리고
마지막으로 세 번째는 실제로 누군가 다치거나 죽게 하지 않는 것.

윤지영이 자신의 정체를 숨긴 것은 자기 보호 목적도 있었겠지
만, 미국에 사는 딸을 비롯한 다른 가족들을 지켜주고 싶은 마음이
더 컸을 것이다. 하지만 온유의 누명을 벗겨주기 위해 시작한 일이
또 다른 사람에게 누명을 씌우게 된다면 의미가 없어진다고 생각했
을 것이다.

강한은 그 두 가지는 이해했지만, 세 번째는 이해할 수 없었다. 누
군가를 해치려는 의도가 없었다고 보기에는 그녀가 저지른 일들은
너무도 잔인하고 폭력적이었다. 그런 강한의 생각을 읽기라도 한 듯
지영의 목소리는 계속되었다.

— 한정남 경감님은 칼을 휘두르면서 위협만 하려고 했고, 강한
검사님은 약한 농도의 염산을 옷에만 살짝 떨어뜨리는 정도로, 고유

정 판사님도 차로 칠 것 같은 분위기만 내려고 했습니다. 하지만 제가 예상치 못했던 일련의 일들로 인해, 결국 모두를 크게 해치고야 말았습니다.

강한은 지영의 음성에서 배어나는 깊은 죄책감을 느낄 수 있었다. 맞는 말이었다. 그녀는 명석한 두뇌와 변호사로서의 오랜 경험을 악용해서 모두를 해쳤다. 심지어 자기 자신조차.

— 사실 그 정도 해프닝이라면 그저 우연의 연속인 것으로 보일 수도 있겠죠. 그래서 이 모든 범행이 처음부터 철저히 계획되었다는 걸 어느 시점부터는 수사기관에서 알게 되는 게 중요했고, 그래서 IP 추적이 불가능한 익명의 SNS 계정을 개설했습니다. 제가 'joy0331' 계정의 주인이라는 건, 방에 있는 노트북의 접속 내역을 통해 확인하실 수 있을 겁니다.

그 말을 들은 소원은 지금까지 정신이 없어 한 번도 제대로 살펴보지 못했던 방 안을 쭉 한번 둘러보았고, 책상 위에 곱게 접힌 채로 놓여 있는 흰색 노트북을 발견할 수 있었다. 맘만 먹으면 노트북을 없애버릴 수도 있었겠지만, 지영은 그렇게 하지 않았다.

— 전 예전에 불법 밀입국한 조선족을 변호한 적이 있어서, 불법 체류자들이 어떤 식으로 신분증을 사고파는지 알고 있었습니다. 그래서 메신저를 통해 브로커에게 접촉했습니다. 신분증과 계좌, 신용카드와 지문을 사겠다고요. 혹시 가능하다면 몸이 불편한 사람 것이 좋겠다는 말도 했습니다. 그래야 나중에 그 사람에게 화살이 돌아가지 않을 테니까.

강한은 '몸이 불편한 사람의 신분증을 사려고 했다'는 언급은 장위티엔으로부터 들은 적이 없었다. 하지만 그동안 외국인 관련 범죄를 수사해본 경험에 비추어 볼 때, 그 이유는 충분히 짐작하고도 남왔다. 장위티엔은 의뢰인이 하필이면 몸이 아픈 사람의 신분증을 찾는 이유를, 그 사람의 의료보험을 이용하려는 것으로 지레짐작했을 것이다. 실제로 그런 경우가 많았다.

'나중에 의료법 위반 부분이 문제가 되면 방조범이나 공범으로 덤터기를 쓸까봐 미리 발을 뺀 거겠지. 영악한 놈이야.'

— 얼마 후 대림동에 있는 성당으로 브로커를 만나러 갔습니다. 성별을 알아보기 어렵게 변장해야겠다는 생각은 처음부터 하고 있었어요. 머리를 애매한 길이로 자르고, 가슴에 압박 붕대를 감고, 키높이 운동화를 신었습니다. 브로커와 대화를 나누게 될 경우에 대비해서, 마스크를 쓰고 그 안에는 인터넷에서 산 초소형 음성변조기를 넣었습니다.

강한은 자기도 모르게 무릎을 쳤다. 목격자들이 입을 모아 말했던, 그리고 강한 자신도 들었던 '인간이 아닌 것 같은', '남자인지 여자인지 구분하기 어려운', '쇳소리나 전자음이 섞인 것 같은' 목소리의 정체는 바로 그거였다. 싸구려 음성변조기.

대림동 성당 애기가 나오자 머릿속에 스쳐 가는 게 한 가지 더 있었다. 장위티엔이 했던 말, 바로 신분증을 사러 나온 사람이 십자가 아래 걸려 있는 성모마리아와 아기 예수의 그림을 계속 쳐다봤다는 거였다. 확신할 수는 없었지만, 강한은 지영이 그 그림을 보면서 이미 죽어서 부활도 할 수 없게 된 자기 아들을 떠올리지 않았을까 생각했다.

— 다행히 브로커는 제 정체에 관심이 없었고, 전 무사히 가짜 신분증을 손에 넣었습니다. 그리고 그날부터 석 달간 세 명의 타깃에 대해 뒷조사했습니다. 가족관계와 사는 곳, 일과, 동선, 습관, 자주 가는 식당이며 즐겨 먹는 메뉴까지 철저히 알아냈죠. 홍신소를 고용했

다가는 말이 새어나갈지도 몰라서, 모든 걸 혼자 했습니다. 미행도, 우편물과 쓰레기봉투를 뒤지는 것도.

지영은 유독 '혼자'라는 말을 강조했다. 강한은 좀 어이가 없었다. 경험 있는 흥신소 업자도 아닌 평범한 변호사가 꽤 오랫동안 스토킹을 했는데도 경찰과 검사, 판사 중 그 어느 하나도 눈치채지 못했다는 게 우스울 정도로 아이러니했다.

아니, 어쩌면 평범한 변호사였기에 가능했는지도 모른다. 경찰서에서, 검찰청에서, 법원에서, 그 장소들을 오가는 길목에서 지영을 마주치더라도 한 경감, 고 판사, 그리고 강한 자신은 아무런 의심을 하지 않았을 것이다. 지영의 고백은 계속되었다.

— 9월 3일, 9월 22일, 그리고 10월 26일. 이 세 개의 날짜에 맞춰 범행하는 건 아주 중요한 부분이었습니다. 그래야만 수사하는 쪽에서 이 사건과 지온유 사건의 연관성을 찾아낼 수 있을 테니까요.

강한은 그 말을 들으면서 보일 듯 말 듯 작게 고개를 끄덕였다. 그랬다. 이제 와 돌이켜보면 범인은 참 쓸데없이 친절한 구석이 있었다. 음성변조기를 사용해가면서까지 '1년 전 뭘 들었는지, 보았는지' 물어본 것도 그렇고. 그 모든 게 자신의 의도에 따라 수사기관을 유인하기 위한 일종의 미끼였던 것이다.

— 그런 의미에서 한정남 경감이 첫 번째 타깃인 건 다행이었습니다. 겉보기와는 달리 성실하고, 고지식하고, 경찰서 근무 스케줄에 따라 움직이는 반복적인 일상을 살고 있었거든요. 오히려 그런 사람이기 때문에 불법 도박 같은 것에 깊이 빠지게 되었는지도 모르죠.

한 경감을 이해한다는 듯한 그 말을 듣는 순간, 강한은 묘한 이질감을 느꼈다. 지영의 목소리에서는 칼로 누군가의 귀를 찔러서 고막을 못 쓰게 만들 정도로 깊은 원한이, 적대감이 느껴지지 않았던 것이다. 그녀는 그저 담담하고 차분하게 있었던 일을 설명하고 있을 뿐이었다.

— 저는 매주 화요일, 한 경감이 밤 11시에서 11시 10분 사이에 동명역에서 지하철을 타고 집으로 간다는 걸 알고 있었습니다. 지하철역은 사방에 CCTV가 있으니 얼굴을 더 철저히 가려야 할 것 같아, 인터넷으로 산 오토바이 헬멧을 쓰고 그 안에 음성변조기를 넣었습니다. 그 헬멧은 그 뒤로도 몇 번 썼는데, 쓸 때마다 덥고 답답해서 애를 먹었던 기억이 나네요.

강한은 소원의 말이 맞았다는 걸 깨달았다. CCTV를 통해 헬멧의 에어덕트 레버가 올라가 있는 걸 본 소원은, 용의자가 오토바이 헬멧을 쓰기만 했을 뿐, 원래 오토바이를 타는 사람은 아닐 거라고 했다.

— 한 경감은 지하철에서는 항상 졸았습니다. 열 번에 걸쳐 미행할 때마다 그랬죠. 심지어 몇 번 말을 걸어본 적도 있었는데 절대 깨어나지 않더군요. 그래서 사건 당일, 안심하고 그에게 수갑을 채울 수 있었습니다. 어느 구간에서 승객들이 다 빠지는지는 이미 파악해 둔 상태였죠.

그제야 강한은 알 수 있었다. 다들 생각했던 것처럼 과감하고 오만해서, 아니면 광기에 사로잡혀서 범인이 공공장소인 지하철 안에서 범행한 게 아니라는 것을. 사실은 아주 단순했다. 범인은 정상적인 상황에서의 몸싸움에서는 절대 한 경감을 이길 수 없었기에, 그가 무방비하게 졸고 있는 유일한 장소에서 기습할 수밖에 없었던 것이다.

— 다시 한번 말씀드리지만, 다치게 하려던 건 아니었습니다. 그냥 위협만 하려던 거였죠. 한 경감이 갑자기 움직이지만 않았더라면, 구레나룻에 상처를 내는 일도 없었을 겁니다. 그가 고함을 쳐서 당황

하긴 했지만, 어차피 다음 역에서 내려 도망가는 게 제 계획이었습니다. 가짜 지문을 묻혀놓은 장갑을 역 쓰레기통에 버리는 것도 마찬가지였고요.

지영은 장갑을 반드시 발견되게 만들겠다는 심정은 아니었을 것이다. 수사기관이 찾아내지 못한다면 가장 좋고, 만에 하나 찾아낸다면 잘못된 단서로 이끌려가길 원했던 것이다. 찾아내게 하려고 애쓴 흔적이 없었기에, 그 자연스러움이 강한과 소원이 장갑에 묻은 지문이 진짜일 거라고 당연히 믿게 만들었다.

— 여기서 한 가지 밝혀야 할 게 있습니다. 바로 제 몸과 마음이 형편없이 망가져 있다는 사실입니다. 자식을 잃은 어미가 제정신이라면 그게 더 이상하겠지요. 극심한 우울증과 불면증을 앓다가 기면증과 몽유병이 생겼고, 가끔 환청과 환각까지 겪게 되었습니다.

담요 밑으로 빠져나온 지영의 한쪽 손목이 소원의 시야에 들어왔다. 나뭇가지처럼 앙상하게 마른 게 잘못 건드렸다가는 부러지기라도 할 것 같았다.

— 오랫동안 범행을 준비하면서, 그 사람들을 맞닥뜨리는 꿈을 꾼 적도 많았습니다. 가끔 정신 나간 사람처럼 바닥을 구르기도 하고, 맨발로 집 밖으로 뛰쳐나가기도 했죠. 그래서 8일 후, 피 묻은 잭나이프와 목욕탕 수건을 베개 아래에서 발견했을 때도 꿈인 줄 알았어요.

그전까지는 침착했던 지영의 목소리가 그 고백을 기점으로 확연하게 떨리기 시작했다.

— 그런데 다음 날 아침 눈을 떴을 때도, 베개 아래 뭔가 깔려 있는 불편한 느낌을 떨칠 수 없더군요. 다시 한번 베개를 들춰보고서 그제야 알았어요. 꿈이 아니라는 걸. 내가 끝내 사고를 치고 말았구나. 그런 생각이 들었습니다.

강한은 지영의 고백을 들으면서 손가락으로 턱끝을 가만히 문질렀다. 사람들을 해치려는 의도가 없었다는 말을 들을 때부터 이상하긴 했지만 설마 이런 식의 변명을 듣게 될 줄이야.

'꿈을 꾸면서 자기도 모르는 사이에 범행을 저질렀다고? 그게 가능한 일인가?'

— 혹시나 해서 인터넷을 확인했지만, 관련 있어 보이는 뉴스는 없었습니다. 피에 젖은 목욕탕 수건에는 목욕탕 이름이 쓰여 있었죠. 저는 이미 뒷조사를 통해서 한 경감이 야근하는 날마다 기사식당에서 국밥을 먹고, 목욕탕에서 목욕한다는 걸 알고 있었습니다.

지영의 목소리는 점점 심하게 떨리고 있었다.

— 일단 확인이나 해보자는 심정으로 그 목욕탕에 가봤습니다. 휴업 중이더군요. 전날 저녁 무슨 일이 있었는지는 동네 사람에게서 들었습니다. 무섭고 혼란스러운 상태에서 집에 돌아오는 길, 저는 피 묻은 칼보다 더 무서운 걸 발견했습니다. 하나는 주머니에서 나온, 전날 저녁 목욕탕 옆 국밥집에서 잔치국수 한 그릇을 사 먹은 영수증이었고, 다른 하나는 SNS에 올라가 있는 추가 범행 예고였습니다.

강한은 2차 습격이 있었던 날에 대한 한 경감의 진술을 되새겨보았다. 오른쪽 테이블에서 모자 쓴 사람이 고개를 숙인 채 국수를 먹고 있는 걸 봤다고 했다. 얼추 들어맞는 정황이었다.

— 카드는 다른 사람에게 준 적이 없었고, SNS 계정 비밀번호는 저만 알고 있었습니다. 그러니 인정할 수밖에 없었습니다. 제가 한정남 경감을 해친 장본인이라는 사실을요. 한 경감의 상태를 확인하고 싶었지만, 웬일인지 아무리 기다려도 언론 보도가 나오질 않더군요. 국선변호사 사무실 쪽 인맥을 이용해 며칠 동안 수소문해보았지만, 다들 쉬쉬할 뿐이었습니다.

그랬을 것이다. 그 시점에 한 경감은 이미 경찰 조직의 치부, 숨겨야 할 존재가 되어 있었다. 그러나 강한은 여전히 지영의 말을 어디까지 믿어야 할지 판단이 서지 않았다.

— 사람을 다치게 했다는 죄책감은 오히려 제 상태를 더 나빠지게 했고, 저는 약에 의존해 하루하루 연명하면서 계획을 포기할까 하는 생각을 진지하게 했습니다. 그런데 그 무렵, 누군가 강한 검사에 대해 하는 말을 듣게 되었습니다. 겉보기와 달리 속이 야망과 욕심으로 가득 찬 인간이라고요. 누군가 그 실체를 밝혀줘야만 한다고.

강한은 자신이 아닌 제3자에 대해 듣는 것처럼 덤덤한 표정이었다. 자신에 대해 나쁜 말을 했을 법한 사람이 윤지영의 주변에 누가 있을지, 꼽으라면 너무 많았다. 그와 법정에서 상대방으로 만났던 변호사라든가, 사건 당사자라든가, 그것도 아니면 그냥 조 대표의 사위가 되는 것을 눈꼴시어하던 누군가일 터였다.

"형, 저 아니에요! 진짜 아니라고요!"

"알아, 인마. 너 아닌 거."

누가 뭐라고 한 적도 없는데 괜히 선수 쳐서 말하는 소원이 우스워서 강한은 피식 웃었다. 지금까지 강한에 대해 어지간히 욕을 퍼붓고 다녔으니 괜히 제 발 저리는 모양이었다. 그들의 짧은 대화가 끝나자마자 지영의 목소리가 이어졌다.

— 전 범행을 계속하기로 마음먹었습니다. 범행 일인 9월 22일은 마침, 강한 검사님이 조 대표의 딸과 약혼식을 올리기로 되어 있는 날이었습니다.

92

방 안의 모두가 일제히 침묵했다. 강한은 선글라스 낀 눈가로 가만히 손을 가져갔다. 지금까지 이 순간을 고대해왔다. 자신의 두 눈을 빼앗아간 범인으로부터 자백을 받는 순간을. 그러나 그 범인이 윤지영이고, 이런 형태로 자백이 이루어지리라고는 단 한 번도 생각해보지 못했다.

— 날짜가 겹치는 것 때문에 처음에는 당황했습니다. 약혼식이라면 일정과 동선이 평소와는 달라질 수밖에 없을 테니까요. 방법은 한 가지뿐이었습니다. 검사님이 약혼식장에 들어가거나 나오는 순간을 노리는 수밖에. 그러나 호텔 앞은 지나치게 개방된 공간이었고, 그래서 저에게는 연막이 필요했습니다.

강한은 그 '연막'이라는 게 뭔지 알고 있었다. 바로 녹색 티셔츠를 입은 시위대 무리였다.

— 다들 아시겠지만 전 김별하 법 반대 집회를 하는 사람들과 상당한 친분이 있습니다. 그들을 설득해서 강한 검사님의 약혼식 날 호텔 앞에서 집회를 하게 만드는 건 그리 어려운 일이 아니었습니다.

그분들의 좋은 뜻을 그런 식으로 이용한 건 무척이나 죄송하게 생각합니다.

그동안 강한은 계속 의문을 가져왔다. 범인이 집회 일정을 어떻게 미리 알고 녹색 티셔츠까지 준비해서 그 안에 섞여 들어갈 수 있었는지. 그 답은 간단했다. 범인이 집회를 추진한 당사자였던 것이다.

— 그다음 해야 할 일은 염산을 구하는 것이었습니다. 10퍼센트 이하의 저농도 염산은 인터넷으로도 구입할 수 있고, 피부에 닿더라도 바로 닦아내면 괜찮다고 하더군요. 그래서 그걸 한 통 구입해놓고 약혼식 날이 되기만을 기다렸습니다.

강한은 무릎에 올려놓았던 손바닥을 말아 주먹을 쥐었다. 앞으로 무슨 얘기가 더 나올지 모르겠지만, 그의 눈에 쏟아진 것은 저농도 염산이 아니었고 그는 괜찮지 않았다. 지영은 그런 강한을 지켜보고 있기라도 한 것처럼 절박한 어조로 말했다.

— 정말 죄송합니다, 강 검사님. 저는 정말…… 정말로…… 검사님의 눈을 멀게 할 생각은 없었어요. 차 창문이 올라가면서 염산 용액이 검사님 눈에 튀었을 때, 그리고 검사님이 비명을 지르면서 쓰러지셨을 때 저도 기절할 만큼 놀랐습니다.

강한의 주먹에 점점 힘이 들어갔다. 손등 위로 불거진 푸른 핏줄이 점점 튀어나와서 금방이라도 끊어질 것 같았다. 그때, 소원이 다 알고 있다는 듯 말없이 그의 손등에 손바닥을 얹었다.

— 솔직히 그때는 검사님이 엄살을 떨고 있다고밖에 해석할 수 없었어요. 그래서 일단 현장을 떠났습니다. 그날 밤은, 검사님께도 마찬가지였겠지만, 제 인생 최악의 밤이었습니다. 무섭고, 놀랍고, 불안하고. 다음날 아침, 검사님이 대수술을 받았고 실명 위기에 처했다는 소식을 뉴스에서 들었을 때는 벼락을 맞은 기분이었습니다.

강한은 이제 사람의 목소리에서 나오는 감정을 구분할 수 있었다. 그렇기에 지금 지영의 음성에서 느껴지는 후회와 자책이, 진심에서 우러나왔다는 것도 알 수 있었다. 그러나 그녀를 용서할 수 있을 것인가. 그건 또 다른 문제였다.

─ 어떻게 된 건지는 저도 모르겠습니다. 인터넷으로 구입한 염산이 희석되지 않은 상태로 배송된 게 아닌가 짐작할 뿐……. 상황이 이렇게 되고 나니 업체에 전화해서 확인해볼 용기도 나지 않았습니다. 저는 비겁했고, 혼란스러웠어요. 할 수 있는 것이라고는 여기서 그만둬야겠다는 결단을 내리는 것뿐이었습니다.

지영은 녹음파일 속에서 몇 초 동안 침묵을 지켰다. 격앙된 감정을 가라앉히는 동시에, 시간의 순서에 따라 있었던 일들을 더듬어보는 것 같았다.

─ 얼마 후, 제 아들의 하나뿐인 친구였던 고마운 아이가 염산 테러범이라는 누명을 쓰고 체포당했다는 소식을 들었습니다. 그때 처음으로 자수할까 생각했습니다. 아니, 자수하고 싶었습니다. 그렇게라도 털어내고 조금이나마 편해지고 싶었어요.

지영은 소원에 대해 말하고 있었다. 그때라도 지영이 자수했다면 어떻게 되었을까. 고 판사의 양손은 무사할 수 있었을까. 강한은 문득 그런 생각을 했다.

─ 하지만 그러지 못한 건, 변명같이 들리겠지만, 어린 딸아이 때문이었습니다. 이미 아들을 잃어버렸는데, 딸까지 지켜주지 못한 엄마로 남을 수는 없었습니다. 망설이고 있는 동안, 다행히 소원이가 풀려났다는 뉴스가 나오더군요. 이제 됐다 싶은 마음에, 저는 그만 사라지기로 했습니다. 다 정리하고, 아는 사람 없는 곳으로 가서 혼자 아들을 기리면서 살 작정이었어요.

그리고 다시 한번, 이번에는 아까보다 더 긴 침묵이 흘렀다. 한꺼번에 너무 많은 말을 쏟아내서였을까. 아니면 그 말들의 무게가 견딜 수 없을 만큼 무거워서였을까.

— 집 내놓고, 이사 갈 곳을 찾고, 계좌 정리하고…… 훌쩍 떠난다는 것도 쉬운 일은 아니더라고요. 그 와중에 몸 상태는 계속 나빠지기만 했죠. 이러다가 확 미치거나…… 죽는 게 아닐까 싶을 정도로. 결국 성암시를 떠나지 못하고 10월 마지막 주가 왔을 때는…… 온종일 약 먹고 자면서 보냈습니다. 그저 시간이 빨리 지나…… 11월이 되어 있기만을 바라면서요.

이때부터 지영의 말은 띄엄띄엄 끊어지기 시작했다. 가끔 문장과 문장 사이에 가쁘게 숨을 몰아쉬기도 했다. 몸 상태가 어떻게 나빠졌다는 것인지, 무슨 약을 먹었다는 것인지는 모르지만 그녀가 뼛속 깊숙이 병들어 있었다는 것만큼은 확실했다.

— 그런데 10월 27일 아침…… 전 생전 처음 가보는 무인 모텔에서 눈을 떴습니다. 그 전날, 전전날에 대한 기억은 거의 나지 않았어요……. 침대 위에는 렌터카 서류와 새 오토바이 헬멧이 놓여 있고, 손에는 차 키가 쥐여져 있었습니다.

강한은 제멋대로 느려졌다가 빨라졌다가, 어떤 때는 횡설수설하다가 또다시 멀쩡해지는 지영의 말투를 어디선가 들어본 적이 있는 것 같았다.

— 처음에는 제가 정신없는 와중에 어디로 떠나려고 했나…… 싶었습니다. 그래서 일단 모텔을 나왔어요. 차 키에 번호가 적혀 있었죠. 68러219×. 차는 모텔 앞길에 세워져 있었습니다. 일단 타려고 운전석 문을 여는데……. 뭔가 이상했어요. 범퍼가 찌그러져 있더군요. 뭔가 커다란 동물 같은 걸 치기라도 한 것처럼…….

동물이 아니었다. 사람이었다. 정면으로 한 번, 바퀴로 한 번 치고 지나갔다. 강한은 그런 행동을 하고도 기억하지 못하는 사람이 있다는 걸 믿을 수 없었다.

— 그 순간 깨달았습니다. 10월 26일, 렌터카, 오토바이 헬멧. 예전에 세워놓은 세 번째 범행 계획과 들어맞는다는 걸. 그날 공천 축하연이 있다는 것도, 고 판사가 거기 참석하기 전에 헤어숍에 들를 거라는 것도 알고 있었어요. 그래서 오토바이 헬멧을 쓰고 렌터카를 몰아서 숍 앞까지 갈 작정이었죠. 고 판사가 나오면 차로 칠 것 같은 시늉만 하고 곧바로 달아나려고 했어요.

"거짓말."

마치 눈앞에서 자백하는 지영의 모습을 보고 있기라도 한 듯 시니컬한 어조로 끼어든 사람은 유미였다. 그제야 강한은 이 방 안에 자신과 지영의 목소리, 그리고 소원 말고 다른 사람들도 있다는 사실을 되새겼다. 유미의 반응과 상관없이 지영의 음성은 계속되었다.

— 저는 차에 키를 꽂아둔 채 그대로 떠났습니다. 그냥 더는, 이 모든 것들을 감당할 수가 없었어요. 집에 와서 뉴스를 봤을 때는 놀라지도 않았습니다. 내 손이 저지른, 이 모든 죗값을 치르기 위해서는 조용히 온유의 뒤를 따라가는 수밖에는 없다고 생각했어요. 번개탄을 구입한 것도 그즈음입니다.

'그즈음'은 10월 27일이나 28일경일 것이다. 그녀는 그때 번개탄을 사놓고, 보름 가까이 지난 지금에 와서 자살을 감행한 것이다.

— 변호사 일을 그만두고 폐인처럼 지내면서 세상과의 연결고리를 끊어낸 저였지만, 그래도 마지막으로 인사하고 싶은 사람은 있었습니다. 미국에서 제 아빠와 함께 살고 있는 어린 딸이었죠. 엄마가 당분간 연락이 없어도 아빠 말 잘 듣고 건강히 지내라고, 그 말만이

라도 하고 싶었어요.

　지영의 목소리는 절절하게 들렸고, 이번에는 유미도 별다른 말을 하지 못했다. 다른 건 어떤지 모르겠지만, 그녀가 자기 아이들을 지극히 사랑한 엄마였다는 것만은 부정할 수 없었다.

　— 그런데 10월 28일 일요일 밤, 저는 지인을 통해 성암지검에서 수사 결과 브리핑을 준비하고 있다는 걸 알게 되었습니다. 그 브리핑에서 1년 전 사건과의 연관성은 인정하되, 재수사는 하지 않겠다는 방향으로 발표할 것이라는 것도요. 도저히 믿어지지 않더군요. 그 얘기 듣는 순간, 저는 죽으려던 마음을 잠시 접어두기로 했습니다. 아직 해야 할 일이 남아 있었으니까요.

　진술의 방향이 바뀌면서, 지영의 말투도 완전히 바뀌었다. 모기만 하게 기어들어 가던 자신감 없는 말투가 아니라, 죽음을 각오한 결의에 찬 말투로.

　— 세 사람이 크게 다쳤고, 그것으로 당연히 모든 게 뒤바뀔 테니 재수사에 대해선 걱정할 필요 없이 죗값을 떠안고 가면 된다고 생각했던 제가 어리석었습니다. 마녀사냥하기 좋아하는 대중과, 편견과 아집에 사로잡힌 법 집행자들을 움직이는 데는 그것만으로는 부족했던 거죠. 그래서 저는 언론에 편지를 보내고, 저 자신을 희생자로 삼은 마지막 범행을 계획했습니다. 이번에는 범행 예고를 자세히 하지 않았습니다. 강한 검사님, 그리고 소원이. 이 두 사람이 시간에 맞춰 달려와준다면 전 살 수 있겠지만, 조금이라도 늦는다면, 그때는 그냥 염산이 든 음료수를 마시고 죽는다 해도 상관없다고 생각했습니다. 제가 바라던 바이기도 했으니까.

　강한은 국회 앞 시위 현장으로 소원과 함께 달려갔던 날을 떠올렸다. 그날, 도저히 납득할 수 없었던 게 두 가지 있었다. 하나는 항소

포기서를 제출한 장본인이 아닌 지영이 범행 목표가 된 것, 다른 하나는 범인이 누구의 것인지 정해지지도 않은 음료수에 무작위로 염산을 탔으며, 그걸 하필이면 지영이 집어 들었다는 것이었다. 강한은 그런 식의 우연은 결코 믿지 않았다.

— 그날 제가 살아나게 된 것, 그게 어쩌면 신의 뜻인지도 모른다고 생각했습니다. 온유의 결백이 밝혀질 때까지 조금만, 조금만 더 버티라는. 기자회견 때만큼은 예전과 같은 변호사 윤지영의 모습을 보이고 싶어서, 이틀 동안 약도 끊고 마지막 한 방울의 기력까지 짜냈죠. 조금이라도 남은 힘이 있다면, 그건 아마 제 자백을 녹음하는 지금 이 순간을 위해서일 겁니다.

지영은 말하는 게 점점 힘에 부치는 듯 메마른 숨을 뱉으면서 말했다. 강한은 그녀의 고백이 이윽고 막바지에 다다랐음을 직감했다.

— 이제 저의 자백은 끝났습니다. 제가 그토록 원했던 것은 이루어졌습니다. 강 검사님께서는 전 국민 앞에서 제 아들이 살인범이 아니라고 선언해주셨죠. 진범이 누군지, 어떻게 잡히는지, 제가 굳이 남아서 그걸 지켜봐야 할 필요는 없습니다. 전 이제 아들 곁으로 떠나려고 해요. 살아서는 충분한 시간을 함께해주지 못했으니, 죽어서는 절대 떨어져 있지 않을 겁니다.

마지막 두 문장을 말하는 지영의 목소리는 후련하고, 홀가분하고, 어딘가 기쁘게까지 들렸다. 그리고 소원도 그 순간만큼은 지영이 저지른 모든 일과 상관없이, 그녀가 온유를 하늘나라에서 무사히 만났기를 빌었다.

— 남들에게는 그렇게 극심한 고통을 받게 해놓고, 저 혼자 이렇게 편하게 떠나서 죄송합니다. 20년 전 눈도 뜨지 못한 갓난애를 보육원 앞에 버리고 도망가던 그때와 하나도 달라진 게 없네요. 저는

끝까지 비겁했습니다.

마지막 순간, 지영은 기도하듯 간절한 어조로 피해자들의 이름을 하나하나 불렀다.

— 한정남 경감님, 강한 검사님, 고유정 판사님. 감히 용서해달라는 말은 하지도 않겠습니다. 제 죄는 세 사람의 평생을 합친 시간보다 오랫동안 지탄받아 마땅합니다. 그럼에도 불구하고 저는 믿고 있습니다. 각자 경찰, 검찰, 법원에 계신 세 분이 일단 잘못된 걸 알게 된 이상, 그걸 고치기 위해 끝까지 최선을 다해주리라는 것을요. 제가 지난 15년간 겪어온 법조계는 그런 곳이었습니다. 완벽하지 않고 완벽할 수도 없지만, 완벽해지기 위해 끊임없이 노력하는 곳.

지영의 아들은 오작동한 사법 시스템으로 인해 희생당했지만, 그녀는 시스템 자체에 대한 신뢰를 잃지는 않았다. 그 중대한 잘못을 바로잡을 수 있는 것 또한 시스템뿐이라는 걸 그녀는 모르지 않았다. 그리고 그건 눈을 잃은 후에도 검사직을 포기하지 않은 강한 또한 마찬가지였다. 결국 그들은 뼛속까지 법조인이었다.

— 소원이에게 전해주세요. 대화를 몰래 녹음한 건 미안했다고요. 그리고 외로운 내 아이의 하나뿐인 친구가 되어주어서 고마웠다고요. 소원이가 있어서 온유는 정말 행복해했어요.

지영의 자백이 끝나갈 무렵부터 고개를 푹 숙인 채 입술만 지그시 깨물고 있던 소원이, 더는 견디지 못하겠다는 듯 입을 열었다.

"그건 내가 더……."

소원은 그다음 말은 잇지 못했다. 그의 눈가에서 흘러넘친 따뜻한 눈물 한 방울이 강한의 손등을 적셨다. 그리고 더 이상 휴대전화에서는 아무런 말도 들려오지 않았다.

93

저녁 8시. 강한의 집.

"류소원, 밥 안 먹을 거야? 밥에 살고 밥에 죽는 놈이 웬일로."

강한은 안에까지 다 들리게 소리쳤지만, 굳게 닫혀 있는 문은 열릴 줄 몰랐다. 웬일이냐고 하긴 했지만, 강한도 소원이 이렇게 행동하는 이유를 모르진 않았다. 오늘 오후 지영의 시신을 발견한 충격 때문일 것이다. 집에 돌아오자마자 소원은 한마디 말도 없이 서재 문을 닫고 들어가버렸고, 지금까지 나오지 않고 있었다. 이제 강한은 은근히 걱정되기 시작했다.

'점심도 저녁도 거르고, 가뜩이나 일산화탄소를 들이마셔서 컨디션 관리 잘해야 하는데…….'

강한은 남의 서재를 제 방인 양 차지하고 들어앉은 저 뻔뻔한 녀석을 어떻게 끌어내야 할지 고민하다가, 한 가지 아이디어를 떠올렸다. 조금 번거롭긴 하지만 효과가 확실한 방법이었다. 강한은 손으로 벽을 더듬어가면서 복도를 지나 주방에 이르렀다. 적어도 이 집 안에서는 어디에 뭐가 있는지 다 외우고 있었기에, 사각형 테이블을 둘러싸고 있는 의자를 찾아내는 건 어렵지 않았다. 나무 의자를 가뿐하게 왼손으로 들어 올린 강한은 그대로 발걸음을 옮겨 2층으로 통하는 계단이 있는 곳까지 갔다. 그는 오른손으로 계단 난간을 잡고 네 걸음 정도 올라간 후, 허공 높이 들어 올렸던 의자를 망설임 없이 놓아버렸다.

우당탕탕-!

요란한 충돌음이 집 안 전체에 울려 퍼졌다. 그리고 그 소음의 메아리가 채 사라지기도 전에 서재 문이 벌컥 열리면서 소원이 허겁지겁 뛰어나왔다.

"뭐예요! 형! 괜찮아요? 다쳤어요?"

소원은 어디 있는지 모르는 강한을 찾기 위해 정신없이 주위를 둘러보며 고함을 쳤다. 아무리 기분이 엉망이어도 그렇지, 시각장애인을 혼자 두다니 활동보조인 자격 박탈이구나 싶었다. 혹시 강한이 다치기라도 했을까봐 심장이 빠르게 뛰었다. 그때, 주방 저편 계단이 있는 쪽에서 강한의 태연자약한 목소리가 들려왔다.

"이제야 밖으로 나왔네."

그쪽으로 허둥지둥 달려간 소원은, 계단 끄트머리에 턱을 괴고 걸터앉아 있던 강한을 보고 어처구니없는 얼굴이 되었다.

"장난을 쳐도 정도가 있지, 뭐 이런 장난을 쳐요! 재밌어요?"

"아니, 재미없지. 그러니까 더 재밌는 거 하러 가자."

"네?"

소원은 강한이 '재밌다'라는 단어를 사용하는 것을 보는 게 단연 처음이었다. 강한은 소원의 목소리가 들리는 쪽을 지그시 내려다보면서 평소보다 훨씬 부드러운 말투로 제안했다.

"소원아, 우리 같이 술 한잔할까?"

                              * * *

　강한이 아는 곳이라고는 검찰청 주변이 전부였다. 택시를 타고 검
찰청 후문 앞에 내린 강한은 소원에게 간판을 확인하게 한 후, 전에
몇 번 와본 적 있는 실내 포장마차로 들어갔다. 쭈뼛거리면서 따라
들어간 소원은, 손을 뻗어 기다란 바의 위치를 확인한 후 그 앞 의자
에 스스럼없이 걸터앉는 강한을 보면서 신기해했다.

　"영화나 드라마에서 보면 검사들은 요정이나 룸살롱 같은 데서
생선회에 양주만 마시던데."

　"검사도 다른 사람들이랑 똑같아. 평소엔 삼겹살에 소주, 맥주. 어
쩌다 남이 사준다고 하면 소고기나 회도 먹고. 양주는 누가 선물받아
서 들고 오기라도 하면 가끔 따는 거고."

　강한은 그렇게 대답하면서 메뉴판을 만지작거렸다. 눈으로 볼 수
는 없었지만, 이 집에 어떤 메뉴가 있는지는 대충 알고 있었다. 강한
은 오밤중에 선글라스를 쓴 자신을 신기하게 쳐다보는 주인의 시선
을 느끼면서 능숙하게 주문했다.

　"김치찌개에 제육볶음, 달걀말이 주시고요. 공깃밥 두 개, 아니, 세
개에, 소주 맥주 한 병씩."

　소원에게 맡겨두었다간 보나마나 기름진 튀김 종류만 잔뜩 시켜
놓을 것 같아 선수 친 거였다. 잠시 후, 두 사람 앞에 놓인 기다란 테
이블에 냄비 속에서 보글거리는 김치찌개와 매콤한 냄새를 풍기는
제육볶음을 비롯해 각종 안주와 술병, 접시와 술잔이 풍성하게 차려
졌다. 강한은 냉기가 느껴지는 쪽으로 손을 뻗어 소주병을 잡더니,
소원이 말리기도 전에 뚜껑을 땄다.

　"어, 형. 잠깐만요."

그러나 강한은 이미 빈 잔에 거침없이 소주를 따르고 있었다. 마치 앞이 보이는 사람처럼, 투명한 액체가 술잔 표면에 닿기 직전 따르기를 멈추는 것을 보고 소원은 감탄사를 내뱉었다.

"우와, 방금 그거 어떻게 한 거예요?"

강한은 피식 웃으면서 옆에 있는 잔에도 똑같이 소주를 따랐다. 검찰청의 높은 업무 강도와 극심한 스트레스를 견디면서 일하다 보면 자연스럽게 회식이 늘었다. '눈감고도 폭탄을 제조할 수 있을 것 같다'고 말만 했었는데, 정말 안 보이는 상태로 술을 따르게 될 줄이야. 강한은 소원이 앉아 있는 방향으로 술잔을 밀어주면서 지나가듯 가볍게 물었다.

"많이 무서웠어?"

발끈하면서 하나도 안 무서웠다고 받아칠 줄 알았는데, 침묵하는 걸 보니 진짜 무서웠던 모양이었다. 소원은 강한이 건네준 잔을 두 손으로 받아들고서 한참 동안이나 만지작거렸다.

"형은 시체 많이 봤죠? 처음 봤을 때 어땠어요?"

"무서웠지."

"진짜요?"

강한의 말투는 너무도 태연해서, 전혀 무서워하는 것 같지가 않았다. 강한은 입술로 가져간 술잔을 한꺼번에 털어 넣고서 말했다.

"형사부 검사는 2주에 한 번 정도, 강력부 검사는 그보다 더 자주 검시하러 나가는데 말이야. 그렇게 자주 보면서도 첫 검시 나갔을 때가 잊히지 않더라. 그래서 그게 사람 시체가 아니라 영화 찍을 때 쓰는 미술 소품이라고 생각하려고 했어. 안 그러면 도망 나갈 것 같아서."

강한은 지금도 생생히 기억했다. 싸늘한 냉기가 감도는 안치실 냉장고에서 철컹철컹 소리를 내면서 나오던 스테인리스 침대. 그 위에 석고상처럼 누워 있던 중년 남성의 시신. 여기저기 푸르스름하게 물든 그 섬뜩한 빛깔보다 더욱 무서웠던 건, 비닐장갑 낀 손으로 시신을 만져봤을 때의 질감이었다. 물렁물렁하고, 영영 다시는 따뜻해질 수 없을 듯 차가웠던 그 감촉.

"아는 사람 시신이라서 더 무서웠어요. 예전에 웃고, 말하고, 걸어다니던 모습을 봤으니까."

소주를 한 모금 들이마신 소원은 그 쓰디쓴 맛이 찌르르하게 목구멍을 울리고 내려가는 것을 느끼면서 아까부터 계속 하고 싶었던 말을 꺼냈다.

"형, 저는 윤지영 변호사님, 아니, 온유 엄마가 그 모든 짓을 저질렀을 것 같지가 않아요. 어릴 때 버린 한 생명의 무게를 평생 책임지면서 산 사람이잖아요. 그런 사람이 다른 사람들을 함부로 해쳤을까요? 아무리 무의식중이라고 해도?"

"나도 그렇게 생각해."

"정말요? 형 방금 남의 말이, 그것도 내 말이 맞다고 인정해준 거예요? 웬일로?"

소원은 제가 먼저 말을 꺼냈으면서도, 강한이 막상 순순히 동의하자 눈을 동그랗게 뜨고 놀라워했다. 그러나 강한은 지영의 자백을 들을 때부터 그게 전부가 아닐 거라고 직감했었다.

그동안 강한이 염산 테러범에게서 느낀 가장 큰 특징은 바로 비인간성이었다. 정해진 날짜에 맞춰서 정해진 방식으로, 죽음보다 더한 고통을 피해자들에게 안겨주었다. 그리고 그에 대한 죄책감은 조금도 엿보이지 않고, 오히려 범행 예고 메시지와 꽃바구니에 넣은 카드 따위로 피해자와 수사기관을 조롱하는 범인이었다.

그런데 윤지영은 어떤가. 처음부터 끝까지 지극히 인간적이었다. 범행을 시작한 계기도 버릴 수 없는 모성(母性) 때문이었고, 그 과정에서 죄책감 때문에 스스로를 망가뜨렸으며, 그 마지막조차 자살이라는, 오직 인간에게만 가능한 방식을 선택했다. 소원이 자신의 시신을 보고 충격받을까봐 데려오지 말아달라고 부탁했던 것도, 그녀가 끝까지 정에 휘둘렸음을 보여주었다.

"우리가 찾는 범인은 원하는 목표를 이루기 위해서라면 자신의 감정이나 본능, 충동 같은 것은 가볍게 누를 수 있는 사람이야. 어떻게 보면 사람보다는 기계에 가깝지. 내가 아는 한, 윤지영 변호사는 그렇게 하고 싶어도 할 수 없는 사람이었지."

"……."

강한은 나른한 술기운이 돌아 온몸을 구석구석 데워주기 시작하는 것을 느끼면서 말을 이었다.

"네가 기억하는지 모르겠는데, 윤지영 변호사가 유언에서 그렇게 말했지. 지온유가 항소심을 받을 기회를 빼앗긴 것도 자기 때문이라고."

"네, 기억해요. 그게 무슨 뜻이에요? 변호사님은 끝까지 열심히 싸웠는데, 왜 자기 탓이라고 생각하신 거예요?"

"……윤지영 변호사는 1심 판결 선고가 내려진 직후 법정에서 소란을 피웠어. 고 판사에게는 재판 진행을 불공정하게 했다고 삿대질하면서 큰소리로 따지고, 나한테는 처음부터 범인을 정해놓고 수사했다면서 검사 자격이 없다고 했지. 그것 때문에 법정모독죄로 감치당하고 국선변호인 자격을 박탈당하게 된 거야."

강한은 뭔가를 삭이려는 사람처럼 거머쥔 술잔을 단번에 비우고서 그날의 일을 떠올렸다. 지영은 징역 20년형이 선고될 때까지만 해도, 눈자위가 붉어지기는 했지만 감정을 잘 억누르고 있는 듯했다. 사형이나 무기징역을 부르짖고 있는 여론을, 그녀도 모르지 않았다. 이제 그녀에게 남은 희망이라고는 온유가 감옥이 아닌 병원으로 가는 것뿐이었다.

"변호인 측에서 변론종결 후에도 참고자료를 제출하면서 피고인에게 치료감호가 필요하다는 주장을 계속하고 있으나, 재판 진행 과정에서 보여준 피고인의 태도가 충분히 정상인의 범위에 있어서 본 재판부는 검찰 측에 치료감호 청구요청을 하지 않기로 합니다."

고 판사가 덧붙인 말에, 지영은 더 이상 견디지 못하고 무너져버렸다. 방금 받은 선고의 의미도 이해하지 못하고 멍청한 표정으로 서 있는 온유의 양팔을 두 교도관이 다가와 잡으려는 순간, 지영은 그들의 어깨를 거칠게 밀쳐내면서 소리쳤다.

"안 돼, 그 아이는 못 데려가! 누구 맘대로! 데려가지 마!"

"어, 어······!"

강한은 온유가 지영을 애타는 눈길로 바라보면서 '어' 소리만 반복하던 걸 기억했다. 그때는 그게 모자란 것처럼 보이려는 영악한 수작이라고 생각했었다. 그러나 사정을 알게 된 지금 생각해보니, 그건 단지 남 앞에서는 불러서는 안 되는 '엄마'를 부르고 싶었던 소년의 절박한 외침일 뿐이었다.

혀끝에 밴 소주의 쓸쓸한 맛을 느끼고 있는 강한을 향해, 소원이 분한 듯이 외쳤다.

"그런 게 어딨어요? 법조인도 사람인데 법정에서 흥분할 수 있잖아요!"

"아니, 그건 아니지. 법조인은 언제 어디서나 냉철함을 잃지 말아야 해. 사람의 목숨과 인생이 왔다 갔다 하는 중요한 일을 하는데, 그러지 않으면 법조인이 될 자격이 없어."

단칼에 잘라 말하는 강한이 소원은 얄미워 보였다. 소원에게는 때
때로 강한이야말로 기계처럼 느껴졌다. 수사하는 기계.

'그래, 언제까지 냉철한 법조인으로 남아 있을지 두고 봅시다.'

소원은 속으로 중얼거리면서, 반쯤 비어 있는 강한의 소주잔에
몰래 소주를 더 채웠다. 강한은 그것도 모르고 술잔을 집어 들어 끝
까지 들이켰고, 그 모습을 보면서 소원은 짓궂은 미소를 지었다. 강
한이 잔을 내려놓자마자 다시 소주를 가득 따라주었음은 물론이다.

"아, 오랜만에 마시니까 좋네."

강한은 오늘따라 술이 잘 들어가는지 넙죽넙죽 받아마셨다. 그러
면서 소원에게도 생각난 듯 가끔 한잔씩 따라주었다.

"자, 너도 한잔 마셔. 원래 술은 어른한테 배워야 하는 거야."

"그래서요? 나한테 형이 가르쳐줄 수 있는 게 뭔데요?"

"음……. 그냥 맘껏 마시고 검찰청에 끌려올 짓만 하지 마. 음주
운전하지 말고, 사람 때리지 말고, 길거리에서 실례하지 말고. 그러
면 내가 쪽팔리니까."

강한은 실없이 웃으면서 소원이 있는 쪽으로 자기 잔을 내밀었다.
그 뜻을 알아차린 소원은 자기 잔을 그의 잔에 쟁강 소리 나게 부딪
쳤고, 둘은 동시에 술잔을 비웠다.

그렇게 주거니 받거니 하기를 한 시간. 어느새 둘의 앞에 놓여 있
던 술병은 대여섯 개로 늘어나고, 하나같이 바닥을 드러내고 있었다.

"야! 강한! 에이 씨, 니가 검사면 인마, 난! 난 대마법사다! 알아?
이름도 강한이 뭐야! 어? 맘에 안 들어. 그럼 니네 형은 '더강한'이고
동생은 '약한'이냐?"

술에 취해 이성을 잃어버린 건 강한이 아니라 소원 쪽이었다. 소

원이 테이블을 양손으로 탁탁 소리 나게 두드리면서 주정을 부리기 시작하자, 강한은 그만 집에 갈 때가 되었다고 판단했다.

"헛소리 그만해, 류소원. 집에 가야지. 보행 안내 안 해줄 거야?"

"어, 그래. 보험 안내, 그거 해줘야지."

소원은 횡설수설하면서 일어났지만, 몸도 제대로 가누지 못해 비틀거렸다. 소원의 팔다리가 의자에 사정없이 부딪히는 소리를 들은 강한은 미간에 주름을 잡으면서 짧은 한숨을 쉬었다.

"사장님, 전 시각장애인입니다. 죄송하지만 문 앞까지 택시를 좀 불러주시겠습니까? 그리고 제가 나가는 동안 앞에 장애물이 있는지, 어디 부딪치지 않는지 그것만 지켜봐주십시오."

"아, 네. 손님. 걱정 마세요."

아까부터 이쪽 테이블을 유심히 관찰하고 있던 사장은 진즉에 강한의 사정을 알아차린 듯했다. 사장이 부리나케 전화기를 집어 들고 택시를 부르는 동안, 강한은 손끝으로 더듬거려서 찾아낸 소원의 두 팔을 자신의 뒷목에 감고 들어 올렸다. 어떻게 보면 업는 것 같기도 하고, 어떻게 보면 떠메는 것 같기도 한 이상한 모양새였다.

강한의 등에 기대어 술집을 나가는 길, 소원은 술 냄새를 팍팍 풍기면서 너른 어깨에 얼굴을 폭 파묻었다.

"형, 나 형이 좀 좋은 것 같아요. 사랑해요."

"입 다물어라. 징그러우니까."

강한은 무뚝뚝하게 받아치면서도, 입가에 슬그머니 번지는 미소를 감추지 못했다.

5장

전리품

94

11월 14일 수요일 오전 8시 40분. 택시 안.

꺼억-!

소원이 우렁차게 용트림하는 순간, 밤새 뱃속에서 뒤섞인 소주와 김치찌개와 제육볶음 냄새가 식도를 타고 올라와 공기 중으로 퍼졌다. 강한은 얼른 코를 틀어막으면서 인상을 찌푸렸다.

"그러게 마시지도 못하는 술을 왜 그렇게 마셔대?"

"나만 마신 거 아니잖아요. 형도 똑같이 마셨는데."

소원은 뱃속이 부대끼는 느낌에 괴로워하면서 투덜댔다. 강한을 취하게 하려고 벌인 술판이었는데, 오히려 자기가 꽐라가 되어 뻗어버리고 말았다. 강한에게 업혀서 택시를 탄 것까진 기억나는데, 그다음부터는 아예 필름이 끊어졌다.

"난 대한민국 검사잖아. 알코올을 분해하는 특별한 효소가 후천적으로 생성된다고."

강한은 간밤에 퍼마신 사람이라고는 도저히 믿을 수 없을 만큼 멀쩡한 얼굴로 대꾸했다. 어제는 검사도 똑같은 사람이라고 하더니, 도대체 어느 쪽이냐고 물으려는 순간, 차창 너머로 보기만 해도 시끌시끌한 풍경이 소원의 시야에 들어왔다.

"역시, 오늘도 예상대로네요."

"많이 왔어?"

강한의 질문에, 소원은 검찰청 로비를 진 치듯 둘러싸고 있는 기자 무리의 머릿수를 대충 헤아려보았다. 어젯밤, 지온유의 국선변호인이 사실은 친모였고, 모든 혐의를 인정하고 자살했다는 소식이 전 채널의 뉴스를 떠들썩하게 했다. 기자들이 한 가지 정보라도 더 털어보기 위해 성암지검으로 몰려오리라는 것은 불 보듯 뻔한 일이었다.

"50명은 거뜬히 넘어가겠어요. 앗, 저기 정 검사 누나가 가네요. 어이쿠, 붙잡혔다. 쯧쯧. 이럴 줄 알고 미리 준비해오길 잘했어요."

소원은 기자들 사이에 갇혀 오도 가도 못하는 신세가 되어버린 유미를 보면서 떠들었다. 기사는 미리 부탁받은 대로 건물에서 조금 떨어진 곳에 택시를 세웠고, 트렁크에서 '미리 준비해온' 물건을 내리는 소원을 거들어주었다. 강한은 케인을 짚고 선 채 마뜩잖은 표정을 지었다.

"꼭 이렇게까지 해야 해? 너, 은근히 즐기는 것 같다?"

"에이, 그럴 리가요. 기자들한테 시달리는 게 질색이라고 한 건 형이잖아요."

소원은 씩 웃으면서 트렁크에서 꺼낸 수동 휠체어에 강한을 앉혔다. 강한의 코트 위에 무릎담요를 망토처럼 둘러주고, 선글라스를 벗기고 대신 노인들이나 쓸 법한 구식 안경을 씌워준 후, 마지막으로 머리에는 소위 '빵떡 모자'라고 불리는 둥그스름한 형태의 모자를 눌러씌웠다. 그리고 자기 머리에는 점퍼에 달린 후드를 뒤집어썼다.

"비켜주세요, 민원인입니다. 늙고 아파요. 조심해주세요."

소원은 휠체어를 힘차게 밀면서 기자들 사이를 뚫고 나갔다. 강한 검사의 트레이드마크인 검은 선글라스와 흰색 케인이 나타나기만을 간절히 기다리고 있던 기자들은 일제히 양쪽으로 늘어서면서 길을 내주었다. 오지랖 넓은 기자 한 명이, 계단 쪽으로 휠체어를 밀고 가는 소원을 향해 친절하게 일러주었다.

"아버님은 저쪽 비탈길로 올라가시는 게 좀더 편하실 거예요."

"아, 네. 감사합니다."

소원은 비탈길로 휠체어를 밀고 들어가 그대로 검찰청 입구를 통과했다. 모르는 사람이 들어오는 것을 보고 얼른 다가와 제지하려던 경비원은 후드 아래로 보이는 소원의 얼굴을 보고는 어안이 벙벙한 표정이었다. 강한은 엘리베이터에 들어오자마자 휠체어에서 벌떡 일어나며 빵떡 모자를 벗었다.

"아무리 그래도 내가 네 아버지로 보일 나이는 아닌데."

"형으로 보일 나이도 아니긴 하죠. 굳이 말하면 삼촌 정도랄까."

"네가 내 조카였으면 벌써 백 대도 더 맞았어, 이 녀석아."

두 남자는 실없는 농담을 주고받으며 6층까지 올라갔다. 강한은 엘리베이터에서 검사실까지는 이제 케인을 짚지 않고도 정확히 갈 수 있었다. 앞장서서 가는 강한의 뒤에서 휠체어를 척척 접어서 밀고 오던 소원은 검사실 문이 닫혀 있는 걸 보고 흠칫 놀랐다.

"어? 세은 누나 아직 출근 안 했네요. 항상 30분씩 먼저 와 있는데."

"그래? 곧 오겠지."

강한은 별생각 없이 넘어갔지만, 소원은 그럴 수가 없었다. 워낙 큰 사건이 연달아 일어나는 바람에 신경 쓰지 못했지만, 세은이 요즘 들어 이상하다는 것은 인지하고 있었다. 일은 여전히 열심히 했지만, 순간순간 멍해져 있다가 강한이나 소원이 하는 말을 듣지 못하는 경우도 부지기수였고, 가끔 드러내는 표정이 완전히 다른 사람처럼 서늘하고 공허해 보일 때도 있었다.

"혹시 어디 아픈 건지도 모르니까 전화라도 해보는 게……."

소원이 '전화'라는 단어를 입 밖으로 꺼내놓은 순간, 검사실 안에 설치된 유선 전화기가 울렸다. 평소에는 세은이 도맡아 받는 전화였다. 소원은 자기가 대신 받아야 할지, 아니면 강한에게 수화기를 건네주어야 할지 고민하다가 그 중간책을 택했다. 스피커폰 버튼을 누른 것이다.

― 강 검사님, 검사장님께서 부르십니다.

낭랑하게 흘러나오는 목소리에, 강한은 드디어 올 게 왔다는 듯한 표정이었다.

* * *

"오랜만이야, 강 검사. 그동안 잘 지냈지?"

검사장실로 들어서던 강한은 어디선가 많이 들어본 점잖은 목소리에 우뚝 발걸음을 멈췄다.

"조 대표님."

"어머님은 잘 지내고 계신가? 병원에서 조금이라도 소홀히 하는 게 있다면 언제든 얘기하게."

강한은 만나자마자 어머니 얘기부터 꺼내는 조 대표의 의도가 훤히 들여다보였다. 이제 더는 어머니를 미끼로 그에게 질질 끌려다니지 않을 작정이었다.

"대표님, 저희 어머니는 자리가 나는 대로 곧장 요양병원으로 옮기려고 합니다. 그리고 그동안의 입원비도 꼭 갚아드리겠습니다."

"에이, 그럴 거 뭐 있나. 우리 사이에."

"대표님과 저 사이니까, 그렇게 해야 한다는 겁니다."

강한은 일부러 더 정색하면서 딱딱한 말투로 못 박았지만, 조 대표는 거기에도 딱히 마음 상한 기색을 드러내지 않았다. 여유만만한 것이다. 아무리 그래봤자 자기 손바닥 위일 거라고 얕보고 있는 것이다. 강한은 그 사실을 알기에 자존심이 상하지 않을 수 없었다.

"강 검사, 오늘 조 대표님은 고(故) 김별하 양의 유족을 대신해서 오셨네. 유족은 이번 사건으로 김 양의 이름이 언론에 연일 오르내리는 것에 극도의 불쾌감을 표하고 있다고 해."

은근하지만 팽팽한 신경전을 벌이던 강한과 조 대표 사이에 중재하듯 끼어든 사람은 검사장이었다.

"일단 이번 사건은 공소권 없음으로 마무리 짓고, 1년 전 사건도 기록상 별문제가 없으면 이대로 종결해달라는 입장이시네. 이 사건에 가장 깊게 관련된 사람으로서 강 검사 입장을 들어보려고 불렀네. 주임검사인 정유미 검사는 이미 다녀갔고, 강 검사의 뜻을 존중하겠다고 했네."

강한은 동요하지 않았다. 빠르면 오늘, 늦어도 내일쯤 이런 통고를 받게 되리라는 건 이미 예상하고 있었다. 9월부터 지금까지 꼬박 석 달 가까이, 성암지방검찰청은 물론이고 성암시 전체가 이 사건으로 쑥대밭이 된 거나 다름없었다. 검사장도 가능한 한 신속하게 마무리 짓고 싶은 마음이 없다면 거짓말일 터였다. 그러나 강한은 고개를 가로저으면서 단호하게 대답했다.

"검사장님, 이 사건의 진상은 아직 절반도 밝혀지지 않았습니다. 그러니 두 사건 중 어느 쪽이든, '마무리'나 '종결'이라는 단어는 어울리지 않습니다."

"그게 무슨 말인가? 진상이 밝혀지지 않았다니? 그 여자가 자기 짓이라고 자백하고 죽었다면서. 집에서 증거도 다 나오고."

조 대표가 '그 여자'라고 부른 것은 물론 지영일 것이다. 그의 말대로, 그녀의 집에서는 그대로 법정에 들고 가도 될 정도로 확실한 증거들이 끝도 없이 쏟아져나왔다.

지영의 책상 서랍에서는 해가 바뀔 때마다 온유와 함께 모자다운 다정한 포즈로 찍은 사진들, 온유와 지영의 친자관계를 입증하는 DNA 검사 결과지, 장위티엔으로부터 구입한 왕첸 명의의 외국인등록증과 통장, 신용카드, 렌터카 서류, 그리고 초소형 음성변조기가 발견되었다.

옷장에는 왕첸의 지문이 돋을새김으로 찍힌 실리콘 장갑과 함께 검은 오토바이 헬멧, 검은 티셔츠, 검은 바지, 녹색 티셔츠, 검은 마스크, 압박붕대 등 용의자가 입거나 걸쳤던 것으로 확인된 옷가지들이 쌓여 있었다. 신발장 안에는 7센티미터의 키 높이 운동화도 들어 있었다.

거기서 끝이 아니었다. 형사들이 자물쇠를 채워놓은 다용도실을 억지로 열자, 그 안에서는 가장 결정적인 증거들이 나왔다. 강한도 익히 알고 있는 갈색 병 안에 든 고농도 염산, 비닐로 칭칭 감아놓은 잭나이프였다. 잭나이프에 묻어 있는 피는 곧바로 감정에 들어간 상태였지만, 강한은 그 분석 결과를 보지 않아도 한정남 경감의 것임을 알 수 있었다.

어디 그뿐인가. 본격적인 디지털포렌식에 들어가기 전 간단히 살펴본 지영의 노트북에서는 그녀가 말했던 대로 SNS 계정 접속 내역이 나왔다. 하드디스크는 전부라고 해도 좋을 정도로 한정남과 강한, 고유정 세 사람의 뒷조사를 한 자료로 가득 차 있었다. 이 노트북은 오직 이번 일을 하기 위한 용도로만 쓴 듯 다른 흔적은 남아 있지 않았다.

"세상에 완벽하게 불완전한 범죄라는 게 있다면 이게 바로 그걸 겁니다. 이렇게 증거가 많이 남아 있는 사건, 보신 적 있으십니까? 윤지영이 범인이라는 데는 의심할 여지가 없습니다."

어제 오후 현장에 도착한 변영국 경위는 증거물을 하나하나 밀봉해 박스에 넣으면서 감탄했지만, 강한은 그 말에 동의하지 않았다.

'지온유 때도 다들 그렇게 말했지. 심지어 나도 그렇게 생각했어. 의심할 여지가 없다고.'

그러나 그때와 지금, 강한이 사건을 보는 관점은 완전히 달라졌다. 이제 더 이상 사건에 증거와 각종 정황을 끼워맞추려고 하지 않았다. 대신 자신이 세워놓은 가설과 다른 가설이 존재할 가능성이 있는지 그것부터 생각하려고 했다.

'제정신이 아닌 상태로 남장하고, 식당에 들어가 음식을 주문하고, 옆 테이블에 앉은 사람의 그릇에 약을 타고, 목욕탕 입간판을 바꿔놓고, 남탕 탈의실까지 들어가 사람을 습격한다고? 그것도 잭나이프 따위로?'

강력부 근무 경험이 있는 강한은 알고 있었다. 초보자가 어설프게 칼을 휘두를 때는 반드시 손을 다친다는 사실을. 그러나 국과수 법의관이 현장에 와서 확인했을 때 지영의 손은 물론이고 신체 어디에도 흉터 같은 것은 없었다.

'염산 테러 건도 그렇지. 윤 변호사는 분명 희석한 염산을 구입했다고 했어. 어차피 노트북으로 확인하면 다 나올 텐데 그런 걸 거짓말로 꾸며내진 않았을 거야. 그런데 기껏 저농도 염산을 구입해놓고 다시 고농도 염산을 훔치러 들어간다고? 그것도 남의 집 창고에? 염

산이 없어진 걸 은폐하기 위해 할머니 속옷까지 훔치면서?'

김복순 여사의 집과 지영의 집이 가깝다는 것은 이미 알고 있었다. 그러나 강한은 지영이 남의 집 창고로 몰래 들어가 염산을 훔치고, 빨랫대에 걸려 있는 속옷을 걷어가는 것을 도저히 상상할 수가 없었다. 그렇게 치면 칼을 휘두르거나 염산을 퍼붓는 것도 마찬가지였지만.

'그리고 한 가지 더. 범인은 내가 호텔에서 나올 때를 맞춰 주차장 진입로에서 기다리고 있었어. 마치 내 동태를 파악하고 있는 것처럼. 그게 어떻게 가능했던 걸까? 난 원래 예정된 시각보다 훨씬 빨리 나왔는데, 그것도 지극히 충동적으로.'

강한은 병원에 입원해 있는 동안 수없이 생각했었다. 약혼식이 끝날 때까지 기다렸다가 조 대표 가족과 함께 나왔더라면, 아니면 한 시간, 두 시간, 아니 30분만 더 있다가 나왔더라면, 자신의 운명이 바뀌지 않았을까 하고. 수상한 점이 많은 건 고유정 판사가 피해자가 되었던 뺑소니 사건도 마찬가지였다.

'렌터카를 가지러 왔던 사람은 일부러 적십자 버스가 들어오는 시각에 맞춰서 차를 뺐어. 그래야만 CCTV를 피할 수 있으니까. 게다가 고 판사가 어느 헤어숍에 가는지 그 정보까지 알고 있었지. 남편도 모르는 거였는데. 윤지영 변호사는 이런 내용에 대해 전혀 말하지 않았어.'

윤지영이 언급하지 않은 건 한 가지 더 있었다. 바로 고 판사에게 전달되었던 메시지를 담은 안개꽃 바구니였다. 강한은 시각장애인 꽃집 주인이 '바구니를 만들어간 사람이 이십대 남자였다'고 말했던 걸 잊지 않고 있었다.

"검사장님, 자세한 증거관계는 외부인 앞이라 말씀드리기 곤란합니다. 하지만 이번 사건에 윤지영 변호사 외의 제3자가 개입되어 있다는 강력한 정황증거들이 있습니다."

강한은 '외부인'인 조 대표더러 들으라는 듯 또렷한 목소리로 검사장에게 말했다.

"그 제3자는 작년 사건과도 연관되어 있을 가능성이 크고요. 그러니 이번 수사도, 그리고 재수사도 끝까지 해야 합니다."

강한은 거절당할지도 모른다고 생각했다. 조 대표가 직접 검사장을 찾아왔다. 가장 유력한 차기 대권 후보인 조 대표가. 명시적인 청탁을 하지 않았더라도, 조 대표가 나타난 것만으로 검사장에게는 어마어마한 압력이 되었을 것이다. 그러나 검사장은 몇 초 동안 침묵을 지키다가 진중한 투로 입을 열었다.

"그래, 알았네. 이번이 마지막 사건이 될지도 모르니 후회 없이 해보게. 원래 형사사건이란 것도 결국 사람의 일이라서, 들여다보면 볼수록 새로운 면이 보이고 끝이 나지 않는 법이지."

강한은 조 대표가 심히 못마땅해하고 있을 거라는 것, 그럼에도 불쾌한 표정을 전혀 내보이지 않을 거라는 것을 알았다. 그 대신 속으로는 수십 가지 계산을 하고 있을 것이다.

"그럼 안녕히 가십시오."

조 대표와 함께 검사장실을 나온 강한은 그가 서 있을 것으로 생각되는 방향을 향해 돌아섰다. 잠시 고개를 숙였다가 드는 순간, 의미심장한 목소리가 들려왔다.

"강 검사, 한때 가족이 될 수도 있었던 사이라서 내가 충고 하나 하겠네. 자꾸 튀는 행동을 하지 않는 게 좋아. 튀어나온 나사못은 망치로 머리를 얻어맞기 마련이거든."

95

11월 15일 목요일 오전 10시. 성암지방검찰청 609호 검사실.

"그렇게 걱정되면 전화해봐. 휴대전화 안 받으면 집 전화로. 직원 파일 보면 있을 거야."

세은은 어제에 이어 오늘도 출근하지 않았다. 받지 않는 휴대전화에 스피커폰으로 계속 전화를 걸면서 안절부절못하는 소원을 향해 강한이 침착하게 말했다.

검찰청은 적응하기 만만한 곳은 아니었다. 진상 민원인을 상대하느라 지치고, 과중한 업무에 병나고, 거칠고 위험한 범죄에 둘러싸여 살다 보면 이렇게 사는 건 좀 아닌 것 같고. 겉보기엔 아무 문제없어 보이는 사람도, 아니 그런 사람일수록 속은 더 곪아 있는 경우가 많았다.

'수습 수사관으로 오자마자 뜬금없이 검사실 발령을 받고, 언론의 주목을 받는 큼직한 사건을 맡게 됐으니 부담스러웠겠지. 실무관도 없는 검사실에서 혼자 일하는 것도 버거웠을 테고.'

강한은 세은이 돌아오면 그때는 좀 근무하기 쉬운 부서로 옮겨줘야겠다고 생각했다. 그때, 소원이 다이얼 누르는 소리가 지나가고, 차분하면서도 조금은 냉랭한 느낌의 중년 여자 음성이 흘러나왔다.

— 여보세요?

"안녕하세요, 여긴 성암지방검찰청인데요. 홍세은 수사관님 어머니 되시나요? 홍 수사관님이 어제와 오늘 출근을 안 하셔서, 혹시 어디 아프신가 하고……."

— 성암지검이요? 은…… 세은이가 여기 전화번호를 적어놨나요?

여자는 뜻밖이라는 듯 그렇게 묻더니 곧바로 말을 이었다.

— 전 세은이 엄마가 아니라 이모예요. 세은이 부모가 다 시골에 내려가 있어서 여기 자주 와서 자고 가긴 하는데 그렇다고 같이 살진 않아요. 아프다는 얘기는 못 들었는데, 휴대전화로 연락해보세요.

"휴대전화는 안 받……."

여자는 소원이 말하고 있는 도중에 전화를 끊어버렸다. 소원은 뚜뚜 무정한 신호음만 울리는 전화를 얼빠진 표정으로 잠시 쳐다보다가 강한에게 물었다.

"들었어요, 형? 세은 누나는 왜 이모 연락처를 집 전화번호라고 적어놨을까요?"

"그럴 수도 있지. 부모와 사이가 안 좋아서 왕래 안 하면서 사는 걸 수도 있고. 그것보다 방금 그 목소리, 언젠가 들은 적이 있는 것 같은데……."

강한이 고개를 갸웃거리는 찰나, 열려 있는 검사실 문에 대고 누군가 똑똑 노크하는 소리가 들렸다. 곧이어 나이 든 남자의 목소리가 조심스럽게 물었다.

"여기가 강한 검사님 방인가요? 검찰청으로 나와달라는 전화를 받고 왔습니다."

"아, 네. 들어오세요. 보육원 원장님이시죠?"

소원이 부리나케 일어나서 손님을 맞았다. 강한은 지영과 온유의 관계에 대해 더 자세히 알고 싶었고, 그래서 온유가 자라난 보육원 원장을 찾아냈다. 어제 오후 강한의 전화를 받았을 때, 그는 그렇지 않아도 연락이 올 것 같았다면서 담담한 태도로 출석하겠다고 약속했다.

"안녕하십니까, 사랑보육원 원장 지은식입니다."

원장은 강한이 시각장애인이라는 사실을 알고 있으면서도 그를 향해 정중하게 고개를 숙였다. 소원이 앉으라고 의자를 가져다주자 그에게도 말없이 가볍게 인사했다. 소원은 백발이 성성한 머리에 온화한 인상을 한 원장을 물끄러미 쳐다보다가 충동적으로 불쑥 내뱉었다.

"전 온유 친구였어요. 온유가 자기 이름을 원장님이 지어주셨다고 한 적이 있었는데……."

"그래, 내가 그 아이에게 이름을 지어줬단다. 성경 구절의 '사랑은 언제나 온유하고'에서 따온 이름이야."

원장은 놀라지도 불쾌해지도 않고 엷게 미소 띤 얼굴로 대답했다. 같은 성경에서 누군가는 사랑과 온유에 대한 구절을 따오고, 누군가는 복수와 죽음에 대한 구절을 따온다. 강한은 그 차이가 어디서 오는 것인지 궁금해하지 않을 수 없었다.

"아주 오랫동안 기다렸습니다. 경찰이든 검찰이든 법원이든, 어디선가 절 불러서 온유에 관한 것을 물어봐주기를요. 하지만 누구도 연락하지 않더군요."

원장은 처음부터 뼈 있는 말을 던졌다. 그 당시 한정남 경감이나 강한은 지온유에게 유리한 말을 해줄 사람을 찾는 데는 별 관심이 없었다. 보육원 원장이 하는 한두 마디가 재판 결과에 영향을 미치지는 못했겠지만, 그래도 강한은 그의 말을 지금이라도 들어주고 싶었다.

두 눈이 이렇게 되기 전까지는, 잘나가는 엘리트 검사였던 시절에는, 가뜩이나 부족한 시간에 '쓸모 있는' 얘기만 들어야 한다는 강박 관념에 사로잡혀 '쓸모없는' 얘기를 하는 사람들을 전부 무시했다. 그리고 그런 작은 무심함이 쌓이고 쌓여서 결국 그를 나락으로 떨어 뜨리는 불화살이 되었다.

"무슨 얘기를 하고 싶으셨던 겁니까? 지온유에 대해서."

"착하고 온순했습니다. 남에게 앙심을 품지도, 혹독한 일을 당하더라도 되갚으려고 하지 않았습니다. 아니, 그런 개념 자체가 없는 아이였죠. 10여 년간 우리 보육원에서 살면서 큰 말썽 한 번 피운 적 없고, 남에게 맞고 다니기만 했을 뿐 남을 때리거나 해친 적도 없었습니다."

원장은 한 글자 한 글자에 힘을 주어가면서 말했다. 누군가에게 저 네 문장을 들려주기 위해 얼마나 기다려왔는지, 그 안타까움이 느껴지는 말투였다.

"하지만 검사님께서 듣고 싶으신 건 이런 얘기가 아니겠죠. 온유 친엄마와 온유에 대해서 알고 싶으신 거 아닙니까?"

"……알고 계신 게 있습니까? 기억이 나신다면, 지온유가 처음 보육원에 왔을 때의 얘기부터 듣고 싶은데요."

강한이 되묻자, 원장은 잠시 기억을 더듬는 것처럼 창문 너머를 지그시 바라보았다. 그 모습을 보는 소원도 괜히 긴장되었다. 원장은 심호흡을 한 번 하더니 본격적인 얘기를 시작했다.

"그 아이는 신발 상자에 담겨서 우리 보육원에 왔습니다. 그만큼 작은 아이였어요. 정확하진 않지만, 생후 2, 3주쯤 됐을 때였을 겁니다. 이렇게 말하긴 좀 그렇지만, 병을 갖고 태어난 애라서 죽으라고 내다버린 게 아닌가 하는 생각도 했습니다. 가끔 그런 경우가 있거든요. 그래도 불쌍하니까, 하루라도 귀여움 받으면서 살다 가라고 이름도 붙여주고 병원에도 데려갔죠."

신발 상자에 담겨 울고 있는 어린 아기. 소원은 그 장면을 상상하다가 가슴 한구석이 시큰거렸다. 처음부터 누구도 원치 않았던 아기는, 자라는 내내 왕따와 학교폭력, 위탁가정의 정신적 학대에 시달리다가 결국 모두의 미움을 받으면서 생을 마쳤다.

"그래도 제 살길은 제가 찾겠다고, 주는 대로 열심히 먹는 게 기특했죠. 토실토실해지니까 다른 아기들처럼 예뻐지더라고요. 그냥 건강한 아이인 줄로만 알았어요. 두 살 되기 전까지는."

원장의 말끝이 조금 어두워졌다.

"두 돌 된 아이가 걸음마도 못하고, 말도 거의 하지 못해서 큰 병원에 데리고 갔더니, 지적장애가 있다고 하더군요. 다행히 우리 보육원에는 특수교육 전문가 자격증이 있는 선생님이 계셔서, 그 선생님이 온유를 도맡아 돌봐주셨습니다. 덕분에 특수학교가 아닌 일반 초등학교에 들어가 다른 아이들과 함께 공부할 수 있었죠. 뭐, 성적은 형편없었지만요."

원장의 마지막 말에는 웃음기가 섞였고, 소원도 덩달아 미소를 지었다. 새 학기 교과서를 받을 때마다 교과서에 실린 내용에는 관심도 없고, 사진과 그림을 보면서 천진난만하게 좋아하던 온유가 떠올라서였다.

"온유가 초등학교에 들어가던 해, 우리 보육원에 새 자원봉사자가 하나 왔습니다. 젊은 여자였는데, 특이하게도 익명으로 자원봉사를 하고 싶다고 했어요. 봉사 점수도 기부 영수증도 아무것도 필요 없으니까 일하게만 해달라고요."

그 젊은 여자가 누구였을지, 강한은 묻지 않아도 알 수 있었다. 윤지영이다.

"처음에는 신원도 확실하지 않은 사람을 아이들과 함께 있게 할수 없어서 거절했습니다. 그런데 주말마다 와서 시키지도 않은 마당 청소를 하고, 아이들과 놀아주고, 공부도 가르쳐주고, 정성이 지극하더군요. 그때 직감했습니다. 저 여자는 이곳에 아이를 버렸겠구나, 하고."

"자기 아들을 알아보던가요?"

"대놓고 말하진 않았지만 그런 것 같았습니다. 온유와 동갑인 다른 애가 없었거든요. 그게 아니라도, 온유를 대하는 태도나 눈빛을 보면 확실히 남달랐죠. 언젠가 온유가 감기에 걸린 적이 있었는데, 집에 안 가고 밤새 간호하더라고요. 그때 확신하게 됐죠. 친권자가 있다는 게 밝혀지면 보육원을 나가야 하는데, 애를 키울 수 있는 사정은 아닌 것 같아 모른 척했습니다."

소원은 확실히 알 수 있었다. 이 보육원 원장이 요즘 보기 드물게 좋은 사람이라는 것을. 정부 보조금을 받기 위해 키울 마음이 없는 아이들까지 몽땅 데려다놓고 하인처럼 부려먹던 온유의 위탁부모와는 근본부터가 달랐다.

'온유가 보육원에서 쭉 자랐다면 좋았을 텐데. 그랬으면 이런 사건에 휘말리지도 않았겠지.'

소원은 안타까움을 금치 못했다.

"우리 보육원은 영유아를 위한 곳이라 초등학교를 졸업하면 타시설이나 위탁가정으로 옮겨야 합니다. 온유는 장애가 있어서 좀더 있을 수 있었지만, 더 이상은 안 되었죠. 온유가 위탁가정으로 옮기던 날, 그 아이 친엄마에게 그 사실을 알려주고 어디로 가는지도 알려주었습니다. 규칙엔 어긋나는 일이었지만, 그게 천륜에는 맞는 일이라고 여겼으니까요."

"……."

"그제야 사정을 털어놓더군요. 대학교 2학년 때, 지도교수와의 불륜으로 생긴 아이가 온유라고요. 누구에게도 알리지 못하고, 압박붕대와 헐렁한 옷으로 몸을 감춰가면서 학교에 계속 다녔다고 했습니다. 몸이 불어나는 걸 조금이라도 막으려고 통 먹질 않았다고, 그래서 뱃속 아이가 영양실조에 걸리고 지적장애가 생겼을 거라고, 그 여자는 그날 참 많이도 울었습니다."

"아……."

소원은 지영이 마지막으로 했던 말들을 떠올렸다. 온유가 그렇게 태어난 게 자기 때문이라는 말, 그게 무슨 뜻인지 이제 완전히 이해할 수 있었다.

"전남편과 아이가 있다고 하더군요. 상당히 보수적인 직장에서 일하고 있다는 말도 했습니다. 그래서 온유를 데려가고 싶어도 데려갈 수가 없다고. 저는 강요하지 않았습니다. 엄마가 물리적으로 함께 있는 것보다, 언제 어디에 있든 항상 아이를 생각하고 있다는 걸 알게 해주는 사실이 중요하다고 말해줬죠."

소원은 저도 모르게 고개를 끄덕였다. 온유는 그 사실을 분명히 알고 있었다. '엄마'에 대해서 얘기할 때 온유는 항상 행복하고 즐거워 보였고, 조금도 초조해하거나 불안해하는 기색은 없었다. 엄마와 함께 시간을 보낼 때마다 넘치는 사랑을 받았다는 증거였다.

"그 후에도 종종 보육원에 선물이나 기부금을 가져오면서, 온유의 소식도 함께 전해주더군요. 저번에 만났을 땐 엄마라고 얘기했다, 그다음에는 처음으로 함께 여행을 갔다, 단둘이 크리스마스 파티를 했다. 가장 많이 들은 건 동물원 얘기였습니다. 온유가 동물원을 그렇게 좋아한다더군요. 난 몰랐어요. 보육원에 있을 때는 한 번도 데리고 간 적이 없으니까. 미안했죠. 그렇게 행복하게 살 줄 알았는데…… 그런데…….”

원장의 목소리가 미세하게 떨리면서 말끝이 흐려졌다. 강한은 그가 1년 전 9월 1일을 생각하고 있다는 걸 알았다. 이 자리에 있는 모든 사람의 인생을 송두리째 바꾸어버린 그날 밤을.

“처음에 뉴스를 봤을 때는 몰랐습니다. 못 알아봤어요. 모자이크 처리가 되어 있고, 이름도 지모 군이라고 나왔으니까. 흔치 않은 성씨에 사는 동네까지 같아서 멈칫하긴 했지만, 설마설마했죠. 그런데 보육원에 기자들이 몰려오더군요. 유아 살인범의 성장 배경을 취재하겠다면서.”

원장은 ‘유아 살인범’이라는 단어에 스스로 목이 막히는 듯 잠시 말을 멈추고 호흡을 골랐다.

“보육원 문을 걸어 잠그고, 아이들도 바깥출입을 못하게 한 채 며칠 동안 뉴스만 봤습니다. 며칠이 지난 후였을까요. 뉴스에 그 아이의 변호사라는 사람이 나오더군요. 그 여자였습니다. 윤지영 변호사. 보육원 자원봉사자였던, 온유의 친엄마.”

“그 사실을, 누구한테 알려야 한다는 생각은 안 해보셨습니까?”

강한의 질문에, 원장은 도무지 이해가 가지 않는다는 말투로 되물었다.

“왜요? 그런다고 해서 그 아이에게, 윤 변호사에게 무슨 도움이 된다고? 오히려 불리해지기만 하겠죠. 사람들은 윤 변호사가 그 아이의 엄마라서, 물불 가리지 않고 무조건 감싼다고 할 테니. 그래서 전 모른 척했습니다."

지 원장이 윤지영의 정체를 모른 척한 게 무슨 범죄도 아닐뿐더러, 강한도 그 마음을 충분히 이해할 수 있었다. 그래서 더 캐묻지 않고 다음 질문으로 넘어갔다.

"윤지영 변호사를 마지막으로 보신 때는 언젭니까?"

"올해 4월 3일, 온유의 장례식날이었죠. 나라도 가지 않으면 아무도 없을 것 같아서 갔는데, 역시 쓸쓸한 장례식이었습니다."

그 순간 소원이 깊이 숨을 들이마셨다. 그는 친구의 장례식에 끝내 가지 못했다. 도저히 감당할 자신이 없어서였지만, 지금에 와서는 후회가 되었다. 한 자리라도 채워줬어야 했다고. 지영을 위로해주고, 온유에게 마지막 인사를 제대로 해야만 했다고.

"다른 조문객은 아무도 없었습니까?"

"윤지영 변호사, 그리고 저와 보육원 교사 몇 명뿐이었습니다. 아, 잠깐만요."

원장은 문득 생각난 듯 말을 멈췄다가 다시 이었다.

"학생이 한 명 있었어요. 나와 함께 관을 들었던. 온유의 고등학교 동창이라고 했습니다. 아주 인상이 좋고, 싹싹하고, 똑똑해 보였습니다. 봉사활동에 관심이 많다고 해서 우리 보육원 이름을 알려주기도 했어요. 그 학생 이름이 분명……."

원장은 몇 초 동안 기억을 더듬다가 불쑥 내뱉었다.

"규진이, 조규진이었습니다."

96

오후 2시. 국립과학수사연구원 부검실 앞 복도.

"여기서 잠시만 기다려주시겠습니까? 다른 사건 부검이 진행되고 있는 중이라서요."

강한이 묵묵히 고개를 끄덕이자, 국과수 직원은 그와 소원을 복도에 두고서 사라졌다.

"형, 여기 의자 있는데 앉을래요?"

소원의 권유에도 강한은 고개를 저으며 우두커니 서 있었다. 골똘히 생각할 때는 그 자세가 더 편했다. 오늘 오전에 사랑보육원 원장을 만난 후, 강한의 머릿속은 혼란 그 자체였다.

'규진이가 지온유의 장례식을 찾아갔다고? 그걸로도 모자라 관을 들기까지 했다고?'

국회의원의 아들 조규진과, 위탁가정의 천덕꾸러기 지온유. 두 사람 사이에 접점이 있을 거라고는 생각해본 적도 없었다.

'같은 학교인 건 알고 있었지. 같은 반인 것까진 몰랐지만. 규진이는 전교 회장이었고, 당연히 학급 회장도 했을 테니 담임교사가 지온

유를 돌보는 역할 같은 걸 떠맡겼을지도 몰라.'

그런 가정을 해보기도 했지만, 사실 강한은 그럴 리가 없다는 걸 알고 있었다. 애시당초 그렇게 애매하게 형성된 인연이 졸업 후까지 이어진다는 보장이 없을 뿐만 아니라, 그 담임교사가 처세술이라는 게 눈곱만큼이라도 있는 인간이라면 전교 1등을 도맡아 하는 국회의원 아들에게 누군가의 뒤치다꺼리를 시키진 않았을 것이다.

"많이 힘드시죠? 제가 책에서 읽었는데, 선천적 시각장애인보다 중도 시각장애인이 훨씬 더 심한 좌절을 겪는다고 하더라고요. 사회적으로 아무런 배려를 해주지 않는 것도 잘못이죠."

강한은 그가 병원에 입원해 있을 때 규진이 찾아와서 열변을 토하던 것을 떠올렸다. 규진이 장애인 문제에 관심이 많은 건 알고 있었다. 그렇다면 규진의 따뜻한 성품에 비추어 보았을 때, 누가 시키지 않더라도 자발적으로 온유에게 다가가 손을 내밀었을 수도 있지 않을까.

'하지만 그렇다 해도 별하가 죽은 후에는 다시는 돌아보지 않을 정도로 관계가 악화됐어야 맞지. 별하 가족과 조 대표 가족의 관계를 고려하면.'

강한은 별하가 실종된 밤 수색대의 선두에 섰던 사람이 조 대표와 규진이라는 사실을 잊지 않고 있었다. 아무리 생각해도 말이 되지 않았다. 강한이 지끈지끈 아파오는 이마를 손가락으로 꾹 누르는데, 부검실 문이 벌컥 열리더니 하늘색 수술복을 입은 법의관이 그들을 향해 손짓했다.

"강한 검사님이시죠? 안으로 들어오세요. 정유미 검사님께 미리 연락받았습니다. 윤지영 씨 부검 결과를 직접 듣고 싶으시다고요."

"혹시 여기 황명훈 연구관님은 안 계십니까?"

강한은 소원의 안내를 받아 안쪽으로 들어가면서 전부터 알고 지내던 법의관의 이름을 댔다.

황 연구관은 강한이 강력부에 있을 때 일 관계로 통화도 자주 하고 몇 번 만나기도 했던 사람으로, 비교적 나이가 젊어서 말도 잘 통하고 일도 빠릿빠릿하게 잘했다. 적당히 융통성 있고 센스도 나쁘지 않아서, 객관적 사실을 왜곡하지 않는 선에서 검사의 마음에 들 만하게 포장해서 진술하거나 증언하는 재주가 있었다.

가령 다른 법의관이라면 그냥 '두 번 찔려서 죽었습니다' '열 번 찔려서 죽었습니다'라고 할 말도, 황 연구관에게 맡겨놓으면 '단 두 번에 죽음에 이를 만큼 잔인하게 찔렀습니다' '무려 열 번이나 찔러서 고통스러운 죽음에 이르게 했습니다'로 바뀌어 나왔다. 물론 이번 사건은 자살이어서 법의관의 증언이 필요할 일은 없겠지만, 그래도 강한은 아는 사람과 대화하고 싶었다.

"아, 황 선생이요. 모르셨나 보네요. 작년 10월쯤 그만뒀습니다."

"그만뒀다고요? 국과수를요? 어디 다른 기관으로 옮겼나요?"

"아뇨, 개업했습니다. 청연동에 성형시술 클리닉을 크게 차렸죠. 지금은 돈을 갈퀴로 긁어모은다던데. 뭐, 팔자 폈죠. 부럽게도."

법의관은 정말로 부러운 듯 쩝쩝 입맛 다시는 소리를 냈다. 그러더니 목소리를 낮춰 들릴락 말락 하게 혼잣말처럼 덧붙였다.

"그전에는 돈이 없어서 결혼하기도 어렵다고 전세자금대출을 받는다 어쩐다 했던 것 같은데, 하루아침에 어디서 돈이 생겼는지. 뭐, 떠난 사람 얘기해봤자 소용없으니 본론으로 들어갈까요."

법의관은 그렇게 말하면서 부검실 안쪽에 있는 책상으로 다가갔다. 그 모습을 보고 지레 겁먹은 소원이 강한을 향해 몸을 기울이면서 속닥거렸다.

"저기, 형. 여기가 부검실이면 시신 배 가르고 그런 거 하는 거예요?"

"당연하지. 직접 메스도 잡을 수 있어. 너도 한번 해볼래? 설마 무서운 건 아니지?"

강한은 소원의 목소리가 들리는 쪽으로 덩달아 몸을 기울이면서 소곤거렸다.

"……."

'메스'라는 단어에 소원은 얼굴이 새하얗게 질렸지만, 남자 자존심이 있지 차마 강한 앞에서 무섭다는 말을 하진 못했다. 하지만 강한은 굳이 눈으로 보지 않아도, 소원이 스읍, 하고 숨을 들이마시는 소리만 들어도 어떤 표정일지 훤히 알 수 있었다.

"농담이야. 부검은 이미 다 끝났는데 가르긴 뭘 갈라. 우린 이 안에서 결과만 들을 거야."

강한의 말에 소원은 자기도 모르게 후우 소리가 나도록 안도의 한숨을 내쉬었다. 강한은 그런 소원이 귀엽기도 하고, 또 옛날 생각이 나기도 해서 피식 웃었다.

사법연수원 2년 차 때 검찰청에 시보로 오게 되면 반드시 1회 이상 부검을 참관해야 하는데, 그럴 때 짓궂은 검사 선배들은 순진한 시보를 대상으로 이런저런 장난을 치는 것을 즐겼다. 부검이 끝나자마자 곱창이나 피순대, 생고기를 먹으러 가는 건 고전적인 수법이었고, 강한이 당했던 것처럼 메스를 쥐여주는 경우도 있었다.

"절개는 Y자로 하는 게 기본이야. 알았으면 얼른 해봐. 검사가 이 정도는 할 줄 알아야지."

그때 강한은 겁먹는 대신 아무렇지도 않게 메스를 받아들고 부검대 앞으로 다가갔고, 덕분에 기겁한 선배 검사와 법의관이 얼른 뒤에서 그를 붙잡았던 기억이 났다. 그 시절의 그는 어리고, 패기 넘치고,

검사가 될 수 있다면 영혼이라도 팔 것처럼 의욕에 넘쳤었다.

'그러고 보니 내 인생의 기억 대부분은 검찰청 아니면 검사와 연관된 것들이네.'

강한은 조금 씁쓸하게 웃으면서 생각했다. 검사로 살아온 시간은 인생의 5분의 1 정도에 불과했는데, 이제는 검사라는 이름을 빼고 나면 아무것도 남지 않을 것 같은 기분이 들었다. 그 순간 강한은 깨달았다. 자신은 복수하고 싶어서 검찰청에 돌아온 게 아니라, 그저 돌아오고 싶어서 돌아온 것인지도 모르겠다고.

강한이 생각에 잠겨 있는 동안, 법의관이 돌아왔다. 그의 왼손에는 리모컨이, 오른손에는 차트가 들려 있었다.

"사인은 짐작하시겠지만 일산화탄소 중독입니다. 부검 당시 일산화탄소 혈중 포화도가 65퍼센트를 넘어간 상태였어요. 사건 전후로 발생한 다른 외상은 없는 걸로 확인되었습니다."

"사건 전후로 발생한 외상이 없다는 건, 다른 시기에 발생한 외상은 있다는 얘깁니까?"

"네, 그렇습니다. 사진을 보시면…… 아, 죄송합니다. 모니터는 켜지 말까요?"

"아니요, 켜주세요. 제 활동보조인이 대신 볼 겁니다."

강한이 소원의 등을 떠밀면서 간결하게 대답하자, 법의관은 이 기묘한 남남 커플을 보면서 신기하다는 표정을 지었다. 그가 리모컨 버튼을 누르자, 부검대 위 천장에 붙은 모니터가 켜졌다. 소원은 부검한 시신을 보게 될까봐 지레 겁을 집어먹었지만, 다행히 모니터 화면에 떠오른 것은 상처 부위를 클로즈업해서 찍은 사진이었다.

"정수리 두피 부위에 지름 0.5밀리미터 정도의 작은 화상 자국이 있었어요. 2도 화상이고. 물집이 잡힌 상태로 봐서 생긴 지 두 달 정도 된 것 같습니다. 병원에서 치료한 것 같진 않아요. 불에 데었다고 하기엔 위치나 모양이 맞지 않아서, 끓는 물이나 기름이 튄 게 아닌가 싶습니다."

아니, 끓는 물이나 기름이 아니다. 강한은 그 상처를 만든 게 뭔지 알고 있었다. 염산이었다. 강한의 차에 염산을 뿌리면서 몇 방울이 튀었고, 그중 한 방울이 정수리에 맞은 것이다. 이로써 지영이 염산을 투척한 장본인이라는 건 확실해졌다. 문제는 그녀의 말대로 정말 염산이 고농도인 것을 몰랐는지, 아니면 알고 있었는지 그것뿐이었다.

"윤지영은 유언을 남기면서, 극심한 불면증과 우울증으로 약을 복용했고, 그 후로 기면증 증상이 일어나고 환청과 환각이 생기면서 몽유병 환자 비슷한 행동을 하기 시작했다고 고백했습니다. 눈을 떠보면 자기도 기억하지 못하는 범죄의 흔적들이 사방에 남아 있었다고요. 식당이나 목욕탕에 가고, 차를 빌리고, 다른 사람을 차로 치고. 이게 의학적으로 가능한 일입니까?"

강한의 질문에, 법의관은 흐으음, 하고 긴 소리를 내면서 잠시 고민했다. 그러더니 차트를 손가락 끝으로 톡톡 두드리면서 최대한 신중하게 대답했다.

"음, 이론적으로 아예 불가능한 건 아닙니다. 두 가지 가능성이 있겠네요. 첫 번째로는 말씀하신 것처럼 '몽유병', 그러니까 의학 용어로는 수면 보행증을 겪고 있는 경우입니다. 발병 원인이 정확히 밝혀지진 않았지만, 큰 스트레스가 있을 때 일어난다고 알려져 있죠."

"가족을 잃는 것도 그 스트레스에 포함됩니까?"

"물론입니다. 그 정도 트라우마라면 충분히 없던 몽유병도 생길 수 있죠. 하지만 몽유병은 아닌 것 같은 게, 몽유병 환자가 자면서 하는 동작들은 지극히 단순하고 제한적인 경우가 대부분입니다. 물건을 들어 올리거나, 일어나서 걷다가 다시 쓰러지거나 하는 것들이죠."

법의관은 소원 앞에서 술 취한 사람처럼 비틀비틀 걷는 걸음걸이를 보여주면서 설명을 계속해나갔다.

"물론 외국에서는 몽유병 환자가 운전을 하거나, 기차를 타거나, 심지어 다른 사람을 성폭행했다는 이야기도 있긴 하지만 의학적으로 확인된 건 아닙니다. 무엇보다 수면 보행 중인 환자와는 정상적인 대화가 불가능하죠. 대답을 안 하거나, 하더라도 동문서답일 겁니다. 식당에 가서 음식을 주문한다거나 하는 일은 있을 수 없다고 봐도 무방합니다."

"몽유병이 아니라면, 다른 가능성은 뭡니까?"

"해리성 기억상실. 수면 보행이 아닌 정상적인 의식과 기능을 갖춘 상태에서 범행한 후, 범행에 대한 기억을 잃어버렸을 경우입니다. 저는 이쪽이 훨씬 말이 된다고 생각합니다."

"그 해리성 기억상실이라는 게, 불면증과 우울증 약으로 인해서 초래될 수도 있습니까?"

"아, 그래요. 약물. 안 그래도 그 말씀을 드리려고 했습니다."

법의관은 오른손에 들고 있던 차트를 강한에게 내밀어 보여주려다가, 그가 선글라스를 낀 시각장애인이라는 사실을 의식하고는 주춤주춤 손을 거두어들였다.

"피부검자의 혈액에서 다량의 나르탈린 성분이 발견되었습니다. 위장에 축적된 걸 보면 꽤 장기간 복용한 것 같습니다. 불면증과 우울증 약이라는 게 이걸 말하는 게 아닌가 싶은데요."

"나르탈린……."

강한은 심각해진 얼굴로 중얼거렸다. 한정남 경감이 두 번째 습격을 당했을 때, 범인이 국밥에 몰래 넣어 한 경감을 기절시키는 데 사용한 약물이 바로 나르탈린이었다. 법의관이 말을 이었다.

"나르탈린은 원래 용도는 마취제지만, 용량을 조절해 사용하면 빠른 진정 효과와 심리적 안정감, 환청과 환각을 동반하는 가벼운 도취감을 느낄 수 있어서 마약범들 사이에서는 헤로인 대용으로 사용되기도 합니다. 물론 불면과 우울감을 단기적으로 완화시켜주지만, 대신 의존성이 강해 복용을 중단하면 금단 증상이 일어나죠."

"그 금단 증상에 기억상실도 포함됩니까?"

"나르탈린은 사람의 육체와 정신을 망가뜨리기 때문에 물론 기억도 가물가물해질 수 있죠."

"그 경우에는 가지고 있는 기억 전부가 흐릿해지는 게 정상 아닙니까? 기억 일부가 아니라."

"그렇긴 한데……. 금단 증상의 부작용에 무의식적인 의지가 작용했다고 볼 수도 있죠. 실제로 자신이 행한 어떤 일에 대한 죄책감이나 처벌에 대한 공포감 때문에 그 기억을 지워버리는 경우가 드물지 않거든요. 우리 일상에서도 가끔 볼 수 있죠. 왜 그런 사람들 꼭 있지 않습니까. 자기가 잘못하거나 실수한 과거 일만 골라서 까맣게 잊어버리는 사람들이요."

법의관은 열심히 설명했지만, 강한은 여전히 납득할 수 없었다. 지영이 죄책감 때문에 범행을 무의식적으로 잊어버리려고 한 것이라면, 모든 범행을 기억하지 못해야 논리적이었다. 특히 가장 큰 죄책감을 느꼈다고 하는 염산 테러에 대한 기억을 고스란히 가지고 있는 건 이상했다.

"그나저나 나르탈린은 약국에서도 안 팔고 윤지영의 의료 기록에도 처방받은 내역이 없던데 어디서 구했는지 모르겠군요. 저희 연구원에서 나르탈린을 보유한 의료기관의 목록을 갖고 있으니, 혹시 약을 도난당하거나 분실한 적이 없는지 확인해보겠습니다."

"감사합니다."

강한은 열과 성을 다해 일해주는 법의관에게 진심으로 고마움을 느끼면서 고개 숙여 인사했다. 부검 결과를 다 듣고 나서 국과수 건물을 나오는 길, 소원은 조심스럽게 강한에게 물었다.

"근데 형, 이제 윤 변호사님 시신은 어떻게 되는 거예요?"

"……그건 왜?"

"아무도 거둬줄 사람이 없다면, 제가 해드리고 싶어서요."

소원의 말에, 강한은 한동안 침묵을 지키고 있다가 무덤덤한 투로 대꾸했다.

"돈도 없는 놈이. 내가 알아서 할 테니까 넌 그냥 가만히 있어."

"형이요?"

"왜? 내가 한다니까 이상해?"

강한의 반문에, 소원은 당혹스러워하면서 띄엄띄엄 말했다.

"어, 그러니까……. 어떻게 된 일이든지 결국 윤 변호사님 때문에 형 눈이 그렇게 된 건 사실이잖아요. 미울 텐데……."

"그렇게 치면 윤 변호사도 내가 죽도록 미웠겠지. 어떻게 된 일이든지 결국 나 때문에 목숨보다 소중한 아들이 자살했으니까."

강한은 언제나 그래왔던 것처럼 소원의 팔꿈치를 살며시 잡으면서 차분하게 덧붙였다.

"그 미움의 고리도 이제 끊어질 때가 됐지. 죽음으로 끊어지지 않는다면 뭘로 끊어지겠어."

97

11월 16일 금요일 오후 4시. 택시 안.

— 윤지영 변호사 통화 내역이 나왔어. 선배가 찾아보라고 했던 번호도 있고. 사실, 미국에 사는 딸 다음으로 가장 빈번하게 통화한 게 그 번호야. 적어도 일주일에 두세 번. 많이 할 때는 하루에 한두 번 통화했네. 전화번호 명의자 이름이 조규진으로 나오는데, 선배 아는 사람이야?

강한은 휴대전화 너머에서 들리는 유미의 목소리에 귀를 기울이며 입술을 지그시 깨물었다.

"조민국 대표 아들이야."

— 조 대표 아들이라고? 그럼 선배의…… 아니, 근데 조 대표 아들이 왜 윤 변호사하고?

"그건 나중에 얘기하자. 지금은 가야 할 곳이 있어서. 아, 홍 수사관은 아직도 안 왔어?"

— 응, 여전히 전화도 안 받네. 총무과 직원들이 주소지인 오피스텔에 가봤는데, 문도 잠겨 있고 안에 사람도 없는 것 같았대. 단순 가

출일 가능성이 있어서, 실종신고는 일단 하지 말고 기다려보자고 하더라고.

"그래, 수고했어. 아까 그 통화 목록, 사진으로 찍어서 소원이 휴대전화로 좀 보내줘."

강한이 전화를 끊는 것과 동시에 택시가 멈췄다. 소원은 강한의 팔을 잡고 택시에서 내리도록 도와주었다.

그들이 도착한 곳은 대로변에 있는 건물이었다. 부자들이 모여 사는 것으로 유명하고, 한 블록 건너 하나씩 성형외과가 있는 곳으로 유명한 청연동에서도 이 병원은 유독 규모가 크고 부티가 났다. 소원은 하얀색 바탕에 반짝이는 은색 글씨로 '뷰티 클리닉 벨라'라고 새겨진 대리석 간판을 올려다보면서 감탄했다.

"우와, 병원이 아니라 무슨 호텔같이 생겼네. 아니면 레스토랑? 이 병원 주인, 되게 돈 많은 사람인가 봐요."

아니다. 돈 많은 사람이 아니라서 문제였다. 그러나 강한은 소원의 말에 대답하는 대신 그의 팔꿈치를 잡은 손을 앞으로 잡아당겼다. 얼른 가자는 뜻이었다. 그들은 자동문을 통과해 병원 로비에 이르렀고, 소원은 강한의 손을 잡아 접수 데스크 위에 올려놓았다. 간호사라기보다는 대기업 비서에 가까운 느낌을 주는, 세련된 정장 차림의 젊은 여자가 그를 올려다보았다.

"어떻게 오셨죠?"

"황명훈 원장님을 만나러 왔습니다."

"예약하셨나요? 원장님 오늘 스케줄 다 차 계신데요."

여자의 말끝에는 살짝 짜증이 섞여 있었다. 강한을 예약도 하지 않고 찾아와 대뜸 상담받고 싶어하는 막무가내 환자쯤으로 여기는 게 분명했다. 검사 공무원증을 내밀면 간단하게 해결될 문제였지만,

강한은 그 대신 쓰고 있던 선글라스를 벗으면서 말했다.

"성암지방검찰청 강한 검사라고 전해주십시오. 1년 전 사건에 대해 얘기하고 싶어한다고."

무거운 정적이 흘렀다. 강한은 간호사인지 직원인지 하는 그 젊은 여자가 그의 눈가에 얼룩진 흉터 자국을, 초점 없는 동공을 충격받은 눈으로 보고 있다는 걸 알 수 있었다. 여자는 한참이 지나고 난 후에야 자기 행동이 무례하다는 걸 깨달았는지 자리에서 일어나며 말했다.

"잠깐만 기다리세요."

여자는 소원과 강한을 남겨두고 허둥지둥 데스크 뒤쪽으로 사라졌다. 그리고 몇 분 후, 복도의 가장 안쪽에 있는 '원장실' 팻말이 붙은 방에서 누군가 나왔다. 상큼한 민트색 가운을 입고 스마트한 인상의 은테 안경을 쓴 삼십대 남자였다. 주머니에 'Dr. Hwang'이라고 새겨진 가운을 입은 그는 데스크 앞에 서 있는 강한을 보고 흠칫 놀랐다.

"강 검사님? 여긴 어쩐 일로……. 일단 안으로 들어오시겠습니까?"

황 원장은 간호사들과 다른 환자들의 시선이 신경 쓰였는지, 강한 일행을 원장실로 안내했다. 원장실에 놓인 접객용 소파에 앉았을 때, 소원은 눈이 휘둥그레졌다. 마치 엉덩이가 섬유에 빨려들어가는 것처럼 푹신한 촉감이 이루 말할 수 없이 편안했다.

소원이 오오, 하고 입을 동그랗게 모아 들리지 않는 탄성을 내뱉으면서 손가락 끝으로 소파를 꾹꾹 눌러보는데, 황 원장이 강한의 맞은편에 앉으면서 말머리를 꺼냈다.

"뉴스는 봤습니다. 위로의 말을 전하고 싶었는데, 어떻게 해야 할지 몰라서."

"괜찮습니다."

"눈 주변에 있는 게 염산 화상 자국인가요? 제가 잠깐 봐도 되겠습니까?"

"……."

강한이 싫다고 하지 않자, 황 원장은 얼굴을 가까이 가져다대고 강한의 눈가를 살펴보았다.

"상처가 산발적으로 퍼져 있어 조금 까다롭긴 하겠지만, 그래도 피부 이식해서 성형하면 감쪽같이 지울 수 있을 것 같은데요. 어떠십니까?"

"여기서 수술받으라는 겁니까?"

"그러면 좋겠지만, 제가 성형 전문의로 개업한 게 아니라서. 저희 병원은 쁘띠 성형과 시술만 하고 있습니다. 하지만 검사님께서 원하신다면 잘하는 곳을 소개해드릴 수 있는데요."

"아뇨, 됐습니다. 수정체를 제거한 상태라, 다른 사람들을 불편하게 만들지 않으려면 어차피 선글라스는 써야 하니까요. 그리고 이 흉터를 보면서 평생 기억해야 하는 것도 있어서요."

"기억해야…… 하는 거요?"

"일종의 교훈이죠. 내가 무심코 넘어간 사소한 한 가지가 누군가에게는 인생을 송두리째 뒤바꾸는 재앙이 될 수도 있다는 것. 그래서 칼을 쥔 사람은 언제나 그 칼의 무게를 기억해야 한다는 것 말입니다."

"……."

강한은 마치 뭔가 알고 있는 사람처럼 의미심장하게 말했고, 황 원장은 침묵으로 답했다.

"황 원장님. 원래 황 연구관님이셨죠. 국과수에서 나오는 연봉과

216

수당이 얼마나 되는지 저도 모르지 않습니다. 기분 나쁘실 수도 있겠지만, 연구관님의 최근 5년간 소득세와 재산세 납부 내역도 확인했습니다. 단도직입적으로 말해, 병원 차릴 돈은 없으시더군요."

돈 얘기가 나오자, 황 원장은 싹싹한 태도를 버리고 일시에 방어적인 태도로 돌변했다.

"그걸 물어보려고 여기 오신 겁니까? 제가 병원을 어떻게 차렸는지 궁금해서요? 궁금하시다고 한들, 제게 그 질문에 대답해야 할 의무는 없는데요. 제가 참고인이 된 것도 아니지 않습니까? 전 지금 성암지검에서 수사 중인 연쇄 상해 사건에 대해서는 아무것도 아는 게 없고, 더구나 그 사건 주임검사는 다른 분이라고 들었는데요."

역시 의사는, 더구나 형사사건 절차에 익숙한 전직 법의관은 상대하기가 만만치 않았다. '검사'라는 말만 들으면 왠지 그래야 한다고 생각하면서 아는 것 모르는 것 다 털어놓는 사람들과는 달랐다. 강한은 황 원장의 말을 반박하는 대신 순순히 고개를 끄덕였다.

"그렇습니다. 난 오늘 뭔가 대답을 들으려고 온 게 아닙니다. 그저 내 가설을 얘기하러 왔을 뿐이죠. 그 가설이 맞는지 안 맞는지 판단하는 건 황 원장님 몫입니다."

"가설이라고요?"

"원장님이 국과수를 그만두고 이 병원을 개업한 시점이 지온유 사건이 끝나고 정확히 석 달 후더군요. 이 병원을 매각한 사람에게 들어보니, 병원 등록만 원장님 명의로 했을 뿐 투자자는 따로 있다고요. 전 그 투자자가 평화한국당의 조민국 대표일 거라고 생각합니다."

"……"

황 원장은 그에 대해 맞다 아니다 뭐라고 말하지 않았다. 그러나 강한은 돌연 거칠어지는 그의 숨소리에서, 소파 발걸이 위에서 달달 떨리는 다리의 미세한 진동에서 그 대답을 읽었다.

"내가 그렇게 생각한 것은 조 대표가 지온유 사건을 수사한 경찰, 검사, 판사 모두에게 접근했기 때문입니다. 물론 노골적인 청탁을 한 건 아닙니다. 그렇게 하수가 아니니까. 대신 '유족의 명예를 지키고 싶다' '유족의 고통을 빨리 끝내주고 싶다'는 그럴싸한 구실을 내세웠죠."

강한은 완벽한 인격자처럼 보이는 조 대표의 점잖은 얼굴을 떠올리면서 말을 이었다.

"황 원장님, 아니 황 연구관님에게도 마찬가지였을 겁니다. 그러면서 황 연구관님은 그렇게 중요하다고 생각하지 않았을지 모르는 어떤 증거를, 또는 정황을 무시해달라고 은근히 압력을 넣었겠죠. 그걸 무시한 덕분에 황 연구관님은 지온유를 범인으로 지목하는 완벽한 부검보고서를 작성할 수 있었을 겁니다. 내 말이 틀립니까?"

강한은 어제 국과수에서 다른 법의관으로부터 황 원장의 개업 소식을 들었을 때부터 그를 의심했다. 물론 강한과 고 판사가 선입견을 갖고 지온유 사건을 들여다봤던 것도 있었지만, 꼭 그렇지 않다고 하더라도 결국 지온유가 범인이라는 쪽으로 기울 수밖에 없을 만큼, 모든 증거가 한 방향만을 가리켰다. 그렇다면 증거가 모이는 과정에서도 문제가 있었던 건 아닐까.

"연구관님을 비난하러 온 건 아닙니다. 엄밀히 말하면 증거의 신빙성을 판단하는 건 검사의 몫이죠. 조 대표가 은근슬쩍 내밀었을 대가에 혹했다고 해도 이해합니다. 나도 마찬가지였으니까요."

강한이 그 말을 입 밖으로 내는 순간, 여태 잠자코 오가는 대화를 듣고만 있던 소원의 눈동자가 커졌다. 강한이 조 대표의 회유에 흔들렸다는 사실을 이렇게 명확히 인정하는 건 처음이었다. 강한은 거부의 분위기를 온몸으로 뿜어내던 황 원장이 어느새 홀린 듯 자신의 말에 귀 기울이고 있다는 걸 느끼면서 토로했다.

"그런 절대 권력자가 내 편의는 뭐든 봐주겠다고 하면서 식물인간인 어머니를 대학병원 VIP병동에 입원시켜주고, 기자들을 동원해 날 칭송하는 기사를 써주고, 앞으로 승승장구할 수 있도록 밀어주겠다고 하는데, 혹할 수밖에 없죠. 그렇지 않겠습니까?"

황 원장은 할 말이 많아 보이는 표정이었으나 별다른 대꾸 없이 묵묵히 듣고만 있었다.

"난 검사가 되기 전에도, 후에도, 내가 성공했다고 체감할 만큼 부와 권력을 누려본 적이 없었으니까요. 처음 맛본 상류층의 삶은 달콤하고, 중독적이었죠. 지금의 황 원장님도 그게 어떤 기분인지 잘 알고 계실 것 같은데요."

강한은 코끝에 진하게 와닿는 장미 향기를 들이마시면서 말했다. 빈정대는 게 아니라, 그저 사실을 있는 그대로 말하는 것뿐이었다. 신선함이 느껴지는 장미 향은 그게 생화임을 알려주었다. 매일 장미 생화를 가져다 꽂을 만큼 사치스럽게 꾸며진 사무실이 눈에 선했다. 황명훈이 법의관이었을 때, 그의 주변에서 맡을 수 있는 냄새라고는 시체와 포르말린 냄새뿐이었다.

"하지만 먼저 겪어본 사람으로서 경고하건대, 지금의 이 신기루는 결코 오래가지 않을 겁니다. 1년 전에 저질렀던 과오는 톱니바퀴 달린 부메랑이 되어 법의관님에게 돌아올 겁니다. 첫 번째 피해자는 경찰, 두 번째는 검사, 세 번째는 판사, 네 번째는 변호사. 그렇다면 다섯 번째가 법의관이 되지 말라는 법은 없지 않습니까? 지온유 사건에서 법의관님이 분석한 DNA 증거가 결정적인 역할을 했다는 건 언론을 통해 널리 알려지기도 했고."

"하지만 그 사건은 이미 범인이 자살했으니까……."

황 원장은 불쑥 내뱉었다가, 이내 실수했다 싶었는지 얼른 다시 입을 다물었다. 공포에 떨면서 연쇄 상해 사건의 수사 상황을 지켜봐 왔다는 걸 인정하기 싫은 모양이었다. 강한은 황 원장을 똑바로 바라보는 듯한 인상을 주기 위해, 그의 목소리가 들려오는 방향에 일직선으로 시선을 둔 채 단호하게 말했다.

"그 사건에는 아직 다 밝혀지지 않은 내막이 있습니다. 수사 기밀이라 자세히 밝힐 수는 없지만, 총 네 건의 범행 중 몇 건은 윤지영 변호사가 아닌 다른 사람이 배후에 있는 것으로 추정됩니다. 그러니 아직 그 누구도 안전해졌다고 말할 수 없죠. 당연히 연구관님도."

"뭐라고요? 그게 누굽니까?"

황 원장은 눈에 띄게 동요하면서 물었다. 강한은 불규칙한 음정으로 튀는 그의 목소리에서 충격과 공포의 감정을 함께 감지했다. 그의 경고가 먹혀들고 있다는 신호였다.

"그건 이제부터 밝혀낼 겁니다. 그러려면 법의관님의 협조가 필요합니다. 1년 전에 무시하거나 은닉한 증거가 있다면 지금이라도 넘겨주십시오. 최근 연쇄 테러를 자행한 범인은 어떤 식으로든 1년 전 사건의 진범과 밀접한 연관이 있고, 동일 인물일 가능성도 배제할 수 없습니다. 그 증거가 있다면 잡는 데 큰 도움이 될 겁니다."

강한은 이어지는 침묵 속에서 갈등과 망설임을 느꼈다.

이제 와 새로운 증거를 내놓으려면 부검보고서를 허위로 작성한 죄를 인정하고 처벌받아야 할 것이다. 어디 그뿐인가. 조 대표를 적으로 두게 될 테니 그로부터 받은 투자금도 전부 뱉어내야 할 것이다. 그러나 그 반대편에 있는 건, 세상 하나뿐인 목숨이었다. 쉬운 결정은 아니다. 강한은 황 원장이 단번에 넘어오진 않을 거라고 생각했다. 그 예상은 어긋나지 않았다.

"넘겨드릴 게 없습니다. 숨긴 게 없으니까요."

황 원장은 오기가 느껴지는 어조로 말했다. 강한은 그럴 줄 알았다는 듯 고개를 끄덕이면서 자리에서 일어났다. 그리고 명함을 꺼내 허공에 내밀었다.

"언제라도 생각이 바뀌면 연락주십시오."

"그럴 일 없을 겁니다."

황 원장은 강한의 손에서 명함을 가져가 그대로 테이블 위에 방치하듯 올려놓았다. 강한은 소원의 팔꿈치를 잡고 원장실 입구로 향하면서 태연하게 말했다.

"네, 맘대로 하십시오. 다만 연구관님이 그 선택을 후회하지 않길 바랄 뿐입니다. 지금까지 범인은 피해자가 잘못한 그대로 갚아주는 방식으로 범행해왔죠. 목격자의 진술서를 외면했던 내 눈을 멀게 한 것처럼 말입니다. 다섯 번째 범행은 어떤 방식일지 궁금하군요."

강한의 말에 황 원장의 어깨가 움찔하는 것이 소원의 눈에도 보였다. 소원은 심술궂은 미소를 머금으면서 거들었다.

"전 알 것도 같은데요. 부검으로 흥한 자, 부검으로 망하리라. 그러면 산 채로 부검하지 않을까요? 할리우드 공포영화에 보면 가끔 나오더라고요. 꼼짝 못하게 사지를 묶어놓고, 가장 고통스러운 말초신경부터 하나씩, 하나씩."

황 원장은 여전히 묵묵부답이었지만, 소원은 곁눈질로 분명히 보았다. 그들이 원장실을 나오는 그 순간, 황 원장이 테이블로 슬그머니 손을 뻗어 강한의 명함을 집어 드는 장면을.

98

11월 17일 토요일 오후 3시. 성암대학교 의과대학 부속병원 제
3 약품창고.

"사실 저희도 약이 없어졌다는 건 오늘 새벽에야 알았습니다. 국
과수에서 병원 측에 나르탈린 보유량이 정확한지 확인해달라고 요
청해와서 뒤늦게 재고 점검하다가 발견했거든요."

병원 약제부장이 잠겨 있지 않은 창고 문을 열고 들어가자, 소원
의 팔꿈치를 잡은 강한이 그 뒤를 따랐다. 국과수에서 강한에게 다량
의 나르탈린이 분실된 병원을 찾았다는 연락을 해온 것이 오늘 아침
이었다. 강한은 약제부장에게 질책 조로 물었다.

"재고 점검은 정기적으로 해야 하는 것 아닙니까?"

"아, 물론 그렇죠. 제1, 2 약품창고에 있는 약품들은 칼같이 관리
합니다. 그런데 이 창고에 있는 것들은 좀 다릅니다. 원내처방 미불
출 약품들이거든요."

약제부장이 말한 마지막 단어에, 소원은 물론이고 강한조차 순간
적으로 멍한 표정이 되었다. 무식하면 용감하다는 말처럼, 모른다는

것을 부끄러워하지 않는 소원이 먼저 물어보았다.

"원래…… 팔불출…… 그게 뭔데요?"

"원내처방 미불출. 외래 환자에게 처방해서 수납까지 끝났는데 수령이 안 된 약품들이죠. 환자가 잊어버렸거나, 병원 내에 두고 갔거나, 아니면 그날 재고가 없어서 다음날 오라고 했는데 안 왔거나, 이유는 다양해요. 이미 환자 상태에 맞춰 조제가 끝났기 때문에 규정상 두 달간 보관했다가 폐기하게 되어 있는데, 어차피 버릴 약이라 수량 체크를 따로 하지 않아요."

약제부장은 뒤통수를 벅벅 긁으면서 멋쩍은 듯 말을 이었다.

"그런데 누군가 봉투를 열고 조제약을 꺼내 간 겁니다. 병원 내부 사정으로 지난 6개월간 약품 폐기를 하지 못해 상당히 많은 양이 쌓여 있는 상태였어요. 확인해본 결과 불치병 환자들이 사용하는 마약성 진통제나, 각성 효과가 있는 향정신성 치료제 종류가 주로 없어졌습니다."

약제부장이 문 옆에 있는 스위치를 눌러 불을 켜자, 비좁고 어두컴컴한 골방에 줄도 맞추지 않고 늘어선 양철 선반들과 그 위에 즐비하게 쌓인 약봉지들이 소원의 눈에 들어왔다. 그와 동시에 강한의 코에는 서늘하고 축축한 습기 냄새가 감돌았다. 강한은 병원 측의 안일한 태도와 궁색한 변명에 어처구니가 없었다.

"향정신성 의약품이나 마약성 진통제도 있는데, 두 달간 보관하면서 수량 체크를 안 한다고요? 문은 철저히 잠궈둡니까?"

"물론이죠. 창고 열쇠는 약제부 사무실에 보관되어 있고, 약제부 소속 약사와 직원들만 접근할 수 있습니다."

"CCTV는요?"

"여기에는……."

없다는 말일 것이다. 돈 아낄 곳이 따로 있지. 강한은 짧은 한숨을 내쉬었다. 본관과 별관 각 12층씩인 이 거대한 병원의 약제부에서 일하는 사람이 한둘도 아닐 텐데, 그들 모두를 대상으로 일일이 뒷조사를 할 수도 없는 노릇이었다. 강한의 구겨진 표정을 보자 약제부장은 미안한 마음이 들었는지 머뭇거리면서 말했다.

"창고에 출입했던 사람들을 전부 모아볼까요? 하나하나 조사해보고 싶으시면 협조를……."

"아니, 잠깐만요."

강한은 뭔가 생각난 듯 약제부장의 말을 가로막더니 불쑥 물었다.

"약이 없어진 걸 오늘 새벽에 아셨다고 했죠. 지금 이 일에 대해 아는 사람이 몇 명입니까?"

"저하고, 당직 약사, 그리고 인턴 한 명이 전부입니다. 어디 자랑할 만한 일도 아니고."

"좋습니다. 그대로 비밀을 유지하십시오. 나머지 두 분에게도 입단속을 단단히 시켜주시고요. 그리고 이 창고에는 몰래 CCTV를 설치하고, 미불출 약품이 아닌 것도 미불출 약품으로 꾸며서 창고에 평소보다 더 많은 양의 약품이 놓여 있게 해주십시오. 가능하시겠습니까?"

"물론 가능합니다만…… 함정을 파는 겁니까?"

조금 놀란 듯 되묻는 약제부장을 향해, 강한은 의미심장한 미소를 지으며 대답했다.

"집 안에 쥐가 나와서 음식을 훔쳐간다고 해서, 사람이 쥐구멍으로 들어갈 필요는 없지 않습니까. 덫을 놓고 유인하면 그만이죠."

* * *

"형, 근데 어머님 안 보고 가도 돼요? 여기 입원해 계신 거 아니었어요? VIP 병동에."

대학병원은 말도 못하게 복잡했다. 어디에 뭐가 있는지 도저히 알 수가 없어 벽에 붙은 안내판을 보고 출구를 찾고 있던 소원이 돌연 생각난 듯 강한에게 물었다.

"더는 아니야. 이번에 새로 문 연 요양병원이 있다고 해서 거기로 전원시켜드렸어."

"그래도 괜찮은 거예요? 어머님 상태 안 좋으시다고 하지 않았어요? 그냥 여기 계셨어도 괜찮을 것 같은데. 괜히 나 때문에……."

소원은 죄책감에 말끝을 흐렸지만, 강한은 덤덤하기만 했다.

"아니, 처음부터 이렇게 됐어야 맞는 거지. 옮긴 병원도 나름대로 괜찮은 곳이야. 집중치료실도 잘되어 있고."

강한은 어느 낯선 병원의 침대에서 생명유지 장치를 단 채 누워 있을 어머니를 그려보면서 허망한 말투로 덧붙였다.

"사실 어머니한테는 어디에 있든지 별로 상관없을지도 몰라. 기계에 의존해서 호흡만 할 뿐, 아무것도 보고 듣고 느끼지 못하는 이 상태를 지속하는 게 의미 없을지도 모르고. 어쩌면 다 나의 욕심이고 자기만족이었는지도 모르겠어."

소원이 그런 강한을 어떻게 위로해야 할지 몰라 머뭇거리는데, 그들의 옆쪽에서 들어본 적 있는 목소리가 들려왔다.

"오늘은 내가 살게. 다들 먹고 싶은 거, 마시고 싶은 거 시켜."

순간 강한의 눈썹이 꿈틀했다. 그의 느낌을 뒷받침하기라도 하듯 계속해서 들려오는 말들이 있었다.

"오오, 역시 우리의 정신적 지주, 규진이!"

"야, 솔직히 이 정도면 동아리 회장 시켜줘야 하는 거 아니냐? 아무리 1학년이라도."

고개를 돌린 소원은 병원 구내 카페에 무리 지어 앉아 있는 규진과 그의 친구들을 발견했다. 소원이 강한에게 귓속말로 알려주자, 그는 고개를 끄덕이면서 안내해달라는 손짓을 했다. 소원의 도움을 받아 카페 안으로 들어간 강한은 규진의 앞에 서서 그를 불렀다.

"처남."

"매형! 여긴 웬일이세요?"

"눈에 통증이 있어서 들렀는데, 별거 아니래. 뭐 하고 있어?"

강한은 사건 수사 때문에 왔다는 걸 규진에게 밝히지 않았다. 왠지 그러지 않는 게 좋겠다는 직감이 있었다. 수정체를 완전히 제거해버렸으니 통증이 있을 리가 없는데도, 규진은 딱히 의심하는 기색을 내비치진 않았다.

"저 의대 동아리 친구들하고 같이 여기서 봉사활동해요. 어차피 실습, 인턴, 레지던트 전부 여기서 하게 될 테니까. 병원 상황도 미리 익혀둘 겸해서."

"아, 저번에 같이 헌혈 버스 탔던 그 친구들이구나. 안 그래도 만나서 얘기 듣고 싶었는데, 지금 이것저것 좀 물어봐도 될까?"

"아, 근데 저희가 조금 있다 가봐야 해서……."

전에는 뭐든지 대답해주겠다며 선뜻 나섰던 것과 달리, 규진은 어딘지 탐탁지 않아 하는 것 같았다. 그때, 옆에서 규진의 동아리 친구들이 수군대는 소리가 들렸다.

"매형? 규진이 매형 있었어?"

"그 사람 아니야? 왜 저번에 그 파혼했다고 기사 난 검사……."

자기들끼리 하는 귓속말이었지만, 강한의 예리한 청력을 피해갈 수는 없었다. 그는 기분 나빠하는 기색도 없이 태연하게 말했다.

226

"그래, 내가 바로 그 검사야. 염산 테러 당해서 실명한."

강한에게 들릴 거라고는 생각도 못했는지 학생들이 헉, 하고 숨을 들이쉬면서 놀라는 기색이 느껴졌다. 강한은 그들을 향해 한 걸음 성큼 다가가면서 말을 이었다.

"너희들도 그 사건과 관련 있어. 연쇄 상해 사건의 범인이 10월 26일 청연동 제트마트 주차장에 들렀거든. 너희들, 그날 그 자리에서 헌혈 봉사활동하고 있었다면서? 그날 혹시 버스 바로 건너편에 주차되어 있던 렌터카를 가져가는 사람을 본 적이 있는지 물어보고 싶은데."

강한의 말이 그들에게 얼마나 큰 충격을 주었는지, 분위기가 순식간에 뒤집히면서 술렁였다. 그런 걸 보면 규진은 그들에게 말해주지 않은 모양이었다.

"거기 주차장에 차 렌트해주는 곳이 있었어요? 전혀 몰랐는데."

"10월 26일이면 그날 아냐? 헌혈하다가 사람 기절한 날."

"아, 그날 난리도 아니었는데. 헌혈하러 오는 약쟁이가 있을 줄 누가 상상이나 했겠냐."

무질서하게 오가는 대화를 유심히 듣던 강한이 멈칫했다. 그는 마지막 말이 들려왔던 방향을 향해서 추궁하듯 물었다.

"약쟁이? 그게 무슨 소리지?"

"아, 저, 그러니까요……."

지목당한 남학생은 강한의 기세에 위압감을 느꼈는지 잠시 멈칫거리다가 우물쭈물 대답했다.

"그날 규진이가 버스에서 내리기 직전에 기절한 사람이 있었거든요. 간호사가 깜짝 놀라서 얼른 응급조치하고, 평소보다 헌혈 빨리 끝내고 병원으로 데려갔어요. 근데 응급실에 가서 검사해보니까 마약을 투여했더라고요. 그것도 헌혈하러 온 그날 말이에요."

학생들은 자기들끼리 낄낄댔지만, 강한은 표정 하나 변하지 않은 채 질문을 계속했다.

"그 마약, 어떤 거였는지도 기억나?"

"나르탈린이요. 작년인가 재작년인가, 그 연예인들이 룸살롱에서 마약 파티할 때 쓴다고 뉴스에 나왔던 그거."

이번에도 나르탈린이었다. 우연이 아니었다. 크고 작은 고리로 촘촘히 연결된 이 사건에 우연 따위는 없었다.

강한은 적십자 측에 전화했을 때 왜 이 이야기를 듣지 못했는지 생각하다가, 혼자서 금방 해답을 찾았다. 어떤 경위로 몸에서 마약이 발견되었든지, 일단 마약 복용자가 헌혈하도록 내버려둔 것만으로도 언론을 한바탕 뒤집어놓고도 남을 중대한 과실이었다. 적십자에서는 조용히 넘어가고 싶었을 것이다. 강한은 적십자에 다시 한번 전화해봐야겠다고 생각했다.

"그런데 검사님? 검사님이라고 부르면 되죠? 궁금한 게 있는데 여쭤봐도 돼요?"

그때 강한의 맞은편에서 여학생의 야무진 목소리가 들렸다. 강한은 가만히 고개를 끄덕였다.

"뉴스에서 기자회견 하시는 거 봤는데, 그러면 그 지온유라는 애는 작년에 초등학생을 죽인 범인이 아니었다는 거죠. 진범이 따로 있다는 얘기 같았는데, 맞아요?"

"일단 그렇게 가정하고 있어. 현재 수사 중인 사건이라 자세한 얘기는 해줄 수 없지만."

"아, 그렇구나. 다행이다."

여학생이 안도하는 투로 말하자 분위기가 조금 이상해졌다. 그녀도 그걸 알아차렸는지 변명하듯 서둘러 덧붙였다.

"저 그 지온유라는 애 본 적 있거든요, 올해 초 교도소에 의료봉사 갔을 때. 근데 인상이 나쁘지 않아서, 오히려 좀 착해 보여서, 정말 저런 애가 사람을 죽였을까 이상하게 생각했었어요."

"교도소에 의료봉사를 갔다고? 성암교도소로?"

"네, 다 같이."

강한은 교도소 수형자가 만날 수 있는 사람들은 같은 수형자, 교도관, 변호사, 그리고 면회자가 전부일 거라는 생각이 잘못되었다는 걸 깨달았다. 교도소에 봉사활동하러 오는 사람들을 고려하지 못했던 것이다. 여학생이 말하는 '다 같이'에는 규진도 포함되어 있을 게 분명했다. 그전에는 상상도 못했던 규진과 온유의 접점이 자꾸만 튀어나오는 게 무척 신경 쓰였다.

"봉사활동 갔던 날짜가 언제였는데?"

"음, 정확히 기억은 안 나는데요. 동아리 OT 다녀왔던 주였으니까 아마 3월 말쯤?"

3월 말이라면 온유가 자살하기 얼마 전이었다. 강한은 그때 교도소에서 규진과 온유가 직접 대화한 적이 있는지 궁금했다. 그 대답을 알고 있는 건 규진뿐이고, 물어본다 해도 솔직히 대답해주지 않을 가능성이 높았다.

강한은 아예 묻지 않는 편을 택했다. 아직은 규진을 의심하고 있다는 것을 그에게 알려주고 싶지 않았다. 원래 카드게임에서는 자신의 패를 보여주지 않을수록 유리하고, 규진은 찰나의 힌트도 놓치지 않을 만큼 영리한 플레이어였다. 강한은 연막을 쳐보기로 했다.

"소원아, 나 검사실에다가 휴대전화를 놓고 온 것 같은데. 한번 올라가서 찾아봐줄래?"

"네? 형 휴대전화 아까……."

아까 주머니에 넣지 않았느냐고 소원이 반문하려는 순간, 강한의 손가락이 그의 아래팔을 아프지 않게 꼬집었다. 눈치 빠른 소원은 강한에게 뭔가 의도가 있다는 걸 알아차리고 잽싸게 말을 바꿨다.

"아까 검사실 의자에 놓고 온 거 맞네. 올라가서 가져올게요."

"그래, 빨리 다녀와."

강한은 '빨리'에 강세를 두면서 다시 한번 소원의 아래팔을 슬쩍 꼬집었다. 최대한 시간을 끌라는 얘기였다. 소원이 반대로 알아들을까 걱정되긴 했지만, 그동안 식객으로 지내면서 쌓은 눈칫밥이 제 몫을 톡톡히 해주길 바랄 수밖에 없었다.

소원이 강한을 카페 테이블 앞에 혼자 세워두고 사라진 지 몇 분후, 강한은 난처한 표정을 꾸미면서 규진을 불렀다.

"처남, 내가 화장실에 좀 가야 할 것 같은데 도와줄 수 있어? 활동 보조인이 오면 가려고 했는데 애가 많이 늦네. 처남은 병원 봉사활동도 많이 해봤으니까 믿고 청해도 될 것 같은데."

"그럼요. 당연히 도와드려야죠."

기꺼이 대답하면서 자리에서 일어난 규진은 강한의 곁으로 다가왔다. 봉사활동을 많이 해본 모범 의대생답게, 강한의 손끝을 팔꿈치로 가볍게 건드리면서 잡아야 할 곳을 알려주는 솜씨가 제법이었다.

"고마워."

강한은 최대한 아무렇지 않은 척 말하면서 규진의 팔꿈치를 붙잡았다. 항상 부드럽게 웃고 있는 그 얼굴을 보면, 제 아버지나 누나와 달리 저 아이의 손은 따뜻하겠구나 싶었다. 그러나 실제로 손으로 잡아본 규진의 몸에서는, 조 대표나 여진은 비교도 되지 않을 만큼 묘하게 차가운 냉기가 돌았다.

99

"그럼 갈까요? 매형."

규진의 팔을 잡고 걷는 건 강한에게 그리 편안하지 않았다. 규진이 소원보다 키가 작아서 팔 높이가 맞지 않는 것도 있었지만, 그게 전부는 아니었다. 강한은 왜 그럴까 생각하다가 곧 그 해답을 알아냈다. 그건 아주 미묘하지만, 안내받는 사람에게는 무척 중대한 차이였다.

시각장애인이 안내자의 팔꿈치 위에 엄지손가락을 얹고 나머지 네 손가락으로 팔을 감싸고 함께 걸으면, 안내자가 장애물을 만났을 때의 반응을 희미하게나마 함께 느낄 수 있었다. 언어적인 안내만큼이나 중요한 게 바로 그런 신체 반응이었다.

소원의 경우 그게 무척이나 솔직하고 적나라했다. 강한과 소원이 둘 다 질색하는 계단이 나타나면 멀리서부터 벌써 팔 근육이 움찔움찔하며 '씨×, 좆됐다'고 생각하는 게, 사람이나 자동차가 길을 가로막고 있으면 팔을 달달달 떨며 짜증내고 안달하는 게, 반대로 엘리베이터나 에스컬레이터가 보이면 긴장이 느슨하게 풀리며 안도하는 게 고스란히 느껴졌다.

그런데 규진에게는 그런 게 전혀 없었다. 마치 그 어떤 것에도 감정적인 동요를 느끼지 않는 것처럼. 강한은 자신이 잡고 있는 게 사람 팔인지 아니면 나무토막인지 헷갈려하다가, 규진이 장애물이 있다고 얘기해줄 때에야 뒤늦게 피할 준비를 했다.

대신 규진은 언어 안내만큼은 기계처럼 정확하게 했기에, 충돌사고가 날 염려는 없었다.

"1미터 전방에 덩치가 큰 남자가 표지판을 보면서 서 있어요. 오른쪽으로 틀어서 갈게요."

나무랄 데 없이 상냥하면서도 묘하게 무심하게 느껴지는 그 목소리를 들을 때마다, 강한은 소원과 비교하지 않을 수 없었다.

"형, 여자. 여자. 미니스커트를 입었어요! 헐, 다리 완전 예쁘다. 번호 달라고 해볼까요?"

"크크크, 형 방금 똥 밟았다. 아침부터 나한테 짜증내더니 부메랑 된통 맞았네. 쌤통이다."

안내를 하자는 것인지 장난을 치자는 것인지 알 수 없어서 버럭 짜증을 내거나 허공에 꿀밤을 날릴 때가 많았지만, 그래도 강한은 둘 중 하나를 택하라면 후자를 택할 것 같았다.

"성암교도소에 다녀왔는지는 몰랐네. 괜찮았어? 별하네 가족하고 친했잖아."

강한은 최대한 예사롭게 들리도록 애쓰면서 물었다. 규진은 생각보다 덤덤하게 대답했다.

"정확히는 그 가족이 아버지하고 친했던 거죠. 저하고는 나이 차이도 많이 나고. 귀엽고 영특한 애라고 생각하긴 했지만 친했다고 하긴 그래요."

"그래도 사건 당일 시신을 발견한 사람도 규진이 너였고, 어린아이를 해친 사람이 교도소에 있다고 생각하면 기분이 좋지 않았을 텐데."

"네, 혹시라도 마주치면 화가 날까봐 가능하면 피하고 싶었죠. 다행히 그러진 않았지만."

"아, 지온유 얼굴 알겠네? 같은 반이었지? 잘 알고 지냈어?"

강한은 대단히 중요한 것을 지나가는 말처럼 가장해서 물어보았다. 정작 그 사건을 수사하고 있을 때는 할 수 없었던 질문이었다. 규진과 함께하는 자리에는 언제나 조 대표가 있었고, 조 대표는 자기 가족들 앞에서 지온유와 '그 사건'에 대한 이야기를 꺼내는 것을 질색했기 때문이다.

"반장이었으니까. 가끔 뒤처지고 소외되어 있는 거 볼 때마다 도와주긴 했죠. 잘 안다고 할 정도는 아니었어요. 화장실 다 왔어요, 매형."

병원만큼 장애인 화장실이 완벽하게 갖추어진 곳은 드물어서, 일단 화장실 입구에 도착하고 나자 강한은 혼자 아무 어려움 없이 안으로 들어갈 수 있었다. 어차피 용변을 볼 생각은 없었기에, 수도꼭지에 손을 갖다대 물이 흐르게 해놓고, 밖에 있는 규진에게 말을 걸었다.

"그래도 대단하네. 공부하는 것도 힘들 텐데 봉사활동에 과외까지. 과외는 요즘도 잘 다니고 있는 거지? 누굴 가르치는 거야?"

"과외 이제 안 해요."

유리벽을 사이에 두어서일까. 규진의 목소리는 평소보다 훨씬 냉랭하게 들렸다.

"왜?"

"과외하는 애가 되게 무례하더라고요. 자꾸 개인적인 걸 물어보고. 사소한 것까지 다 해달라고 하고. 과외 선생님이 학생 똥오줌 치워주는 사람은 아니잖아요. 그래서 그만두겠다고 하고, 애랑 부모님 연락처까지 싹 다 지워버렸어요."

강한은 목덜미가 서늘해지는 것 같은 기분이 들어 수도꼭지 아래 두고 있던 손을 떼었다. 평소와 달리 조금 신경질적으로 들리는 그 말이 강한 자신을 겨냥한 것 같기도 하고, 한편으로는 과외 학생까지 염탐할 생각은 하지 말라는 경고로 들렸다.

어느 쪽이든, 강한은 은근슬쩍 과외 학생의 연락처를 알아내 10월 26일 규진이 실제로 과외를 하러 갔는지 알아보려던 생각을 버릴 수밖에 없었다.

'알리바이를 확인하려면 다른 방법도 얼마든지 있어. 휴대전화 위치추적이라든가.'

강한은 손을 더듬더듬 뻗어서 소변기 버튼을 내린 후 장애인 화장실을 나왔다. 세면대 옆에 자동 핸드 드라이어가 있다는 걸 알면서도 일부러 손의 물기를 말리지 않았다. 규진은 팔꿈치를 내밀었고, 강한은 물 묻은 손을 그 위에 척 얹어놓았다가 뒤늦게 생각난 듯 사과했다.

"아, 미안. 손 젖었는데."

강한은 손을 확 거둬들이면서 규진의 아래팔 가운데쯤까지 내려와 있던 셔츠 소매를 스윽 걷어올렸다. 그 손놀림은 재빠르고 교묘해서, 고의라고는 도저히 해석할 수 없을 정도였다. 시력을 잃어버린 강한이 가장 많이 의지하게 된 것이 청각과 후각, 그다음이 촉각이었다. 그는 손 끝에도 눈이 달린 것처럼 노련하게 움직일 수 있었다.

"팔꿈치에 막 그런 거 있었어요. 오돌토돌한 거. 좀 징그럽고. 뎄을 때 생기는 거 있잖아요."

강한의 손이 반듯하게 다린 규진의 옷소매를 타고 쭉 미끄러지면서 팔꿈치를 스쳤다. 검지와 중지 끝이 팔꿈치 부분의 상처에 닿는 순간, 규진은 뜨거운 기름을 맞은 사람처럼 소스라치게 놀라면서 그 손을 홱 뿌리쳤다. 도저히 같은 사람이라고는 믿기 어려울 만큼 거친 몸짓이었다. 키도 체격도 규진보다 훨씬 큰 강한이 순간 떠밀려나가 등을 벽에 부딪쳤다.

"매형! 괜찮으세요? 죄송해요. 어릴 적 생긴 흉터인데. 보기 흉하다 보니까 저도 모르게 민감하게 반응했네요."

규진은 서둘러 강한을 부축하면서 흠잡을 데 없는 공손한 태도로 사과했다. 별로 세게 부딪힌 것도 아니어서 강한에게는 사실 별 충격이 없었다.

"죄송하기는, 내가 더 미안하지. 화상 자국이야? 어디 데었나 봐?"

"아, 네. 초등학교 3학년 때였나. 부엌에서 얼쩡거리다가 끓는 물이 튀어서요."

규진은 미리 준비한 것처럼 능숙하게 대답했지만, 강한은 속아넘어가지 않았다. 강력부에 근무한 경험이 있는데다가, 매일 아침 세수하면서 자신의 화상 자국을 만져보기 때문이었다. 꿰맨 지 오래된 열상이 켈로이드 때문에 우툴두툴해지면 잘 모르는 사람이 보기에 화상과 헷갈릴 법도 했다. 그러나 강한은 규진의 팔꿈치에 있는 것이 꿰맨 자국이라고 확신했다.

'꽤 길고 넓게 찢어졌어. 초등학생들이 흔히 갖고 놀다 다치는 연필이나 커터칼은 아니야. 커다란 유릿조각. 그게 아니라면 진짜 칼. 소형 과도나 잭나이프? 다친 지 꽤 오래된 건 맞고.'

규진처럼 곱디곱게 자란 대학생이 팔에 칼자국을 남길 일이 뭐가 있었을까. 강한이 그 생각에 골몰해 있는 사이, 규진은 벽에 부딪히면서 조금 흐트러진 그의 양복 재킷 매무새를 다듬어주었다. 그리고 바로 그 순간, 강한은 볼 수 없는 규진의 시선이 그의 재킷 주머니에 가닿았다.

"그런데 매형, 휴대전화가 주머니 속에 있는데요?"

강한은 속으로 뜨끔했지만 태연하게 둘러댔다.

"아, 그렇네. 내가 앞이 안 보이다 보니까 헷갈렸나 보다. 미안, 괜히 번거롭게 했네."

"아니에요. 미안하실 건 없죠. 착각하신 건데."

규진은 강한을 향해 옷자락으로 빈틈없이 덮은 팔꿈치를 다시 한 번 내밀면서, 엷은 웃음기가 밴 투로 툭 던지듯 말했다.

"난 또, 매형이 나한테 거짓말했나 했지."

규진의 그 짤막한 한마디를 듣는 순간, 강한은 묘하게도 '웃음 속에 칼이 있다'는 말이 떠올랐다. 규진에게는 분명 그가 모르는 다른 어두운 면이 있고, 그 어둠은 어쩌면 생각보다 훨씬 깊을지도 모르겠다는 불길한 예감이 들었다.

"그럴 리가 있나."

강한은 가볍게 웃으면서 규진의 팔꿈치를 잡았다. 보기 좋게 잔근육이 붙은 그 호리호리한 팔이, 1년 전 발레학원에서 별하의 친구가 창문 너머로 보았던 그 팔과 같은 것일 수도 있을까, 정말로 그런 말도 안 되는 일이 있을 수도 있을까 생각하면서.

* * *

저녁 6시. 퓨전 레스토랑 '조이 키친'.

"윽, 매워. 느끼해. 할라피뇨하고 치즈를 얼마나 때려넣은 거야? 넌 어떻게 이런 걸 먹냐?"

소원이 주문한 시카고 피자를 한 입 먹어봤던 강한이 오만상을 찌푸리며 벌컥벌컥 물을 들이켰다.

"왜 잘 먹고 있는 사람한테 시비예요? 맛나기만 하구먼."

"이런 거 그만 먹고 밥 좀 제대로 챙겨 먹어."

"어떤 밥이요? 정 검사 누나 주특기인 김치볶음밥이요?"

은근히 놀리는 듯한 소원의 말에 강한은 당황했는지 입을 다물었다.

"근데 형, 아까 그 이상한 심부름은 뭐였어요? 진짜 휴대전화를 놓고 왔다고 착각한 거 아니었죠? 나 따돌리고서 뭐 했어요?"

"조규진하고 같이 화장실에 다녀왔어."

"화장실? 왜요?"

"보행 안내 받으면서 팔꿈치에 흉터가 있는지 확인하려고."

강한의 대답에 소원은 입을 떡 벌리면서 놀란 기색을 고스란히 드러냈다.

"흉터라면, 그러면 형은 1년 전 사건의 진범이 그 녀석이라고 생각하는 거예요? 국회의원 아들에 전교 1등 학생회장 조규진?"

"직접 증거가 없는 지금 상태에서 확률은 10퍼센트 정도. 하지만 또 다른 용의자가 없으니까 지금은 제일 유력하지. 1년 전 사건의 용의자로서뿐만 아니라, 연쇄 상해 사건의 배후 인물로서도."

강한의 말이 채 끝나기도 전에 소원의 입이 아까보다 더 크게 벌어졌다.

"그 두 개가 같은 사람 짓이라고요? 아니, 형이 그렇게 생각한다고요? 어떻게요? 말이 안 되잖아요. 1년 전 사건의 진범이라면, 온유가 자기 대신 범인으로 몰려서 죽은 걸 천만다행으로 여겼을 텐데. 뭐가 아쉽다고, 뭐가 화가 난다고 경찰, 검사, 판사를 깡그리 해코지하려 들겠어요?"

"자신의 영향력을 확인하기 위해서지."

"네?"

"범인이 사건이 끝난 후에 피해자나 피해자 유족에게 접근하거나, 그 주변을 맴돌거나, 심지어 친해지기까지 하는 건 범죄 역사에서 절대 드문 일이 아니야."

강한은 수사과학대학원에서 들었던 범죄학 강의 내용과, 강력부에 근무하면서 실제로 보고 겪었던 사례들을 떠올리면서 설명했다.

"흔히들 범죄의 3대 동기를 돈, 치정, 그리고 복수로 꼽지. 하지만 실은 한 가지 동기가 더 있어. 바로 쾌락이야."

"범죄를 저지르면서 쾌락을 느낀다고요?"

"보다 정확히 표현하면 희열과 성취감, 그리고 자기 자신에 대한 만족과 도취감이지. 평범한 사람은 엄두도 못 내는 일을 난 할 수 있다는, 남을 파괴하고 굴복시킬 수 있다는, 난 남들과 다르다는 데서 오는 기쁨이지. 그런 놈들은 범행을 자신의 업적이나 작품으로 여겨."

"그게 뭔 개소……."

소원은 개소리냐고 말하려다가, 화내야 할 대상이 강한이 아니라는 사실을 깨닫고 말을 멈췄다.

"그래, 정상인이라면 이해하기 어렵지. 계획범일수록, 지능범일수록, 그리고 살인범이나 성폭력범, 가정폭력범처럼 통제하길 좋아하는 유형일수록 그런 경향이 강하지. 본질적으로 난 남들보다 우월하다는 생각과, 그걸 인정받고 싶은 욕구가 있어."

"아, 관종."

"관종이 뭔데?"

"관심종자요. 남의 관심을 끌려고 인터넷 뉴스 기사에 추잡한 욕 댓글을 달아놓는 그런 애들."

"그래, 비슷해. 내가 한 일이 사람들을 이렇게 흔들어놨다, 절망시켰다, 내가 이렇게 대단하다, 끊임없이 과시하고 확인해야 직성이 풀리는 거야. 떠들썩한 사건을 일으켜봤자 세간에 오르내리는 건 길어야 석 달이야. 대중은 새로운 관심사를 찾아서 떠나버리거든. 하지만 피해자 본인과 그 가족은 달라. 평생 괴로워하잖아. 범인에게는 마르지 않는 샘이나 다름없지."

소원은 그토록 좋아하는 피자 먹는 것도 잠시 잊은 채 강한의 이야기에 열중해 있었다. 자신의 수준에는 조금 어려운 말들을 몇 번이나 곱씹어보는 듯하다가, 불현듯 생각난 듯 물었다.

"그러니까 조규진일지도 모르는 그 범인이, 온유 엄마인 윤 변호사님한테 접근해서 괴로워하는 모습을 보며 즐거워했다는 거예요?"

"응, 아마도. 내 생각이 맞는다면."

소원은 조금 전까지와는 반대로 갑자기 입을 일직선으로 다물었다. 잠시 후, 악에 받친 듯 악문 잇새에서 으르렁거리는 듯한 외마디 욕설이 들려왔다.

"개자식."

그 한마디로 긴 대화의 감상을 정리한 소원은 이번에는 말을 하는 대신 먹다 남은 피자를 와구와구 입에 쑤셔넣었다.

"형, 우리 빨리 먹고 집으로 가요. 조규진이 범인인지 아닌지 수사해야죠. 어, 근데 어디서부터 시작하지? 일단 잡아와서 두들겨 패면서 불라고 하는 건 안 되겠죠?"

"걱정 마, 나한테 다 생각이 있으니까."

강한은 의욕 넘치는 소원의 모습에 내심 반가워하면서 대답했다. 그에게도 그런 기운이 필요했다. 돌파구를 찾았다고 생각한 기나긴 추격전이, 알고 보니 이제 겨우 시작이었으니까.

100

11월 18일 일요일 저녁 8시. 으뜸문서감정연구원 원장실.

"죄송합니다, 석 교수님. 급하게 부탁드려서. 주말 출근까지 하시게 하고."

강한은 상담용 소파에 앉아 맞은편에 있는 인물을 향해 정중히 고개를 숙였다.

"그러게. 주말 내로 끝내달라고 해서 어젯밤을 꼴딱 새웠지 뭐야. 책임져. 술 사. 좋은 걸로. 아무리 한 번 학생은 영원한 학생이라지만 이거 무상 A/S 기간이 너무 길잖아, 강 검사야."

넉넉한 풍채에 편안한 골프웨어를 걸친 푸근한 인상의 오십대 남자는 겉보기에는 그냥 잘사는 동네 아저씨 같았다. 하지만 알고 보면 필적감정 분야에서 우리나라뿐만 아니라 세계적으로 알아주는 전문가이자, 강한이 다녔던 수사과학대학원의 교수이기도 했다.

강한은 그의 호탕한 성품을, 특이한 이력을 좋아했다. 석 교수는 강한보다 훨씬 기수가 높은 검사 출신이었다. 그는 오랫동안 서예를 취미로 삼으면서 각종 글씨를 수집하는 데 열중하다가, 새롭게 주목받는 분야인 필체감정과 필적학에 푹 빠지게 되었다. 결국 사직하고 유학까지 다녀와 그 분야의 대가가 되었으니, 스스로 농담 삼아 말하듯 '글씨에 미친 놈'이었다.

"그런데 정말 감정보고서는 필요 없어? 증거로 쓰려면 내 말만으로는 안 될 텐데."

"아직 그 단계는 아니어서요. 좀 더 수사가 진척되고 나면 그때 말씀드리겠습니다."

강한의 신중한 말에, 전직 검사인 석 교수의 눈동자가 문득 예리하게 빛났다.

"혹시 지금 성암지검에서 하고 있는 연쇄 상해 사건과 연관 있는 건가? 다른 검사가 맡은 거 아니었어? 강 검사는 회피 의무가 있잖아."

"……."

"그래, 연관 있다고 해도 나한테 말해줄 강 검사는 아니지. 필압이 강하고 힘 있게 꺾이면서도 글자 간격이 좁고, 완벽하게 마무리되는 ㅁ자. 의지가 강하고 자존감과 자신감이 높아 완벽주의자이면서도 다른 사람과 소통은 부족하거든."

석 교수에게 사람의 글씨체는 명함이나 사진과 같은 역할을 했다. 아무리 그래도 강한은 그가 대학원 시절 자신의 글씨 특징을 완벽하게 기억해서 줄줄이 읊어대는 것에 놀라지 않을 수 없었다.

"그걸 아직도 기억하고 계셨어요?"

"절대 못 잊지. 내가 본 수만 개의 필체 중 가장 전형적인 똥고집 글씨체였거든. 톱3 안에 들어."

석 교수의 말에, 강한의 옆에 조용히 앉아 있던 소원이 풋 하고 웃음을 터뜨리는 소리가 들렸다. 강한은 멋쩍은 듯 헛기침을 하고는 본격적인 용건을 꺼냈다.

"제가 보내드린 두 개의 필적 샘플에 대해서는 어떻게 생각하십니까?"

"아, 그거."

석 교수가 책상 위에 놓여 있던 리모컨 스위치를 누르자, 사무실 뒤편에서 위이이잉 소리를 내면서 새하얀 빔 스크린이 펼쳐졌다. 석 교수가 다시 한번 스위치를 누르자, 빔 프로젝터 전원이 켜지면서 스크린에 두 개의 이미지가 등사되었다.

— 매형, 우리 가족으로 오신 걸 환영해요. 앞으로 잘 부탁해요.

— 1년 전 오늘, 넌 뭘 했지?

왼쪽 이미지는 강한이 약혼식 보름 전 조 대표 일가와 저녁 식사를 하면서 규진으로부터 받은 선물상자 안에 들어 있던 카드였고, 오른쪽 이미지는 고유정 판사가 범인으로부터 받은 안개꽃 다발 안에 들어 있던 카드였다. 석 교수는 두 개의 이미지를 지그시 노려보면서 단언했다.

"동일 인물이야. 중립적으로 말하려면 '동일 인물일 가능성이 있다'고 해야겠지만, 내 눈엔 틀림없어. 아, 이걸 어떻게 자세히 설명해야 하지?"

샘플을 보여주며 설명할 수 없는 것에 석 교수가 안타까워하자, 강한은 소원을 턱짓으로 가리키면서 말했다.

"그냥 평소처럼 하시면 됩니다. 보고 기억하는 건 이 친구가 할 거예요."

"얘가?"

석 교수는 그렇지 않아도 아까부터 자꾸만 시선을 강탈하던 소원을 대놓고 쳐다보았다. 화이트 셔츠에 브라운 계열의 니트, 면바지를 깔끔하게 차려입은 강한과, 헐렁한 맨투맨 티셔츠에 찢어진 청바지를 입은 이 애송이는 도무지 어울리지 않는 조합이었던 것이다.

"네, 제가요. 그럼 안 돼요? 저도 한국말 잘하는데요. 네이티브 스피커예요."

평가하는 듯한 시선이 못마땅했던 소원은 석 교수를 똑바로 쳐다보면서 당돌하게 말했다. 석 교수는 그 시선에 잠시 멈칫하더니, 이내 한 방 먹었다는 표정을 지으며 으하하하 웃음을 터뜨렸다.

"이 친구 패기 있네. 재밌는 캐릭터야. 데리고 다니면 심심하진 않겠어. 강 검사, 나중에 얘 필적 샘플 좀 나한테 보내줄 수 있나?"

"글쎄요, 고등학교를 다녔으니 문맹은 아닐 테지만 실제로 글 쓰는 건 본 적이 없어서."

농담에 농담으로 받아치는 강한을 보면서, 석 교수는 조금 놀랐다. 대학원 시절에는 물론, 그 후 가끔 일 관계로 만날 때도, 석 교수가 기억하는 검사 강한은 유머라는 것을 전혀 모르는 사람이었다. 때로는 장애가 사람을 긍정적으로 변화시키기도 한다는 말이 실감 나는 순간이었다. 석 교수는 강한의 필체가 예전에 비해 어떻게 달라졌을지 궁금해하면서 슬라이드를 확대했다.

"내 작업 방식이 얼마나 꼼꼼한지는 알지? 샘플을 60배 확대해서 입체현미경으로 한 글자당 한 시간 이상 들여가면서 비교한다고."

액자에 걸린 서예 작품처럼 큼직해진 글씨를 보면서 소원의 눈동자도 덩달아 커졌다. 필적감정이라는 게 그렇게 세밀한 과정을 거치는 줄은 몰랐던 것이다. 석 교수는 레이저 포인터로 글자 여기저기를 짚어가면서 설명해나갔다.

"난 총 여덟 가지 기준에 따라 동일성을 판단하거든. 글자 크기, 필압, 모음과 자음이 꺾이는 각도, 뻗치는 길이, 모음과 자음 사이의 간격, 글자 사이의 간격, 글자가 시작될 때와 끝날 때 서체의 특징. 제아무리 범인이 글씨체를 바꿔 쓰려고 기를 써도 저 여덟 가지를 다 바꾸는 건 절대 불가능하지. 한글 쓰는 법을 아예 잊어버리고 처음부터 다시 배우지 않는 한."

석 교수는 빠르게 설명한 후, 다시 화면을 축소해 두 개의 이미지를 한눈에 볼 수 있게 했다.

"강 검사가 준 샘플에서도 한 사람이 필체를 바꿔 쓰려고 노력한 흔적이 보였어. 내 추측이 맞는다면, 뭐, 맞겠지만, 왼쪽이 원래 필체고, 오른쪽이 가짜 필체일 거야. 일부러 크고 비뚤게 꾹꾹 눌러쓰고, 끝을 획획 날리기까지 한 게 제법이야. 내가 지금까지 봐온 웬만한 위조범들보다 훨씬 나은 수준이야."

석 교수의 말에는 진심 어린 찬탄이 배어 있었다. 강한은 규진이 남자애치고는 제법 손끝이 여물다는 얘기를 조 대표로부터 들은 기억이 떠올랐다. 그래서 글씨도 단정하게 잘 쓰고, 간단한 기계는 직접 고치기도 하고, 나중에 신경외과나 심장외과 의사가 되고 싶어한다는 얘기였다. 그런 규진에게 필체를 조금 바꿔 쓰는 것 정도는 어렵지 않았을 것이다.

"하지만 자간과 각도, 위치, 그리고 'ㅇ''ㅁ''ㅜ''ㅠ'를 쓸 때의 특징적인 서체는 하나도 바꾸지 못했어. 서로 다른 사람의 필체에 이렇게나 많은 특징점이 겹치기는 확률상 어렵지."

"그렇군요."

강한은 고개를 끄덕이며 수긍했다. 두 개의 필체를 직접 눈으로 확인할 수 없는 건 아쉽지만, 믿고 맡길 수 있는 전문가가 있어서 다행이었다. 석 교수는 자기가 하는 일에 대한 자부심과 애정이 광적이라고 할 만큼 강해서, 글씨 자체가 아닌 어떤 외부적인 영향에도 그 판단이 흔들리지 않을 사람이었다.

"그런데 이거, 누구 글씨야?"

"……."

"아니, 말해주지 않을 건 아는데. 너무 궁금해서. 강 검사도 알다시피 내가 필적학에 관심이 많잖아. 이 글씨를 쓴 사람 말이야. 정말 특이해. 몇천 명 중 한 명 있을 법한 글씨야."

어린애처럼 순수한 호기심이 느껴지는 석 교수의 말에 끌린 것은 강한뿐만 아니라 소원도 마찬가지였다.

"어떻게 특이한데요? 뭐가 보이는데요?"

"아무것도 안 보여. 그래서 신기한 거야."

"네? 그게 뭐예요?"

"하나부터 열까지 모두 평균값이야. 뭔가 평균값을 넘어가는 게 있어야 필적에서 성격을 읽을 수 있거든. 가령 글자를 크게 쓰는 사람은 외향적이고 진취적이고, 작게 쓰는 사람은 내성적이고 꼼꼼하고, 필압이 세면 쉽게 흥분하고, 약하면 자제력이 강하고, 자음과 모음의 끝을 완만하게 맺으면 성격이 원만하고, 뾰족하게 맺으면 다소 공격적이고."

석 교수는 레이저 포인터의 방향을 돌려, 원장실 벽을 가득 메우고 있는 수십 개의 액자를 가리키면서 말했다. 액자 속에 들어 있는 건 그가 그동안 개인적으로 수집한 유명인들의 필적 샘플이었다. 어떤 것은 모나고, 어떤 것은 둥글고, 어떤 것은 각지고, 어떤 것은 오른쪽으로 쏠려 있고, 어떤 것은 왼쪽으로 쏠려 있고. 그 많은 것 중 같은 것이 하나도 없었다.

"그런데 이 사람의 필체에는 그런 게 없어. 크지도 작지도, 필압이 세지도 약하지도, 끝이 둥글지도 각지지도 않았어. 모든 게 정석 그 자체야. 뭐랄까. 한글을 배워서 그걸 자기 걸로 만들어 쓴 게 아니라, 그냥 한글 교본에 적힌 글자를 '가갸거겨'부터 통째로 외워버린 느낌이야."

역시 전직 검사의 통찰력은 무시할 게 아니었다. 석 교수의 말을 듣는 순간, 강한은 그게 규진의 특징을 가장 잘 표현한 말이라는 것을 깨달았다. 사람들 앞에서 보여주는 규진의 언행은 매번 모범답안에서 어긋나지 않았다. 좋게 말하면 상식적이고, 나쁘게 말하면 개성이 없었다.

유일한 예외가 있다면 바로 어제, 강한이 그의 팔꿈치 흉터를 만졌을 때뿐이었다. 그때의 규진에게서는, 뭐랄까, 아주 잠깐이지만 감정 비슷한 게 느껴졌다. 분노와 짜증이 반반 섞인 듯한. 생각에 잠겨 있는 강한에게 석 교수의 나지막한 목소리가 들려왔다.

"내가 검사로 있을 때, 이렇게 소름 끼치게 완벽한 필체를 딱 한 번 본 적이 있지. 누구에게서 봤는지 알아?"

"누구였습니까?"

"사이코패스 살인범이었어. 보험금을 타내기 위해 자기 조부모와 부모, 여동생까지 사고로 위장해서 죽인 놈이었지. 강 검사도 그 사건 들어본 적이 있을 거야."

강한은 고개를 끄덕였다. 그가 사법고시 공부를 하고 있을 때 온 언론을 떠들썩하게 장식했던 사건이었다. 은행장 표창까지 받은 적이 있는 모범 은행원이 사실은 극악무도한 연쇄살인범이었던 것으로 밝혀져 크나큰 충격을 안겼던 그 사건의 범인은, 무려 10년에 걸쳐 다섯 명을 교묘하게 지능적으로 살해하고 총 12억 원의 보험금을 타가서 '보험금 살인마'라는 별명이 붙여졌다.

'보험금 살인마'에 대해서 강한이 제일 인상 깊게 기억하는 건 두

가지였다. 첫째는 그가 범행으로 벌어들인 보험금을 한 푼도 쓰지 않고 통장에 그대로 보관했다는 것. 수사기관에서 그 이유를 묻자 그는 '돈 때문에 한 일이 아니니까'라고 대답했다.

둘째는 누구의 의심도 사지 않던 그를 조사해달라고 고발한 사람이 다름 아닌 그의 아내였다는 것이다. 남들이 보기에는 완벽하기만 한 남편과 살면서 그녀는 극심한 조울증과 불안장애, 공황장애에 시달렸다고 했다. 조용한 목소리로 사람을 미치게 만든다고, 그놈 때문에 자기가 완전히 망가졌다고 울부짖던 그녀의 인터뷰 영상은 한 번 보면 잊기 힘들었다.

"어떤 놈을 상대하고 있는 건지는 모르겠지만, 부디 조심하길 바라네. 인간의 상식으로 이해할 수 있는 놈은 아닌 것 같으니까."

"네, 명심하겠습니다."

강한은 석 교수의 목소리가 들려오는 방향으로 고개를 숙인 후 자리에서 일어났다. 석 교수는 봉투에 넣고 밀봉한 샘플을 소원의 손에 쥐여주다가, 문득 생각난 듯 강한을 향해 한마디 던졌다.

"강 검사. 검사 일이 많이 힘들면, 그만둬도 괜찮아. 그런다고 인생이 끝나는 거 아니야."

"교수님……."

"검사들이 다른 직종 사람들보다 유독 자기 직업에 자부심도 집착도 강하지. 그만큼 어렵게 올라간 자리고, 또 그 자리를 유지하느라 죽어라 힘들게 일하니까. 하지만 검사라는 게 자네라는 인간을 규정하는 전부는 절대 아니야. 중요한 건 자네가 즐겁게, 열정적으로 사는 거지."

강한은 마치 눈이 보이는 사람처럼, 석 교수가 있는 방향을 빈 동공으로 멀거니 바라보았다. 그는 방금 들은 말을 하나하나 곱씹어보는 것처럼 잠시 간격을 두었다가 천천히 입을 열었다.

"검사 안 한다고 죽는 게 아니란 거 압니다. 그렇지만 교수님, 사람이 죽지 않는다고 다 사는 게 아니잖습니까. 세상에서 제게 주어진 한몫 정도는 하면서 살아야 그게 사는 거죠. 저한테는 검사 일이 그겁니다. 열정이고 곧 즐거움입니다. 그러니 걱정은 접어두셔도 됩니다."

기껏 걱정해주는 사람에게 하는 말치고는 지나치게 단호했지만, 석 교수는 무안해하거나 불쾌해하는 대신 이번에도 하회탈 같은 웃음을 지었다.

"그렇게 대답할 거라고 생각했지. 역시 똥고집 톱3답군."

당장이라도 술 마시러 가자는 석 교수를 다음에 하자는 말로 간신히 물리치고 연구원을 나오는 길, 소원이 손에 든 봉투를 내려다보면서 강한에게 물었다.

"형, 그럼 이제 조규진이 범인이라는 게 확실해진 거예요?"

"아직. 필적감정이 신빙성이 높긴 하지만 절대 완전무결한 건 아니야. 통계적으로 열 명에게 감정을 맡기면 그중 한 명은 다른 결과를 내거든."

"그래요?"

"하지만 가능성이 높아진 것만은 분명하지. 10에서 25퍼센트 정도."

그동안 강한은 90, 아니 80퍼센트만 채우면 되는 그런 수사를 해왔다. 다들 그렇게 한다고 믿었고, 그게 옳다고 믿었다. 그러나 더는 아니었다. 그는 완전무결한 100퍼센트를 원했다. 강한은 소원의 팔꿈치를 지그시 잡아당기면서 확신에 찬 목소리로 말했다.

"가자, 나머지 75퍼센트를 채우러."

101

11월 19일 월요일 오전 10시. 성암지방검찰청 609호 검사실.

"도대체 세은 누나는 어딜 간 걸까요. 제발 무슨 일이 있는 게 아니어야 할 텐데. 차라리 나한테 화나서 안 나오는 거면 좋겠다."

소원은 여전히 비어 있는 세은의 자리를 보면서 우울해하는 중이었다. 사실 강한도 걱정되는 건 마찬가지였지만, 소원의 불안감을 덜어주기 위해 일부러 담담한 척했다.

"너무 걱정하지 마. 일단 실종신고를 했고, 이따 오후에 형사과에서 사람도 오기로 했으니까. 윤 변호사 가족은 도착했어?"

"네, 방금요."

오늘은 죽은 윤지영 변호사의 전남편과 딸이 한국에 들어오는 날이었다. 검찰청에 와달라고 하면 싫어할 줄 알았는데, 강한의 전화를 받은 전남편은 의외로 선뜻 약속을 잡았다. 소원이 검찰청 출입 시스템을 통해 그들의 도착을 확인한 지 몇 분 후, 검사실 문이 열리면서 중년 남자와 어린 소녀가 손을 잡고 들어왔다.

"여기가 강한 검사님 방입니까? 연락받고 온 정호성입니다."

"맞습니다. 제가 강한 검사입니다. 먼 곳에서 여기까지 오시게 해서 죄송합니다."

"아닙니다. 안 그래도 한번 들어와야 했습니다. 재산 정리 때문에."

소원은 빈 화면에 타자 치는 시늉을 하면서 연신 남자를 힐끔거렸다. 아이를 미국에 데리고 가서는 엄마와 만나지도 못하게 한다는 말에 더러운 인상의 냉혈한을 상상했는데, 잿빛 양복에 감색 머플러를 감은 남자는 얼굴도 말끔하게 생긴 게 무척 신사적으로 보였다.

"아연아, 검사님들께 인사드려야지."

"안녕하세요."

그 아이가 있었다. 지영이 보여준 사진 속의 모습에 비하면 훌쩍 커버린, 열두 살의 아연이. 소원은 온유를 꼭 빼닮은 호두 모양의 까만 눈을 뭐에 홀린 것처럼 바라보고 있다가, 문득 생각난 듯 말했다.

"아, 전 검사가 아닌데요."

"절대 아닙니다. 큰일 날 말씀을."

강한이 생각만 해도 끔찍하다는 듯 고개를 절레절레 저으며 덧붙이고, 소원은 강한을 향해 몰래 주먹을 흔들어 보이고, 그런 그들을 보며 아연이가 쿡쿡 웃으면서 분위기가 다소 부드러워졌다.

소원이 아연을 집무실로 데려가 휴대전화로 만화를 보여주며 놀아주는 동안, 강한은 호성과 대화를 나눴다. 예상대로 별다른 정보는 없었다. 6년 전 이혼하고 미국으로 갔으며, 처음에는 1년에 한두 번 한국에 꼬박꼬박 들어오다가, 아이가 미국 생활에 완전히 적응한 후로는 거의 들어오지 않게 됐다고 했다.

"딸아이와는 매일 통화했지만 저하고는 통화 안 한 지 한참 됐습니다. 결혼할 때부터 저에게 애정이 없던 사람이니까요. 그냥 조건이 맞아서, 남들 눈에 괜찮아 보여서, 그래서 저와 결혼했을 겁니다. 저도 그걸 어렴풋이 느끼긴 했지만, 그래도 제 쪽에서는 많이 아끼고 사랑했으니까, 살면서 꾸준히 노력하면 괜찮아질 줄 알았습니다."

호성은 소원이 어설픈 솜씨로 타준 커피를 슬쩍 내려다보았다가, 다시 고개를 들면서 말을 이었다.

"그런데 아니더군요. 그 사람은, 마음이 어디 다른 곳에 가 있는 것 같았습니다. 우리 사이에 태어난 아이는 극진하게 사랑했지만, 저에 대해서는 여전히 같았죠. 가구를 대하는 태도와 비슷했다고나 할까. 이혼의 직접적인 원인이 제 외도였다는 걸 부정할 생각은 없지만, 저도 사랑받으며 살고 싶었습니다. 제 외도를 알게 되었을 때, 그 사람은 화조차 내지 않더군요."

강한은 호성의 외도를 비난할 마음은 없었다. 가질 수 없는 누군가의 애정을 갈구하면서 산다는 게 사람을 얼마나 망가뜨리는지, 그는 너무도 잘 알았다. 강한의 어머니는 돌아오지 않을 남자를 기다리면서 평생을 술로 보내다 결국 식물인간이 되었고, 강한은 그런 어머니가 자신을 칭찬해주고 사랑해주기만을 바라면서 유년 시절 내내 부질없이 발버둥쳤다.

"그 사람에게 숨겨둔 아들이 있었고, 그 아들이 살인범으로 몰려 감옥에서 죽은 지적장애아라는 걸 알게 되었을 때도, 놀라기보다는 '아, 그래서 그랬구나' 하는 느낌이었습니다. 남편에게는 무심하면서 딸에게는 왜 그렇게 집착했는지 그것도 이해가 갔고요."

"딸에게 집착했다고요?"

강한이 확인하듯 묻자, 호성은 집무실에 있는 딸아이가 엿들을까 봐 걱정되었는지 목소리를 한껏 낮추었다.

"아이가 태어난 직후부터 그랬습니다. 잠시라도 다른 사람이 데려가거나 눈앞에서 보이지 않으면 안절부절못하고, 패닉에 가까운 반응을 보였어요. 어린이집도 보내기 싫어해서 베이비시터를 썼는데, 집요하게 감시했습니다."

호성은 지금 생각해도 몸서리가 쳐진다는 듯 혀를 쯧쯧 찼다.

"들어오는 사람마다 못 견디고 나가고. 그렇다고 그 사람이 일을 그만두고 들어앉을 수도 없으니 하루하루 전쟁이었죠. 너무 집착하는 게 아이에게 오히려 좋지 않을 것 같아, 이혼하면서 독한 마음 먹고 미국으로 데려갔습니다. 다행히 양육권 다툼은 없었습니다. 부모의 이혼만으로도 아이에겐 충분한 상처가 될 거라고 했더니, 그 사람도 순순히 포기하더군요."

"그렇게 아이를 아끼는 사람이, 왜 친아들을 데려올 생각은 하지 않았을까요?"

강한은 비난하려는 게 아니라 순수한 의문에서 물었다. 지영이 이혼하기 전에는 그렇다 쳐도, 이혼한 후에는 얼마든지 친자검증을 거쳐 온유를 데려다 키울 수 있지 않았을까. 호성은 단호하게 고개를 저었다.

"변호사로서의 평판도 있고요. 교육자 집안에서 자라면서 어릴 적부터 억압을 많이 받았던 사람입니다. 이혼할 때도, 친정에서 집안 망신을 시켰다면서 내치다시피 했던 모양입니다. 그런데 대학 시절 몰래 낳은 아이라니, 밝힐 엄두도 내지 못했을 겁니다."

호성은 말하다 보니 죽은 전 부인에 대해 안쓰러운 마음이 들었는지, 말투가 한결 누그러졌다.

"그리고 이혼 후에는……. 그건 제 탓입니다. 아연이를 데리고 가면서, 앞으로 어떻게 사는지 지켜보겠다고 했거든요. 아이를 맡겨도 될 것 같다는 판단이 들면 그때는 1년에 절반 정도만이라도 같이 살게 해주겠다고. 그러니 결혼생활 내내 숨기고 있던 사생아를 버젓이 집에 데려다놓을 수는 없었겠죠."

한 아이와 함께 살려면 다른 아이를 포기해야 하는 상황. 그녀는 결국 둘 다 잃어버렸다. 강한은 윤지영이 제정신을 유지하고 살 수 없었던 이유를 이해할 수 있을 것 같았다.

"말씀하시는 걸 들어보니 윤 변호사가 정신적으로 불안하다는 사실을 결혼생활하실 때도 알고 계셨던 것 같은데, 혹시 신경정신과에 다니거나, 향정신성 약물을 복용한 적이 있습니까?"

강한은 이미 보험공단에서 지영의 진료 기록을 받아보았지만, 정신과 진료를 받은 적이 있다는 기록은 발견하지 못했다. 의료보험이 적용되지 않는 진료는 보험공단 기록에 남지 않기에, 혹시 전남편이라면 알고 있는 게 있지 않을까 싶어 물어본 것이었다.

"아니요. 제가 알기로는 없습니다. 아이를 지나치게 신경 쓰긴 해도 병이라고 여길 수준은 아니었어요. 이혼 후에 무슨 문제가 생겼어도, 제가 아는 그 사람이라면 정신과에 가려고 하진 않았을 겁니다. 그걸 제가 알게 되면 아연이와 함께 살지 못하게 할 테니까요."

"그렇다면 최근 1년간, 윤 변호사가 몽유병 증상이나 기억상실 증상을 보인 적은 없습니까? 통화하는데 잠꼬대하는 사람처럼 동문서답한다든가, 저번에 한 대화를 기억하지 못한다든가."

"아니요. 올해 4월쯤부터 기운이 없고 멍한 모습을 보이긴 했지만, 딸과 대화는 항상 잘하는 것 같았습니다. 아이와 대화하고 나서 아주 사소한 것까지 기억해서 저한테 이것저것 잔소리하곤 했어요. 똑똑한 여자니까요. 아니, 똑똑한 여자였으니까요."

뒤늦게 과거형으로 고쳐 말하는 게, 가족의 죽음을 금방 받아들이지 못하는 전형적인 유족의 모습이었다. 강한은 그의 마음속에서 전 부인에 대한 애정이 사라진 바로 그 자리에, 연민이 자리 잡았다는 걸 깨달았다.

그래도 다행이었다. 그 자리를 채운 것이 미움이나 증오가 아니어서. 윤지영의 딸은 부모 중 한쪽이 다른 한쪽을 끊임없이 욕하고 저주하면서 살아가는 꼴을 지켜보지 않아도 될 터였다.

강한은 몇 가지 형식적인 것을 더 물어보고 나서 호성과의 면담을 끝냈다. 그 과정을 통해 얻은 수확이라고는, 윤지영이 지독하리만큼 외롭고, 누구에게도 이해받지 못하는 삶을 살았다는 걸 다시금 확인한 것뿐이었다. 호성은 자리에서 일어나면서 머뭇머뭇 말했다.

"죄송합니다만, 그 사람 시신…… 유해라고 하나요? 저희 쪽에서 수습하긴 어려울 것 같습니다. 아연이는 엄마가 그렇게 된 걸 모르고 있어요. 전화 연결이 안 되는 먼 외국으로 출장 갔다고 말해놨습니다. 한국에는 저희 식구들이 있어서 반대할 것 같고, 그렇다고 미국으로 데리고 가기에는……."

"비용 때문에 그러십니까?"

"아뇨, 비용은 전혀 문제가 안 됩니다. 그보다는 소문나는 것 때문에요. 저도 저지만, 아이 장래를 최우선으로 생각해야 하니까요."

호성은 묵직한 책임감이 느껴지는 어조로 말했다.

"아연이는 앞으로 한국에 돌아오지 않고 미국에서 계속 살게 할 겁니다. 여기 있다가는 대량학살범의 자식으로 낙인찍히겠죠. 한국사회의 연좌제가 얼마나 혹독한지, 당장 제 전(前) 장인 장모며 처가 식구들이 몽땅 휴대전화 번호를 바꾸고 잠적한 것만 봐도 알 수 있죠."

"……대량학살범은 정확한 표현이 아닙니다. 죽은 사람은 없으니까."

강한은 희망을 버린 듯한 한 아버지를 어떻게 위로할지 몰라 겨우 그렇게만 말했다. 호성이 자신을 물끄러미 바라보고 있는 듯한 느낌이 들었다. 그는 쓰디쓴 말투로 내뱉었다.

"그게 중요합니까?"

"……."

더 할 말을 찾지 못하는 강한을 내버려두고, 호성은 집무실 문을 열면서 어린 딸을 불렀다.

"아연아, 가자. 할머니댁에 가서 사촌언니들이랑 놀아야지."

"네!"

호성이 옷걸이에 걸어놓은 코트와 목도리, 장갑을 챙기는 동안, 소원이 아이를 향해 재빨리 손짓했다.

"꼭 알려주고 싶은 비밀이 있는데, 잠깐 이쪽으로 와볼래?"

"비밀? 뭔데?"

아이는 호기심 어린 눈을 반짝이며 소원의 곁으로 다가왔다. 소원은 우유처럼 하얗고 보송보송한 귓바퀴에 대고 작게 속삭였다.

"너한테는 사실 오빠가 있어."

"오빠?"

소원이 스스로를 가리켜 그렇게 말하는 줄 알았는지, 아이는 그의 가슴 한가운데를 손가락으로 가리키며 눈을 동그랗게 떴다.

"아니, 나 말고. 나보다 훨씬 착하고, 그리고 너랑 닮은 녀석이야."

"나랑 닮았어? 사진 있어?"

아이의 천진한 질문에 소원은 순간 말문이 막혔다. 그러고 보니 자신에게 온유의 사진이 한 장도 없다는 데 생각이 미쳤던 것이다. 여자애들이었다면 신나게 셀카도 찍고, 서로 찍어주기도 했겠지만 남자애들끼리 그럴 일도 없었고, 학교에서 찍었던 단체사진들은 온유를 지워버린 채 앨범에 실렸다.

인터넷을 찾아보면 죄수복 차림에 마스크를 쓰거나 부분 모자이크 처리된 사진은 쏟아져나오겠지만, 온유의 여동생이 처음으로 대면하는 '오빠'가 그런 모습이게 하고 싶진 않았다.

"지금은 못 보여줘. 아빠가 싫어하실지도 모르거든. 언젠가 시간이 많이 지나면, 그래서 네가 아빠 없이 혼자 한국에 올 수 있게 되면, 그때 오빠에 대한 얘기를 들려줄게. 사진도 꼭 찾아서 보여주고. 그러니까 이거, 그때까지 몰래 갖고 있어."

소원은 그렇게 말하면서 집무실 책상에 놓여 있는 포스트잇에 자신의 이메일 주소를 적어 아이의 손에 쥐여주었다. 아이는 아주 귀중한 물건을 손에 넣은 것처럼 엄숙한 표정으로 고개를 끄덕였다.

"응, 알았어."

"그 녀석 이름만 알려줄게. '온유'야. 절대 잊어버리면 안 돼."

"온유…… 오빠."

아이가 또박또박 따라 하는 것을 듣는 순간, 소원은 가슴 한구석이 지끈지끈 아렸다. 정작 그 말을 들었어야 할 녀석은 따로 있는데. 정에 굶주린 나머지 일면식도 없는 꼬마애를 따라다니면서 친구가 되고 싶어했던 온유가, 피를 나눈 여동생의 존재를 알았다면 얼마나 기뻐했을까. 게다가 그 아이가 이렇게 귀엽고 사랑스러운데, 자기 오빠를 꼭 빼닮았는데.

"오빠, 울어? 왜 울어? 어디 아파?"

아이의 천진난만한 질문을 듣고 나서야, 소원은 자신의 뺨이 따뜻하고 축축하게 젖어들어가고 있다는 사실을 알았다.

"아냐, 아파서 우는 게 아니라…… 기뻐서 우는 거야."

하늘에 있는 온유가 해맑게 웃으면서 지금 이 모습을 지켜보고 있으리라는 확신이 늘었다. 조금 유치하지만, 그래도 그 생각에 소원은 오랜만에 참 행복했다.

102

오후 1시. 성암지방검찰청 구내식당.

"아이고, 검사님. 웬일로 식당엘 다 오셨대요. 엄청 오랜만에 뵙는 거 같네요. 눈은 좀 괜찮으세요?"

소원, 유미와 함께 나타난 강한을 보고, 구내식당에서 서빙을 해 주는 아주머니가 호들갑스럽게 반가워했다. 강한은 음식물이 떨어질 경우를 대비해 늘 갖고 다니는 개인용 냅킨을 무릎 위에 올려놓으면서 담담하게 대답했다.

"네, 다닐 만합니다."

"마침 잘됐네. 오늘 메뉴가 연어구이랑 당근달걀찜인데, 둘 다 눈에 아주 좋아요. 곱빼기로 갖다드릴 테니까 많이 드세요."

"……감사합니다."

이 세상에 있는 닭과 연어를 다 잡아먹어도, 당근을 몇 톤씩 뿌리째 캐 먹어도 강한의 눈이 좋아질 일은 없겠지만, 그래도 그 마음이 고마워서 강한은 조용히 미소 지었다.

오늘따라 편의점 도시락이 일찍 동나고, 배달음식도 물려서 어쩔 수 없이 구내식당에 왔다. 동물원 원숭이 보듯 하는 시선에 밥도 못 먹을 줄 알았는데, 식당 통로를 가로지르면서 들어오는 동안에도 의외로 주변의 소음이 뚝 끊어지지 않았다. 시각장애인 검사가 검찰청에 출근한 지 벌써 두 달이 되어가다 보니, 식당에 오는 것도 딱히 신기한 광경은 아니었던 것이다.

"거 보세요. 사람들은 형이 생각하는 것보다 형한테 별로 관심이 없어요."

강한의 앞에 숟가락과 젓가락을 놓아주며 장난스럽게 말하는 소원의 목소리가 살짝 잠겨 있었다. 온유의 동생을 검찰청 입구까지 바래다준 후, 돌아오는 길에 화장실에 들러 혼자 울었던 것이다. 그걸 알면서도 모른 척해주었던 강한이 소원이 있는 쪽으로 손을 뻗어 그의 어깨를 가볍게 만졌다.

"그래. 사람들의 관심에서 완전히 멀어지면, 이 일이 완전히 끝나서 그렇게 되면, 그때는 같이 추모공원에 다녀오자. 꽃도 사고, 선물도 사서."

누구의 추모공원에 가자는 것인지는 말하지 않아도 알 수 있었다. 소원은 아무 말 못하고 고개만 끄덕였고, 유미는 두 남자가 자연스럽게 마음을 주고받는 모습을 잠자코 지켜보았다.

이전에는 강한이 누군가를 그렇게 부드럽게 위로해주는 걸 본 적이 없었다. 유미와 사귈 때도, 그녀가 속상해하거나 토라져 있으면 어떻게 할지 몰라 옆에서 멋쩍게 서성이기만 하던 남자였는데. 확실히 많이 변했다는 생각이 들었다. 그게 기쁘면서도, 그 변화를 일으킨 장본인이 자기가 아니라는 사실에 조금 씁쓸해하고 있는데, 누군가 구내식당 입구로 뛰어 들어왔다.

"강 검사님! 정 검사님! 여기 계십니까?"

숨을 헐떡이며 강한과 유미를 찾은 사람은 다름 아닌 성암경찰서 강력반 서도준 경사였다.

"식사하시는데 죄송합니다. 급하게 알려드릴 게 있는데, 전화로 말씀드리긴 곤란해서요."

서 경사는 거기서 잠깐 말을 멈추더니 경계하는 시선으로 주위를 둘러보았다. 말이 새어나가지 않을까 염려하는 것 같았다. 다행히 강한 일행이 식사하고 있던 곳은 홀에 딸려 있는 작은 방이었고, 옆 테이블은 비어 있었다. 서 경사는 부리나케 걸어와 강한의 바로 앞에 섰다.

"성암지검 홍세은 수사관이 계속 출근을 안 하고 있다고 하셨죠. 실종 가능성이 있다고요. 생활안전과에서 신원조회를 하다가 발견한 게 있는데, 이걸 어떻게 해석해야 할지 모르겠습니다."

'이게' 뭔지 강한이 묻기도 전에, 몇 장의 얇은 종이가 차르륵 소리를 내면서 테이블 위에 펼쳐졌다. 서 경사가 가져온 서류를 재빨리 훑어본 유미가 의아해했다.

"홍 수사관의 주민등록초본, 주민등록등본, 그리고 가족관계증명서네요. 이게 왜요? 어차피 공무원 임용될 때 법무부에 다 제출한 서류일 텐데."

"네, 저희도 인사 담당에게서 전달받았습니다. 그래도 실종자 수사할 때는 전부 다시 떼어보는 게 원칙입니다. 그동안 가족 구성에 변화가 생겼다거나, 주소지 변경이 있었다면 알아야 하니까요. 그런데 그 과정에서 기존 서류에 누락된 부분이 있다는 걸 발견했습니다."

유미와 소원이 서 경사의 말을 듣고 다시 살펴보니, 비슷해 보이는 서류들이 두 장씩 있었다. 하나는 3개월 전 날짜였고, 하나는 오늘 날짜였다. 주민등록등본은 두 개의 내용이 같았다. 그러나 오늘 뽑은 주민등록초본에는 3개월 전 제출한 초본에는 없는 사항이 적혀 있었다. 바로 '개명' 부분이었다.

"홍 수사관, 개명했었네요. 그것도 바로 작년 말에. 뭐 이거야 개인적인 부분이니까, 증명서 뽑을 때 안 나오게 해달라고 할 수도 있죠. 원래 이름이 김은하였구나. 이 이름도 예쁜데 왜 바꿨을까. 음? 근데 성까지 바뀐 건 좀 이상하네요. 보통 성을 바꾸는 건⋯⋯."

유미는 혼잣말과 설명의 중간 정도 되는 톤으로 중얼거리면서 그다음 서류를 펼쳤다. 가족관계증명서였다. 3개월 전 날짜로 된 것에는 홍씨 성을 가진 아버지와 최씨 성을 가진 어머니, 그리고 딸 홍세은이 적혀 있었다. 아무리 봐도 특이한 게 없었다.

그러나 새로 뽑은 가족관계증명서는 달랐다. 무려 다섯 명의 이름이 일렬로 적혀 있었다. 몇 년 전 관련 법이 개정되면서 본인 의사에 따라 민감한 정보는 빼고 발급받을 수 있게 되었기 때문에 생긴 차이였다. 유미가 떨리는 음성으로 읽어내려갔다.

"친부 김영진, 친모 최진아, 양부 홍성철, 양모 최진주. 본인 홍세은. 입양신고일은 1년 전 11월 26일."

친부와 친모의 이름을 듣는 순간, 강한의 머릿속에서 붉은 불이 깜박거렸다. 분명 그가 알고 있는 이름이었다. 그의 등골이 서늘해지는 것과 동시에 유미는 마지막 서류 한 장을 펼쳤다. '본인'을 홍세은이 아닌 '최진아'로 해서 조회한 가족관계증명서였다.

"본인 최진아, 배우자 김영진, 자녀 홍세은, 자녀 김별하."

유미의 낭독이 끝나고 난 후, 몇 초 동안이나 누구도 입을 열지 않았다. 마지막에 튀어나왔던 이름의 충격이 그만큼이나 컸다. 소원이 들고 있던 숟가락을 내려놓으며 황망하게 물었다.

"혀, 형. 이게…… 이게 무슨 뜻이에요?"

"홍세은의 본명은 김은하고, 1년 전 살해당한 김별하의 친언니라는 거지."

강한은 무릎 위에 올려놓았던 주먹을 꾹 감아쥐면서 대답했다. 1년 전 사건이 남기고 간 상흔은 지독히도 깊고 끈질겼다. 자신을 둘러싼 모든 것 중 그 사건과 관련 없는 게 하나라도 있기는 한 것일까.

* * *

오후 3시. 최진주의 집 앞.

"누구세요?"

아파트 초인종을 누르자, 인터폰을 통해 나이 든 여자의 목소리가 들려왔다. 소원이 예전에 통화해본 적이 있는 사람, 세은의 이모였다. 소원은 평소보다 몇 배는 더 긴장한 티를 내면서, 인터폰에 최대한 가까이 얼굴을 들이밀고 쭈뼛쭈뼛 말했다.

"저, 성암지방검찰청에서 왔습니다. 여기 계신 분은 검사님이시고, 저는 활동보조인이에요. 세은, 아니 은하 누나와 함께 일하고 있습니다. 몇 가지만 여쭤봐도 될까요?"

"은하 여기 없고요. 연락 안 되고, 할 얘기 없어요."

찬바람이 싸늘하게 불어오는 듯한 냉랭한 태도였다. 이렇게 문전박대를 당하리라고는 예상치 못했던 소원은 얼빠진 표정을 하고 있다가 인터폰이 끊어지기 직전 가까스로 외쳤다.

"잠깐만요! 이분 검사님이시라니까요! 강한 검사님이요! 별하, 그러니까 아주머니 조카가 살해당한 사건을 수사하셨던 분이라고요."

소원의 말에 여자는 잠시 묵묵부답하다가, 잠시 후 인터폰을 통해 얼굴을 드러냈다. 사십대 후반으로 보이는 미인형 얼굴이었지만, 그동안 맘고생을 심하게 한 듯 눈가와 입가에 주름이 자글자글 잡혀 있었다. 그녀는 눈꼬리를 표독스럽게 추켜올리면서 따지듯 물었다.

"그런데요? 검산데 뭐요? 우리 식구한테 해준 게 뭐 있다고 이제 와 유세를 떨려고 해. 뻔뻔하게."

"헐……."

같은 남자라면 모를까, 여자로부터 공격당하는 것에 익숙지 않은 데다 강한 자에게만 강하고 약한 자에게는 약한 소원은 지레 겁먹고 뒷걸음질쳤다. 보다 못한 강한이 인터폰 소리가 들리는 방향으로 얼굴을 들이밀며 말했다.

"유세 떨려는 게 아닙니다. 홍 수사관, 아니 김 수사관이 실종되었을지도 몰라서 찾으려는 것뿐입니다. 걱정되지 않으십니까?"

"내가 걱정해야 할 만큼 자기 앞가림 못하는 애 아니에요. 얼마나 야무진데. 그러니까 제발 가만히 내버려둬요. 쓸데없는 관심 받기 싫어서 호적 파고 이름까지 바꾼 불쌍한 애니까."

"그게 무슨 뜻입니까?"

강한은 정말 몰라서, 세은이 신원세탁을 해야만 했던 이유가 뭔지 궁금해서 물어본 거였다. 그러나 그 질문이 여자를 제대로 자극한 모양이었다. 인터폰이 뚝 끊어지는 소리가 들리더니, 몇 초 후 아파트 현관문이 벌컥 열리면서 그녀가 실물로 등장했다.

"지난 1년 2개월간 우리 가족의 삶은 지옥 그 자체였다는 뜻이죠. 생때같은 조카 잃은 것도 억울한데, 그걸 자기네들 안줏거리 삼아 씹어대는 사람들 때문에 더더욱."

여자는 선글라스 낀 강한의 얼굴을 보고도 다른 사람처럼 흠칫하기는커녕 오히려 더 가까이 다가가면서 신랄하게 말을 이었다.

"범인 잡히기 전에 소문이 뭐라고 났는지 알아요? 애 아빠가 소아 성애자라서 지 딸에게 험한 짓을 하려다가 애가 반항하니까 죽여버 렸고, 내 동생은 그걸 알면서도 돈 많고 능력 있는 남편 놓치기 싫어 서 가만있는 거라고 그랬어요. 도대체 번호는 어떻게 알았는지 모르 는 사람들이 동생 휴대전화며 집으로 전화해서, 그렇게 살지 말라고 입에 담지도 못할 욕을 해댔다고요."

"······."

"그래서 제발 범인이 빨리 잡히길 바랐는데, 웃기는 건 그 후가 더 끔찍했다는 거죠. 애 관리를 제대로 안 해서 그렇게 된 거다, 짧고 다 비치는 발레복 같은 걸 입고 돌아다니게 하니까 일이 터진 거다, 이 런 말 듣는 건 그나마 가벼운 축에 속했어요."

여자는 그때 일을 다시 생각하는 것만으로도 진저리가 쳐지는 듯 목소리가 부들부들 떨렸다.

"어떻게든 지저분한 얘기를 캐내려고 안달난 기자들이 초등학생 들에게 '그 오빠하고 별하가 사귀는 사이였냐' 같은 질문이나 하고 다니고, 동생네 집 쓰레기까지 훔치면서 스토킹을 했어요. 그 와중 에 이 사건을 책으로 쓰고 싶다고, 영화로 만들고 싶다고 졸라대는 미친놈들까지 나타나서 따라붙었으니, 동생 부부가 미치지 않고 배 기겠냐고요."

별하 가족이 기자들과 호사꾼들의 괴롭힘에 시달렸다는 건 강한 도 알고 있었지만, 이 정도였는지는 몰랐다.

"장례를 치른 날, 영구차까지 비집고 들어온 기자가 동생한테 뭐 라고 물어봤는지 아세요? '이제 겨우 열세 살인 초등학생 딸이 잔 인하게 강간당하고 죽었는데 기분이 어떠십니까?' 동생이 그 질문 을 받고 울면서 실신하는 게 카메라에 그대로 찍혀서 9시 뉴스에 나갔어요."

"······."

"그날 동생은 신경발작을 일으켜서 실려 갔고, 그때 미국에 체류하고 있던 큰아이만큼은 그 하이에나들의 먹잇감으로 주지 않겠다고 다짐했어요. 은하는 당장 비행기표 끊어서 들어오겠다고 난리였는데도. 홈스테이하던 집이 친가 쪽 먼 친척이었는데, 애 방문을 아예 잠가버리라고 시켰을 정도니까 얼마나 독하게 맘먹었는지 알겠죠?"

"······그래서 입양과 개명 절차를 밟게 됐던 겁니까?"

"그래요. 그러지 않으면 은하는 평생 '살해당한 애 언니'로 살아야 할 테니까. 우리 부부는 애가 없어서, 별문제 없이 은하를 호적에 올릴 수 있었거든. 모질다고 욕하는 사람들도 있었지만, 난 잘했다고 생각해요. 산 사람은 살아야지."

"그런데 그런 걸 조 대표가 다 막아주지 않았습니까? 유족의 명예를 보호하겠다면서 여기저기 열심히 뛰어다녔다던데요."

강한은 조 대표가 이 사람 저 사람에게, 그리고 자신에게도 '유족을 지킨다'는 핑계로 조속한 수사종결을 요구하고 다녔던 걸 떠올리면서 은근히 떠보듯 물었다.

"누구요? 아, 조민국 의원님."

여자는 그 어느 때보다 더 쌀쌀맞게 코웃음을 쳤다.

"보호는 개뿔. 위로금이랍시고 두툼한 돈봉투 하나 안겨주고 가고 끝이었어요. 난 그 인간이 겉 다르고 속 다른 인간이라는 거 처음부터 알아봤어. 그래서 제부한테도 간 쓸개 다 빼주지 말라고 그렇게 신신당부했는데. 순진해 빠져서는."

역시 조 대표는 유족의 편이 아니었다. 그를 자신의 이익 외에는 아무것도 고려하지 않는 철저한 계산주의자로 보았던 강한의 관점은 어긋나지 않았다. 강한은 여자가 화는 내고 있을지언정 입을 달아버리지는 않는 데 안도하면서 중요한 질문을 슬쩍 던져보았다.

"그런데 은하 씨는 왜 하필이면, 자기 동생 사건을 수사했던 성암지검에 수사관으로 들어가려고 했던 걸까요?"

"나야 모르죠. 원래 행정직 공무원을 준비하고 있었는데, 올해 초에 귀국하더니 갑자기 진로를 틀겠다고 했어요. 워낙 고집이 세고, 부모는 시골에 처박혀서 큰딸은 챙길 생각도 안 하니 뭐 말릴 수가 있어야지. 무슨 생각인지는 모르겠지만 잘 다니는 줄 알았는데 가출이나 하고."

점점 짜증이 짙게 묻어나는 여자의 말투에서, 그녀의 인내심이 한계에 다다르고 있음이 느껴졌다. 강한은 얘기를 잘 들었다는 표시로 고개를 작게 끄덕여 보이고 그대로 돌아서려고 했다. 그때, 등 뒤에서 얼음장처럼 차디찬 조소가 날아들었다.

"우리 은하는, 그냥 다 죽기를 바랄 거예요. 진짜 범인이든 가짜 범인이든, 걸핏하면 말 바꾸는 경찰, 검사, 판사며, 골 빈 기자들이며, 그 기사를 넙죽넙죽 믿어대는 사람들까지 전부. 왜냐면 나도 지금 똑같은 심정이니까."

103

"저, 검사님. 여기 아무래도 사람이 너무 많은 것 같지 않습니까? 역시 옮기는 게 나을까요?"

황 원장은 이자카야 룸 입구에 드리워진 휘장 너머로 복도를 왕래하는 사람들을 연신 힐끗거렸다. 그 맞은편에 허리를 곧추세우고 바른 자세로 앉아 있던 강한이 무심한 투로 대답했다.

"사람이 많은지 적은지 전 안 보입니다. 그리고 여기서 만나자고 한 건 연구관님이고요."

강한의 휴대전화로 이상한 전화가 걸려온 것은 퇴근 준비를 하고 있던 6시 무렵이었다. 신호가 딱 한 번 울리고 곧바로 끊어지고, 다시 걸려오더니 또 끊어지고, 그러다가 또 걸려오는 전화에 강한은 이미 황 원장이라는 것을 직감했다. 황 원장은 아는 사람만 아는 곳이라며 값비싼 이자카야로 강한을 불러냈고, 그러고도 불안했는지 이제는 소원의 존재까지 신경 썼다.

"그러면 저 학생만이라도 어디 가 있으라고 하면 안 될까요? 앞에서 얘기하기가 좀 그런데."

"전 신경 쓰지 마세요. 여기 먹으러 온 거니까. 우와, 맛있겠다."

소원은 오른손에는 젓가락을, 왼손에는 앞접시를 들고 상에 차려진 해산물 애피타이저를 맹렬하게 공략하기 시작했다. 그러자 원장의 긴장이 조금 누그러지는 듯했고, 강한은 그런 그에게 단호하게 쐐기를 박았다.

"걱정할 거 없습니다. 사람들이 이쪽을 쳐다본다 해도, 실내에서 선글라스를 쓰고 있는 날 쳐다보지 연구관님한테 관심 갖진 않을 테니까. 그보다, 오늘 보자고 한 이유가 뭡니까?"

"……."

"1년 전, 나한테 알리지 않았던 증거가 있었던 거죠? 뭡니까? 중요한 겁니까?"

황 원장은 곧바로 대답하는 대신 길게 숨을 들이켰다. 며칠 전 봤을 때는 머리부터 발끝까지 '부티'가 풀풀 나는 게 세상 부러울 게 없는 사람 같았는데, 오늘은 낯이 누리끼리해져서 금방이라도 기절할 듯 바들바들 떠는 게 소원이 동정심이 생길 정도였다. 황 원장은 강한이 선글라스를 끼고 있음에도 그를 똑바로 올려다보지 못하고 고개를 푹 숙인 채 중얼거렸다.

"그때, 피해 아동 옆에 버려진 휴지에서 지온유의 DNA가 검출되었죠. 검사님은 기억하시죠?"

"기억 못할 리가 있습니까."

"실은 그때, 그거 말고도 DNA가 하나 더 있었습니다. 현장에서, 아니 정확히는 피해자의 몸에서 발견된……."

"뭐라고요?"

끝까지 다 듣지도 않고 튀어나온 강한의 말에, 황 원장은 가시 채찍으로 얻어맞은 것처럼 몸을 움찔했다. 강한은 기가 막혔다. 황 원장이 누락시킨 증거가 있어도, 초등학생의 말 한마디나 진단서처럼, 해석에 따라 의미가 달라지는 그런 걸 줄 알았다. 그런데 DNA라니, 과학수사가 없던 시대에 자백이 증거의 왕이었다면, 지금은 누가 뭐래도 DNA가 증거의 왕이었다.

"어떤 DNA를 말하는 겁니까? 범인 겁니까?"

"아니요, 아니…… 누구 건지는 모릅니다. 피해 아동의 왼손 새끼 손톱 끝에 극미량의 피부 조직이 들어 있었습니다. 샘플이 없어서 대조는 못하고, AB형 남성이라는 것만 확인했습니다."

"새끼 손톱 끝에 묻은 피부 조직이라면…… 피해자가 목이 졸리면서 저항하는 과정에서 범인의 몸을 긁었을 수도 있는 거 아닙니까. 그런데 그걸 보고서에 포함하지 않았다고요?"

점점 날카로워지는 강한의 추궁에 황 원장은 얼굴이 벌게진 채 허둥지둥 변명했다.

"어, 그게, 일단 너무 극미량이라 저항흔이 맞는 건지 애매했고, 분석이 가능할지도 확실치 않았어요. 아이가 사건 당일 학교에서 체육 수업도 받았고 그 후에 발레학원에도 들렀다는데, 둘 다 신체 접촉이 다발적으로 일어나는 활동이라 사건과 무관한 피부 샘플일 가능성이 높았어요. 괜히 수사 방향에 혼란을 초래하거나 애꿎은 사람에게 누명을 씌우고 싶지 않았습니다."

띄엄띄엄 자신 없이 이어지는 황 원장의 말을 듣던 강한은 그 말들이 어디서 많이 듣던 것이라는 사실을 깨달았다.

"수사에 혼란을 초래한다, 애꿎은 사람에게 누명을 씌운다……. 조 대표가 그렇게 말하던가요?"

"어, 그러니까……."

"좋게 포장하려고 애쓸 필요 없습니다. 어떤 식이었을지 다 알고 있으니까. 조 대표나 그 비서가 연구관님을 찾아와, 처음에는 고생 많으시다면서, 도와드릴 게 있으면 뭐든지 도와드리겠다고 듣기 좋은 말을 했겠죠. 그러면서 은근슬쩍 부검 결과를 물어봤을 거고요."

"......"

황 원장은 맞다 아니다 말하지 않았지만, 그의 침묵이 곧 긍정의 대답이었다.

"극미량이라고 했으니, 연구관님은 고민하는 척하면서 슬쩍 DNA 에 대해서 언급했겠죠. 조 대표는 보고서에서 빼버리라고 조언했을 거고요. 그리고 그것과는 아무 상관도 없는 것처럼, 오직 연구관님 의 능력을 보고 후원하겠다고 장밋빛 약속을 퍼부었겠죠. 내 말이 틀 립니까?"

마치 과거를 들여다보는 듯한 강한의 말에 정곡을 찔렸는지 황 원 장은 몇 초 동안 아무 말도 하지 못했다. 그러다가 부정할 의욕조차 잃어버린 듯, 결국 술술 불기 시작했다.

"......병원에 투자하고 싶다고, 좋은 매물도 봐뒀는데 운영해줄 원장이 없다고 했습니다. 어차피 홍보는 알아서 빵빵하게 할 테니 까 꼭 전문의가 아니어도 되고 그냥 성실하게 일해주기만 하면 된 다고요. 유명한 의사들은 딴 주머니 차기가 십상이라서 믿기 어렵다 고 했습니다."

황 원장이 말 중간중간에 내쉬는 한숨은 다다미방이 내려앉을 것 처럼 깊고 무거웠다.

"사명감으로 시작한 법의관 생활이었지만, 정말이지 인간적으로 너무 힘들었습니다. 전국 국과수 소속 법의관이 서른 명 남짓인 건 아십니까? 그 인원으로 1년에만 3000 건이 넘는 부검 건수를 감당해 야 합니다. 밥 먹을 시간은커녕 잠잘 시간도 항상 부족했습니다. 쥐꼬리만 한 연봉에, 복지 수준은 형편없고, 언제 에이즈나 결핵에 감염될지 몰라서 전전긍긍하고요."

점점 빨라지고 많아지는 황 원장의 말에, 부지런히 젓가락질하던 소원까지도 동작을 멈췄다.

"법의관으로 일하던 때부터 오랫동안 사랑했던 여자가 있었어요. 그런데 전셋집 얻을 돈도 없었고, 상대방 부모님이 제 직업이 마음에 들지 않는다며 계속 반대를 하셨습니다. 조 대표가 찾아오기 전날엔 여자친구도 지쳤는지 이제 그만하자고 하더군요."

직접적인 증거는 없었지만, 강한은 조 대표가 황 원장의 그런 형편을 미리 조사해두었으리라는 직감이 들었다. 그는 사람들에게 가장 필요한 게 무엇인지 정확히 파악하고, 절대 거절할 수 없는 달콤한 제안을 했다.

그게 한 경감에게는 '높은 사람에게 잘 보여서 출세하는 것'이었고, 강한에게는 '아픈 어머니를 편안하게 모실 수 있을 정도로 강력한 권력과 인맥을 얻는 것'이었으며, 고 판사에게는 '만년 낙선을 면치 못하는 정치 열등생 남편을 출세시키는 것'이었다. 그리고 황 원장에게는 '개원의로서 부유하고 편안한 삶을 사는 것'이었을 것이다.

"그 상황에서 누가 청연동에 대형 클리닉을 차려준다는데, 몸만 오라는데, 혹하지 않고 배깁니까? 저도 사람인데요. 법의관도 인간이라서 사명감을 먹고 살지는 못한단 말입니다."

강한은 '그래서 지금 잘했다는 거냐'는 의미를 담아 눈썹을 추켜올렸고, 그걸 알아차린 황 원장은 눈치껏 입을 다물었다.

'이걸 어떻게 해야 좋을지……. 총체적 난국이군.'

강한은 지끈지끈 머리가 아파와서 자기도 모르게 이마를 손으로 짚었다. 여태껏 그는 사람만 거짓말한다고 생각했다. 시스템은 거짓말하지 않는다고. 그러나 생각해보면 그 전제가 잘못되었다. 시스템도 결국 사람이 사람으로 만든 게 아니던가. 황 원장의 말처럼 사명감을 먹고 살지는 못하는 나약한 존재인 사람이.

강한은 그릇이라도 집어던지며 화내고 싶은 심정이었지만, 자기도 죄인인 입장에서 황 원장을 비난할 자격이 있나 싶었다. 그래서 치밀어오르는 분노를 누르면서 낮은 목소리로 확인하듯 물었다.

"그 DNA 증거 외에는 누락시키거나 왜곡한 게 하나도 없습니까?"

"물론입니다. 저도 직업윤리와 양심이 있는 사람입니다."

"아, 개 같네. 진짜."

뻔뻔하게도 스스로 '양심 있는 사람'이라 지칭하는 황 원장의 말에, 거친 욕설로 치고 나온 것은 강한이 아닌 소원이었다. 황 원장은 어지간히도 찔렸는지 순식간에 귓불까지 붉게 달아올랐다. 누가 들어도 황 원장을 저격한 게 분명했는데, 강한이 그쪽으로 고개를 돌리자 소원은 천연덕스럽게 어깨를 으쓱하면서 테이블 모서리에 놓여 있는 애피타이저 접시를 집어 들었다.

"그라탱 안에 고소하고 부들부들한 게 들어 있는데. 아무래도 게 살 같아요. 형도 한번 드셔보실래요? 아주 '개' 같다니까요. 완전 '개'야. '개' 그 자체!"

"안 먹어도 되니까 그 '개' 소리 좀 그만해라. 밥상머리에서 자꾸 개, 개, 개. 듣는 '개' 기분 나쁘잖아."

"아, 그렇겠네요. '개' 조심해야겠네."

강한과 소원이 미리 짜기라도 한 것처럼 척척 주고받는 말에, 황 원장은 그만 멍청한 표정이 되었다. 강한은 손으로 테이블을 더듬어 소원이 센스 있게 딱 절반만 채워놓은 물잔을 집어 들었다. 시원한 냉수를 목구멍에 들이부어 들끓는 속을 진정시키고, 황 원장을 향해 말했다.

"황명훈 씨, 그냥 그렇게 부르겠습니다. 누군가 나한테 그러더군
요. 이번 일은 내 잘못을 만회할 수 있는 마지막 기회라고."

그 순간 소원은 번쩍 고개를 들었다. 그건 바로 자신이 강한에게
했던 말이기 때문이다. 요양병원 앞길에서 강한과 대판 싸우고 그
를 내버리고 갈 때 최후통첩처럼 했던 말이었다. 그 후 한바탕 치고
받고 해서 다 잊어버렸을 줄 알았는데, 그걸 기억하고 있다는 게 뜻
밖이었다. 강한은 소원에게 별다른 생색도 내지 않고 차분하게 말
을 이었다.

"황명훈 씨에게도 마찬가집니다. DNA 증거를 감추고 국과수를
나간 후, 몸은 잘 먹고 잘 살았는지 몰라도 마음은 편하지 않았을 겁
니다. 내가 기억하는 당신은 힘들긴 했을지 몰라도 법의관 일을 좋
아하고 즐기던 사람이었으니까. 억울하게 죽은 희생자들이 몸으로
들려주는 이야기를 듣고, 그들을 위해 정의를 실현하고 싶어하는 사
람이었으니까."

"검사님……."

호되게 질책당할 줄 알았는데, 의외로 관대하게 대해주는 강한의
태도에 황 원장은 감동받은 듯했다. 금방이라도 울먹일 것처럼 숨을
쌔근쌔근 몰아쉬는 황 원장에게 강한은 살짝 긴장한 투로 물었다.

"그 DNA 증거, 폐기했습니까? 아니면 아직 가지고 있습니까?"

"가지고 있습니다. 저희 클리닉에 냉동보관 해두었습니다. 차마
버릴 엄두가 안 나서……."

겉으로 드러내진 않았지만, 강한은 내심 크게 안도했다. 천만다행
이었다. 지온유가 아닌 다른 사람이 1년 전 사건의 진범이라면, 이 숨
겨진 DNA 증거야말로 그 범인에게 접근하게 해주는 가장 강력한 수

단이 될 것이다. 만일 그 범인이 조 대표가 애지중지하는 아들 조규진이라면 더더욱. 강한은 아까보다 조금 더 엄격해진 어조로 황 원장에게 말했다.

"당장 모든 걸 공개적으로 밝히라고 하진 않겠습니다. 우리가 상대해야 할 사람은 대한민국에서 손꼽힐 만큼 막강한 권력을 가진 거물이고, 우리는 아직 싸울 준비가 갖춰지지 않았으니까."

강한은 규진을 의심하고 있었지만, 그를 범인으로 지목하는 직접적 증거는 손에 넣지 못했다. 누구의 것인지도 모르는 DNA 증거, 감정하는 사람에 따라 말이 다르게 나올 수 있는 필적감정 결과를 가지고 섣불리 싸움에 뛰어들 생각은 결코 없었다.

그가 앞으로 겪어야 할 싸움은 어쩌면 지금까지 해온 싸움보다 훨씬 치열하고 힘들지도 모른다. 시력을 잃으면서 더는 떨어질 데가 없을 만큼 바닥까지 떨어졌다고 생각했지만, 어쩌면 눈보다 더한 것을 빼앗기게 될지도 몰랐다. 인생을 통째로 빼앗긴 사람을 이미 몇 명이나 보지 않았던가. 그래서 강한은 그 어느 때보다 신중할 생각이었다.

"일단 황명훈 씨는 이 모든 일을 극비에 부치도록 하십시오. DNA 샘플이 남아 있는 것부터, 지난번, 그리고 오늘 나를 만난 것까지도. 평소와 똑같이 병원 일에 전념하고, 혹시 조 대표를 만나더라도 아무 일 없는 척하고요. 앞으로 일주일 내로, 1년 전 사건의 용의자를 만나 DNA를 확보해오겠습니다. 두 개의 DNA가 일치하는지 분석해주십시오. 할 수 있겠죠?"

"아, 네…… 국과수 시절부터 알고 지내던 사설 연구원이 있는데 기계를 빌려 쓸 수 있게 잘 얘기해보겠습니다."

사실 강한에게는 이것도 모험이었다. 이미 한번 비리를 저질렀던 전직 연구원보다는, 아무 흠집 없는 현직 연구원에게 분석을 맡기는 게 상식적으로는 옳을 것이다. 그러나 강한은 황 원장에게 한번 더 기회를 주고 싶었다. 진범을 잡는 데 기여함으로써 과거의 과오를 조금이라도 속죄할 기회를.

"검사 결과가 나오고, 몇 가지 증거가 더 갖춰진 후에, 그래서 조 대표와 당당히 맞설 수 있게 되면 그때 황명훈 씨의 진술도 받도록 하겠습니다. 허위공문서 작성죄로 처벌받는 건 피해 갈 수 없겠지만, 조 대표의 압력을 받았던 점과 재수사에 적극적으로 협조한 점이 참작된다면 의사 면허를 잃지 않고 벌금형으로 선처받을 수 있을지도 모릅니다. 내 말, 아시겠습니까?"

"네."

황 원장은 짧은 말에 진심을 담아 대답했다. 강한은 그의 목소리에서 익숙한 감정을 감지했다. 그동안 부정하고 싶었던, 외면하고 싶었던 자신의 잘못을 누군가에게 인정하게 된 것에서 오는 안도감과 해방감. 그건 한때 강한도 느꼈던 감정이었다.

104

11월 21일 수요일 오전 7시 30분. 성암대학교 의과대학 부속병원 제3 약품창고 앞.

"저희도 깜짝 놀랐습니다. 설마 의대생일 줄은 상상도 못했거든요."

약제부장이 문에 열쇠를 꽂으며 하는 말에 강한과 소원은 바짝 긴장했다. 둘 다 잠에 곯아떨어져 있던 새벽 5시 반 무렵, 약품 도둑을 잡았다는 약제부장의 전화를 받고 다급히 준비해 허겁지겁 여기까지 달려온 참이었다. 전화를 받은 소원이 워낙 비몽사몽이었던 탓에, 범인의 신상에 대해서는 아무것도 듣지 못했다.

"형, 의대생이면……."

소원이 그의 팔꿈치를 붙잡은 강한의 손을 슬며시 끌어당기면서 중얼거리자, 강한도 의미심장한 동작으로 고개를 끄덕였다. 규진일지도 모른다는 생각이 들었던 것이다.

철컥, 잠금장치 풀리는 소리가 들리고 문을 열기 직전, 약제부장이 강한의 눈치를 슬금슬금 살피면서 말했다.

"저, 검사님. 말씀드리기 송구하지만, 이번 사건은 외부로 알려지지 않게 좀 부탁드립니다. 병원 이미지와 직결되는 문제라서요."

"병원 이미지는 중요하고, 처방전이 있어야만 살 수 있는 각종 약물이 유출되어 일으키는 문제들은 안 중요하다는 겁니까?"

강한은 따끔하게 엄포를 놓아 약제부장의 기를 확 꺾어놓은 다음에, 잠깐의 간격을 두고 다시 회유하듯 말했다.

"의료법 위반 사항이 있는지 없는지는 좀더 조사해봐야 알 수 있겠죠. 일단 이번 사건 수사에 적극 협조하시면 최대한 정상 참작해드리도록 하겠습니다."

강한은 눈으로 직접 보지 않아도, 약제부장이 복 고양이 인형처럼 연신 고개를 열심히 주억거리고 있을 거라는 걸 알 수 있었다. 그는 문을 열고 앞장서서 안으로 들어가더니, 창고에 임시로 감금되어 있던 누군가를 향해 엄숙한 말투로 지시했다.

"인사드려, 검사님이시다."

"거, 검사님이요? 경찰이 아니고요?"

강한이나 소원의 예상과 달리, 가냘픈 여자 목소리가 허공을 갈랐다. 목소리의 주인공은 금방이라도 울음을 터뜨리거나 기절할 것처럼 심하게 떨고 있었다.

"성암의대 본과 3학년 양혜윤이라고 합니다."

여학생은 겨우 자기 소개를 마치고 입을 다물었고, 약제부장이 거기에 몇 마디 보탰다.

"실습 때문에 병원에 드나드는 의대생입니다. 교수님 따라 매일 회진 돌고, 케이스스터디에, 발표에, 액티비티에, 시험까지 봐야 하는데 어느 틈에 도둑질까지 했는지, 참 부지런도 하죠."

몇 초 동안 침묵이 흘렀다. 이 여학생과 조규진 사이에 어떤 관계가 있을지, 그 관계를 캐내려면 어떻게 해야 할지 강한이 고민하는 찰나, 그녀가 간절한 목소리로 호소해왔다.

"근데 저…… 혹시 이거 때문에 감옥 가나요? 이번이 처음인데 한 번만 봐주시면 안 될까요? 저 감옥 가면 집에서 의절당해요, 진짜."

"감옥이 무슨 민박집인 줄 아나, 아무나 다 받아주게."

자랑은 아니지만 감옥에 다녀온 경험이 있는 소원이 한심하다는 듯 혀를 찼다. 분홍색 니트에 청바지를 입고 긴 머리카락을 하나로 묶어 올린 여학생은 길거리에서 흔히 볼 수 있는 평범한 인상이었다. 딱 한 가지, 반듯하게 다려서 걸친 하얀 의사 가운만 제외하면. 그러나 그 의사 가운을 볼 수 없는 강한에게는 상대방이 그저 철없는 사고뭉치 여자애로 느껴질 뿐이었다.

"양혜윤 학생이라고 했지? 이번이 처음이라고 거짓말하면 처벌을 피할 수 있을 줄 알았나 본데, 재고 장부와 대조해보면 약품이 언제부터 얼마나 없어졌는지 바로 알 수 있어. 이런 짓을 하기 시작한 게 적어도 반년은 된 것 같은데, 아닌가?"

약제부장의 말에 따르면 '원내 미반출 약품'을 기록해두는 장부는 아예 존재하지 않았지만, 강한은 다 알고 있다는 듯한 투로 말했다. 지영이 남긴 녹음 내용에 따르면, 그녀가 정신착란 비슷한 증세를 겪기 시작한 것이 9월 초부터였다. 지영이 의심하지 않게 몸 안에 서서히 나르탈린 성분을 축적시키려면, 적어도 7월이나 8월부터는 약물 투여가 시작되었을 것이다.

"바, 반년은 절대 아니에요! 7월부터였어요! 그전에는 손댄 적 없어요! 정말이에요!"

강한이 예상했던 대로 여학생은 어설픈 변명을 그만두고 이실직고했다. 이것도 강한이 흔히 써먹는 신문기법 중 하나였다. 2000만원 훔친 도둑에게 '1억 훔친 걸 다 알고 있다, 증거도 있다'라고 말하면, '1억이라니 당치도 않다, 2000만 원뿐이다'라고 발끈해서 반박해오는 것이다. 눈곱만 한 거라도 자신이 하지 않은 일에 대한 벌은 받고 싶어하지 않는 게 이 세상 모든 범인의 공통점이었다.

"사립대 의대 등록금은 진짜 말도 안 되는 수준이에요. 저는 흔히 말하는 금수저도 아니고, 동수저, 아니 기껏해야 나무수저 정도밖에 안 된다고요. 아빠, 엄마 등골 파먹는 것도 하루이틀이잖아요. 잠잘 시간도 부족해서 죽을 것 같은 일정에 알바는 꿈도 못 꾸고."

여학생은 누가 묻지도 않았는데 신세 한탄을 늘어놓는 것으로 자백 진술을 시작했다.

"처음엔 한두 개씩만 꺼냈어요. 의대 공부가 너무 힘들고 경쟁이 심하다 보니까, 공부하느라 가끔 각성 효과가 있는 약을 찾는 애들이 있어요. 예전 본과생들도 종종 했던 일이라고요. 미반출 약 중에서 몇 개 슬쩍 빼돌리는 거요. 전 그냥 좀 많이 가져가서 남에게 팔았을 뿐이에요. 어차피 아무도 안 가져갈, 주인 없는 물건이잖아요."

"엄연히 병원 관리하에 있는 물건이니까 주인이 없다고 볼 수는 없지. 그리고 주인이 없는 물건이라고 해도 마음대로 가져가면 죄가 돼. 의대생이라면 그 정도는 알 텐데?"

"……."

강한의 냉정한 질책에 꿀 먹은 벙어리가 되어버린 여학생을 향해 이번에는 약제부장이 물었다.

"그런데 도대체 어떻게 약품을 가져간 거지? 문은 잠겨 있었고, 실습생에게는 열쇠를 주지 않을 텐데. 누구 하나 이상하게 생각하는 사람이 없었단 말이야?"

"2층 전체를 열 수 있는 마스터키가 있잖아요. 호흡기내과 실습 갔을 때 레지던트 선배가 열쇠를 빌려준 적이 있는데, 그때 복사해놨어요. 빈 카트 하나 밀면서 실습 온 약대생인 척 들어가면 아무도 신경 안 쓰던데요."

　여학생이 주머니에서 주섬주섬 꺼낸 마스터키를 테이블 위에 올려놓자, 약제부장은 말문이 막혀버렸다. 반대로 강한은 자신감이 생겼다. 여학생이 배짱 있는 도둑이었다면, 애초에 강한이 이곳에 도착하기 전에 문을 열고 나가버렸을 것이다. 그러지도 못하고 벌벌 떨면서 앞으로 어떤 일이 닥칠지 기다리고만 있었던 걸 보니, 그녀는 범죄와는 어울리지 않는 인물이었다.

　"각성 효과가 있는 약은 다른 의대생들한테 팔았다고 했고. 그럼 다른 약들은 어떻게 했지?"

　"다른 약들…… 전부 버렸는데요. 필요 없으니까."

　예리하게 청각에 집중하고 있던 강한은 여학생의 말이 끊어졌다 다시 이어지는 시점에서 숨길 수 없는 망설임과 불안감, 그리고 그 안에 내재된 죄책감을 느꼈다. 그는 짐짓 모르는 척 그것과 상관없어 보이는 질문을 던졌다.

　"7월부터 오늘까지라고 했지? 그러면 오늘 이전에, 가장 최근에 창고에 들어갔던 게 언제지?"

　"케이스 발표하러 병원 오는 날이었으니까…… 11월 4일이요."

　"그래, 그럼 11월 4일에 있었던 일을 쭉 한번 얘기해볼래?"

　"어, 그러니까. 아침 7시 30분까지 병원 출근이었고. 8시부터 10시까지 회진 돌고. 12시까지 케이스 발표하고. 점심시간에 구내식당에서 밥 먹고, 창고에 들어가서 약을 꺼내왔어요. 어, 그다음에, 쓸모 있는 것들은 사물함에 넣어놓고 나머지는 쓰레기통에 버렸고요."

　열심히 기억을 더듬고 있던 여학생의 말을 강한이 날카롭게 가로막았다.

"쓰레기통? 어디 쓰레기통?"

"어, 그러니까…… 병원 화장실 쓰레기통이요. 봉투에 넣어서."

"무슨 봉투?"

"그거, 누런 봉투 있잖아요. 햄버거 살 때 넣어주는 거."

"점심은 구내식당에서 먹었다면서?"

"어, 그 전날 야식을 맥도날드에서 먹었어요. 병원 앞에 있는 맥도날드요. 맞아요. 케이스 발표한다고 늦게까지 준비했거든요. 버리고 나서 휴게실에 가서 한숨 자고, 어, 그리고 도서관에 가서 공부하다 집에 갔어요. 그게 끝이에요."

그 말에 강한은 가만히 고개를 끄덕이더니, 여학생이 전혀 예상치 못했던 뜬금없는 주문을 했다.

"그래, 그럼 이번에는 그날 있었던 일을 거꾸로 한번 말해볼래?"

"네?"

"자, 시작."

강한이 재촉하자, 여대생은 떨떠름하게 대답하기 시작했다.

"어, 밤에는 집에 있었고…… 휴게실에서 잤고……. 그전에는…… 잠깐 밖에…… 아니, 그게 아니라 화, 화장실에……."

지금까지 술술 말하던 것과는 달리 갑자기 말을 더듬으며 헤매기 시작한 여학생을 향해 강한이 차분하게 말했다.

"거꾸로 말하는 게 왜 어려운지 알아? 네가 방금 한 말 중에 거짓말이 있기 때문이야. 사람의 두뇌 구조가 그렇게 되어 있지. 실제 있었던 일을 기억해낼 때 쓰는 부위와, 없었던 일을 꾸며낼 때 쓰는 부위가 달라. 실제 있었던 일을 거꾸로 되짚는 건 쉽지만 꾸며낸 일을 거꾸로 되짚는 건 매우 어렵지. 내 생각에는 화장실에 약을 버렸다는 부분이 거짓말 같은데."

강한의 말에 여학생이 정곡을 찔린 듯 헉, 하고 숨을 들이쉬는 소리가 들렸다. 그녀는 한참 동안 망설이다 털어놓기 시작했다.

"실은 동아리 후배가 불면증이랑 우울증 때문에 고생한다고 해서 나르탈린을 좀 나눠주긴 했어요. 돈 받고 판 건 아니에요. 정말 예의 바르고 착실한 애인데, 주변의 기대가 워낙 크다 보니 남 모르게 스트레스 받는 거 같아서. 도와주고 싶어서……."

"무슨 동아리 하는데?"

"의대 봉사동아리요."

달칵. 강한의 머릿속에서, 흩어져 있던 퍼즐 한 조각이 제자리를 찾아 들어가는 소리가 들렸다.

"그 후배라는 애가, 예과 1학년인 조규진 맞아?"

"어, 어떻게 아셨어요?"

자기도 모르게 불쑥 소리쳤던 여학생은 이내 말실수했다는 걸 깨달은 듯 두 손으로 입을 막아버렸다. 손가락 사이로 숨을 가쁘게 몰아쉬는 소리가 들리더니, 이내 울먹임이 새어나왔다.

"저기, 저 때문에 규진이까지 벌 받는 건 아니겠죠? 걔도 다 그럴 만한 사정이 있었어요. 수석 입학에, 국회의원 아들이라고 주변에서 어마어마한 관심에, 질투에 뒤에서 몰래 하는 험담까지……. 고등학생 때부터 너무 스트레스를 받아서 살이 쭉쭉 빠질 정도였는데, 어디 얘기할 데도 없어요. 자기가 신경정신과 진료를 받으러 갔다가 혹시 기사화되기라도 하면 난리 난다고."

지금 이 상황에서도 자기 처지보다 규진이 해를 입을까봐 걱정하는 걸 보니, 여대생은 어지간히도 규진을 걱정하는 모양이었다. 어쩌면 이성적인 감정이 있는지도 몰랐다.

강한은 규진이 어떤 태도로 그녀를 현혹시켰을지 알 것 같았다.

완벽하고 오만하고, 부유한 티가 뚝뚝 흐르는 가족들 사이에서 혼자만 완전히 다른 피가 흐르는 듯 착하고 성실하고 겸손해 보이는 그 분위기. 강한도 처음에는 규진의 그런 점에 호감과 연민을 동시에 느꼈었다.

"규진이는 나하고도 가까운 사이야. 한때 매형과 처남 사이가 될 뻔했으니까. 지금도 서로 그렇게 부르고 있고. 네 말이 맞는다면, 규진이는 벌을 받는 게 아니라 도움이 필요해. 내가 조 대표님과 상의해볼 테니까, 오늘 한 얘기를 진술서 형태로 적어서 검찰청에 보내줄 수 있겠어?"

"아, 그러면 검사님이 그……."

지금까지 경황이 없어서 강한의 선글라스와 케인을 의식하지 못했던 여대생이, 이제야 그의 정체를 알아차린 듯 작은 탄성을 내뱉었다. 그러더니 이내 고분고분하게 고개를 끄덕였다. 강한은 그녀의 숨소리에 간간이 섞여 있는 흐느낌을 들으면서 단호하게 말했다.

"그동안 있었던 일을 거짓 없이 적어서 제출하면, 정상 참작해서 벌금형으로 선처받을 수 있게 해볼게. 나중에 의사 면허를 따는 데는 문제가 없도록. 하지만 여기서 끝이 아니야. 사정이 어려운 건 알겠는데, 그 나이가 되면 그게 핑계가 되지 않는다는 건 알아야지."

"……."

"사람 목숨을 좌지우지하는 직업에는 그만큼의 각오가 필요해. 작은 실수가 누군가의 생명을 앗아가는 건 순식간이야. 누구 하나 죽이고 싶지 않으면 정신 똑바로 차려. 돈 없으면 휴학하고 알바라도 하든가. 그게 아니면 의사가 되려는 것 자체를 그만둬. 내 말 알아들었어?"

"……네. 정말 죄송하고, 감사합니다."

코맹맹이 소리로 말하는 여학생을 내버려두고, 강한은 소원과 함께 창고를 나왔다. 여학생의 울음소리가 들리지 않을 만큼 떨어지자마자, 소원이 호기심 가득 찬 목소리로 물었다.

"우와, 진짜 신기하다. 거짓말할 때는 거꾸로 말하는 게 정말 안 돼요?"

"음, 그런 이론이 있긴 한데. 내가 실제로 해보니까 딱히 그렇진 않았어. 있었던 일을 거꾸로 말하는 건 사실 누구한테나 어렵지. 특히 보름 전 있었던 일들이라면 더더욱."

태연하기 짝이 없는 강한의 대꾸에 소원은 그만 말문이 막히고 말았다.

"그 비싼 약을 그냥 버렸을 리는 없다는 정당한 추론을 갖고 슬쩍 떠본 것뿐이야. 항상 범인의 발목을 잡는 건, 거짓말을 하고 있다는 불안감과 자신 없음, 그 자체거든. 그러니까 류소원, 너도 거짓말하지 말고 살아."

"제가 뭘요? 언제요?"

"오늘 아침에도 테이블에 엎었던 김치, 안 떨어진 거라고 거짓말하고 쳤잖아."

"헉, 어떻게 알았어요! 소름!"

강한은 과장되게 펄쩍 뛰어오르는 소원의 팔꿈치를 잡은 채 피식 웃었다. 그가 생각했던 것보다 순조롭게 수사가 진행되고 있었다. 이제 조규진이 범인이라는 개연성이 30, 아니 40퍼센트 정도는 생긴 것 같았다.

105

"강 검사, 지금까지 한 말들이 모두 사실인가?"

테이블 건너편에 앉은 강한을 향해 묻는 검사장의 말끝에는, 그 어느 때와도 비교할 수 없는 놀라움과 긴장감이 배어났다. 강한은 방금, 그동안 극비리에 부쳐왔던 수사 상황을 검사장에게 보고한 참이었다. 강한이 조규진에 대해 이것저것 알아보고 다니는 줄은 알았지만, 참고인이라고만 생각했지 용의자라고는 조금도 생각지 못했던 유미 또한 놀라기는 마찬가지였다.

"근데 선배, 아니 선배님. 저는 도무지 이해가 안 가는데요. 조 대표 아들이 도대체 무슨 동기가 있어서 그런 짓을 하겠어요? 돈 문제도 아니고, 원한관계도 없을 텐데요."

유미는 검사장의 존재를 의식해 깍듯한 존댓말을 사용했고, 강한 또한 평소보다 사무적인 말투를 사용했다.

"정 검사도 겪어봐서 알겠지만, 모든 범인이 현실적인 동기가 있어서 범행을 저지르는 건 아니야. 범행을 위한 범행을 하는 부류가 적지만 분명히 존재하지. 난 조규진도 그중 한 사람일 거라고 생각해."

강한의 말을 들은 검사장이 흠, 하는 소리를 내더니 알 만하다는 듯 물었다.

"쾌락 살인범이라는 건가?"

"그렇습니다. 조규진의 경우 엄밀히 말해 폭력을 가하는 데서 오는 가학적인 쾌락보다는, 자신이 다른 사람의 인생을 좌지우지하고 통제할 수 있다는 데서 느껴지는 우월감에 도취되어 있는 것 같습니다. 체스판 위의 말을 조종하는 것처럼 말입니다."

"권력욕이 강한 사이코패스라는 말이지. 조 대표의 아들은 착실한 모범생이라고 여기저기 소문이 자자하던데, 그런 면이 있었다니 의외군."

"평소에는 철저하게 숨기고 있으니까요. 남을 쉽게 믿지 않는 저조차도 깜박 속아넘어갈 정도로."

강한이 그렇게 말한 후에도 검사장실 안의 공기는 여전히 무겁기만 했다. 다들 납득하기 어려워하고 있는 것이다. 하긴, 남부러울 것 없이 자란 유복한 의대생이, 그것도 차기 대선 후보로 손꼽히는 정치인의 아들이, 알고 보면 고등학생 시절부터 살인과 폭력을 일삼아온 극악무도한 범죄자라는 말은 누가 들어도 뜬금없긴 했다. 강한은 짧게 한숨을 쉬면서 고백했다.

"실은 제가 실명 판정을 받은 직후, 병원에서 링거병을 깨서 자살을 시도한 적이 있습니다."

강한은 입술을 지그시 깨물면서 그 비참했던 날의 기억을 되새겼다.

"그 전날 저녁, 조규진이 면회를 왔었습니다. 책에서 읽었다고 하면서, 선천적 장애인보다 중도 장애인이 훨씬 사는 게 힘들다고, 잃어버린 걸 매번 되새기면서 살아야 한다고 하더군요. 우리나라에서 할 수 있는 일이라고는 고작 안마사가 되는 것뿐이라고. 그래서 자살할 확률이 세 배에 가깝다, 자살하기 어려운데도 일고여덟 번씩 시도해서 결국 죽는다더라, 이런 말들을 하더군요."

"실명 판정을 받은 사람한테 그런 말을 했다고? 아니, 했다고요?"

유미는 자기 귀를 의심했다. 강한도 이렇게 말을 옮기는 과정에서야 제대로 느낄 수 있었다. 규진이 그날 밤 했던 말들이 얼마나 잔인하고 끔찍한 것들이었는지. 그저 규진의 온화한 말씨와 진심으로 걱정하는 듯한 태도에 교묘하게 포장되어 그 당시에는 느끼지 못했을 뿐이었다.

"검찰청에서는 이미 저를 버린 사람으로 생각한다는 말, 자리도 이미 다른 사람이 빼앗아갔다는 말을 전해 들은 것도 그날이었습니다. 조 대표와 그 부인 사이에 오가는 대화를 엿들었다고 하니, 저로서는 신빙성 있는 얘기라고 생각할 수밖에 없었죠. 거기에 마지막으로 쐐기를 박은 게, 각종 언론 매체에서 저에 대해 안 좋게 떠들어대고 있다는 암시였습니다."

그랬다. TV 시청이 금지되어 있고, 신문이나 인터넷 뉴스도 읽을 수 없는 강한에게 그에 대한 비판적인 여론을 전달해준 것도 바로 규진이었다. 상태가 호전되더라도 검찰청으로 복귀하긴 어려울 것이라는 암담한 생각이 드는 순간, 강한의 의식은 규진이 은근슬쩍 던져놓은 두 개의 단어를 향해 달려갔다. '자살', 그리고 '작별 인사'.

"물론 조규진이 제 손에 직접 링거 조각을 쥐여준 건 아니었고, 자살하라고 대놓고 권유한 것도 아니었습니다. 저는 언제 자살하더라도 이상하지 않은 상황이었으니까요. 벼랑 끝에 서 있는 사람의 등을 그저 손가락으로 가볍게 툭 한 번 건드리는 것, 그 정도로도 충분했던 거죠."

그리고 강한은 규진이 그 과정을 철저히 즐겼을 거라고 생각했다. 자신이 나비 날갯짓처럼 가볍게 던져놓은 몇 마디 말이 타인에게는 해일과 맞먹을 만한 극심한 정신적 동요를 일으키고, 결국 자살이라는 돌이킬 수 없는 결과로까지 몰고 가는 것을. 그 상대방이 자기보다 나이도 훨씬 많고, 고도의 지능과 사회적 지위까지 가진 사람이라면 그 쾌감은 한층 더했을 것이다.

"설마 선배…… 윤지영 변호사의 자살에도 조규진이 그런 식으로 개입했을 거라고 생각하는 건 아니죠?"

"그럴 가능성이 분명히 있지. 그리고 또 한 사람. 지온유의 자살에도."

"지온유? 1년 전 사건의 범인 지온유를 말하는 건가? 교도소에서 자살한?"

이번에 물어본 사람은 검사장이었다. 강한은 작년에 수사 기록에서 읽었던 내용을 떠올리며 말을 계속했다.

"중학교 때 측정한 기록에 따르면 지온유는 지적장애 3급이었고, IQ는 65였습니다. 초등학교 저학년과 고학년 사이 수준이죠. 그 정도면 '자살'이라는 개념을 막연히 이해하고는 있어도, 구체적인 방법까지는 생각해내기 어렵습니다."

그런 점에서 지온유의 자살은 처음부터 의심받아야 마땅했다. 하지만 강한을 비롯한 누구도 의심하지 않았다. 아니, 의심하고 싶지 않아 했다. '국민의 혈세로 살인범을 먹여 살린다'는 비난이 나날이 쏟아지던 가운데, 어떻게 보면 골칫거리가 알아서 없어진 거나 다름없었으니까.

"조규진이 속해 있는 의대 봉사동아리 학생들 말로는 지온유가 자살하기 바로 전 주에, 성암교도소로 의료 봉사를 다녀온 적이 있다고 하더군요. 조규진은 그때 지온유를 보지 못했다고 주장했지만, 저는 만난 게 아닐까 추측하고 있습니다."

"그리고 자살하는 요령을 일러주었다?"

"대놓고 알려주진 않았을 겁니다. 저에게 했던 것처럼 걱정하는 척하면서 완곡히 돌려 말했겠죠. 어쩌면 지온유는, 바지로 목을 묶는 게 어떤 결과를 초래할지 잘 몰랐을 수도 있습니다."

"……."

강한이 말을 마치는 것과 동시에 검사장실 안의 공기가 싸늘하게 식어내리는 게 느껴졌다. 강한의 후배 검사인 유미도, 선배라고 따지면 까마득한 선배인 검사장도 그렇게까지 교활하고 간접적이면서 비인간적으로 일을 저지르는 범인을 본 적이 거의 없었던 것이다. 긴 침묵 끝에 검사장이 천천히 입을 열었다.

"아직 단정하긴 이르네. 증거라고 있는 것들은 전부 정황증거들 뿐이니까. 심지어 윤지영과 조규진, 지온유와 조규진이 어떤 관계인지도 명확하게 밝혀진 게 없지 않은가. 분명 수상한 점이 있는 건 맞지만, 인지하기 전에 일단은 참고인 신분으로 조사해보는 게 좋을 것 같군."

"네, 저도 그렇게 할 작정입니다."

강한은 곧바로 대답했다. 있는 거라고는 몇 가지 애매한 진술뿐인 이 단계에서, 조규진을 용의자로 지목하는 건 자폭이나 다름없다는 걸 그도 잘 알고 있었다. 검사장은 신중하게 지시를 이어나갔다.

"조 대표에게 트집 잡힐 거리를 줘서는 안 되니까, 출석 요구 문자 메시지는 정 검사 이름으로 보내도록 하지. 참고인 조사를 할 때도 정 검사가 진행하고, 강 검사는 참관하는 식으로."

"예, 말씀대로 하겠습니다, 검사장님."

강한은 검사장이 마음을 바꾸기라도 할까봐 얼른 대답했다. 솔직히 말하면, 이렇게 쉽게 승낙이 내려질 줄은 그조차 예상치 못했다. 유력한 대선 후보의 아들을 건드리다니, 검사장 아니라 검찰총장이라도 선뜻 내켜할 만한 게 아니었다. 성암지검 검사장이 정치적인 욕심이 전혀 없는, 검찰의 독립성을 굳게 신봉하는 고고한 선비 같은 인물이기에 가능한 일이었다.

"조사해볼 만한 가치가 확실히 있는 건 알겠지만, 그래도 조심, 또 조심하도록 하게. 조민국은 천년 묵은 능구렁이 같은 인간이야. 함부로 건드리면 독니에 찔리는 건 그쪽이 아니라 우리 쪽이 될걸세. 강 검사, 정 검사. 꼭 명심하게."

"잘 알고 있습니다, 검사장님."

"네, 검사장님."

묵직한 무게가 실린 강한의 목소리에 유미의 낭랑한 목소리가 더해졌다. 먼저 자리에서 일어난 유미가 강한의 팔을 잡고 검사장실 입구까지 데려왔을 때, 검사장이 문득 생각난 듯 물었다.

"아, 그리고 한 가지 더. 홍세은 수사관 문제는 어떻게 됐나? 실종 수사는 진행하는 건가?"

홍세은의 본명이 김은하이고, 고(故) 김별하의 친언니라는 사실은 이미 검사장도 보고받아 알고 있었다. 다른 사람도 아닌 유족이 신분까지 숨겨가며 검찰청에 들어왔다는 사실은 분명 다른 의도가 있고밖에 추정할 수 없었고, 무단 결근 또한 의도적인 것일지 몰라서, 과연 실종 수사를 계속하는 게 맞는지 검사장으로서도 판단이 서지 않는 상황이었다.

"실종 수사는 일단 중단했습니다. 확인해봐야 알겠지만, 홍 수사관은 무사히 잘 있을 겁니다. 어디 있는지도 대충 짐작 가는 바가 있습니다."

"······."

유미도 검사장도, 그게 어딘지, 어떻게 확신하는 건지 캐묻지 않았다. 검사와 그 방 식구들의 관계는 한 가족과도 같아서, 외부에서는 함부로 간섭하지 않고 존중해주는 게 검찰의 불문율이었다. 유미는 세은이 정체를 숨겼던 것에 대해 강한이 배신감을 느끼진 않았을까 걱정했지만, 그의 침착한 표정에서 그런 기색은 전혀 찾아볼 수 없었다.

* * *

저녁 7시. 고(故) 김별하의 집 앞.

"형, 정말 세은 누나가 여기 있을까요?"

기둥 너머로 아파트 복도를 엿보며 소리 낮춰 소곤대는 소원은 영화 속에 나오는 스파이라도 된 기분이었다. 강한은 소원을 따라 목소리 톤을 낮추면서 말했다.

"홍 수사관은 자기 부모와는 성향이 달라. 동생에 대한 기억과 트라우마를 무조건 지우고 회피하려는 게 아니라, 어떻게든 정면돌파하려는 거지. 그러기 위해서 미국에서 돌아온 거고, 수사관이 된 거겠지. 어쩌면 조규진에 대해서도 우리가 모르는 뭔가를 알고 있을지도, 그것 때문에 지금 혼란스러워하고 있을지도 몰라. 과거의 기억을 되살릴 필요가 있을지도 모르고."

강한은 세은의 태도가 이상해지기 시작한 게, 수사망이 규진을 향하기 시작했던 시점과 같다는 점을 놓치지 않았다. 세은이 애초에 강한에게 접근했던 의도가 무엇이든, 그녀의 목적은 어느 시점에선가 달라져버린 게 틀림없었다. 바로 조규진으로 인해서.

"기억을 자극하는 가장 좋은 방법은 그 현장으로 돌아가는 거지. 가족과 함께 살았던 집. 동생의 흔적이 그대로 보존되어 있는 곳. 지금은 아무도 없고, 현관 비밀번호도 알고 있는 곳."

담담하게 말하면서도 강한은 가슴 한구석이 저미듯 아파오는 것을 느꼈다. 가구나 물건이라고는 죽은 동생의 것밖에 남아 있지 않은, 통째로 죽어버린 것 같은 텅 빈 집에서 산다는 건 어떤 기분일까. 그건 절망의 끝을 보지 않은 사람은 감히 할 수도 없는 일일 것이다. 별하의 가족이 빠져 있는 구렁텅이는 강한이 생각했던 것보다, 그 누구의 생각보다 깊고 어두웠다. 차라리 세은이 이곳에 없으면 좋겠다고 생각하던 찰나, 소원이 소리쳤다.

"어, 저기! 누가 와요!"

"누구야?"

강한의 질문에, 소원은 목을 쭉 빼고 기둥 너머로 보이는 사람의 윤곽을 확인했다.

"도시락 배달하는 사람 같아요. 도시락 시켰나 봐요."

빨간색 유니폼을 입은 배달부가 비닐백 속에서 도시락을 꺼내 들고 초인종을 누르는 모습이 보였다. 잠시 후, 문을 열면서 모습을 드러낸 사람을 보고 소원은 펄쩍 뛰어오를 뻔했다.

"앗, 세은 누나다! 형! 진짜 세은 누나예요!"

"그럼 진짜지 가짜겠어?"

강한은 호들갑을 떠는 소원에게 담담하게 대꾸했지만, 실은 그도 세은이 무사하다는 사실에 소원만큼이나 안도하고 있었다.

"아, 다행이다. 건강해 보여요. 좀 우울해 보이긴 하는데, 애초에 기분 좋으면 무단 결근 같은 거 안 했겠죠. 형, 근데 정말 안에 들어

가보지 않아도 될까요?"

"무사한 거 확인했으면 됐어. 세은 씨가, 아니 은하 씨가 자기 얘기를 하고 싶을 때, 그때 다시 나타날 거야. 우리가 할 일은 기다려주는 거고."

강한은 단호하게 말했다. 연관된 사람의 대부분이 가해자인 동시에 피해자인 이 이상한 사건에서, 순수한 피해자라고 할 수 있는 이들은 바로 세은을 비롯한 별하 가족뿐이었다. 강한은 그들이 원하는 게 뭐든지 존중해주고 싶었다. 설령 그게, 자신에 대한 복수라 할지라도.

"하지만……."

"가자, 남 저녁 먹을 때 방해하는 거 아니야."

강한은 망설이는 소원을 독촉해서 아파트를 나섰다. 그곳은 죽은 아이를 위한 성전이었고, 유족의 추모는 1년이 지난 지금까지도 바로 어제 사건이 일어난 것처럼 계속되고 있었다. 그 경건한 의식을 방해할 권리는 누구에게도 없었다. 특히 강한 자신에게는 더더욱.

106

11월 22일 목요일 오후 2시. 성암지방검찰청 형사1부 정유미 검사실.

— 강 검사, 출석 요구 문자 같은 건 뭐 하러 보내나. 나한테 전화 한 통만 했으면 됐을 것을.

수화기 너머의 조 대표는 성인군자처럼 느긋하고 온화한 어조로 말하고 있었다. 역시 고단수였다. 공부하느라 바쁜 아이를 검찰청 같은 곳에 불러낸다고 짜증을 부리거나, 우리 가족을 이 사건에 개입시키지 말라고 성화를 내는 것보다, 이쪽이 훨씬 유리하다는 걸 아는 것이다.

— 사건 수사에 도움이 되는 거라면 뭐든지 물어보게. 우리 규진이가 아는 게 있는지 모르겠지만, 아는 거든 모르는 거든 탈탈 털어서 말씀드리라고 단단히 일러두었네.

과연 조 대표가 규진에게 '단단히 일러둔' 것이 그것일까. 강한은 사랑과 존경으로 이루어져 있는 줄 알았던 이 부자(父子)관계의 본질이 무엇일지 궁금해하면서, 뼈 있는 말을 던졌다.

"감사합니다, 대표님. 저도 규진이가 아무것도 아는 게 없길 바랍니다. 그리고 다음부터 이 사건에 대해 하실 말씀이 있으시면 정유미 검사를 통해주시죠. 정 검사가 주임검사니까요."

— 아, 그렇군. 미안하네. 잠깐 잊고 있었어. 정유미 검사.

아주 재미난 실수를 하기라도 했다는 듯 너털웃음을 날리는 조 대표를 내버려두고 강한은 휴대전화를 끊었다. 그는 소원과 함께 검사실 구석에 놓인 소파에 자리 잡고 있었고, 대화가 잘 들리는 거리에 유미가 규진을 마주 보고 앉아 있었다.

"수업 있을 텐데 시간 내줘서 고마워요. 수사 중에 조규진 군의 이름이 몇 번 나와서 직접 물어볼 필요가 있다고 판단했어요. 강 검사님이 잘 봐달라고 특별히 부탁도 했고, 조사를 쓸데없이 길게 끌지는 않을 거예요."

유미는 강한이 미리 일러둔 대로, 권위라고는 조금도 내세우지 않는 상냥하고 친절한 태도를 보였다. 강한은 규진의 경계심을 자극하는 즉시, 그가 빈틈없이 방어막을 둘러칠 거라는 사실을 알고 있었다. 규진은 강한이 익히 알고 있는 그 말투, 완벽하리만큼 선량하고 착실한 투로 대답했다.

"네, 알겠습니다."

"지온유 사건의 국선변호인이었던 윤지영 변호사를 알고 있죠? 이번에 지온유의 친엄마로 밝혀진, 자살한 사람 말이에요. 혹시 규진 군과 무슨 관계가 있나요?"

지영의 통화 내역을 확인한 결과 5월 8일, 그러니까 별하의 추모 예배가 있은 지 사흘 후를 기점으로 약 6개월 동안 규진의 휴대전화 번호와 수신하거나 발신한 내역이 무려 65건에 이르렀다. 연쇄 상해 사건이 일어난 날짜 전후로 통화가 몰려 있었고, 자살하기 바로 전날에도 통화 내역이 남아 있었다. 반면 통화보다 훨씬 흔하게 하는 문자나 메신저 내역은 없었는데, 강한은 증거를 남기지 않기 위해 일부러 그랬을 거라고 생각했다.

지영이 사는 구식 연립주택에 CCTV가 없어 확인할 수는 없었지만, 규진이 그 집에도 몇 번은 드나들었을 거라고 추측하고 있었다. 가장 확실한 건 규진의 휴대전화 발신기지국을 조회해보는 거겠지만, 그건 강제수사의 영역이라서 규진을 공식적으로 수사망에 올리기 전에는 불가능했다.

강한은 규진을 온유의 장례식에서 만났다는 고아원 원장의 진술이나 지영의 통화 목록에 대해서는 일부러 모른 척한 채 규진의 대답을 기다렸다. 아무런 압박도 가해지지 않은 상태에서 자유롭게 말하도록 내버려두면 뭐라고 거짓말을 할지 지켜보고 싶었던 것이다.

"······솔직히 말해도 돼요? 저희 아버지한테는 말씀하지 않으실 거죠?"

테가 가는 안경 너머로 쌍꺼풀 진 눈을 깜박이며 순진하게 묻는 규진을 보는 순간, 유미는 이 애가 정말 강한이 말한 것처럼 피도 눈물도 감정도 없는 냉혈한이 맞을까 싶었다. 자기도 모르게 감싸주고 싶다는 충동이 들었던 것이다. 규진은 목까지 꽉꽉 잠그고 있던 코트 단추를 몇 개 풀면서 옷깃을 젖히더니 살짝 체념 섞인 투로 말했다.

"매형한테는 말하지 않았는데, 사실 저 그분하고 꽤 가깝게 지내는 사이였어요. 통화도 자주 했고, 밖에서 만나 따로 밥을 먹은 적도 있고요. 이렇게 말하면 좀 건방지게 들릴지도 모르겠지만, 그분이 저한테 많이 의지하셨어요. 집으로 와달라고 부탁해서 간 적도 몇 번 있었고요."

유미뿐만 아니라 듣고 있던 강한도 순간적으로 말문이 막혔다. 규진이 이렇게 순순히 인정할 줄은 몰랐던 것이다. 그는 끼어들지 않겠다는 다짐도 잊은 채 불쑥 질문을 던지고 말았다.

"어떻게 알게 된 사이인데? 지온유의 변호사라는 건 처음부터 알고 있었어?"

"네, 그것만 알았던 게 아니었어요. 그분하고 저, 조금 특이한 상황에서 만났거든요."

규진은 부인하려는 시도조차 한 번 하지 않은 채 대답했다.

"특이한 상황?"

"이것도 매형한테는 말한 적이 없는 건데, 지온유 장례식 하던 날 저도 거기 갔었어요."

규진이 이번에도 선수를 치자, 강한은 역전을 벼르면서 숨겨두었던 카드를 누군가 앞질러 뒤집어버린 것 같은 기분이었다.

"네가 거기엔 왜 갔는데?"

"제 눈으로 직접 지켜보고 싶었거든요. 죄 없는 어린아이를 해친 범인의 최후를. 기회가 있다면 관에 침이라도 한번 뱉어줄 작정이었어요. 죗값도 다 치르지 않고 자살이라는 방식으로 도망가버린 건 비겁하고 파렴치하다고 생각했으니까. 성암대학병원 장례식장에서 장례식이 치러진다는 건 기사로 읽었어요. 어차피 학교 바로 옆에 붙어 있으니까, 가기 어렵지도 않고."

규진의 대답은 미리 준비하기라도 한 것처럼 논리적으로 전혀 빈틈이 없었다. 결백한 사람이라 할지라도 이런 식으로 검사로부터 추궁을 당하면 당황하거나 괜히 발끈해서 흥분하는 경우도 많은데, 일정한 톤으로 이어지는 규진의 말에서는 감정의 동요를 찾아볼 수가 없었다.

그러나 그 무감정한 목소리에서 위화감을 느끼는 건 청각이 예민한 강한뿐이었고, 조사 주체인 유미는 오히려 분개한 듯 이마를 찡그린 규진의 표정을 보고 혼란에 빠지는 중이었다.

"그런데 막상 가보니까 장례식이…… 너무 초라한 거예요. 관 들어줄 사람도 없을 만큼. 그리고 휑하니 비어 있는 그 한가운데서, 어떤 여자가 머리를 풀어헤치고 아스팔트 바닥에 엎드려 울고 있었어요. 전 뉴스에서 그분을 본 적이 있어서 누군지 알고 있었지만, 그 순간 깨달았어요. 그분은 그냥 지온유의 변호사가 아니고, 훨씬 특별한 관계가 있는 사람이라는 걸요."

규진은 가슴 아픈 사람처럼 긴 한숨을 내쉬더니 단호해진 어조로 덧붙였다.

"이것 한 가지만 확실히 해둘게요. 제가 가엾게 여겼던 사람은 지온유가 아니라, 윤 변호사님이었다는 걸. 그때까지도 전 지온유가 진범이라고 믿었으니까요. 솔직히 지금도 그게 맞지 않나 생각하고 있고. 하지만 그렇다고 해서 지온유의 주변 사람들을 다 미워한 건 아니에요."

"죄인은 미워하되 가족은 미워하지 말라는 건가."

강한의 말투에는 어딘가 비꼬는 듯한 기색이 들어 있었다. 그걸 알아차린 규진은 잠시 간격을 두었다가, 강한이 아닌 유미를 향해 머뭇머뭇 털어놓듯 말했다.

"저 말이에요. 사실 지금 같이 사는 어머니, 친어머니가 아니에요."

유미 못지않게 강한도 놀랐다. 여진과 규진이 남매치고 닮은 구석이 없긴 했지만, 여진은 엄마 쪽을 닮고 규진은 아빠 쪽을 닮아서 그럴 거라고 생각했을 뿐, 이복남매인 줄은 몰랐다. 집안에서 왕자처럼 대접받으며 고이고이 자란 줄로만 알았는데. 규진은 너무도 담담해서 오히려 더 슬프게 느껴지는 어조로 고백했다.

"20년 전에 아버지가 비서와 바람피워서 낳은 사생아가 저예요. 아버지는 스캔들을 피하려고 제가 어머니 자식으로 태어난 것처럼 출생신고를 했고, 전 친엄마 얼굴도 못 보고 길러졌어요."

"많이 힘들었겠네요."

조사 중에 사담을 하는 법이 없는 유미가 저도 모르게 불쑥 말해 버릴 만큼, 지금 규진의 분위기에는 연민과 보호 본능을 자극하는 뭔가가 있었다. 잘생겼지만 어딘가 처연한 느낌이라든가, 처음 들어올 때와는 다르게 자신 없어 보이는 몸짓이나 표정 같은 것도. 그러나 눈이 보이지 않는 강한은 그런 것들에 현혹되지 않았고, 오히려 냉철하게 실마리를 찾고 있었다.

'조규진은 윤지영 변호사에게도 이 얘기를 했던 게 아닐까?'

친아들을 자기 손으로 키우지 못했던 지영이었다. 그런데 죽은 아들의 같은 반 학생, 그것도 장례식에 유일하게 참석해준 아이가 실은 계모 슬하에서 자라서 친엄마의 사랑이 그립다고 하소연해왔다면 그녀의 반응이 어땠을까. 모든 경계가 단번에 허물어지면서 마음이 열리고 말았을 것이다. 어쩌면, 규진을 볼 때마다 죽은 온유가 겹쳐 보였을지도 몰랐다.

"친엄마 또래 여자분한테는 늘 약해요, 제가. 그날 운구를 하고 나서 윤 변호사님이 뭐 시원한 거라도 한잔 사주고 싶다고 하셨을 때도, 이건 좀 아니지 않나 싶으면서도 결국 거절 못했어요. 그분이 너무 많이 우셔서 뭐라도 드려야 탈진하지 않으실 것 같았거든요."

규진은 조용히 벗은 코트를 가지런히 접어 의자 등받이에 깔끔하게 걸어놓고서 말을 이었다.

"병원 카페에서, 그분이 울면서 애원하셨어요. 가끔 만나서, 아니면 전화로라도 얘기하면 안 되겠냐고요. 전 온유에 대해 아는 것도 없고, 솔직히 좋은 감정이 없다고, 장례식도 어쩌다 한번 들른 거라고 설명해도 소용없었어요. 그냥 온유가 다녔던 학교, 온유가 살았던 동네, 온유와 한 교실에서 공부했던 애들 얘기라도 해달라고, 그거면 된다고 하는데 어떻게 거절해요.”

그 말이 사실인지 아닌지는 알 수 없었지만, 이로써 규진은 지영과의 통화 내역을 설명하는 동시에 착하고 배려 깊은 남학생의 이미지를 완벽하게 연출해냈다. 진실은 둘 중 하나일 것이다. 규진이 정말 요즘 세상에 보기 드물게 마음이 따뜻한 청년이거나, 아니면 뛰어난 재능을 가진 연기자이거나.

“윤 변호사와 그런 얘기만 주고받았다고 믿기는 좀 어려운데. 통화 내역이 너무 많고 시간도 길어요.”

강한의 우려와 달리, 유미는 규진으로부터 좋은 인상을 받은 후에도 객관적인 태도로 조사를 계속해나갔다. 범죄자의 첫인상을 믿었다가는 반드시 뒤통수를 맞는다는 사실을 잘 알고 있었다.

“학교 선배 중에 양혜윤이라고 있죠. 병원 약품창고에서 반출금지 약품을 빼돌려 팔다가 걸렸어요. 혜윤 양 말로는 규진 군에게 향정신성 의약품인 나르탈린을 줬다고 하고요. 윤 변호사 체내에서도 다량의 나르탈린이 검출됐는데, 규진 군이 정기적으로 공급해준 거 아닌가요?”

“혜윤 선배가 그래요? 나한테 줬다고? 언제 어디서요? 뭐, 저한테 돈이라도 받았대요?”

침착함을 유지하던 지금까지와는 달리, 규진의 말이 빨라지면서 흥분한 기색이 드러났다. 하지만 그것도 어색한 느낌은 아니었고, 억울한 누명을 썼을 때 보일 법한 반응이라고 본다면 지극히 자연스러운 정도였다. 규진은 답답한 듯 얼굴에 손부채질하며 말했다.

"이런 말까진 안 하려고 했는데, 그 누나 때문에 그동안 저 많이 괴로웠어요. 신입생 명단에서 절 보고 찍었다더니, OT 때부터 2단계 러브샷을 하자고 강요하질 않나, 저랑 사귀는 사이라고 멋대로 소문내고 다니질 않나, 2학년 수업도 아닌 1학년 수업에 들어와서 옆자리에 앉질 않나. 스토킹으로 신고하고 싶은 걸, 그래도 학교 선배라고 겨우 참아준 거라고요."

"좋아하는 사람인데, 없는 죄를 만들어 뒤집어씌울 리가 있나? 있는 죄도 덮어주려 하겠지."

가만히 팔짱을 낀 채 규진의 호소를 듣고 있던 강한이 시니컬한 어조로 끼어들었다. 그러자 규진은 땅이 꺼질 듯 깊은 한숨을 내쉬며 대답했다.

"2학기 개강할 때 제가 그랬거든요. 이러시는 거 너무 부담스럽고 싫으니까 그만하시라고. 그때 누나가 좀 상처받은 것 같더라고요. 당장 가슴은 아파도 계속 희망 고문하는 것보단 나을 것 같아서 냉정하게 대했는데⋯⋯. 그게 문제가 된 거 아닌가 싶어요."

"양혜윤이 거절당한 것에 앙심을 품고 널 모함한다는 거야?"

"전 그렇게 말한 적 없는데요. 그냥 제가 거절한 날부터 그 누나가 새벽마다 횡설수설하는 이상한 메시지를 보내고, 학교에서 마주치면 이유 없이 노려보고, 과 행사나 동아리 모임에도 제가 나온다는 소리만 들으면 안 나온다는 얘길 하는 것뿐이에요."

규진은 결코 직접 말하지는 않았지만, 상식적인 사람이라면 누구나 쉽게 결론 내릴 수 있게 전제가 되는 사실들을 밑밥처럼 깔아놓았다.

강한은 이번 진술 또한 깨기 쉽지 않으리라는 걸 깨달았다. 약품 창고에서 상습 절도를 해오던, 학교생활에 불만이 많아 보이는 불안정한 여학생과 모두의 칭찬을 한몸에 받는 모범생이자 봉사동아리의 실질적 리더인 남학생. 강한이 판사라 해도 후자를 배척하고 전자의 말을 믿기란 쉽지 않을 것이다.

강한이 침묵을 지키는 사이, 아까부터 손부채질을 계속하던 규진은 결국 버티지 못하고 절대 풀어놓는 법이 없는 셔츠 윗단추를 두 개 풀면서 가볍게 불평했다.

"여긴 왜 이렇게 덥죠? 난방 좀 낮춰주실 수 없나요?"

"아, 미안해요. 온도 조절 장치가 고장 났어요. 검찰청이란 곳이 원래 시설이 열악해서요."

사실 검사실 난방기의 온도 조절 기능에는 아무 문제가 없었지만, 유미는 실내 온도가 무려 29도까지 올라갔음에도 불구하고 어쩔 수 없는 척 내버려두고만 있었다. 이것도 강한이 짠 작전의 일부였다.

"조규진의 DNA 샘플이 필요해. 참고인 조사 중에 느닷없이 머리카락을 뽑거나 면봉을 입에 쑤셔넣을 순 없으니, 타액으로 채취하는 수밖에."

유미가 실무관을 향해 손짓을 보내자, 냉장고에 미리 보관해두었던 음료수들이 신속하게 날라져 왔다. 탄산음료부터 캔에 담긴 과일주스와 이온음료, 캔커피에 생수까지 종류별로 고루고루 갖춰져 있었다. 유미는 의심스럽게 들리지 않게 하려고 애쓰면서 물었다.

"음료수 마실래요? 아니면 커피나 물이라도?"

표면에 송알송알 물방울이 맺히도록 차가운 음료수 캔 다섯 개. 규진은 그의 눈앞에 늘어선 크고 작은 캔들과 유미의 얼굴을 번갈아 바라보면서 잠시 침묵을 지켰다.

손을 뻗을 것인가 말 것인가. 유미의 목구멍에서 꿀꺽 침 넘어가는 소리가 났다.

107

"아뇨, 괜찮아요. 목 안 말라요."

규진이 빙그레 웃으면서 음료수 캔을 가만히 앞으로 밀어놓는 순간, 유미와 강한은 동시에 맥이 탁 풀렸다.

"그래요. 조사받다가 목마르면 언제든지 마셔요."

유미는 실망한 기색을 내비치지 않으려 애쓰면서 책상 아래, 무릎 위에 올려놓은 메모 패드를 내려다보았다. 거기에는 간밤에 강한과 유미, 그리고 소원이 머리를 맞대고 물 샐 틈 없이 만들어놓은 참고인 조사 가상 시나리오가 적혀 있었다. 강한이 직접 문답을 주도할 수 없기에 이런 번거로운 방법을 써야만 했던 것이다.

"그러면 규진 군은 처방전을 받아야만 구입할 수 있는 약물인 나르탈린을 어떤 경로로든 몰래 취득하고, 보관하고, 유통한 적이 한 번도 없다는 건가요?"

"그런 적 없습니다."

"규진 군이 봉사하러 갔던 제트마트 주차장 헌혈 버스에서 헌혈자가 실신했던 건 기억나죠? 우리가 확인해본 결과 청연동에 거주하는 35세 사진작가로 밝혀졌는데, 건강 상태가 매우 좋을 뿐만 아니라 이전에는 헌혈하다가 이상 증세를 일으킨 적이 한 번도 없다더군요."

"……."

"그 사진작가에게 그날 있었던 일을 전부 기억해보라고 했어요. 그랬더니 한 가지 기억해내더군요. 원래 헌혈한 후 받는 빵과 우유를, 그날은 어째서인지 헌혈 전에 줬다고요. 헌혈자들에게 빵과 우유를 지급하는 일은 자원봉사자, 그러니까 규진 군 역할 아니었나요?"

안타깝게도 사진작가는 자신에게 빵과 우유를 줬던 사람이 누구였는지는 구체적으로 기억하지 못했다. 그 사실을 알아차린 규진은 돌연 여유만만해졌다. 그는 가방 속에서 영문으로 된 B5 사이즈의 시사 잡지를 한 권 꺼내더니 느긋하게 얼굴에 부채질을 해가면서 대답했다.

"제 역할이기도 했다, 라고 해야겠죠? 헌혈 희망자가 오면 그때 일손 비는 사람이 맡아서 신원 확인하고, 대기 안내하고, 헌혈하는 걸 돕고, 빵과 우유를 주거나 영화 관람권을 주니까요. 그 사진작가라는 사람을 제가 맡았었는지는 기억이 안 나네요."

정말 기억 못하는 건지, 아니면 기억하면서도 모른 척하는 건지, 아직까지 어느 쪽이라고 단정 지을 만한 증거는 없었다. 이쯤 되자 규진은 이게 단순한 참고인 조사가 아니라는 걸 눈치챌 수밖에 없었다.

"질문하시는 걸 보니 네가 빵이나 우유에 약을 탄 게 아니냐고 묻고 싶으신 것 같은데, 그 사람 말대로 빵하고 우유는 헌혈 뒤에 주는 거거든요. 그 사람 진술이 틀린 게 아닌가 먼저 의심해보셔야 하는 거 아닌가요? 향정신성 약물에 잔뜩 취해서 기절까지 한 사람의 말을 곧이곧대로 믿을 수 있겠어요?"

규진은 날카로운 지적으로 강한과 유미를 뜨끔하게 만들더니, 등받이에 걸어두었던 코트를 향해 손을 뻗으며 자리를 뜨려는 듯한 몸짓을 했다.

"매형 부탁이라 기껏 시간 냈는데, 이런 식의 질문들은 저도 달갑지 않네요. 여기 오기 전에 집안 변호사한테서 들었는데, 참고인 조사는 원하지 않으면 안 받아도 된다면서요? 이미 만들어진 조서도 제가 서명하지 않으면 증거능력, 그러니까 가치가 없어진다면서요? 열심히 일하시는 검사님들께는 죄송하지만, 전 오늘 어디에도 서명하고 싶은 기분이 아니라서요."

나름대로 뭔가 주워듣고 오긴 한 모양이지만, 이 정도 상황은 숱하게 겪어본 강한이었다.

"그래, 조서는 증거능력이 없어지지. 대신 규진이 너의 태도가 조사하는 동안 어떻게 변했는지, 어떤 질문에 특히 예민하게 반응했는지, 어느 시점에서 조사를 거부하고 검사실을 떠났는지 자세히 분석해서 수사보고서를 만들 순 있고 그 보고서는 증거능력이 있지."

"……."

"실체를 해명해야 할 의무는 피의자뿐만 아니라 참고인에게도 있어. 다른 점이 있다면 피의자에게는 강제적인 수단을 동원할 수 있고 참고인에게는 그럴 수 없다는 것뿐이지. 네가 떳떳하다면 이 자리에 앉아서 묻는 말에 끝까지 성실하게 대답해. 그게 내가 아는 조규진다운데."

강한은 은근히 규진을 도발했다. '내가 아는 조규진'이라는 말은, 곧 세상 사람들을 위해 규진이 만들어놓은 완벽한 모범생의 이미지를 의미하는 것이기도 했다. 규진은 강한의 눈 대신 선글라스를 지그시 노려보았고, 강한은 마치 눈이 보이는 사람처럼 고개를 똑바로 든 채 그 시선을 튕겨냈다. 잠시 팽팽한 신경전을 벌인 후, 규진은 다시 자세를 바로잡아 앉았다.

"물어보세요. 제가 또 해명해야 하는 게 뭔데요?"

자칫하면 중단될 뻔한 참고인 조사가 무사히 재개된 것에 내심 안도하면서 유미가 질문했다.

"윤 변호사의 범행에 대해서는 어디까지 알고 있었죠? 혹시 윤 변호사가 범행 계획을 얘기하거나 도움을 청한 적은 없었나요? 세 건의 범행 곳곳에서 남자 공범의 흔적이 발견됐는데."

"전혀 몰랐어요. 알았다면 경찰에 신고, 아니 매형한테 바로 얘기했겠죠. 평판 좋은 변호사님이라고 들었는데, 몸이 아파서 쉬는 줄만 알았지 그런 일을 저지르는 줄 어떻게 알았겠어요."

규진은 정말로 결백한 사람처럼 정색하면서 말했다. 유미는 그 말을 전적으로 믿진 않았지만, 일단 수긍하는 척하고 다음으로 넘어갔다.

"죽은 별하 양과는 어떤 관계였어요? 규진 군을 좋아해서 일기장에도 규진 군 얘기를 적었던데 알고 있었어요?"

"아뇨, 몰랐어요. 저한텐 그냥 귀여운 동생이었는데요. 나이 차이가 여섯 살이나 나잖아요. 그게 어른들한테는 별거 아닐지 몰라도, 고등학생과 초등학생의 차이는 어마어마하거든요."

"작년 '그날', 성암고등학교 교복을 입은 학생과 함께 가는 별하 양을 본 사람이 있어요. 팔꿈치에 흉터가 있는 학생이었다던데, 규진 군처럼."

유미의 조심스러운 말에, 규진은 움찔하기는커녕 피식 웃으면서 선뜻 팔꿈치를 걷어올렸다. 강한이 만졌을 때는 정색하면서 뿌리쳤던 바로 그 팔꿈치였다.

"이거요? 우리 학교 출신 중에 팔꿈치에 흉터 있는 사람이 나뿐이에요? 남학교에 하루에도 담 넘다가 농구하다가 패싸움하다가 여기저기 터지는 애들이 몇 명인데, 설마 그럴 리가."

강한과 유미도 그 사실을 입증하고 싶은 마음은 굴뚝같았지만, 그렇다고 해서 작년 성암고등학교에 재학 중이던 사람을 모두 데려다 놓고 하나하나 옷소매를 걷어올려볼 수도 없는 노릇이니 답답할 뿐이었다.

"그날, 사건관계자들 대부분의 알리바이를 확인했지만 규진 군의 알리바이를 체크한 사람은 없더군요. 학교 끝나고 뭐 했는지 물어봐도 돼요?"

"말씀하신 대로 1년도 더 되어서요. 아마 독서실에 갔거나, 아니면 집에 가서 공부했겠죠? 고등학생이 달리 뭘 하겠어요."

"알리바이를 입증할 수단이나 자료가 아무것도 없다는 거예요?"

"독서실에 갔다면 출입증을 찍었겠지만, 그 기록이 지금까지 남아 있을 것 같진 않네요. 집에서 공부했다면 가사도우미 아주머니가 봤겠지만, 맨날 일하는 사람이 바뀌어서 누군지도 모르겠네요. 제가 용의자도 아닌데 알리바이까지 있어야 하나요?"

"꼭 알리바이를 대야 하는 건 아니지만 알려주면 수사에 도움이……."

어느덧 규진에 대한 호감이 흔적 없이 사라져버린 유미가 치밀어오르는 화를 꾹 참으면서 찬찬히 설명하려는데, 강한이 그녀의 말을 가로막고 직접 질문을 던졌다.

"나이키 운동화, 갖고 있지?"

"글쎄요, 가진 신발이 워낙 많아서. 어머니가 쇼핑을 좋아하셔서 온 식구 걸 사시거든요."

"청연동에 있는 '로제'라는 꽃집에 가본 적 있어?"

"아뇨, 여자친구가 있어야 꽃도 사주고 할 텐데 공부하고 동아리 활동하느라 바빠서."

"혈액형이 뭐지?"

"AB형이요. 아니, B형인가? O형? A형? 뭘까요? 꼭 알려드려야 하는 건 아니죠?"

강한과 규진의 대화에는 점차 가시가 돋쳐갔고, 둘 사이에 심상찮은 기류가 감돌았다. 강한은 더 이상 자상한 매형 행세를 하지 않았고, 규진 또한 깍듯한 말투 속에 은근한 비웃음을 숨긴 채, 혈액형 얘기를 할 때는 놀리는 것처럼 보이기까지 했다.

"또 물어보실 거 있어요? 시시한 혈액형 질문 같은 거 말고요."

"너 말이야, 윤 변호사가 죽었다는 소식을 들었을 때 기분이 어땠어?"

"네?"

이번에도 알리바이나 증거관계를 따지는 질문이 나올 줄 알았는데, 예상치 못한 질문을 받은 규진은 멈칫했다.

사실 이 마지막 질문이야말로 강한이 가장 하고 싶었던 것이었다. 사실관계에 대한 질문은 어차피 규진이 잡아떼면 그만이고, 이 자리에서 그 진위를 파악할 수는 없었다. 그건 수사를 통해 확보한 증거들이 해주어야 할 몫이었다.

규진에게 가장 치명적일 수 있는 직접 증거들, 카드에 남겨진 필적이나 DNA에 대한 언급을 전혀 하지 않은 것도 그래서였다. 별다른 수확 없이 이쪽이 가진 카드만 모두 보여줘서는 안 된다고 판단했던 것이다.

"말해봐, 윤 변호사의 자살 소식을 들었을 때 어떤 느낌이었는지."

"그야 당연히…… 놀랐죠. 충격적이었고. 아들에 대한 아픔과 그리움 때문에 그런 짓을 했다는 걸 알고는 안타깝기도 했어요. 비뚤어지긴 했지만 그것도 모정이잖아요."

규진은 마치 세계명작소설을 읽고 독후감을 쓰는 것처럼 흠잡을 데 없이 정리된 감상을 내놓았다. 그러나 강한은 그 대답에 만족하지 않았다.

"남들 다 하는 그런 얘기 말고. 넌 윤 변호사를 개인적으로 알고 지냈잖아. 너만이 느꼈던 어떤 감정이 있을 거 아냐. 그걸 말해보란 말이야."

"……."

"왜? 남들이 어떻게 느끼는지 듣고 그대로 말하는 거 말고, 너 스스로 느끼는 감정은 없어?"

강한은 규진을 일부러 자극하려는 것처럼 말꼬리를 슬쩍 올리면서 다그쳤다. 그 순간, 유미는 오늘 조사가 시작된 이후 처음으로 규진의 얼굴에서 당황하고 초조해진 기색을 읽었다. 규진은 열심히 커닝을 하다가 갑자기 커닝 페이퍼를 잃어버린 사람처럼 빠르게 눈을 깜박이다가, 문득 생각난 듯 불쑥 내뱉었다.

"비효율적이라고 생각했어요."

전혀 생각지도 못한 대답에 유미가 눈을 동그랗게 뜨는데, 강한은 그 대답이 전혀 이상하지 않고 오히려 관심이 간다는 듯 몸을 앞으로 내밀었다.

"구체적으로 어떤 부분이?"

"자살 도구로 번개탄을 선택한 거요. 시간만 오래 걸리고, 효과도 불확실하잖아요. 일산화탄소 중독을 일으켜서 고통을 피해 가려고 한 것 같은데, 일산화탄소 농도를 조절할 수 없어서 아주 위험하고 어리석은 방법이에요. 잘못하면 죽지도 못하고 흡인성 폐렴이나 장기부전, 뇌손상으로 평생 반신불수로 살아야 할 수도 있다고요."

유미는 번개탄의 비효율성에 대해 열 올리며 말하는 규진을 보고 뭐라 말할 수 없는 위화감을 느꼈다.

보통 사람이라면 자살 사건이 일어났을 때 자살한 사람이 겪었을 정신적, 육체적 고통과 그 유족의 슬픔을 그려보면서 두려움에 떨기도 하고, 슬퍼하거나 동정하기도 하고, 반대로 조금만 더 참고 살아보지 그랬냐며 질타하기도 할 것이다. 무슨 올림픽 국가대표의 기술을 보고 점수를 매기는 것처럼 그 숙련도를 낱낱이 평가하는 게 아니라.

왠지 규진이 지금까지 얘기했던 사람과는 완전히 다른 사람같이 낯설어져서, 유미는 자기도 모르게 의자를 뒤로 당겨 그와의 거리를 넓혔다. 그러나 강한은 규진의 말에 공감한다는 듯 고개를 끄덕이며 맞장구쳤다.

"그래, 그런 면도 있겠네. 순간의 고통을 줄여보겠다고 꾀를 부리다가 더 크게 실패하고 마는 건 두려움 많고 결단력 부족한 사람들의 특징이지. 현명함과는 거리가 멀어."

규진의 첫 참고인 조사는 그렇게 의미를 알 수 없는 문답을 주고받는 것으로 끝을 맺었다. 규진은 번개탄에 대해 그가 했던 지적에 전문가인 강한이 적극 동의해준 게 마음에 들었는지, 아까의 빈정거리던 말투는 싹 지우고 평소처럼 정중하고 온화한 말투로 돌아왔다.

"죄송해요, 정 검사님. 그리고 매형도요. 이런 식으로 조사받는 게 처음이다 보니 저도 좀 긴장하고 경황이 없어서 버릇없게 굴었네요. 두 분 다 기분 상하지 않으셨으면 좋겠어요."

"……."

규진은 차분하게 셔츠 단추를 다시 채우고, 코트를 걸치고, 가방을 들고, 나무랄 데 없는 매너로 고개 숙이며 인사했다. 그 많은 음료수 캔은 단 하나도 손대지 않은 상태였다.

유미는 입을 살짝 벌린 채 그 모습을 지켜보고 있었다. 규진을 처음 봤을 때는 저렇게 멀끔하고 성실하게 생긴 애가 강한이 의심하는 대로 극악무도한 범인일 수 있을까 의아했는데, 두 시간가량 함께 있다 보니 그 인상이 전부가 아니라는 느낌이 왔다.

"아, 저 학생. 이걸 놓고 갔네요. 검사님, 쫓아가서 전해줄까요?"

규진이 나간 후, 책상 앞에 갖다놓았던 의자를 치우던 실무관이 부채 대신 쓰였던 시사 잡지를 발견하고 유미에게 물었다. 그때, 유미 대신 강한이 다급하게 되물었다.

"뭔데요? 놓고 간 물건이 뭡니까?"

"잡지요. 아까 저 학생이 이걸로 계속 부채질하던데. 그럴 만도 하죠. 지금 이게 검사실인지 찜통인지……."

"잠깐만요, 손대지 말고 그 자리에 그대로 두세요."

강한은 단호하게 지시하더니, 입가에 보일 듯 말 듯한 미소를 띠면서 유미를 향해 물었다.

"정 검사, 그 잡지는 이미 다 읽은 거겠지? 그러니까 이곳에 버리고 간 거겠지?"

"아, 맞네. 버리고 간 거네. 내 방에는 공간이 없으니까 미안하지만 이건 선배가 수거해 가."

넙죽 대답한 유미는 손가락 끝으로 잡지를 집어 종이봉투에 넣은 후, 강한의 손발 노릇을 하는 소원에게 건네주었다. 소원은 이 알쏭달쏭한 대화를 해석할 수 없어 어안이 벙벙한 표정을 짓고 있었다.

형법상 타인의 분실물을 함부로 가져가는 건 범죄가 되지만, 버려서 소유자가 없어진 물건을 가져가는 건 범죄가 아니라는 것, 그리고 침뿐만 아니라 땀에서도 DNA를 채취할 수 있다는 것을 강한은 이 자리에서 길게 설명하진 않았다. 종이에 묻은 땀에서 DNA가 채취될 거라고 장담할 수 없을 뿐만 아니라, 지금은 그보다 더 시급한 일이 있어서였다.

"마지막으로 확인할 게 하나 남았지?"

강한이 의미심장하게 말하자, 소원이 그를 일으켜 자신의 팔꿈치에 손을 얹게 해주었다. 소원은 그 상태로 강한을 유미의 검사실 구석에 있는 집무실까지 데리고 갔다. 집무실에 달린 조그만 문은 주먹 하나가 겨우 들어갈 정도로 좁게 열려 있었다. 소원이 문을 밀고 안으로 들어가자, 가죽 소파에 얌전히 앉아 있는 우아한 옷차림의 중년 여성이 보였다. 청연동에서 꽃집 '로제'를 운영하는 시각장애인 주인이었다.

"잘 들으셨죠? 꽃집에서 안개꽃을 사갔던 그 이십대 남자의 목소리가 맞습니까?"

강한의 질문에, 꽃집 주인은 힘주어 고개를 끄덕이면서 망설임 없이 대답했다.

"네, 틀림없어요."

108

저녁 7시. 붉은악마 체육관.

"3번!"

관장의 구령이 떨어지기 무섭게 강한은 자세를 낮춘 채 숨 쉬듯 자연스럽게 스텝을 밟으며 레프트 펀치, 라이트 펀치를 차례대로 날렸다. 그리고 곧바로 주먹을 세운 채 발과 허리를 가볍게 회전시키면서 숏 훅을 휘두르고, 마지막으로 뒷발에서부터 힘을 주고 체중을 실으면서 묵직하고 강렬한 스트레이트 펀치를 먹였다.

"어우, 살살 좀 해요. 죽겠으니까! 이건 뭐 내가 도우미인지 샌드백인지 알 수가 없네."

헤드기어와 글러브 속에 얼굴을 파묻은 채 펀치가 날아오는 방향에 따라 이리 휘청 저리 휘청 하던 소원이 과장되게 앓는 소리를 냈다. 무슨 애완 고양이라도 된 것처럼 목에 달아놓은 앙증맞은 방울 한 쌍이 있는 대로 찌푸린 얼굴과 너무 어울리지 않아 오히려 귀여웠다.

"안 죽으니까 걱정하지 말고. 딱 한 라운드만 더 뛰자."

장승처럼 제자리에 서 있는 소원은 숨이 차 헐떡거리는데, 강한 쪽은 반대로 호흡이 조금도 흐트러지지 않았다. 오랜만에 링 위에서 땀을 흘리니 그야말로 살 것 같았다. 눈이 안 보인다고 해서 펀치의 강도가 약해지는 것도, 기술이 무뎌지는 것도 아니었다. 지금 이 순간은 그도 평범한 사람과 다를 것이 없었다. 마음이 후련하게 뻥 뚫리면서 상쾌함과 자신감이 솟아났다.

"쳇, 때리는 사람이야 그렇게 말하기 쉽겠죠. 형이 한번 먼지 나게 두들겨 맞으면서 견디는 입장이 돼보라고요."

"원한다면 포지션 바꿔줄 수도 있는데, 그렇게 할래?"

강한의 제안에 소원은 싫다는 의미를 가득 담은 으으 소리를 내면서 다시 한번 방어 자세를 취했다. 관장이 일부러 전문가를 만나서 배워왔다는 블라인드 복싱은 1라운드가 2분으로 일반 복싱보다는 그나마 짧았다. 짱돌을 갖다 박아도 튕겨나올 것 같은 저 단단한 근육에 어설픈 주먹질을 하다가 밤새 근육통으로 고생하느니, 그냥 2분 동안 죽은 셈 치는 게 나았다.

"관장님도 있고. 이 체육관에 널린 게 복싱 연습생일 텐데, 왜 하필 나냐고요, 정말."

막상 자기가 아닌 다른 사람이 강한의 파트너가 되면 자존심 상해할 거면서 소원은 그렇게 투덜거렸다. 그때, 링 모서리 바닥에 놓아두었던 강한의 휴대전화가 진동했다.

— 조, 민, 국, 대표님께 전화가 왔습니다.

기계적인 안내 음성이 체육관 전체에 또랑또랑하게 울려 퍼졌다. 생각지도 못한 곳에서 소원에게 구원의 동아줄을 던져준 것이다. 소원은 재빨리 방어 자세를 풀고 링 구석으로 달려가 강한의 휴대전화를 집어와 그에게 건네주었다. 강한은 터치패드를 길게 눌러 통화를 연결한 후, 저쪽에서 먼저 말할 때까지 가만히 있었다.

— 강 검사.

"조 대표님."

강한은 짤막하게 말을 받았다. 호인인 척하기 좋아하는 조 대표가 쓸데없는 인사치레를 하지 않는 것도 그렇고, 정색한 듯한 말투도 그렇고, 기분이 좋지 않은 상태임을 알 수 있었다.

— 무슨 일 있었는지 들었네. 비록 장인과 사위의 연을 맺진 못했지만, 난 끝까지 가족으로 여겼는데 자네는 아니었던 것 같아 서운하군. 우리 규진이가 허튼짓할 애 아닌 걸 모르나?

"많은 이의 인생이 달린 중대한 사건이고, 제 가족이라고 해도 똑같이 수사했을 겁니다. 미리 말씀드리지 못한 점은 죄송합니다. 아무리 참고인 조사라 해도 객관적으로 진행해야 해서요."

미리 얘기했다면 조 대표는 초일류 로펌의 변호사 군단으로 아들을 꽁꽁 둘러싸서 강한이 그 얼굴조차 보지 못하게 만들었을 게 뻔했다. 어차피 서로 다 알고 하는 연극이지만, 하나뿐인 아들을 건드린 게 치명타였는지 조 대표가 쓰고 있던 견고한 가면에도 금이 가기 시작했다.

— 요즘은 애먼 사람을 용의자 취급하는 걸 참고인 조사라고 부르나? 나와 내 가족에게 이렇게 모욕적이고 수치스러운 일은 처음이야. 우리가 별하 가족과 어떤 사이였는지, 내가 그들을 지켜주려고 얼마나 열심히 뛰어다녔는지 자네가 누구보다 잘 알지 않나.

"지켜주려고 한 게 정말 죽은 별하와 그 가족이 맞습니까? 조 대표님 본인의 가족을 지키려고 했던 게 아니고요?"

강한의 따끔한 지적에, 조 대표는 몇 초간 침묵을 지키더니 억눌린 분노가 느껴지는 낮은 목소리로 말했다.

— 강 검사, 조심해. 인생엔 죽도록 후회해도 돌이킬 수 없는 순간이란 게 있어.

"물론이죠. 이 대한민국에 저보다 더 그걸 뼈저리게 배운 사람은 없을 테니까."

조 대표의 은근한 경고를, 강한은 간결하면서도 묵직한 잽으로 받아쳤다. 땀에 흠뻑 젖은 이마를 수건으로 닦아내던 소원이 슬쩍 놀란 얼굴로 쳐다보았지만, 강한은 알지 못했다. 어차피 잃을 것도 없다. 기왕 이렇게 된 거 그동안 하고 싶었던 말이나 다 하기로 했다.

"대표님이야말로 조심하시죠. 대한민국 검사는 범죄를 수사하고, 범죄자를 소추할 권한을 가진 단독기관입니다. 대통령 후보가 아니라 현직 대통령이라 해도 수사 방향을 두고 이래라저래라 할 수 없다는 겁니다."

— …….

"저한테 규진이를 모르냐고 하셨죠. 이제 보니, 규진이가 남의 약점을 잡아 교묘하게 회유하고 조종하는 건 대표님을 보고 배운 건가 봅니다. 미리 말씀드리지만, 이번엔 그렇게 쉽게 빠져나가지 못할 겁니다. 대표님도, 대표님의 하나뿐인 아들도."

강한은 비장하게 선전포고를 한 후 전화를 끊었다. 링에 팔을 걸고 턱을 괴고 기댄 채 강한을 빤히 바라보던 소원이 느닷없이 짝짝짝 소리 나게 박수를 보냈다.

"오, 강 검사. 간지 폭풍인데?"

"이 녀석 어디에 대고 반말이야?"

강한은 소원의 목소리가 들리는 쪽 허공에 꿀밤 먹이는 시늉을 했지만, 기분은 나쁘지 않았다. 한때 자신을 때깔 좋은 인간쓰레기 취급하며 경멸하던 소원으로부터 칭찬을 들은 걸 보니, 뭔가가 변하긴 정말 변한 모양이었다. 눈이 보이지 않게 되었다는 것 말고도, 그보다 훨씬 중요하고 근본적인 무언가가.

"그런데 형, 진짜 조규진 잡을 수 있겠어요? 걔네 아빠가 또 여기저기 손쓰고 다닐 텐데?"

"권력과 돈으로 움직일 수 있는 건 사람뿐이야. 증거 자체는 바꿀수 없어. 별하의 손톱에서 나온 DNA가 조규진 것으로 밝혀지고, 조규진이 고 판사에게 전달된 안개꽃을 샀다는 꽃집 주인의 진술을 필적감정 증거와 함께 제출하면 영장을 받을 근거로는 충분해. 그다음은 휴대전화 압수와 통신 내역 조회로 조규진이 윤 변호사의 범행을 뒤에서 조종했다는 걸 입증해야지."

"꽃집 주인이 시각장애인이어서 증인으로 인정받지 못하면 어떡하죠?"

"시각장애인이라도, 아니 시각장애인이라서 더욱 사람의 목소리를 잘 구분하고 기억한다는 걸 보여주면 돼. 실험을 할 수도 있고, 전문가의 평가를 받을 수도 있고. 방법은 많아."

거침없이 설명하는 강한을 소원은 감탄 어린 눈길로 바라보았고, 강한은 그 시선을 아주 희미하게 피부 표면으로 느꼈다. 요즘 수사에 열중하느라 자신의 시각장애에 대해 생각할 틈이 없었는데, 지금 이 순간만큼은 소원의 표정을 보고 싶었다. 그러면 힘이 날 것 같았다.

꼬르륵-!

그때 소원의 뱃속에서 배꼽시계가 힘차게 울렸고, 강한은 피식 웃으며 글러브를 벗었다. 드디어 강한을 링에 다시 세운 것에 의기양양해하고 있던 관장이 쪼르르 달려와 은근히 보챘다.

"모처럼 좋은 스파링 파트너도 생겼는데, 앞으로는 쫌 자주 와야안 되겠나?"

"노력해볼게요."

강한은 웃으면서 대답하고는 소원의 도움을 받아 링을 내려왔다. 블라인드 복싱은 의외로 제법 재밌었다. 이전에는 복싱이 혼자서 하는 스포츠이고, 함께 링에 서는 상대는 쓰러뜨려야 하는 적이라고만 생각했다.

그러나 블라인드 복싱은 상대를 적이 아닌 파트너로 삼아 빠르고 정확한 기술을 단련하는 게 목적이었다. 파트너와 합을 맞춰가며 공격과 수비를 주고받는 게 처음엔 어색했지만, 상대방과의 호흡이 완벽하게 맞아떨어졌을 때의 쾌감은 나 홀로 스파링에 비할 바가 아니었다. 그리고 그에게는, 한때 최악이었지만 지금은 최고가 된 든든한 파트너도 있었다.

"우리, 저녁은 편의점 정식 먹을까?"

"콜! 오늘은 특별히 핫바랑 볶음김치도 넣을게요. 수사하는 중인데 든든하게 먹어야죠."

강한의 제안에 소원은 두 팔을 흔들며 반색했다. 땀 냄새를 풍기며 체육관을 나서는 두 남자의 얼굴이 봄 햇살처럼 밝았다.

* * *

11월 23일 금요일 오전 8시 40분. 성암지방검찰청 정문.

"지하철 출근에 이어 이번에는 버스 출근이라, 다음엔 뭐냐? 나한테 운전이라도 시킬래?"

강한은 사람들에게 이리 치이고 저리 치이느라 구겨진 옷깃을 펴면서 가볍게 투덜거렸다.

"못할 건 또 뭐예요? 요새 자율주행 차 많이 나오잖아요. 아니면 시각장애인용 로봇 눈 같은 게 개발될 수도 있죠. 인간이 화성에 가고 동물도 막 몇 마리씩 복제하는 세상인데요."

택시비도 택시비지만, 강한이 할 수 있는 일의 폭을 조금이라도 더 넓혀주고 싶었던 소원은 쾌활하게 대꾸했다. 어젯밤, 고이고이 밀봉한 시사 잡지를 황 원장에게 퀵서비스로 보낸 후부터 둘 다 기분이 계속 들떠 있는 상태였다.

케인으로 길을 더듬으며 제법 자신감 있게 걸어가는 강한과 혹시 강한이 놓치는 장애물이 있진 않을까 그 옆에서 적당한 거리를 두고 나란히 걸어가는 소원. 서로의 리듬에 맞춰 나아가던 두 남자가 로비 근처에 다다랐을 때, 강한은 이상한 기운을 감지했다. 많은 인파, 적어도 수십 명에 이르는 사람들이 북적대는 소리, 기계들이 움직이는 소리와 복잡하게 뒤섞인 체취까지.

"저기다! 강한 검사다!"

"옆에 활동보조인도 있네. 찍어! 같이 있는 거 찍어!"

강한과 소원을 발견한 사람들이 흥분해서 고함치는 게 들렸다. 깜짝 놀라서 로비 쪽을 바라보았던 소원은 30여 명, 아니 적어도 50여 명의 기자들이 크고 작은 카메라를 들고 계단을 점거하고 있는 장면을 발견했다. 그들이 무슨 〈쥬라기 공원〉의 성난 공룡떼처럼 발을 구르며 일제히 몰려오는 걸 보고 기가 질린 소원은 얼른 강한의 팔꿈치를 잡으며 제자리에 멈춰섰다.

"강한 검사님, 본인이 피해자인 사건을 수사해선 안 된다는 윤리강령을 위반하고 지온유 사건뿐만 아니라 연쇄 상해 사건 수사도 사실상 전담하고 있다는 게 사실입니까? 그게 공정한 수사가 될 수 있다고 생각하십니까?"

"활동보조인인 류소원 씨는 한때 염산 테러 사건 피의자로 구속

됐던 류모 씨라는 제보가 들어왔는데, 아직 무혐의 처분도 내려지지 않은 상태에서 해당 사건 수사에 개입시킨 겁니까? 이제껏 대한민국 검찰 역사에 없었던 비상식적인 일인데요, 혹시 무슨 커넥션이라도 있습니까?"

"류소원 씨는 지온유의 고등학교 동창이라던데, 지온유 사건을 재수사하게 된 것에 류소원 씨의 영향이 작용했던 겁니까?"

숨 돌릴 틈도 없이 날아와 귀에 꽂히는 질문, 그 사이로 연신 찰칵대는 카메라 촬영음이 강한의 예민한 청각을 마비시킬 것 같았다. 눈을 멀게 할 기세로 정신없이 쏟아지는 플래시에 소원은 넋을 놓고 멍해지기까지 했다.

"소원아, 카메라 보지 마."

그나마 둘 중 먼저 정신을 차린 강한이 재빨리 코트를 벗어 소원의 머리 위에 뒤집어씌우며 단호하게 말했다. 혹시나 어떤 몰상식한 기자가 자신과 달리 일반인인 소원의 사진을 모자이크 없이 인터넷에 띄우기라도 하지 않을까 염려되었던 것이다.

"제보 내용 중에는 연쇄 상해 사건의 주임검사인 정유미 검사는 실질적으로 보조 역할에 머물러 있다는 지적도 있었는데요. 바지사장도 아니고 바지검사는 성암지방검찰청이 새로 개발한 독창적인 제도입니까?"

누군가 신랄한 태도로 빈정대는 질문을 던지자, 기자들 사이에서 와르르 웃음이 터져나왔다.

"강 검사님, 서울신문 정치부 박영주 기자입니다. 저희가 염산 테러 사건 추적 취재를 했을 때 복지관의 재활 프로그램을 우수한 성적으로 마치신 상태였고, 한동안 혼자 출근하신 걸로 알고 있는데, 갑자기 활동보조인을 고용하셨더라고요. 혹시 뭔가 사정이 있었던 건 아닌가요?"

이미 두 차례 마주친 적이 있기 때문일까. 박 기자의 질문은 강한에게 빠져나갈 구멍을 주려는 것 같았다.

강한이 검찰청에서 사고가 생길 뻔한 걸 설명한다면, 그래서 검사장으로부터 24시간 활동보조인을 고용하지 않으면 휴직하게 하겠다는 통보를 받았고 단기간에 도와줄 사람을 구할 수 없어서 어쩔 수 없이 소원을 데려왔다는 설명을 한다면 동정표를 받을 수 있을지도 몰랐다.

그러나 그렇게 될 경우, 시각장애인 검사에게 무리한 요구를 하고 피의자를 활동보조인으로 들이는 걸 묵인했다는 비난의 화살이 검사장에게 돌아갈 여지가 있었고, 강한은 그걸 원치 않았다. 온갖 위험과 수고를 무릅쓰면서 그가 검사로 남을 수 있게 도와줬던 사람이 아닌가.

"소원아, 가자."

강한은 손으로 더듬어 찾아낸 소원의 손목을 잡고 뒤로 끌었다. 지금의 그에겐 선택의 여지가 없었다. 아무런 해명도 하지 않고 이 자리를 떠나는 것밖에는.

109

오전 11시. 강한의 집.

"어떻게 된 거야? 기자들이 어디서 얘기를 듣고 몰려온 거냐고?"

집 안으로 들어오자마자 소원의 팔을 떨쳐내버린 강한은 다짜고짜 유미에게 전화해서 언성부터 높였다. 이제 겨우 수사의 가닥을 잡고 규진을 조사하기 시작했는데, 권투로 치면 스파링을 몇 번 뛰어봤을 뿐 본 게임에는 들어가지도 못했는데 돌연 앞길이 가로막힌 셈이었다.

— 오늘 새벽 4대 일간지 사회부 기자들한테 익명의 메일이 갔대. 성암지검 관계자인데 내부 비리를 제보하겠다고 하면서, 선배가 검사로서 권한을 악용해 본인이 피해자인 연쇄 상해 사건 수사에 개입했다고 폭로했다나 봐.

수화기 너머로 들리는 유미의 음성은 가늘게 떨리고 있었고, 그 배경에는 정신없이 울리는 전화벨과 사람들이 웅성대는 소리가 들려와 검찰청이 발칵 뒤집혔음을 짐작하게 했다.

— 상황이 많이 안 좋아, 선배. 선배가 사적인 원한을 풀기 위해 수

사 방향을 맘대로 조작하고, 사건관계자들과 개인적으로 접촉하고, 용익자를 빼돌려서 개인 비서처럼 부려먹고, 검사장님은 그길 다 알면서도 눈감아줬다는 내용으로 기사가 돌고 있어. 전혀 없는 말을 꾸며낸 게 아니라, 실제 사실을 교묘하게 비틀고 왜곡한 거라서 더 소름 끼쳐. 메일을 보낸 게 누군지 몰라도 선배나 검사장님한테 악의를 품은 사람인 것 같아.

성암지검에서 일하는 100여 명의 검사와 300여 명의 직원 중 메일을 쓴 사람을 짚어낼 순 없지만, 적어도 강한은 그 배후에 있는 게 누구인지는 자신 있게 지목할 수 있었다. 규진의 아버지, 조민국 대표. 어젯밤 그로부터 '조심하라'는 경고를 받은 다음날 이런 사태가 벌어진 것은 결코 우연이 아닐 터였다.

"그래서, 청 공식 입장은 뭔데? 감찰에서는 뭐라고 얘기하는데? 앞으로 어떻게 될 것 같아?"

강한은 미친 듯이 뛰는 심장박동을 조금이라도 가라앉히려 애쓰면서 물었다. 최종적인 징계 수위는 징계위원회에서 결정하겠지만, 검찰과 청 내부 여론이 위원회 심사에도 지대한 영향을 미친다는 걸 누구나 알고 있었다.

— 최악의 경우는 직권남용으로 수사가 제기되거나 아니면 해임이나 면직이 거론되는 건데, 다행히 거기까지 가진 않을 것 같아. 검사장님께서 책임지고 옷 벗겠다고 하셔서.

"뭐라고? 검사장님이 왜?"

유미의 조심스러운 말은 가까스로 진정되고 있던 강한의 마음에 다시 불을 질렀다. 휴대전화를 든 손이 파르르 떨려서, 옆에서 지켜보던 소원이 걱정스럽게 쳐다볼 정도였다.

— 원래 아랫사람 허물 덮어주라고 윗사람이 있는 거라고, 그래서

평소에 윗사람이 대접받는 거 아니냐고 하셨어. 나도 말리고 싶었는데, 선배도 알잖아. 내가 그런 말 할 군번도 아닌 거.

금방이라도 울음을 터뜨릴 것처럼 유미의 목소리에도 안타까움이 배어나고 있었다. 강한은 뒤통수를 세게 맞은 기분이었다.

'내 허물을 덮어주겠다고……'

유미가 들었다는 검사장의 말처럼, 청 내부에서 문제가 생겼을 때 제대로 지도 감독하지 못한 책임을 지겠다는 의미에서, 그러니 지도받은 사람은 선처해달라는 의미에서 윗선이 사직하는 경우가 과거 종종 있기는 했다. 그러나 그런 관례도 옛이야기였고, 요즘은 검찰이고 어디고 할 것 없이 문제가 터지면 꼬리 자르기에 급급한 경우를 찾아보기가 어렵지 않았다.

"모든 게 강한 검사의 독단적인 행동이었습니다. 부장검사도, 차장검사도, 저 또한 아무것도 보고받은 것이 없습니다. 원한을 품은 검사 개인의 돌발적인 탈법 행위일 뿐, 성암지방검찰청 자체와는 아무런 관련이 없는 일입니다."

이번 사태도, 검사장은 그렇게 말함으로써 쉽게 넘어갈 수 있었을 것이다. 어쩌면 강한 자신이 검사장 입장이었다면 그 길을 선택했을지도 몰랐다. 활활 타오르는 불구덩이를 보면 어떻게든 피해 가려는 게 인간의 본능이고, 굳이 휘발유 통을 짊어지고 그 안으로 뛰어들고 싶어하진 않으니까. 그럼에도 불구하고 성암지검 검사장은 후자의 선택을 했다.

'날 딱히 좋아하지도 않았던 분이 굳이 왜 그렇게까지.'

속으로 한탄하듯 중얼거리면서, 강한은 조선시대 선비처럼 대쪽 같은 검사장의 고지식한 얼굴을 떠올렸다. 사실 답은 이미 알고 있었다. 검사장이기 전에 한 사람의 검사임을 늘 자랑스러워하던 그였기에, 자신에게 거짓되거나 부끄러운 행동은 할 수 없었으리라.

검사장은 모든 상황을 분명히 알고 있었다. 그리고 강한이 수사에 개입하는 게 규정에 어긋난다는 것도 알고 있었다. 그렇지만 그는 그 한 줄의 규정보다, 두 눈을 잃고서도 여전히 검사로 살고자 하는 강한의 의지와 절실함이 더 중요하다고 판단했다. 이제 와 모른 척하는 건, 그때 그런 결정을 내렸던 자신을 부인하는 것이었고, 검사장은 그러고 싶지 않았던 것이다.

— 법무부 감찰과에 아는 계장님이 있어서 슬쩍 물어봤어. 선배가 자기 이해관계가 얽힌 사건에 처음부터 의도적으로 손댄 게 아니고, 배당받은 사건이 알고 보니 동일범의 소행으로 밝혀졌던 것이라는 점을 참작해서, 이번에는 정직 정도로 끝날 수 있을 것 같대. 하지만 어떤 형태로든 이 사건에 다신 개입해선 안 된대. 그랬다가는 정말로 검사 생명이 끝장날 수도 있어. 알지?

누가 하지 말란다고 해서 안 하는 법이 없는, 아니 오히려 더 기를 쓰고 해야 직성이 풀리는 강한의 성격을 아는지라, 유미의 말투는 자못 간절하기까지 했다. 그러나 강한은 그 말에 대답하는 대신 짤막하게 되물을 뿐이었다.

"넌, 괜찮아? 별일 없어?"

— 응, 제보 내용에 내 이름은 없었나 봐.

"그럼 됐다. 혹시 누가 물어보면 넌 아무것도 몰랐다고 해. 다 내가 몰래, 멋대로 한 거라고."

강한은 그 말을 마지막으로 전화를 끊었다. 아까부터 불안감에 가득 찬 얼굴로 강한의 통화를 엿듣고 있던 소원이 기다렸다는 듯이 다급하게 캐물었다.

"어떻게 된 거예요? 형, 설마 잘리는 건 아니죠?"

강한은 이렇다 저렇다 대답하지 않고, 그저 지끈거리는 이마를 손바닥으로 짚으며 어두운 낯빛을 할 뿐이었다. 발뒤꿈치를 움직여 바로 뒤에 있는 소파의 위치를 확인한 후, 털썩 몸을 파묻듯이 주저앉았다. 어차피 이 사건에 모든 것을 걸었기에, 더 수사하지 못한다는 것은 사실상 해임당하는 것과 다를 바가 없었다.

띵동-.

소원이 강한의 눈치를 살피면서 몸 둘 바를 모르고 있을 때, 현관 초인종이 울렸다.

"누구세요?"

소원은 인터폰을 집어 들었지만, 어째서인지 화면에는 아무것도 비치지 않았다. 초인종을 누른 사람이 인터폰 화면에 잡히지 않도록 일부러 비껴 서 있는 것 같았다. 소원은 고개를 갸웃거리며 직접 문을 열어보기 위해 현관으로 걸어갔다. 소원이 이동하는 기척을 느낀 강한은 앉아 있던 소파에서 벌떡 일어나며 날카롭게 곤두선 목소리로 소리쳤다.

"문 열어주지 마. 기자일지도 몰라!"

소원은 흠칫했지만, 그의 손은 이미 문손잡이를 잡아당겨버린 상태였다. 한 뼘쯤 열린 문을 잽싸게 도로 닫으려고 하던 그의 눈에, 그동안 애타게 찾아 헤매던 이의 실루엣이 들어왔다.

"세은 누나?"

소원의 얼빠진 목소리를 들은 강한이 말리러 가다 말고 제자리에 우뚝 멈춰섰다. 지금 이 시점에, 다른 곳도 아니라 자기 집에 나타날 거라고는 전혀 생각 못했던 인물. 짧은 기간이지만 수사관으로서 강한의 손발이 되어 활약하다가, 어느 날 갑자기 사라져버린 홍세은, 아니 김별하의 언니 김은하였다. 서늘한 공기를 가르며 그녀의 차분한 음성이 울려 퍼졌다.

"드릴 말씀이 있어요. 잠깐 들어가도 될까요?"

* * *

"어, 커피 드릴까요? 녹차? 주스? 아니면 과일이라도 깎아드릴까
요? 혹시 배고프세요?"

소원은 거실 소파에 강한과 마주 앉아 있는 세은을 보면서 랩을
하듯 빠르게 떠들어댔다. 살림에 재능 없는 두 남자가 사는 이 집에
과일이라곤 유미가 오래전에 사다놓은 말라 비틀어진 귤 몇 개뿐이
었지만, 지금 소원의 머릿속에 그런 생각이 들어올 리 만무했다.

"아니, 괜찮아. 그냥 물 한 잔 줘."

세은은 엉덩이에 불붙은 송아지마냥 안절부절못하는 소원을 보
면서 한결 부드러워진 목소리로 말했다. 검찰청에 있은 지 오래되진
않았지만, 정이란 게 같이 보낸 시간의 길이보다는 깊이에 비례하는
거니까. 매일 얼굴을 맞대면서 온갖 일을 함께 겪은 강한과 소원에
대한 그녀의 감정은 남다를 수밖에 없었다. 오히려 그래서 더, 정체
를 밝히기 어려웠는지도 모른다.

"이젠 검사님도 알고 계시겠죠, 제가 누군지."

세은은 걸치고 있던 후드 티 안쪽에서 휴대전화를 꺼내 소파 사
이에 놓인 테이블 위에 올려놓았다. 앞 못 보는 강한에게 익숙해진
그녀는 갤러리에 저장된 사진을 여는 대신 동영상을 틀었다. 그러자
떠들썩한 박수 소리와 함께 어린 여자아이의 낭랑한 노랫소리가 흘
러나왔다.

― 생일 축하합니다. 생일 축하합니다. 사랑하는 언니의 생일 축

하합니다.

살아 있는 그 아이의 목소리를 듣는 게, 강한에게는 처음이었다. 급하게 설거지한, 물방울이 뚝뚝 떨어지는 잔에 생수를 담아 오던 소원 역시 감전된 것처럼 움찔거렸다. 아이스크림케이크 앞에서 고깔모자를 쓰고 해맑게 웃으며 노래하는 여자아이의 영상이 눈동자에 갈고리처럼 박혀 들어왔다. 세은은 노래가 끝날 때까지 잠자코 기다렸다가 영상을 껐다.

"동생은 귀여움을 독차지하는 존재였어요. 저에게는 상당히 엄격한 교육을 하셨던 부모님도, 동생의 애교와 눈웃음 앞에서는 맥을 못 추고 해달라는 걸 다 해줄 정도였으니까."

소원은 세은의 이야기를 방해하지 않으려고 조심스럽게 테이블 위에 물잔을 내려놓았다. 조금 수척해진 것, 늘 깔끔하면서도 밝은 원색의 정장을 입고 다니던 때보다 옷차림이 편해진 것, 달라진 거라곤 그 정도였는데 왜 이렇게 그녀가 다른 사람처럼 낯설어 보이는지 몰랐다.

"제가 동생을 질투했다고 생각하실지도 모르겠지만, 전혀 그렇진 않았어요. 나이 차이가 열한 살이나 나니까, 동생이라기보단 아기, 아니면 그냥 작은 강아지 같아 보이더라고요. 주기적으로 싸우던 부모님이 동생 덕분에 사이가 좋아진 것도 다행이었고요. 미국으로 교환학생 갈 때도, 동생이 있어서 안심이었어요. 외동딸이었다면 부모님이 쓸쓸해지셨을 테니까."

세은은 전후 설명을 길게 하는 성격은 아니었다. 그녀는 소원이 가져다놓은 물을 한 모금 마신 후, 곧바로 본론으로 들어갔다.

"동생한테 일어난 일은……. 솔직히 지금도 그 생각을 하면 정신이 이상해질 것 같아요. 뭐라도 부숴야 할 것처럼 화가 나다가, 갑자기 무기력하고 슬퍼져서 꼼짝도 못하겠고, 그러다가 또 인형처럼 무감각해져요. 그걸 몇 번씩이나 반복하고 있어요. 1년이 지난 지금도 말이에요."

강한은 세은이 말하는 게 어떤 건지 잘 알았다. 시력을 잃은 직후 그의 상태도 똑같았으니까. 수사에 몰두하느라, 그리고 소원과 부대끼고 사느라 정신이 없어서 정도가 훨씬 덜해지긴 했지만, 요즘도 일상에서 크고 작은 일들로 좌절할 때마다 그 감정의 사이클이 반복되었다. 미국의 어느 심리학자에 따르면 사람은 뭔가를 잃어버릴 때 부정, 분노, 협상, 우울, 그리고 수용의 단계를 거쳐 적응하게 된다고 했다. 그러나 그 대상이 자신의 신체 일부이거나 가족일 때는, 그 다섯 단계가 끝나지 않고 평생 반복되는 것 같았다.

"부모님은 하나 남은 딸이라도, 저라도 지켜야 한다면서 한국에 들어오지 말라고 하셨어요. 그래도 장례식엔 가야 하지 않느냐고 물었더니, 엄마가 그러더라고요. 어차피 거기에 별하는 없다고요. 인터넷에 뜬 기사들을 읽으면서, 그제야 한국에 오지 말란 진짜 이유를 알았어요."

"……."

"사건이 보도된 직후, 성실하고 자선활동 많이 하던 우리 아빠는 어린 딸을 학대하다 죽인 변태 살인마가 되어 있었고, 우리 엄마는 그걸 알면서도 보좌관의 아내라는 타이틀을 지키려고 방관한 여자가 되어 있었어요. 댓글 창에 있는 말들은, 도저히 눈뜨고 못 볼 지경이었죠."

"원래 이런 사건이 일어나면 1순위로 가족이 의심받는 건 어쩔 수 없어요. 그래서 우리도 용의자를 빨리 색출하려고 했던 거고."

세은은 변명하듯 말하는 강한을 말없이 올려다보았다. 그 '용의자 색출' 후에 어떤 일이 일어났는지 잘 알지 않느냐고 묻는 듯한 눈빛이었다.

당시 인터넷에는 한동안 지온유와 김별하, 열아홉 살 고등학생과 열세 살 초등학생의 관계를 멋대로 추측하는 추잡한 댓글이 넘쳐났다. 짧고 비치는 소재의 발레복을 입고 공연하는 별하의 사진이 남성 커뮤니티에 떠돌아다니면서 성희롱의 대상이 되기도 했다. 게다가 신속하게 잡았다는 그 용의자조차, 1년이 지난 지금 누명을 썼던 것으로 밝혀졌다.

"다 잊으려고 했어요. 부모님이 이모 호적으로 옮겨주고 개명해준 것도 그런 뜻에서였으니까. 하지만 도저히 이해하기 힘들었어요. 작은 동물같이 천진난만한, 누구한테 싫은 소리 한 번 한 적 없는 어린애를 대체 왜 해친 건지. 도대체 어떤 종류의 인간이 그런 짓을 하는 건지."

세은은 물이 반쯤 남아 있는 잔을 손등이 새하얘지도록 세게 움켜쥐면서 말을 이었다.

"원래 미국에서 정치외교학 대학원까지 마치고 나서 아버지 일을 돕기로 되어 있었는데, 하던 공부도 접고 한국으로 돌아와 검찰청에 들어가기로 마음먹었죠. 구체적인 계획이 있었던 건 아니에요. 그냥, 범죄자란 어떤 사람들인지 관찰하고 싶었을 뿐이죠. 하필이면 동생의 사건을 수사했던 그 검찰청에, 바로 그 검사님과 함께 일하게 될 줄은 저도 몰랐어요."

미국에서 유학하던 세은이 한국으로 돌아와 어떻게 1년 만에 검찰청 수사관이 된 건지, 강한은 그 궁금증이 이제야 풀리는 기분이었다. 미국의 유수 대학에서 정치외교학을 전공하면서 정치에 뜻을 둘 만큼 머리가 좋은 학생이라면 단기간에 집중적으로 공부해서 수사관 시험에 통과하는 게 그리 어렵진 않았을 터였다.

"그래서 시각장애인이 된 날 보니까 기분이 어땠어요? 그간 힘들었던 게 조금 풀렸다든지?"

쓸쓸한 웃음이 섞인 강한의 말에, 세은은 잡고 있던 물잔을 놓고 손사래를 치면서 단호하게 부인했다.

"아뇨, 절대 그런 건 아니었어요. 어쨌든 검사님은 범인을 잡아준 고마운 사람이었으니까, 처음엔 돕고 싶었죠. 지온유가 진범이 아니라는 게 밝혀졌을 때도, 검사님을 원망하기보다는 그놈을 꼭 잡을 수 있게 도와드리고 싶었어요. 아마 동생도 그걸 바랄 테니까. 제가 어디 있는지 알게 된 아빠 엄마는 결사반대했지만, 반드시 끝까지 지켜볼 작정이었어요."

"그런데 왜 갑자기 떠난 거예요? 끝까지 도와주지 않고?"

이번에 질문한 사람은 강한이 아니라 소원이었다. 조금 전까지 낯을 가리는 것처럼 어색하게 맴돌던 그는, 어느새 세은의 이야기에 푹 빠져버렸는지 바로 옆에 와서 앉아 있었다. 세은은 그런 소원의 눈을 똑바로 들여다보면서 또박또박 말했다.

"왜냐하면, 동생을 죽인 진범이 누군지 알게 됐거든."

110

세은은 저도 모르게 입이 떡 벌어져버린 소원, 그와 반대로 포커페이스를 유지하고 있는 강한을 번갈아 보면서 침착하게 말했다.

"그 나이키 운동화 있잖아요. 현장에 흔적이 남아 있었던. 저 그게 누구 건지 알고 있었어요. 제가 미국에서 규진이 부탁으로 사서 보내준 거였거든요. 한국에선 구하기 어려운 모델이라서."

잘사는 집안 아들치고는 물건에 별 욕심을 내지 않는 규진이 유일하게 흥미를 가진 게 운동화 수집이라는 걸 세은도 전부터 알고 있었다. 규진이나 여진과는 성격이 달라서 딱히 친하게 지낸 편은 아니었지만, 그래도 세은의 부친이 규진의 부친을 위해 일하다 보니 가족끼리 어울리는 일이 잦았다. 아마 그 과정에서 별하도 규진을 향한 철없는 첫사랑을 싹틔우게 되었으리라.

언젠가 세은이 물어본 적도 있었다. 최신 모델의 전자제품도 아니고, 유명 브랜드의 로고가 떡 박혀 있는 옷도 아니고, 운동화에 관심 있는 마니아층이 아니면 알아보지도 못할 운동화를 비싸게 사는 이유가 뭐냐고. 그때 규진은 의미심장하게 웃으며 무슨 비밀을 털어놓듯 은밀한 투로 세은에게 말해주었다.

— 아무도 모르는 편이 더 좋아요. 남들은 다 모르는데 나만 알고 있는 그런 거요.

규진이 부탁한 운동화는 전액 장학금에 용돈까지 받으며 공부하는 세은으로서도 부담스러운 품목이었다. 규진은 배송비와 수고비까지 쳐서 송금해주겠다고 했지만, 세은은 제 돈으로 사서 보냈다. 한 번도 대놓고 언급된 적은 없었지만, 조 대표의 아낌없는 물질적, 사회적 지원이 있기에 지금의 자기 집이 있다는 걸 알고 있었기 때문이다.

그리고 세은이 사서 보낸 바로 그 운동화를 신고서, 조규진은 그녀의 하나뿐인 동생을 장난감처럼 갖고 놀다가 죽였다.

"처음에는 너무 놀라서 검사님한테 말씀드려야 한다는 생각을 못 했어요. 같은 운동화를 가진 다른 사람일지 모른다는 생각도 있었고요. 어릴 때부터 주상복합아파트에서 자라면서 제가 규진이에 대해 들은 얘기라고는 온통 칭찬, 이렇게 완벽한 인간이 현실에 있을까 싶을 정도의 칭찬뿐이었거든요. 동생의 죽음을 전해 들었을 때만큼이나 충격적이고 혼란스러웠어요."

검찰청에 무단결근하고 가족이 살던 옛집에 며칠 동안 처박혀 있으면서, 세은은 격앙된 감정을 가라앉히고 냉철하게 사고해보려고 애썼다. 그동안 검사실에서 강한을 보며 배운 것처럼.

사건 당시 성암고등학교에 재학 중이던 남학생, 낯선 사람이 다가오면 무조건 부모에게 전화하거나 자리를 피하라고 철저히 교육받은 별하가 전혀 경계심을 품지 않을 만큼 친했던 사람, 그리고 나이키 브랜드의 희소한 운동화를 살 수단과 능력이 모두 있는 사람. 규진이야말로 그 세 가지 조건에 가장 부합하는 인물이라는 사실을, 세은의 이성은 인정하지 않을 수 없었다.

이제 와 소용없는 일이었지만, 그러고 나서야 호감 가는 외모와 흠잡을 데 없는 태도에도 불구하고 자신이 규진을 좋아하지 않았던 이유가 떠올랐다. 온갖 산해진미가 차려진 식탁에서, 일상에서 벌어진 사소하고 즐거운 일들을 나누며 모두 단란하게 웃고 떠드는 가운데, 짧은 한순간이지만 규진의 얼굴을 스치던 무서우리만큼 텅 빈 표정. 세은은 그게 늘 꺼림칙했었다.

"나름대로 확신이 생긴 후에도, 검사님에게 그 정보를 알리는 게 옳은 일인지 판단이 서지 않았어요. 여진 언니와 약혼했던 사이고, 지금도 그 집안과 가깝게 지내는지도 모르니까. 어쨌든 난 신분을 숨기고 검찰청에 들어왔으니, 섣불리 말을 꺼냈다가 매장될 수도 있는 거잖아요."

멋모르는 어린 동생은 규진과 여진을 '멋진 오빠, 예쁜 언니'로, 조 대표를 '자상한 아저씨'로 여기며 마냥 좋아했지만, 어느 정도 나이를 먹은 세은은 그게 전부가 아니란 걸 알았다. 과거 세은의 부친은 조 대표나 그 주변 사람과 크고 작은 갈등이 있어서, 다른 곳에서 훨씬 더 후한 조건을 제안받아서, 아니면 아예 정치에 신물이 나서 등등의 이유로 조 대표의 사무실을 떠나려 한 적이 몇 번 있었다.

— 그동안 내 욕심으로 김 보좌관을 너무 오래 붙잡아뒀지. 이제 하고 싶은 일을 할 때도 됐어.

겉으로는 웃으며 그렇게 말하던 조 대표였지만, 대화가 오간 후 빠르면 며칠 내, 늦어도 일주일 내로는 반드시 뭔가 사건이 일어났다. 주상복합을 매입하면서 목돈을 대출받았던 은행에서 돌연 상환 독촉을 해온다거나, 웬 기자가 갑자기 찾아와 세은의 부친이 정치 초년생 때 저질렀던 실수를 들추어내며 협박한다든가, 난데없는 탈세

의혹에 휘말린 적도 있었다.

그때마다 세은의 부친은 조 대표에게 달려가 해결해달라고 애걸할 수밖에 없었다. 울며 겨자 먹기로 제자리로 돌아간 아빠가 그런 날이면 만취해서 돌아오던 것, 취기에 벌게진 눈으로 '조민국은 무서운 인간이다. 죽기 전엔 못 벗어날 거다'라고 하소연하던 것도, 예민한 여고생이었던 세은은 남김없이 기억했다.

강한이 그동안 다른 사람들에게는 내색하지 않은 채 규진을 의심해왔고 조 대표와의 사이도 점점 벌어지게 되었다는 걸 모르는 그녀로서는 쉽게 믿을 수 없는 게 당연했다. 지온유 사건이 재수사에 들어간다는 언론 발표가 나고, 그렇게 만든 사람이 강한이라는 사실이 밝혀진 후에야 '이 사람은 정말 다르구나' 하고 확신했던 것이다.

"강 검사님, 유족으로서 부탁드릴게요. 여기서 수사를 멈추지 말아주세요. 그게 조규진이든 조민국이든, 진범을 끝까지 밝혀주세요. 제가 도와드릴 수 있는 거라면 뭐든지 할게요. 운동화에 대한 제 진술이 필요하다면 법정에도 나갈 수 있어요. 포기하지 말아주세요. 부탁드려요."

간절한 부탁과 함께, 세은은 누구도 예상치 못했던 행동을 했다. 앉아 있던 소파에서 내려와 바닥에 무릎을 꿇은 것이다. 강한을 향해 깊이 고개를 숙이는 세은을 보고 화들짝 놀란 소원이 그녀의 어깨를 붙잡으며 불렀다.

"누나!"

강한은 눈치가 빨랐다. 굳이 눈으로 보지 않아도, 세은과 소원이 움직이는 소리만 들어도 어떤 상황인지 대충 짐작할 수 있었다. 그는 소파 팔걸이를 잡은 채 조심스럽게 자기도 바닥으로 내려와 앉았다. 그리고 세은의 기척이 느껴지는 방향에 대고 차분한 목소리로 말했다.

"잘 들어요, 김은하 씨. 난 당분간 검찰청에 출근할 수 없게 되었지만, 그 정도로 내 각오가 흔들리진 않을 겁니다. 범인은 내게서 두 눈을 빼앗아갔지만, 검사로서의 정체성까지 빼앗아가진 못해요. 그러니까 김은하 씨도 이 집에 있는 동안, 내가 아는 그 민첩하고 총명한 홍세은 수사관으로서 날 도와주면 좋겠습니다. 알겠습니까?"

"이 집에……"

"……있는 동안이요?"

앞의 말은 소원이, 뒤의 말은 세은이 한 것이었다. 둘 다 눈을 휘둥그레 뜨고 있는 건 똑같았다. 실명 전까지만 해도 자신의 영역에 타인이 들어오는 것을 죽도록 싫어하고 불편해하던 강한은, 이제 객식구 하나 느는 것 정도는 아무렇지도 않다는 듯 힘주어 말했다.

"당분간은 이 집이 609호 검사실을 대신하게 될 겁니다. 그러니 홍수사관도 여기 있어야죠. 언제 어떻게 필요해질지 모르니까."

사실 강한의 진짜 의도는 따로 있었다. 첫째는 혹시 세은의 소식을 듣고 그녀를 찾으려 할지도 모르는 조 대표의 마수로부터 그녀를 보호하는 것, 둘째는 망령의 박물관 같은 집에서 그녀를 벗어나게 하는 것이었다.

그러면서도 세은이 부담스러워할까봐 자기가 필요해서 그러는 것처럼 말하는 강한의 속 깊은 배려를, 그녀가 모를 리 없었다.

"검사님……"

세은은 강한을 믿기로 한 자신의 선택이 결코 틀린 것이 아니었음을 그 순간 다시금 깨달았다. 이제 그들은 셋이었다. 많은 숫자는 아니었지만, 왠지 모르게 서로 함께 있다면 그 어떤 어려운 일이라도 해낼 수 있을 것 같은 든든한 기분이 들었다.

* * *

11월 24일 토요일 오전 10시. 강한의 집.

"인터뷰는 안 한다고 이미 말씀드렸습니다. 궁금하신 게 있으면 성암지방검찰청 공보담당관을 통해주십시오. 개인적으로는 할 얘기가 없습니다."

— 잠깐만요, 검사님께서도 분명 하고 싶은 얘기가 있으실 텐데요. 다른 기자보다는 그래도 인연이 깊은 저를 통하시는 편이 훨씬…….

강한은 따발총처럼 귀에 박혀드는 목소리를 무시한 채 단호하게 전화를 끊어버렸다. 인연이 깊기는 무슨. 뭔가 큰 건이 터질 때마다 그 기자, 그러니까 서울신문 박영주 기자와 자주 마주치긴 했지만 거기에 의미를 부여하고 싶진 않았다. 법을 집행하는 검사로서 중대한 규칙을 위반한 것도 사실이었기에 기자를 상대로 떠벌려대고 싶지도 않았다.

"자고로 기자와 엮여서 아름답게 끝나는 경우가 별로 없지."

매스컴 타는 걸 유독 좋아하던 선배 검사들이 과욕과 명예욕을 부리다가 어떤 나락으로 떨어졌는지를 되새기며 강한은 욕실 문을 열고 나섰다. 시계처럼 정확한 일과를 지키며 사는 그였지만, 어젯밤은 소원, 그리고 세은과 마주 앉아 지금까지 알아낸 것을 공유하고 앞으로 어떻게 할지 계획을 세우느라 이례적으로 잠드는 시각이 늦어졌다.

"류뚱은 퍼지게 자다 일어날 테고, 끼니는 대충 때워야겠군."

강한은 길어진 공복에 스멀스멀 찾아드는 허기를 애써 무시하면서 벽을 더듬거리며 부엌으로 들어섰다. 그와 동시에, 이게 꿈인가 생시인가 싶은 강렬한 음식 냄새가 후각을 자극해왔다. 프라이팬으

로 무언가 지글거리며 굽는 소리와 함께 노래하듯 낭랑한 세은의 목
소리가 들렸다.

"검사님, 일어나셨어요? 냉장고에 온통 인스턴트밖에 없기에, 제
가 알아서 장 봐오고 간단히 차려봤어요. 좀 드실래요?"

강한은 얼떨떨한 표정으로 세은에게 이끌려 식탁에 앉았다. 세은
은 그가 접시의 위치를 일일이 찾아 기억할 필요가 없도록, 유미가
사다둔 식판에 음식을 담는 센스를 발휘했다. 그녀는 어린애들이 급
식 먹을 때 쓰는 숟가락 겸 포크를 강한의 손 바로 앞에 놓아주면서
설명했다.

"식판 아래쪽에는 시럽을 뿌려서 조각조각 잘라둔 팬케이크가 있
고요. 그 위에는 왼쪽부터 순서대로 스크램블드에그, 그릴 소시지,
리코타치즈 샐러드가 있어요. 수프는 한 김 식혀서 손잡이 달린 머그
잔에 담아뒀으니 그냥 마시듯 하시면 돼요."

세은의 친절한 가이드에 따라 수프를 한 모금 마시고, 팬케이크
한 조각을 입에 넣은 강한은 흠칫 놀랐다.

강한은 잠시 체면도 잊어버리고 정신없이 먹는 데 몰두했다. 버터
를 듬뿍 발라 노릇하게 구워낸 팬케이크는 혓바닥 위에 올리자마자
사르르 녹았고, 소금과 후추로 짭조름하게 간을 맞춘 스크램블드에
그는 부드럽고 촉촉했다. 칼집을 내어 불맛 나게 구운 소시지는 진한
육즙이 주르륵 흘러내렸고, 리코타치즈는 직접 만든 건지 신선하면
서도 담백하기 그지없었다.

자나 깨나 사건 생각만으로 머릿속이 가득 차 있던 요즘, 뭔가를
이렇게 맛있게 먹어본 게 언제였는지 기억도 안 날 정도였다. 소원이
매일 아침 마지못해 내놓는 눅눅한 시리얼과 유통기한이 대단히 의
심스러운 우유에 비하면, 세은이 준비한 아메리칸 브런치 세트는 팔

아도 될 정도의 퀄리티라고 평가할 수 있었다.

"우와, 이게 웬 진수성찬이에요?"

소원은 역시 양반은 못 되는 모양이었다. 강한이 그 이름을 떠올리자마자 어슬렁어슬렁 부엌 입구에 나타난 것을 보면. 소원이 졸린 눈을 비비며 식탁에 앉자, 세은은 기다렸다는 듯 커다란 접시에 예쁘게 담은 브런치를 그의 앞에 가져다놓았다. 사양하는 시늉조차 하지 않고 오동통한 소시지를 한입 크게 베어물었던 소원은 그만 눈이 휘둥그레지고 말았다.

"헐, 대박 맛있어! 누나 같은 여자랑 살면 소원이 없겠다."

저도 모르게 속마음을 표현해버린 소원은 헉, 소리를 내면서 방정맞은 입을 두 손으로 가로막았다. 강한이 보지 못하기에 망정이지, 발갛게 달아오른 귓불을 들켰더라면 두고두고 놀림감이 됐을 것이다. 반면 세은은 별로 당황한 기색도 없이 천연덕스럽게 웃으면서 제 몫의 접시를 들고 소원의 맞은편에 앉으며 대꾸했다.

"그래, 나도 너 정도면 괜찮아. 요샌 연하남이 대세니까. 잘 모르는 건 하나하나 가르치면서 알콩달콩 살면 되겠다."

"진짜요? 저 괜찮아요? 벌금 전과도 있고 감옥 다녀온 적도 있는데?"

"뭐, 어때. 난 살인 사건 피해자 유족인데. 사람들이 재수 없다고 꺼리는 건 똑같아."

"누나……."

그제야 세은의 말이 자학 섞인 농담이라는 걸 깨달은 소원의 표정이 어두워졌다. 늘 밝고 당당했던 그녀의 모습에 반해 좋아했지만, 그 이면에 숨겨진 깊은 상처를 알게 되자 오히려 더 마음이 쓰이고 끌렸다.

감히 자기 따위가 힘이 되어주겠다고 말해도 될지 모르겠지만, 소원은 정말로 세은을 위로하고 돕고 싶었다. 그리고 지금 그렇게 할 수 있는 방법은 단 하나, 그녀의 가족과 평화롭던 삶을 송두리째 무너뜨린 범인을 잡아 법정으로 데려가는 것뿐이었다. 그 절실함은 세은도 마찬가지인 듯, 그녀는 포크를 집기도 전에 수사에 대한 얘기부터 꺼냈다.

"검사님, 어제 말씀하신 거. 자기 전에 아빠랑 통화하면서 물어봤어요."

강한은 어젯밤 세은에게, 조 대표 가족의 사생활에 대해 알 만한 사람들, 즉 예전에 일했던 운전기사나 가사도우미, 과외 교사 같은 피고용인들의 연락처를 알아봐달라고 했다. 세은의 아버지는 조 대표의 수석보좌관일 뿐만 아니라 개인 비서 역할도 겸했기에 가능한 일이었다.

"조 대표 집에서 일하는 도우미가 자주 바뀌긴 했는데, 고정적으로 오던 사람이 몇 명 있대요. 주로 같은 동네, 그중에서도 바로 건너편 임대아파트에 살던 사람들이요. 아빠 휴대전화에 저장되어 있던 이름이랑 전화번호를 받았는데, 일단 소원이한테 줄게요."

세은은 그렇게 말하면서 미리 준비해둔 메모지를 소원에게 건네주었다. 무심코 메모지를 받아들어 펼쳐보았던 소원은, 포크를 쥔 채 뻣뻣하게 굳어지고 말았다. 소원이 아무 말도 하지 않은 채 창백하게 질려 있기만 하자, 그 이상한 기류를 그대로 느낀 강한이 물었다.

"류뚱, 왜 그래? 아는 사람이라도 있어?"

소원은 강한의 질문에 대답하지 않은 채, 부릅뜬 눈으로 메모지를 노려보고 있었다. 아무래도 이 세상에는 정말, 우연이라는 이름만으로는 설명할 수 없는 지독한 악연이란 게 존재하는 게 분명했다.

111

오후 1시. 성신동 공공분양아파트 단지 내 지상 주차장.

"아저씨, 그건 끄트머리를 잡고 살살 옮겨야 한다니까요! 귓구멍에 휴지를 박았나, 몇 번 얘기해야 해요? 나 시집올 때 친정엄마한테서 받은 귀한 물건이라고요! 싹 물어내고 싶어요?"

추운 날씨에도 땀을 뻘뻘 흘리며 힘들게 이삿짐을 옮기는 인부들 사이에서, 작전 사령관처럼 허리에 양손을 얹고 서서는 앙칼진 고함을 질러대는 중년 여자가 있었다. 강한은 그 소리를 듣는 것만으로도 질려버린 소원을 붙잡은 채 그쪽으로 걸음을 옮겼다. 인부들을 잡아먹을 듯 닦달하던 여자는 강한을 발견하자마자 새로운 먹잇감을 찾았다는 듯 도끼눈을 떴다.

"아, 검사님이시네요. 여긴 웬일이세요? 우리 가족 쫓겨나는 거 구경하러 오셨어요?"

온유의 위탁모는 포상금이나 현상금을 바라고 지영과 온유의 관계에 대해 제보했지만, 강한은 그런 그녀에게 크게 한 방, 아니 정확히는 두 방 먹이는 것으로 보답했다.

첫 번째는 사회복지사에게 위탁 아동 방치 및 학대에 관한 제보를 해서 다시는 그 집에 아이들을 위탁하지 않게 만들어놓은 것이고, 두 번째는 아파트 임대 명의가 여자나 그녀의 남편이 아닌 먼 친척으로 되어 있다는 걸 밝혀내 아파트 관리위원회에 슬쩍 알린 것이다.

기초생활 수급자인 친척에게 푼돈을 주고 아파트를 가로챈 사실이 밝혀진 즉시 여자는 퇴거 요구를 받고 쫓겨나게 되었다. '우리 가족'이라고 했지만 이제 남편도 위탁 아동들도 없고 그녀 혼자뿐이었다. 그리고 그녀는 이 모든 결과를 전적으로 강한 탓이라고 생각하고 있었다.

"남의 밥줄도 끊고, 집도 뺏고, 이제 속이 시원하세요? 사람 몸이 못쓰게 됐으면 맘이라도 곱게 써야지. 세상에 공짜는 없는 법인데 정보만 싹 털어가고 제보자한테는 빅엿을 먹이다니. 그러다간 더 심하게 천벌 받아요."

강한은 여자가 술에 찌들지 않고 멀쩡하게 깨어 있는 모습은 처음 보는데, 차라리 만취해 무기력해졌을 때가 나은 듯했다. 남의 장애를 약점 잡듯 신랄하게 빈정대는 인성을 보아하니, 지온유를 비롯해 그간 그녀의 집을 거쳐 간 위탁 아동들이 어떤 취급을 받았을지 대강 견적이 나왔다. 발끈하는 소원의 팔을 지그시 누르면서 강한이 차분한 태도로 입을 열었다.

"조민국 대표의 집에서 가사도우미로 일했더군요. 그것도 꽤 오랫동안. 왜 말 안 했습니까?"

은근히 추궁하는 강한의 어조에 여자는 움찔했지만, 이내 뻔뻔하게 시치미를 떼며 받아쳤다.

"그런 쓸데없는 것까지 일일이 얘기해야 해요? 파출부 뛴 게 뭐 자랑스러워할 일도 아니고. 그 댁 말고 주상복합의 다른 집들도 돌아다니면서 일했어요."

"쓸데없는 건 아니죠. 살인 사건 피고인으로 재판받았던 지온유와 피해 아동을 곧바로 연결할 수 있는 고리인데요. 1년 전 수사 기록을 살펴보니, 피해 아동을 아느냐는 담당 경찰관의 질문에 전혀 모른다고 대답하신 적이 있더군요. 피해 아동은 조 대표 가족과 같은 층에 살았고, 그 집에도 자주 왕래했을 텐데 정말 한 번도 보신 적이 없습니까?"

"……."

입에 모터를 단 것처럼 기세 좋게 떠들어대던 여자는 돌연 말이 없어졌다. 비록 표정은 볼 수 없었지만, 강한은 어색한 기류를 조성해내는 그 침묵을 익히 잘 알고 있었다. 거짓말쟁이의 침묵이었다. 강한은 통째로 녹음해둔 기록 속에서 찾아냈던 여자의 진술을 머릿속으로 복기하면서 서늘한 어조로 질문했다.

"지온유가 체포된 후, 아니면 그전에, 조 대표를 따로 만난 적이 있습니까?"

"그, 그게……."

"사건에 관해서는 무조건 아무것도 모른다고 해라. 수사 결과나 1심 재판 결과가 나오면 거기에 무조건 승복하고 더는 다툴 생각을 하지 마라. 이런 식으로 압력을 받았던 거 아닙니까?"

때로는 찰나의 침묵이 강한 긍정을 의미하는 경우가 있다. 지금이 바로 그랬다. 1분에 가까운 시간 동안 식은땀만 뻘뻘 흘리던 여자는 선글라스를 낀 채 비난하듯 눈썹을 들어 올리는 강한, 그 옆에서 눈으로 레이저를 쏘고 있는 소원에게 떠밀리듯 허둥지둥 변명했다.

"아니, 압력이나 뭐 그런 게 아니에요. 혹시 나 때문에 온유가 그 애를 알게 된 거면, 그게 기사로 나가기라도 하면 나도 엄청 피곤해질

게 뻔하잖아요. 그게 걱정스러워서 조언을 받은 것뿐이에요. 경찰에는 그냥 아무것도 모른다고 하고, 최대한 멀리 떨어져 있으라고 해주셨어요."

강한은 척 봐도 생각이 깊지 않은 듯한 여자의 머릿속에 그 '걱정'이란 걸 심어준 사람도 조 대표일 것으로 추측했다. 그의 아들인 규진이 잘하는 것처럼, 언뜻 듣기엔 남을 위해주는 듯한 교묘한 말로 그녀를 조종해서 자기가 원하는 지점까지 데려다놓았을 것이다.

"조 대표가 시키는 대로 한 다음에는, 어떤 형태로든 보상을 받았겠죠? 돈이라든가, 일자리라든가. 세상에 공짜는 없으니까요. 안 그렇습니까?"

"어, 그게, 보너스랑 퇴직금도 챙겨주시고. 일하기 편한 다른 집도 알아봐주시고. 이래저래 도와주시긴 했는데, 그걸 보상이라고 하기는 좀……."

어물어물 주워섬기다가 말끝을 흐리는 여자의 태도에 강한은 기가 막혔다. 가사도우미에게 보너스는 그렇다 쳐도 퇴직금이라니, 누가 봐도 말이 안 되는 거였다. 강한이 그의 주특기인 신랄한 독설을 한마디 쏘아붙이려는 찰나, 지금까지 가만히 있던 소원이 불쑥 치고 나왔다.

"아줌마, 정신 나갔어요? 그게 온유 목숨값이었다는 거, 진짜 몰라서 하는 소리예요?"

의욕이라곤 없는 국선변호인이라도, 의뢰인의 부모가 간곡히 부탁했다면 항소 정도는 해줬을 것이다. 항소심이 열렸더라면, 다른 판사와 다른 검사가 사건을 한 번만 더 들여다봤더라면, 그랬더라면 여러 사람의 운명이 바뀌었을지도 몰랐다. 온유는 아직 살아 있을지도 몰랐다.

"아무리 친자식이 아니어도 그렇지, 몇 년을 맡아서 키웠잖아요. 그 핑계로 돈까지 받아먹었으면서, 인간이 그럴 수 있어요? 아줌마는 이 세상에서 돈하고 술 말고는 중요한 게 없어요?"

금방이라도 여자에게 달려들 것처럼 버럭버럭 고함치는 소원의 목에 핏대가 섰다. 알면 알수록, 생각하면 할수록, 끔찍한 누명을 뒤집어쓰고 이 세상을 떠난 한 소년의 삶이 너무도 비참하게 느껴져 견딜 수가 없었다.

사실 거기엔 자신에 대한 분노도 섞여 있었다. 천애고아로 보였던 소년에게는 사실 엄마도 친구도 있었지만, 둘 다 소년과의 관계를 인정하려 하지 않았다. 당당하게 그의 편을 들어주는 사람들이 있었다면, 그랬더라면 이 사회가 소년을 그리 간단히 짓밟아버리진 못했을 것이다.

"소원아."

눈 뒤가 뜨거워지는 것을 느끼며 거칠게 숨을 몰아쉬던 소원의 팔을, 강한이 지그시 누르며 불렀다. 들릴 듯 말 듯 조용하고 차분한 그 목소리가, 두 사람 사이에만 통하는 암호 같은 손동작이 마법처럼 소원의 분노를 가라앉혔다. 강한은 소원의 팔 위쪽을 다시 한번 가볍게 눌렀다가 놓은 후 여자를 향해 엄중한 말투로 추궁했다.

"그럼 조 대표 집에서 일하면서, 지온유도 피해 아동을 알게 된 겁니까?"

"모, 몰라요. 가끔 잔심부름이나 하라고 부른 적은 있지만, 걔가 어디서 누굴 만나고 다니는지 내 알 바 아니잖아요."

바로 그게 위탁모가 알아야 할 일이라고, 강한도 목구멍까지 올라오는 말을 겨우 참았다. 그는 여자와 같은 종류의 인간들을 숱하게 상대해보았다. 너무 받아줘서는 안 되지만, 그렇다고 반대로 너무 몰아붙여서도 안 된다. 그리고 대화의 주도권은 어디까지나 이쪽에 있다는 걸 시시각각 각인시켜주는 게 중요했다.

"조규진은 어떻습니까? 조민국 대표의 아들 말입니다. 같은 반이었으니, 집 안에서 마주칠 때 인사 정도는 하고 지냈겠죠. 혹시 둘이 같이 어딜 가거나 한 적은 없습니까?"

규진을 용의선상에 올려놓은 후, 강한은 수도 없이 자문해보았다. 규진이 벌인 살인 사건의 현장에 지온유가 나타난 것은, 그걸로도 모자라 사방에 흔적을 남겨놓은 것은 단순한 우연이었을까. 이론적으로 불가능한 얘긴 아니었다. 깔끔한 걸 좋아하는 규진이 허름한 폐공장 건물에서, 남몰래 자신을 흠모하던 어린 여자애를 죽인 이유와 경위는 아직 몰랐기 때문이다.

그와 '아무 상관 없이' 평소 그 건물을 종종 찾아가 작은 일탈을 즐기던 지온유가 '우연히' 비 오는 날에도 그곳에 또 왔을 수도 있었다. 예전에 몇 번 보고 귀엽다고 생각했던 아이가 싸늘한 주검으로 변해 있는 것을 보고 깜짝 놀라 안고 흔들었을 수도 있고, 그 과정에서 명찰이 떨어졌을 수도 있었다. 그야 당연히 그럴 수 있었다.

'세상에 순수한 우연이란 건 없어. 우연처럼 보이는 일이 있을 뿐이지. 특히 조규진에 관해서라면 더더욱.'

자신을 대신해 누명을 뒤집어써줄 희생양을 마련하는 건 매우 중요한 부분이었다. 강한은 치밀하고 계획적인 성격의 규진이 그 중요한 부분을 우연에 맡겨두었으리라고는 믿을 수 없었다. 여태껏 규진이 꾸민 일들을 보면 겉으로는 요행처럼 보여도 실은 철저한 사전 조사와 공작이 그 뒤에 숨겨져 있었다.

가령, 온유의 장례식장에서 관을 드는 역할을 해서 일부러 지영의 눈에 띄었던 것이라든가, 약혼식장에서 지루해하고 있던 강한에게 '몰래 빠져나가도 된다'고 은근히 부추겨서 그를 다른 사람들로 부터 떼어놓았던 것처럼.

"규진 학생이요? 맨날 공부하느라 바빴죠. 방에만 처박혀 있었어요. 얘기해본 적도 없어요. 그게 다예요. 그 집 딸이라면 자주 봤지만. 아이고, 어찌나 사치스럽고 노는 걸 좋아하는지. 볼 때마다 다른 남자 차를 타고 있더라니까요. 한 달 옷값으로 얼마를 쓰는지 알아요?"

한때 아내가 될 뻔했던 여자에 관한 이야기는, 이상하리만큼 강한의 감정을 조금도 자극하지 못했다. 대신 그는 다른 걸 감지했다. 강한 일행과 대화하는 것을 부담스러워하고 싫어하던 여자가 처음으로 묻지도 않은 걸 줄줄이 늘어놓은 것이다. 젊고 예쁘고 부유한 여진에 대한 질투일 수도 있었지만, 강한은 그게 화제를 돌리려는 여자의 어설픈 시도일 거라는 직감이 왔다.

"조규진과 지온유가 함께 있는 걸 본 적이 있는지 물었는데, 그 대답은 하기 싫은가 보군요. 왜죠? 조 대표가 자기 아들에 대해 누구에게도 말하지 말라고 입단속이라도 했습니까?"

정곡을 찔린 여자가 몸서리치는 모습이, 직접 보지 않아도 흔들리는 기류를 통해 생생히 느껴지는 듯했다. 정확히 짚어낸 건 좋았지만, 경계심이 강해진 여자는 그만 조가비처럼 꾹 입을 다물어버렸다. 팽팽한 대치 상태로 몇 분이 지나자, 강한은 마음이 조급해졌다. 여기서 시간 낭비할 틈이 없었다. 그는 소원의 팔을 슬쩍 잡아당기면서 낮은 목소리로 물었다.

"류소원, 이 근처에 다른 사람들 방해 안 받고 대화할 수 있을 만한 데가 있어?"

"어, 놀이터가 텅 비어 있긴 한데요. 미세먼지 때문에 애들이 안 나왔나?"

"거기로 데려가줘, 나하고 저 여자하고."

"헐, 아무리 그래도 여자를 때리면 안 돼요, 형. 실수인 척 슬쩍 다리라도 걸면 모를까."

소원은 강한의 꿍꿍이를 몰라 슬금슬금 눈치를 보면서도, 그가 시키는 대로 분리수거장 쪽으로 발걸음을 옮겼다. 여자는 떨떠름한 표정으로 그들을 따라왔다. 소원은 놀이터 중앙에 자리 잡은 커다란 정글짐 앞에 멈췄다.

사다리차와 인부들이 움직이는 소리가 사라지고 나자 훨씬 조용했다. 강한은 길고 단단한 팔을 뻗어 손끝에 와닿는 기둥 같은 것을 잡으면서 여자가 있는 쪽으로 천천히 몸을 기울였다.

"저번 일 이후로 TV를 보기 시작했다면 알겠지만, 난 현재 정직 상태입니다. 어쩌면 복귀 못할 수도 있고. 솔직히 지금 같아선 그러고 싶은 마음이 큽니다. 그게 무슨 의미인지 압니까?"

"그, 글쎄요."

"내가 더는 검사 신분에 얽매여 행동할 필요가 없다는 말입니다. 무서워할 것도 없고, 눈치 볼 것도 없고, 내 성질 뻗치는 대로 미친놈처럼 막 나가도 말릴 사람이 없다는 얘기란 거죠."

강한은 모르고 있었지만, 그가 잡은 것은 캐릭터 정글짐 기둥이었다. 커다란 잠자리 안경을 쓴 알록달록한 뽀로로가 그의 뒤통수에서 약 올리듯 손을 흔들며 웃고 있어서, 소원이 보기에는 자못 우스꽝스러웠다.

그러나 여자는 얘기가 달랐다. 여자의 목소리가 강한의 가슴께에 와닿는 것을 보면, 둘의 키 차이는 적어도 20센티미터 이상은 되는 듯했다. 운동선수처럼 떡 벌어진 체격의 젊은 남자가 동굴처럼 낮게 목소리를 깔면서 위압적으로 얘기하는데, 여자로서는 무서워하지 않을 도리가 없었다.

"내 직업은 검사입니다. 반평생 이것만 해왔고, 내 일은 제법 잘하는 편이죠. 그 말인즉, 구린 짓 해놓고도 뻔뻔하게 잘사는 놈들 인생을 잘근잘근 조져놓는 게 내 주특기란 겁니다. 이제 가정 위탁도 못하게 되고, 임대아파트에서도 못 살게 됐다고요. 고작 그 정도로 엿먹었다고 생각한다면 아직 모르는 게 너무 많은 겁니다."

강한은 한마디 한마디에 강하게 힘을 주면서, 점점 여자를 향해 얼굴을 가까이 갖다붙였다. 반투명하게 선팅된 선글라스 뒤에서 자못 신비하면서도 음산하게 비치는 텅 빈 동공이 여자의 등골을 오싹하게 했다. 그녀는 자기도 모르게 주춤주춤 뒷걸음질하며 겁에 질려 물었다.

"나한테 왜 이래요? 원하는 게 뭐예요?"

원하는 게 뭐냐고 묻는 건, 즉 그걸 제공할 준비가 되어 있다고 말하는 거나 마찬가지였다. 조 대표가 던져준 당근은 1년이 지나면서 그 달콤한 맛을 잃었고, 여자는 눈앞에 있는 강한의 기세에 굴복하고 만 것이다. 강한은 입가에 슬그머니 떠오르는 미소를 감추면서 단호하게 말했다.

"조규진에 대해 알고 있는 모든 것, 왠지 말하면 안 될 것 같아서 망설이고 있는 바로 그 얘기를 듣고 싶습니다. 하나도 남김없이, 몽땅."

112

오후 4시. 성암대학교 학생회관 카페.

"아, 뭔 시험 범위가 팔만대장경급이야. 죽으라는 거냐. 취업 시즌에. 아오, 교수 진짜!"

기말고사 기간에 접어든 대학 캠퍼스는 주말임에도 불구하고 평일만큼이나 활발하게 붐볐다. 특히 중앙도서관 바로 옆에 있는 학생회관 카페는 더했다. 삼삼오오 테이블을 차지하고 앉아 시험공부의 지겨움과 피곤함을 털어내고 있는 가운데, 누가 봐도 대학생은 아닌 강한이 떡하니 버티고 앉아 있는 게 눈에 띄었다.

"대학교 카페는 이렇게 생겼구나. 식당이나 편의점 같기도 하고. 형 다닌 대학도 이랬어요?"

소원은 베이지색과 하얀색 원목으로 아기자기하게 꾸며진 카페를 신기하다는 듯 둘러보았다. 분명 또래 학생들로 가득 차 있는 공간인데, 왠지 자기 혼자 튀는 것 같아 은근히 주눅이 들었다. 늘 입고 다니던 후드 티와 청바지도, 혹시 착실한 대학생이 아니라 껄렁껄렁한 동네 백수 같아 보이는 건 아닌지 괜히 신경이 쓰였다.

그런 찜찜한 기분을 잊어버리려고 일부러 유일한 일행인 강한에게 자꾸 말을 붙이는 것이었는데, 정작 그는 자기 생각에 깊이 잠긴 채 쓰디쓴 에스프레소만 들이마시고 있었다.

"내가 3, 4년 전부터 그 집 일을 다녔는데, 규진 학생은 처음부터 어딘가 좀 꺼림칙한 구석이 있었어요. 내가 위탁가정 일을 하다 보니까 별별 애들을 다 봤단 말이에요. 그러다 가끔 쌔한 기운이 오는 애가 있거든요. 그런 애는 반드시 사고를 치는데, 규진 학생한테서 그 기운이 똑같이 왔어요. 그렇게 좋은 집에서, 그렇게 잘 자랐는데도. 참 희한하게도 말이에요."

바로 몇 시간 전, 온유의 위탁모와 놀이터에서 주고받았던 얘기가 아직도 뇌리를 맴돌고 있었다. 실은 누군가한테 털어놓고 속시원해지고 싶었던 것인지, 여자는 일단 입을 열자 가뭄에 물꼬 트인 것처럼 줄줄 말을 쏟아냈다.

"작년인가. 규진 학생 교복에 피가 묻어 있는 걸 몇 번 보게 됐어요. 어디 다쳤냐고 물어보니까, 원래 코피가 잘 나는 체질이라고 하더라고요. 근데 그때 분위기가 좀 이상했어요. 왜 그런 거 있잖아요, 입은 웃으면서 대답하는데, 눈으로는 그딴 거 다신 물어보지 말라고 하는. 앞으로 자기 빨래는 자기가 하겠다고, 빨래를 가져가는데 꼭 빼앗아가는 것 같았어요."

강한은 규진이 코피 흘리는 모습을 본 기억이 없었다. 반대로 여진과 혼담이 오가던 무렵, 조 대표가 저녁 식사 자리에서 '남매 모두 축복받은 DNA를 타고나서, 가족 병력은커녕 코피 한 번 난 적 없고 독감 한 번 걸린 적 없다'고 자랑하던 것만 떠올랐다.

규진의 교복에 왜 피가 묻어 있었던 것일까. 그의 성격상 한눈을 팔다가 어딘가에 부딪혀 다쳤을 것 같지는 않았고, 누군가와 치고받고 했을 리는 더더욱 없었다. 내심 의아해하던 강한을 향해 여자가 조심스럽게 던진 말은 자못 충격적이고 의미심장했다.

"그날 집으로 돌아오다가 주상복합 주민들이 얘기하는 걸 들었는데, 그즈음 길에 개나 고양이들이 그렇게 죽어 나자빠져 있었다더라고요. 아파트 뒤뜰이며 분리수거장이며 놀이터에요. 그 순간 왠지 모르게 생각났어요. 바짓단과 옷소매에 튄 것처럼 피가 묻어 있던 교복이요."

임대아파트 주민이었던 소원도 그 사건을 기억하고 있다고 했다. 그 당시 주상복합 주민들이 잘 먹고 잘사는 게 배 아팠던 '임대'들이 꾸민 짓이라는 소문이 돌아서, 주상복합과 임대아파트 간에 역대급으로 험악한 분위기가 조성되었던 것이다.

경찰을 부른다느니 고소한다느니 한동안 떠들썩했지만, 한 달이 지나고 더는 짐승 사체가 발견되지 않게 되자 언제 그랬냐는 듯 그 말도 쏙 들어갔다. 그도 그럴 것이, 안 좋은 소문이 널리 퍼져 집값이 떨어지는 것이야말로 주상복합 주민들이 가장 두려워하는 일이었던 것이다.

"그것 말고도 까다로운 게 많은 학생이었어요. 허락 없이 방에 들어가면 안 되고, 자기 물건 손대면 안 되고, 방에 들어가 있을 땐 말 걸면 안 되고. 그래서 예의는 바른지 몰라도 낯을 가리는가 싶었는데, 온유한테는 불쌍해서 그런지 사근사근하게 잘해주더라고요."

여자도 두 소년이 함께 있는 모습을 본 건 고작 한 번에 불과하다고 했다. 조 대표 집에서 여름 김장을 하던 8월의 어느 날이었는데, 일손이 모자라 데려온 온유가 규진을 보고 사뭇 반가워하며 인사하고, 규진도 스스럼없이 그걸 받아주는 것에 놀랐다고 했다. 그러나 두 소년이 뭔가 특별한 이야기를 주고받은 건 아니었고, 정확히 어떤 사이인지도 모른다고 덧붙였다.

"그런 건 걔네 친구들이 더 잘 알겠죠. 소원 학생이 아는 게 없으면, 그러면 규진 학생 친구한테 물어보시든가요. 작년까지도 집에 뻔질나게 드나들던 친구가 있었는데."

그게 누군지 짐작하기는 어렵지 않았다. 바로 소원의 반 반장이었던, 그리고 염산 병을 도둑맞은 배관공 노인의 조카손자이기도 한 준휘였다. 평소 연락도 없다가 갑자기 만나자는 소원의 전화에, 준휘는 싫은 기색 하나 없이 선뜻 승낙했다. 단, 지금 시험 기간이라 한창 도서관에서 공부하는 중이니 캠퍼스까지 와주면 좋겠다는 사소한 조건이 붙었던 것이다.

"야, 씨. 너! 류뚱! 어떻게 된 거야? 왜 포털 사이트 뉴스 메인에 자꾸 나와?"

두툼한 원서를 옆구리에 끼고 나타난 준휘는 자리에 앉기도 전에 다짜고짜 소리쳤다. 그렇지 않아도 성암지검 검사장의 사임, 강한 검사의 정직 처분 소식과 함께 소원의 이름이 그에 엮여 계속 등장하자 놀라고 당황스러웠던 준휘였다.

"일단 앉아, 인마. 사람들이 다 쳐다보잖아. 아이스 아메리카노 마실래, 따뜻한 아메리카노 마실래? 형 돈으로 내가 쏜다."

"혀엉?"

그 단어에 유독 민감하게 반응한 준휘는 소원의 옆에 우두커니 앉아 있는 강한을 경계심 가득한 눈초리로 쳐다보았다.

"이 검사님이 이제 형이야? 그럼 뉴스에 나오는 얘기가 전부 진짜야? 너 감옥에서 빼내주고, 그 대가로 24시간 데리고 다니면서 이 일 저 일 시키는 거야? 수사관 사칭하게 하고?"

"뭐, 대충 그렇지, 봉사활동 1만 시간의 굴레에 갇힌 집요정 도비라고나 할까."

농담인지 진담인지 구분할 수 없는 소원의 덤덤한 말에 준휘는 더 혼란스러워진 듯했다. 강한은 준휘의 목소리가 들려오는 쪽을 향해 살짝 고개를 까닥이며 말했다.

"처음에 강제적인 부분이 있었던 건 맞아. 하지만 지금은 달라. 소원이는 1년 전 별하를 죽이고, 온유에게 누명을 씌우고, 이번에는 자기를 염산 테러범으로 몰고 갔던 진범을 잡으려고 나와 협력하고 있는 거야. 원하지 않는다면 언제든 놓아줄 거다."

강한의 말을 들은 준휘는 진짜인지 확인하려는 듯 소원을 쳐다보았고, 그러자 소원은 어깨를 으쓱하며 일부러 가벼운 투로 말했다.

"뭐, 내 발로 뛰쳐나갔다가 다시 기어 들어오긴 했어. 형 말대로, 그 사이코패스 살인마를 잡을 때까지만 이렇게 지내는 거야. 나라고 뭐 남자랑 같이 사는 게 좋겠냐."

"기사 보니까 이제 수사도 못하게 됐다면서. 연쇄 상해 사건은 범인 자살로 공소권 없음인가 뭔가로 끝날 거라던데, 그 진범이라는 게 있기는 있는 거야? 누군지 알고서 쫓는 거냐고?"

"어, 알아. 그러니까 한 80퍼센트 정도는 확실해. 너도 아주 잘 아는 사람이야."

"뭐라고? 그게 누군데?"

소원은 준휘의 질문에 곧바로 대답하는 대신, 후드 티 앞주머니에서 뭔가를 주섬주섬 꺼냈다. 준휘에게 보여줄 작정으로 미리 준비해 온 석 장의 사진이었다.

첫 번째는 현장에 족적이 남아 있던 운동화의 화보 사진이었고, 두 번째는 미지의 동행인을 목격했다던 별하의 초등학교 동창생이 강한에게 그려주었던 흉터 스케치의 사진이었다. 그리고 마지막 한

장은 세은의 휴대전화에서 나온 사진이었는데, 조 대표의 연임 축하 파티에서 규진과 별하가 친밀한 포즈로 함께 찍은 사진이었다.

소원은 포커게임의 패를 보여주듯 사진을 순서대로 한 장 한 장 펼치면서 차분하게 말했다.

"이 나이키 운동화를 가지고 있고, 오른쪽 팔꿈치에 흉터가 있으며, 김별하와 아는 사이였고, 사건 당시 성암고등학교에 다녔던 사람. 네 절친, 조규진."

테이블 끄트머리를 가볍게 쥐고 있던 준휘의 손등에 순간적으로 힘이 들어가면서 새하얗게 뼈가 불거져 나오는 것을, 소원은 놓치지 않고 포착해냈다. 준휘는 큰 충격을 받은 듯 깊게 한 번 숨을 들이마셨다가 내쉬고는, 아까부터 불안스럽게 허공에 떠 있던 엉덩이를 마침내 의자에 붙이며 주저앉았다.

"류뚱 너도 그렇고, 검사님도 그렇고. 이런 얘기를 함부로 막 하면서 돌아다녀도 돼요? 규진이네 아버지가 누군지 잘 아시잖아요. 우리나라 정계를 한 손에 쥐락펴락하는 거물이라고요."

"검사 인생 걸고 하는 마지막 수사인데 상대가 그 정도도 안 되면 시시하지. 그보다 난 학생의 반응이 더 흥미로운데. 절친이 사이코패스 살인마일지도 모른다는데, 반박도 안 하나?"

"아니, 그건 너무 황당무계한 얘기라서 뭐라고 말하기가…… 근데 또 묘하게 들어맞는 구석도 있고…… 아, 빌어먹을, 돌아버리겠네. 왜 저한테 이러세요. 이제 규진이 보지도 않는데."

"왜 안 보지? 어릴 때부터 친구라고 들었는데?"

"……"

강한은 터질 듯 팽팽한 공기 속에서 준휘의 감정을 읽었다. 이모할머니 문제로 검찰청을 찾아왔을 때만 해도 구김살이라고는 찾아볼 수 없이 쾌활한 이십대 청년의 이미지였는데, 뭐가 그렇게 두려워서 말을 아끼는 것일까. 혹시 준휘에게까지 조 대표가 마수를 뻗친 것일까. 하지만 그랬다면 애초에 준휘가 염산 병 절도 사건을 들고 강한을 찾아오지도 않았을 것이다.

"오랫동안 가깝게 지내던 친구에 대해 부정적인 얘기를 하는 게 쉽진 않겠지. 하지만 준휘 너에게도 분명히 어떤 직감이 있었으리라고 믿는다. 완벽한 모범생 조규진에게 아무도 모르는 위험한 면이 숨겨져 있다는 것, 그리고 그게 언젠가 누군가를 크게 다치게 할 거라는 것도. 네가 규진이를 멀리하게 되었다는 것도 그래서가 아닐까 생각하는데, 어때?"

준휘가 침묵을 지키는 몇 분 동안, 강한은 몇 년이 흘러가는 것 같은 기분이었다. 지금까지 확보한 증거들로는 규진의 과거 행적을 추적할 수 있었다면, 앞으로의 행동 패턴을 예측하기 위해서는 그의 진짜 캐릭터를 파악할 필요가 있었다. 그런 면에서 준휘는 아주 중요한 참고인이었다.

하지만 그와 동시에 강한의 현재 처지를 잘 아는 똑똑한 대학생이기도 했기에, 온유의 위탁모에게 했던 것처럼 으름장을 놓거나 공포 분위기를 조성해 진술을 끌어낼 수는 없었다. 강한이 할 수 있는 일이라고는 오직 준휘의 양심을 믿고 잠자코 기다리는 것뿐이었다. 잠시 후, 준휘는 돌연 의자를 뒤로 밀면서 일어나더니, 일부러 꾸민 듯한 밝은 목소리로 크게 말했다.

"도서관에만 처박혀 있었더니 답답하네요. 검사님 움직이기 괜찮으시면, 산책 좀 하실래요?"

준휘는 음료 잔과 책을 챙겨 들고 일어나면서 제안했다. 강한은 그 숨겨진 의미를 곧장 파악했고, 그로서는 거절할 이유가 없었다.

"산책 좋지."

강한은 소원의 팔을 잡은 채 몸을 일으켰다. 이 세상에 다시 없는 모범생 조규진의 실체를 알고 있는 몇 안 되는 사람, 그중 한 사람을 겨우 잡은 거였다. 그의 이야기를 듣기 위해서라면 강한과 소원은 지구 끝까지라도 따라갈 준비가 되어 있었다.

"이쪽으로 오세요."

준휘의 안내에 따라 학생회관 측면에 난 쪽문으로 나가자 노천강당으로 통하는 좁은 샛길이 나왔다. 이 넓은 캠퍼스에서 규진이나 그와 가까운 사람을 마주칠 확률이 높진 않을 텐데, 그래도 준휘는 주변에 사람이 없는 것을 몇 번이나 확인한 후에야 입을 열었다.

"어릴 때부터 친구, 그러네요. 그 녀석은 어떻게 생각할지 모르겠지만. 한 번도 그 녀석이 절 좋아한다는 느낌을 받은 적이 없었어요. 다른 애들처럼 늘 같이 다닐 사람이 필요했는데 그럭저럭 조건에 맞는 사람을 고른 것 같달까요. 간택당한 거죠, 어떻게 보면."

준휘는 강한과 소원이 따라가기 버겁지 않도록 걷는 속도를 최대한 늦추면서 말을 계속했다.

"저야 싫을 이유가 없었죠. 그 녀석 잘생기고, 공부 잘하고, 운동 잘하고, 돈도 잘 쓰고, 성격도 모난 데가 없어서 싸울 일이 없었거든요. 가끔 사람을 섬찟하게 만들 때가 있긴 했지만."

"섬찟하게 만든다고?"

"대단한 건 아닌데요, 다른 사람 감정을 전혀 이해 못한다는 느낌이 들 때가 종종 있었어요. 복잡하거나 미묘한 상황일수록 더욱 그랬어요. 무슨 감정인식 프로그램이 입력된 AI처럼요."

준휘는 잠시 발걸음을 멈추고 구체적으로 설명하기 시작했다. 가령 '친구에게 맞으면 화가 난다' '선생님에게 혼나면 수치스럽다' '선물을 받으면 기쁘다'처럼, 전형적이고 단순한 상황에 반응하는 것은 규진에게도 아무 문제가 없었다고 했다.

그런데 쪽지시험을 망쳐놓고서 '끝내주게 잘 봤다'고 과장되게 웃는다거나, 물을 엎지른 친구에게 '잘했네, 잘했어'라고 빈정거린 다거나, 좋아하는 여자애가 있는데도 그 마음을 숨기려고 일부러 짓 궂게 구는 그런 것들은 이해하지 못하는 듯했다. 필요 없는 학용품을 같은 반 아이에게 나눠주었을 때 상대가 자존심 상한다면서 화를 내 는 경우도 마찬가지였다.

기쁨, 슬픔, 분노에서 나아가 빈정거림, 수줍음, 열등감 같은 역설 적이고 복잡한 감정들, 평범한 사람이라면 누가 굳이 가르쳐주지 않 아도 본능적으로 또는 사회적으로 체득하는 그런 것들이, 어린 규진 에게는 그저 낯설고 기이하기만 한 듯했다.

"그래도 크게 문제되진 않았던 게, 설명해주면 잘 알아들었거든 요. 그런 말을 들었을 땐 이렇게 대답하면 돼, 이런 표정을 지으면 돼, 그러면 그 자리에서 바로 외워요. 그리고 다신 실수하지 않았어요. 머리가 워낙 좋으니까. 중학교 들어갈 때쯤엔 저 말고 다른 애들이랑 있어도 튀지 않게 되더라고요. 오히려 착하다, 성격 좋다, 그런 소리 를 많이 듣기 시작했어요."

강한은 그 말을 이해할 수 있었다. 규진을 처음 만났을 때 그도 그 런 인상을 받았으니까. 그 나이대 남자애같이, 그러니까 소원이 그 런 것처럼 괜히 삐딱하게 굴거나 허세 부리는 것 없이 지극히 상식 적으로 남의 감정에 공감해주는 게 참 예의 바르고 기특하다 싶었다. 설마 그게 다 철저한 학습의 결과일 거라고는 미처 생각지 못한 채.

113

"저는 그게 더 무섭더라고요. 원래 사람은 자기 말과 행동을 그렇게 완벽하게 컨트롤 못하잖아요. 근데 걔는 그게 너무 쉽게 됐어요. 공부하기 싫다, 학원 빼먹고 PC방 가고 싶다, 그런 것도 없어요. 해야 하는 일이 있으면 그냥 앉아서 하는 거예요, 몇 시간이고."

"에이, 말도 안 돼. 세상에 그런 인간이 어디 있어? 난 10분만 앉아 있어도 돌아버리겠던데."

생각만 해도 끔찍하다는 듯 고개를 도리도리 저으며 몸서리치는 소원을 내버려두고, 강한이 침착한 말투로 준휘에게 물었다.

"그래도 취미나 취향이라는 게 있었을 거 같은데. 규진이한테도 말이야. 특별히 좋아하거나 싫어하는 건 없었어?"

"음, 있긴 있었죠. 지저분한 거, 비효율적인 거, 이 두 가지요. 싫어한다기보다 한심해한다고 해야 하나. 나이가 어리다고 무시당하거나 업신여겨지는 것도 질색했어요. 나이만 먹었지 뭐 하나 제대로 할 줄 모르는 사람이 이 사회엔 너무 많다고요. 아, 물론 규진이는 그 사람들한테도 겉으로는 항상 깍듯하게 대했어요. 그게 규진이가 스스로 정한 룰이었거든요."

어쩌면 규진의 눈에는 강한도 그런 존재로 비쳤던 건 아닐까. 인생 선배이자, 검사이자, 예비 매형이라는 직함만 주렁주렁 달고 있을 뿐, 실은 제 몸 하나 못 지키는 한심한 인간으로 보였는지도 모른다. 그랬다면 그 얼굴에 염산을 끼얹는 데도 아무런 망설임이 없었을 것이다.

'그러고 보니 지금까지 조규진의 범행 수단, 피해자에 대한 접근성만 고려했지, 범행 동기를 깊이 따져보지 않았군. 범행 동기야말로 조규진이라는 인간을 알 수 있는 키워드일 텐데.'

지금까지 규진의 범행 동기가 수면 위로 떠오르지 않은 이유는 간단했다. 김별하를 죽이고 나서 그 사건을 다뤘던 경찰, 검사, 판사를 1년이 지난 시점에 해칠 이유가 그에게는 딱히 없었기 때문이다. 엄밀히 말해 규진이 살인 사건의 진범이라면, 자신을 수사망에서 벗어나게 해준 이들에게는 고마워해야 하는 입장이었다.

그러나 준휘의 얘기를 듣고 나니 강한은 확실히 알 수 있었다. 규진은 한 경감에게도, 자신에게도, 고 판사에게도 눈곱만큼도 고마워하지 않았으리라는 것을. 그들 모두 규진에게는 그가 극도로 경멸하는 '무능력하고, 비효율적이고, 나잇값 못하는' 어른일 뿐이었다. 그토록 혐오스러운 대상들이라면, 사소한 계기 하나만 있어도 범행으로 발전할 수 있었을 것이다.

"좋아하는 건 어떻지? 즐겨 듣는 음악이라든가, 열광하던 영화라든가, 연예인이라든가, 아니면 활동하던 동아리라도. 뭐든지, 아무거나 괜찮으니 하나라도 떠올려봤으면 좋겠는데."

"음, 글쎄요. 워낙 연예인이나 유행에 관심 없던 애라서요. 학생회 소속이라 동아리 활동도 따로 안 했고……. 아, 맞다! 자주 읽던

책이 있었어요. 필독서도 아닌데 줄까지 쳐가면서 몇 번이나 열심히 읽는 게 신기해서 눈여겨봤거든요. 그러니까 그 책 제목이, '군주론' 이었는데."

"군주론? 마키아벨리?"

곧바로 되물은 사람은 대학 시절 정치학 강의를 들었던 강한이 아니라, 놀랍게도 마키아벨리의 '마' 자도 모를 것 같던 소원이었다. 말을 꺼냈던 준휘는 물론이고 강한까지 화들짝 놀랐다.

"네가 마키아벨리를 어떻게 알아?"

"왜요? 난 알면 안 돼요? 나도 책 읽어요, 무시하지 마세요."

준휘는 고등학교 때 소원이 자기소개서의 '가장 감명 깊게 읽은 책' 란에 『슬램덩크』를 적어넣는 걸 본 적이 있었다. 그리고 강한은 소원이 사건 기록을 소리 내어 읽다가 불과 다섯 쪽 만에 앉은 채로 잠이 드는 일을 겪은 적이 있었다. 그 두 사람이 대답 대신 동시에 침묵을 지키자, 소원은 양심에 찔렸는지 투덜거렸다.

"에이 씨, RPG 게임에 등장인물로 나와요, 됐어요? 그 사람, 좀 이상하잖아요. 남을 짓밟아야 한다느니, 공포감을 심어주어야 한다느니, 뭐 그런 한 맺힌 사이코 같은 소리만 잔뜩 하고."

표현이 좀 심하긴 했지만, 소원이 아예 틀린 말을 한 건 아니었다. 실제 『군주론』에는 '민중의 머리를 쓰다듬거나 없애버리거나 둘 중 하나를 택해야 한다' '힘과 속임수로 승리를 거두고, 자신에게 해를 끼치려는 자들을 말살해야 한다' '누군가를 해칠 때는 친교를 맺으면서 은밀하게 해야 한다' '신의를 지키지 않는 건 얼마든지 정당화할 수 있다' 같은 문장들이 나왔다.

사실 『군주론』의 주제는 흔히 오해하는 것처럼 권력을 잡기 위해서라면 수단과 방법을 가리지 말라는 게 아니었다. 타국으로부터 위협받지 않는 강력한 통합 국가를 만들기 위해서는 군주가 도덕이나 종교에 종속되는 것이 아니라 때로는 비난이나 악평을 받는 것도 감수하면서 엄격한 통치를 펼치고, 그로 인해 사람들로부터 외경받을 줄 알아야 한다는 것이었다.

'그래, 그 나이 땐 누구나 자기가 세상의 왕이라도 될 것처럼 착각하지. 조규진의 경우, 그 착각을 뒷받침해줄 만한 수단과 지능이 있다는 게 문제였지만.'

강한은 대학 시절 읽었던 『군주론』의 구절이 떠올랐다. 사람들은 누군가를 속속들이 알기보다는 외관만으로 판단하기 때문에, 군주가 될 사람은 여우의 기질을 감쪽같이 숨기고 위장해야 한다는 내용이었다. 인간은 극도로 어리석고 편협해서 속이려 들면 얼마든지 속는다고도 했다.

서른 살도 안 된 나이에 피렌체의 장관직을 지냈던 천재 정치가의 책을 읽으며, 규진은 그동안 그가 생존을 위해 익혀온 생활방식이 정당화되는 것 같은 느낌을 받았는지도 몰랐다.

"책에 나오는 '군주'처럼, 규진이는 교묘한 말로 주변 사람들을 조종해서 결국 자기가 원하는 방향으로 끌고 가는 걸 좋아했어요. 대가를 주고 뭘 사거나 얻는 건 너무 쉬워서 시시하다고, 사람들의 머릿속에 어떤 생각을 심어주고 꼭두각시처럼 움직이는 걸 구경하는 게 훨씬 재미있다고, 그게 진짜 힘이고 권력 아니겠느냐고요."

"진짜 힘…… 권력……."

"네, 한번은 지나가듯 그런 적도 있어요. 말만으로 누군가를 죽이거나, 자살하게 만들 수도 있지 않을까, 라고요."

준휘가 방금 생각난 듯 덧붙인 말에 강한은 날카로운 바늘에 손끝을 찔린 것처럼 움찔하지 않을 수 없었다. 다시는 앞을 볼 수 없다는 걸 알았을 때, 걱정되어 찾아왔다며 부드럽고 사근사근한 말투로 비참한 현실을 일깨워주던 규진이 떠올랐다.

"중도 시각장애인들이 우울증에 걸릴 확률은 일반인의 두 배, 자살할 확률은 세 배에 가깝대요. 거동이 불편하니까 자살도 쉽지 않은데, 그래도 일곱 번, 여덟 번씩 시도한다는 거예요.

규진이 다른 말들 속에 슬쩍 섞어놓은 '자살'이라는 단어는, 절망에 빠졌던 강한에게 한 줄기 빛처럼 다가왔다. 일고여덟 번씩 자살을 시도하는 사람들이 있다는 말을 들으니, 그게 유일한 탈출구이기 때문에 그렇게 하는 게 아니겠나 싶었던 것이다.

물론 조금만 마음을 가라앉힌 다음에 다시 생각했다면, 시각장애인으로서 살아보려고 노력도 하지 않고 다짜고짜 자살을 선택하는 게 얼마나 어리석고 근시안적인 태도인지 알았을 것이다. 그러나 그때는 그랬다. 크나큰 충격에 빠져 이성적인 사고가 불가능한 상태였다. 아마 규진은 온유에게도, 지영에게도, 그런 식으로 심리적인 빈틈을 파고들어가 함락시키고 말았을 것이다.

'뭐가 문제인 거야? 무엇이 어디서부터 어떻게 잘못되어야, 아무 부족함 없이 자란 열아홉 살 소년이 사람 목숨을 한낱 장난감처럼 가볍게 여기게 될 수 있지?'

흔히 강력 범죄의 동기에는 세 가지가 있다고 한다. 돈, 치정, 그리고 복수. 그러나 규진의 경우 이 중 그 무엇에도 해당되지 않았다. 아무런 감정도 개입되지 않은 상태에서, 그저 남의 인생을 좌지우지해보고 싶다는 장난 같은 충동으로 저지르는 범죄. 그게 과연 가능한 것일까. 강한이 골똘히 생각에 잠긴 동안에도 준휘의 회상은 계속되고 있었다.

"그런 말을 들으니까 좀 오싹하긴 했지만 그게 다였어요. 원래 친구들끼리 떠들다 보면 맘에 없는 헛소리가 툭툭 튀어나오고 하잖아요. 어쨌든 규진이랑은 대학도 같이 왔고, 앞으로도 오래 보게 될 것 같았으니까. 지금까지 그랬던 것처럼 무난하게 지내면 될 거라고 생각했죠. 올해 여름, 그 일이 있기 전까지는 말이에요."

"그 일?"

준휘는 어릴 때부터 규진과 친구 사이로 지내면서 그 특이한 성격을 이해하고 받아들인 듯했다. 물론 거기에는, 차기 대권 주자가 될 정치가의 아들과 친분을 쌓아두면 언젠가 어떤 식으로든 반드시 도움을 받을 수 있을 거라는 현실적인 기대도 숨어 있었을 것이다. 그런 준휘와 규진의 사이를 단번에 끝내버린 사건이 무엇인지, 강한도 소원도 궁금하지 않을 수 없었다.

"죄송해요. 이건 다른 사람 사생활과 연관 있는 거라서요. 제 맘대로 떠들면 안 될 것 같아요. 자세한 이야기를 듣고 싶으시면 여길 찾아가보세요. 전 이제 다시 공부하러 가봐야 해서요."

준휘는 미안해하는 투로 말하면서 강한의 손에 뭔가를 쥐여주었다. 얇고 빳빳한 종이의 감촉, 명함인 듯했다. 점자를 읽는 데 익숙해진 강한의 예민한 손끝은 반사적으로 종이 표면을 더듬었고, 한가운데 돋을새김된 글자를 읽어낼 수 있었다.

'EMMA.'

달랑 여자로 추측되는 이름만 쓰여 있는 명함. 강력부에서 잔뼈가 굵은 검사인 강한은 대충 짐작 가는 데가 있었다. 규진을 나무랄 데 없는 모범생으로 알았던 예전이라면, 그 둘 사이에 연관관계가 성립될 수 있다고 믿지 않았을 것이다. 그러나 지금은, 자신이 규진에 관해 조금이라도 제대로 아는 게 있는지 의문스러울 지경이었다.

강한이 보지 못한다는 걸 잘 알면서도, 준휘는 그를 향해 꾸벅 고개 숙이며 공손하게 인사하는 걸 잊지 않았다. 그러고서 등을 돌리려다가, 문득 생각난 듯 이번에는 소원을 향해 툭 던지듯 말했다.

"근데 류뚱, 넌 지금이라도 대학 갈 생각은 없는 거야? 그림에 재능 있잖아, 아까운데."

"재능은 무슨."

"아니, 정말로. 내가 미술 시간마다 네 그림 보고 얼마나 감탄했는지 알아? 우리 학교 미대 애들 전시회 하는 거 보면, 그것보다 못 그리는 애들도 수두룩해. 재수해서 미대 가는 거, 진지하게 생각해봐. 대학생활 꽤 재밌어. 아, 물론 중간고사 기말고사 기간은 죽음이지만."

준휘의 진지한 말에 강한은 지금까지와는 다른 의미에서 놀랐다. 소원이 검찰청 벽과 그의 집 거실에 그렸던 그래피티를 보고 제법 재주가 있다는 생각은 했었지만 진지하게 그림을 그리는 줄은 몰랐다. 소원은 그 얘기를 하는 게 싫은지, 아니면 쑥스러운지 짐짓 퉁명스레 대꾸했다.

"난 됐어. 귀찮아."

"하지만 언제까지 고졸 백수로 살 수도 없는 거고. 실기 100퍼센트인 미대도 있는데, 지금이라도 잘 찾아보면……."

"내 인생은 내가 알아서 해. 그러니까 넌 네 걱정이나 하자. 기말고사가 언제라고?"

소원은 준휘의 어깨에 손을 얹으면서 능청스럽게 말했다. 아픈 곳을 찔린 준휘는 소원을 밉지 않게 쩨려보다가, 이내 얕은 한숨을 쉬면서 그 손을 슬그머니 떼어놓았다. 그들은 더 이상 고등학생이 아니었다. 스무 살의 막바지에 접어드는 어엿한 성인이었다. 자기가 걸어갈 길을 스스로 선택해야 하는 나이였다. 그 선택에 따른 결과를 책임지는 것도 오롯이 자기 몫이었다.

"가요, 형."

소원은 강한의 팔을 잡아끌면서 덤덤하게 말했다. 저만치에서 무리 지어 걸어오며 뭐가 그리 즐거운지 연신 깔깔대는 또래 대학생들의 웃음소리가 귀에 들리지 않는 것처럼.

그리고 바로 그 순간, 강한은 깨달았다. 소원이 저들을 부러워하고 있으며, 그걸 들키지 않으려고 필사적으로 애쓰고 있다는 사실을. 미래 따윈 염두에도 없는 것 같던 소원은, 남몰래 조용히 미대생이 되는 꿈을 꾸고 있는지도 몰랐다. 강한은 소원에게 못 이기는 척 끌려가면서 씁쓸하게 생각했다.

'어쩌면 우리는, 주변 사람들에 대해 아무것도 모르면서 살아가는 건 아닐까.'

* * *

11월 25일 일요일 저녁 7시 30분. 강한의 집.

"어디 보자. 청양고추, 마늘, 새우, 파스타 면에 굴소스, 치킨스톡, 나머지 양념은 있고…….."

세은은 방금 마트에서 사온 재료들을 하나씩 확인하고 있었다. 기다란 갈색 종이봉투에서 빵을 꺼내던 그녀는, 돌아보지도 않은 채 천연덕스러운 말투로 누군가를 향해 말을 걸었다.

"나가세요? 상하이 파스타 만들어서 바게트랑 같이 먹으려고 했는데."

세은의 등 뒤에서 살금살금 걷고 있던 두 남자는 나쁜 짓을 하다 걸린 것처럼 동시에 화들짝 놀랐다. 강한은 세은이 있는 부엌을 향해 말했다.

"세은 씨, 미안한데 저녁은 나중에 먹을게. 소원이하고 급히 갈 데가 있어서."

세은이 이 집에 온 지도 벌써 사흘째. 현재는 사무적인 관계도 아니었기에, 강한은 자연스럽게 세은에게 말을 놓게 되었다. 하지만 편한 사이가 됐다고 해서 세은의 수사관 기질이 완전히 사라진 건 아니었다. 그렇지 않아도 강한과 소원이 오후 내내 서재에 은밀히 틀어박혀 있는 게 수상하던 참이었다. 세은은 바게트를 도로 봉투 안으로 집어넣으면서 물었다.

"어딜 가시는데요? 저도 같이 갈까요?"

"어, 그게, 그러니까…… 병원에 갈 거야."

"병원이요? 지금? 일요일 저녁인데요?"

무당이 제 굿 못한다고, 남의 목소리만 듣고도 그 진실성을 귀신같이 밝혀내는 검사 강한은 정작 자신을 위한 거짓말에는 서툴렀다. 말문이 막혀버린 강한의 이마에 식은땀이 배어드는 찰나, 그 틈을 타그의 손아귀에서 빠져나온 소원이 약삭빠르게 끼어들었다.

"남성 전문 병원이에요. 직장인들을 위해 일요일에도 진료하는. 우리 형이 요새 전립선 때문에 개고생 중이거든요. 물줄기가 영 시원찮게 나와서…… 읍!"

얄밉게 나불대던 소원의 입은 강한의 커다란 손바닥에 우악스럽게 틀어막히고 말았다. 세은이 더 캐물을 엄두도 내지 못하고 얼굴을 붉히는 사이, 강한은 소원을 부둥켜안다시피 해서 밖으로 질질 끌고 나갔다. 도중에 몇 번이나 벽에 부딪힐 뻔한 것을 소원이 그때마다 몸을 틀어 막아주었지만, 그런다고 강한이 고마워할 리는 만무했다.

114

"너 이 자식, 죽고 싶지?"

강한은 현관을 벗어나자마자 소원의 목덜미를 감아 조이면서 으르렁거렸다.

"아, 죄송해요. 그냥 체육관에 간다고 했으면 됐을 텐데. 그러면 남자들끼리 가는 게 어색하지도 않고, 일요일 저녁이라도 문제없고. 그죠? 이게 왜 지금 생각났을까."

"지금 생각났다고? 그 말을 믿으라고?"

소원 때문에 졸지에 전립선 질환을 갖게 된 강한은 감은 팔에 더욱 힘을 가했다. 숨을 제대로 쉴 수 없게 된 소원이 양팔을 풍차처럼 휘젓고 있을 때, 바지 뒷주머니에 꽂아놓은 휴대전화가 진동했다. 소원은 캑캑거리면서도 아래쪽으로 간신히 한 손을 뻗어 휴대전화를 꺼내는 데 성공했다. 더듬더듬 통화 버튼을 누르자, 스피커에서 젊은 여자의 짜증스러운 목소리가 흘러나왔다.

— 출발했어요? 빨리 와요, 예약 밀려요. 20분 이상 걸리면 그냥 취소하는 걸로 알게요.

강한과 소원에게 대답할 기회도 주지 않은 채 전화는 곧장 끊어져 버렸다. 그게 신호라도 되는 것처럼 강한은 팔을 풀었고, 소원은 흐트러진 옷매무새를 다듬었다. 두 남자는 언제 실랑이를 벌였냐는 듯 천연덕스러운 얼굴로 집 앞에서 대기 중인 콜택시를 향해 걸어갔다.

"기사님, 이 주소로 가주세요."

소원이 내민 쪽지를 힐끗 본 기사는 거기 적힌 주소를 그대로 내비게이션에 입력했다. 번화가와 유흥가가 밀집한 것으로 유명한 지하철역 인근 사거리였다. 소원의 도움을 받아 뒷좌석 왼편에 앉은 강한은 내비게이션이 작동하는 소리를 듣더니 옅은 한숨을 내쉬었다.

"작년까지 고등학교 다니던 애를 데리고 내가 이래도 되는 건지 모르겠다."

"뭐 어때요. 동갑인 조규진도 하는 건데. 대학생은 되고 고졸 백수는 안 된다는 법 있어요?"

소원이 평소 강한과 대화하면서 삐딱선을 타는 게 드문 일은 아니었지만, 이번에는 말에서 뼈가 느껴졌다. 어제 준휘를 만나고 온 후, 소원이 밤새 깊이 잠들지 못하고 뒤척였다는 걸 강한은 알고 있었다.

"류뚱, 너 말이야. 혹시 대학 가고 싶으면 내가 보내줄 수 있어."

"뭐래, 등록금이 한두 푼도 아닌데 그걸 왜 형이 대줘요?"

술을 사주거나 운동화를 사줄 때는 고분고분 기뻐하더니, 학비는 또 다른 문제인 모양이었다. 강한은 바짝 곤두세운 소원의 신경을 거스르지 않으려고 최대한 조심스럽게 말하면서도, 속으로는 자기가 왜 이렇게까지 해야 하는지 모르겠다고 생각하고 있었다.

"빌려주는 걸로 하면 되잖아. 나중에 취직하면 갚기로 하고. 원래 인생 선배가 후배 지원해주는 건 당연한 거야. 나도 관상님한테 경제적으로나 정신적으로나 도움 많이 받았어."

"형은 그랬는지 몰라도 난 싫다고요, 빚지는 거. 나중에 갚을 자신도 없고요. 요즘 세상에 미술로 먹고사는 게 얼마나 힘든 줄 알아요? 입시 미술학원 시간강사나 하면서 등골이나 좀 뽑아 먹히다가 나중엔 그나마도 안 되겠죠. 형이야 운동도 잘하고 공부도 잘하는 엄청난 능력자라서 모르겠지만, 고졸 백수가 대학 나오면 그냥 대졸 백수가 되는 게 현실이라고요."

소원의 말에 약간 비약이 있긴 했지만, 아예 틀린 건 아니었다. 강한은 어려운 환경에서 자라긴 했지만, 능력이나 자질이 부족해서 원하는 목표를 이루지 못하는 좌절을 겪은 적은 없었다. 권투를 하다 보니 전국체전 우승을 했고, 공부를 시작한 후에는 쭉쭉 성적이 올라가 법대에도 가고 사법고시에도 붙었다. 심지어 연애할 때조차 늘 상대방의 사랑을 받는 위치에 있었다.

한마디로, 엘리트 검사로서의 강한은 실패라는 단어도, 열등감이라는 단어도 알지 못하는 인간이었다. 시각장애를 겪지 않았다면, 아마 평생 모르고 살았을 것이다. 강한은 잠시 침묵을 지키다가 차분한 말투로 물었다.

"그럼 네 대책은 뭔데? 앞으로 남은 인생에 대한 계획이 있어야 할 것 아니야."

"그렇게 묻는 형은 계획이 뭔데요?"

"내 계획?"

"네, 형하고 나하고 나이가 뭐 몇십 년 차이 나는 것도 아니고, 100세 시대인데 형도 오래 살 거 아니에요. 형은 어떻게 할 거냐고요, 이번 사건 끝나면, 조규진 잡고 나면요."

둘 사이에 이런 얘기가 나오는 것은 처음이었다. 소원에게는 단한 번도 말한 적이 없었지만, 강한은 염산 테러 사건의 진범을 잡고 난 후로 자살을 미뤄뒀었다. 자살 시도가 실패로 돌아갔지만 강한은 살아야 한다는 위로의 말들에 조금도 마음이 움직이지 않았다. 계속 죽고 싶다는 생각뿐이었다. 다만 우선은 자신의 눈을 이렇게 만든 사람이 누구인지 알아야겠다고 생각했다. 그것이 당시 강한의 유일한 삶의 이유가 되어주었던 것이다.

그런데 언제부터였을까. 강한은 마음속에서 죽고 싶은 마음이 온 데간데없이 사라져버린 것을 깨달았다. 뭐랄까, 굳이 죽어야 하나, 지금 이대로도 그럭저럭 괜찮을 것 같은데 싶었다. 딱히 만족스럽거나 행복할 건 없었지만, 나름대로 살 만했다. 요즘은 아침에 눈뜰 때마다 펼쳐지는 암흑에 절망하는 게 아니라, 당장 오늘 해야 할 일들이 떠오르면서 마음이 조급해지곤 했다.

'하지만 검사를 그만둔다면 그것도 끝이겠지.'

한때는 출세의 디딤돌 정도로 생각했던 검사라는 신분이, 이제는 강한을 이 세상에 묶어두는 줄이 되어주고 있었다. 다시는 검찰청에 발붙일 수 없을지도 모르는 지금에 이르러서야, 강한은 자신이 이 일을 얼마나 좋아하는지 깨달았다.

단순히 돈을 벌고 싶어서, 권력을 쥐고 싶어서 하는 일이 아니었다. 땀에 흠뻑 젖은 채 링을 누빌 때처럼, 어둠 속에 숨어 있는 진실을 찾아 뛰어다니는 게 즐겁고 흥미로웠다. 범인을 잡고 피해자의 억울함을 풀어주었을 때의 그 성취감은, 반짝반짝 빛나는 황금색 트로피를 손에 쥐었을 때보다 더하면 더했지 결코 덜하지 않았다. 그랬다. 강한은 계속 검사로 살고 싶었다.

"성공할 수 있는지 없는지는 제쳐두고, 하고 싶은 일을 할 수 있다는 것 자체가 행운이고 축복인 거야. 너에게는 아직 기회가 있잖아. 재능을 마음껏 펼칠 수 있는 건강한 몸도 있고. 실패하면 어때, 몇 번이고 다시 시작하면 되지. 내가 너 굶어 죽진 않게 해줄게. 독립할 능력이 생길 때까지 우리집에서 계속 살아도 괜찮아. 가끔 활동보조 아르바이트나 하면서."

"아, 돌아버리겠네. 형, 난 이 노예 생활 얼른 청산하고 싶으니까 그러지 마요."

'남의 속도 모르면서.'

소원은 그 뒤에 이어질 뻔한 말을 가까스로 삼켰다. 대학에 가지 않는 건 물론 돈 걱정도 있었지만, 그게 전부는 아니었다. 임대아파트에 살고, 차는 없고, 옷은 한 철에 두세 벌 사는데다 해외여행 한 번 간 적 없으니 공무원인 아버지의 월급은 통장에 차곡차곡 쌓여 있을 것이다.

만일 소원이 미대에 진학하고 싶다고 진지하게 얘기하면, 아버지는 쓸데없는 짓 한다고 버럭버럭 화를 내긴 하겠지만 그래도 등록금은 내줄 것이다.

사실 소원의 진짜 두려움은 따로 있었다. 그는 여태껏 제대로 된 미술학원에 다녀본 적이 없었다. 학교 미술 선생님의 추천으로 방과후 활동과 미술 동아리를 해온 게 전부였다. 물론 미대 입시를 준비한다면 학원의 단기 특강 같은 걸 듣게 되겠지만, 고작 그걸로 오랫동안 사교육을 받아온 다른 미대 지망생들과 경쟁할 수 있을지 영 자신이 없었다.

잘 그린다는 감탄은 많이 들었다. 프로 같다는 칭찬도 숱하게 들었다. 하지만 누구나 인사치레로 할 수 있는 그런 얘기를 믿고 도전하기에는 아무래도 망설여졌다. 입시를 겪으면서 맞닥뜨리게 될 진짜 전문가들로부터 '재능이 없다, 늦었으니 포기해라'라는 말을 듣게 될까봐, 그러면 이번에야말로 정말 아무것도 못하는 놈으로 낙인

찍힐까봐 소원은 도망 다니고 있었다.

"류뚱, 너야말로 그러지 마라. 그래도 요즘 내가 인간적으로 잘해 주잖아. 너처럼 큰소리 떵떵 치면서 사는 노예가 어딨어? 내가 지금 이 생활에 익숙해질수록 네 일도 줄어들고, 자유시간도 늘어날 거고. 공부하고 그림 그리는 데 지장 없을 거야……."

"아, 몰라요. 모른다고요. 일단 이 사건 다 끝나면 그때 얘기해요. 지금 형이랑 나, 다른 데 한눈팔 만큼 여유로운 처지 아니잖아요?"

정곡을 찌르는 소원의 말에, 강한은 체질에도 안 맞는 잔소리를 그만두었다. 조규진과 그 뒤를 지켜주는 조민국 대표는 결코 만만한 상대가 아니기에, 이 싸움이 끝난 후를 지금부터 걱정하는 건 분명 사치였다. 지금은 수사에 총력을 기울여야 할 때였고, 두 남자가 티격태격하는 동안 택시는 목적지 앞에 멈춰섰다.

"다 왔습니다. 여기 맞죠? 아르망오피스텔."

차창 너머로 깔끔하고 세련된 연회색 건물이 보였다. 비밀번호를 입력해야 들어갈 수 있는 공동 현관 앞에는, 허벅지를 아슬아슬하게 가리며 착 달라붙는 니트 원피스 위에 카디건 하나만 걸친 젊은 여자가 휴대전화를 만지작거리며 서 있었다. 그녀는 택시 뒷좌석 문을 열고 내리는 강한을 보자마자 신경질적인 어조로 말했다.

"예약 손님이죠? 10분 늦었네요. 추가 요금 낼 거 아니면, 그만큼 기본시간에서 깔게요."

계속해서 반대편 문을 열고 내리는 소원을 보자, 여자의 눈꼬리가 못마땅한 듯 가늘어졌다. 그녀는 택시 요금을 치르고 있는 소원을 향해 손가락질하면서 강한에게 따지듯 말했다.

"이 사람은 또 뭐예요? 세 명이 하고 싶단 말은 없었잖아요. 그건 스페셜 옵션이에요. 단가가 완전히 다르다고요."

'세 명이서 한다'는 말에 기겁한 것은 강한뿐만 아니라 소원도 마찬가지였다. 소원은 눈에 띄게 붉어진 얼굴로 손을 휘휘 내저으면서 재빠르게 설명했다.

"전 손님 아니에요. 우리 형이 몸이 좀 불편해서요. 혹시 잘못 찾아올까봐 같이 왔어요."

그제야 여자의 시선이 강한이 쓴 선글라스와 손목에 끈으로 연결된 흰색 케인에 가닿았다. 보통 사람 같으면 놀라거나 적어도 움찔하는 기색이라도 보일 텐데, 그녀는 눈꺼풀조차 깜박하지 않았다. 눈이 안 보이는 사람이나, 눈이 셋 달린 사람이나, 시간에 상응하는 돈만 낸다면 그녀에게는 전부 똑같은 손님인 것 같았다.

"안으로는 못 들어오는 거 알죠? 30분 후에 형 데리러 다시 와요."

여자가 명령조로 말하자, 소원은 잠시 머뭇거리면서 강한의 눈치를 살폈다. 강한은 괜찮다는 듯이 가볍게 고개를 끄덕여 보였고, 그제야 소원은 마지못해 오피스텔 옆에 나 있는 골목 쪽으로 사라졌다. 그저 잠깐 떨어지는 것뿐인데, 물가에 어린애를 내놓고 가는 것처럼 왜 이렇게 불안하고 조마조마한지 몰랐다.

"그럼 안으로 들어갈까요?"

삑 삑 삑 삑 -.

현관에 설치된 키패드를 누르는 소리, 곧이어 자동문 열리는 소리가 났다. 여자는 안쪽으로 들어가자고 강한의 팔을 잡아당겼지만, 그는 제자리에 선 채 꼼짝하지 않았다. 이런 일을 처음 겪는 게 아닌 듯, 여자는 피식 바람 소리 나게 웃으면서 말했다.

"왜요? 이런 거 처음 해봐요? 무서워요? 걱정 마요, 한 번도 걸리거나 문제 된 적 없으니까."

그럴 만도 했다. 거주용으로 신고해놓은 오피스텔에서 여자 혼자,

전단을 돌리거나 인터넷 광고를 올리지도 않고 오직 SNS를 통해서만 영업하고 있으니 단속망을 피하기엔 안성맞춤이었다. 강한은 주변의 소리에 신경을 집중해 다른 사람은 아무도 없음을 재차 확인한 후, 코트 안주머니에서 꺼낸 공무원증을 여자가 있는 쪽으로 내밀면서 침착하게 말했다.

"성암지방검찰청 형사1부 강한 검사입니다."

"단속하러 나온 것도 아니고, 그쪽을 체포할 생각도 없습니다. 조규진이라는 이름, 들어본 적 있죠? 그 학생에 관해 묻고 싶은데, 잠깐 시간 좀 내주시죠."

규진의 이름을 들은 여자는 대답 대신 강한의 팔을 슬쩍 놓았다. 상대는 시각장애인이니, 발소리를 죽여 도망가면 된다는 계산이었을 것이다. 그러나 강한의 말이 떨어지기 무섭게 골목 어귀에서 모습을 드러낸 소원이 파수꾼처럼 버티고 서서 여자의 도주로를 차단하고 있었다. 그녀는 강한과 소원을 몇 번씩 번갈아 쳐다보다가, 이내 체념한 듯 한숨을 내쉬면서 말했다.

"일단 올라오세요."

115

"한 대만 피워도 되죠?"

여자는 침대 끄트머리에 털썩 주저앉으며 카디건 주머니에서 담배와 라이터를 꺼냈다. 그러고는 강한으로부터 뭐라고 대답을 듣기도 전에 불부터 붙였다. 비좁은 방 안에 탁하고 매캐한 연기가 퍼져나갔다.

"콜록, 콜록!"

〈9시 뉴스〉를 여러 번 장식한 나름대로 유명한 범죄자임에도 담배와 거리가 먼 소원이 오만상을 찌푸리며 기침을 해댔다. 여자는 그런 소원을 우습다는 듯 힐끗 쳐다보면서 입술 끝으로 담배를 물더니, 한 모금 빨아 깊이 속으로 들이마신 후 천천히 입을 열었다.

"오해 안 하셨으면 좋겠어요. 저 화류계 사람 아니에요. 사범대 나와서 임용고시 준비하는 고시생이에요. 그렇게는 안 보이겠지만. 세 번 떨어지고 나니까 학원비, 생활비 달라고 집에 손 못 벌리겠더라고요. 최대한 시간 덜 뺏기면서 돈 많이 버는 알바 찾다 보니 이렇게 됐어요. 아, 설교는 접어두세요. 피임 철저히 하고, 건강검진 꼬박

꼬박 받고, 결혼도 출산도 안 하고 평생 혼자 살 거니까 비난받을 이유 없어요."

SNS에서 'EMMA'라는 닉네임으로 활동하는 여자는, 흔히 '오피걸'이라고 불리는 성매매 여성이었다. 준휘로부터 받아온 명함에는 닉네임과 함께 SNS 주소만 달랑 적혀 있었고, 그 의미를 짐작한 강한은 소원을 시켜 SNS 메시지를 보내게 했다. 혹시 초짜 티가 나면 그쪽에서 경계하고 도망갈까봐, 두 남자는 인터넷을 뒤져가며 '업계'에서 쓰는 용어를 익히기까지 했다.

"도대체 요즘 애들은 왜 그렇게 멀쩡한 말을 줄이지 못해 안달이 난 거냐? 말하는 게 그렇게 귀찮아서 숨은 어떻게 쉰대?"

"에이, 형. 말은 바로 해야죠. 이런 거 주로 하는 사람들이 '요즘 애들'이겠어요? 와이프 두고 바람피우지 못해 환장한 꼰대들이겠죠. 봐요, 말 만드는 센스부터 후지잖아요. 건전 선호, 반건전 가능, 비건전 불가능. 나 참, 무슨 말린 오징어도 아니고."

그런 대화를 나누면서 서재에서 반나절을 보내고 있자니, 거실에 있던 세은의 눈치가 보였다. 강한은 그녀에게 솔직히 털어놓자고 했지만, 소원은 말도 안 되는 소리 말라며 펄펄 뛰었다. 숙녀에게 할 말이 있고, 못할 말이 있다는 것이었다. 소원이 '숙녀'라는 단어를 쓰는 걸 처음 들은 강한은 피식 웃음이 나왔지만, 첫사랑의 풋풋함이 다 그런 것이려니 하고 받아주었다.

"비난할 생각 없습니다. 검사는 법의 집행자일 뿐, 옳은지 그른지 훈계하며 다른 사람의 위에 군림하는 성인군자가 아니니까요. 아까 말한 것처럼, 난 그쪽과 조규진이 어떤 관계인지 오직 거기에만 관심이 있습니다. 그것만 알려준다면 오늘 있었던 일은 깔끔히 잊어버리도록 하죠."

여자는 끝부분이 붉게 달아오르도록 담배를 깊이 빨아들이면서 시간을 끌었다. 그 모습을 지켜보는 소원은 초조해졌지만, 강한은 차분하기만 했다. 이 여자에게도 조 대표가 당연히 뒤에서 손을 썼을 테니, 그녀로서는 두 개의 거래를 저울질해볼 시간이 필요할 것이다. 잠시 후, 여자는 마침내 결단을 내린 듯 담배 연기를 밖으로 뱉으면서 입을 열었다.

"말하는 건 어렵지 않아요. 하지만 공식적인 기록으로 남기는 건 안 돼요. 경찰에 가서 진술도 하지 않을 거고, 법정에도 당연히 안 나갈 거예요. 이 오피스텔 앞에 기자들이라도 나타나면, 그날로 번호 바꾸고 이사해버릴 거고요. 그래도 괜찮아요?"

"좋습니다."

강한과 소원이 함정까지 파가면서 여자를 찾아낸 것은 조규진이라는 인간을 제대로 이해하기 위해서였다. 1년 전 살인 사건이나 연쇄 상해 사건에 관련된 내용을 직접 보고 들었다면 증인으로 내세울 가치가 있겠지만, 지금 여자의 태도로 봐서는 그런 것 같지도 않았다.

"지금으로부터 6개월 정도 전에 있었던 일이에요. 올해 5월 5일, 공휴일이요. 어버이날엔 꼭 오라고 집에서 전화가 왔는데, 변변찮은 선물도 사갈 돈이 없어서 고민 중이었어요. 오전 내내 SNS를 들락거렸는데, 어린이날이라 그런지 오겠다는 손님이 한 명도 없더라고요."

여자의 말꼬리에 쓸쓸한 비웃음이 섞여들었다. 은밀한 오피스텔 방 안에서 온갖 변태적인 요구를 해대는 그녀의 고객들은, 각자의 집으로 돌아가는 순간 언제 그랬냐는 듯 완벽한 남자친구로, 자상한 남편이며 아버지로 돌변할 것이다. 그런 걸 숱하게 보고 듣고 겪고 있으니, 여자가 연애나 결혼에 대해 희망도 환상도 갖지 않는 게 당연했다.

"아무래도 그날은 공칠 것 같아서 클럽에라도 가볼까 하고 있었는데, 5시쯤? 아니 6시인가? 처음 보는 아이디로 다이렉트 메시지가 왔어요. 혹시 시간이 맞으면 한번 만나보고 싶다고요. 첫마디부터 대뜸 가슴 사이즈나 선호하는 체위 따윌 묻는 인간들 천지인데, 워낙 깍듯하고 정중한 말투라 좀 신선하게 느껴지긴 했죠."

"만나보고 싶다는 건 역시 관계를 갖고 싶다는 말이겠죠?"

강한은 기계처럼 무뚝뚝하고 간결한 어조로 물었다. 조건 만남을 원하는 남자 중에는, 성관계가 아니라 평범한 대화나 데이트를 원하는 이들도 드물지만 있었다. 외모가 흉하거나 성격이 소심하거나, 아니면 그 밖의 다른 이유로 평범한 연애를 하는 데 어려움을 겪는 남자들이었다. 하지만 젊고, 잘생기고, 차기 대권 주자의 아들이자 일류 의대생인 규진이 그 부류에 속하리라고는 상상하기 어려웠다. 의대 선배 혜윤이 규진을 위해 병원 약품창고에서 향정신성 약품을 훔친 것처럼, 맘만 먹으면 유혹할 수 있는 여자들이 주변에 널려 있었을 것이다. 여자는 침대 헤드보드 위에 놓인 도자기 재떨이에 담뱃재를 톡톡 털어내면서 무심히 대꾸했다.

"아뇨, 섹스는 원하지 않는다고 했어요. 대신 다른 걸 하고 싶다고. 뭐 그런 주문을 처음 받는 것도 아니라서요. 가벼운 SM은 괜찮은데 상처가 생길 정도의 구타는 안 된다, 코스튬플레이는 해줄 수 있지만 사진이나 영상 촬영은 안 된다고 못 박았죠. 저도 스스로를 지켜야 하니까."

설명하는 여자와 설명을 듣는 강한은 태연하기만 한데, 옆에서 듣고 있던 소원의 귓불이 괜히 새빨갛게 달아올랐다. 세상 물정 다 통

달한 것처럼 잘난 척해도, 남자 중학교와 남자 고등학교를 연이어 졸업한 소원은 아직까지 제대로 된 여자친구 한 번 사귀어본 적이 없는 숙맥이었다. 아무것도 하지 않고 있어도 묘하게 성적인 분위기가 흐르는 이 방은 그에게 흥분을 일으키기는커녕 어색하고 불편하기만 해서, 그저 강한의 탐문 조사가 빨리 끝나기만을 바랄 뿐이었다.

"그래서, 조규진은 뭘 원했습니까?"

"일단 만나면 알게 될 거라고 했어요. 이상하거나 과한 요구를 하진 않을 테니 안심하라고요."

"그 말을 믿었습니까?"

"설마요, 전 남자들이 하는 말은 해가 동쪽에서 뜬대도 안 믿어요. 하지만 그들의 지갑이 보여주는 성의는 믿죠."

여자의 설명에 따르면 그 '성의'란 것은, 이번의 경우 액면가 30만 원의 모바일 백화점 상품권을 의미한다고 했다. 불분명한 제안에 여자가 머뭇거리자, 모바일 상품권의 캡처 파일이 다이렉트 메시지로 득달같이 날아왔던 것이다. 이건 계약금에 불과하고, 만남의 대가는 그 자리에서 현금으로 주겠다는 말에 여자의 망설임은 눈 녹듯이 스르르 사라졌다고 했다.

"보통 15만 원에서 20만 원 정도 받거든요. 30만 원짜리 상품권에, 만나자마자 현금으로 20만 원, 서비스가 만족스러우면 끝난 후 20만 원을 더 준다는데, 그 조건이면 늙고 대머리에 배 나온 변태라도 너그럽게 참아주려고 했죠. 주소를 보내고 한 시간쯤 후에, 그 애가 왔어요."

여자는 규진을 '애'라고 표현했다. 상상했던 것과는 달리 이제 막 스물을 통과 중인 반듯한 미남이 오피스텔 문 앞에 나타났을 때 그녀가 느꼈을 놀라움을 짐작하긴 어렵지 않았다. 어쩌면 이게 웬 떡이냐고 생각했는지도 몰랐다. 그렇지만 그 초유의 행운이 최악의 불운으로 뒤바뀌는 데는 오랜 시간이 걸리지 않았을 것이다.

"처음엔 크게 이상한 걸 몰랐어요. 어리고 얌전해 보이기에, 공부만 하느라 여자 경험이 없는 그런 애인 줄 알았죠. 가끔 군대 가기 전에 동정 뗀다고 오는 애들도 있거든요. 가방에서 꺼낸 의상을 입어달라고 내밀었을 때도, 어디 동영상에서 본 거 흉내 내고 싶은가 보다 했죠."

"의상, 말입니까?"

강한은 아직도, 규진이 성적 욕구를 해소하기 위해 하필이면 이런 곳을, 저런 여자를 찾았다는 걸 곧이곧대로 믿지 못하는 상태였다. 하물며 의상까지 준비해왔다니, 여자가 뭔가 착각하는 것이거나 아니면 중간에 사람이 뒤바뀌었을 거라는 생각마저 들었다. 적어도 그 다음에 이어진 말을 듣기 전까지는 그랬다.

"그거 있잖아요, 발레리나들이 입는 하늘거리고 비치는 스커트. 요샌 길게 나와서 일반 옷가게에서도 많이 팔거든요. 근데 사이즈가 작더라고요. 기껏해야 중학생이 입을 것 같은? 그냥 걸치기만 해도 좋으니까, 꼭 그걸 입어달라고 했어요. 그 상태로 제 목을 조르고 싶다고요."

충격을 받은 것은 강한뿐이 아니었다. 소원은 문자 그대로 입이 떡 벌어져서 어색해하는 것조차 잊어버렸다. 여자는 두 남자의 반응을 다른 쪽으로 해석했는지 얼른 변명하듯 덧붙였다.

"그게 엄청 특이한 요구는 아니에요. 가끔 섹스하다가 흥분해서 그런 짓 하는 사람들도 있고요. 반대로 자기 목을 졸라달라는 사람들도 있어요. 엄청 기분이 좋아진다나 뭐라나."

"헐."

소원이 기가 막힌 듯 중얼거리는 소리가 들렸지만, 강한은 여자가 하려는 말을 알아들었다.

'브레스 컨트롤(breath control)'이라고 해서, 성관계를 갖거나 자위를 할 때 목에 있는 경동맥을 압박해 가벼운 저산소증을 유발하는 수법이 있었다. 고통을 경감시킬 목적으로 분비되는 도파민과 엔도르핀의, 몽롱하면서도 짜릿한 쾌감을 느끼려는 것이었다. 실제로 브레스 컨트롤을 하다 제때 멈추지 못해 사망하는 사고가 일어나곤 했다.

꼭 본격적인 브레스 컨트롤이 아니라도, 폭력적인 포르노 영상 같은 것을 보고 어설프게 여자 목을 조르면서 정복욕을 채우려는 놈들도 있을 터였다. 그러나 강한은 규진이 그 둘 중 어느 쪽에도 해당하지 않는다는 걸 알고 있었다.

"조금 답답하긴 하겠지만 괴롭거나 아프지 않다고, 자국도 안 남게 해준다고 했어요. 몇 분, 아니 몇 초만 견디면 오히려 편안해진다고요. 휴대전화로 스톱워치 기능까지 켜놓고 논리정연하게 말하는데, 나도 멍청하지 그 순간엔 혹하더라고요. 눈앞에 놓인 현금 봉투도 욕심났고. 그래서 에라 모르겠다, 하고 누웠죠. 그 바보 같은 치마를 걸치고."

그날의 일이 생생히 떠오르기 시작했는지 여자의 말끝이 가늘게 떨렸다. 담뱃갑 속에서 담배 개비들이 마찰을 일으키는 소리, 라이터를 켜려고 탁탁거리는 소리가 들리는 걸 보니 담배를 한 대 더 피우려는 모양이었다. 여자는 되살아나는 공포를 애써 억누르려고 하고 있었다.

"그 애가 침대 위로 올라왔어요. 주머니에서 머리끈을 꺼내더니 머리를 묶어주더라고요. 그래야 목이 잘 보인다고. 아직도 기억나요.

연두색 고무줄에 빨간 사과 모양 장식이 달려 있었는데, 그것도 어린 애들이 쓰는 거라서 얘 혹시 생긴 거랑 다르게 롤리타콤플렉스가 있나, 그래서 섹스는 안 하려는 건가 생각했었어요. 잠시 후, 두 손이 목을 향해서 천천히 다가왔어요."

여자는 담배 연기를 들이마시고 내쉬고를 반복할 뿐, 한동안 그다음 이야기를 이어나가지 못했다. 강한은 그녀의 심정을 누구보다 잘 알고 있었다. 이미 다 지나간 일이라고, 별것 아니라고, 그깟 일로 무너지지 않는다고 괜찮은 척 허세를 부리지만, 실은 돌이켜 생각해보는 것만으로도 온몸이 따끔따끔 아플 만큼 고통스러운 것이다. 이 여자도 조규진의 피해자 중 한 명이었다.

"솔직히 그 후의 일은 잘 기억이 안 나요. 꿈꿀 때, 아니면 마취할 때와 비슷하게 의식이 흐려졌거든요. 숨이 막히는 건 아니었는데, 커다란 돌덩어리로 짓누르는 것처럼 머리가 묵직하고 얼굴의 혈관이 당기는 느낌이 너무 싫었어요. 그만하라고 하려고 했는데, 말이 나오지 않았어요. 그 손을 쳐내려고 했는데, 제 몸을 깔고 앉아 있어서 움직이지도 못하겠더라고요."

"몇 분 동안이나 그러고 있었던 겁니까?"

"몰라요. 몇 초 같기도, 몇 시간 같기도 했어요. 그 애가 말했던 대로, 시간이 지나니까 조금씩 온몸에서 힘이 쭉 풀리면서 묘한 감각이 생기더라고요. 기분 나쁜 느낌은 여전히 있었는데 그것조차 무뎌질 만큼 나른해졌어요. 자꾸만 정신이 깜박깜박하는데, 이러다 죽는 건가 싶었죠. 내가 이런 일 했던 걸 부모님은 몰라야 하는데, 그렇게 생각했던 게 마지막 기억이에요."

116

여자는 힘겨운 회상을 끝내는 동안 완전히 타버린 두 번째 담배 꽁초를 재떨이에 던져넣었다. 그래도 정신을 잃기 전 그녀에게는 부모님 걱정을 할 정도의 여유가 있었던 모양이다. 강한은 염산 테러를 당한 직후, 불붙인 부지깽이로 눈 안을 쑤시는 듯한 고통에 차라리 죽었으면 좋겠다고 생각하며 의식을 잃었던 순간이 떠올라 입술을 깨물었다. 트라우마가 있는 사람에게는 다른 사람의 트라우마에 관해 듣는 것도 새로운 차원의 괴로움이었다.

"눈을 떴을 때, 그 애는 없었어요. 전 혼자 침대에 널브러져 있었고요. 미안했는지 돈을 두 배로 더 주고 갔더라고요. 머리가 깨질 것처럼 너무 아파서, 처음엔 나한테 무슨 약을 먹인 건 아닌가 무서울 지경이었어요."

"어디 다친 데는 없었습니까?"

"그렇진 않았어요. 두통도 조금 있다 가라앉았고요. 그때쯤 일어나서 거울을 봤는데, 목에 시퍼렇게 피멍이 들었더라고요. 처음엔 이정도로 끝나서 다행이다 싶었는데, 점점 화가 치밀어올랐죠. 한겨울도 아닌데 목티로 가릴 수도 없고, 저한테는 이 몸뚱이가 영업 밑천이고 생계수단인데 이러면 곤란하잖아요. 이건 엄연한 범죄라고요."

목에 멍이 든 게 문제가 아니었다. 만일 여자의 뇌로 전달되는 산소가 계속 부족했다면 뇌가 손상되어 영구적인 장애를 입을 수도 있었고, 심장이 정지해 사망할 수도 있었다. 그렇기에 누군가의 목을 조른다는 건 장난으로라도 결코 해서는 안 될 일이었다.

강한은 그렇게 말해주려다가, 상대방이 철부지 어린애가 아니라 교사가 되려고 임용고시를 준비 중인 성인 여자라는 사실을 깨닫고 입을 다물었다. 아마 그녀도 그 위험성을 모르진 않았을 것이다. 그러나 한없이 어리석은 존재가 바로 인간이기에, 일단 머리 위에 드리워졌던 죽음의 그림자가 사라지고 나자 손에 쥔 계산기부터 두드리기 시작한 것뿐이었다.

"그래서, 경찰에 신고했습니까?"

"아뇨, 신고는 못하죠. 그럼 저도 걸리는데. 그리고 범인이 처벌받는다고 해서 저한테 무슨 보상금이 나오는 것도 아니잖아요. 일대일로 담판을 지어야죠."

남겨진 단서는 SNS 아이디뿐이었고 그 아이디로 개설된 페이지에는 인터넷에서 주운 우스꽝스러운 사진만 몇 장 올라와 있는 게 전부였지만, 여자는 포기하지 않고 곧바로 구글 검색에 들어갔다고 했다.

"전에 어떤 진상이 침대 시트에 온통 토해놓고 줄행랑을 치는 바람에, 세탁비를 받아내려고 찾아다닌 적이 있거든요. 검색 결과가 나오지 않을 땐 뒤에 숫자나 느낌표 같은 걸 붙여가면서 하다 보면 결국엔 나와요. 이번에도 그랬고요."

여자는 며칠간 밤마다 꼼꼼히 인터넷을 뒤진 끝에, 같은 아이디로 성암대학교 인터넷 커뮤니티 중고거래 게시판에 교재 판매 글이 올라와 있는 것을 발견해냈다고 했다.

"번호를 같이 적어놨더라고요. 그 학교 학생인 척 메시지를 보내서, 바로 다음날 학생식당에서 만나기로 했죠. 사람 많은 장소를 골라야 난폭한 짓도 안 하고, 제 말에 꼼짝도 못 할 거 아니에요. 단단히 따져서 싹싹 빌게 만들고, 멍이 사라질 때까지 적어도 몇 주 동안 영업 못 뛰게 된 것도 톡톡히 물어내라고 하려고 했어요."

"그래서, 사과도 받고 돈도 받았습니까?"

"아뇨, 그럴 수가 없었죠. 절 만나러 나온 사람이 그 애가 아니었거든요."

일단 멱살, 정 안 되면 옷깃이라도 휘어잡자고 마음을 다잡고 나갔던 여자는 생전 처음 보는 남자애가 다가와 책 사러 온 분이시냐고 말을 붙였을 때 그만 맥이 탁 풀려버렸다고 했다. 이준휘라는 이름을 가진 그 대학생은 아이디의 주인이긴 했지만, 오피스텔에 왔던 사람과 동일 인물은 아니었다. 여자가 찾아온 이유를 설명하자 눈이 휘둥그레져서 어쩔 줄 몰라 했다고 했다.

"착한 애였어요. 아이디를 도용당한 것 같다고, 관리 못한 자기 책임도 있으니 어떻게든 도와주고 싶다고 하더라고요. 거기까진 괜찮았는데, 경찰에 신고하는 게 좋겠다고 귀찮게 구는 게 문제였어요. 벌금만 내면 된다고, 범죄자 잡는 게 우선 아니겠냐고 하는데, 자기 일 아니라고 쉽게 말하는 거죠. 정 무서우면 같이 가주겠다고 하도 설치기에 됐다고 하고 일어났어요."

그냥 똥 밟았다 치고 다 잊어버리자, 여자가 그렇게 생각하며 식당을 떠나려던 순간이었다. 식당 입구에 줄줄이 전시해놓은 사진 액자가 그녀의 눈에 무슨 신의 계시처럼 박혀 들어왔다고 했다. 동아리

홍보 차원에서 걸어놓은 단체사진들이었다. 하얀 실습용 가운 차림에 어깨동무를 하고 찍은 의대 봉사동아리원들 속에서, 여자는 범인의 얼굴을 찾아내고야 말았다.

"아이디 주인한테 물어봤어요, 혹시 사진에 찍힌 사람이 누군지 아느냐고. 오피스텔에서 본 것 같다고 하니까, 처음에는 웃더라고요. 절대 그럴 리 없대요. 규진이라고 자기 오랜 친구인데, 부모님 교수님 말 잘 듣는 바른생활 사나이라는 거예요."

준휘는 여자의 착각일 거라고 했지만, 그녀는 흔들리지 않았다고 했다. 겉보기엔 멀쩡하고 모범적인 '바른생활 사나이'들이 오피스텔 문 너머에서 어떻게 변하는지 누구보다 잘 알고 있었으니까. 그녀가 며칠 전 보았던 규진의 인상착의와 말투를 설명하고 가방 브랜드와 휴대전화 기종까지 지적하자, 그제야 준휘의 표정도 변하기 시작했다고 했다.

"어쩌면 맞을 수도 있겠다고, 그렇지만 뭔가 오해했을 거라고 우기더라고요. 친구 번호를 직접 알려줄 순 없고, 일단 자기가 얘기해보겠대요. 하여간 남자들의 우정인지 의리인지, 같잖고 멍청하기 짝이 없죠. 더 웃긴 건 뭔지 아세요? 전 결국 그 친구라는 애를 보지도 못했어요."

준휘가 심각한 낯빛으로 의대 건물 쪽으로 뛰어간 지 꼬박 닷새 만에, 여자는 모르는 번호로부터 갑작스러운 문자메시지를 받았다고 했다.

—5월 5일 사건에 관해 해명하고자 하니, 오후 2시 목호역 3번 출구 앞으로 나와주십시오.

정중하지만 어딘가 강압적으로 느껴지는 메시지였다. 여자는 규진이 보낸 것으로 생각했지만, 약속 장소에 나간 여자의 눈앞에 나타난 것은 그녀의 기를 확 죽게 할 만큼 고급스러운 외제 세단이었다. 까맣게 선팅한 차창이 스르륵 내려가더니, 단정하고 또렷한 이목구비가 규진과 닮은 듯한 점잖은 장년 남성이 나타났다고 했다. 얘기를 듣던 강한이 뜻밖이라는 듯 물었다.

"조민국 대표를 몰랐단 말입니까? 가장 유력한 대권 주자인데?"

"이름은 들어봤지만, 얼굴은 자세히 본 적 없었어요. 정치에 관심 없거든요. 투표도 안 하고. 그래봤자 내가 사는 이 거지 같은 세상이 딱히 나아질 것 같지도 않아서요."

비록 정치에는 문외한이라도 조 대표가 줄줄이 거느리고 온 수행원들을 보고, 그가 내민 금박 명함에 새겨진 '국회의원 조민국'이라는 글자를 본 순간, 여자는 거물을 맞닥뜨렸다는 걸 깨달았다고 했다. 땡 잡았다. 어쩌면 앞으로 다신 조건 만남을 할 필요가 없을 만큼 두둑하게 뜯어먹을 수 있겠다는 생각에 가슴이 두근거릴 지경이었다. 그러나 그 기대와 흥분도 잠시뿐이었다.

"아가씨, 뭔가 오해가 있었던 것 같은데. 내 아들은 5월 5일에 그쪽이 말하는 오피스텔이라는 곳에 간 적이 없어요. 그날 온종일 장애 어린이 마라톤 대회에서 봉사활동을 하고 있었거든."

드라마 속 인물이 된 것 같은 기분으로 세단 뒷좌석에 올라탄 여자에게, 조 대표는 느긋하고 상냥하기 그지없는 투로 말하면서 커다란 봉투를 내밀었다고 했다. 영문도 모르고 받아든 봉투 속에서는, 규진의 이름으로 발급된 봉사활동 확인서와 5월 5일 날짜가 찍힌 단체사진이 나왔다. 사진 맨 앞줄에서는 주황색 봉사단 조끼를 입은 규진이 환하게 웃고 있었다.

"아저씨, 누굴 바보로 아세요? 이런 종이 쪼가리는 얼마든지 위조할 수 있는 거잖아요. 사진은 합성하면 그만이고. 분명 그날 아저씨

아들이 어린애들 입는 옷을 들고 와서 나한테……!"

코웃음을 치면서 따지려 들던 여자는 봉투 속에서 연달아 굴러 나온 자료들을 발견하고 우뚝 말을 멈췄다. 먹다 남은 음식들로 지저분하게 어질러진 기사식당 테이블을 묵묵히 치우는 늙은 여자의 사진이 있었다. 무거운 에어컨을 등에 지고 땀을 뻘뻘 흘리며 계단을 올라가는 늙은 남자의 사진도 있었다. 여기서 차로 세 시간 걸리는 지방에 살고 있는 여자의 부모였다.

거기서 끝이 아니었다. 여자가 치렀던 지난 임용고시 성적표, 학원 모의고사 성적표, 휴대전화 통화 내역, 최근 인터넷 쇼핑으로 사들인 값비싼 옷과 구두, 가방 영수증까지 도대체 어떻게 손에 넣었는지 알 수 없는 내밀한 정보가 다 있었다. 그 경악스러운 상황에 정점을 찍은 것은, 지난 한 달간 그녀가 SNS로 잠재적 고객들과 주고받았던 다이렉트 메시지들이었다.

— 숏타임은 두 시간 이내, 롱타임은 여섯 시간까지예요. 샤워 시간 포함이고요.

— 같이 샤워해도 돼요?

— 상관없는데요, 샤워하면서 터치하거나 그 이상으로 들어가면 그때마다 옵션 요금 붙어요.

여자가 무슨 일을 하는지 뚜렷하게 보여주는 적나라한 대화 내용이 날짜별로 일목요연하게 출력되어 있었다고 했다. 어지간한 얘기에는 충격받지 않는 강한도 이번만큼은 놀라지 않을 수 없었다.

"일대일로 주고받은 메시지 내용을 전부 갖고 있었다는 겁니까?"

보통 SNS 회사들이 미국에 서버를 두고 있어서, 개인의 다이렉트 메시지 같은 것은 수사기관에서도 확보하기가 무척 힘들었다. 일주일도 되지 않아서 그걸 손에 넣는다는 건 결국 해킹이 아니고서는 불가능했다. 아들의 범죄 행각을 은폐하기 위해 조 대표는 도대체 어느 선까지 넘었던 것일까. 심각한 낯을 한 강한에게 여자는 당시 조 대표가 했던 말을 그대로 전해주었다.

"혹시 기분 나쁘다면 미안해요. 하지만 아들이 터무니없는 누명을 쓰게 생겼는데. 내 입장에서도 상대가 어떤 사람인지 알아야 했거든. 그런데 참으로 안타깝더군요. 이렇게 젊고 전도유망한 재원이 가정 형편이 어려워서 질 나쁜 아르바이트를 할 수밖에 없다는 게. 유권자들에게 '노력한 만큼 보상받는 사회'를 만들겠다고 약속한 사람으로서 책임감도 느껴지고."

몰래 찍은 사진들과 SNS 메시지를 보고 우두망찰해 있는 여자에게, 조 대표는 마치 구원의 손길을 내밀러 온 성자처럼 부드럽고 사근사근한 태도로 제안했다고 했다.

"그래서 아가씨가 얼토당토않은 거짓말로 우리 아이를 협박하려 한 일은 조용히 덮고 넘어가기로 했어요. 앞으로 이런 일이 다신 일어나지 않을 거라고 약속해주기만 한다면, 내 쪽에서도 장학사업 차원에서 아가씨를 후원해주고 싶은데. 어때, 받아들일 의향이 있어요?"

천년 묵은 능구렁이처럼 온화함 속에 교활함을 감춘 조 대표의 눈빛을 마주하면서, 여자는 직감적으로 깨달았다고 했다. 이 남자는 자기 아들이 하고 다니는 짓을 전부 알고 있다는 것, 그걸 숨기기 위해서는 어떤 수단이든 동원할 거라는 것도.

어차피 이길 수 없는 싸움이었다. 명망 있는 의대생과 문란한 '오피걸'의 주장이 엇갈렸을 때 경찰이 누구 말을 믿을지는 불 보듯 뻔했다. 여자에게 있는 유일한 증거라고는 규진이 준휘의 아이디로 접속했을 때 주고받은 메시지뿐이었지만, 그마저도 해킹을 당한 시점에 이미 없어졌을 거라고 봐야 했다. 저항할 의욕을 잃어버린 여자는 고분고분하게 조 대표의 말을 따랐다고 했다.

"내가 원했던 것보다 훨씬 유리한 거래였어요. 오피스텔 월세를 전세로 바꿀 수 있을 만큼의 현금에, 임용고시에 붙고 나면 수도권 발령을 받도록 힘써주겠다는 약속까지 받았거든요."

한 경감에게, 강한에게, 고 판사에게 그랬던 것처럼, 상대와 상황에 맞춰 채찍과 당근을 절묘하게 들이대는 조 대표의 수완은 과연 정치의 고수다웠다. 여자의 목소리를 들으면 조 대표가 일을 처리한 방식에 대해 앙심은커녕 오히려 고마운 마음마저 품고 있는 것 같았다.

"이제 알겠죠? 저는 그 조규진이라는 애 때문에 죽을 뻔했지만, 그 내용을 어디 가서 진술하거나 증언할 수는 없어요. 침묵이 거래의 유일한 조건이었으니까."

"괜찮습니다. 오늘 들은 것으로 충분할 것 같군요."

강한은 의자에서 일어나 케인을 펴면서 간결하게 말했다. 여자를 억지로 증언대에 세워봤자, 조 대표가 조종하는 누군가에 의해 사생활이 낱낱이 들추어지면서 거짓말쟁이로 낙인찍히고 만신창이가 될 게 뻔했다. 1년 전 강한이 소원에게 그랬던 것처럼. 그렇게 만들고 싶진 않았다. 일단 지금은 조규진의 실체를 하나하나 알아가는 것으로 만족하기로 했다.

강한의 몸짓에서 떠나겠다는 의사를 읽은 소원이 재빨리 그의 곁으로 다가와 팔을 잡았다. 소원은 현관문을 잡아당겨 열려다가, 아무래도 물어보지 않고는 견딜 수 없다는 듯 여자를 향해 조심스러운 질문을 던졌다.

"저기요, 마지막으로 한 가지만 물어봐도 돼요?"

"응?"

"왜 이 일을 계속하는 거예요? 또 이상하거나 위험한 남자를 만날까봐 걱정되거나 무섭지 않아요? 목돈도 받았다면서요. 나 같으면 돈은 적게 받아도 맘 편한 알바를 찾을 것 같은데."

사건과 직접적인 연관은 없지만 타당한 지적이었다. 낯선 남자에게 목을 졸리다 실신까지 했던 오피스텔 방 안에서 여전히 낯선 남자들을 받는 여자는, 어떻게 보면 한 번 벼락을 맞았던 곳을 끊임없이 서성이면서 피뢰침을 흔들고 있는 거나 다름없었으니까. 그러나 소원의 질문을 들은 여자는 진지해지기는커녕 피식 웃으면서 비웃듯이 대꾸했다.

"그런 소리 하는 거 보니까 너, 아직 어리구나."

"네?"

"사람이란 게 원래 그래. 잘 안 변해. 큰일을 겪으면 잠깐 변하는 시늉은 할 수 있는데 얼마 못 가 돌아와. 그게 편하고 익숙하거든. 난 게으르고, 남 눈치 보는 거 싫어하고, 돈 쓰는 거 좋아하는 사람이야. 거기에 남자들이랑 자는 것도 싫지 않고. 그러니까 그냥 계속하는 거야."

여자는 시선을 내리깔며 자조적인 말투로 대답했다. 그러곤 그 말을 마지막으로 더는 대화하고 싶지 않다는 듯 등을 돌려버렸다. 소원은 그 표정과 목소리가 마음에 걸렸지만 강한과 함께 방을 나올 수밖에 없었다. 정말 그런 걸까. 사람은 변하지 않고 변할 수도 없는 걸까. 여러 사람의 운명을 송두리째 바꿔놓은 폭풍우 한가운데 갇힌, 그렇지만 근본적으로는 예전과 달라진 게 없는 소원은, 그게 왠지 자기들으로 하는 말 같아 가슴 한구석이 뜨끔했다.

117

"후, 하, 후, 하! 어휴, 폐병 걸려 죽는 줄 알았네."

오피스텔을 나온 소원은 빠르게 숨을 삼키고 내뱉으면서 호들갑을 떨었다. 여자에게서 들은 얘기를 곰곰이 되새겨보고 있던 강한은 조금 뜻밖이라는 듯 물었다.

"너, 담배 안 피워?"

"형은 같이 살면서도 몰라요? 안 피워요. 피워본 적도 없어요. 체질에도 안 맞고, 아빠한테 걸리기라도 하면 그날로 이 한 몸 잿가루가 되도록 얻어터질 게 뻔해서요."

막강한 권한을 가진 대한민국 검사 앞에서도 기죽지 않고 바득바득 대드는 주제에, 제 아빠한테 혼나는 건 어지간히도 무서운 모양이었다. 학창 시절 복싱을 하면서 유독 트레이닝이 고된 날이면 관장을 졸라 맞담배를 피우곤 했던 강한으로서는 소원이 조금 귀엽게 느껴졌다.

"문제아는 문제아인데, 거참 어설프게 애매한 문제아구나, 너."

"뭐래, 확실한 문제아면 더 좋은 거예요?"

"너처럼 애매한 애들이 뭘 해야 하는지 알아? 대학에 가고 군대도 가야 해. 가서 이것저것 자유롭게 공부해보고, 다양한 사람을 만나보고, 경험을 쌓으면서 자기 갈 길을 설계해야지."

"아, 진짜. 내가 알아서 한다고요, 잔소리 좀 그만하라고요."

소원은 휴대전화를 꺼내 콜택시를 예약하면서 대학의 'ㄷ'자도 듣기 싫다는 듯 손사래를 쳤다. 언젠가 정말로 대학에 가는 날이 올 수도 있다. 하지만 지금은 미래에 대해 생각할 마음이 조금도 들지 않았다. 당분간 소원의 자리는 여기, 혼자서 범인을 쫓고 있는 시각장애인 검사 바로 옆이었다. 대로변에 서서 택시가 오기를 기다리면서, 소원은 아까부터 내내 뇌리를 떠나지 않던 생각을 꺼내놓았다.

"형, 근데 조규진 말이에요. 왜 여자한테 발레리나 옷을 입히려고 했을까요? 그런 식으로 죽은 애를 떠올리고 싶었던 걸까요? 그 옷은 어디서 난 걸까요? 사과 모양 머리끈은요?"

"……."

"설마, 죽은 애 물건은 아니겠죠? 에이, 아닐 거야. 들키면 곧바로 범인으로 지목당할 텐데 뭐하러 갖고 있겠어요, 다 버리지. 안 그래요?"

소원은 상상만 해도 소름이 끼쳐서 등골이 싸늘하게 식는 것 같았다. 억울하게 살해당한 사람이 마지막으로 지니고 있던 물건이라면 분명 꺼림칙할 것 같았다. 하물며 자기가 죽인 사람의 유품이라니, 소원이라면 원혼이라도 나타날까봐 두려워 감히 건드리지도 못할 것이다.

그런데 강한은 소원의 말에 곧바로 대답하는 대신, 잠시 생각에 잠기는 듯하더니 다소 뜬금없이 들리는 말을 꺼냈다.

"너 게임 많이 해봤다고 했지. '전리품'이라는 말, 들어봤어?"

"전리품? 전투에서 이기면 생기는 아이템이요?"

"그래, 원래는 그런 뜻이지. 하지만 범죄심리학에서는 의미가 조금 달라. 강력범죄자, 특히 연쇄살인범이 범행과 범행 사이에 가지는 냉각기 동안 자신이 저지른 범행과 그때의 흥분, 희열, 성취감을 되새기기 위해 간직하는 물건을 뜻해. 트로피라고도 하지. 피해자의 신체 일부나 옷가지, 소유물, 피 묻은 흉기, 범행 현장의 사진이나 동영상 등 뭐든 전리품이 될 수 있어."

"형 말은, 발레리나 옷과 머리끈이 조규진에게는 전리품이라는 거예요?"

"옷은 아닐 거야. 너도 알다시피 살해당할 당시 별하가 입었던 옷은 찢어져서 현장에 버려져 있었으니까. 발레학원에서 입던 연습복은 그대로 유족에게 전달됐고. 아마 조규진은 옷가게에서 그 옷을 발견하고 충동적으로 사들였을 거야. 1년 전 범행을 계획할 당시 여러 번 보았던 별하의 발레복 입은 모습이 연상됐겠지. 여자에게 그 이미지를 덮어씌우고 싶었을 거야."

그러나 역부족이었을 것이다. 하늘하늘한 치맛자락으로 덮어놓는다고 해서, 이십대 후반의 여자가 열세 살 소녀로 보이지는 않을 테니까. 그래서 규진은 자신의 환상을 실현하는 데 꼭 필요한 어떤 물건을 가져와야만 했을 것이다.

"머리끈은 그동안 간직해온 전리품일 가능성이 충분히 있어. 내 기억이 맞는다면 별하의 머리 길이가 어깨를 살짝 넘는 정도였는데, 사건 현장에서는 머리끈이나 핀이 발견되지 않았거든."

"정말로…… 어떻게……."

"그만큼 절대적이라는 거지. 누구도 자신을 용의자로 지목하진 못할 거라는, 자기 방이 압수수색당하는 일은 절대 없을 거라는 자신감이."

역사적인 첫 범행, 그러나 누구에게도 자신의 소행임을 알릴 수는 없다. 세상 사람들은 지적장애인이 또다시 무시무시한 범죄를 저질렀다며 떠들썩하게 뒤집힌 상태였으니까.

규진은 아무도 모르게 가져온 희생자의 머리끈을 생각날 때마다 꺼내 보면서, 자기 손으로 한 사람의 목숨을 좌지우지할 수 있음을 확인한 그 순간의 압도적인 전율을 만끽했을 것이다. 자기가 그린 걸작이 미술관 한복판에 걸려 있는 걸 몰래 구경하는 유령 화가처럼, 경찰의 수사망이 뻗쳐올 리 없다는 것에 기뻐하고 안도하는 동시에 조금은 아쉬워하기도 했을 것이다.

"그 머리끈, 혹시 지금도 조규진이 갖고 있을까요?"

"버리진 않았겠지. 아니, 버릴 수 없었을 거야. 첫 범행의 유일한 전리품일 테니까."

강한의 대답이 끝나는 것과 동시에, 잠시 무거운 침묵이 두 남자 사이에 내려앉았다.

그들이 여자로부터 뜻하지 않게 얻어듣게 된 머리끈 얘기가 가지는 의미는 무척 컸다. 지금처럼 증거가 턱없이 부족한 상태에서는 조민국, 조규진 부자와 맞서 싸울 수 없었다. 그러나 조규진이 1년 전부터 사과 모양 머리끈을 몰래 보관해왔다는 것, 그 머리끈이 별하의 소유였다는 것을 입증할 수만 있다면 그것만으로도 전세를 뒤집어볼 만했다.

혹시 그 머리끈을 손에 넣을 방법이 없을까, 소원이 그렇게 운을 띄워보려는 찰나, 강한의 코트 주머니 속에서 휴대전화가 울렸다.

—010-88××-31××번에서 전화가 왔습니다.

강한의 휴대전화에 설치된 시각장애인 전용 음성인식 OS는, 연락처에 저장되지 않은 번호로 전화가 오면 해당 번호를 하나하나 불러주게 되어 있었다. 낯선 번호에 혹시 기자인가 싶어, 강한은 신경을 잔뜩 곤두세운 채 소원이 건네주는 휴대전화를 받았다. 당장이라도 끊을 준비를 하고 신중하게 휴대전화를 귓가로 가져다대는데, 한껏 낮춘 남자의 음성이 들려왔다.

— 강 검사님, 저 황명훈입니다.

별하를 죽인 범인의 것으로 추정되는 DNA 증거를 은닉했던 전직 검시관, 현직 뷰티 클리닉 원장이었다. 강한은 사흘 전 참고인 조사를 하면서 얻어낸, 규진의 땀이 묻은 잡지를 꼼꼼하게 밀봉해 그에게 퀵서비스로 부쳤었다. 이런 식으로 DNA를 채취하는 건 강한도 처음이고 황 원장도 시도해본 적이 없다고 하기에, 실패할 확률이 클 것이라 생각하고 있었다.

"결과가 나왔습니까? 일치합니까?"

— 네, 99.997퍼센트의 확률로 동일 인물 추정이 가능합니다.

0.003퍼센트의 오차는 통계학적으로 아무런 문제가 되지 않았다. 드디어 이 끝도 없이 엮인 사건의 배후에 숨은 진범, 조규진의 꼬리를 잡았다. 강한의 심장박동이 돌연 빨라지고 휴대전화를 쥔 손에 저도 모르게 지그시 힘이 들어가는 찰나, 긴장감이 밴 황 원장의 목소리가 이어졌다.

— 그런데 검사님께서 비교해보라고 주신 DNA 샘플 말입니다, 누구 건지 여쭤봐도 될까요? 분석 결과로는 만 19세에서 23세 사이의 AB형 비흡연자 남성으로 나오는데, 그 나이대에서 조 대표님과 연관 있는 사람이라면…….

"그건 황명훈 씨가 상관할 바가 아닙니다. 비교 샘플을 확보한 것도, 비교를 의뢰한 것도 나니까 내가 전부 책임지겠습니다. 앞으로 나서기 무섭다면 분석지에서 황명훈 씨 이름은 빼도 됩니다. 공신력 있는 기관에 정식 의뢰하면 되니까. 분석하고 남은 샘플만 잘 보관해주세요."

강한은 단호하게 말하고서 그대로 전화를 끊으려고 했다. 황 원장에게 애초에 별다른 기대를 하지 않는 그였다. 일치 여부를 확인했으니 그걸로 됐다. 현재 DNA 샘플이 어디 있는지 모르지만, 황 원장의 자택이든 클리닉이든 사설 연구소든 당장 찾아가 챙겨올 작정이었다. 그때, 수화기 건너편에서 황 원장이 무척 조심스럽지만 결의에 찬 음성으로 말하는 게 들렸다.

— 아니요, 보고서는 제 이름으로 내겠습니다. 검찰청이 아닌 다른 곳에 있다고 해도 검사님이 여전히 검사인 것처럼, 지금 뷰티 클리닉을 운영하긴 하지만 제게도 의료인이자 법의학자로서의 자존심은 남아 있습니다. 오늘은 시간이 늦었으니 내일 가지러 오시죠. 준비해놓겠습니다.

그 말을 마지막으로 전화가 끊어졌다. 보이진 않았지만 강한은 얼굴의 살결이 따끔거릴 정도로 강렬하게 와닿는 소원의 시선을 고스란히 느낄 수 있었다. 강한이 입을 열기도 전에, 소원은 결국 참지 못하고 다급하게 물었다.

"진짜요? DNA 일치한 거예요? 그럼, 우리 이제 이길 수 있는 거예요?"

"이긴다고 장담은 못해도, 막강한 무기가 생긴 건 확실하지."

강한은 입꼬리에 슬그머니 떠오르는 미소를 감추지 않으면서 대답했다. 마지막으로 자신에게 좋은 일이 생긴 게 언제였는지 까마득했는데, 평생 긍정적인 감정을 다시 느낄 수나 있을지 자신이 없었는데, 지금 이 순간만큼은 확실히, 의심할 여지 없이 기뻤다. 가슴이 한껏 벅찼다.

"우와, 혀엉-!"

"너 이 자식, 무슨 짓이야?"

강한은 소원의 호리호리한 양팔이 목에 척 감겨오는, 아니 정확히 말하면 코트 목깃 위로 드러난 목덜미를 거침없이 끌어안는 느낌에 기겁하며 소리쳤다. 시원하게 한판 치고받는 거라면 모를까, 사내자식들끼리 스킨십하는 건 질색이었다. 그런데 거기서 끝이 아니었다.

쪽-.

문어 빨판이 붙었다가 떨어지는 듯 선명한 흡착음이 강한의 고막을 파고들었다. 그와 동시에 모기 날갯짓처럼 뺨을 간지럽히는 생소한 감촉. 마구잡이로 솟구치는 흥을 억누르지 못한 소원이 강한을 기습 포옹한 걸로도 모자라, 그만 뽀뽀까지 해버리고 만 것이다.

"야, 인마! 류소원! 죽고 싶지!!"

차들과 인파로 붐비는 사거리 교차로에, 경악으로 가득 찬 강한의 목소리가 쩌렁쩌렁하게 울려 퍼졌다. 지나가던 사람들 중 몇 명이 그쪽을 쳐다보다가, 우애 좋은 형제가 장난 삼아 티격태격하는 것이려니 하고 대수롭지 않게 다시 고개를 돌렸다. 모르는 사람이 보기엔 형제라고 쉽게 착각할 만큼, 물과 기름처럼 정반대이던 두 남자는 서서히 서로에게 동화되고 있었다.

* * *

11월 26일 월요일 오전 11시 30분. 강한의 집 앞.

"도대체 얼마나 더 기다려야 한다는 거야?"

케인으로 연신 바닥을 두드리며 조바심을 내던 강한은 더는 참지 못하고 와락 짜증을 내고 말았다. 마음 같아서는 당장이라도 황 원장의 클리닉에 가 있고 싶었지만, 오늘따라 유독 택시가 늦었다. 앉을 데도 없이 골목 한복판에 서서 기다린 지 벌써 40분째였다.

"어쩔 수 없잖아요. 평소에 와주시는 기사님은 병원에 가야 하는 중증 마비 장애인이 있어서 그쪽으로 배차되셨다고 하고, 지금 대기자 수가 택시 수보다 두 배나 더 많은데 조금 있으면 점심시간이라 기사님들 밥 드셔야 한다잖아요. 다 먹고살자고 하는 짓인데 이해해야죠."

강한의 발 옆에 쭈그려 앉아 있던 소원이 애늙은이 같은 투로 말했다.

지하철이나 버스를 타는 게 가능하긴 하지만 여전히 위험해서, 강한과 소원에게는 택시가 주된 교통수단이었다. 택시기사가 누군지는 그때마다 달라 복불복이었다. 가는 내내 실명한 눈에 대해 노골적이고 무례한 질문을 받은 적도 있었고, 골목까지 들어가달라는 부탁을 거절당한 적도 있었다.

그렇다고 해서 매번 값비싼 모범택시를 탈 수도 없는 노릇이라, 강한과 소원은 30분 이상의 거리를 갈 때는 정부에서 지원해주는 장애인 콜택시를 이용하자고 합의한 것이다. 예전에도 몇 번 불러본 적이 있었는데, 그때는 운 좋게 대기자가 몰리지 않았던 건지 이렇게 오랜 지연을 겪지 않았었다. 똥 마려운 강아지처럼 안절부절못하는 강한을 보고 소원이 혀를 쯧쯧 찼다.

"아, 형. 그만 좀 왔다 갔다 해요. 보는 내가 다 불안하네. DNA 증거에 발이 달려 있어서, 우리가 가는 시간을 못 기다리고 도망갈 건 아니잖아요?"

"그냥, 느낌이 안 좋아서 그래. 안 되겠다. 지하철이라도 타야겠어. 역으로 가자."

지금 와서 지하철역으로 간다 해도 늦는 건 마찬가지겠지만, 그래도 가만히 있는 것보다는 그나마 덜 답답할 것 같아 강한은 소원을 들볶았다. 사실 강한을 데리고 지하철을 타는 건 소원에게도 무척 피곤한 일이었다. 혹시 무슨 사고라도 생기지나 않을까 아주 잠깐조차 눈을 뗄 수 없었기 때문이다. 소원이 얕은 한숨을 내쉬며 일어나는 찰나, 뜻밖의 일이 일어났다.

위이이잉-.

단독주택 뒤편에 설치된 철제 셔터가 자동으로 밀려 올라가는 소리에, 강한은 자신의 귀를 의심하지 않을 수 없었다. 계속해서 부웅, 하고 공기를 울리는 가볍고 매끄러운 엔진음과 최고급 타이어가 부드럽게 굴러가는 소리가 났다. 착각하려야 착각할 수가 없었다. 시력을 잃기 전, 매일 아침 일과를 시작할 때마다 그의 BGM 역할을 해주던 일련의 소리였다.

"누가 내 차를 몰고 나온 거야?"

소원은 강한의 질문에 대답도 못하고 얼빠진 낯으로 입을 벌린 채, 전에 몇 번 본 적이 있는 흑표범처럼 날렵하고 근사한 세단이 앞으로 다가오는 장면을 지켜보고 있었다.

118

"이상하네요. 저 집에 사는 건 형하고 나뿐인데, 우린 둘 다 여기 있으니까. 자율주행인가?"

"글쎄, 내가 모르는 사이에 내 차가 혼자 운전을 배웠을 것 같지는 않은데."

소원의 말도 안 되는 가설을 강한은 저도 모르게 진지하게 받아쳐 버렸다. 졸지에 실없는 만담을 나누는 꼴이 된 두 남자 앞에 세단이 멈춰섰다. 앞좌석 유리가 스륵 내려가더니, 한 손으로 운전대를 잡은 세은이 모습을 드러냈다.

"택시는 제가 배차 취소시켰어요. 타세요."

"세은 씨?"

세은의 목소리를 알아들은 강한은 소원 못지않게 당혹스러운 표정이 되었다. 염산 테러를 당하고 병원으로 실려 간 후 자기 차가 어떻게 되었는지는 신경도 쓰지 않았었다. 유미가 호텔 주차장에서 차를 찾아다 차고에 넣어두었고, 차 키는 거실 벽에 걸어두었다고 하는 얘기를 언젠가 어렴풋하게 들은 것 같기도 했다. 그런데 설마 세은이 그 차를 몰고 나올 줄은 몰랐다.

"이렇게 좋은 차도 있고, 운전할 줄 아는 사람도 있는데 굳이 택시 기다리면서 고생할 필요 없잖아요. 청연동 가시는 거 맞죠? 얼른 타세요. 소원이 너도."

"아니, 저야 좋지만요. 누나, 진짜 괜찮은 거예요? 차 보험은요?"

"원데이 보험으로 가입해놨어. 휴대전화로 3분 만에 할 수 있던데? 일단 타기나 해. 길 가로막고 있으면 동네 사람들이 뭐라고 해."

이런 상황에서도 행정적인 문제는 빈틈없이 처리해두는 게 세은다웠다. 강한은 엉겁결에 소원의 손에 이끌려 뒷좌석에 올라탔다.

어젯밤, DNA 증거 이야기를 들었을 때부터 세은은 함께 가고 싶어했다. 강한은 '적은 인원이, 최대한 조용히 움직이는 게 좋다'며 뿌리치고 나왔지만, 세은이 순순히 포기할 거라고 믿은 게 오산이었다. 동생의 사건을 이해하기 위해 검찰청 수사관이 되었던 세은이 아닌가.

"세은 씨는 이제 수사관도 아닌데, 사람들 눈에 띄지 않는 게 좋아."

"그렇게 치면 검사님도 근신하셔야 한다고요. 차라리 제가 낫죠. 전 그냥 무단결근으로 권고사직 처리된 거고, 다시 검찰청으로 돌아갈 맘도 없으니까요. 순수하게 유족의 한 사람으로서 진상 규명을 위해 발 벗고 나서는 것뿐이에요."

세은은 강한조차 뭐라고 반박할 수 없을 정도로 똑 부러지게 대꾸하면서, 이 길을 수십 번은 와본 사람처럼 능숙하고 여유롭게 차를 몰아 골목을 빠져나갔다. 그 와중에도 그들의 대화는 계속되었다.

"검사님이 왜 자꾸 절 떼어놓으시는지 알아요. 조 대표로부터, 그리고 이러쿵저러쿵 떠들기 좋아하는 사람들로부터 보호해주시려는 거잖아요. 저 괜찮아요. 숨는 건 이제 그만할래요. 사람들 때문에 괴

로운 건 잠깐이지만, 그것 때문에 꼭 해야 할 일을 하지 못하고 후회
하는 건 평생 간다는 걸 알았거든요."

"……."

"그러니까 이 정도는 하게 해주세요. 저, 운전 잘해요. 미국에서 학
교 다닐 때는 방학마다 캠핑카 빌려서 대륙횡단 여행도 하고 그랬어
요. 어떻게든 검사님 수사에 보탬이 될 거예요."

그렇게까지 말하는데 강한도 더는 돌아가라는 말을 할 수가 없
었다.

아닌 게 아니라, 세은의 운전 솜씨는 그가 느끼기에도 훌륭했다.
거침없이 빠르게 나아가는 듯하면서도, 방향을 바꾸거나 정차하기
전에는 반드시 완만하게 속도를 줄여 차에 거의 충격이 오지 않게 했
다. 앞이 보이지 않아 조그만 진동에도 남들보다 쉽게 불안감과 공포
감을 느끼는 강한을 말없이 배려하고 있는 거였다. 강한은 그런 세은
이 고마울 수밖에 없었다.

'원망만 한 몸에 받아도 할 말이 없는 처지인데, 이렇게까지 도와
주려고 하다니.'

눈을 잃었다는 이유로, 오직 그것만으로 자신이 세상의 모든 불행
을 다 짊어지고 있는 것 같았다. 그러나 좌절하려고 할 때마다 예
상치 못한 도움의 손길이 내밀어졌고, 심지어 악연으로 여겼던 이들
까지 제2의, 제3의 눈이 되어주겠다고 나섰다. 강한은 어쩌면 자신이
과분하도록 운 좋은 사람일지도 모르겠다는 생각이 들었다.

"여기 맞죠? 근데 주차장이 닫혀 있네요. 혹시 휴진일일까요?"

호화로운 건물 앞에 도착한 세은은 진입로에 들어섰는데도 꼼짝
하지 않는 주차 바를 보면서 고개를 갸웃거렸다.

스산한 기운이 강한의 목덜미를 잡아챘다. 수능시험이 끝나고 연

말을 직전에 둔 시즌, 더구나 평일 오전이라면 뷰티 클리닉으로서는
한창 바쁠 시기였다. 강한과 소원을 극비리에 맞이하기 위해 황 원장
이 임시 휴진을 한 걸까. 물론 그럴 가능성도 없진 않았지만 강한은
왠지 그럴 것 같지 않다는 직감이 들었다.

"소원아, 검사님 모시고 먼저 내려. 난 주변에 적당한 데 찾아서 주
차하고 금방 따라갈게."

"네."

소원은 어느새 표정이 굳어져버린 강한의 눈치를 보며 손을 뻗어
뒷좌석 문을 열었다. 차에서 내리자마자 방향제와 향수, 화장품이 한
데 뒤섞인 듯한 인공적이면서 자극적인 향기가 물씬 풍기며 코를 찔
렀다. 후각은 마구 요동치는데, 청각은 이상하리만큼 잠잠한 게 불길
함을 더했다. 강한을 이끌고 클리닉 정문 앞으로 걸어가던 소원이 돌
연 우뚝 걸음을 멈췄다.

"형, 저기……!"

"왜 그래?"

소원은 강한의 질문에 대답도 하지 못하고 크게 벌어진 동공으로
정면을 응시했다. 타들어가는 그 시선이 닿는 끝에, 완강하게 거부하
는 듯 굳게 닫힌 두 문이 버티고 서 있었다. 그리고 그 문에는 허겁지
겁 타이핑해서 출력한 티가 나는 A4 용지가 허술하게 붙어 있었다.

뷰티 클리닉 '벨라'는 금일로 폐업합니다. 죄송합니다.

강한과 소원, 두 사람의 비장의 무기였던 황 원장은 그렇게 허망
하게 사라져버렸다.

*   *   *

"망할 자식, 개자식, 아니, 개한테 비교하는 것도 미안하지. 말 못하는 짐승이 뭔 죄가 있다고. 조류독감 바이러스 같은 놈이에요. 빌어먹을, 이럴 거면 오라고 하질 말던가!"

강한의 팔을 놓고 문을 향해 달려간 소원은 A4 용지를 신경질적으로 뜯어내면서 버럭 고함쳤다. 지난밤 잠도 설쳐가며 기대했던 만큼 억제할 수 없는 분노가 들끓었다. 문짝에 매달리다시피 한 채 쾅쾅 주먹질을 해대는 소원의 곁으로, 강한이 침착한 걸음걸이로 다가왔다. 그는 손잡이가 달려 있을 만한 높이로 손을 뻗어 돌출된 부분을 한두 번 잡아당겨보더니 말했다.

"이건 밖에서 잠근 게 아니야. 안에서 빗장만 걸어놓은 거지. 저리 비켜봐."

"네? 어떻게 하게요? 형이 아무리 무쇠 주먹이라도 저걸 부술 수는……."

소원이 주춤거리면서 비켜나는 것과 동시에, 강한은 한 발짝 물러나면서 신중하게 간격을 가늠했다. 비록 앞은 보이지 않았지만, 케인을 제3의 손처럼 능숙하게 사용하게 되면서 그는 '인간 자' 수준으로 정확하게 거리를 잴 수 있게 되었다. 망설일 여유 따윈 없었고, 강한은 마음속으로 정한 타격 지점을 향해 인정사정없이 옆차기를 날렸다.

쾅-!

오랜 풋워크로 다져진 강철 같은 다리에 걸어차인 걸쇠가 안쪽에서부터 떨어져나가면서 거짓말처럼 문이 열렸다. 소원은 문 안쪽에서 맥없이 부서져 달랑거리는 걸쇠를 보고는 잠시 경악한 표정으로 중얼거렸다.

"있구나. 부술 수 있어, 그래."

이럴 때면 강한과 적이 아닌 동료라는 게 새삼 다행스럽게 느껴지곤 했다. 강한은 아무 일도 없었다는 듯 옷깃을 툭툭 털고는 케인으로 바닥을 짚으며 로비 한복판으로 걸어 들어갔고, 소원도 재빨리 그 뒤를 따랐다.

로비는 텅 비어 있었고, 전에 한 번 본 적 있는 젊은 여자가 썰렁한 데스크를 혼자 지키고 있었다. 저번에 봤을 때는 도자기 인형처럼 완벽하게 메이크업하고 있었는데, 오늘은 머리도 대충 묶어 올리고 립스틱도 바르다 만 것이 소원의 눈에 띄었다. 누군가와 통화 중이던 그녀는 무단 침입자들을 보고 기겁하면서 전화를 끊더니 카랑카랑한 음성으로 소리쳤다.

"이게 무슨 짓이에요? 폐업이라고 써놓은 거 못 봤어요? 경찰에 신고할 거예요!"

"그럴 필요 없습니다. 내가 바로 그 경찰을 지휘하는 사람이니까. 황명훈 씨, 지금 어디 있습니까?"

권위가 담긴 묵직한 말투에 여자는 멈칫했다. 선글라스를 끼고 흰 지팡이를 든 독특한 남자를 기억해내는 게 어려울 리는 없었다. 지난번 황 원장을 찾아왔던 '검사'라는 사실을 눈치챈 그녀는 잠시 수그러드는 듯했다가, 이번에는 울 것 같은 목소리로 하소연해왔다.

"그걸 제가 어떻게 알아요? 그냥 월급 받고 일하는 상담실장일 뿐인데. 어제 밤늦게 갑자기 전화하셔서는 개인적인 사정이 생겨서 병원을 정리해야겠다, 뒷일을 부탁한다, 그냥 그러고서 끊어버렸다고요. 저도 황당해요!"

이런 일을 전혀 생각 못했던 건 아니었다. 황 원장은 이미 조 대표에게 한 번 포섭됐던 인물이었으니, 또다시 회유당하거나 협박당해 넘어갈 수 있다고 늘 경계하고 있었다. 그렇지만 이렇게 하룻밤 만에 모든 걸 내던지고 도망가버릴 줄은 미처 생각지 못했다.

강한이 입술을 지그시 깨물면서 주먹에 힘을 주는 순간, 데스크 뒤편에서 우당탕 하는 요란한 소리가 들려왔다. 뭔가 묵중한 물건이 옮겨지면서 바닥에 끌리는 것 같은 소리, 여러 사람의 무질서한 발소리. 강한은 한쪽 눈썹을 슬쩍 추켜올리며 소원에게 물었다.

"이게 무슨 소리지?"

"인부들이 원장실에서 가구를 내가고 있어요. 책상하고 소파요. 형, 진짜 폐업했나 본데요."

"혹시 서류 금고 같은 건 안 보여? 진공 보관장치 같은 건?"

소원의 침묵은 곧 부정의 의미였다. DNA 분석 결과 보고서는, 그리고 샘플은 황 원장과 함께 사라져버린 것일까. 아니, 차라리 그러면 다행이었다. 최악의 경우에는 이미 폐기되어 이 세상에 존재하지 않을 수도 있었다. 강한은 딱딱하게 굳은 표정으로 휴대전화를 꺼내 소원에게 건네주었다. 황 원장에게 전화를 걸어보라는 뜻이었다.

"형 휴대전화에 저장된 번호로는 안 받아요. 어제 걸려왔던 그 번호로 해볼게요."

소원은 통화 목록에서 문제의 번호를 찾아 전화를 걸었다. 수화기에서 통화 연결음이 흘러나오는 것과 동시에, 공교롭게도 데스크 쪽에서 우아하고 경쾌한 피아노 연주음이 울려 퍼지기 시작했다. 강한은 휴대전화 벨 소리의 근원지가 방금 전 상담실장의 목소리가 들려왔던 바로 그 지점이라는 것을 곧바로 알아차렸다.

"상담실장이라고 했죠? 어제 황명훈 씨가……."

강한이 상담실장을 향해 뭔가 질문을 던지려는 찰나였다. 그가 열고 들어왔던 문이 벌컥 소리를 내면서 끝까지 젖혀지더니 깐깐한 인상의 중년 여성이 바람처럼 들이닥쳤다. 연자줏빛 밍크 코트로 몸을 휘감고 진주 귀걸이와 목걸이, 다이아몬드 팔찌를 걸친 그녀는 구두 굽을 또각거리며 데스크로 돌진하더니 찢어지듯 날카로운 목소리로 외쳤다.

"민 실장, 민 실장 어딨어? 지금 장난해? 엊그제 1000만 원짜리 패키지를 끊게 만들어놓고서는 뭐? 폐업?"

"사모님, 그게 어떻게 된 거냐면요……."

VVIP 고객을 맞이한 민 실장은 황급히 고개를 조아리며 해명하려 했지만, 이미 심사가 단단히 뒤틀린 여자는 그 말을 들어주려 하지도 않았다.

"시끄럿! 변명은 됐고 내 돈이나 물어줘. 이래서 근본 없는 것들하고 상종하면 안 된다니까."

"저도 환불해드리고 싶은데, 계좌 관리를 원장님이 하고 계셔서요. 지금 당장 어떻게 해드릴 수가……."

"아, 듣기 싫다니까! 니들이 부가세까지 붙여서 받아먹은 내 돈이나 뱉어놓으라고, 사기꾼 집단 같으니!"

금속 징이 박힌 가죽 핸드백으로 데스크를 거세게 내려치는 여자의 모습에, 슬금슬금 눈치를 보며 상황을 살피던 소원은 기가 질려버렸다. 애초에 얼굴에 주사 몇 대 놓는 걸로 1000만 원이나 받아먹는 사람이나, 그 돈을 선뜻 내는 사람이나 이해할 수 없는 건 마찬가지였다.

"형, 우린 일단 나가요."

더 있어봤자 별 수확이 없겠다고 판단한 소원은 강한의 팔을 잡고 서둘러 클리닉을 빠져나왔다. 정문을 벗어나 폭이 넓고 낮은 계단을 내려가고 있을 때, 그들은 차를 대놓고 뒤늦게 따라온 세은과 맞닥뜨렸다. 그녀는 빈손으로 나타난 두 남자를 보자마자 다 알겠다는 듯 물었다.

"그 사람, 만나셨어요? 병원 문 닫고 도망간 거 맞죠?"

"......."

"그럴 줄 알았어요. 저 차가 여기 있는 걸 봤을 때부터, 어떻게 된 스토린지 알겠더라고요."

"차요? 무슨 차요?"

소원이 고개를 갸웃하면서 묻자, 세은은 네 손가락을 접고 엄지만 편 채 귀 뒤쪽을 가리키면서 낮은 목소리로 비밀스럽게 속삭였다.

"메르세데스 벤츠 S클래스, 검은색. 차량번호는 50다64××. 검사님, 누구 차인지 아시죠? 아까부터 그 차가 클리닉 건너편 골목에 서 있었어요, 마치 감시하려는 것처럼."

순간적으로 강한의 심장에서 덜컥거리는 소리가 나는 듯했다. 물론 그는 그 차를 잘 알고 있었다. 자신과 동행하면 어떻게든 도움이 될 거라는 세은의 말은 상상 이상으로 빠르게 실현되었다. 그녀가 없었다면, 강한은 차의 존재를 알아차리지 못했을 것이고 소원은 그 차가 누구 차인지도 모르고 무심코 지나갔을 것이다.

"몇 시 방향이지?"

"지금 서 계신 곳에서 11시 방향으로 약 8미터, 검사님 보폭으로는 열 걸음 정도요."

세은은 강한에게 팔을 잡아주겠다고 하진 않았다. 강한이 차 안에 있는 사람에게 그 모습을 보이고 싶지 않아 하리라는 것을, 굳이 말로 듣지 않아도 이해하고 있었기 때문이다. 강한은 케인을 규칙적이고 일정하게 뻗으면서 한 걸음 한 걸음 앞으로 나아갔다.

6미터 40센티미터.

7미터 20센티미터.

그리고 마지막으로 8미터.

카운트를 마친 강한은 우뚝 발걸음을 멈췄다. 케인을 착착 접어놓고는 신사처럼 똑바로 서서 차 주인의 눈에 띄기를 기다렸다. 세단 문이 열리는 소리, 누군가 차에서 내리는 소리, 그리고 여유롭고 느긋하게 이쪽을 향해 천천히 다가오는 구둣발 소리.

"오랜만이군, 강 검사."

강한은 깊게 심호흡을 한 번 한 다음, 메르세데스 벤츠 S클래스의 소유자, 변함없이 신뢰감을 주는 차분한 음성의 주인을 불렀다.

"조 대표님."

119

조 대표의 오데코롱 향기가 공기를 타고 흘러와 코끝까지 스며들어왔다. 아들 규진이 쓰는 것처럼, 조 대표의 향수도 값비싼 것인지 길거리에서 흔히 맡을 수 있는 향과는 질부터 달랐다. 그러나 그 은은하고 세련된 향기가 지금 강한에게는 생선 썩은 내보다 더 지독하고 추하게 느껴졌다. 강한은 우연히 마주친 이웃을 대하듯 예사로운 투를 가장해 인사를 건넸다.

"여긴 어쩐 일이시죠? 요즘 유권자들은 비주얼을 중시한다던데, 포스터 촬영에 대비해서 보톡스라도 맞으러 오셨습니까?"

"허허, 그랬다가는 우리집 마나님이 질색하시지. 사람은 자연스럽게 늙는 게 제일 보기 좋은 거라고 새치 염색도 겨우 하게 해주거든. 그냥 점심 먹으러 가는 길이었네."

"그래요? 그냥 지나가는 것치고는 이상한 곳에 차를 세워두셨군요."

강한과 조 대표가 가벼운 안부처럼 주고받는 말 한마디 한마디에 묵직한 뼈가 숨겨져 있었다. 마치 링 안에서 적당한 거리를 두고 빙

빙 돌면서 서로의 전력을 탐색하는 권투선수들 같았다. 강한은 당장 이라도 조 대표의 멱살을 잡아 거칠게 흔들고 싶은 욕구를 억누르면서 짐짓 태연한 어조로 대화를 이어나갔다.

"대표님이 평소 인맥 관리에 신경 쓰신다는 건 잘 알았지만, 이 번에 다시 한번 놀랐습니다. 곳곳에 손이 뻗치지 않으시는 곳이 없 더군요. 정재계와 법조계뿐만 아니라 경찰관, 전직 법의관과도 친 분을 쌓으시고, 게다가 생계가 어려운 임용고시 준비생까지 후원하 고 계시다죠? 과연 국민을 가족처럼 생각하시는 대표님다운 행보 이십니다."

클린 히트(clean hit). 날카로운 비수를 품은 강한의 말은 조 대표 의 명치를 후벼판 것이나 다름없었다. 판검사와 경찰, 법의관은 물론 이고, 세상에 알려지지 않은 또 다른 사건의 피해자에게까지 접근해 위협하고 회유한 것을 난 알고 있다고, 그러니 얕보지 말라고 강한은 조 대표에게 암묵적인 경고를 날린 것이었다.

예상치 못한 일격에 조 대표는 몇 초 동안 할 말을 찾지 못하는 듯 했다. 강한이 앞을 볼 수 있었다면, 대지진이라도 맞은 것처럼 정신 없이 흔들리는 조 대표의 동공을 보면서 내심 통쾌했을 것이다. 어 떻게 반격하면 좋을지 궁리하며 바쁘게 눈동자를 굴리던 조 대표의 시야에, 길 건너편에서 이쪽을 주시하고 있는 세은과 소원의 모습 이 들어왔다.

"강 검사, 현재 정직 상태인 걸로 알고 있는데. 여기저기 쑤시고 다니면서 분란을 일으키는 건 자제해야 하지 않겠나? 게다가 피해자 유족까지 끌어들이다니, 어릴 때부터 내가 지켜봐서 아는데, 은하는 오랫동안 공부만 해서 세상 물정 모르는 순진한 아이야. 그런 애까지 꼬드겨서 대체 이게 무슨 수작인가?"

"대표님, 말씀 자제하시지요. 저는 정직 중이긴 하지만, 사직한 건 아닙니다. 원래 여기저기 쑤시고 다니면서 분란 일으키는 게 검사라는 사람들이 하는 일이어서요. 잠시 쉬고 있긴 하지만 제 사건을 포기하진 않을 겁니다. 김은하 씨, 아니 홍세은 씨는 전직 수사관이자 피해자 유족으로서 절 물심양면 도와주고 있고요. 대표님에게는 그걸 막을 방법도 수단도 없습니다."

검찰 조직에 있을 때 강한에게는 강력한 권한이 주어졌지만, 그에 못지않게 제약도 따랐다. 상부의 감독과 지휘를 받아야 했고, 문제가 생길 만한 여지가 있는 행동은 할 수 없었다.

반면 임시 정직, 어쩌면 이대로 퇴출당할지도 모르는 처지가 된 강한은 더는 몸 사릴 게 없었다. 강한은 바로 그 메시지를 조 대표에게 전달하고 있었다. 궁지에 몰린 개는 두려워할 게 없다는 것을, 온몸이 만신창이가 될 때까지 닥치는 대로 물고 뜯고 덤빈다는 것을.

조 대표는 강한의 메시지를 눈치 빠르게 알아차렸지만, 그렇다고 해서 위축되거나 겁먹지는 않았다. 그에게는 강한의 비장한 결심과 태도마저도 그저 가소롭고 우스꽝스러울 뿐이었다.

"정신 차려, 강 검사. 자네가 처리해야 할 사건이란 건 이제 없네. 연쇄 상해 사건은 조만간 피의자 사망으로 인한 공소권 없음으로 처분될 예정이고, 지온유 살인 사건은 이미 재수사 종결 단계에 접어들었어. 지온유가 진범이고 기존 판결에는 아무 문제가 없었다고, 자기 아들이 아동 강간 살인범이라고 인정할 수 없었던 생모의 분탕질에 불과했던 것으로 곧 발표가 날걸세."

"뭐라고요? 누구 맘대로 처분하고 종결한다는 겁니까?"

"아, 모르고 있었나 보군. 성암지검 검사장이 사직서를 내고 일시 휴가에 들어간 후, 차장검사가 주요 사건 재배당을 했네. 자네가 정유미 검사를 꼭두각시로 내세워 좌지우지하려고 했던 두 사건 모두, 적정한 연차와 훌륭한 경력을 가진 특수부 검사가 맡아 처리하게 됐다네."

"특수부 검사요? 그게 누굽니까?"

강한의 말이 떨어지기 무섭게 차문 열리는 소리가 한번 더 났다. 그리고 강한의 기분 탓인지는 몰라도 조 대표의 것보다 어딘지 경박스럽게, 그리고 거만하게 들리는 구둣발 소리가 이어졌다. 발소리의 주인공은 조 대표의 옆에 서더니 짤막하게 강한을 향해 인사했다.

"강 검사."

"이 검사? 네가 왜 여기 있어?"

강한이 시력을 잃기 전 특수부에서 한창 잘나갈 때, 그를 눈엣가시처럼 여기던 동갑내기 검사 이태리였다.

강한은 염산 테러를 당하기 직전, 출신도 별 볼일 없는 주제에 결혼으로 출세할 수 있을 것 같냐는 이 검사의 악다구니를 듣고 있었다. 염산을 눈에 맞은 강한이 피를 토해내듯 비명을 지르던 순간, 그걸 가장 먼저 들은 사람도 이 검사였다. 그러나 이 검사는 119에 전화를 걸어주지 않았다. 신고해준 사람은, 강한에게 달걀을 던져주려고 몰래 숨어 기다리던 소원이었다.

"왜? 예비 처가댁 식구들하고 점심 먹는 게 이상한 일인가? 아, 미리 말해두는데, 점심시간에서 초과한 부분은 외출 승인도 받았어. 난 너와 달리 검사로서 지켜야 할 규칙은 칼같이 준수하거든. 중요 사건을 맡아 주목받는 때일수록 사소한 절차도 소홀히 하지 말아야지. 안 그래?"

이 검사는 한 대 때려주고 싶을 만큼 얄미운 말투로 비아냥거렸다. 예비 처가댁과의 점심. 그 한마디에 강한이 가지고 있던 몇 가지

의문점이 일거에 해소되었다.

시각장애인이 된 강한을 내버린 후부터 조 대표는 그를 대체할 사람을 은연중에 물색했을 것이다. 그러다가 실력이나 실적 면에서는 강한에게 밀리지만 집안과 인맥, 처세술에서는 한 수 위인 이태리 검사가 물망에 오른 것이다. 이미 강한이 쓰던 사무실과 직원, 강한이 맡았던 사건들까지 가로채 간 이 검사는 강한의 전 약혼녀도 거리낌 없이 받아들였을 게 분명했다.

'조 대표는 계산이 철저한 사람이니까, 이 혼담 뒤에서도 거래가 이루어졌겠지. 성암지검 내부의 일을 언론에 퍼뜨린 '제보자', 그 배신자가 누군지도 이제 알겠군.'

피해자이자 이해관계인인 강한이 수사에 관여하는 게 못마땅했다면 청 내부에 먼저 이의를 제기할 수도 있었을 텐데, 은밀히 증거를 모으다가 결정적인 순간 언론에 터뜨려버린 이 검사의 행동은 누가 봐도 악의적이었다. 치밀어오르는 분노를 다스리느라 입을 꾹 다문 강한의 반응을 조 대표는 다른 의미로 해석했는지, 한결 누그러진 어조로 살살 달래듯 말했다.

"강 검사로서는 기분 좋은 소식은 아니겠지. 하지만 우리 여진이도 나이가 있고, 언제까지 결혼을 늦출 수는 없지 않겠나. 서로 악감정을 갖고 헤어진 것도 아닌데, 진심으로 축하해준다면 고맙겠네."

"물론입니다. 여진 씨를 위해서도, 이 검사를 위해서도 참 잘된 일이군요. 두 사람 다 서로에게 그보다 더 걸맞은 짝을 찾기는 어려울 겁니다."

강한은 진심이었다. 단 한 치의 애정도 없이 풍요롭고 부유한 삶을 보장해주는 아버지가 정한 상대라면 누구든 상관없이 결혼할 허영심 많은 여자와, 든든한 '빽'을 얻기 위해서라면 상사와 동료들을 도매금으로 팔아넘기는 것도 서슴지 않는 계산적인 남자. 어떤 의미에서는 천생연분이었다.

조 대표는 축하의 말속에 숨겨진 빈정거림을 알아듣고도 알아듣지 못한 척, 허허 너털웃음을 짓더니 능청맞게 말을 이어나갔다.

"이렇게 되었으니 하는 말인데, 애초에 우린 가족이 될 인연은 아니었을 성싶네. 터놓고 말은 안 했지만, 강 검사가 우리집 가풍이나 분위기에 적응하기 힘들어했던 건 나도 알고 있었어. 당연히 그랬겠지. 공부를 좀 잘해서 고위 공무원이 됐다고 해도, 신분의 벽이라는 건 도저히 넘기 힘든 것이거든. 왜 그런 말도 있지 않나? 뱁새가 황새 쫓아가려다 가랑이 찢어진다는."

"그건 아십니까? 뱁새가 둥지를 트는 데는 나뭇가지 한 개면 족하다고 하죠. 반면, 황새는 수백 년도 더 살 수 있는 커다란 둥지를 짓느라 석 달을 허비한다고 하더군요. 제 수명이 고작 20년, 30년뿐인데도 말입니다. 전 그 얘기를 듣자마자 조 대표님 집이 떠오르더군요."

성암동 부촌에서도 매매가가 가장 높은 주상복합아파트, 그곳의 맨 위층과 그 바로 아래층을 통째로 사들여서 복층으로 개조한 초호화 아파트를 조 대표가 얼마나 자랑스러워하는지 강한은 잘 알고 있었다.

"겉치레만 번드르르하게 해놓으면 뭐하겠습니까. 지구상에 존재하는 1만여 종의 새들 가운데, 유일하게 성대가 없어서 소리를 못 내는 새가 황새라더군요. 긴 다리와 하얀 깃털로 감추고 있지만, 그래봤자 가장 기본적인 게 결여되어 있다는 건 언젠가 반드시 드러나는 법입니다."

강한은 천천히 몸을 틀어 조 대표의 세단이 서 있는 방향으로 얼굴을 고정했다. 조금 전 그쪽에서 이 검사가 차문을 열고 내리기 직전, 강한은 시동 끄는 소리를 들었다.

조 대표의 세단은 4인승이었다. 조 대표의 아내는 몸이 약하고 지병이 있어 바깥출입을 삼가는 편이었으니, 운전석에 이 검사가 앉았다고 치면 세 자리가 남았다. 차 안에 여진과 규진이 남아 있을 거라고 확신한 강한은 손목에 매달아놓은 케인 끄트머리로 그쪽을 가리키면서 의미심장하게 덧붙였다.

"조 대표님이 지어놓으신 그 둥지 속에, 새끼 황새가 언제까지고 숨어 있을 수는 없을 겁니다. 그러기엔 이미 덩치가 너무 커져버렸거든요."

"……."

"이번에도 대표님이 이겼다고 생각하시겠죠. 좋도록 생각하십시오. 시간이 아무리 걸리더라도 황명훈 씨를 어디로 빼돌리셨는지, 어떻게 회유하고 협박하셨는지 낱낱이 알아내고 말겠습니다. 그리고 언젠가 반드시 증인석에 세울 겁니다. 대표님이 숨기려고 했던 모든 사람을요."

강한은 조 대표의 대답을 기다리지도 않고, 케인을 거두어들이는 것과 동시에 등을 돌렸다. 그리고 마치 기계처럼 정확하고 균형 잡힌 동작으로 소원과 세은이 있는 지점으로 걸어갔다. 태산처럼 넓고 단단한 등이, 시각장애인이라고 얕봐선 안 된다고 단단히 경고하는 듯했다.

조 대표는 한때 사위가 될 뻔했던 남자의 뒷모습을 묵묵히 주시하다가 마찬가지로 등을 돌렸다. 조 대표와 강한이 주고받는 대화를 숨죽여 듣고 있던 이 검사도 재빨리 그 뒤를 따랐다.

"가지."

오른쪽 뒷좌석에 앉은 조 대표가 짤막하게 명령하자, 운전석에 올라탄 이 검사가 지체하지 않고 시동을 걸었다. 왼쪽 뒷좌석에는 차분한 베이지색 원피스를 차려입은 여진이, 앞쪽 조수석에는 연회색 세미 정장을 입은 규진이 앉아 있었다. 정확히 강한이 예상한 대로였다.

"그럼, 출발하겠습니다."

이 검사의 발이 액셀러레이터를 밟자, 2억 5000만 원이 넘는 값비싼 몸값을 자랑하는 묵중한 차체가 물 흐르듯 유연하게 미끄러지기 시작했다. 조 대표는 소원의 팔을 잡고 골목길 저편으로 사라지는 강한의 모습을 끝까지 관찰하다가, 두 남자의 실루엣이 완전히 사라진 후에야 착 가라앉은 목소리로 입을 열었다.

"규진이 너, 유학 가라."

이 집안에서, 가장인 조 대표의 말 한마디는 절대적인 권위를 가진 법이나 다름없었다. 여진은 물론이고 규진조차 웬만해서는 아버지의 심기를 거스르지 않으려 했다. 규진은 갑작스러운 말에 잠시 놀라는 듯한 표정을 지었다가, 반가워하는 것도 싫어하는 것도 아닌 무감정한 말투로 짤막하게 대답했다.

"아버지, 의대생은 유학 필요 없는데요."

"필요 없는 게 어딨어? 해두면 다 도움이 되는 거지. 얼마 전 너희 학교 장학재단 오찬에서 들었는데, 예과생 대상으로 뉴욕주립대로 교환학생을 보내는 프로그램이 있다면서. 학장이 예과 1학년 대표로 널 보냈으면 좋겠다고 강력 추천하더라. 캠퍼스 앞에 아파트 하나 렌트해줄 테니까 딱 6개월, 아니 1년만 있다 와."

듣기엔 좋은 말 같았지만 조 대표의 속내는 달랐다. 더는 문제가 생기지 않게, 이미 생긴 문제는 자신이 깨끗이 정리할 수 있게 그동안 도망가 숨어 있으라는 얘기였다.

규진 또한 그걸 모를 리 없었다. 교환학생 프로그램 따위 하등의 관심도 없고, 필요한 정보는 뭐든 인터넷으로 공부하고 얻는 시대에 비행기를 타고 외국까지 나가는 일 자체가 멍청한 짓이라고 생각했지만, 아버지 앞에서 그렇게 곧이곧대로 말할 수는 없어, 공손히 돌려 말했다.

"1년씩이나 나갔다 오면 공부 흐름이 끊겨서 본과 때 힘들어져요. 지금 하는 봉사동아리도 무작정 그만두기 어렵고요. 유학은 본과 끝나고 나서 천천히 생각해볼게요."

"아니, 난 지금 가라고 얘기하는 거다."

칼로 자르는 것처럼 단호한 조 대표의 말에 차 안의 공기가 서늘하게 식었다. 여진은 아버지와 동생의 대화에 끼고 싶지 않은 듯 새초롬한 표정으로 창밖만 주시했고, 대신 운전대를 잡고 있던 이 검사가 냉큼 끼어들어 조 대표의 편을 들고 나섰다.

"그래, 처남. 아버님 말씀 들어. 뉴욕 부동산 물가가 어마어마한 거 몰라? 아파트까지 얻어주신다는데 얼마나 감사해. 외국에서 공부한 경험은 다 피가 되고 살이 되는 거야. 나도 아버지가 외교관이셔서 유럽에서 중학교까지 마쳤는데, 그때 익힌 언어 감각이 평생 가더라니까."

이 검사는 룸미러를 통해 규진을 보며 무슨 안면 경련이 일어난 사람처럼 과장되게 눈을 찡긋거렸다. 그걸 보는 규진은 와락 짜증이 났다. 다른 사람들처럼 화내거나 슬퍼하는 일은 거의 없는 규진이지만, 멍청하고, 비효율적이고, 열등한 것에 대한 짜증과 환멸은 분명하게 느꼈다. 이태리는 강한의 대체재지만, 이럴 바엔 차라리 강한이 백배 나았다는 생각이 들었다. 적어도 강한은 진짜 규진의 형이라도 된 것처럼 친한 척하면서 주제넘게 굴진 않았고, 조금이라도 더 조 대표의 눈에 들기 위해 자진해 운전까지 하면서 필사적으로 아부를 떨어대지도 않았다.

'죽여버리고 싶네.'

규진은 누가 묻지도 않았는데 이탈리아에서의 일화를 줄줄이 떠벌리는 이 검사의 뒤통수를 지그시 바라보며 그렇게 생각하다가, 이내 접었다. 강한을 나락에 떨어뜨리는 건 그나마 재밌기라도 했지, 이런 어리석은 인간은 가지고 놀 가치조차 없어 보였다.

'아, 재미없어.'

규진은 손바닥으로 턱을 괴면서 하루에 수십 번, 아니 수백 번도 더 중얼거리는 그 말을 다시 한번 되뇌었다. 모든 게 너무 쉽고, 지루하고, 그래서 죽도록 따분했다. 남들이 보기에 더없이 완벽한 규진의 인생은 처음부터 끝까지 지독한 권태로 점철되어 있었다.

6장

___

마지막 실험

120

"이걸로 찌르면 어떻게 되는지 알고 싶었어."

식칼을 들고 침대 머리맡에 우두커니 서 있는 일곱 살짜리 아이에게 이유를 물었을 때, 규진의 엄마가 들었던 말이다.

새벽 4시였다. 잠결에 목이 말라 물을 마시기 위해 눈을 떴던 엄마는, 칼날에 반사되는 섬뜩하리만큼 푸른빛에 기절할 만큼 한 번 놀랐다. 그리고 그 뒤에 서 있는, 파란색 자동차가 그려진 잠옷 차림의 아들 때문에 재차 놀랐다. 날카롭게 벼려진 칼을, 아이는 무슨 장난감 블록을 갖고 놀듯 태연하게 양손에 꼭 쥐고서 이쪽을 빤히 응시하고 있었다.

"그러면 안 돼, 큰일 나. 아빠, 엄마가 무척 아프게 될 거야. 잘못하면 죽을 수도 있어."

사시나무처럼 부들부들 떨고 있는 아내를 대신해, 그녀의 옆에서 어느새 눈을 뜬 조민국 의원이 몸을 일으켜 앉으면서 차분하게 설명했다. 대학을 졸업하자마자 정계에 뛰어들어 20여 년간 산전수전 공중전까지 전부 겪어본 그였기에 가능한 대처 방식이었다. 다른 사람

같았다면 아무리 자기 아들이라도 잔뜩 겁에 질리거나, 아니면 이성을 잃고 화를 폭발시켰을 것이다.

"그건 알아. TV에서 봤어. 정말로 그렇게 피가 많이 나오는지 궁금했어."

"TV에서 봤으면 됐잖아. 실제로 사람한테 하면 안 돼, 절대로."

"알았어."

결사적이라고 느껴질 만큼 힘을 주면서 하는 조 의원의 말에, 어린 규진은 가만히 고개를 끄덕이며 식칼을 쥔 손을 밑으로 내렸다. 보는 사람마다 귀엽고 예쁘다고 칭찬했던 동그란 눈동자에서 순간적으로 아쉬움 같은 게 엿보여서, 조 의원 부부의 등골을 오싹하게 했다. 규진이 방 밖으로 나간 후, 규진의 엄마는 남편에게 와락 매달리다시피 팔을 붙잡으며 하소연했다.

"여보, 쟤는 내 속으로 낳은 애 같지가 않아. 이상해. 정신과에 데려가봐야 하는 거 아닐까?"

"뭐? 정신과? 당신이야말로 제정신이야? 이 조민국의 아들이 그런 데 드나든다고 소문이라도 나면 어떻게 될지 몰라서 그래? 호들갑 떨지 마. 원래 남자애들은 크면서 칼이나 총에 열광하게 되는 거야. 지극히 정상이라고."

공포와 경악에 질린 아내의 심정을 잘 알면서도, 조 의원은 완고하고 강경한 태도를 취했다. 그 역시 규진이 '지극히 정상'이 아니라는 것을 언젠가부터 느끼고 있었기에, 일종의 방어기제 차원에서 일부러 더 그렇게 반응했는지도 몰랐다.

몸이 약한 아내가 첫딸 여진을 낳으면서 난산으로 몹시 고생한 탓에 둘째는 포기했다가 뒤늦게 생긴 늦둥이가 규진이었다. 제 엄마를 빼닮아 얼굴은 예쁘지만 공부는 영 관심 없는 누나와 달리, 10개월 만에 걸음마를 시작하고 돌에 말문이 트여 다섯 살에 한글을 뗀 규진은 신동이라고 벌써 주변 사람들의 칭찬이 자자했다.

"세상에서 가장 귀하고 어려운 게 자식 농사라는데, 의원님 자식 농사는 대풍작이라 끼니를 거르셔도 배가 부르시겠습니다. 좀 이르 긴 하지만, 아드님 정도면 청와대 주인감 아닙니까?"

외모도 반듯하니 잘생겼고, 공부면 공부, 예체능이면 예체능 못하는 게 없고, 또래 애들처럼 철없이 찡찡대거나 떼쓰지도 않고 어른스럽게 예의를 지킬 줄 아는 아이였다. 그런 아들에게 치명적인 결함이 있음을 조 의원은 인정하고 싶지 않았다.

아기 때부터 유독 감정 표현이 없던 것, 가만히 책을 읽거나 블록만 쌓을 뿐 다른 아이들과 사귀고 노는 데 전혀 흥미를 보이지 않던 것, 남매를 애지중지하던 할머니가 돌아가셨을 때 여진은 식음을 전폐하고 사흘 밤낮을 울고불고하는데도 그 옆에서 눈 하나 깜짝하지 않았던 것도, 의식 깊은 곳에서는 뭔가 어긋나고 있다는 걸 알면서도 사내아이라 그렇다며 가볍게 넘기려 했다.

그리고 그 일이 일어났다. 규진이 초등학교 2학년 올라가던 해, 겨울방학을 맞아 가족이 함께 별장에 놀러 갔을 때였다. 국회 업무를 마무리하느라 며칠 늦게 합류할 예정이었던 조 의원은, 규진이 다쳤다는 소식을 듣고 하던 일도 내팽개치고 별장 근처 병원으로 달려갔다. 얼굴이 새파랗게 질려 응급실로 뛰어 들어간 그를 맞이한 건, 팔꿈치에 거즈를 붙인 규진이었다.

"팔꿈치를 칼에 베였어. 일곱 바늘 꿰맸는데, 상처 부위가 깊어서 흉터가 남을 거래."

아내로부터 사고 경위를 듣게 된 조 의원은 할 말을 잃었다. 별장 관리인이 뒤뜰에서 키우는 토끼를 본 규진이 비상한 관심을 드러내며 토끼장 옆에서 온종일 살다시피 했다고 했다. 동물에 열광하는 걸 보니 어쩔 수 없는 어린애라고 엄마와 누나가 웃은 것도 잠시, 규진은 그날 오후 식구들이 보지 않는 틈을 타, 부엌 선반에서 꺼낸 식칼을 들고 토끼장으로 갔다고 했다.

"사람한테 하지 말라고 했지, 동물한테 하지 말라고는 안 했잖아."

왜 토끼를 해쳤는지 묻는 조 의원에게 규진은 태연하게 대꾸했다.

별장 관리인이 이상한 소리를 듣고 달려 나오기 전까지 규진은 다 자란 토끼와 새끼 토끼 한 쌍을 칼로 난자했다. 그 과정에서 팔꿈치를 다친 건, 생각보다 덩치가 컸던 어미 토끼가 새끼를 지키겠다고 규진에게 달려들어 여기저기 물어뜯는 바람에 엎치락뒤치락하다가 제풀에 베인 거였다.

"얼마 전 학교에서 개구리 해부를 했는데, 토끼도 할 수 있나 궁금했던 모양이에요. 아이 꿈이 의사 되는 거라서요. 다시는 이런 일이 없도록 철저히 교육하겠습니다. 정말 미안합니다."

조 의원이 정중히 사과하면서 토끼 값의 몇십 배가 넘는 두둑한 현금을 쥐여주자, 노발대발하던 별장 관리인도 아이들이 원래 다 그러지 않겠냐며 금세 수그러들었다. 하지만 조 의원은 이제 확실히 알았다. 모든 아이들이 다 그러지는 않는다는 것을. 그는 극비리에 아동 전문 신경정신과를 물색했고, 어느 날 아내도 떼어놓은 채 혼자서 은밀하게 아들을 데리고 병원을 찾아갔다.

"아드님은 반사회성 성격장애(antisocial personality disorder, ASPD)를 갖고 있습니다. 흔히 '사이코패스'라고 부르죠. 전두엽과 측두엽에서 감정, 공감을 담당하는 중추가 제대로 발달하지 않아 정서가 메마르고 애착도 형성할 수 없는 겁니다. 토끼를 죽인 것에 대해 아드님은 아무런 죄책감도 가책도 느끼지 못합니다."

몇 시간에 걸친 심층 면담과 인지검사, MRI 촬영까지 마친 의사는 그렇게 진단을 내렸다. 원칙적으로 반사회성 성격장애를 확진하려면 18세 이상이 되어야 하지만, 규진의 경우 모든 징후가 너무도 정확히 들어맞아 의심할 여지가 없다고 했다. 조 의원이 막연하게 예상했던 대로였다.

"ASPD는 현재로서는 근본적인 치료가 불가능합니다. 존재하지 않는 감정을 만들어낼 수는 없으니까요. 그러니 꾸준한 상담과 학습을 통해 행동을 교정해야 합니다. 다행히 아드님의 지능지수는 매우 높고, 경쟁에서 이기는 걸 좋아하는 성취 욕구도 있습니다. 사람들과 친근하게 지내고, 피상적으로라도 공감하고 교감하는 게 장기적으로 이익이 된다는 걸 깨우쳐주면, 그때부터는 알아서 보통 사람과 비슷하게 변해갈 겁니다. 생존 본능이 아주 강하니까요."

과연 나아질 수 있을까. 응급실에서 피투성이가 된 아이를 맞닥뜨렸을 때의 충격이 가시지 않은 조 의원은 반신반의했지만, 규진은 다시 한번 그를 놀라게 했다. 주 3회 비밀리에 진행되는 교정 치료를 받으면서 눈에 띄게 빠른 속도로 성격을 개조하기 시작한 것이다. 카멜레온이 주변의 색깔에 맞춰 피부색을 바꾸는 것처럼, 규진은 다정하고 붙임성 좋은 아이로 거듭났다.

"어머니, 아버지. 그동안 저 때문에 무척 속상하셨죠? 앞으로는 부모님 마음을 헤아릴 줄 아는 착한 아이가 될게요. 사랑해요."

정신과 치료를 시작한 이듬해 어버이날, 규진은 화사한 카네이션 바구니와 함께 또박또박 적은 손편지를 조 의원 부부에게 선물했다. 내막을 모르는 아내는 아들이 정상으로 돌아왔다며 감격에 겨워 울었지만, 조 의원은 알고 있었다. 아무것도 변하지 않았다는 것을.

규진이 늘 받던 우등상과 함께 처음으로 선행상을 받아왔을 때도 마찬가지였다. 축구를 하다 팔이 부러진 같은 반 아이를 위해, 누가 시키지 않았는데도 매일 등하교를 함께하며 가방을 들어주고 숙제를 도와주었다고 했다. 아내는 반 아이들을 모아놓고 떠들썩하게 파티를 열었고, 친구들에게 빽빽이 둘러싸인 규진을 보며 행복해서 어쩔 줄 몰라 했다. 그러나 파티가 끝난 후 함께 차를 타고 오면서, 조 의원은 아들이 텅 빈 목소리로 중얼거리는 걸 분명히 들었다.

"사람들은 참 단순해요. 기쁘게 하는 것도, 슬프게 하는 것도 너무 쉬워요. 그렇지 않아요?"

규진이 중학교에 입학할 때쯤 치료 횟수는 주 1회로 줄었고, 고등학교에 입학하면서 완전히 끝이 났다. 의사는 여태껏 규진만큼 완벽하게 사회에 적응한 반사회성 성격장애 환자를 본 적이 없다고 했고, 조 의원은 그게 칭찬인지 욕인지 상당히 혼란스러웠다.

어쨌든 규진은 전교 1등을 도맡아 하는 모범생으로 온 동네에 칭찬이 자자했고, 사춘기의 방황도 없이 의대 진학이라는 뚜렷한 목표를 세우고 착실히 앞으로 나아가고 있었다. 규진이 왜 하필 메스를 잡는 의사가 되고 싶어하는지, 조 의원은 그 문제에 대해서는 의식적으로 깊이 생각하지 않으려 했다. 그즈음 당 대표를 맡게 되면서 자기 일만으로도 눈코 뜰 새 없이 바빴다. 그러나 바로 그 무렵부터, 오랫동안 방치되었던 규진의 마음속 염증은 서서히 곪아가고 있었다.

'사는 게 어쩌면 이렇게 재미없을 수 있지?'

규진은 수시로 진학할 예정이었기 때문에, 3학년 1학기 기말고사가 끝나고 나자 더는 성적에 신경 쓸 필요가 없었다. 만점에 가까운 내신, 완벽한 학생부, 칸이 모자라 일일이 적을 수 없을 만큼 많은 봉사상과 모범표창으로 규진은 원하는 대학의 원하는 과는 어디든 갈 수 있었다.

게다가 규진이 1지망으로 생각하고 있는 성암대 의대 학장은 조 대표와 절친한 사이였다. 지난주에도 집에 초대받아 저녁을 먹으면서 규진에게 대학 생활에 대한 이런저런 조언을 했다. 공부할 때는 성적 경쟁하는 재미라도 있었는데, 이제 규진에게 남은 것이라고는 고질병처럼 가시지 않는 지긋지긋한 권태뿐이었다.

"보통 사람들은 살아가는 즐거움을 다른 사람과의 관계에서 찾는단다. 하지만 규진이 너한테는 어려울 거야. 그게 잘못됐다거나, 나쁘다는 게 아냐. 조금 다를 뿐이지."

규진의 담당 의사가 장기간의 치료를 마치면서 당부했던 말이었다. 규진은 그 여자를 싫어하지 않았다. 그녀는 다른 사람들과 달리 규진의 실체를 똑바로 꿰뚫어 보았다. 규진은 그녀가 자신을 처음 만난 날부터 본능적으로 혐오했고, 그의 앞에서 단 한 번도 경계를 풀지 않았다는 걸 알고 있었다. 하지만 그녀는 단 한 번도 그런 기색을 드러내지 않고, 철저히 프로다운 태도로 규진의 '치료'에 임했다. 바로 그 사실이 규진으로 하여금 그녀를 높이 사게 했다.

"일상 속에서 어떤 일들이 너한테 재미를 주는지, 동기 부여가 되는지 앞으로 천천히 찾아나가는 게 중요해. 물론, 타인에게 피해를 주지 않는 선에서."

의사의 말을 되새겨보았지만, 아무래도 일상에서 흥미로운 일을 찾을 수가 없었다. 일주일에 한두 명꼴로 고백해오는 여학생들한테도 관심 없었고, 또래 남학생들이 죽고 못 사는 스포츠나 게임도 시시하기만 했다. 마키아벨리의 『군주론』을 읽고 눈이 번쩍 뜨여 달달 외운 적도 있었지만, 평범하고 단조로운 현대인의 삶과 거리가 먼 얘기란 걸 깨닫고는 관심이 확 식었다.

"『군주론』을 읽다니 규진이가 정치에 관심이 많나 보구나. 역시 핏줄은 못 속이네. 아예 정외과에 진학하는 건 어때? 나중에 아버지 사무실로 들어가도 괜찮을 것 같은데."

규진이 들고 다니던 책을 우연히 본 담임교사가 떠들어댔지만, 규진은 정치판에 나가는 건 위험하다고 생각했다. 지금이야 그럭저럭 사람들 속에 뒤섞여 있지만, 유명한 정치인이 되어 일거수일투족을 세밀히 주목받게 되면 이상한 점이 들통날지도 몰랐다.

"전 사람들 돕는 게 좋아서요. 나중에 작은 병원 차려놓고 의료봉사 다니면서 살고 싶어요."

입에 완전히 붙어버린 말을 반복하는 게 지겨웠다. 규진은 아픈 사람들을 상대하는 게 좋았지만, 그건 순전히 자기 욕구를 위해서였다. 아픈 사람들은 무방비하고, 무기력하고, 감성적이어서 이용하고 조종하기 쉬웠다. 게다가 의사를 무조건적으로 신뢰하고 의사에게 의존했다.

손짓 하나로 그들을 좌지우지하고, 나아가 마음대로 칼을 댈 수 있다는 생각을 하면 규진은 거기 있는 줄도 몰랐던 심장이 파르르 떨리면서 피가 도는 느낌이었다. 7년 전 별장에서 토끼를 난도질할 때 느꼈던 바로 그 흥분감이었다.

아버지 손에 붙잡혀 정신과에 끌려간 후로는 그 기분을 다시 느껴보지 못했다. 조 대표는 규진이 다른 사람의 애완동물과 접촉할 기회를 철저히 차단했고, 규진도 그 이유를 이해했다. 그게 금단의 열매라는 걸 규진은 이제 슬프게도 잘 알았다. 그 열매의 다디단 즙을 갈구하던 규진에게, 운명 같은 만남이 찾아온 건 어느 여름날이었다.

121

1년 전 7월 5일 목요일 오후 5시. 성암동 주상복합 인근 골목.

"저기요, 형. 혹시 우리 짱아 못 봤어요?"

여름방학을 앞두고 단축 수업을 마치고 돌아오던 길, 규진은 아파트 단지로 통하는 골목에서 열 살 남짓 되어 보이는 남자애와 마주쳤다. 원래는 예쁘게 다듬어놓았을 아이의 곱슬머리는 땀에 흠뻑 젖어 마구 헝클어져 있었고, 얼굴에는 눈물과 콧물 자국이 가득했다. 고사리 같은 손에는 형광색 목줄이 쥐여져 있었다. 목줄 끝은 텅 빈 채 바닥에 질질 끌리고 있었다.

"짱아? 강아지 잃어버렸니? 아니면 고양이?"

"강아지예요. 꼬리가 짧고 하얀 털과 갈색 털이 섞여 있어요. 바둑이처럼요. 아직 애기여서 덩치가 요만해요. 봤어요, 못 봤어요?"

아이는 쉬지도 않고 빠르게 말하며 두 손으로 강아지 사이즈를 그려 보였다. 그렁그렁해진 눈에서 금방이라도 또다시 눈물이 쏟아질 것 같았다. 규진은 그런 아이를 무덤덤한 낯으로 보고 있었다. 사소한 일에 웃고 울며 필사적으로 열 올리는 사람들의 모습은 그에게 언제나 낯설고 이질적이었다. 그깟 개가 뭐라고. 규진은 차분하고 침착한 태도로 입을 열었다.

"못 봤는데. 그럴 때는 일단 신고부터……."

규진이 말을 채 잇기도 전에, 골목 저편에서 다급한 발걸음 소리와 함께 중년 여자가 나타났다. 그녀는 아이의 이마에 맺힌 땀을 옷소매로 닦아주고는 안타까운 어조로 달래듯 말했다.

"수빈아, 그만 가자. 이러다가 일사병 걸려. 엄마가 파출소에 신고해놨으니까, 경찰 아저씨가 짱아 찾으면 데리고 와주실 거야. 응?"

자기도 어지간히 지쳤는지 아이는 왈칵 울음을 터뜨리며 엄마의 품에 안겼다. 고분고분 엄마의 손을 잡고 사라지는 아이의 뒷모습을 잠시 지켜보던 규진은 다시 발걸음을 옮겼다. 괜히 시간만 낭비했다는 생각이 들었다. 열 걸음 정도 더 가서, 바람을 타고 희미하게 들려오는 어린 동물의 울음소리를 듣기 전까지는.

끼잉-. 끼잉-.

제자리에 멈춰선 규진은 소리가 들려오는 방향으로 시선을 돌렸다. 건물과 건물 사이의 좁은 길목, 의류수거함 뒤편에, 얼룩덜룩한 인형 뭉치 같은 것이 끼어 있었다. 앞서 아이를 만나지 않았더라면 규진도 별생각 없이 그대로 지나쳤을 수도 있었다.

'뭐 먹을 거라도 있나 보려고 들어갔다가 몸이 낀 모양이지.'

길목으로 한 발을 들여놓은 규진은 허리를 숙이고 팔을 뻗어 매우 쉽게 강아지를 꺼냈다. 아이가 말한 것처럼 짧고 뭉툭한 꼬리에, 몸집이 작은 강아지였다. 규진은 무슨 물건을 다루는 것처럼 지극히 기계적인 몸짓으로 강아지를 옆구리에 낀 채 몸을 일으켰다.

'뛰어가면 따라잡을 수 있으려나. 아니면 파출소에 갖다주면 되겠지. 신고해놨다고 했으니.'

아이에게 강아지를 돌려주고, 착하고 훌륭한 학생이라는 세간의 칭찬과 호평을 받는다. 지금까지 규진이 습관적으로 지켜온 공식이고 행동 패턴이었다. 딱히 재밌진 않았지만, 그게 규진이 이 사회에서 무사히 살아남는 방식이었다. 그런데 그 순간, 뭔가 따뜻하고 축축한 것이 묘한 마찰음을 내며 규진의 손등을 간질였다.

할짝-.

좀처럼 놀라지 않는 규진이 흠칫하면서 아래쪽을 내려다보았다. 좁고 무서운 곳에서 자신을 구출해준 게 고마워서였을까, 아니면 그것도 작고 나약한 동물의 생존 전략이었을까. 강아지는 별을 박은 것처럼 반짝이는 두 눈으로 규진을 올려다보면서 꼬리를 살살 흔들고 있었다.

누구나 귀엽고 사랑스러워 어쩔 줄 몰라 했을 광경이었지만, 규진은 달랐다. 손으로 꽉 쥐면 바스러질 것 같은 이 생명체가 순진하게도 자신을 믿고 온몸을 내맡기고 있다는 걸 깨닫는 순간, 야릇한 쾌감과 함께 은밀한 욕구가 솟아났다. 자신의 힘이, 영향력이, 어디까지인지 직접 눈으로 확인해보고 싶은 욕구가.

'뭐 어때, 아무도 모를 텐데.'

만에 하나라도 들킬 확률이 있었다면 엄두도 내지 않았을 것이다. 그러나 기회가 너무 좋았다. 강아지의 유일한 보호자인 엄마와 아이는 반대편 방향으로 사라진 지 오래였고, 평소 인적이 드물지 않은 골목길에는 공교롭게도 개미 한 마리 얼쩡대지 않았다. 이 골목은 주상복합아파트에 편입된 땅도 아니어서 보안용 CCTV도 없었다.

'다른 사람들이 모른다면, 그 일은 일어나지 않은 것과 마찬가지야.'

규진은 7년간 지켜온 규칙을 깨는 것을 그렇게 합리화했다. 다들 모르겠지만, 규진 본인은 알 것이다. 그리고 생생히 기억할 것이다.

자신의 두 손이 하나의 생명을 어떻게 살리고 죽였는지를. 그걸 머릿속에서 재생하고 또 재생하면서, 그걸 양분 삼아 이 지루한 일상을 한동안 버텨나갈 수 있으리라.

규진은 혹시 누가 오지 않는지 주의깊게 관찰하면서, 손바닥을 넓게 펴서 강아지를 덮은 채 골목 깊숙한 곳으로 들어섰다. 단지 그것뿐이었는데, 완전히 새로운 세계로 나아가는 기분이었다.

책가방 속에는 커터칼도 있었고, 문구용 가위와 펜도 있었으며, 여러 개 갖고 다니는 운동화끈도 있었다. 즐길 방법은 무궁무진했다. 규진의 입꼬리가 보일 듯 말 듯 희미하게 올라가면서, 미소 비슷한 것이 아주 잠깐 떠올랐다가 사라졌다.

* * *

1년 전 7월 26일 목요일 오전 10시. 규진의 집 앞.

마키아벨리는 인간을 세 부류로 나누었다. 첫 번째는 이치를 스스로 터득하는 탁월한 자들, 두 번째는 그 이치를 남이 설명해주면 깨우치는 뛰어난 자들, 그리고 마지막으로 이치를 이해하지 못하는 무용지물들. 규진은 탁월한 자가 되기로 했다. 의사가 정해준 규칙을 사전적 의미 그대로 따를 필요는 없었다. 자기에게 맞는 방식으로 재창조하면 되는 거였다.

'대충 할 거는 다해본 것 같은데, 이제 이것도 슬슬 시시해지네.'

늦은 오전, 여름방학 자율학습을 하러 가려고 현관을 나서면서 규진은 아파트 복도 게시판에 빼곡하게 붙은 '강아지를 찾습니다' '고양이를 찾습니다' 전단들을 힐끗 쳐다보면서 생각했다.

'동물 실험'을 시작한 지 벌써 3주째, 그 누구도 규진을 의심하는 기색조차 없었다. 처음에는 길거리에 돌아다니는 동물만 데려오던 규진의 범행은 점점 대담해져서, 열흘이 넘은 후로는 놀이터나 공원에 주인과 함께 나온 개나 고양이를 납치하기에 이르렀다.

방법은 의외로 간단했다. 보호자 없이 혼자 동물을 데리고 나온 어린애를 찾아 유심히 관찰하면서 끈기 있게 따라다니다 보면, 어느 순간 반드시 빈틈이 생겼다. 친구들을 만나서 노느라고, 아니면 화장실에 가려고, 잠시 가게에 들르려고 목줄을 잠시 놓는 것이다. 건물 문고리에, 가로수 기둥에 묶여 답답해하던 동물들은 육포 조각을 흔들어 보이며 접근하는 규진을 보고 경계하기는커녕 반가워하기 일쑤였다.

규진은 아무도 안 보는 틈을 타서, 만일을 대비하여 마치 주인인 것처럼 천연덕스러운 몸짓으로 목줄을 풀었다. 그리고 그 동물들을 '실험'하기 위해 미리 눈여겨봐둔 폐건물로 데려갔다. 한때 노는 애들의 아지트로 쓰이던 그곳이 학생부의 집중 단속을 당하면서 한동안 발길이 뚝 끊어졌다는 걸, 학생회장인 규진은 잘 알고 있었다.

'이 세상에 완전 범죄는 없다지만, 어차피 사람들은 그다지 똑똑하지 않으니까.'

전교의 모범이 되는 학생회장을 의심할 사람은 없을 거라는 건 당연히 예상했지만, 대규모 애완동물 실종 사건이 주상복합과 임대아파트 간의 싸움으로 번질 줄은 규진도 미처 몰랐다. 지역의 격이 떨어진다고, 사실은 땅값이 떨어지는 게 싫어서 임대아파트 사람들을 내쫓고 싶어하던 주상복합 사람들의 은밀한 미움에 그 일은 기름을 들이부은 거나 다름없었다.

"잠재적 살인마들과 길 건너 마주 보고 산다는 게 말이 됩니까? 이번 기회에 저 흉물스러운 임대아파트 단지를 철거해버립시다! 당장 청와대 청원부터 올리자고요!"

처음에는 가족 같은 애완동물을 잃어버린 것에 슬퍼하고 분노하던 주상복합 사람들은, 어느 단계부터는 발단이 무엇이었는지도 잊어버리고 임대아파트 사람들을 매장하는 데 더 열을 올렸다. 감정과 욕망을 통제하지 못하고 그에 지배당해 움직이는, 이성적으로 실체를 보지 못하는 평범한 인간들이 규진은 참으로 어리석어 보였다. 너무도 한심한 나머지 강아지, 고양이 따위로 그들을 농락하는 일에도 급격히 흥미가 떨어질 지경이었다.

"규진 오빠! 학교 가는 거예요? 나도 발레학원 가는데, 같이 가도 돼요?"

시니컬한 표정으로 엘리베이터에서 내리는 규진을 깨운 건, 어린 여자아이의 낭랑하고 천진난만한 목소리였다. 고개를 들어 자기를 부른 사람을 확인한 순간, 규진의 표정이 가면을 쓴 것처럼 순식간에 바뀌었다.

"아, 별하구나. 그럼, 당연히 같이 가도 되지."

조 대표 보좌관의 늦둥이 막내딸인 별하를, 규진은 아기 때부터 자주 보고 지냈다. 그렇다고 귀엽다거나 친숙한 감정을 느끼는 건 물론 아니었다. 가끔 그의 내면을 꿰뚫는 것처럼 빤히 쳐다보는 언니 은하에 비하면 훨씬 다루기 수월했고, 똥오줌도 못 가리던 핏덩어리가 자립적 사고 체계를 갖춘 작은 인간으로 변해가는 게 지적인 측면에서 조금 신기할 뿐이었다.

"오빠, 이번에 나 생일파티 하는데 와줄 수 있어요?"

"네 생일이면 9월 아니야? 아직 한 달도 더 남았잖아."

"계획은 미리미리 세워야죠. 작년까지는 키즈 카페에서 했는데 이제 그건 유치하니까, 아빠가 레스토랑에서 하고 싶으면 하래요. 빔

스크린으로 영화도 볼 거예요."

별하는 바지 위에 덧입은 발레복인 튀튀 스커트가 나풀거리도록 몸을 흔들면서 신나게 재잘거렸다. 초등학교 6학년이 레스토랑에서 생일 파티라니 과해 보일 수도 있겠지만, 별하의 부모가 막내딸을 얼마나 애지중지하는지 익히 아는 규진은 놀랍지 않았다. 그야말로 간, 쓸개를 다 빼준다는 말이 딱 들어맞을 정도였다.

'이 아이가 없어지면, 그 사람들은 세상이 송두리째 부서지는 것 같겠지?'

규진은 세 갈래로 땋은 끝을 사과 모양 머리끈으로 정성스럽게 묶은 별하의 뒤통수를 물끄러미 쳐다보면서 문득 그런 생각을 했다. 개나 고양이 따위가 죽는 것과는 비교도 되지 않는 충격일 것이다. 자기 자신의 목숨을 빼앗기는 것보다 몇 배, 몇십 배 고통스러울지도 모른다.

"엄마는 오빠 공부하느라 바쁠 거라고 했는데, 시간 많이 안 뺏을 거예요. 친구들한테 오빠 보여주고 싶어서요. 네? 와주면 안 돼요?"

규진은 눈을 반짝반짝 빛내면서 그를 간절히 올려다보는 별하를 한층 흥미로운 얼굴로 관찰했다. 이 아이는 자신에게 평균 이상의 호감을 갖고 있었다. 좀더 쉬운 말로 하면, 홀딱 반해 있는 게 분명했다. 어딜 가자고 하든, 뭘 하자고 하든 기뻐하며 순순히 따라올 것이다. 규진은 별하의 동그스름한 정수리에 가볍게 손을 얹으면서 더없이 친절한 어조로 대답했다.

"아냐, 나 별로 안 바빠. 그날 잠깐 들를게. 초대해줘서 고마워."

별것도 아닌 그 말에, 아이의 하얀 뺨이 사과처럼 붉게 물드는 것이 똑똑히 보였다. 주체할 수 없는 기쁨과 행복의 표시였다. 상냥하고 부드러운 손이 자신을 보호하는 게 아니라 해칠 거라는 걸 깨닫는 순간 그 순진한 얼굴은 어떤 표정을 지을까. 규진은 그걸 제 눈으로 직접 확인하고 싶어 도저히 견딜 수 없을 지경이 되었다.

'사람을 죽이는 건 훨씬 재미있겠지. 하지만 그만큼 어렵고 위험할 거야. 계획을 철저히 세워야 해. 그동안 쌓아온 것들을 단번에 무너뜨리지 않으려면.'

규진은 사람을 죽인 대가로 남은 평생을 감옥에서 보낼 생각은 추호도 없었다. 의사가 조언한 대로 아무 짓도 저지르지 않고 얌전히 사는 게 가장 안전하겠지만, 이미 대체 불가능한 쾌락을 맛보고 만 규진은 예전의 권태로운 일상으로 돌아가고 싶지 않았다. 그렇다면 남은 선택지는 하나, 자신에게 절대로 화살표가 돌아오지 않을 완벽한 상황과 조건에서 저지르는 것뿐이었다.

'누군가 나 대신 죄를 뒤집어쓴다면 제일 좋겠지. 임대아파트 주민들 전체가 그랬던 것처럼.'

그날부터 규진은 동물 실험을 끊고, 새로운 실험 계획에 몰두하기 시작했다. 애완동물과 달리 사람이 죽으면 경찰, 검찰이 집중적으로 수사하기 때문에 결코 허투루 넘어갈 수 없었다.

'불의의 교통사고로 가장하면 어떨까? 누군가 유괴해서 실종된 것처럼 하면?'

머릿속으로 수십 개의 시나리오를 썼다가 스스로 허점을 찾아낸 후 지우기를 반복했다. 여태 살아오면서 모든 일이 너무도 쉽기만 했던 그에게, 처음으로 맞닥뜨린 인생 최대의 난제는 강렬한 도전 의식과 의욕을 불러일으켰다. 규진은 그 어느 때보다 생생하게 살아 있는 기분을 느꼈고, 희생양을 찾는 육식동물처럼 모든 감각이 극도로 예민해지고 활발해졌다. 지온유라는 존재가 규진의 눈에 띈 건, 바로 그런 날 중 하루였다.

"쟤는 왜 맨날 저기 죽치고 있는 거야? 기분 나쁘게. 경비가 뭐라고 안 하나?"

독서실에서 조용히 책이나 읽으려고 나선 길, 중년의 주부들이 모여 쑥덕거리는 게 규진의 시야에 들어왔다. 그들이 싸늘한 눈초리로 노려보고 있는 곳은 주상복합 한가운데 마련된 입주민 쉼터였다. 플라타너스 가지가 무성하게 드리운 벤치에, 좋게 말하면 순박하고 나쁘게 말하면 촌스럽고 우둔한 인상의 남학생 하나가 교과서를 얼굴에 덮은 채 드러누워 있었다.

'쟤 이름이…… 지온유였지?'

장애가 있는 급우이니 신경 써서 돌봐주라고, 담임으로부터 몇 번 부탁받은 적이 있었다. 맨날 죽치고 있다고 하는 걸 보니 전에도 쉼터를 드나들었던 모양인데, 규진은 본 기억이 나지 않았다. 조규진에게 지온유는 공기 중을 떠도는 먼지처럼 미미하고, 있으나 없으나 똑같은 무의미한 존재였기 때문이다.

일반인보다 판단 능력이 현저히 떨어지는 온유의 새로운 활용 가치를 규진이 깨닫게 되기 전까지는 그랬다. 규진은 자석에 이끌리는 것처럼 벤치를 향해 다가갔다.

"공부하는 거야? 내가 도와줄까?"

주상복합아파트 안에서 처음 들어보는 친절한 목소리에, 온유는 깜짝 놀라면서 얼굴을 가리고 있던 교과서를 치웠다. 유독 동공이 크고 까매서 아기 사슴처럼 보이는 눈동자가 빠르게 깜박이면서 규진을 쳐다보았다. 규진은 그 눈동자를 향해 손을 내밀면서 빙긋 웃었다. 두 소년의 어깨 너머로 화창한 여름 햇살이 눈부시게 비치고 있었다.

122

1년 전 8월 20일 월요일 오후 5시. 성암동 소재 폐공장 건물.

"우와, 진짜 신기하다! 영화에 나오는 비밀 본부 같아!"

규진을 따라 작업실로 들어서면서, 온유는 흡사 놀이공원에 온 것처럼 신이 나 탄성을 질렀다. 혹시 복도 창문 사이로 지나가는 사람이 보이진 않는지 꼼꼼히 살피던 규진은 희미한 미소를 지으며 돌아섰다. 온유를 다루는 건 애완동물이나 어린애를 다루는 것과 다를 바 없었다. 따뜻한 말을 해주고, 응석을 받아주고, 맛있는 간식이나 선물을 주면 손쉽게 넘어왔다.

더군다나 온유는 결핍된 게 많은 상태였다. 집에 에어컨이 없어 쿨링포그가 설치된 주상복합아파트 쉼터까지 일부러 더위를 피하러 올 만큼 쪼들리는 형편에, 규진이 알기로 친구라고는 한 명도 없을 정도로 애정에 굶주린 상태였다. 공부를 가르쳐주겠다며 접근하는 규진을 아무 의심 없이 해바라기처럼 환한 함박웃음으로 맞이할 만큼.

"규진아, 근데 여기 불은 못 켜? 좀 어두운 것 같아. 무서워."

"남자가 고작 이런 거 무서워하는 거 아니야. 그러면 별하도 싫어할걸? 온유 너, 별하한테 믿음직스러운 오빠가 되어주고 싶다면서."

햇볕이 들지 않아 컴컴한 작업실 구석을 바라보며 머뭇거리던 온유는, 규진의 따끔한 지적에 곧바로 울상이 되었다. 규진은 온유가 별하에게 남다른 감정을 품고 있다는 걸 알았을 때는 이 관계야말로 신이 자신을 위해 준비한 선물이 아닌가 싶었다.

'내가 '가해자' 역할로 점찍어놓은 지온유가, '피해자' 역할을 할 김별하를 알고 있을 뿐만 아니라, 좋아하기까지 하다니. 이렇게 되면 내가 중간 역할을 하는 수고가 확 줄어들잖아?'

엄밀히 따지면 온유가 별하에 대해 느끼는 감정은, 별하가 규진에 대해 느끼는 것과는 달랐다. 온유가 대단한 비밀을 고백하듯 규진에게 한 말에 따르면, 주상복합에서 출장 가사도우미로 일하는 위탁모의 심부름을 다니다가 처음 별하를 보게 되었다고 했다.

"이 세상에 그렇게 인형처럼 예쁘고, 귀엽고, 좋은 향기가 나는 애가 있는 줄 몰랐어. 소리 나게 웃을 때는, 꼭 꽃다발이 쏟아지는 것 같아."

사뭇 진지하게 말하는 온유를 보고 규진은 어처구니가 없었지만, 입장을 바꿔보면 수긍이 안 가는 것도 아니었다. 지저분하기 짝이 없는 비좁은 집에서, 제대로 씻지도 않아 냄새나고 암울한 표정의 아이들과 부대끼며 사는 온유에게, 별하는 나이 차이와 상관없이 별나라에서 온 공주님처럼 보인 모양이었다. 온유는 별하 같은 동생이 있으면 좋겠다고 했다.

"난 진짜 동생이 없어. 가짜 동생들만 있는데, 다들 날 싫어해."

"동생이 있으면 뭐가 좋은데? 외로워서 그런 거면, 형이나 누나가 있어도 되잖아."

"나이 많으면 똑똑해지잖아. 그러면 날 창피해하거든."

시무룩하게 대꾸하는 온유를 보고, 규진은 그가 나이 많은 사람이나 동갑내기로부터 상처받은 적이 있을 것으로 추측했다. 단둘이 있을 때는 시시콜콜한 개인사까지 털어놓으며 스스럼없이 굴다가도, 아파트 단지나 학교 등 개방된 장소에 가면 돌연 모르는 척하는 것도 그랬다. 아마도 예전에 누군가로부터 '사람들 있는 데서는 알은척하지 말라'고 주의를 들었을 것이다. 규진에게는 잘된 일이었다. 훗날을 대비하면 온유와의 연결고리는 숨기는 편이 좋았다.

"내가 별하네 가족을 아는데, 별하한테는 언니밖에 없거든. 오빠가 생기면 아주 기뻐할 거야."

규진은 희망적인 말로 온유를 격려하면서 별하에게 접근하도록 부추겼다. 별하가 발레학원에서 돌아오는 시각이 언제인지, 어느 길로 돌아가는지, 아파트 동 호수가 어떻게 되는지까지 알려주며 말을 붙여보라고 독촉했다. 오빠가 되려면 먼저 친해져야 하지 않겠냐면서, 머리도 쓰다듬고 손도 잡아보라고, 판단력이 남들보다 떨어지는 온유를 이리저리 휘저어놓았다.

"정말 그래도 되는 거야? 날 무서워하거나 싫어하지 않을까?"

"처음엔 낯설어하겠지. 그 단계를 넘어가야 친해지는 거야. 너하고 나도 처음엔 그랬잖아."

규진의 논리적인 말에 온유의 눈동자가 흔들렸다. 1등만 도맡아 하고, 어려운 책을 많이 읽는 규진이 아닌가. 별하가 공주님이라면, 규진은 왕자님이었다. 그런 규진이 자기 친구가 되었다는 게 아직도 꿈만 같았으니, 그가 하는 말이라면 뭐든지 따르지 않을 수 없었다. 결국 설득당한 온유는 단지 안을 가로지르며 롤러스케이트를 타고 있는 별하를 향해 성큼성큼 걸었다.

"저기, 내 동생 안 할래?"

별하의 등 뒤에서부터 다가간 온유가 허공을 힘차게 가로지르던 하얀 손을 다짜고짜 덥석 잡는 걸 봤을 때, 규진은 놀이터 미끄럼틀 뒤에 숨은 채로 생애 처음 눈물이 나도록 소리 내어 웃었다. 온유가 벌거벗고 얼굴에 분칠을 한 채 거꾸로 재주넘기를 했더라도 그보다 더 우스꽝스럽진 않았을 것이다.

"꺄악! 엄마아!"

온유의 손이 닿는 순간, 별하는 징그러운 송충이가 피부에 달라붙기라도 한 듯이 기겁하며 비명을 질렀다. 온유가 소스라치게 놀라서 손을 떼고 뒤로 물러났고, 별하는 백지장처럼 창백해진 얼굴로 그를 노려보면서 자기 집이 있는 쪽으로 허겁지겁 달아났다. 별하와 함께 스케이트를 타던 아이들도 덩달아 소리를 지르며 우왕좌왕 흩어졌고, 온유는 덩그러니 혼자 남겨졌다.

정확히 규진이 예상한 대로였다. 낯선 사람과는 눈도 마주치지 말고, 부모님이나 선생님이 주는 게 아닌 것은 물 한 방울도 목구멍으로 넘기지 말라고 엄격히 교육받은 별하였다. 같은 아파트 단지 주민이 말을 걸었더라도 일단 경계했을 텐데, 온유는 별하에게 공포영화에 나오는 음침한 괴한처럼 보였을 것이다.

"규진아아……."

"괜찮아, 네가 얼마나 좋은 애인지, 얼마나 자기를 좋아하는지 아직 잘 몰라서 그러는 거야. 다음에 만날 때는 끝까지 따라가서 얘기해봐. 그래야 더 빨리 친해지지."

규진은 울상이 되어 놀이터로 돌아온 온유를 향해 시치미를 뚝 떼면서 말했다. 그게 보름 전 일이었다. 그 후에도 온유는 수줍고 민망해하면서도 끈질기게 별하를 쫓아다녔다. 물론 그 뒤에는 '잘되어가고 있으니 포기하지 말라'는 규진의 은근한 격려가 숨어 있었다. 조 대표 보좌관의 초등학생 딸에게 스토커가 생겼다는 소문은 주상복합 단지 내에 금방 퍼졌다.

"어휴, 소름 끼쳐. 고등학교 3학년이라면서? 왜 초등학교 다니는 꼬맹이한테 그런대?"

"정상이 아니니까 그렇겠지. 머리도 멀쩡하지 않은 애를 일반 학교에 다니게 하고, 동네에 마음대로 돌아다니게 하는 것 자체가 문제라니까. 그러다 무슨 짓을 저지를지 어떻게 알아?"

온유에게 아직 이성(異姓)에 대한 관념이 없고, 별하와 친해지려는 의도가 지극히 순수하다는 건 전혀 중요치 않았다. 사람들은 보고 싶은 것만 보고 해석하고 싶은 대로 해석했다. 온유가 그들이 그토록 혐오하는 임대아파트에 사는, 지적장애가 있는 고아라는 사실은 그런 분위기를 더욱 부채질했다. 온유는 그들의 의식에서 이미 잠재적 범죄자로 낙인찍혔다. 처음에는 별하의 부모가, 다음에는 아파트 경비원이 동원됐고, 마지막으로 신고를 받은 경찰관이 출동했다.

"단순히 따라다니는 것만으로는 형사 사안이 안 됩니다. 대놓고 괴롭힌다면 경범죄가 될지도 모르지만, 미성년자에다가 장애까지 있다면 아마도 훈방 조치되겠죠. 차라리 증거를 꾸준히 모아서 법원에 접근금지가처분을 신청하세요."

사정 청취를 마친 순경은 혀를 끌끌 차면서 별하 부모에게 조언했다. 규진은 별하가 걱정되어 달려온 척 아파트 복도에 서서 순경이 하는 말을 꼼꼼히 귀담아들었다. 온유가 별하에게 집착한다는 인상을 심어주는 게 목적이었지, 그렇다고 해서 정말로 체포나 접근금지를 당한다면 곤란했다. 규진은 여기서 잠깐 고삐를 늦춰야겠다고 판단했다. 그래서 오늘은 주상복합아파트를 벗어나, '재밌는 곳에 가보자'고 꼬여서 온유를 '실험실'인 폐공장 건물로 데려왔던 것이다.

"근데 규진아, 왜 장갑 끼고 있어? 안 더워?"

대형마트에서 현금으로 구입한 일회용 비닐장갑을 꺼내어 끼는 규진을 보며 온유는 천진난만하게 고개를 갸웃했다. 규진은 그걸로도 모자라 머리카락이 빠지지 않게 모자를 쓰고, 누군가 갑자기 들이닥칠 경우를 대비해서 커다란 미세먼지 차단 마스크까지 썼다. 조만간 범죄 현장이 될 이곳에 자신의 흔적을 남기지 않기 위해 매번 치르는 통과의례였다.

"아, 난 피부가 예민해서. 먼지 많은 곳에 오면 덮어줘야 해. 안 그러면 두드러기 나."

규진이 아무렇게나 둘러댄 말에, 온유는 진지하게 고개를 끄덕이며 알아들은 표정을 지었다. 참 하찮고 같잖았다. 한 달 동안 온유를 관찰하면서, 규진은 자기가 타인의 감정에 '공감하는 척' 연기하는 것처럼, 온유는 제 수준에 너무 어려운 말이나 상황을 '이해하는 척' 연기한다는 걸 알아차렸다.

그건 아마도 특수학교가 아닌 일반 학교를 다니며 그 안에서 어떻게든 살아남기 위해 온유가 본능적으로 익힌 습성일 것이다. 규진은 자신의 계획이 무사히 현실로 이루어진다면, 바로 그 습성이 온유의 발목을 잡을 것으로 예측했다. 온유를 변호하게 될 누군가가 소위 '책임 무능력'을 주장한다 하더라도, 사람들은 그걸 쉽게 믿어주지 않을 것이다.

"엇, 사진 책이다!"

규진이 부지런히 머리를 굴리는 사이, 온유는 버려진 작업실이 놀이터라도 되는 양 주위를 휘휘 둘러보며 이것저것 만지고 다녔다. 그러던 와중에 온유의 손에 굴러들어온 것이 있었으니, 바로 여기서 놀던 애들이 버리고 간 성인잡지였다.

온유가 호기심 어린 시선으로 페이지를 들춰보자, 육감적인 몸매를 망사 비키니로 아슬아슬하게 가린 여자의 화보가 나타났다. 그러자 온유는 불에 덴 것처럼 엇, 하고 외마디 소리를 지르며 잡지를 손에서 떨어뜨렸다. 그러고는 저만치로 후다닥 달아나 눈 가리는 시늉을 했다.

"그런 거 보면 안 돼, 못된 짓이야! 선생님이 혼내. 위탁 엄마도 화내."

"여긴 선생님도 없고, 위탁모도 없는데?"

"......."

"그러지 말고 이리 와봐. 너, 이런 거 제대로 본 적 한 번도 없지? 궁금하지 않아?"

규진은 장갑 낀 손으로 바닥에 떨어진 잡지를 도로 들어 올리고는, 온유를 향해 유혹하듯 가볍게 흔들어 보였다.

예전에는 다들 재밌다고 말하는 뭘 해도 재미가 없었는데, 새로운 '실험'을 시작하고 나서는 그에 관해 생각하는 것도, 고민하는 것도, 실행에 옮기는 것도 하나하나 너무도 즐거워서 견딜 수가 없었다. 정신과 의사는 정상적으로 살려면 범죄와 거리를 두어야 한다고 신신당부했지만, 규진은 그 선을 건너고 나서야 그나마 남들과 비슷한 감정을 느끼게 된 것 같았다.

"근데 이 책에 나오는 여자들은 왜 다 수영복이나 속옷만 입고 있어? 표정도 좀 이상해."

피리 부는 남자에게 현혹된 아이처럼 슬금슬금 다가온 온유는, 규진의 손이 넘기는 페이지를 조심스럽게 힐끗거렸다. 성인 인증된 아이디만 하나 있으면 인터넷으로 얼마든지 성인잡지를 살 수 있었다. 아니, 하드코어한 포르노 영상이 널려 있는 판에 잡지 따위는 시시해서 보는 애들도 별로 없었다. 가끔 누가 학교에 가져오면 심심풀이 삼아 돌려보며 낄낄대는 정도였다. 그러나 규진은 온유가 그런 유희에 동참한 적이 단 한 번도 없을 거라고 확신했다. 아니, 여자들이 왜 다 수영복이나 속옷만 입었냐는 질문을 하는 걸 보니 음란물에 대한 기본적인 개념조차 없는 것 같았다. 처음 접해보는 신세계에, 잡지를 보는 온유의 눈동자가 튀어나올 듯했다.

"편하게 앉아서 봐. 아무도 안 뺏어가니까."

규진은 종이 상자가 깔린 바닥에 온유를 앉혔다. 사실 오늘 온유를 여기 데려온 건 특별한 목적은 없었고, 그냥 한번 보여주려는 의도였다. 그런데 여기저기 찢겨나간 잡지가 그에게 영감을 주었다.

누군가에게 누명을 씌우려면, 그 사람을 확실하게 범인으로 지목해줄 증거가 필요했다. 다른 말로 표현하자면, 규진을 수사망에서 벗어나게 해줄 프리패스. 규진은 그 프리패스를 어떻게 손에 넣을지에 대해 오랫동안 깊이 고민해왔다.

신중하고 냉철하게 분석한 결과, 목격자 진술이나 통화 내역, 사진이나 영상 같은 것들은 위조하기 쉬운 만큼 허점도 많다는 걸 깨달았다. 규진이 노려야 할 것은 따로 있었다. 바로 증거의 최고봉인 DNA. 사람의 모근이나 혈액, 타액, 그리고 정액에서 검출되는 동일성의 표지였다.

"내가 이걸로 재밌게 노는 법을 가르쳐줄까?"

규진은 여기저기 엉망으로 찢겨나간 잡지를 물끄러미 내려다보다가 온유에게 툭 던지듯 말했다. 잡지를 돌려보며 놀던 애들이 맘에 드는 페이지를 찢어서 뭘 했을지 짐작하기란 어렵지 않았다. 온유에게도, 한번 똑같은 짓을 시켜볼 작정이었다.

123

1년 전 9월 1일 금요일 오후 5시. 성암동 로잔발레아카데미 앞.

"규진 오빠!"

규진은 두 뺨이 발갛게 상기된 채 뛰어나오는 별하를 보면서 회심의 미소를 지었다. 그 애의 눈에 띄도록 일부러 발레학원의 커다란 아치형 창문 앞에서 얼쩡거린 보람이 있었다.

"우산 안 가져왔지? 같이 쓰고 가자."

규진의 긴 팔이 머리 위로 우산을 드리워주자, 별하는 포니테일로 묶은 머리카락이 온통 물결치도록 고개를 끄덕였다. 규진은 자기보다 두 뼘은 더 작은 아이와 함께 우산을 쓰고 나란히 걷기 시작했다. 검은색 대형 장우산은 들이치는 빗줄기를 막아줄 뿐만 아니라, 지나가는 사람들이 규진의 얼굴을 볼 수 없게 가려주는 역할도 했다.

"비가 너무 많이 온다."

고운 연분홍색 바탕에 딸기 무늬가 수놓인 원피스를 입은 별하는 예쁜 옷이 젖을까봐 걱정된 건지, 아니면 규진과 가까이 있고 싶은 건지 자꾸만 우산 안쪽으로 파고들었다. 조금 있으면 죽을 텐데, 고작 그런 걸 신경 쓴다는 게 규진은 우스워서 실소가 나오려고 했다. 그의 얼굴을 빤히 쳐다보던 별하가 대뜸 옷깃을 잡아당기지 않았다면, 진짜 웃었을지도 몰랐다.

"잠깐만, 오빠 학원 갈 때 반대 방향으로 가잖아. 혹시 나 데리러 온 거야?"

"오늘 네 생일이잖아. 너희 부모님께서 깜짝 파티를 준비하셨어."

"하지만 내 생일 파티는 주말인데. 초대장도 다 돌렸어."

"오늘은 가족끼리만 하는 더 특별한 파티야. 난 네가 눈치채지 못하게 데려오는 역할을 맡았는데, 들켜버렸네."

규진은 미리 준비한 거짓말로 둘러댔다. 별하의 생일 파티가 주말이라는 건 그도 알고 있었다. 초대장을 받았으니까. 그날을 디데이로 할까 하는 생각도 했었다. 그러나 역시 오늘 사건이 터지는 게 훨씬 드라마틱할 것 같았다. 별하의 생일은 곧 기일로 변할 것이고, 별하의 부모는 매년 이날만 되면 세상 전부로 생각했던 아이의 탄생과 죽음을 생각하며 심장이 쥐어뜯기는 통증을 느끼게 될 것이다.

"내가 모른 척해줄게. 그럼 되지?"

별하는 선심 쓰는 시늉을 하면서 어깨를 으쓱거렸다. 이렇게 속이기 쉬워서야, 철저한 가정교육이고 뭐고 다 소용없었다. 규진은 일부러 사람이 다니지 않는 으슥한 산길로 들어섰다. 레이스 장식이 달린 구두에 진흙이 묻어 질척거리자, 별하는 눈을 찡그렸다.

"버스나 택시 타고 가야 하는 거 아냐? 어느 레스토랑으로 가는데?"

"레스토랑 가기 전에, 보물 찾기를 먼저 할 거야. 네가 평소에 갖고 싶어하던 선물을 부모님이 아무도 모르는 곳에 몰래 숨겨두셨대."

"우와! 내가 갖고 싶어하던 거? 그럼 에어팟이겠네!"

어지간히 에어팟이 갖고 싶은 모양인지, 별하는 험한 길을 걸어가면서도 불평하지 않았다. 추적추적 내리는 비 한가운데 서 있는 폐공장 건물을 봤을 때도, 두려움보다는 호기심이 앞서는 표정을 지었다.

"진짜 보물 찾기 하러 가는 것 같다. 두근두근해."

규진이 우산을 접고 건물 안으로 들어가자, 별하도 그 뒤를 쪼르르 따라왔다. 앞이 잘 보이지 않는 어두운 복도를 지나가면서, 규진은 심장이 빠르게 뛰기 시작하는 것을 느꼈다. 기분 좋은 흥분감이었다. 앞으로 일어날 일을 생각하면, 아니 자신이 일으킬 일을 생각하면 크리스마스 선물 개봉을 앞둔 어린애처럼 가슴이 두근대고 설렜다. 교복 바지 뒷주머니에서 장갑을 꺼내어 끼는 지금 이 순간만큼은, 규진도 다른 사람들과 똑같이 감정을 느끼는 하나의 인간이 된 것 같았다.

"근데 오빠, 나 여기 좀 무서워. 캄캄하고 더러워. 이상한 냄새도 나고. 에어팟은 나중에 받아도 되니까 일단 나가면 안 돼?"

에어팟을 숨겨놓았다 하더라도 도저히 찾을 수 없을 것 같은 작업실 한복판에 이르러서야, 별하는 더럭 겁이 난 모양이었다. 그러나이미 늦었다. 별하가 돌아서는 순간, 규진의 왼손이 그 입을 빈틈없이 틀어막으면서 오른손으로 가느다란 목을 단단하게 움켜쥐었다.

"읍!"

긴 시간이 걸리지는 않았다. 대략 3분에서 4분 정도. 규진은 잠시 그의 위팔을 필사적으로 붙잡았다가 이내 스르르 미끄러져 부질없이 허공을 휘젓던 두 손이, 그리고 힘없이 바닥을 구르던 두 발이, 그의 손아귀 사이에서 꿈틀대던 아이의 목울대가 차츰 움직임을 멈추는 것을 보았다. 경악해서 동그랗게 뜬 채 쉴 새 없이 깜박이던 눈동자에서 서서히 빛이 사라지는 모습도 하나도 남김없이 자신의 뇌리에 새겨넣었다. 짜릿했다. 반항할 힘도 별로 없는 토끼나 강아지, 고양이를 괴롭히는 것과는 비교도 되지 않았다.

규진은 호흡을 멈춘 채 축 늘어져버린 별하의, 아니 별하였던 몸뚱이를 서늘한 눈길로 내려다보았다. 그동안 준비한 것에 비해 즐기는 시간은 지나치게 짧아 아쉬웠다. 도구를 동원하거나 출혈이 생기면 수습하기 번거로울 것 같아 가장 간단하고 확실한 방식을 택했는데, 아무래도 아쉬운 감이 없지 않았다.

'다음에는 다른 방법을 써봐야겠군.'

그 '다음'이 있으려면 지금 뒤처리를 잘해놓아야 했다. 언제 누가 올지 모르기 때문에 지체할 시간이 없었다. 규진은 각종 쓰레기와 먼지, 진흙이 뒤섞여 지저분하기 짝이 없는 바닥에 시신을 내려놓았다. 그러고는 원피스 옷단을 장갑 낀 손으로 찢어내기 시작했다.

찌익-! 찌이이익-!

날카로운 소리가 귀를 찌르면서 하얗고 부드러운 속살이 드러났지만 규진은 눈썹 한 올 꿈틀하지 않았다. 영화배우 뺨치는 미녀가 벌거벗고 무릎 위에서 춤을 춘대도 요지부동일 그가, 이깟 어린애의 몸에 욕망을 느낄 리가 없었다.

그렇지만 이 범죄는 소아성애적인 것으로 포장되어야 했다. 오로지 그 목적을 위해 자위도 제대로 할 줄 모르는 모자란 녀석을 몇 번이나 구슬리고 다그쳐가며 끝내 작업실 바닥에 정액 묻은 휴지를 흘려놓게 만들었으니까.

'정액에서 DNA를 검출할 수는 있지만, 그게 언제 배출됐는지는 정확히 알아낼 수 없다고 했어.'

규진은 법과학 책에서 읽은 지식을 떠올리면서, 자신이 조작해놓은 이 완벽한 현장을 다시 한번 점검했다. 별하에게 팔을 잡히긴 했지만 상처가 나거나 피가 흐르진 않았으니 별문제 없을 것이다. 흙

묻은 운동화 발자국이 찍힌 게 조금 마음에 걸리긴 했지만, 이 너저분한 곳에 어지럽게 찍혀 있는 발자국은 한두 줄이 아니어서 마찬가지로 상관없을 것 같았다.

'딱 한 장 정도는 괜찮겠지.'

규진은 유혹을 이기지 못하고 휴대전화로 사진을 찍었다. 경찰들이 우르르 몰려와 여기저기 테이프를 두르고 팻말을 치면서 어지럽히기 전의, 오직 이 현장을 만들어낸 사람만이 보고 만끽할 수 있는 생생한 현장의 모습을 간직해두고 싶었다.

'머리끈 하나 없어졌다고 해도 이상하게 여기진 않을 거야. 원래 여자애들 머리끈은 잘 풀리니까.'

마지막 전리품으로 별하의 머리끈을 풀어 교복 셔츠 주머니 속에 넣은 다음, 규진은 아무런 미련 없이 자리를 털고 일어났다. 이제 이곳에는 더 이상 볼일이 없었다. 규진은 폐공장을 빠져나와 주상복합아파트로 향했다. 계획대로라면 이대로 집에 돌아가 깨끗이 샤워를 하고, 혹시나 몸에 묻었을지 모르는 '미세 증거'를 싹 씻어내버릴 작정이었다. 주상복합아파트와 임대아파트를 연결하는 작은 공터를 멀거니 서성이고 있는 온유를 보기 전까지는 그랬다.

"온유 너, 어디 갔었어? 오늘 별하 생일인 거 몰라?"

"규진아! 비가 많이 와서…… 나 선물도 준비 못했어. 어떡하지?"

온유는 대단히 큰 잘못이라도 한 것처럼 울상을 지으며 규진에게 하소연하듯 물어왔다. 그러니까 온유는 오늘도 별하를 만나고 싶어서 주상복합아파트로 건너가려다가, 빈손인 게 창피하고 부끄러워 망설이고 있는 거였다. 역시, 일이 잘 풀리려면 이렇게도 풀린다. 규진은 절로 떠오르는 회심의 미소를 친절한 미소로 바꾸면서, 상냥한 말투로 온유를 달래주었다.

"에이, 그런 게 뭐가 중요해. 진심으로 축하하는 마음만 있으면 되지. 별하 지금 비밀 놀이터에 있어. 네가 가서 축하한다고 말해주면 기뻐할 거야."

언제나 그랬듯이, 온유를 조종하는 건 손가락을 까딱하는 것만큼이나 쉬웠다. 규진의 말에 온유는 금세 희망에 가득 찬 표정을 지으며 고개를 끄덕이더니, 바람이 불 때마다 위태롭게 펄럭이는 싸구려 비닐 우산을 펴들고서 임대아파트 옆으로 난 비탈길로 달리기 시작했다. 어차피 온유의 행선지를 아는 규진은 적당한 간격을 두고 그 뒤를 여유롭게 쫓았다. 규진은 온유에게 얘기할 때만 폐공장 작업실을 '비밀 놀이터'라고 불렀다.

"별이야!"

폐공장 건물 앞에 도착한 온유는 항상 그런 것처럼 별하의 이름을 잘못 불렀다. 안에선 아무런 대답이 들리지 않았지만, 무시당하고 외면당하는 데 익숙한 온유는 개의치 않았다. 온유가 건물 안으로 사라지고 잠시 후에 나타난 규진은 따라 들어가지 않았다. 그럴 필요가 없었다. 대신 건물 옆으로 돌아가 뻥 뚫린 창틀 너머로 온유가 어떻게 행동하는지 지켜보았다.

"안녕?"

어둑어둑한 작업실 구석에 누워 있는 별하를 발견한 온유는 쾌활한 목소리로 인사하며 반가워했다. 그러나 그것도 잠시뿐, 별하가 꼼짝도 하지 않자 가만히 고개를 갸웃거렸다.

"왜 그런 데 누워 있어? 자?"

이해력과 판단력이 부족하긴 하지만, 온유에게도 직감이란 게 있었다. 이렇게 음침한 곳에 어린 여자애가 혼자 누워 있는 게 이상하다는 것 정도는 알았다. 온유는 머뭇거리면서도 조심스럽게 시신을 향해 다가갔다. 한 뼘가량 떨어진 곳에 섰을 때, 돌연 우르르릉 바위 구르는 소리가 나면서 번쩍하는 빛줄기가 하늘을 가로질렀다. 은색 섬광 속에서 별하의 시신을 제대로 본 온유는 소스라치게 놀랐다.

"옷 잃어버렸어? 추워, 감기 걸려! 병원 가서 주사 맞으면 아파!"

온유는 바닥에 쭈그려 앉은 채 셔츠 윗단추를 꾸물꾸물 풀었다. 제 옷이라도 벗어주려는 모양이었다. 주인에게 충직한 개처럼, 고지식하고 안쓰러운 광경이었다. 도대체 언제쯤 알아차릴까. 규진은 실험용 쥐를 관찰하는 과학자처럼 흥미진진하게 온유를 지켜보았다.

역시, 아주 바보는 아니었다. 온유는 아랫단추를 풀려다 말고 우뚝 손을 멈췄다. 그러더니 바닥에 아예 무릎을 꿇고 앉아 시신을 가까이 들여다보았다. 핏기도 온기도 없이 그저 싸늘한 냉기만 감도는 석고 덩어리 같은 시신을. 고개를 갸웃하며 위쪽 어깨를 손가락 끝으로 쿡쿡 찔러본 온유는, 그래도 미동이 없자 겨드랑이 사이로 손을 넣어 들어 올리려고 했다. 시신의 고개가 맥없이 툭 떨어지면서 꺾이자, 온유는 그제야 비로소 진실을 깨달은 듯했다. 가끔 길바닥에 널브러져 있는 죽은 길고양이처럼, 별하도 죽어버렸다는 걸.

"어어어어! 어어! 어어어!"

붙잡고 있던 시신을 내던지면서 경악한 낯으로 소리치는 온유를, 규진은 묵묵히 지켜보고 있었다. 어쩌면 죽음에 대한 공포는 지능과 지식을 가리지 않고 모든 인간에게 선천적으로 내재되어 있는건지도 모르겠다는 생각을 하면서.

팔다리를 정신없이 휘저으며 허둥지둥 작업실을 빠져나와 순식간에 복도를 가로지른 온유는, 공장 입구에서 누군가의 어깨에 부딪혔다. 온유가 새파랗게 질린 얼굴로 고개를 들었을 때, 그곳에는 생판 모르는 사람처럼 냉정하고 엄격한 분위기의 규진이 서 있었다.

"왜 그랬어? 좋아한다면서 왜 죽였어?"

"내, 내가? 죽였다고?"

"여기 너밖에 없었잖아. 아까 내가 봤을 때만 해도 별하는 멀쩡히 살아 있었어. 그러니까 네가 죽인 거지."

"아, 아니야! 난 아무것도 안 했어! 정말이야!"

온유가 금방이라도 울음을 터뜨릴 것처럼 그렁그렁한 눈으로 변명하는데도, 규진은 차디찬 비웃음을 내뱉을 뿐이었다.

"사람들이 그 말을 믿을까? 저기 온통 네 발자국이 찍혔는데?"

온유는 꿀꺽 소리 나게 침을 삼키면서 규진의 손가락 끝이 가리키는 방향을 보았다. 입구부터 복도를 지나 작업실 안까지, 온유가 매일 신고 다니는 싸구려 운동화의 족적이 어둡고 진한 진흙 빛깔로 또렷하게 찍혀 있었다.

"으어어!"

온유는 덫에 걸린 작은 짐승처럼 괴성을 지르더니, 바닥에 한쪽 무릎을 꿇고 앉아서 제 교복 셔츠로 족적을 지우기 시작했다. 식은땀을 줄줄 흘리며 엉금엉금 기어가다시피 하는 온유를 보고, 규진은 단호하게 고개를 저으면서 충고하듯 말했다.

"그래봤자 소용없어. 경찰은 다 찾아내. 너, 감옥 가기 싫지? 그러면 지금부터 내가 시키는 대로 해. 그래야 무사할 수 있으니까. 내 말 알아들어?"

'경찰' '감옥', 무시무시한 단어들에 이어 나온 '무사할 수 있다'는 말에, 온유는 벼랑 끝에서 구원의 동아줄을 발견한 듯 절실한 눈빛이 되었다. 흙과 시멘트 가루 범벅이 된 셔츠를 만지작거리며 세차게 고개를 끄덕이는 온유를 향해, 규진은 또박또박 강조해서 말했다.

"넌 오늘 이 건물에 온 적이 없는 거야. 별하를 본 적도 없고, 만진 적도 없어. 아니, 애초에 별하가 누군지도 몰라. 내가 누군지도 모르고. 주상복합아파트에서 왔다 갔다 하면서 논 적도 없어. 다 아니라고 해. 다 모른다고 해. 그래야 네가 무사할 수 있어. 뭔가 하나라도 안다고 했다간, 경찰이 그걸 꼬투리 삼아서 널 평생 감옥에서 썩게할 거야. 내 말 명심해."

"아니다……. 모른다……. 난 아무것도 모른다……."

온유는 최면에 걸린 것처럼 반복해서 중얼거리며 규진의 지시를 머릿속에 새겨넣었다. 다른 사람으로부터 조금이라도 사랑받고 자랐다면, 세상으로부터 스스로를 지키는 법을 누군가에게 배웠더라면, 그랬더라면 온유도 그 말을 다시 따져보았을지 몰랐다. 그러나 우정과 관심에 굶주린 온유에게 규진은 거스를 수도 의심할 수도 없는, 그야말로 절대적인 존재였다.

"이제 가봐. 사람들이 시체를 찾으러 오기 전에."

규진의 말에 온유는 다시 한번 세차게 고개를 끄덕이고는, 무릎을 털고 일어나 폐공장 건물 바깥으로 뛰쳐나갔다. 귀신에 홀린 것 같은 모습이었다. 규진은 제대로 균형을 잡지 못하고 뒤뚱거리는 그 뒷모습을 보면서 천천히 미소 지었다. 순수하고 완벽한 만족감에서 우러나오는 미소였다.

"칠칠치 못하게, 흘리고 다니기는."

규진은 조금 전 온유가 기어다니던 곳에 떨어져 있는 작은 물건을 발견하고 중얼거렸다. '지온유' 이름 석 자가 선명하게 새겨진 노란색 명찰이었다. 규진은 장갑 낀 손으로 명찰을 집어 들고 작업실로 걸어가기 시작했다. 시신 아래 그 명찰을 숨겨둘 셈이었다. 시신을 제일 먼저 검시하게 될 경찰이나 검사를 위한 나름의 서프라이즈 선물이었다.

124

1년 전 9월 2일 토요일 밤 9시 30분. 규진의 집.

"아버지, 여기서 뭐 하세요?"

방에 딸린 개인 욕실에서 샤워를 마치고 나오던 규진은 자신의 책상을 차지하고 앉아 있는 조 대표의 등에 대고 물었다. 남들은 더없이 완벽한 부자관계라고 부러워하지만, 사실 둘은 그리 살갑거나 허물없는 사이는 아니었다. 조 대표가 회전의자를 돌려 이쪽을 보는 순간, 규진은 내심 흠칫했다. 조 대표의 손바닥 위에는 사과 장식이 달린 머리끈이 올려져 있었다.

"이건 누구 물건이냐? 너희 엄마나 누나 취향은 아닌데."

"그냥 길에서 주웠어요."

"그런데 집에까지 가져왔어?"

"아파트 경비실에 분실물 보관함 있잖아요. 거기 가져다두려고 했는데, 수시 접수 때문에 바빠서 깜박 잊었어요."

규진의 대답은 신속했고, 흠 잡을 데 없었다. 그와 동시에 그의 머리는 비상한 속도로 돌아가고 있었다. 서랍 맨 아래 칸, 구형 가전제품들 사이에 숨겨놓은 머리끈에 조 대표가 어떻게 손을 댄 것인지. 조 대표는 규진의 그런 생각을 훤히 들여다본 듯 선수를 쳤다.

"국회에 가져가야 할 자료가 있어서. 빈 USB가 없는데 이 시각에 사 올 데도 없고, 너한테 있을 것 같아 서랍을 좀 열어봤다."

"아, 네. 제가 찾아드릴게요."

규진은 아무렇지 않게 대답하고는 서랍 첫 번째 칸에서 포장도 뜯지 않은 새 USB를 꺼냈다. 그걸 조 대표에게 건네주는 순간, 부자의 시선이 자못 의미심장하게 교차했다. 조 대표가 규진의 얼굴에서 뭔가를 캐내려는 듯한 눈빛이라면, 규진은 철벽을 두른 듯 선량하고 무결한 눈빛을 하고 있었다.

조 대표는 머리끈을 책상 위에 내려놓은 다음, USB를 살펴보지도 않고 그대로 바지 주머니에 넣었다. 이제 그의 눈은 책꽂이 선반에 누워 있는 규진의 휴대전화를 주시하고 있었다. 물어볼까 말까, 짧은 찰나였지만 조 대표의 망설임이 느껴졌다. 그는 가볍게 웃으면서 농담인 척 물어보는 쪽을 선택했다.

"휴대전화를 잠가뒀던데, 전에는 안 그러지 않았니? 여자친구라도 생긴 거냐?"

"그럴 리가요. 학교에서 짓궂은 장난치는 애들이 워낙 많으니까 개인 정보 보호 차원에서 걸어둔 것뿐이에요."

이번에도 파고 들어갈 틈 따윈 없는 완벽한 대답이었다. 조 대표는 뭔가 더 말하고 싶은 듯 입을 벌렸다가 다시 다물었다. 한창 예민한 시기의 남자 고등학생이 휴대전화를 잠그지 않고 다닌다는 게 원래는 더 이례적인 일이긴 했으니까. 책상에서 일어나 방을 나가려던 조 대표에게, 규진의 예의 바르지만 뼈 있는 말이 날아왔다.

"아버지, 저도 이제 내년이면 성인이고 대학생이잖아요. 프라이

버시를 존중받고 싶어요. 노크 없이 방에 들어오거나, 휴대전화나 서랍 안을 보는 일이 다시 없게 해주시면 좋겠어요."

"그래, 그건 내가 미안하다."

'아버지가 뭔데 남의 휴대전화를 봐요!' '뭐야? 자식이, 좀 볼 수도 있는 거지 그거 가지고 애비한테 큰소리야?'

다른 집 같으면 그런 싸움으로 번질 만한 상황이었지만, 조 대표나 규진 어느 쪽도 감정적으로 동요하는 기색이 없었다.

달칵-.

조 대표는 규진에게 미안하다는 의사 표시를 하려는 듯 조심스럽게 문을 닫고 나갔다. 문이 빈틈없이 닫힌 걸 확인한 규진은 책꽂이에서 휴대전화를 집어 들었다. 사진 갤러리로 들어가서는, 한 치의 망설임도 없이 어제저녁에 찍은 사진을 지웠다. 규진은 늘 이성적으로 판단했다. 전리품은 소중했지만, 자신의 신변에 위협이 가해지는 것을 무릅쓸 만큼은 아니었다.

규진은 그걸로 상황이 종료되었다고 생각했지만 그렇지 않았다. 다음날 오후 수업을 마치고 나오는데, 학교 앞에서 조 대표의 운전기사가 기다리고 있었던 것이다. 기사는 조 대표가 오랜만에 아들에게 근사한 곳에서 저녁 식사를 사주고 싶어한다고 했다.

"부럽네요. 아버지와 아들의 오붓한 식사라니. 난 우리 아들놈하고 5분 이상 단둘이 못 있겠던데, 어색하고 할 말도 없어서요."

농담 반 진담 반으로 말하는 운전기사를 향해, 규진은 조금 쑥스러운 듯 미소를 지어 보였다. 틀린 말은 아니었다. 그는 단 한 번도 아버지인 조 대표에게 어색함을 느껴본 적이 없었으니까. 물론, 애정이나 친밀감도 느껴본 적 없었다. 아버지는 그저 그의 생존 자원일 뿐이었다. 일류 호텔 초고층에 있는 최고급 이탈리안 레스토랑에서 하는 식사에도 아무런 감흥이 없었다.

"아이고, 신경 써주신 건 고맙지만 마음만 받겠습니다. 우리 규진이는 아직 미성년자여서요. 대학 입학한 후에, 제 단골 포장마차에 데려가 첫 술을 가르칠 날만 고대하고 있습니다. 허허."

레스토랑 지배인이 서비스라며 직접 들고 온 값비싼 와인을 넉살 좋게 물리치는 조 대표를 보며, 규진은 그의 진의를 가늠하느라 바빴다.

필요할 때마다 능수능란하게 애교를 부리는 딸 여진이라면 모를까, 조 대표가 규진과 밖에서 단둘이 식사하고 싶어할 이유가 없었다. 자랑스러운 척, 사랑스러운 척 규진을 보는 조 대표의 눈빛 속에 숨겨진 진심을 규진은 오래전부터 꿰뚫어 보고 있었다. 돌연변이 생물체를 보는 듯한 경계심과 이질감, 은근한 혐오. 규진이 ASPD 진단을 받았을 때부터 줄곧 그랬다.

"네가 마지막 상담을 받던 날, 권 박사가 내게 따로 한 얘기가 있다."

우연의 일치일까. 규진이 자신에게 붙여진 ASPD라는 진단명을 생각하고 있을 때, 조 대표는 애피타이저로 나온 수프를 몇 술 뜨지도 않은 채 슬그머니 밀어놓으면서 규진을 치료했던 신경정신과 의사의 얘기를 꺼냈다.

"널 대할 땐 항상 두 가지를 기억하라고 했지. 네가 연기와 거짓말에 누구보다 능하다는 것, 그리고 절대 다른 사람들처럼 될 수 없다는 것. 단 한시도 방심하지도, 믿지도 말라고 했다."

레스토랑 VIP룸의 두꺼운 커튼 뒤에서, 조 대표는 아들에 대한 본심을 여과 없이 드러냈다. 규진은 딱히 놀라지도 서운해하지도 않는 태연한 표정으로 아버지의 말을 듣고 있었다.

"하지만 난 너와 달리 감정적이고 허술한 인간이어서 말이야, 나

자신을 100퍼센트 신뢰할 수가 없었다. 언제 어떻게 경계가 풀릴지 모르니까 말이야. 나름대로 안전조치를 해놨지."

조 대표는 재킷 안주머니에서 휴대전화를 꺼내어 테이블 위에 올려놓았다. 규진더러 보라는 뜻이었다. 규진은 영문도 모르고 조 대표의 휴대전화를 집어 들었다가, 화면에서 재생되는 동영상을 보고 멈칫했다.

동영상 속에서는 어딘가 낯익은 또 다른 휴대전화 화면이 움직이고 있었다. 규진은 그게 자신의 휴대전화라는 걸 금세 알아차렸다. 영상 속 시각은 밤 9시 40분이었다.

[이미지를 삭제할까요?]
[삭제]

갤러리에 저장되어 있던 사진이 삭제되는 장면이 고스란히 보였다. 규진은 탐색하고 시험하는 듯한 조 대표의 시선이 자신의 얼굴을 훑어내리는 것을 느꼈다. 그러니까, 오늘의 저녁 식사 자리는 이걸 보여주기 위해 마련된 거였다.

"해킹이라는 단어는 어울리지 않겠구나. 그 휴대전화는 처음부터 내가 사서 개통해준 거니까 말이다. 네 '프라이버시'에 대한 침해일지 모르겠지만, 내가 왜 그래야 했는지 이 영상으로 충분히 설명이 되었으리라고 본다."

변명이 통할 상황은 아니었다. 조 대표가 전문가의 도움을 받아 규진의 스마트폰을 해킹하고 있었다면, 사진이 촬영된 시각도 분명 알아냈을 테니까.

어젯밤 수색대가 꾸려지기 이미 몇 시간 전, 별하의 사망 추정 시간대에 규진이 별하의 시신과 함께 있었다는 것, 나아가 사진까지 찍어뒀다는 것은 둘 중 하나였다. 규진이 목격자이거나, 살인범이거나. 그러나 목격자였다면 신고하지 않았을 리 없으니, 결론은 상당히 명확했다.

'역시, 누군가 시신을 발견할 때까지 그냥 내버려둘 걸 그랬나.'

규진은 놀라지도 당황하지도 않은 상태로 냉정하게 자기분석을 했다. 원래 계획은 짧으면 며칠에서 길면 몇 주 내로, 건물에 드나드는 양아치 무리가 시신을 발견하고 오줌을 지리며 신고할 때까지 가만히 지켜보는 거였다. 그러나 위대한 업적을 이루어냈다는 성취감에 조금 들뜬 것일까. 규진은 사건의 일부가 되고 싶은 유혹을 거부하지 못했다.

"경찰 인력이나 순찰 범위는 한정되어 있다면서요. 아동 실종 사건은 골든타임을 놓치면 안 된다는데, 주민들끼리 수색대를 만들어서 여기저기 돌아보는 게 어떨까요?"

규진이 처음 제안했을 때는 조 대표도 적극 찬성했고, 수색에 참여하는 주민들에게는 자비로 수고비를 지급하겠다고 약속하기도 했다. 고3이라 자기 공부도 바쁠 텐데 대단하다는 주민들의 아낌없는 칭찬을 들어가며, 규진은 누구보다 열성적으로 뛰어다녔다. 억지로 연기한 게 아니었다. 엉뚱한 장소를 뒤지면서 허탕 치는 사람들을 지켜보는 건 못 견디게 즐거웠으니까.

"동네 애들이 가끔 저기서 놀던데, 혹시 모르니까 가볼까요?"

"아냐, 됐어. 고등학교 일진들이나 가지 초등학생이, 그것도 여자애가 저런 데 들어가기나 하겠어? 차라리 그 시간에 번화가 쪽으로 가보는 게 낫지."

뒷산을 샅샅이 뒤지고 나서 아무런 수확 없이 돌아오던 길, 별하가 다니는 초등학교의 학부모라는 두 남자의 대화를 엿들었던 게 두 번째 유혹이었다. 규진은 그들이 다름 아닌 폐공장 건물을 보면서 수군거리고 있다는 걸 알았다.

말을 꺼낸 쪽도 별로 의욕이 없어 보였고, 대답한 쪽은 어둡고 지저분한 폐건물로 가는 게 영 싫은 눈치였다. 그대로 내버려뒀으면 수색대 일행은 분명 폐공장을 지나쳤을 텐데. 평생 충동적으로 행동한 게 손에 꼽을 정도인 규진의 입술 사이에서 그 순간 불쑥 말이 튀어나왔다.

"저기 들어가는 입구 쪽에 진흙 발자국이 나 있는데요. 어제는 비가 안 왔으니까, 오늘 누군가 출입했단 뜻이에요. 한번 살펴볼 필요는 있을 것 같아요."

혹시 조 대표가 그때 이상한 기미를 알아차린 걸까? 아니면 그 후? 규진이 생전 처음 맞닥뜨리는 것일 시신을 보고도 비명 한 번 지르지 않고 침착하게 휴대전화를 꺼내 112에 신고했을 때? 비보를 듣고 달려온 별하의 엄마가 입에 거품을 물고 기절하는 모습을 보고 규진이 남몰래 희미한 미소를 지었을 때? 규진으로서는 명확히 알 수 없었고, 사실 알 필요도 없었다.

"그래서, 어떻게 하실 건데요? 이걸 가지고 가서 신고라도 하실 거예요?"

휴대전화를 다시 테이블 위에 올려놓으며 뻔뻔스럽게 던지는 규진의 질문에, 조 대표는 양쪽 눈썹을 들어 올렸다. 그 아래 자리 잡은 눈동자에서 강렬한 안광이 쏟아져나왔지만, 어차피 돌아오는 것은 냉담한 무반응뿐이었다. 몇 초 후, 조 대표는 규진이 보는 앞에서 손을 뻗어 휴대전화 속의 영상을 삭제해버렸다. 규진이 별하의 사진을 삭제했던 것처럼, 완전히.

"널 사랑해서 이러는 게 아니다. 네가 다른 사람을 해친 순간, 부자로서의 우리 인연은 끊어진 거다. 단지 내가 일궈온 가정을, 아무것도 모르는 네 엄마와 누나를 보호하려는 것뿐이다."

그게 아니라 지금까지 정계에서 쌓아올린 위치와 돈, 명예, 권력을 지키려는 것 아니냐고, 규진은 그렇게 생각했지만 굳이 입 밖에 내지는 않았다. 조 대표는 영상이 삭제된 휴대전화를 재킷 안주머니에 도로 집어넣으면서 한층 목소리를 낮춰 말했다.

"마침 유력한 용의자가 있더구나. 경찰도, 주민들도, 결정적으로 김 보좌관 내외도 의심하는 인물이야. 그 애가 널 대신해서 죄를 뒤집어쓰게 될 거다. 운이 좋은 줄 알아라."

조 대표는 아직도 모르고 있었다. 그 좋은 운조차 결국 규진이 만들어낸 것이라는 걸. 그는 규진이 폭력적인 본능을 억누르지 못하고 우발적으로 별하를 죽였다고 생각하고 있었다.

"다음에도 이렇게 운이 좋을 거라고 기대해선 안 될 거다. 앞으로는 도를 넘는 짓 하지 말고, 쥐 죽은 듯 얌전하게 살아라. 조금이라도 이상한 기미가 보이면 경호원을 붙여서 외국으로 보내버릴 테니까. 알아들었니?"

규진은 잠자코 고개를 끄덕였다. '쥐 죽은 듯 얌전하게' 살고 싶은 생각은 물론 추호도 없었지만, 이번 '실험'을 마치고 나면 꽤 오랫동안 근신해야 할 거라는 건 처음부터 각오한 바였다. 휴대전화 속 사진을 들킨 건 불쾌한 일이었지만, 그 상대가 다른 사람이 아닌 조 대표이고 그 대가가 이 정도에서 그친다면 그래도 다행이었다.

— 성암시에서 발생한 초등학생 살인 사건의 용의자로 같은 지역에 거주하는 고등학생 A군이 체포됐습니다. 지적장애인인 A군은 평소 피해 아동을 스토킹해온 것으로 밝혀졌으며……

온유의 체포 소식을 뉴스에서 접했을 때, 규진은 안도감보다는 아쉬움과 짜증스러움이 앞섰다. 수사 과정에서 어떤 형태로든 조 대표의 입김이 닿았으리라는 건 불 보듯 뻔했다. 온전히 자신의 '업적'이 될 수 있었던 게 타인의 개입으로 오염되고 망쳐져버린 것 같았다. 그러나 제 몸을 사리는 게 가장 중요하다는 걸 알 만큼 똑똑했기에, 아무 내색하지 않고 가만히 있었다.

— 초등학생 살인 사건 범인 지모 군 인터넷에 신상 누설, 사진과 생활기록부까지 돌아다녀…….

— 신속한 구속영장 발부, 범행 부인하고 반성하지 않는 점에서 도주 우려 크다고 판단…….

운명의 장난이었을까. 온유의 인생이 나락으로 치닫는 데 맞춰 규진의 인생은 가파른 상승곡선을 그렸다. 온유가 구속되던 날 규진은 전국 고등학생 중 다섯 명에게만 수여하는 미래 우수 인재상을 받아 신문에도 이름이 실렸고, 1심 선고가 나던 날 의대 수시 최종합격 통지를 받았다.

극과 극으로 갈린 두 사람이 다시 만난 것은, 이듬해 교도소에서였다.

125

3월 31일 토요일 오후 4시. 성암교도소.

성암의대 봉사동아리는 매년 교정기관, 농어촌, 요양기관으로 봉사활동을 나갔다. 교수진과 OB인 전공의들이 동행해 건강검진 및 진료를 했고, 의대생들은 환자들의 혈압과 체온을 재고, 간단한 물리치료를 돕는 등 보조 역할을 했다.

"규……!"

하얀 가운을 입고 있는 규진을 봤을 때, 온유는 눈이 휘둥그레지면서 반사적으로 그의 이름을 부르려고 했다. 그러나 규진이 입술로 손가락을 가져다대며 쉿, 소리를 내자 재빨리 입을 다물었다. 규진은 온유의 차례가 될 때까지 기다렸다가, 요청 사항에 적혀 있지도 않은 온열 치료를 하는 척하면서 말을 걸었다.

"그동안 어떻게 지냈어? 많이 힘들지?"

"나 여기 싫어. 사람들도 다 무섭게 생겼고, 맨날 욕하고 소리 지르고 싸우기만 해. 그리고 막 때려. 난 아무 짓도 안 했는데 내가 어린애를 해쳤다고, 밤에 안 자고 시끄럽게 한다고, 발로 걸어차고 쓰러뜨리고 막 밟았어. 엊그제도 그러고 어제도 그랬어. 오늘도 그럴 거야."

온유는 기다렸다는 듯 규진의 손목을 잡고 매달리며 간절하게 하소연했다. 규진은 온열 치료기의 온도를 조절하는 시늉을 하면서 수의(囚衣) 소매 아래로 드러난 온유의 팔을 관찰했다. 오래된 것에서부터 새로 생긴 것까지, 크고 작은 10여 개의 피멍으로 아래팔 전체가 얼룩져 있었다. 온유의 말대로 다른 수감자들에게 극심한 구타를 당하고 있는 게 분명했다.

"교도관들이 때리는 걸 막아주지 않았어?"

"혼자 있는 방으로 옮겨줬어. 근데 거긴 너무 좁고, 어둡고, 답답해. 문에는 엄청 커다란 자물쇠를 걸어놨고, 창문도 없어. 불만 꺼지면 숨이 막혀. 거기 하루라도 더 있다간 죽을 것 같아. 나 좀 살려줘, 규진아, 응? 어떻게든 해줘, 부탁이야."

규진은 핫팩을 온유의 팔에 대고 지그시 누르면서 잠시 생각에 잠겼다. 의료봉사를 오면서 온유와 마주치게 되는 것은 은근히 기대했던 바였다. 자신의 '실험'이 만들어낸 또 다른 희생자의 면면을 바로 옆에서 지켜볼 수 있다는 데에 기대감이 차올랐지만, 딱히 뭔가 더 해야겠다는 생각은 없었다. 지온유는 조규진을 결코 위협할 수 없는, 무력함 그 자체인 존재였으니까.

'어쩌면, 지금이라면 가능할지도 몰라. 말만으로 사람을 죽이는 게.'

현재 독방에 있다는 온유의 말을 듣는 순간, 규진의 머릿속에 일종의 영감 같은 것이 떠올랐다. 온유에게 일종의 폐소공포증이 있다는 건 예전부터 알고 있었다. 문짝이 부서져 떨어지고 창유리도 다 깨져버려 사실상 뻥 뚫린 작업실에서도, 온유는 서너 시간이 지나고 나면 나가고 싶다고 조르곤 했다. 갇혀 있는 게 죽기보다 싫다는 것이었다.

온유는 과연 어디까지 속아줄까. 친구가 시킨 대로 '모른다' '안 했다'로 일관하다가 감옥에 갇히게 된 지금도 절대적인 신뢰를 갖고 있을까. 규진은 폐소공포증이 만들어냈을 온유의 비이성적인 공포와 정신적 고통, 장기간의 폭행으로 생겨났을 육체적, 정신적 탈진 상태라면 오히려 밖에 있을 때보다 더 현혹하기 쉬울 거라고 판단했다. 어차피 이건 '실험'이니까, 한번 시도해봐도 잃을 건 없었다. 적어도 규진의 입장에선 그랬다.

"여긴 감옥이잖아. 그냥 나오긴 어려워. 아주 많이 아픈 것처럼 보인다면 모를까. 음…… 혹시 네 방에 기다란 끈이나 줄 같은 거 있어?"

규진은 심각하게 고민하는 표정을 지으면서, 다른 사람들에게 들리지 않을 만큼 목소리를 낮추어서 물었다. 그러나 온유는 두 눈을 동그랗게 뜬 채 고개를 절레절레 저을 뿐이었다. 부지런히 머리를 굴리던 규진의 시야에 온유가 입고 있는 암청색 바지가 눈에 들어왔다. 규진도 수의를 직접 보는 건 처음이었는데, 생각했던 것보다는 재질이 튼튼하고 유연해 보였다.

"그럼 그 바지는? 몇 벌이나 갖고 있어?"

"두 개…… 근데 이거 말고 다른 한 개는 나한테 너무 커."

"그래도 괜찮아. 바지 두 개를 묶으면 기다란 줄처럼 쓸 수 있을 거야. 매듭을 만들어서 단단히 묶어. 내 말 무슨 뜻인지 알지?"

"응, 응."

온유는 규진의 말을 한 글자라도 놓칠까 귀 기울이면서 말 잘 듣는 어린애처럼 고개를 끄덕거렸다. 심지어 자기도 할 수 있다는 걸 보여주려는 듯, 두 손으로 고리 매듭을 만드는 시늉을 해 보이기도 했다. 그런 온유의 모습에 규진은 웃음이 나올 것 같았지만, 꾹 참고 진지한 표정을 유지하면서 설명을 계속했다.

"다들 잠든 시각에, 그 줄 한쪽 끝을 문창살에 묶어. 그리고 다른 한쪽을 목에 감아. 숨이 막힐 정도로. 그 상태로 5분에서 10분 정도 있으면 정신을 잃게 될 거야."

"그러다가 죽으면 어떡해?"

"안 죽어. 그냥 기절만 할 뿐이야. 며칠 동안 아플 수도 있고. 중요한 건 그렇게 되면 사람들이 널 병원으로 옮겨줄 거라는 거야."

"병원으로? 밖으로?"

"그래, 기절할 만큼 너무 아픈 사람은 감옥에 가둬둘 수 없어. 법적으로 그래. 남은 형기 동안 병원에 있게 돼. 난 의대생이라 잘 알아. 그러니까 혹시 한 번 시도해서 잘 안 되면, 몇 번이고 다시 해봐. 병원으로 옮겨질 때까지. 알았지?"

규진이 온유에게 알려준 것은 저산소증 발생을 유도하는 일종의 자살 방법이었다. 사람들은 흔히 목이 졸려 죽는 교사(絞死)와 목을 매어 죽는 의사(縊死)를 정확히 구분하지 못해, 천장이나 나뭇가지처럼 높은 곳에 목을 매어야만 목뼈가 부러지거나 기도가 막혀 죽는다고 생각하는 경우가 많았다.

그러나 사실 의사에서는 목에 있는 경부혈관이 지속적인 압박을 받아 뇌로 가는 산소가 점점 부족해지고, 의식이 사라지고, 호흡중추가 마비되면서 비교적 천천히 죽음에 이르는 경우가 대부분이었다. 앉거나 누워 있는 상태에서 목을 매더라도 죽을 수 있는 원리가 바로 그것이었다.

온유는 규진이 입고 있는 하얀 가운을 경이와 존경에 찬 눈길로 뚫어져라 쳐다보았다. 마치 그게 무슨 대단한 권위의 상징이라도 되는 것처럼. 온유가 명심하겠다는 듯 비장하게 고개를 끄덕이자, 규진은 그제야 의미도 없이 돌아가고 있던 온열 치료기를 멈춰 세웠다.

"아, 그리고 온유야."

"응?"

"오늘 우리가 얘기한 거, 너하고 내가 아는 사이인 거, 전부 다 비밀이야. 알지?"

온유는 당연하다는 듯 고분고분하게 고개를 끄덕였다. 지나치게 수동적으로 보이는 그 몸짓은, 아마 규진이 아니라 감정이 있는 누군가가 봤더라면 조금 서글프다고 느꼈을 것이다.

성암시 초등학생 살인 사건 가해자, 한밤중에 교도소 독방
에서 목매어 자살!

인터넷 뉴스 메인 화면에 뜬 기사 타이틀을 처음 봤을 때, 규진은 문자 그대로 손이 파르르 떨리는 걸 느꼈다. 누군가를 교묘하게 조종해서 죽음에 이르게 만드는 건, 직접 가해 행위를 해서 같은 결과를 발생시키는 것과는 전혀 다른 차원의 희열을 안겨주었다. 게다가 훨씬 간단하고, 깔끔하고, 조용하고, 안전했다. 아닌 척하면서 호시탐탐 규진에 대한 경계의 눈길을 번뜩이고 있는 조 대표의 감시망도 피할 수 있었다.

규진은 이런 '실험'을 또 해보고 싶다는 강렬한 욕망에 사로잡혔다. 가능하다면 이번에는 좀더 어렵게, '자살'의 의미를 제대로 이해하고 있는 사람을 대상으로 삼고 싶었다. 그래도 걸리지 않을 자신이 있었다. 이미 두 번의 '실험'을 무사히 완수하지 않았던가.

낮에는 의대 수업을 듣고 밤에는 범행을 구상하며 절호의 기회가 오기만을 기다리던 나날들, 바로 그때 규진은 변호사 윤지영을 처음으로 만났다. 강한에게는 장례식에서 운구를 도운 것을 계기로 지영

이 먼저 접근해온 것처럼 말했지만, 실은 그 반대였다.

"저기, 온유를 변호해주셨던 분이시죠? 전 온유네 반 반장이었던 조규진이라고 합니다. 가까운 사이는 아니었지만, 늘 온유가 착하고 순수한 친구라고 생각했어요. 그런 무서운 일을 저질렀을 리 없다고 지금도 믿고 있습니다. 삼가 고인의 명복을 빌겠습니다."

장례식장 뒤편에 자리 잡은 조그만 카페에 넋 놓은 얼굴로 앉아 있는 지영을 봤을 때, 규진은 더할 나위 없이 신사적인 태도로 다가가 조의를 표했다. 자신의 '실험'이 다른 사람에게 끼친 영향력과 고통을 확인하려는 마음도 있었지만, 한편으로는 호기심도 있었다. 장례식을 치르면서 드러난 지영의 절망감과 비통함은 도저히 공적인 관계에서 나오는 게 아니었기 때문이다.

규진이 말하는 동안, 지영은 듣는지 마는지도 알 수 없는 텅 빈 얼굴을 하고 있었다. 인사를 마친 규진은 정중하게 고개를 숙인 후 등을 돌렸다. 한 걸음, 두 걸음, 언제쯤 지영이 말을 걸어올지 속으로 가늠하고 있을 때, 며칠 동안을 내리 우느라 쉰 목소리가 뒤에서 그를 불렀다.

"온유랑 같은 반이었다고 했죠? 혹시 잠깐만 시간 내줄 수 있을까요? 그 애가 학교에서 어땠는지, 어떻게 지냈는지 듣고 싶어요. 부탁이에요."

규진은 입가에 떠오르려고 하는 미소를 가면 뒤로 재빨리 감추면서 천천히 다시 뒤돌아섰다. 지영이 금방이라도 몸을 던져 발치에 매달릴 것 같은 간절한 표정으로 그를 보고 있었다. 왠지 모르게 그 얼굴이 온유를 닮았다는 생각이 들었다. 규진은 괜히 시계를 보면서 망설이는 척하다가, 어쩔 수 없다는 듯 작게 고개를 끄덕이며 지영의 맞은편 자리로 가서 앉았다.

"온유는 말을 많이 하거나 나서길 좋아하는 편은 아니었어요. 그래도 친구들하고는 원만하게 잘 지냈고요. 국영수 기초 과목은 잘 따라오진 못했지만, 음악이나 미술 과목은 좋아했어요."

실험 전에는 지온유의 존재를 눈여겨본 적이 한 번도 없었던 규진이었기에, 여기 갖다 붙여도 되고 저기 갖다 붙여도 될 만한 것들을 대충 지어내어 말했다. 그런 줄도 모르고 지영은 숨도 아껴 쉬면서 규진의 얘기를 경청했다.

규진이 실제와는 상당히 다른, 선생님과 친구들의 사랑을 듬뿍 받았던 어느 소년의 장밋빛 학교생활을 꾸며낼 때마다, 창백하고 수척했던 지영의 낯빛에 조금씩 화색이 감돌았다. 마치 그녀에게 온유 외에는 이 세상에서 중요한 게 아무것도 없는 것처럼. 그 모습을 유심히 관찰하고 있던 규진은 막연했던 어떤 직감이 머릿속에서 구체적인 형태를 갖춰가는 것을 느꼈다.

"변호사님은 온유를 정말 아끼셨던 모양이에요. 꼭 엄마처럼."

규진이 은근슬쩍 던진 한마디에, 지영은 뜨거운 물에 덴 것처럼 눈에 띄게 움찔했다. 명색이 변호사라는, 그것도 제법 명성 있다는 사람이 저렇게 허술하고 투명해서야. 규진은 속으로는 여유만만하게 웃으면서, 겉으로는 겸손하고 상냥한 청년의 연기를 계속했다.

"아, 죄송해요. 그냥 제 말버릇이니까 신경 쓰지 마세요. 사실 저, 흔히 말하는 서자(庶子)거든요. 태어나자마자 친엄마랑 떨어져서 지금 사는 집에 들어왔어요. 아무래도 자꾸 상상하게 돼요. 진짜 엄마랑 아들은 어떤 느낌일지."

거짓말이지만, 누구도 감히 진실을 파헤치지 못할 안전한 거짓말이었다. 규진의 엄마와 규진의 DNA 대조 검사를 하지 않는 한, 확인할 수 없는 부분이니까. 규진의 엄마는 굳이 따지자면 조금 귀찮을 정도로 감성적이고, 병약하고, 아들을 과잉보호하려는 쪽이었다. 그리고 조 대표로 말할 것 같으면, 하찮은 불륜 따위를 저지르기에는 자기애가 지나치게 강한 인간이었다.

규진이 즉석에서 써내려간 싸구려 통속소설에, 지영이 순간적으로 멈칫하는 게 눈에 보였다. 규진을 바라보는 그녀의 눈동자 속에서 연민과 공감, 그리고 지극한 슬픔이 차례로 스쳐 지나갔다. 동시에 낯선 이에 대한 경계심은 눈 녹듯 스르르 사라졌다. 가방 속에서 펜을 꺼낸 규진은 테이블 위에 놓인 냅킨에 열한 자리 번호를 적었다.

"저도 당장 떠올리려고 하니까 은근히 어렵네요. 온유에 대해 더 기억나는 게 있는지 열심히 생각해볼게요. 학급 단체사진도 찾아놓고요. 언제든 시간 나실 때 편하게 연락주세요."

대학생이 된 지도 어느덧 두 달째, 규진은 기지를 발휘해 조 대표의 감시망에서 잠시 벗어난 상태였다. 대학 입학 기념으로 뭘 갖고 싶은지 물어보는 엄마에게, 온 가족이 있는 앞에서 새 스마트폰을 사달라고 한 것이다. 규진의 엄마는 아들이 원하는 거라면 뭐든지 해주었고, 규진의 휴대전화는 약정이 끝난 지 한참 된 구형 기종이었기에 조 대표도 반대할 구실이 없었다.

"단체사진이…… 있다고요?"

미혼모였던 과거를 감춰야 한다는 강박관념에 온유와 관련된 거라면 뭐든지 철벽을 치고 거리를 두는 게 습관인 지영이었다. 그러나 국선변호인을 맡으면서 그 벽도 허물어졌고, 장례식을 치르면서 아들에 대한 그리움은 주체할 수 없이 크고 깊어졌다. 온유가 찍힌 사진을 주겠다는 규진의 제안을 지영은 도저히 거부할 수 없었다.

126

지영으로부터 다시 연락이 온 건 그로부터 열흘 후였다. 규진이 예상했던 기간보다는 조금 길었고, 지영이 버티려고 작정했던 기간보다는 훨씬 짧았다. 만나는 데 명목이 필요했던 건 처음 한두 번뿐이었다. 의식 어딘가에서는 늘 온유에 대한 얘기를 함께 나눌 사람을 애타게 찾고 있었던 지영에게, 규진은 사막 한복판에서 맞닥뜨린 오아시스 같은 존재였다.

"고백할 게 있어. 사실 온유는 내 아들이야. 너무 어린 나이에, 도와줄 사람 하나 없는 처지에서 낳았지. 그래서 잘못된 선택을 했던 거야. 절대 해서는 안 될, 평생 후회할 그런 선택을."

규진과 연락하기 시작한 지 한 달 만에 지영은 비밀을 털어놓았다. 그녀는 싫증 내는 법 없이 이해심 있게 이야기를 들어주는 규진과 나이를 초월한 친구가 되었다고 여기는 것 같았다. 반면 규진은 자칫하면 권태로울 수 있는 '실험'의 공백기 동안 지영을 놀잇감으로 삼고 있을 뿐이었다. 그는 온유의 이름을 발음할 때마다 숨도 쉬지 못할 정도로 괴로워하는 그녀의 고통에 야금야금 기생하고 있었다.

"그 애가 살아 있는 동안 아무것도 해주지 못한 게 너무 미안해. 난 형편없는 엄마였고, 무능력한 변호사였어. 사건을 졸속 처리하는 형사, 명예욕에만 눈먼 판검사가 증거를 무시하고 제멋대로 수사와 재판을 진행했는데, 그걸 제대로 다퉈보지도 엎어보지도 못하고 져버렸어."

지영은 국선 전담 변호사 사무실을 그만두고서 놀고 있는 게 아니었다. 별하의 살인 사건에 연관된 모든 사람과 모든 현장을 빠짐없이 찾아다니면서 혹시 놓친 게 없는지 살펴보았다. 재판 당시 복사해두었던 증거 기록은 하도 많이 읽어서 모서리가 닳았을 정도였다.

지영은 한정남 경감이 발레학원 아이들의 진술을 누락시킨 것, 현장 사진을 보면 족적이 여러 개 찍혀 있는데도 전부 분석하지 않은 것, 강한 검사가 강압적인 방식으로 자백을 받아낸 것, 소원의 알리바이 진술을 헛소리 취급하며 법정에서 박살 내버린 것, 고유정 판사가 두 번째 진단서를 무시하고 치료감호를 선고해주지 않은 것을 열렬히 성토했다.

그러나 지영은 조 대표가 그 일들의 배후에 있다는 건 모르고 있었다. 당사자들이 그 부분에 대해서는 굳게 입을 다물었기 때문이다. 한 경감과 강한이 인사이동에서 혜택을 받은 것도, 고 판사의 남편이 정치적으로 승승장구하기 시작한 것도, 다들 그렇듯 크고 유명한 사건을 해결해 내부적으로 보상받는 것이라고만 생각했다. 규진으로서는 여러모로 다행이었다.

"그럼 복수해요, 지금이라도."

"뭐?"

"장래에 의사가 되기를 꿈꾸는 의학도로서, 저도 이 사회의 법조계를 그런 인간들이 움직이고 있다는 걸 용납 못하겠어요. 적어도 사람 목숨을 다루는 직업이라면, 그에 걸맞은 책임감과 사명감을 가져야 하잖아요? 그냥 넘어가면 안 돼요. 자기 잘못을 깨닫게 만들어야 한다고요."

6월의 어느 날 오후, 주택가 변두리에 있는 한적한 카페에 지영과 함께 앉아 있던 규진은 돌연 열성적인 어조로 말하면서 그녀의 손등을 자신의 손바닥으로 덮었다. 지영은 조금 놀라는 듯했지만, 손을 빼지는 않았다. 이제 둘은 그 정도 접촉은 서먹하지 않은 사이가 되어 있었다.

"잘못을 깨닫게 한다고……."

"할 수 있어요. 아니, 해야 해요. 제가 도와드릴게요."

규진은 평소 같지 않게 필사적이었다. 마지막 '실험'으로부터 석달, 욕구를 참을 수 있는 기간이 예전보다 급속히 짧아지는 걸 느끼고 있는 그였다. 지영의 고통을 관음하는 것만으로는 턱없이 부족했다. 그 성마름을 다스리기 어려워서, 미리 계획하지 않았던 어리석고 충동적인 행동까지 했다. 바로 SNS에서 우연히 보게 된 에스코트 걸의 오피스텔을 찾아가 목을 조르게 해달라는 요구를 한 것이다. 그것도 첫 번째 실험을 연상케 하는 의상을 주면서.

도취한 나머지 멈춰야 할 때 멈추지 못한 게 문제였다. 규진은 축 늘어진 여자를 내버려두고 도망쳤다. 만일의 경우에 대비해 친구 준휘의 ID와 비밀번호를 쓴 게 다행이었다. ID는 원래 알고 있었고, 비밀번호는 학교 전산실에서 준휘가 키보드 맨 윗줄의 '1234QWER'을 누르는 걸 보고 기억해둔 것이었다. 여자가 설마 캠퍼스를 뒤져가며 자신을 찾아낼 줄은 몰랐지만.

─그 여자분이 했던 말을 생각하면, 도저히 널 마주 보지 못하겠더라. 내가 아는 그대로 너희 아버지께 말씀드렸어. 이 일이 어떻게 해결

될지 난 알고 싶지도 관여하고 싶지도 않고, 앞으로 오가며 인사는 하겠지만 너와 그보다 가까운 관계를 유지하긴 어려울 것 같다.

준휘가 고자질한 덕에 사건은 예상보다 쉽게 마무리됐지만, 대신 규진을 향한 조 대표의 시선은 더욱 날카로워졌다. 자립을 시킨다는 구실로 신용카드까지 끊어버렸고, 규진은 용돈을 벌기 위해 과외 아르바이트를 하면서 귀중한 시간을 낭비해야 했다. 돌파구가 필요했던 규진은 지영을 방패막이 삼아 새로운 실험을 하고 싶었다. 그녀의 아들에게 그랬던 것처럼.

"그렇게 말해줘서 고맙긴 한데, 어떻게 할지는 내가 신중하게 생각해볼게. 그건 그렇고, 저번에 줬던 약 있잖아. 좀 더 받아갈 수 있을까? 덕분에 오랜만에 악몽도 안 꾸고 푹 잤거든."

"도움이 됐다니 기뻐요. 천연 허브 성분이라 내성이 쉽게 생기지 않으니까, 자주 드세요."

규진은 상냥하게 웃으며 미리 준비해온 약통을 가방에서 꺼내 지영의 손에 쥐여주었다. 온유가 죽은 후로 그 어떤 약도 듣지 않는 지독한 불면증에 시달린다는 지영에게 그가 선사한 것은 마취제로 사용되는 향정신성 약물인 나르탈린이었다. 지영은 온유와 달랐다. 비록 감정적으로 약해져 있긴 하지만, 명석한 두뇌와 판단력을 가진 성인이었다. 온유에게 했던 것처럼 그녀를 자유자재로 휘두르려면, 멀쩡한 사람도 폐인으로 만든다는 마약의 힘을 빌릴 필요가 있었다.

"저기, 나한테 줬던 약 말이야. 정말 천연 성분 맞아? 며칠 전부터 자꾸 이상한 증상들이 나타나. 약을 안 먹으면 손이 떨리고, 침이 마르고, 신경이 바짝 곤두서면서 이명이 들려. 내 몸이 내 것 같지 않은 느낌이야. 아무래도 약을 끊어야 할 것 같아."

"신경쇠약이 심해져서 그래요. 병원에서도 입원해야 할 정도라고 그랬다면서요. 약을 끊을 게 아니라, 반대로 복용량을 늘려야 하지 않을까요?"

7월에 들어설 무렵부터 본격적으로 금단증상을 보이기 시작한 지영이 미심쩍어할 때도 있었지만, 규진은 자신만만했다. 혹시라도 지영이 약의 정체를 캐내지 못하도록, 원래는 정제 형태로 된 약을 일일이 가루 내어 캡슐에 넣는 수고까지 감수했기 때문이다.

규진은 힘들게 오랫동안 지영을 설득할 필요도 없었다. 그녀는 끊겠다는 말만 반복할 뿐, 약이 다 떨어질 즈음에는 어김없이 그를 향해 손을 벌렸다. 구하기 힘들다는 천연 성분의 신경안정제를 규진이 왜 돈도 안 받고 매번 전해주는지, 그걸 꼼꼼히 따져보지 못할 정도로 지영의 정신은 이미 병들어가고 있었다. 그런 그녀를 지탱해주는 건 오로지 하나뿐이었다.

'계획한 일을 끝낼 때까지만 버티면 돼. 그리 오래 걸리진 않을 테니까. 내 아들의 누명이 벗겨지는 것만 보면, 그러고 나면 난 어떻게 되든 상관없어. 정신병원에 들어가더라도 괜찮아.'

지영은 규진의 조언을 받아들였지만, 반만 받아들였다. 그녀가 원하는 건 복수가 아니라 성의 있는 재수사였다. 그걸 실현하기 위해 사건에 관련되었던 사람들을 대상으로 일종의 연극을 벌이겠다고 했다. 재수사를 하지 않으면 그들을 해칠 것처럼 꾸미되, 실제로는 아주 조금씩만 다치게 하거나 겁주겠다는 것이었다.

규진의 성에 차지는 않았지만, 그는 일단 지켜보기로 했다.

9월 3일, 9월 22일, 10월 26일.

지영이 범행 일로 정한 세 날짜 사이에는 상당한 간격이 있어서, 언제든지 은근슬쩍 개입할 여지가 남아 있었기 때문이다.

일주일에 2, 3킬로그램씩 체중이 줄 만큼 건강이 악화되어가는 와중에도 경찰과 판검사를 미행하고 조선족 브로커와 접선하는 지영을 보면서, 규진은 절망의 극에 달한 인간이 초인적인 힘을 낼 수 있다는 걸 깨달았다. 범행을 예고하는 SNS 계정을 개설한다거나, 지문을 위조하자는 건 규진의 아이디어였다. 곧 결혼하게 될 예비 매형, 강한의 개인적인 일정을 알아낸 것도 규진의 몫이었다.

"강한은 편의주의와 명예욕에 찌든 부패한 검사야. 그런 사람이 너희 가족이 되어서는 안 돼."

규진이 조민국 대표의 아들이며 별하의 지인이고, 강한 검사와 곧 매형 처남 관계가 될 거라는 걸 안 후에도 지영은 그를 굳게 신뢰했다. 아니, 오히려 달가워했다. 피해 아동 쪽의 사람이 자기 편에 서 있다는 게, 이 위험하고 불법적인 계획에 윤리적 정당성을 부여해준다고 여기는 것 같았다.

"네가 도와주었다는 사실은 무슨 일이 있더라도 숨길 거야. 걱정 마. 내 아들은 못 지켰지만, 규진이 너만큼은 꼭 안전하게 지킬 테니까."

양 뺨이 움푹 팰 정도로 수척한 얼굴로 결의에 차서 말하는 지영을 보며, 규진은 얼마나 가소로웠는지 몰랐다. 지영에게는 혹시나 범행이 발각되면 자신을 모른 척해야 한다고 단속할 필요조차 없었다. 그녀 쪽에서 먼저 통화 횟수를 최소화하고, 흔적이 남는 문자나 일반 메신저 대신 복구 불가능한 인스턴트 메신저를 사용하고, 만날 때마다 사람도 별로 없고 CCTV도 없는 장소를 미리 물색해서 지정했으니까. 그렇게 철저한 준비 끝에 첫 번째 범행 일이 되었다.

"나야, 지금 우리집에 와줄 수 있어? 성암동 201번지 평화오피스텔 302호야."

학교 동아리실에 있던 규진에게 대뜸 전화를 걸어온 지영의 목소리는 걷잡을 수 없이 떨리고 있었다. 곧이어 좀처럼 보낸 적이 없는 문자메시지로 현관문 비밀번호가 도착했다. 지영이 규진을 집으로 부르는 건 처음이었다. 뭔가 심상치 않은 일이 벌어졌음을 눈치챈 규진은 대충 핑계를 대고 동아리실을 빠져나와 택시를 잡아탔다. 낡았지만 깨끗한 독신자 주거용 오피스텔 문을 열고 들어갔을 때, 지영은 불 꺼진 안방 구석에서 담요를 뒤집어쓴 채 사시나무처럼 떨고 있었다.

"나, 나 못하겠어. 이건 아닌 거 같아. 난 이런 사람이 아니야."

"왜요? 무슨 일인데요? 혹시 그 형사한테 얼굴이라도 보였어요?"

"아니, 그건 아닌데, 하마터면 잡힐 뻔했어. 생각보다 저항이 너무 강했어. 자칫 잘못했으면 큰 상처를 냈을지도 몰라."

'난 또 뭐라고.'

규진은 내심 실망했다. 지영은 그냥 겁을 먹은 거였다. 현금 직거래로 중고 오토바이 헬멧을 구입하고, 장갑 안에 위조한 지문을 찍어놓고, 일주일 내내 한 경감의 퇴근길을 따라가면서 동선을 파악한 게 다 소용없었다. 날카로운 칼끝이 사람의 피부를 뚫고 들어가는 그 섬뜩한 감촉을, 평범하고 양심적인 사람인 지영은 도저히 감당할 수 없었던 것이다.

"당황한 티를 낸 건 아니죠? 헛손질을 했다거나? 그랬다간 베테랑 형사한테 우습게 보이기 십상이에요. 전혀 위협이 안 됐을 거라고요. 다시 덮쳐야 할 거 같은데."

"다시 하라고? 이걸? 아니, 싫어. 난 죽어도 못해!"

지영은 금방이라도 발작을 일으킬 것처럼 눈을 뒤집으면서 담요 속으로 파고들었다. 한심하기 짝이 없는 그 모습을 보면서 규진은 무척이나 실망했다. 자식을 잃은 어미라면 이보다는 더 담대할 줄 알았는데, 고작 이 정도로 무너지다니.

'어쩔 수 없지, 내가 직접 하는 수밖에. 대충 밑밥은 깔아놨으니까.'

그즈음 지영은 나르탈린의 영향으로 기억에 혼동을 겪는 일이 잦았다. 약속을 까맣게 잊어버리는 것은 예사고, 자신이 어떤 경위로 어디에 있게 된 건지 모르기도 했으며, 반수면 상태로 밖을 돌아다니거나 그러다가 기절하듯 잠들어버리기도 했다. 규진은 지영이 세워놓은 계획을 바탕으로 범행을 저지른 후 그녀에게 뒤집어씌우면 절대 알아차리지 못하리라고 확신했다.

'내가 하고 싶은 대로, 내 방식대로 하는 거야.'

한 경감의 단골 목욕탕은 지영이 맨 처음 고려했던 범행 장소였다. 사람이 거의 없고 외부와 단절된 공간이라는 강력한 이점이 있었지만, 아무리 남장을 한다 해도 남탕에 들어가는 건 어려울 것 같다며 거의 마지막에 가서 지하철로 장소를 바꿨던 것이다.

규진은 지영이 세웠던 계획에 맞춰 식당에서 밥을 먹다가 한 경감의 음식에 약을 타고, 칼을 숨긴 채 남탕으로 따라 들어갔다. 달라진 게 있다면 지영이 사용하려고 했던 약한 안정제 대신 나르탈린을 사용했고, 완전히 뻗어버린 한 경감의 귓속에 칼을 찔러넣었다는 것이었다.

규진은 지영이 외출한 틈을 타, 집으로 들어가서 여기저기에 범행의 증거를 숨겨두고, 그녀의 노트북으로 SNS 계정에 접속해 추가 범행 예고를 남겼다. 지영은 그녀가 스스로 생각하는 것보다 훨씬 허술했다. SNS 계정 비밀번호는 온유의 생일 네 자리였고, 지갑은 늘 화장대 서랍 안에 들어 있었다. 증거를 조작하는 게 온유 때보다 더 쉽다고 느껴질 정도였다.

"규진아, 나 어떡하지? 정말로 미쳐버렸나 봐. 그래, 정신이 나간 게 틀림없어."

지영이 울먹이며 전화를 걸어왔을 때, 규진은 회심의 미소를 지었다. 자기 손으로 한 경감을 해쳤다고 철석같이 믿은 지영의 정신은 본격적으로 붕괴되기 시작했다. 완벽히 짜둔 계획대로 실행하기만 하면 되는 두 번째 범행을 포기하려는 지영을, 규진은 집요하게 설득했다.

"어떻게 여기까지 왔는데, 정말 포기하실 거예요? 온유가 희대의 살인범으로 남도록 그냥 내버려두실 거냐고요? 세 사람 중에 강한 검사가 제일 악질이라면서요. 정신 차리게 해줘야죠."

아이러니하게도 지영의 마음을 돌린 것은 규진이 아니라, 인터넷 포털에 뜬 짤막한 토막 기사였다. 지온유의 고등학교 동창인 남학생 B군이 담당 검사를 규탄하면서 검찰청 건물에 '낙서 테러'를 가했고, 그로 인해 1만 시간 봉사활동이라는 이례적인 처벌을 받았다는 내용이었다.

"소원이야, 류소원. 온유의 유일한 친구가 되어준 아이였어. 아직도 온유를 기억해주고 있었구나. 분노해주고 있었구나. 엄마인 나보다 낫네."

온유에게 의도적으로 접근하는 동안 소원의 그림자조차 본 적 없었던 규진은 까짓것 뭐 얼마나 대단한 우정이겠냐고 내심 코웃음 쳤지만, 지영의 마음을 움직이기엔 충분한 모양이었다. 지영은 이번이 마지막일 거라고 다짐하면서 강한에 대한 작전을 실행에 옮기기로 결심했다. 그러니까 강한이 실명하기까지 소원 역시 본의 아니게 그 한 축을 담당한 셈이었다.

127

강한의 약혼식 날, 지영은 규진이 동네 배관공의 창고에서 훔쳐
와서 몰래 바꿔치기해둔 고농도 염산을 들고 호텔로 향했다. 빠져나
갈 손님은 다 빠져나가 주차장이 한산할 시간대를 골라 강한을 호텔
에서 내보내고, 그가 나가고 있다고 지영에게 알려준 건 물론 규진
이었다.

여진의 약혼 따위엔 일말의 관심도 없건만, 규진은 신부의 동생으
로서 식장을 지키느라 고농도 염산의 효과를 직접 확인하지 못하고
있었다. 지영으로부터 연락도 없고 슬슬 짜증이 나려던 참에, 열려
있던 연회장 테라스를 통해 요란한 구급차 사이렌 소리가 들리면서
바깥의 소란이 감지됐다.

"조 대표님, 조 대표님!"

곧이어 호텔 매니저가 허겁지겁 뛰어 들어와 조 대표를 붙잡고 다
급하게 귓속말을 했고, 조 대표의 안색이 눈에 띄게 변했다. 조 대표
가 보좌관들을 불러 모으는 사이, 규진은 매니저에게 다가가 깜짝 놀
란 시늉을 하면서 물었다.

"무슨 일이죠? 구급차가 온 건가요?"

"네, 예비 신랑님께 사고가 생긴 것 같습니다. 저희도 상세한 경위를 파악 중인데, 일단 피로연은 여기서 마무리하시는 게 좋겠습니다."

규진은 병원으로 가고 싶었지만, 조 대표는 여진만 데리고 가겠다고 했다. 아마도, 이런 상황에서 평소보다 훨씬 생기 있고 활기차게 빛나는 규진의 눈빛이 그의 심기에 거슬렸을 것이다. 그래도 규진은 상관없었다. 강한의 눈 안으로 염산이 쏟아지다니, 실험이 이보다 더 성공적일 수 있을까 싶었다. '1년 전에 무엇을 보았느냐'라는 메시지와 그야말로 완벽하게 들어맞지 않는가.

"어떻게 된 거지? 왜 그렇게 염산이 독한 거야? 혹시나 해서 내가 직접 손등에 묻혀보기까지 했었는데. 내 말이 맞지? 규진이 너도 그때 봤지? 그냥 조금 부어오르다가 말았잖아!"

호텔에서 조금 떨어진 골목길에서 규진을 만난 지영은 거의 울부짖다시피 했다. 규진은 정장 재킷을 벗어 그녀에게 덮어씌우고, 가끔 몰고 다니던 여진의 차 뒷좌석에 태웠다. 집으로 돌아가는 내내 미친 사람처럼 횡설수설하던 지영은, 규진이 진정하라며 건네준 음료수를 마시고 나서야 겨우 잠이 들었다. 물론 그 안에는 다량의 나르탈린이 들어 있었다.

"강 검사가 파혼하고 싶다는구나. 아무리 설득해도 듣지 않아서, 그 뜻을 존중하기로 했다."

며칠 후 조 대표가 저녁 식사 자리에서 식구들에게 선언했을 때, 규진은 조금도 놀라지 않았다. 강한이 영구 실명을 했다는 사실은 집안을 드나드는 보좌관들의 대화를 엿들어서 이미 알고 있었다. 이제 강한은 흠집 난 불량품이었다. 친아들의 결함조차 용납하지 못하는 조 대표가 줄 지어선 사윗감들을 내버려두고 굳이 강한을 거둬들일

하등의 이유가 없었다.

"엄마나 누나가 어떻게 생각하든, 전 매형 참 좋아했어요. 작별 인사라도 제대로 하고 싶어요."

규진이 강한의 병문안을 가겠다며 보좌관들에게 병실 호수를 알려달라고 했을 때, 그들은 감동받은 표정이 되었다. 그들은 약혼식까지 치른 사위를 시각장애인이 되었다는 이유로 내쳐버리는 조 대표의 냉혹한 처사에 충격을 받은 모양이었다.

"그나마 아들은 인간이 됐네, 됐어."

규진이 돌아서는데 보좌관 중 누군가 혀를 차며 중얼거리는 소리가 들려왔다. 인간인 척 연기하고 있을 뿐인 규진보다 실제 인간들이 못하게 보인다니, 참으로 역설적이었다. 규진이 어떤 목적으로 강한을 찾아갔는지, 그들의 작고 우둔한 두뇌로는 상상도 못 할 터였다.

'이렇게 비참한 몰골로 사느니 차라리 죽는 게 낫지 않겠어요? 당신, 자존심 빼면 시체잖아.'

듣기 좋은 말들로 위로하는 척했지만, 사실 규진이 강한에게 전한 메시지는 그것이었다. 남들은 그가 예비 매형에게 호감을 품고 잘 따르는 줄 알았지만, 실은 그 반대였다. 규진은 강한이 싫었다. 상극에 대한 본능적 거부감이었다. 태어날 때부터 모든 걸 갖추고 있던 규진과 달리, 강한은 능력과 노력으로 지금의 지위를 쟁취했고 그에 대한 자부심이 강한 사람이었다.

"규진 학생, VIP 병실에 있는 그 검사님하고 아는 사이라고 했죠? 이건 비밀인데, 그분 어젯밤에 손목을 그었어요. 다행히 빨리 발견해서 별일은 없었지만. 젊은데 안됐어요, 정말."

조씨 집안과 강한의 인연은 끊어졌지만, 평소 봉사활동을 하느라 성암대학병원을 자주 드나들었던 규진은 안면 있는 간호사로부터 그의 소식을 전해 들을 수 있었다.

솔직히 강한처럼 자존감이 높은 사람을 말로 조종할 수 있을 거라고는 크게 기대하지 않았는데 의외의 수확이었다. 자살이 미수에 그친 건 아쉬웠지만, 강한의 정신은 이미 피폐할 대로 피폐해져서 죽은 거나 다름없으니 그걸로 만족하기로 했다. 그런데 얼마 후, 강한이 성암지검에 복귀했을 뿐만 아니라 한 경감의 사건 수사를 맡았다는 말이 들려와 규진을 놀라게 했다.

"어쩌면 이게 다 업보인지도 몰라. 강한 검사가 그렇게 어마어마한 과오를 저지른 것도 아닌데, 내 잘못으로 두 눈이 다 멀게 됐잖아. 그 상태로 일을 한다니 하루하루 얼마나 힘들겠어."

지영은 강한이 두 사건의 연결고리를 찾아내진 않을지, 배후를 캐내진 않을지 걱정하는 대신 그에 대한 죄책감에 괴로워했다. 한 경감의 한쪽 귀가 망가졌다는 걸 알았을 때도 충격을 받은 그녀였지만, 강한의 실명을 알게 되었을 때와는 비할 바가 아니었다. 밤이고 낮이고 환청처럼 들려오는 강한의 비명 소리에 시달리던 그녀는 악몽에서 도망치려고 약물에 더욱 의지했다.

"규진아, 약이 벌써 다 떨어졌어. 당장 갖다줄 수 있어? 값은 얼마가 되더라도 치를게."

지영은 세 번째 범행 계획은 까맣게 잊어버린 채 약에 취하는 데만 몰두했다. 규진은 그에게 반해 있는 의대 선배 혜윤을 통해 나르탈린을 훔쳐냈고, 지영에게서 받은 약값은 용돈으로 썼다. 지영의 상태는 늘 엉망이어서, 규진에게 이미 돈을 주었다는 사실도 잊고 만날 때마다 또다시 지갑을 열고는 했다. 덕분에 규진은 지겹기만 하던 과외를 때려치울 수 있었다.

'아바타처럼 써먹으려고 했는데, 그것도 못할 만큼 망가져버렸

네. 뭘 더 시킬 순 없겠어.'

규진은 사람이 아니라 가전제품의 가치를 매기듯 냉정하게 따져 보고는, 깔끔하게 지영을 포기했다. 마지막 범행은 직접 나서기로 했다. 범행 계획은 이중으로 짰다. 표면적 용의자인 지영의 흔적을 지우는 척하면서, 실은 이것저것 흘려놓는 게 핵심이었다. 의도적으로 혹은 의도치 않게 남겨진 실마리들을 강한이 따라왔을 때, 규진이 아닌 지영을 범인으로 지목하도록.

"안개꽃을 사고 싶은데요. 선물용이니까 예쁘게 포장해주세요. 메시지 카드도 넣을 수 있죠?"

오토바이 헬멧을 쓴 채 꽃집으로 들어가 그렇게 말했던 게, 규진이 유일하게 자신을 드러낸 순간이었다. 꽃집 주인이 강한과 같은 처지라는 걸 알았을 때는, 이게 웬 희극인가 싶어 절로 미소가 떠올랐다. 절대 목격자가 될 수 없는 시각장애인. 규진은 안심하고 헬멧을 벗었다.

안개꽃 바구니를 들고 규진이 헤어숍을 방문했을 때, 고 판사는 거울을 보는 데 열중하느라 그를 쳐다보지도 않았다. 빗과 가위를 쥔 채 바쁘게 오가던 미용사와 스태프들도 마찬가지였다.

"남편이 보낸 거예요?"

규진은 앞으로 한 시간 이내에 자신의 희생양이 될 여자를 무감정하게 쳐다보았다. 그녀에게는 딱히 원한이 없었다. 아니, 오히려 1년 전 살인 사건의 진범으로서는 고마운 존재였다. 하지만 그 역시 규진에게는 아무 의미 없었다. 명색이 판사인 주제에 엉뚱한 사람을 잡아넣는 멍청한 판결을 했다는 것만으로도, 규진에게는 죽어 마땅한 한심한 존재였다.

고 판사를 두 번에 걸쳐 차로 깔아뭉개는 순간에도, 규진에게는 사냥감을 잡을 때처럼 순수한 쾌감과 성취감만이 느껴졌다. 그 뒤에 멍청하게 서 있는 강한과 류소원을 봤을 때 희열은 배가되었다.

'너희들은 절대로 날 잡지 못해.'

규진은 흡족하게 중얼거리면서 차를 몰았다. 범행을 완벽하게 끝냈으니, 이제는 지영에게 뒤집어씌울 일만 남아 있었다. 규진은 그대로 차를 몰고 지영의 집으로 갔다. 운명처럼 닥쳐온 범행 일자를 피하고 싶었던 그녀는 전날 밤부터 약에 만취한 채 기절하다시피 잠들어 있었다. 규진은 지영을 뒷좌석에 눕히고, 일부러 머리카락을 몇 개 뽑아 시트 아래에 넣어두었다. 그리고 범행 현장에서 멀지 않은 무인 모텔로 데려가 투숙시켰다. 그녀가 깨어났을 때 바로 볼 수 있도록, 조선족 명의의 신용카드로 빌린 렌터카 서류와 오토바이 헬멧, 그리고 차 열쇠를 침대 위에 놓아두는 친절함도 발휘했다. 지영은 자신이 포기했던 계획이 최악의 형태로 실현되었음을 알고는 경악하고 절망할 것이다. 옆에서 그 장면을 볼 수 없다는 게 아쉬울 정도였다.

'이 길고 복잡한 연극의 결말은 어떻게 맺어야 좋을까? 범인의 자수? 아니면 자살?'

연쇄 법조인 상해 사건의 중간 브리핑을 인터넷 중계로 지켜보면서, 규진은 유유자적하게 고민했다. 사건을 미제로 남겨서 강한이나 다른 누군가가 계속 추적할 여지를 주고 싶진 않았다. 그렇다고 지영을 자수시키는 건 너무 위험했다. 가뜩이나 약해져 있는 그녀가 혹독한 신문을 견디지 못하고 규진의 이름을 입 밖에 낼지도 몰랐다. 역시, 이번에도 결론은 하나였다.

규진은 그날부터 일부러 지영과의 연락을 끊었다. 전화가 오면 받지 않고, 메시지는 확인만 하고 나서 지워버렸다. 그가 예상한 대로, 지영은 사흘도 견디지 못하고 캠퍼스 근처까지 찾아왔다. 와줄 때까지 기다리겠다는 절박한 메시지를 받고 인적 없는 놀이터로 갔을 때, 지영은 머리를 산발한 채 미친 여자 같은 몰골로 시소 위에 앉아 있었다.

"죄송해요, 당분간 뵙고 싶지 않았어요. 저도 사람이라, 그런 일을 당하니까 무섭더라고요."

"그런 일이라니? 설마 내가 너한테까지 무슨 짓을 한 거야?"

머뭇거리면서 꺼낸 규진의 말에, 가뜩이나 창백한 지영의 얼굴이 거의 푸르스름할 정도로 질렸다. 규진은 그런 지영이 두려운 동시에 걱정도 되는 것처럼, 앞으로 한 걸음 나아갔다 다시 물러서기를 반복하면서 섬세하기 그지없는 명연기를 펼쳤다.

"역시, 기억 못하시는군요. 10월 26일 점심쯤에요. 제가 댁에 찾아갔었어요. 범행을 포기하겠다고 말씀하셨지만, 요즘 워낙 이상하시니까 혹시나 걱정되어서요."

"나, 날 찾아왔었다고? 내가 깨어 있었어?"

"검은 옷을 입고, 오토바이 헬멧을 쓰고, 장갑까지 끼고 계시더라고요. 제가 말리려고 했더니, 갑자기 달려드셨어요. 너무 갑작스러워서 처음엔 저항하지 못했지만, 다행히 숨이 막히기 전에 빠져나올 수 있었죠. 제가 다리에 힘이 풀려서 주저앉은 사이에 밖으로 나가버리셨고요."

규진은 자기도 말하기 괴롭다는 듯 시선을 아래로 내리면서 말을 마쳤다. 그와 동시에 입고 있던 베이지색 폴라 티를 목 아래로 슬쩍 끌어내렸다. 어젯밤 스스로 만들어놓은 붉은 손자국이 하얀 목에 적나라하게 남아 있었다. 지영의 손가락이라고 보기에는 약간 굵고 길었지만, 그녀에게 알아차릴 정신이 있을 리 없었다. 그녀는 규진의 목을 하염없이 바라보며 중얼거렸다.

"내가…… 정말로 무섭고 끔찍한 괴물이 되어버렸구나. 별하를 죽인 놈보다 나을 것도 없어."

지영은 자기 손으로 세 사람의 인생을 파괴했다고 의심 없이 믿었고, 마지막으로 파괴해야 할 것은 당연히 몽유병 살인광이 되어버린 자신이라고 생각했다. 이 세상과 그녀를 연결해주던 유일한 끈이었던 어린 딸 아연조차 그 결심을 바꾸진 못했다. 지영은 집 안을 가득 채우고 있던 아연의 사진을 정리하면서, 예전에 얘기를 들어 사정을 아는 규진에게 단호히 말했다.

"맨 처음 계획했던 대로 깨끗이 빠져나가긴 이미 늦었어. 무의식 상태에서 광기에 찬 범행을 저지르면서 내가 얼마나 많은 증거를 남겼는지는 신만이 아시겠지. 내가 잡혀서 재판을 받는 것보다는, 자살하는 편이 훨씬 빨리 끝날 거야. 전남편과 딸도 덜 괴로울 테고, 그나마 비난도 덜 받겠지. 어차피 그 둘 다 미국에서 계속 살 테니까, 살인자 엄마의 존재는 지워버리면 돼."

지영은 가능한 한 빨리 이 모든 비극을 끝내고 싶어했지만, 마지막으로 해결하고 가야 할 것이 남아 있었다. 바로 사태가 이 지경까지 왔는데도 재수사를 하지 않겠다고 똥고집을 부리는 검사 강한이었다. 그때만큼은 지영의 분노가 죄책감을 능가했다. 그녀는 두 번째 사건에서 쓰고 남은 고농도 염산을 자신이 먹을 음료수에 타고는 짤막하지만 강렬한 자작극을 벌였다.

"강한 검사가 재수사 결정을 하기만 하면, 난 미련 없이 떠날 거야. 그러니 걱정 마, 규진아. 이 두 손이 너한테 해코지하는 일도 다신 없을 테니까. 말릴 생각도 하지 마. 난 너무 망가지고 지쳤어. 내 삶의 가장 큰 기쁨이었던 아이를, 저세상에서나마 다시 보고 싶은 마음뿐이야.”

규진도 당연히 말릴 생각이 없었지만, 지영의 의심을 사지 않기
위해 눈물을 훔치는 척도 하고 발을 동동 구르는 시늉도 하면서 반
응을 꾸며냈다. 자살을 앞두고 몸을 정화하기라도 하려는 건지 과감
하게 약을 끊은 지영은 짧게나마 맑은 정신을 유지하는 중이었던 것
이다.

정해진 일이긴 했지만 그녀의 자살 일이 정확히 언제가 될지는
규진도 몰랐다. 그렇기에 강한 검사가 기자회견을 한다는 소식이 전
해진 아침, 학교 수업도 빼먹고 서둘러 지영의 집으로 달려갔던 것
이다.

혹시나 했더니 역시나. 지영은 강한과의 통화 목록이 찍힌 휴대전
화를 손에 꼭 쥔 채 침대에 누워 있었다. 집 안은 온통 번개탄의 매캐
한 연기로 가득했다. 규진은 눈살을 확 찌푸리며 옷깃으로 코와 입을
덮었다. 번개탄이라니, 이 여자가 하는 짓은 끝까지 어설프고 멍청했
다. 이럴 줄 알고 예비 조치를 해두길 잘했다 싶었다.

“규……."

그가 침대로 다가섰을 때, 의식을 잃은 줄 알았던 지영이 반쯤 눈
꺼풀을 들어 올렸다. 의식이 소실되는 도중인 것 같았다. 이런 절호
의 기회를 놓칠 수는 없었다. 규진은 침대 머리맡에 한쪽 무릎을 꿇
고 앉아 지영의 얼굴에 자기 얼굴을 가져다대면서 크고 또박또박하
게 말했다.

“아줌마, 꼭 해야 할 말이 있어요. 지금부터 내가 하는 말은 모두
진실이에요. 알았죠?”

지영은 대답하거나 고개를 끄덕이진 못했지만, 그녀의 눈빛은 규
진의 말을 듣고 있음을 알리고 있었다. 규진은 지금까지 지영 앞에서

쓰고 있던 가면을 일순간에 벗어버리면서 선언했다.

"김별하는 내가 죽였어요. 지온유를 자살하게 만든 것도 나고요. 아줌마가 일을 그르쳐놓은 후 형사를 찾아가 뒤처리를 한 것도, 검사에게 뿌릴 염산을 고농도로 바꿔놓은 것도, 판사를 차로 치고 도망간 것도 나예요. 정말 감쪽같았죠?"

그 고백을 들었을 때 지영의 눈빛을 뭐라고 형언할 수 있을까. 그 짧은 시간 동안 아귀도를 보고 온 사람처럼 충격에 빠진, 인간과 삶에 대한 모든 믿음을 송두리째 잃어버린 그런 눈빛이었다. 그녀는 손 뻗으면 닿을 거리에 있는 규진을 잡으려는 듯 손가락을 꿈틀거렸고, 규진은 시트 아래를 벗어나지도 못하고 부질없이 용쓰는 손가락을 내려다보며 차갑게 비웃었다.

"애쓰지 마요. 아줌마네 집 정수기 필터에 약을 타놨거든요. 아, 맨날 신경안정제인 줄 알고 먹던 그 약은 나르탈린이에요. 소도 때려눕히는 마약성 마취제죠. 손발도 가누기 힘들 거예요."

한때는 아들에 대한 사랑과 헌신으로 가득 찼던 여자의 동공을 서서히 장악해가는 절망. 규진은 그 절망을 생명수라도 되는 양 게걸스럽게 들이켜면서, 잔인한 마지막 인사를 속삭였다.

"잘 가요. 머저리 같은 아들한테 안부 전해줘요."

128

12월 1일 토요일 오후 2시. 성암동 주상복합아파트 조민국 대표
의 집.

"배추김치, 총각김치, 갓김치, 깍두기. 이틀 동안 이렇게 네 종류
를 담글 겁니다. 이 댁 김치는 무척 특별해요. 해남에서 해풍으로 키
운 무농약 배추를 신안 천일염으로 절이고, 태양초와 청양초, 황석
어젓, 나주 배즙, 청각과 갈치살 등으로 양념합니다. 레시피는 물론
대외비고요."

정갈한 개량한복 위에 앞치마를 한 장년 여자가 국가 기밀이라도
다루는 것처럼 엄숙한 어조로 말했다. 일반 주택보다 훨씬 크고 넓은
거실과 주방에는 빈틈없이 비닐 장판이 깔려 있었고, 마찬가지로 앞
치마를 한 여자들이 줄지어 앉아 장년 여자의 말을 경청하고 있었다.
오늘은 조 대표의 집에서 김장을 하는 날이었고, 여자는 여기서 15년
을 일한 수석 가사도우미였다.

"김장 한번 요란 빽적지근하게 하시네. 그냥 고춧가루 팍팍 때려
부으면 다 맛있어지는걸."

"쉿!"

작게 이죽거리는 소원의 말에, 그 옆에 있던 온유의 위탁모가 기겁하며 손가락을 입술에 가져다댔다. 소원을 데리고 이 집 현관 문턱을 넘는 그 순간부터, 그녀는 누군가 소원을 알아보고 문제 삼을까 봐 두려워하고 있었다. 이번 부탁만 들어주면 앞으로 뭘 하면서 살든 상관 안 하고 내버려두겠다는 강한의 약속이 없었다면 절대 응하지 않았을 일이었다.

조 대표의 집에서 매년 담그는 '특별한 김치'는, 두둑한 봉투와 함께 정재계와 법조계, 언론계의 주요 인사들에게 선물로 뿌려졌다. 그러다 보니 그 양이 상당했고, 평소 집에 드나들던 도우미뿐만 아니라 임시 인력까지 고용해서 일을 시켰다. 그걸 알고 있던 강한은 이전에도 몇 번 일하러 간 적 있는 온유의 위탁모를 통해 소원을 일꾼으로 들여보내는 데 성공한 것이다.

"배추 절이는 팀은 거실에서, 양념 만드는 팀은 주방에서 작업합니다. 화장실은 다녀와도 좋지만, 집 안의 다른 공간에 발을 들이는 건 절대 안 됩니다. 명심하세요."

수석 가사도우미가 기나긴 잔소리를 끝낸 후, 본격적인 김장 작업이 시작되었다. 온유 위탁모의 조카라고 거짓말하고, 자잘한 심부름을 하러 온 소원은 산더미같이 쌓여 있는 배추 상자들을 이리저리 옮기는 일을 했다.

물론 그 와중에도 본연의 임무를 놓칠 수는 없었다. 그는 거실 반대편으로 쭉 뻗은 복도, 그러니까 결코 들어가면 안 된다고 했던 조 대표 가족의 주거 공간 쪽을 연신 힐끔거렸다. 여자 두 명이 소리 낮춰 쑥덕거리는 게 들려왔다.

"이 댁 사모님은 어딜 가셨기에 김장하는데 코빼기도 안 보여? 일할 줄은 몰라도 작년까지는 꼬박꼬박 얼굴 비추고 눈도장 찍더니."

"요즘 그럴 정신 없을걸. 애지중지하는 아들 유학 간다고 우울증 걸렸잖아. 사흘 밤낮을 울었다나 뭐라나. 하여간 유난이야. 남들은 돈 없어서 보내고 싶어도 못 보내는걸."

"엄친아로 소문난 아들이면 섭섭할 만도 하지. 언제 가는데?"

"좀 급하게 정해지긴 했더라고. 다음주 출국이래. 이 집 엄마도 아들도 그것 때문에 오늘내일 계속 바빠. 밤늦어서야 집에 들어올걸."

바로 소원이 기다리고 있던 핵심 정보였다. 소원은 아무도 자신을 쳐다보거나 관심을 갖고 있지 않다는 걸 확인하고 슬그머니 배추 상자를 내려놓았다. 그리고 강한이 미리 알려준 대로 손님용 방과 다용도실, 화장실을 지나 남쪽 끝, 규진의 방으로 향했다. 문손잡이에 손을 올리려는 순간, 다용도실에서 양념통을 가지고 나오던 수석 가사도우미가 소원을 발견했다.

"이봐, 학생. 어디 가? 거긴 이 댁 도련님 방인데."

"아, 죄송해요. 화장실인 줄 알았어요."

수석 가사도우미가 눈꼬리를 끌어올리며 소원의 두꺼운 안경테와 눈썹 아래까지 그늘지게 덮어쓴 후드를 빤히 쳐다보는 동안, 숨 막히는 정적이 흘렀다. 소원은 긴장한 티를 드러내지 않으려 애쓰면서 태연하게 화장실 문을 열었다. 안으로 들어가는 순간까지 등에 와서 꽂히는 따가운 시선이 느껴졌다. 몇 분 후, 소원이 화장실에서 나왔을 때는 다행히 그녀가 사라지고 없었다.

"도련님은 무슨 얼어 죽을. 지금이 조선시대야?"

자기 얼굴을 아는 조 대표와 규진만 피하면 될 줄 알았는데, 뜻밖의 복병 출현에 놀란 가슴을 쓸어내리며 소원은 입속으로만 투덜거렸다. 이번에는 들키지 않도록 몇 번이나 복도를 신중히 살핀 후, 재빨리 규진의 방문을 열고 안으로 들어갔다. 그 짧은 찰나에, 소원의 심장은 꼭 고장 나기라도 한 것처럼 정신없이 뛰었다.

* * *

소리가 안 나도록 조심스럽게 문을 닫고 나서, 소원은 한층 빨라진 호흡을 다스렸다. 한밤중에 검찰청 정문을 넘어 들어가 그래피티 테러를 가해본 적도 있는 소원이지만, 그때보다 지금이 훨씬 무모하게 느껴졌다. 제 발로 적진에 들어오다니, 거기다 이번 적은 사람 해치고 죽이는 걸 눈꺼풀 감았다 뜨는 것만큼이나 사소하게 생각하는 사이코패스 녀석이 아닌가.

"위법수집 증거 배제원칙이라는 게 있어. 법적 절차에 따라 수집하지 않은 증거와 파생증거는 법정에서 쓸 수 없다는 거야. 다만 예외가 있는데, 수사기관이 아닌 일반인이 수집한 증거는 실체적 진실 발견이라는 공익과 사생활 보호라는 사익을 비교해서 전자가 더 크다고 판단되면 증거능력을 부여할 수 있어. 그런 점에서는 네가 나보다 운신의 폭이 넓다고 할 수 있지."

소원은 무슨 뜻인지 절반도 알아듣지 못했던 강한의 말을 떠올렸다. 만일 대학에 갔더라면 강한 앞에서 번번이 바보가 되는 듯한 느낌을 피할 수 있었을까. 그런 생각을 하면서 진짜 대학생의 방 안을 한 바퀴 둘러보았다.

푹신해 보이는 고급스러운 원목 침대와 침구, 웬만한 집 거실 크기의 벽을 빙 둘러싸고 있는 맞춤형 책꽂이, 공부하다 언제든 편안하게 앉아서 쉴 수 있는 3인용 소파, 그리고 책상 위에는 PC와 노트북을 비롯한 온갖 최신 전자제품이 놓여 있었다. 차분한 블랙과 블루로 꾸민 방은 그야말로 모든 대학생이 꿈꿀 만한 공간이었다.

'나도 부잣집 아들로 태어났으면 이렇게 럭셔리하게 살았으려나? 도련님 소리 들으면서?'

소원은 문득 그런 생각을 하다가, 이내 고개를 설레설레 저었다. 아무리 돈이 많고 머리가 좋아도, 피도 눈물도 없는 살인자가 되고 싶지는 않았다. 럭셔리해 보이던 방도, 거듭 보다 보니 이상하게 정이 가지 않았다. 주인의 애착이나, 취향이나, 흔적 같은 게 일절 묻어나지 않는 어디 호텔 스위트룸 같은 느낌이었다. 소원은 강한과 함께 부대끼며 사는 지금의 방이 더 좋았다.

'집 보러 온 것도 아닌데, 이러고 있을 시간이 없지. 두고 봐, 조규진. 낱낱이 털어줄 테니까.'

소원은 김장을 위해 받은 일회용 비닐장갑을 양손에 끼고서 방 안을 뒤지기 시작했다. 목표는 하나, 규진이 어딘가 남몰래 보관하고 있을 '전리품', 바로 별하의 머리끈을 찾는 것이었다.

"에이, 설마. 아직도 가지고 있겠어요? 검찰청으로 불려와서 조사까지 받았는데?"

"평범한 사람이라면 바로 없애버렸겠지. 하지만 조규진은 지금 고난도의 범행을 잇달아 성공시키면서 자만감이 극에 달한 상태야. 한번 간직하기로 한 물건을 버리는 걸 일종의 패배로 받아들일 가능성이 커. 게다가 별하의 소지품 중에 다른 물건은 없어지지 않았어. 역사적인 첫 번째 범행의 유일한 전리품을 버리는 건, 단연코 마지막까지 하고 싶지 않을 거야."

소원은 여기 오기 전 강한과 나눴던 대화를 떠올리며 부지런히 손을 움직였다. 연쇄살인을 무슨 스코어 따는 게임처럼 여기는 사이코패스의 심리도 소름 끼쳤지만, 그걸 침착하고 냉철하게 분석하는 강한도 범상한 인간으로 보이진 않았다. 이 싸움은 누구의 승리로 끝나게 될까. 그 답은 오로지 두 눈을 가린 정의의 여신만이 알고 있을 터였다.

'저기도 없고, 여기도 없고…… 에이 씨, 돌아버리겠네.'

책상 위에 놓인 물건을 일일이 들추어보고, 서랍을 열어 안을 확인하고, 책꽂이의 수많은 책을 한 권씩 펼쳐보고 있던 소원은 초조함이 밀려오는 것을 느꼈다. 너무 오래 자리를 비우면, 깐깐한 수석 가사도우미가 그를 찾으러 올지도 몰랐다.

'이건 또 뭐야? 다른 세계로 통하는 문인가?'

손에 쥐고 있던 의학 교양서적을 일단 내려놓은 소원은 책상 옆에 붙은 슬라이딩 도어를 휙 열어젖혔다가 그만 얼어붙고 말았다.

'좆됐다…….'

매끄러운 하얀 문 뒤에는 조금 과장해서, 두세 명은 같이 살 수 있을 법한 규모의 드레스룸이 숨겨져 있었다. 소원은 제 또래의 남학생이 드레스룸을 사용하는 걸 처음 보았다. 유명한 영화배우나 가수, 아니면 부잣집 사모님들이나 이런 방을 갖고 있는 줄 알았는데.

그러나 감탄하는 것도 잠시뿐, 옷걸이에 끝도 없이 걸린 셔츠와 재킷, 크고 작은 선반에 단정하게 개켜져 차곡차곡 쌓여 있는 니트류와 바지, 열 개는 족히 넘어 보이는 각종 서랍을 쳐다보던 소원의 얼굴에 질린 기색이 퍼져나가기 시작했다. 강한이 당부했던 대로 '개미 새끼 한 마리 빠져나갈 틈 없는' 수준으로 저 방과 이 방을 다 뒤지려면 사흘 밤낮은 걸릴 것 같았다.

'잠깐만, 이런 식으로는 안 돼. 머리를 쓰자. 형이 하는 것처럼, 조규진 입장에서 생각해보는 거야. 내가 만일 잘난 척하기 좋아하는 사이코패스 개자식이라면 어디에다가 물건을 숨길까?'

만일 소원에게 죽어도 들켜서는 안 되는 물건이 있다면, 아마도 열여섯 자리 암호가 걸린 디지털 금고에 넣은 다음 뾰족뾰족 가시 돋친 철망에 둘둘 말아서 시멘트 벽 속에 파묻어버릴 것이다. 누구에게도 알리지 않고, 최대한 조용히 지나가고 싶을 것이다. 하지만 조규진은 달랐다.

'그 자식이라면 꽁꽁 숨기지 않을 거야. 반대로 보란 듯이 위험한 장소에 아슬아슬하게 숨겨놓고, 다른 사람들이 눈치 못 채는 걸 혼자 비웃어대지 않을까? 그게 훨씬 재밌을 테니까.'

뻔뻔하리만큼 과감한 장소. 그렇다면 드레스룸은 아니었다. 미련 없이 드레스룸을 빠져나온 소원은 방 한가운데에 서서, 문을 열고 들어왔을 때 정면으로 보이는 지점이 어디인지 가늠해보았다. 책상과 소파 사이를 연결하는 책꽂이, 그중에서도 규진이 학창 시절 내내 받아온 트로피와 상패 수십 개가 자랑스럽게 진열된 지점이었다.

'난 12년 동안 받은 상이라곤 달랑 개근상 두 개인데, 혼자 많이도 해먹었네. 배려심 없는 새끼.'

소원은 짜증나도록 많은 트로피와 상패 중 가장 크고, 화려하고, 눈에 띄는 게 뭔지 살펴보았다. 빽빽하게 들어찬 트로피 사이에서, 유독 다른 트로피와의 간격이 넓고, 먼지 한 점 없이 반짝반짝 윤이 나게 닦인 트로피 하나가 시야에 들어왔다. 양손을 활짝 펼친 모양의 주물에 순금 금박을 씌우고, 그 아래를 중후하고 근사한 블랙 크리스털 받침대가 떠받치고 있었다.

공로상, 성암고등학교 3학년 조규진.

소원은 받침대에 규진의 이름과 함께 TV에서 숱하게 들어본 적

이 있는 유명한 봉사단체의 이름이 돋을새김으로 새겨진 것을 보고
코웃음을 쳤다.

'트로피라는 게 그렇잖아. 다들 눈으로 보고 부러워하기만 하지,
직접 만지는 일은 없겠지?'

소원은 지레짐작하면서 성큼성큼 책꽂이 앞으로 다가가 공로상
트로피를 집어 들었다. 처음 손에 잡는 순간 받은 느낌은, 겉보기보
다 가볍다는 것이었다. 꽉 차 있는 것처럼 보이는 주물과 받침대의
속이 실은 텅 비어 있는 것 같았다.

트로피를 이리저리 뒤집어가면서 만지고 더듬어보던 소원은 불
현듯 떠오른 직감에 따라 주물과 받침대를 연결하는 부분을 슬슬 돌
려보았다. 그러자 마치 '열려라, 참깨' 주문을 외우기라도 한 것처럼
접합 부위가 스르륵 풀리면서 받침대가 반대쪽으로 떨어져나갔다.
그 안에서 굴러 나온 사과 장식이 달린 머리끈을 내려다보면서, 소원
은 저도 모르게 어안이 벙벙한 얼굴이 되었다.

'헐, 미친! 나 천재인가 봐! 이 정도면 나도 검사 시험 봐야 하는
거 아니야?'

소원은 얼떨떨한 기분으로 휴대전화를 꺼내 트로피와 머리끈을
사진으로 남기고, 계속해서 동영상으로도 촬영했다. 머리끈을 발견
하더라도 그대로 두고 가져오지는 말라는 게 강한의 지시였다. 소원
이 방에 침입했던 사실을 규진에게 굳이 알릴 필요는 없다는 거였다.
나중에 규진이 머리끈을 없애버리더라도, 지금 이 시점에 방에서 보
관 중이었던 사실만 입증할 수 있으면 충분하다고 했다.

소원은 긴장과 기쁨이 뒤섞여 미세하게 떨리는 손으로 트로피를
다시 조립했다. 그러고는 움직인 흔적이 남지 않도록 조심스럽게 제
자리에 올려놓는데, 아까는 미처 발견하지 못했던 어떤 물건이 자신

을 봐달라고 손짓하는 듯 불쑥 시야에 들어왔다.

129

'우와, 대박! 저걸 갖고 있네? 아직 한국엔 출시도 안 된 건데!'

아는 사람은 다 아는, 특히 디지털 제품을 좋아하는 사람이라면 환장할 최신형 태블릿 PC였다. 모니터와 본체가 360도 회전하고, LTE가 탑재되어 언제 어디서나 가장 빠른 인터넷 연결이 가능하고, 해킹에 사용해도 손색없다는 초고속 프로세서와 피카소도 울고 간다는 초정밀 그래픽을 자랑하는 그 값비싼 보물이, 규진의 방에서는 별것도 아닌 듯 백팩 아래 아무렇게나 깔려 있었다.

소원은 게임에 푹 빠져 그리 열광하지도 않고 얼리어답터가 되고 싶은 욕심도 없었지만, 요즘 그림 그리는 사람이라면 누구나 필수로 구입해야 한다는 태블릿은 관심의 대상이었다. 그는 태블릿의 매끄럽고 반들반들한 표면에 오른쪽 손바닥을 살포시 얹어놓고 살며시 어루만져보았다. 아까 트로피를 탐색할 때와는 다르게 완전히 황홀경에 빠진 표정이었다.

"확실히 감촉부터 다르네. 장갑 안 낀 맨손으로 만져볼 수 있으면 좋을 텐데. 한 번만 켜볼까? 어차피 잃을 것도 없는데 뭐 어때."

아무리 조규진이 철저하다 한들 제 방에 가만히 놓여 있던 태블릿이 켜지고 꺼진 시각 같은 것을 일일이 확인할 것 같지는 않았다. 소원은 몇백 년 동안 심해에 가라앉아 있던 보물상자를 여는 기분으로 태블릿의 전원을 켜보았다. 달칵, 하는 가볍고 경쾌한 터치 음에 이어지는 위잉, 하고 봄바람처럼 산뜻하고 부드러운 부팅 음을 즐기고 있는데, 비밀번호 입력을 요구하는 잠금 화면이 나타나면서 와장창 산통을 깨버렸다.

'에이, 그럼 그렇지.'

태블릿 내부에 들어 있는 자료를 보고 싶었던 소원은 김이 팍 새어버렸다. '0000' '1234' '7777' 같은 번호를 무작위로 넣어보면 어떨까 하는 생각이 설핏 스쳤지만, 다른 사람도 아니고 조규진이 그렇게 멍청한 비밀번호를 설정해놓았을 리 없었다. 요즘은 비밀번호를 특정 횟수 이상 틀리면 데이터가 초기화되거나 비밀 카메라가 작동되는 프로그램도 있다던데, 나중에 강한에게 한 대 맞고 싶지 않으면 섣부른 시도는 하지 않는 편이 나았다.

"아, 맞다. 형이 말한 거. 그걸 해야겠어."

강한이 지시한 게 한 가지 더 있었다. 소원은 펑퍼짐한 후드 안쪽에서 작고 네모난 물건 하나를 꺼냈다. 소형 폴라로이드 카메라처럼 새까만 색깔의 강화 플라스틱 재질에, 뭔가를 꽂을 수 있게 길쭉한 사각형의 홈이 패어 있었다. 소원이 그 물건을 열심히 조작하고 있는데, 닫힌 문을 뚫고서 아까보다 몇 배는 더 밝고 또렷해진 수석 가사 도우미의 목소리가 들려왔다.

"어머, 대표님 오셨어요? 오늘 오찬 있으시다더니 웬일이세요? 옷 갈아입으러 오신 거예요?"

"규진이네 학장하고 밥을 먹기로 했는데, 최근 영어 성적표하고 다른 서류를 몇 개 건네줘야 할 게 있어서. 규진이는 돌아왔나요?"

"아직이요. 도련님도 오늘 늦는다고 하셨어요."

"그래요, 그럼 내가 직접 찾아서 가져가야겠군."

소원은 조민국의 목소리를 잘 몰랐지만, 이 집 안에서 '대표님'으로 불릴 사람이 단 한 명밖에 없다는 건 분명히 알았다. 빌어먹을, 소원은 절로 튀어나오려던 욕설을 목구멍 뒤로 삼키면서 책상 위에 올려놓았던 휴대전화를 집어 들었다.

머리끈을 찾고 태블릿을 구경하는 데 주의가 팔려서, 아파트 단지 입구에서 망을 보고 있는 세은의 연락을 확인하는 걸 깜박 잊어버렸다. 그녀로부터 걸려온 부재 중 전화가 열다섯 통. 거기에 비명을 지르는 듯 다급한 메시지까지.

— 뭐하는거야이머저리야! 지금조민국차가안으로들어갔다고!! 주거침입에절도로체포당하고싶어?

소원은 심장이 철렁 내려앉는다는 게 어떤 느낌인지 제대로 체험했다. 지금도 완전히 자유롭지 못한 몸인데 여기에 또 쇠고랑을 차다니 상상만으로도 끔찍했다. 실내용 슬리퍼를 신은 발이 복도를 지나 이쪽으로 걸어오는 소리가 들렸다. 방 안에도 드레스룸에도 다 큰 청년 하나가 숨을 만한 공간은 없었고, 도주로는 봉쇄된 상태였다.

'25층에서 떨어지면 생존할 확률이 얼마나 될까?'

소원이 절망적으로 창문 밖을 내다보며 줄 없는 번지점프와 시궁창 냄새나는 유치장 중 뭘 선택할지 고민하고 있을 때, 복도 건너편에 있는 주방 쪽에서 요란한 소음이 터져나왔다.

쨍그랑!

"아이고, 죄송합니다! 죄송합니다! 저 때문에 귀한 재료를 망쳐서!"

유리 그릇 깨지는 소리가 공기를 가르며 울려 퍼지더니, 중년 여자가 새된 음성으로 사과하는 소리가 이내 그걸 덮어버렸다. 소원은 그것이 온유 위탁모의 목소리라는 걸 알아차렸다. 호들갑스러운 그 말투만 들어도, 비굴하게 무릎을 꿇고 머리를 조아리는 그녀의 모습이 눈에 선히 그려졌다. 사람 좋은 척하는 게 몸에 밴 조 대표가 그걸 가만둘 리가 없었다.

"이깟 재료가 뭐 중요하겠습니까, 사람이 더 중요하지. 다친 데는 없으세요?"

"네, 넷, 대표님. 황송합니다! 깨진 그릇과 망친 양념 값은 일당에서 꼭 빼주세요!"

"허허, 그건 안 됩니다. 맛있는 김치를 담가주시는 고마운 분들에게 조금이라도 더 드려야 마땅하죠. 그릇이나 양념 같은 건 잊어버리세요. 전에도 몇 번 일하러 와주셨던 분이죠?"

'쇼하고 있네.'

소원은 규진 못지않은 조 대표의 연기력에 안 좋은 방향으로 감탄하면서 입술을 삐죽 내밀었다. 아주 부자가 쌍으로 아카데미 주연상 감이었다. 아마 조 대표는 자기가 돈을 주고 입을 막았던 온유 위탁모를 알아보고 더 가식을 떨며 잘해준 것일 터였다.

어찌 됐든, 소원으로서는 천만다행이었다. 소원은 소리 안 나게 방문을 열고 빠져나와, 뒤꿈치를 높이 들고 허리는 숙인 기이한 자세로 허둥지둥 복도를 건너갔다. 조 대표가 온유 위탁모에게 몇 마디 더 하고 다른 도우미들이 깨진 그릇과 양념 잔해를 치우느라 부산을 떠는 사이, 소원은 그들의 등 뒤를 지나 무사히 현관으로 나올 수 있었다.

"휴우-."

소원은 길게 한숨을 내쉬며 엘리베이터 안으로 뛰어들었다. 엘리베이터 문이 닫히자마자 휴대전화를 꺼내 강한에게 전화부터 걸었다. 아파트 단지 근처에 세워둔 차에서 대기하고 있을 강한은 어지간히 걱정되었는지 신호음이 한 번 끝까지 울리기도 전에 전화를 받았다.

— 어떻게 됐어? 너 괜찮아?

"둘 다 해냈어요, 형! 조민국이 갑자기 집에 돌아오는 바람에 하마터면 들킬 뻔했는데, 온유네 위탁모가 잘 막아줬어요. 살다 보니 그 아줌마가 도움이 될 때도 있네요. 오늘 운이 좀 따라주는 거 같아요! 뭐랄까? 드디어 앞날이 트인 기분?"

엘리베이터가 1층에 도달하는 것과 동시에 긴장이 풀린 소원은 의기양양해서 떠들어댔다. 조 대표의 집에 침투해도 들키지 않을 가능성이 그나마 높은 게 소원이라는 데는 동의하면서도, 물가에 어린애 내놓는 것처럼 못 미더워하며 괜찮겠냐는 말을 수백 번도 더 했던 강한이었다. 그런 그에게 자기도 할 수 있다는 걸 입증했다는 게 무엇보다 기쁘고 뿌듯했다. 강한은 그런 소원의 마음을 알기에, 수화기 너머에서 아무 말 없이 빙그레 미소 짓고 있을 것이다.

— 고생한 건 알겠는데, 벌써 너무 자만하지는 마. 다음 일을 준비해야지.

"다음 일은 뭔데요?"

당장 전국 어디든 출동할 기세로 의욕 넘치는 소원을 향해, 강한은 알쏭달쏭한 말을 던졌다.

— 잃어버린 에이스를 찾으러 갈 거야.

* * *

12월 3일 월요일 오후 1시. 유나이티드 은행 성암점.

"아니, 통장, 인감 다 있는데 돈을 뭐에 쓸지 그것까지 일일이 설명해야 해요? 그냥 필요하다니까요!"

"고객님, 방금 말씀드렸지만요……."

은행 창구 안쪽에서 고객과 직원 사이에 실랑이가 벌어지고 있었다. 아니, 그게 정확한 표현은 아니었다. 눈에 띄게 세련되고 화사한 미모를 가진 젊은 여자 손님이 오만하게 다리를 꼬고 앉아 직원에게 일방적으로 생떼를 쓰고 있는 것에 가까웠다.

"아, 다 필요 없고. 난 5000만 원 현금으로 가져가야 하니까 가져오라고요. 지금 당장. 적금 해약도 같이 처리해주시고요. 빨리요, 시간 없어요."

인출 용도가 확인되어야 돈을 내줄 수 있다는 내부 지침을 이미 몇 번이나 설명한 직원은 지친 기색을 드러내며 한숨을 쉬었다. 그때, 대기표도 끊지 않고 입구에서 바로 창구 쪽으로 조용히 다가오는 사람이 있었다.

"이전에 목돈을 출금한 적 없는 고객이 거래 패턴을 벗어나 몇천만 원을 가져가겠다고 하면 은행은 용도를 확인하는 게 당연하죠. 계좌 도용이거나, 보이스피싱 인출책일 수도 있으니까."

직원이 차마 지적하지 못했던 부분을 서슴없이 짚어주는 설명에, 그제야 여자도 납득한 듯했다. 은행의 높은 사람인가 하고 돌아보았던 여자는, 고무 패킹을 끼워 소음을 줄인 케인을 짚고 서 있는 시각장애인 남자를 보고 눈이 확 커졌다.

"내가 여기 있는 건 어떻게 알고 따라왔죠? 무슨 볼일로?"

여자는 황 원장이 운영했던 뷰티 클리닉 '벨라'의 민 실장이었고, 남자는 강한이었다. 강한이 가볍게 손짓하자, 그의 등 뒤에 경호

원처럼 서 있던 소원이 튀어나왔다. 소원은 은행 직원과 민 실장 사이, 창구 테이블에 놓인 통장과 인감을 낚아채서 강한의 손바닥 위에 올려놓았다.

"클리닉 계좌에 남은 돈을 전부 가져가려는 겁니까? 통장과 인감에 대한 절도죄는 물론이고, 인출 금액에 대해 업무상 횡령죄가 된다는 건 알고 있겠죠? 돈은 그대로 두는 게 좋을 겁니다."

"뭐가 절도고 횡령이라는 거예요? 원장님이 뽑아오라고 한 돈이라고요!"

버럭 신경질을 내며 소리쳤던 민 실장은, 이내 실언했음을 깨달았는지 황급히 두 손으로 입 막는 시늉을 했다. 바로 그 대답이 나오길 기다리고 있던 강한은 그럴 줄 알았다는 듯 고개를 끄덕이며 말을 받았다.

"역시, 황명훈 씨와 연락하고 있었군요."

황 원장이 '에이스 카드'인 DNA 샘플을 갖고 소리소문 없이 증발해버렸지만, 강한은 포기하지 않았다. 포기할 수 없었다. 유미에게 부탁해 출입국 조회를 한 결과, 황 원장은 출국하지 않고 국내에 체류 중인 상태였다. 그렇다면 아직 희망이 있었다.

— 내 경험상, 도망자를 잡는 루트는 세 가지가 있어. 첫 번째는 휴대전화나 통신 장치를 추적하는 거고, 두 번째는 카드나 계좌를 감시하는 거고, 마지막은 도피에 조력을 줄 만한 사람을 찾는 거지. 가족이나 오랜 친구, 아니면 치정관계로 얽혀 있는 이성.

황 원장의 야반도주 현장을 맞닥뜨렸던 그날, 강한이 눈여겨봐둔 게 한 가지 있었다. 전날 밤 황 원장과 통화했던, 그러나 황 원장의 것은 아닌 번호로 전화를 걸었을 때 그걸 받은 사람이 민 실장이라는 사실이었다. 강한과 소원이 클리닉에 들어섰을 때도 누군가와 통화하는 말소리가 들리다가 다급히 끊은 걸 봐서는, 두 남녀 간 연결고리가 있는 게 틀림없었다.

"건물 주인에게 부탁해서 CCTV를 봤습니다. 정확히 말하면 내 활동보조인이 본 거지만. 매주 화요일과 목요일, 몇 시가 되든지 그쪽이 퇴근하고 나면 정확히 5분 후에 황명훈 씨가 따라 나가더군요. 그 패턴이 석 달 넘게 반복되던데, 우연일 리는 없겠죠. 내연관계인 겁니까?"

"잠시뿐이에요. 원장님은 곧 이혼하실 거니까. 클리닉 개원을 준비하면서, 투자자에게 잘 보여야 해서 별로 내키지도 않는데 그쪽 사위로 들어간 거라고 했어요. 애정 없는 결혼생활이고, 정말 사랑하는 사람은 저뿐이라고 했어요. 그러니까 저한테 통장도 인감도 맡기신 거겠죠."

민 실장은 '내연관계'처럼 저급한 표현으로 자신의 로맨스가 더럽혀지는 게 불쾌한 듯 날카로운 말투로 쏘아붙였다. 민 실장에게 꼼짝없이 당하던 은행 직원은 이 상황이 흥미진진해 죽겠는지 끼어들지 않고 상황을 지켜보고 있었다. 강한은 저도 모르게 메마른 한숨이 나왔다.

부촌 중의 부촌인 청연동에서 제일 잘나가는 뷰티 클리닉 상담실장을 하려면 외모뿐만 아니라 일정 수준 이상의 배경 지식과 유창한 화술, 상당한 경력이 있어야 할 것이다. 꽤나 성공적인 커리어를 쌓은 이 당돌한 여자도, 연애할 때는 어쩔 수 없이 눈이 머는가 싶었다. 결혼한 지 1년도 안 돼서 바람이나 피우는 남자의 입에서 나오는 '사랑'이란 단어를 믿어버리다니.

"잘못 알고 있는 것 같은데, 황명훈 씨는 중매가 아니라 연애 결혼을 했습니다. 법의관으로 일하던 때부터 오랫동안 짝사랑했던 의

대 동기인데, 황명훈 씨 직업을 마음에 안 들어했던 상대방 부모님
께서 계속 반대하시다가 개원한다는 소식을 듣고 비로소 허락해주
셨다고 하더군요."

"뭐라고요?"

"황명훈 씨 아내와 직접 통화하면서 들은 얘깁니다. 지극히 사랑
하는 아내를 두고 왜 외도를 했는지는 모르겠지만, 글쎄요, 쪼들리
던 시절을 벗어나 돈벼락을 맞았으니 그 기분을 만끽해보고 싶었거
나, 아니면 아내가 임신하면서 욕구를 풀 대상이 필요해졌거나 둘
중 하나겠죠."

"그 여자가…… 사모님이 임신 중이라고요?"

강한이 쉴 틈 없이 쏟아낸 폭로에 민 실장이 쳐놓았던 철벽은 삽
시간에 무너지고 말았다. 사실 강한은 아침 드라마 같은 남녀 간의
치정 싸움에 끼어드는 걸 별로 좋아하지 않았다. 하지만 지금은 한가
롭게 자기 취향 같은 걸 따지고 있을 때가 아니었다. 수단과 방법을
가리지 않고 황명훈을 붙잡아와야 했다.

"그동안 모은 돈을 가지고 같이 떠나자고 황명훈 씨가 꼬드긴 모
양이죠? 그 말을 철석같이 믿고 적금까지 깰 생각이고요? 그렇지만
황명훈 씨 본인은 두 여자 중 누구를 데려가야 할지도 아직 결정하
지 못한 것 같던데."

강한은 시니컬한 태도로 말하면서 다시 한번 소원을 향해 손짓을
보냈다. 그러자 소원은 넙죽 앞으로 나서면서 민 실장에게 그의 휴대
전화 화면을 보여주었다. 황명훈의 아내가 이미지 파일로 캡처해서
보내준, 황명훈의 최근 메시지였다.

— 피치 못할 사정이 생겼어. 당분간 연락하기 어려울 거야. 나중
에 자세히 설명할게. 언제든 떠날 수 있게 정리해놓고 기다려줘. 죽

도록 사랑해. 우리 아기도 당신도.

그 내용을 이미 알고 있는 강한은 몇 초간 간격을 두고서 절절한 사랑 고백의 충격이 민 실장에게 스며들기를 기다렸다. 어쩌면 황 원장은 민 실장을 이용해 클리닉 계좌에 있는 돈만 안전하게 빼내고, 정작 도망갈 때는 아내와 뱃속의 아이만 동행할 계획이었는지도 몰랐다. 가만히 내버려두어도 민 실장 스스로 그 정도 계산은 할 수 있을 터였다.

"유부남에게 넘어간 내가 등신이지."

민 실장은 아까보다 한풀 꺾인 기세로 한탄하듯 중얼거렸다. 그러더니 마치 처분을 기다리듯 강한의 손바닥 위에 얌전히 앉아 있는 통장과 인감을 홱 가로채 갔다. 이제 더 이상 돈을 인출할 마음은 없는 것 같았다. 아마도 출금 신청서일 얇은 종이를 와락 구기는 소리가 들리더니, 착 가라앉은 민 실장의 목소리가 이어졌다.

"마지막 정이 남아 있어서 하는 말인데, 그냥 떠나게 내버려두면 안 될까요? 원장님, 그 사건 때문에 충분히 괴로워하셨어요. 다 끝난 일이잖아요. 이제 와서 뭘 어떻게 하겠다고."

"아니, 끝나지 않았습니다. 죽은 아이에게도, 유족에게도, 누명을 쓰고 죽은 소년에게도, 그 가족과 친구에게도 그 사건은 현재 진행형입니다. 충분히 괴로워했다고요? 그런 종류의 사건에 '충분히'라는 건 없습니다. 모든 증거를 백번 들여다본다 한들 턱없이 부족하죠. 가장 중요한 증거인 DNA가 이대로 사라진다면, 모두가 그 굴레에서 벗어나지 못할 겁니다."

민 실장에게도 가족이, 친구가, 사랑하는 사람이 있다면, 강한의 말을 이해할 수 있을 것이다. 소중한 누군가를 잃었을 때, 그것도 사고나 질병이 아닌 어떤 사람의 잔인하고 이유 없는 폭력이 그 원인이 되었을 때, 주변 사람들의 시간은 거기서 멈추어버리고 만다. 진범을 잡아서 처벌하는 건 차갑게 굳어진 시간 속에 갇힌 그들의 괴로움을 조금이나마 덜어주는 것이었다.

민 실장은 은행 안에 있는 다른 사람들의 눈치가 보였는지, 일단 자리에서 일어나 창구를 빠져나온 후 조금 난감한 어조로 강한에게 말했다.

"잡기 어려울 거예요. 아시잖아요, 원장님 든든한 빽 있는 거. 그쪽에서 위조 여권을 구해줬다고 했어요."

"위조 여권이요? 그럼 비행기 타고 외국으로 나간다는 겁니까?"

"아뇨, 급하게 구하는 바람에 여권이 정밀하지 못해서 공항은 위험하다고 했어요. 항구는 통과할 수 있을지도 모른다고, 배 타고 간다고 했어요. 자리 잡히는 대로 절 부른다고 했는데."

물론 그런 일은 일어나지 않을 것이다. 민 실장은 깨우쳐주지 않아도 잘 알고 있다는 듯 얕은 한숨을 내쉬며 덧붙였다.

"내일 저녁, 인천항이요. 중국으로 가는 배를 찾으세요."

130

저녁 6시 20분. 인천 제1연안여객터미널 1층 대합실.

"중국이 무슨 아파트 옆 동쯤 되는 줄 아나. 중국 어딘지 얘길 해 줘야 할 거 아니냐고요!"

소원의 불만 가득한 목소리가 쩌렁쩌렁 울려 퍼졌다. 산더미 같은 봇짐을 짊어진 보따리상들이 지나가면서 이쪽을 힐끔거렸지만, 소원은 신경 쓰지 않았다. 이제야 일이 술술 풀리나 했더니, 선박 운행 시간표를 보는 순간 저도 모르게 욕이 튀어나오려고 했던 것이다.

"저녁 7시에 친황다오 가는 배가 한 척, 스다오 가는 배가 또 한 척, 거기다가 제2터미널이 또 있네요? 거기서 7시에 웨이하이 가는 배가 한 척. 이건 뭐 분신술이라도 써야 할 듯."

출항까지 남은 시간은 얼마 없고, 둘은 흩어져서 찾아보고 다닐 수도 없는 처지였다. 강한은 뭔가 잠시 생각하는 듯하더니 옆에서 투 덜대고 있는 소원을 향해 침착하게 물었다.

"여기가 지금 출입문 지나서 대합실이지. 그럼 쭉 가면 매표소가 있겠군. 어떻게 생겼지?"

"음, 12시 방향으로 열 걸음 가면 앉을 수 있는 철제 벤치가 있어요. 벤치를 지나쳐서 네 걸음 더 걸어가면 표 끊는 곳이 있는데요. 목적지에 따라 데스크가 나뉘어 있고요, 공항처럼요. 투명한 플라스틱 가림막에 목적지가 쓰여 있고 그 뒤에 직원들이 앉아 있어요. 가림막에 구멍이 뚫려서 얘기할 수 있게 되어 있고요."

가만히 고개를 끄덕이며 소원의 설명을 들은 강한은 몇 초간 집중하면서 그 내용을 외웠다.

"잠깐만 기다려봐. 앞으로 10분 동안 나 알은척하지 말고."

손목에 멀쩡히 잘 걸려 있던 케인을 빼서 셔츠 소매 안에 숨기고, 외출하기 전 소원이 단정하게 다듬어준 머리카락을 쓱쓱 흩어놓고, 마지막으로 반듯하게 다려진 정장 재킷 옷단을 일부러 거칠게 구겨버리는 강한의 엉뚱한 행동을, 소원은 얼떨떨한 표정으로 지켜보았다.

요즘 들어 정상인과 거의 비슷할 만큼 자신감 있게 걷는 강한이었는데, 돌연 술 취한 사람처럼 비틀비틀 걷기 시작했다. 그는 소원이 조심하라고 말했던 바로 그 벤치로 돌진하듯 다가가더니 벤치 다리 부분에 발목을 부딪쳤다. 그러곤 모두가 보란 듯이 우당탕 소리를 내면서 바닥에 넘어졌다. 소원은 반사적으로 그쪽으로 뛰어가려다가, 알은척하지 말라는 강한의 말이 떠올라 동작을 멈췄다.

"어머!"

벤치가 정면으로 보이는 가림막 뒤에 앉아 있던 매표소 직원이 깜짝 놀라 달려나왔다. 성실하고 선량한 인상의 젊은 남자 직원이었다. 직원이 얼른 부축해주었는데도 강한은 여전히 균형을 잡지 못하는 척하면서 평소와는 완전히 다른 소심한 말투로 웅얼거렸다.

"아이쿠, 죄송합니다. 제가 몸이 조금 불편해서요. 혹시 집기를 망가뜨리거나 했나요?"

"아니에요. 걱정하실 것 없어요. 몸은 괜찮으세요? 전 터미널 직원 인데, 뭔가 도와드릴 일은 없을까요?"

"그게 말이죠, 제가 어느 배를 타야 하는지 헷갈려서요. 중국 지명 은 다 거기서 거기 같더라고요. 보시다시피 전 영구 실명한 시각장애 인이라 수술도 못하는데, 중국에 좋은 약이 있다고 해서 써보러 가는 길이에요. 동생이 표를 끊어줬는데 오는 길에 그만 지갑을 통째로 잃 어버렸네요. 너무 바보 같죠?"

강한은 선글라스를 만지작거리면서 풀 죽은 시늉을 해 보였다. 선 글라스 테 너머로 살짝 드러난 끔찍한 화상 흉터를 본 터미널 직원 은 순간적으로 움찔했다가, 그런 자신이 부끄러운 듯 지나치게 열렬 한 태도로 대답했다.

"무슨 말씀이세요. 여기까지 혼자 오신 것만으로도 대단하시죠. 우 리나라 분들 다 그러세요. 스다오 표 들고 칭다오 배 타러 가시고, 다 롄에서 방금 오셔놓고 단둥에서 오셨다고 하시고. 외국어인데 헷갈 릴 수밖에 없죠. 예약 내역 조회해드릴게요. 성함이 어떻게 되세요?"

"황명훈입니다."

강한은 직원의 호의를 사양하지 않고 냉큼 이름을 댔다. 필요하다 면 주민등록번호와 주소, 휴대전화 번호까지 불러주어 '본인 인증' 을 할 준비가 되어 있었지만, 직원은 요구조차 하지 않았다. 황명훈 이 저녁 7시에 친황다오로 가는 배를 예매했다는 걸 확인하는 데는 1분도 채 걸리지 않았다. 소원은 무슨 마술을 구경하는 것처럼 신기 하게 그 광경을 지켜보고 있었다.

"표를 잃어버리셨으니 다시 발권하셔야겠네요. 저쪽, 아니 왼쪽 가장 끝 창구로 가시면 됩니다. 모셔다드릴까요?"

"아뇨, 혼자 갈 수 있습니다. 감사합니다."

강한은 돌연 말투를 바꿔 정중하지만 단호하게 대답했다. 직원은 그래도 도와주고 싶은 듯 머뭇거리다가, 가림막 뒤에 어느새 길게 줄을 선 다른 손님들을 발견하고는 포기했다. 소매에서 케인을 꺼내 한결 능숙하게 인파를 헤치고 나온 강한은 다시 소원의 앞에 섰다.

"자, 이제 표 끊으러 가자. 배 안으로 들어가려면 필요하니까."

"……동정받는 건 딱 질색이라면서요?"

"방금 그건 동정이 아니야, 인류애지."

천연덕스럽게 대꾸하며 구겨진 옷단을 잡아 펴는 강한을, 소원은 어안이 벙벙하게 쳐다보고 있었다.

"어, 근데 표는 그렇다 쳐도 외국 나가려면 뭐 그런 거 필요하지 않아요? 비자?"

"선상 비자 받는다고 하면 돼. 어차피 출항하기 전에 내릴 거니까 상관없지만."

"우와, 형 진짜 잘 안다. 해외여행 많이 다녀봤나 봐요?"

"아니, 나도 안 가봤어. 시간 없어서."

사실 강한은 검사로 임관한 이후 단 한 번도 사흘 이상의 휴가를 내본 적이 없었다. 만일 여진과 결혼했다면 신혼여행인 열흘 동안의 남프랑스 일주가 첫 경험이 됐겠지만, 지금에 와서는 아무런 미련도 없었다.

야무지게 20퍼센트의 장애인 할인까지 받아 챙긴 강한은 소원과 함께 출국심사대를 거쳐 7층 규모의 페리호에 올라탔다. 주변은 거의 다 중국인들이었고, 한국인은 그들 외에는 보이지 않았다. 황 원장이 굳이 친황다오라는 생소한 도시로 가는 배를 고른 것은 그 이유가 분명 있을 것이다. 게다가 친황다오는 중국의 수도인 베이징과 매우 가깝다는 이점도 있었다.

"벌써 선실에 틀어박혀버린 건 아니겠죠? 그럼 찾기 힘들어지는데. 시간이 없잖아요."

"앞으로 23시간 동안 논스톱 항해인데, 그러고 싶진 않을 거야. 그보다는 언제 다시 돌아올지 모르는 고국을 조금이라도 더 봐두고 싶지 않을까?"

강한과 소원은 엘리베이터를 타고 7층 갑판으로 올라갔다. 어차피 이 배를 타는 사람은 관광객이 아닌 장사꾼이나 노동자가 대부분이고, 지금 시간대에는 볼거리도 없기에 갑판은 한산했다.

갑판에 도착한 소원은 난간에 기대어 담배를 피우고 있는 한 남자를 발견했다. 점점 검게 물들어가는 수면을 쓸쓸한 얼굴로 내려다보고 있는 그 사람은 바로 황명훈 원장이었다. 소원이 그 사실을 강한에게 알려주기 위해 입술을 떼려는 순간, 황 원장이 품 안에서 뭔가를 꺼내 들었다. 손바닥만 한 크기의 흰색 플라스틱 봉투였다.

"어, 저기, 잠깐만요, 그러면 안 돼요! 버리면 안 된다고요!"

황 원장이 수면 위로 떨어뜨리려는 것처럼 봉투를 쥔 손을 난간 밖으로 홀연히 내미는 찰나, 기겁한 소원이 저도 모르게 소리쳤다. 자세한 설명을 듣지 않아도, 강한은 그것만으로도 지금 눈앞에 어떤 상황이 펼쳐졌는지 짐작했다.

"황명훈 씨, 무슨 착각을 하는 겁니까? 그 DNA 샘플이 마음대로 버릴 수 있는 개인의 소유물입니까? 법의학자라면 누구보다 잘 알고 있을 텐데요. 법의학자도, 검사도, 실체적 진실을 밝혀내기 위한 도구일 뿐, 마음대로 진실을 바꾸거나 묻어버릴 수 없다는 걸 말입니다."

"강 검사님, 왜 여기까지 따라오셨어요. 이쯤 했으면 포기하고 놓아주시면 안 되겠습니까? 지금 가장 괴로운 사람은 저라고요!"

황 원장은 도저히 못 견디겠다는 듯 악에 받쳐 고함쳤다. 돈을 갈

퀴로 쓸어모은다는 표현이 어울릴 만큼 번창하던 클리닉을 하루아침에 접어버리고, 애인도 아내도 태중의 아이까지 남겨두고 지명조차 생소한 먼 도시로 도망가는데, 눈도 보이지 않는 주제에 천리안이라도 단 것처럼 꾸역꾸역 따라온 강한이 그에게는 저승사자처럼 보였을지도 모를 일이었다.

괜히 황 원장을 자극했다가 정말 DNA 샘플을 바다에 버리기라도 하면 큰일이기에, 강한은 최대한 침착하고 차분한 말투를 유지하려 애쓰면서 한 걸음 신중하게 앞으로 나섰다.

"사람은 누구나 자신의 아픔이 가장 크다고 여깁니다. 나도 마찬가지죠. 이 세상에 두 눈이 보이지 않는 것보다 더 끔찍한 건 없는 것 같습니다. 하지만 정말 그럴까요? 아니, 소중한 자식을, 가족을 생으로 잃은 사람들의 고통은 우리 둘이 감히 헤아릴 수 없을 정도일 겁니다. 황명훈 씨도 이제 7개월 후면 아버지가 된다니 조금은 짐작할 수 있을지 모르겠군요."

"……"

"황명훈 씨가 꼭 알아야 할 사실이 있습니다. 1년 전 참혹하게 살해당한 여자아이의 손톱 아래서 나온 피부 조직, 그것과 일치하는 DNA 샘플의 주인은 바로 조규진입니다. 막대한 투자금으로 황명훈 씨를 포섭했던, 차기 대권 주자 조민국 대표의 외아들 말입니다."

"!"

황 원장이 긴장한 듯 깊이 숨을 들이쉬는 소리가 들렸지만, 그 이상의 반응은 나타나지 않았다. 역시, 황 원장도 DNA 샘플을 둘러싼 강한과 조 대표의 쟁탈전을 지켜보면서 규진이 용의자라는 걸 어렴풋이나마 짐작했던 것이다. 사람 좋기로 소문난 부자의 흑막 뒤에 숨겨진 진실을 알게 되었으면서도, 황 원장이 또다시 악마와의 거래를 받아들이고 말았다.

"조규진은 착하고 성실한 의대생 행세를 하고 있지만, 그 실체는 인간적인 감정을 느끼지 못하는 사이코패스입니다. 타인을 조종하거나, 해치거나, 죽일 때만 성취감과 쾌감을 얻고, 그로 인해 마치 마약에 중독된 것처럼 범죄에 중독되어 있죠. 약쟁이가 점점 강하고 센 약을 찾는 것처럼, 조규진도 이대로 내버려두면 더 많은 사람을, 더 잔인하게 죽일 겁니다."

강한이 말하는 것을 황 원장이 모를 리 없었다. 아니, 훨씬 더 실감 나게 잘 알고 있을 것이다. 주로 기록과 사진, 보고서로 피해자를 만나는 강한과 달리, 황 원장은 차갑게 식은 유해를 직접 만지고 낱낱이 파헤쳐 살펴보는 일을 오랫동안 해온 사람이었으니까.

냉혈한 살인자에 의해 희생된, 그리고 앞으로 희생될지 모르는 생명의 무게를 쉽게 외면할 수 없기에 뱃전에 오른 이 순간에도 황 원장은 고뇌하는 것일 터였다. 그는 강한의 말에 흔들리는 듯 침묵을 지키다가, 여기까지 오게 된 경위가 떠올랐는지 곧 거센 저항을 해왔다.

"그래서요? 그 DNA가 조규진 거라고 내가 법정에 나가서 말하면 뭐가 달라집니까? 어차피 조 대표가 권력과 돈을 이용해 은폐해버리면 그만인데요. DNA 분석보고서가 세상 빛을 보는 날에는, 병원에 넣은 투자금을 전부 회수하고 수십 건의 의료 과실로 고발하겠다고 날 협박한 것처럼 말입니다."

"의료 과실이 있었습니까?"

"아뇨, 죄다 간단한 시술인데 과실이 있고 말고 할 게 뭐 있습니까? 하지만 조 대표라면 없는 과실을 만들어내고도 남을 겁니다. 당장 우리 클리닉에 단골로 드나들던 정재계 사모들도, 그 남편들도, 실은 다들 조 대표의 꼭두각시들이니까요."

황 원장이 분한 듯 어금니를 으득 깨무는 소리가 바닷바람에 섞여 들려왔다. 그러니까 결국, 이렇게 초라한 밀항자 신세가 된 것도 황 원장의 자의에 의한 선택은 아니었던 셈이다. 의료 과실을 줄줄이 저지른 의사로 낙인찍혀 떠들썩하게 언론을 장식하고, 의료계의 수치로서 전국적인 망신을 당하고, 수사와 재판을 받고, 면허를 박탈당하고, 재산을 몽땅 잃고, 그 과정에서 가족 전체를 희생시키느니 조 대표가 시키는 대로 도망갈 수밖에 없었던 것이다.

"이제 몇 달 후면 대선입니다. 압도적인 지지율 1위인 조 대표는 대한민국 대통령이 될 테고, 그 아들인 조규진도 함께 청와대에 들어가게 될 텐데, 일개 검사인 당신이 감히 그들을 잡을 수나 있겠습니까? 그것도 정직 상태에서?"

황 원장은 자기가 질문하면서도 이미 결론을 내린 듯 회의에 찬 말투였다. 그런데 강한은 그 말끝에 배어나는 묘한 떨림에서, 황 원장의 숨겨진 진심을 읽을 수 있을 것 같았다.

황 원장은 조 대표가 휘두르는 무소불위의 권력에 굴복하면서도 그 부당함에 치가 떨리고, 자신의 무력함에 진저리가 나고, 그래서 누군가가 앞장서서 싸워주길 기도하고 있는 것은 아닐까. 외아들을 지키기 위해 물불 안 가리는 조 대표를 상대하려면, 문자 그대로 눈에 보이는 것 없는 강한보다 더 적합한 인물은 없을 터였다. 어쩌면 자신이 쫓아와 주기를 황 원장은 무의식적으로 바랐을지도 모른다고, 강한은 그렇게 생각하며 한 걸음 더 나아갔다.

"잡아야죠. 그런 인간이 정말로 대통령으로 뽑히기 전에. 청와대가 살인범의 은신처로 전락하기 전에. 반드시 잡을 겁니다. 이번에는 두 눈이 아니라 더한 걸 잃는 한이 있더라도."

"목숨을 걸겠다느니 그런 말을 듣고 싶은 게 아닙니다. 조규진이 자기 학교를 대표하는 교환학생으로 선발되어 곧 유학길을 떠난다고 들었습니다. 그전에 잡을 방법이 있는지, 현실적인 계획이 있는지 묻고 있는 겁니다."

"있습니다. 함부로 밝힐 수는 없지만, 어느 정도 승산도 있는 계획입니다. 내게도 아직 지켜야 할 사람들이 남아 있으니까, 될 대로 되라 하면서 마구잡이로 행동하진 않습니다."

강한은 그의 곁에 서 있는 소원을, 그가 없는 검찰청을 지키고 있을 유미를, 그가 내린 은밀한 지령을 수행하고 있을 세은을, 그리고 체육관에 있을 김 관장과 병원에 누워 있을 어머니를 차례차례 떠올리며 단호하게 말했다.

"믿어보세요. 황명훈 씨와 황명훈 씨의 보고서가 세상 빛을 보는 건, 조 대표가 해코지할 수 없을 만큼 세력이 약해진 다음이 될 겁니다."

강한의 말에는 도저히 부정할 수 없는 힘이 있었다. 어느새 그의 말에 푹 빠져버린 소원은, 마찬가지로 압도당한 황 원장의 손이 난간 밖에서 안쪽으로 스르르 이동하는 것을 눈을 크게 뜨고 지켜보았다. 혹시 DNA 샘플이 사라질까 무서워 숨도 못 쉬고 있다가 저도 모르게 안도의 한숨이 나왔다. 아마 겉으로 내색하진 않아도 강한 역시 같은 심정이었을 것이다.

"자, 함께 내리시죠. 중국은 나중에 사건이 끝난 후, 가족과 함께 휴가나 지내러 가시고요."

강한은 황 원장이 서 있는 쪽을 향해 손을 내밀면서 한결 부드러워진 어조로 말했다. 오늘밤 춥고 외로운 선실에서 자괴감에 몸부림치는 대신 그리운 가족과 함께 있게 되었다는 걸 깨닫는 순간 황 원장의 얼굴은, 서러운 어린애처럼 금방이라도 울음을 터뜨릴 것 같았다.

131

12월 7일 금요일 오후 1시. 성암대학교 의과대학 봉사동아리 '아미쿠스(AMICUS)' 동아리방.

"축하합니다-. 축하합니다-. 규진이의 미국 진출-. 축하합니다-!"

불 꺼져 있던 동아리방이 갑자기 환하게 밝혀지면서, 사방에서 폭죽이 터지고 경쾌한 노랫소리가 울려 퍼졌다. 짐을 가지러 왔던 규진은 자신을 겹겹이 둘러싸는 사람들을 보면서 깜짝 놀란 시늉을 했다. 동기와 후배들뿐만 아니라, 공부하랴 실습하랴 잠잘 틈도 없는 본과 선배들까지 모여 있었다.

"다들 기말고사 때문에 바쁘다더니, 잔소리꾼이 사라지는 게 그렇게들 좋아요?"

규진은 초를 훅 불어 끄고는 가볍게 농담을 던졌다. 어릴 때는 '농담'이라는 것을 아예 이해하지 못했지만, 이제는 제법 능청스럽게 해 낼 수 있게 되었다. 사람들이 웃고 떠드는 것보다는 울고 괴로워하는 게 훨씬 재밌긴 했지만.

"야, 예과생이 전액 장학금 받고 미국 의대 교환학생으로 가는 게 얼마나 대단한 건지, 너희들 알기나 해? 역사상 전무후무한 일이야. 이게 다 조규진이니까 가능한 거라고! 잘생겼지, 성적 퍼펙트하지, 성격 좋지. 딱 우리 동아리 차기 회장 감이었는데."

제 일이든 남의 일이든 가리지 않고 으스대기 좋아하는 전임 회장이 규진의 어깨를 퍽퍽 소리 나게 치면서 요란하게 떠들어댔다. 엷은 미소를 띤 규진은 그가 치면 치는 대로 순순히 흔들리면서, 속으로는 지저분하게 침 튀는 그 입을 찢어버리고 싶다는 생각을 했다.

"아, 그러고 보니까 혜윤이가 안 왔네. 거기가 조규진 열혈 팬인데."

일회용 컵에 한 조각씩 담아 나눠준 케이크를 게걸스럽게 먹던 전임 회장이 무심코 던진 말에, 동아리방 안에 돌연 싸늘한 기운이 맴돌았다. 누구도 먼저 말을 꺼내지 못하고 서로 눈치만 보던 가운데, 규진의 동기인 여학생 한 명이 용감하게 총대를 메고 나섰다.

"모르셨어요? 혜윤 선배 휴학했잖아요."

"휴학? 뜬금없이 왜? 걔 학자금 대출 때문에 얼른 졸업하고 돈 벌 거라고 작정했던데."

"저도 들은 얘기긴 한데, 말이 휴학이지 못 돌아올 가능성이 크대요. 자세한 건 몰라요. 근데 혜윤 선배 실습 중에 병원 측이랑 뭔가 문제가 생겼나 봐요. 되게 심각한 거라고 하던데."

"실습 중에 문제? 뭐지? 약제실에서 약이라도 훔쳐다 팔았나?"

전임 회장이 장난기 어린 말투로 던진 말에, 동아리방 안의 공기는 더욱 어색해져버렸다. 미묘하게 가늘어진 규진의 눈동자는 날카롭고 예리하게 전임 회장을 주시하고 있었다. 도둑질하다 잡힌 게 자랑할 일도 아니고 혜윤이 어디 가서 떠들고 다닐 리는 없다고 생각했는데, 혹시라도 전임 회장에게 말을 옮긴 거라면 곤란했다. 둘 다 입을 다물게 만들어야 할지도 몰랐다.

"아니면 뭐, 교수 중 한 명하고 불륜이라도 한 거 아냐? 몇 년 전에도 교수랑 조교 사이에 그런 일이 있었잖아. 그래서 교수는 이혼당하고, 조교는 학교 그만두고. 난리가 났었는데."

곧바로 이어진 말에 다행히 규진은 긴장을 풀 수 있었다. 전임 회장은 뭘 알고 떠드는 게 아니고, 어쩌다 얻어걸린 것에 불과했다. 그냥 내버려두고 미국으로 떠나도 될 것 같았다. 혜윤도 바보가 아닌 이상 의대 학장과 병원 이사진이 전부 조 대표의 편이라는 걸 눈치챘을 테고, 나중에라도 복학하고 싶으면 규진과의 사이에 있었던 일은 묻어야 한다는 걸 알았을 것이다.

"혹시 거기가 생각보다 별로면 바로 돌아와라, 규진아. 회장 자리는 널 위해 비워둘 테니까. 뭐, 바지 회장을 앉힐 순 있겠지만 네가 오면 언제든 엉덩이 뻥 차서 내쫓아버릴 거야."

애정이 듬뿍 어린 전임 회장의 당부를 마지막으로 송별 파티는 한 시간 만에 끝났다. 규진이 비자 인터뷰를 위해 오후 3시까지 주한 미국대사관으로 이동해야 했기 때문이다. 규진은 예쁘게 포장된 작별 선물을 소중하게 껴안고 책이 가득 담긴 백팩을 어깨에 멘 채로 동아리 사람들 한 명 한 명과 일일이 인사를 나누었다. 규진이 아주 가는 것도 아니고 1년만 있다 돌아오는 것인데도, 그들은 못내 아쉬운 듯 건물 앞 주차장까지 따라 나와 배웅해주었다.

"기다리시게 해서 죄송해요, 이제 가서도 돼요."

규진은 기다리고 있던 운전기사의 차에 올라타면서 간결하게 말했다. 유학을 가겠다고 결정했음에도, 아니 그 후에 오히려 더 불안해졌는지 조 대표는 아들이 혼자 어딜 가도록 내버려두는 법이 없었다. 규진은 차 문을 닫는 것과 동시에 품에 안고 있던 선물 꾸러미를 뒷좌석 구석에 휙 던져놓았고, 세단은 묵직한 엔진 소리를 내면서 출발했다.

"규진 학생, 오늘 그 인터뷰라는 게, 유학 가는 데 중요한 거죠? 가면서 공부할 수 있게 칸막이 올려줄까요?"

"아뇨, 괜찮아요. 그냥 간단한 인터뷰예요. 공부하고 뭐고 할 것도 없어요."

조 대표가 영국인 과외 교사를 붙여준 덕분에 열두 살 무렵부터 유창하게 영어를 구사했던 규진은 비자 인터뷰가 대단한 것인 줄 아는 운전기사가 우스웠다. 슬쩍 올라간 입꼬리가 흘리는 비웃음을 감추려 룸미러에서 시선을 내리는데, 백팩 앞주머니에 넣어둔 휴대전화가 진동했다. 무심코 휴대전화를 꺼내 든 규진은 메시지 발신인이 강한이라는 걸 알고 눈이 커졌다.

— http://m.seoulcast.com/ch/13121

메시지에 내용은 없었고 링크된 주소만 달랑 있었다. 규진이 손가락 끝으로 링크를 누르자, '서울신문 팟캐스트' 로고가 달린 모바일 사이트가 휴대전화 화면에 펼쳐졌다. 규진은 팟캐스트를 직접 들어본 적은 없었지만, 그게 뭔지는 알았다. 전문적인 장비가 없어도 오디오 콘텐츠를 녹음해 올리고 인터넷이나 스마트폰으로 청취할 수 있는 매체의 한 종류였다.

"다음주가 출국이죠? 이제 정말 며칠 안 남았네요. 공항에 갈 때는 꼭 데려다줄……."

"아저씨, 조용히 해주세요. 꼭 들어야 할 자료가 있는 게 생각났어요."

규진은 공손한 말투를 가장하는 것조차 잊어버리고 한층 날카로워진 어조로 말했다. 그의 두 손은 다급하게 백팩 안을 뒤져 이어폰을 찾고 있었다. 이어폰을 꽂은 규진의 귀에, 맑고 또렷한 여자의 음성이 들려오기 시작했다.

* * *

— 안녕하세요, 청취자 여러분. 저는 박영주 기자입니다. 우리 사회에서 가장 뜨거운 이슈와 그 뒤에 숨겨진 팩트들을 낱낱이 파헤치는 서울신문 팟캐스트, 오늘은 아주 특별한 손님을 모셔봤는데요. 자기소개 부탁드려도 될까요?

— 성암지방검찰청 형사1부 소속 강한 검사입니다. 언론에는 제 이름보다는 '염산 테러 검사' '시각장애인 검사'로 더 많이 언급되는 것 같더군요.

생전 처음 해보는 팟캐스트 출연임에도 불구하고 강한은 침착하고 차분했다. 어쩌면 그에게는 초점 없는 눈동자를 간신히 가린 선글라스, 그리고 시각장애인의 상징과도 같은 케인을 고스란히 드러내야 하는 TV보다는 라디오와 같은 매체가 훨씬 편안한지도 몰랐다. 말과 소리와 음악으로 소통하는 세상에서는, 그도 비장애인들과 전혀 다를 바 없이 평범한 한 사람이 될 수 있었으니까.

— 안녕하세요, 강 검사님. 작년에는 성암시 초등학생 살인 사건, 올해는 법조인 연쇄 상해 사건. 대한민국을 발칵 뒤집어놓은 두 사건의 중심에 계셨던 주인공이시죠.

— 둘처럼 보이지만 연결된 하나의 사건이고, 그로 인해 많은 이들의 인생이 돌이킬 수 없이 망가졌습니다. 주인공이란 표현은 그리 적절하지 않을 것 같군요.

좋게 넘어갈 수도 있는 걸 굳이 지적하는 강한의 까칠한 말투가 규진의 마음에 들었다. 흠씬 두들겨 맞고 버려진 개처럼 비참한 패배자가 되었음에도 하늘 높은 줄 모르는 고고한 자존심은 변함없었다. 건드리고 싶고, 파괴하고 싶어지게 만드는 뭔가가 있었다.

— 모든 언론에서 검사님을 인터뷰하려고 했지만 매번 거절하셨고, 저 또한 뺑뺑 차였던 건 마찬가지였는데요. 이 시점에서 저희 팟캐스트에 출연하기로 결심하신 특별한 이유가 있을까요?

— 기자님이 아시다시피, 전 지금 3개월간 정직 처분을 받고 근신 중입니다. 정직이라고는 하지만, 다시 돌아갈 수 있을지 없을지도 불투명한 상황이죠. 그런 처지에서 제 목소리를 낼 수 있는 곳을 찾다 보니 여기까지 오게 됐네요.

— 강 검사님은 객관성과 중립을 지켜야 한다는 원칙을 어기고 피해자 신분으로 사건 수사에 개입했을 뿐만 아니라 직접 주도하기까지 했다는 이유로 징계를 받으셨죠. 거기에 대해 해명하고 싶으신 건가요?

— 원칙을 어긴 것에 대해서는 변명의 여지가 없습니다. 공익의 대표자인 검사로서 해서는 안 될 일을 했죠. 다만 제가 그렇게밖에 할 수 없던 이유에 대해 한 번쯤은 속 시원하게 말하고 싶었습니다.

— 그 이유라는 게, 도대체 뭡니까?

쓸데없는 말 없이 곧바로 핵심으로 치고 들어가는 강한 때문에, 인터뷰하고 있던 기자까지 덩달아 긴장하는 게 이어폰을 통해 고스란히 전달되었다. 강한은 잠시 간격을 두었다가, 비장한 결의가 느껴지는 말투로 대답했다.

— 제가 얼마 전 기자회견에서 밝혔던 것처럼, 성암시 초등학생 살인 사건의 진범은 지온유가 아니라 따로 있습니다. 바로 그 진범이 올해 발생한 법조인 연쇄 상해 사건도 저질렀고요. 수상한 정황이

사방에 있었지만, 누구도 똑바로 보려 하지 않았습니다. 염산 테러를 당하기 전의 저도 그랬죠. 지적장애가 있는 고아 소년의 소행으로 해 두는 게 모두에게 편했으니까요.

— 엊그제 성암지검에서는 이태리 검사를 주축으로 꾸려진 새로운 전담팀이 수사 결과 브리핑을 했고, 지온유의 친모로 밝혀진 윤지영 변호사를 법조인 연쇄 상해 사건의 범인으로 지목했는데요. 자기 배로 낳은 아들이 살인범이라는 걸 인정하지 못한 비뚤어진 모성이 만들어낸 비극이라는 평가와 함께, 초등학생 살인 사건 재수사는 '내사종결', 법조인 연쇄 상해 사건은 '공소권 없음'으로 처분했다는 발표를 했습니다. 강 검사님은 그게 잘못됐다고 주장하시는 건가요?

— 윤지영 변호사가 일련의 상해 사건을 구상하고 실행에 옮긴 건 맞습니다. 그러나 극심한 우울증과 불면증, 약물 중독으로 정신이 온전치 않았던 윤 변호사를 배후에서 조종한 사람은 따로 있습니다. 그 진범의 계략으로 인해 윤 변호사가 계획했던 것보다 범행의 규모가 커지고 피해자들이 크게 다쳤고, 죄책감을 이기지 못한 윤 변호사는 결국 자살에 이르게 된 겁니다.

강한의 말이 끝나자마자, 방송 사고가 난 게 아닌가 싶을 만큼 긴 침묵이 이어졌다. 화제의 인물을 독점 인터뷰한다는 사실에 들떠 있던 기자조차 당황할 정도로, 강한이 하는 말 한마디 한마디가 지나치게 파격적이었던 것이다.

— 어…… 검찰의 수사 결과와는 너무도 다른 이야기라 쉽게 받아들이기가 어려운데요. 정말로 숨겨진 진범이 존재한다면 어째서 전담팀에서는 까맣게 모르고 지나갔을까요?

— 최대한 신속하게 수사를 종결하라는 압력이 가해지는 상황에서, 치밀하게 조작된 증거들만을 보고 판단했기 때문입니다. 제가 1

년 전 저질렀던 과오를 똑같이 반복하고 있는 거죠.

— 음…… 말씀하시는 걸 들으면 강 검사님께서는 진범이 누군지 그 정체도 이미 알고 계신 것 같은데요. 혹시 이 자리에서 밝히실 수 있나요? 다섯 차례에 걸친 사건에서 수사기관을 감쪽같이 속여넘길 만큼 증거를 조작했다면 대단히 지능적인 인물이겠군요.

심각한 표정으로 팟캐스트를 듣던 규진의 얼굴이 조용히 펴졌다. 누군가 자신의 '실험'에 대해 그렇게 칭찬에 가까운 평가를 해주는 게 처음이었기 때문이다. 그게 완전범죄의 딜레마였다. 아무리 칭송받아도 부족할 만큼 위대한 일임에도 불구하고, 누구에게도 자신의 소행임을 떳떳하게 밝힐 수 없다는 것. 그러나 그 흡족한 기분은 곧이어 들려온 강한의 말에 처참하리만큼 산산이 부서지고 말았다.

— 아직은 누군지 밝힐 수 없습니다만, 절대 그 진범이 두려워서는 아닙니다. 지능적이라고요? 전혀 그렇지 않습니다. 사실 진범은 육체적으로나 정신적으로 아주 미숙하고, 충동적이며, 서툴기 짝이 없습니다. 스스로 매우 똑똑한 줄 알고 자만심에 취해 있지만, 법률 전문가나 수사 전문가로서는 상대하기 창피할 만큼 가소로운 수준이죠.

강한의 가차 없고 신랄한 평가에, 규진은 저도 모르게 두 뺨이 벌겋게 달아올랐다. 휴대전화를 쥐고 있는 두 손에 힘이 들어가면서 손등에 푸르스름한 핏줄이 불거졌다. 강한은 규진에게 이 팟캐스트의 링크를 보내고, 규진이 듣게 되리라는 걸 뻔히 알면서도 인터뷰를 감행했다. 네가 대단한 줄 알고 있겠지만 실은 아무것도 아니라고, 강한은 규진에게 그렇게 말하고 있었다.

— 정말인가요? 그렇게 어설픈 범인이 여태껏 무사히 수사망을 피했다는 게 믿기지 않는데요.

— 진범에게는 그보다 훨씬 영리하고, 뛰어난 능력, 재력, 통찰력에 연륜까지 갖춘 조력자가 있습니다. 진범은 범행을 은폐하고 조작한 게 전부 자신의 공이라고 착각하고 있지만, 제가 포착한 증거들에 따르면 최소 80, 아니 90퍼센트는 조력자의 힘이었습니다. 그 조력자야말로 진정 두려워해야 할 인물이죠. 진범은 조력자를 믿고 설치는 사고뭉치일 뿐입니다.

강한은 '착각' '사고뭉치' 같은 단어들에 일부러 더 힘을 실어 강조했다. 규진은 귓가에서 시계추처럼 똑딱거리며 맥박 뛰는 소리가 울려 퍼지는 듯했다. 혈류가 급격히 빨라지면서 척추가 뻣뻣해지고 손끝이 가늘게 떨려왔다. 규진이 좀처럼 느끼지 못하는 분노의 감정이었다. 그러거나 말거나, 인터뷰를 진행하는 기자는 이 새로운 주장에 완전히 구미가 당긴 듯했다.

— 강력한 조력자가 있단 말이죠. 설사 가설이라 할지라도 상당히 흥미로운 얘기네요. 강 검사님께서는 조력자의 정체도 알고 계신 거죠? 살인을 덮어줄 정도라면 역시 가족관계일까요?

— 후원자, 스승, 주인, 뭐라고 불러도 좋습니다. 진범에게 조력자는 절대로 극복할 수도 벗어날 수도 없는 아버지상이라고만 해두죠. 아버지가 쌓아올린 업적에 짓눌리고 가려져 어떻게든 자신을 부각해보려고 발버둥치는 것, 그게 진범의 범행 이면에 숨겨진 진짜 심리입니다. 오이디푸스콤플렉스 환자의 열등감 폭발, 발악이라고나 할까요. 그래봤자 평생 그 그늘을 벗어나지 못할 테지만요.

— 발악이라니, 어휴, 검사님. 아무리 작정하고 나오셨어도 워딩이 너무 세신 것 아닌가요? 진범이 듣고 있을지도 모르는데, 해코지당할까봐 두렵지 않으세요?

— 자신 있으면 건드려보라죠. 지금, 전 누구의 경호도 받고 있지

않으니까요. 그래도 못할 겁니다. 진범은 철저히 조력자의 통제하에 있으니까요. 무력한 허수아비처럼 말이죠.

비아냥대는 듯한 강한의 말이 잘 벼린 비수가 되어 규진을 찔렀다. 그 후에도 한참 동안 인터뷰가 계속되었지만, 온통 새하얗게 변한 규진의 머릿속에는 아무것도 들어오지 않았다. 그는 차가 대사관 앞에 도착한 것도 알아차리지 못한 채 강한이 던진 말들을 곱씹고 또 곱씹고 있었다. 슬금슬금 규진의 눈치를 살피던 운전기사가 조심스럽게 말을 걸어왔다.

"규진 학생, 다 왔어요. 인터뷰하러 가야지."

규진은 창밖으로 보이는 잿빛 대사관 건물을 물끄러미 바라보다가, 이내 결단을 내렸다. 강한의 도발에 넘어가는 것이라고 해도 상관없었다. 싸움에 진 개처럼 꼬리를 내리고 이대로 도망칠 수는 없었다.

"아저씨, 차 돌려주세요. 저 비자 필요 없어요. 유학 안 갈 거니까요."

"유학을 안 간다고요? 하지만 대표님께서……."

"아버지한테는 제가 알아서 말씀드릴게요. 일단 출발해주세요."

어린 나이지만 사람을 부리는 데 익숙한 규진의 말투는 기사가 감히 반론을 제기할 수 없을 만큼 권위적이고 강압적이었다. 기사는 몇 분 동안이나 머뭇거리다가, 그래도 규진이 차에서 내릴 생각을 하지 않자 어쩔 수 없이 브레이크를 풀었다.

'이런 데서 낭비할 시간이 없어. 난 해야 할 일이 있으니까.'

물결처럼 부드러운 차의 움직임에 몸을 맡긴 채, 규진의 두뇌는 그 어느 때보다 빠르게 회전하기 시작했다. 검사 강한과 의대생 조규진의, 처음이자 마지막 정면 대결이 눈앞으로 다가오고 있었다.

132

12월 10일 월요일 오전 9시 30분. 붉은 악마 체육관 앞.

"그러니까, 형이 진짜 실업자 되면 어떡하냐고요? 나 봉사활동 1만 시간 다 채울 때까지 숙식은 책임진다더니, 내가 뼈 빠지게 알바해서 형 먹여 살리게 되는 거 아니에요?"

"걱정도 팔자다. 죽어도 너한테 신세 질 일 없어."

흙먼지 풀풀 날리는 허름한 골목길, 키가 크고 단단한 몸집의 남자가 그보다 조금 작고 호리호리한 남자의 팔을 붙잡은 채 걷고 있었다. 강한과 소원이었다. 두 남자는 숨 쉬듯 자연스럽게 리듬을 맞춰 걸으면서도 쉴 새 없이 티격태격했다.

"모아놓은 돈은 있는 거죠? 지금 사는 집은요? 전세 아니고 자가 맞죠? 차도 리스 아니죠? 나중에 문제 생길 일 없죠?"

"리스 같은 소리 하고 있네. 내 주변에서 문제를 일으킬 만한 건 딱 하나, 너밖에 없거든."

강한이 믿지 않게 핀잔을 주자마자, 소원은 목적지에 도착했다는 의미로 그의 팔꿈치를 톡톡 두드렸다. 체육관 문은 그들이 오기만을 기다린 듯 활짝 열려 있었고, 소원은 강한이 문턱을 무사히 넘을 수 있도록 도와주었다. 그들이 건물 안으로 사라지고 문이 닫힌 후, 골목 어귀를 둘러싼 낮은 담장 뒤에서 누군가 홀연히 모습을 드러냈다.

'체육관이라니, 여유 넘치는군. 정말로 내가 우습다 이건가.'

앞머리를 내리고 비니 모자를 깊게 눌러써 눈을 가린 사람은 바로 조규진이었다. 그는 손에 쥐고 있던 휴대전화를 들어 올려 체육관 건물을 여러 각도에서 신중하게 촬영했다. 규진의 휴대전화 갤러리 안에는 강한의 집에서부터 그를 미행하면서 찍은 수십 장의 사진이 들어 있었다. 드문드문 포착된 선글라스 낀 옆얼굴에 웃음기가 어려 있는 게 눈에 띄었다. 검찰 조직에서 내쳐진 거나 다름없는 주제에 뭐가 그렇게 즐거운 것인지, 규진은 무척이나 심기에 거슬렸다.

— 정신병이 있어도 머리는 좋은 줄 알았는데, 이제 보니까 헛똑똑이구나. 밥을 다 떠먹여줘도 뱉어내니, 원. 너처럼 멍청한 놈이 내 핏줄이라니 믿을 수 없을 지경이다.

비자 인터뷰를 취소하고 돌아온 날, 유학을 다음 학기로 미루겠다는 규진의 선언을 들은 조 대표는 다짜고짜 폭언을 퍼부었다. 이미 늦었다고, 학교 행정실에도 연락해 다른 학생에게 교환학생 기회를 넘겨줬다고 말하자 이번에는 손바닥이 날아왔다.

짜악-!

규진이 태어나서 처음으로 당해본 손찌검이었다. 눈앞에 별이 번쩍하는 듯한 물리적 충격보다, 다른 식구들이 지켜보는 가운데 열등한 가축처럼 얻어맞았다는 정신적 충격과 수치심, 굴욕감이 더 컸다.

그러나 규진은 그 자리에서 조 대표에게 저항하지 못했다. 철저히 생존과 자기보존을 중심으로 형성된 규진의 의식체계는, 현재의 안락한 생활을 제공해주는 보호자로 각인된 조 대표에게 감히 대드는 것을 용납하지 않았다. 습관과 이성이 본능을 억제한 것이다.

당연히 자기편을 들어줄 줄 알았던 엄마도, 폭력은 야만인들이나 쓰는 것이라고 평소 입버릇처럼 말하던 누나도, 처음 보는 조 대표의 분노한 모습에 놀라 눈치만 살필 뿐이었다. 그 순간 규진은 뼈저리게 깨달았다. 진짜 권력자는 조 대표였다. 이대로 아무것도 하지 않는 한, 강한이 지적한 것처럼 자신은 아버지가 조종하는 끈에 손발이 묶여 있는 꼭두각시에 불과했다.

'현실을 깨닫게 해준 건 고맙게 생각해요, 매형. 하지만 그 말을 한 건 후회하게 될 거예요.'

규진은 목에 걸고 있던 이어폰을 양쪽 귀에 꽂고, 주머니에서 USB처럼 생긴 작고 네모난 전자기기를 꺼냈다. 조용히 다가가 살펴본 체육관 건물은 얇은 석고 벽으로 지어져 있었는데, 금방이라도 무너질 것처럼 여기저기 균열이 생겨 있었다. 그중에서도 특히 허술해 보이는 부분에 전자기기를 갖다대자, 기기에 연결된 이어폰에서 걸쭉한 부산 사투리가 튀어나왔다.

— 마, 니 오늘 피죽도 안 먹고 나왔나? 팔 끝까지 쭉쭉 안 뻗나?

규진이 준비해온 전자기기는 명목상으로는 난청 환자를 위해 개발되었지만 실상은 불법 도청에 주로 사용되는 휴대용 음향 증폭기였다. 조 대표가 카드를 정지시켜버렸지만, 지영으로부터 뜯어낸 두둑한 약값이 남아 있었기에 규진은 경제적으로 전혀 아쉬울 게 없었다.

조깅화가 링 위에서 가볍게 풋워크를 밟는 소리, 가쁜 숨소리, 호루라기 소리에 맞춰 가죽 글러브가 보호구를 타격하는 소리 등이 안에서 어떤 일들이 벌어지고 있는지 짐작하게 했다. 강한이 유소년 권투선수 출신이라는 건 규진도 잘 알고 있었다. 그러나 시각장애인이 어떻게 권투를 할 수 있는지, 중간중간 섞여 들려오는 방울 소리는 무엇인지 그것까진 파악할 수 없었다.

— 대한민국 최촌기라, 최초. 우리 체육관이 대한민국 최초로 시각장애인 권투 대회를 개최한다, 이 말이다. 이번에 강한이 니가 떡하이 우승을 해가꼬 TV에도 나고 신문에도 마이 나고 하믄, 다 망해 가던 우리 체육관도 살아나지 않겠나. 내도 잘난 제자 덕 쪼매 보게 해주그라.

시각장애인 권투 대회라는 말에 규진의 두 눈이 크게 뜨였다. 왼손에는 여전히 증폭기를 든 채, 오른손만 사용해서 재빨리 휴대전화로 인터넷 검색을 했다. 그러자 1980년대에나 쓰였을 법한 촌스러운 디자인의 대회 홍보 포스터가 나타나 실소를 자아내게 했다.

붉은 악마 체육관 개관 20주년 기념 블라인드 복싱 타이틀
매치!! 입장 무료 및 참가자 전원 기념 수건 증정!

알록달록한 글씨 아래에는 활활 타오르는 불꽃 이미지와 함께 도대체 몇 년 전에 찍은 것인지 알 수 없는 강한의 선수 시절 사진이 뜬금없는 황금색 용무늬를 두른 채 대문짝만 하게 실려 있었다. 만일 강한이 앞을 볼 수 있었다면, 죽는 한이 있어도 이런 정신 나간 포스터가 나돌아다니도록 허락하지 않았을 터였다. 대회가 열리는 건 이번 주 토요일, 오전 11시였다.

— 근데 진짜로 괜찮겠나? 그 범인 문디 자슥이 니 인터뷰한 거 듣고 마 눈깔이 헷까닥 뒤집혀가 니 죽고 내 죽자 들이받아뿌면 우짤라카노. 천금보다 귀한 게 니 몸이고 건강이데이.

— 신경 쓰지 마세요. 정면 대결은 못하는 겁쟁이니까. 헬멧을 쓰

고 나타나서 칼을 휘두르거나, 서 있는 사람을 차로 들이받거나, 도망갈 수 없는 사람에게 염산을 뿌리거나 하는 식이죠. 아무 힘도 없는 어린애를 덮친 건 말할 것도 없고요.

규진이 대회 일시와 프로그램 순서를 머릿속에 집어넣는 동안에도, 부산 사투리를 쓰는 남자와 강한의 대화는 계속되고 있었다. 규진은 간신히 가라앉혀놓은 분노가 되살아나는 것을 느끼면서 증폭기를 누르던 손에 힘을 가했다. 누가 누굴 보고 자만한다는 건지, 자신을 얕보는 강한의 콧대를 제대로 꺾어줄 작정이었다. 그가 전혀 예측하지도 상상하지도 못한 방식으로.

— 관장님, 그날 오면 맛있는 것도 잔뜩 있는 거죠? 50명 넘게 모인다면서요. 운동하고 나면 배도 엄청 고프잖아요. 최소 1인 1 닭 1 피자는 해야 한다고 봅니다. 그게 인지상정이죠.

— 누가 들으면 네가 시합 뛰는 줄 알겠다. 1인 1닭 1피자 하고 싶으면 돈이라도 내던가.

벽 너머에서 소원과 강한이 한가롭게 투닥거리는 소리를, 규진은 무서우리만큼 형형한 눈빛으로 귀 기울여 듣고 있었다. '실험'을 시작한 이후로는 뒤통수에도 눈을 달았다고 할 만큼 예민하고 주의가 깊어진 규진이었지만, 도청하는 데 열중한 나머지 미처 알아차리지 못한 게 있었다. 바로 대여섯 걸음 떨어진 곳에서 양손에 도시락을 들고 걸어오던 세은의 존재였다.

규진이 세은을 발견하는 것보다, 세은이 규진을 보는 게 더 앞섰다. 고작 앞머리 좀 내리고 비니를 눌러썼다고 해서, 오랫동안 알고 지냈던 친동생의 살인범을 알아보지 못할 리가 없었다. 세은은 규진이 이쪽으로 시선을 돌리기 전에 민첩하게 담장 뒤로 몸을 숨겼다. 그리고 체육관 내부를 감시하는 규진의 동태를 역으로 감시하기 시작했다. 한없이 느슨했던 골목길 안의 공기가 어느새 숨이 막힐 만큼 팽팽하게 조여들고 있었다.

* * *

저녁 8시 20분. 강한의 집.

"역시 조규진이 나타났네요. 사람을 미행하다니, 쥐같이 음침하고 기분 나쁜 놈. 아오, 열 받아!"

소원은 깨끗이 비운 밥그릇을 치우면서 새삼 분하다는 듯 투덜거렸다. 자기도 예전에 강한에게 똑같은 짓을 했다는 사실은 그새 완전히 까먹은 모양이었다.

"형이 시킨 대로 모르는 척하고 있긴 하지만, 난 역시 맘에 안 들어. 너무 위험해요. 모든 게 계획대로 되리라는 보장도 없고."

세은이 솜씨 좋게 뚝딱뚝딱 만든 카레와 닭고기 조림을 먹으면서, 세 사람은 체육관 건물 앞에서 불법 도청을 하던 규진의 행동에 대해 기나긴 토론을 마친 참이었다. 세은은 남은 반찬을 깔끔하게 정리해 냉장고에 넣으면서 차분한 말투로 대답했다.

"난 괜찮은 것 같아. 어림짐작으로 세운 플랜이 아니고, 검사님이 조규진의 심리 상태와 동기, 패턴을 분석해서 그 결과를 논리적으로 예측하신 거니까. 충분히 해볼 만해."

"거봐, 네가 좋아하는 세은이가 괜찮은 것 같다잖아."

눈이 안 보인다고 해서 매번 가만히 앉아 얻어먹긴 싫다며 다 치운 식탁을 행주로 닦는 일을 맡은 강한이, 행주를 반듯하게 사각으로 접으면서 슬쩍 장난기 섞인 한마디를 던졌다. 소원은 흥분한 나머지 '네가 좋아하는' 부분을 반박하는 것도 깜박 잊어버렸다.

"그래도 그렇지, 왜 우리가 독박을 쓰냐고요. 죽어라 수사하고도 칭찬은커녕 보기 좋게 쫓겨난 신센데. 잠복 형사나 그런 사람들 동원하면 안 돼요? 유미 누나한테 부탁해서……."

"그건 안 돼. 우리 스스로 해결할 일이야. 더 이상 정 검사한테 폐를 끼칠 순 없어."

"저기, 검사님. 그게요……."

강한의 단호한 말에 토를 달고 나선 건 이번에는 소원이 아니라 세은이었다. 그녀가 뭔가 덧붙이려는 순간, 거실 쪽에서 인터폰에 연결된 초인종이 울렸다. 계속해서 대문이 열리고, 키패드 누르는 소리가 나더니 현관문까지 열렸다. 이 집의 출입 비밀번호를 알고 있는 건 여기 있는 세 사람 외에는 단 한 사람뿐이었다.

"나 왔어, 선배. 소원이도 잘 있었지? 세은 씨는 오랜만에 보네요."

식사가 이제 막 끝났다는 걸 미리 알고 오기라도 한 듯 곧장 주방으로 들어온 유미는 세 사람 모두에게 인사를 건넸다. 강한의 표정이 굳어진 것을 알아차린 세은이 조심스럽게 설명했다.

"제가 연락드렸어요. 조규진의 동태에 대해서, 그리고 우리 작전에 대해서 정 검사님도 알고 계셔야 할 것 같아서요. 만일의 사태라는 게 있잖아요."

"세은 씨한테 다 들었어. 조규진을 상대로 덫을 놓고 스스로 미끼가 되겠다고? 그 빌어먹을 팟캐스트인가 뭔가 할 때부터 이상했는데 선배 제정신이야? 눈 다친 것만으로는 부족해?"

성큼성큼 걸어와 강한의 바로 앞에 멈춰선 유미는 다짜고짜 버럭 소리를 질렀다. 주방 안의 공기가 순식간에 경직되었다. 분노에 가득 찬 여자를 상대하는 것만큼 무시무시한 게 없다고 여기는 소원은 꼬리를 내리고 도망칠 준비를 했다.

"어…… 저희는 빠져 있을게요. 두 분이 사이좋게 대화 나누세요."

소원이 뒷머리를 벅벅 긁으며 주방을 나가자, 세은도 유미에게 정중히 눈인사를 보낸 후 그 뒤를 따랐다. 이제 주방에는 강한과 유미만 남아 있었다. 헤어진 후 단둘이 있을 때면 언제나 그랬듯, 미묘한 긴장감과 말로 다 하지 못한 원망, 서운함, 그밖에 일일이 표현할 수도 없는 복잡한 감정들이 마구 뒤섞여 두 사람을 감쌌다.

"그동안 잘 지냈지? 청은 이제 좀 안정됐어? 새로 오신 검사장님은 어때?"

"지금 그런 얘길 할 때가……!"

유미는 기가 막힌 듯 쏘아붙이려다가, 그래봤자 별 소용없다는 걸 제가 먼저 깨달았는지 도중에 말을 멈췄다. 그러고는 강한 들으라는 듯 크게 한숨을 내쉰 후, 여러 개의 질문에 한꺼번에 대답했다.

"청은 언제 그랬냐는 듯 잘 돌아가고 있어. 처음엔 다들 신나서 쑥덕거리다가, 이제 연말 되니까 미제 처리 때문에 혼이 쏙 빠지게 바빠졌지. 수사 결과 브리핑 이후로는 언론도 한결 잠잠해졌고. 새 검사장님은 좋은 분이셔. 저번에 사석에서 나한테만 조용히 그러시더라. 내 입장도, 선배 입장도 이해하신다고. 검사이기 이전에 인간으로서 연민하고 공감하신다고."

"다행이네. 그렇다고 해도 정직 기간이 끝난 후에 날 다시 받아주시진 않겠지?"

숨도 쉬지 않고 빠르게 말하던 유미는 그만 말문이 막혀버리고 말았다. 사실 누구도 노골적으로 표현하진 않았지만, 윗선에서는 강한에 대해 '염치가 있다면 당연히 자발적으로 사직서를 낼 것'이라고, 복귀를 기대하지도 않는 분위기였다. 그런 사정을 대놓고 말할 수 없어 난처해하는 그녀의 침묵 속에서, 강한은 자신이 검찰청에 돌아가기 어려울 것임을 직감했다.

"괜찮아. 처음부터 각오했던 일이야. 이번 사건만 해결하면, 진범만 내 손으로 잡으면 그다음은 어떻게 되든 상관없다고 생각했으니까."

재활 훈련을 마치고 모두의 반대 속에 성암지검에 복귀할 때의 마음가짐은 그랬다. 그때와 달라진 게 있다면, 이전에는 자각 못했던 검사 일에 대한 뿌리 깊은 애정을 깨닫게 된 것이었다. 하지만 수사 과정에서 정해진 규정과 강령을 어긴 것도 엄연한 사실이었다. 아무리 검사라고 해도, 아니 검사이기 때문에 더욱 그에 합당한 대가를 치러야 했다. 그래야지 공평했다.

"오빠, 경솔한 생각 하면 안 돼. 제발 자기 몸을 아끼란 말이야. 오빠가 염산 테러 당하고 응급실에 실려 갔을 때, 내 마음이 어땠는지 알기나 해? 다시 한번 그런 일을 겪게 하면 이번에는 정말 내 손으로 죽여버릴 거야."

"내 일은 내가 알아서 할게. 정 검사도 이제 본인 앞가림에 신경 쓰도록 해. 헤어진 지 얼마나 지났는데, 도대체 왜 이렇게까지 걱정 하는 건지……."

금방이라도 눈물이 떨어질 것처럼 그렁거리는 유미의 눈동자가 선히 보이는 것 같아서, 강한은 일부러 더 매몰차게 말했다. 그렇게 하면, 그녀가 화를 내고 질려 하면서 돌아서리라고 생각했다. 언제나 그랬으니까. 사랑이라는 걸 아예 모르는 냉혈한처럼 밀어내고 또 밀어 내기만 하는 그를, 그녀의 여린 마음은 도저히 감당하지 못했으니까.

하지만 이번에는 달랐다. 유미는 두 손을 뻗어 강한의 어깨 위에 사뿐히 얹고는, 힘껏 까치발을 해서 그와 눈높이를 맞추었다. 둘 사이의 거리가 좁혀지면서 청량하고 산뜻한 샴푸향이 코끝을 간질이 는가 싶더니, 이내 나비 날개처럼 얇고 가벼운 입술이 강한의 입술을 덮으면서 더 이상의 쓸데없는 독설을 막아버렸다.

부드럽고 매끄러운 해면 같은 것이 입술 표면을 꾹 누르는 감촉. 얼마나 오랜만에 느껴보는지. 강한은 마취제를 맞은 것처럼 순간적으로 정신이 몽롱해지는 것 같았다. 잊고 싶었던 달콤한 감각과 함께, 앞에 있는 이 여자를 지난 10년 동안 얼마나 사랑했는지 생생히 떠올랐다.

온 진심을 다해 너무도 간절히 사랑하고 아꼈기에, 그 마음을 그대로 돌려받지 못하고 거부당할까봐, 아니면 그녀가 다른 사람을 만나서 변심할까봐 매일매일 두려워했다. 그 바보 같은 불안감이 자꾸만 뒷걸음질하게 했고, 솔직하게 애정을 표현하지 못하게 가로막았고, 끝내는 그녀를 떠나보내도록 만들었다. 그녀가 없는 매 순간 그리워하고 후회할 거라는 걸 알면서도.

"이래도 모르겠어? 정말?"

몇 초간 맞닿았던 입술을 도로 떼면서, 유미는 미세하게 떨리는 음성으로 물었다. 그러나 강한은 여전히 천년 묵은 바윗돌처럼 제자리에 버티고 서서 묵묵부답할 뿐이었다. 낙담한 유미가 그의 어깨에 올렸던 손을 내리면서 뒤로 물러나려는 찰나였다. 강한의 오른손이 그녀의 오른 손목을 붙잡아 자기 쪽으로 확 끌어당기면서, 정확한 각도로 빈틈없이 입술을 겹쳐왔다.

수십 번, 수백 번을 꿈꾸고 상상했기 때문일까. 강한의 입맞춤은 마치 두 눈이 보이는 사람처럼 능숙하고 강렬했다. 그의 손바닥이 유미의 등을 지그시 누르면서 둘 사이의 간격을 완전히 없애버렸고, 서로의 가슴을 울리는 심장 박동 속에서 입맞춤은 아주 오랫동안 깊어지고 또 길어졌다. 살며시 감긴 네 개의 눈에 깃든 암흑은, 사랑하는 데는 아무런 방해도 되지 않았다.

133

12월 15일 토요일 오전 10시 50분. 붉은 악마 체육관 안 선수 대기실.

― 강력한 대권 주자로 손꼽히는 평화한국당 조민국 대표가 대선 출마를 공식 선언했습니다. 국제산업박람회 참석을 위해 2박 3일 일정으로 독일 하노버를 방문했던 조 대표는 오늘 오후 1시 인천국제공항으로 귀국하면서 출정식을 치르고, 곧바로 서울 당사로 이동해 예비 후보 등록을 마칠 예정입니다. 이로써 집권 여당의 경선 레이스가 본격적으로 시작되었는데요…….

강한은 사무실을 비워 만든 허름한 대기실에 앉아 있었다. 관장이 꼭 입어야 한다고 고집한 유니폼은 소원의 설명에 따르면, '눈이 멀 것 같은 빨강'에, '붉은 악마 체육관' 글씨가 유성 매직으로 삐뚤빼뚤 쓰여 있다고 했다. 그러나 강한은 볼륨을 최대로 키워놓은 스마트폰에서 흘러나오는 라디오 뉴스를 유심히 듣느라 자신의 외양에는 신경 쓸 여유가 없었다.

"니 뭐 하노? 고사 지내나? 퍼뜩 나온나."

대기실 문이 벌컥 열리는가 싶더니 관장의 걸걸한 음성이 울려 퍼졌다. 마침 조 대표에 관한 뉴스도 끝이 났고, 강한은 목에 걸고 있던 글러브를 손으로 옮겨 끼면서 자리에서 일어났다. 링이 설치된 중앙 홀로 나가자, 그가 사주었던 새 운동화를 신은 소원이 바쁘게 뛰어다니며 외치는 소리가 들렸다.

"미리 등록하신 출전자, 스태프 분들은 이쪽으로 오시고요. 관람하실 분은 저쪽으로 가세요!"

대한민국 최초 블라인드 복싱 대회라는 게 말만 거창했지, 권투협회도 언론 매체도 전혀 관심이 없었다. 성암시각장애인복지관에서 음료수 세 상자를 후원해준 게 전부였고, 나머지는 모두 직접 준비해야 했다. 소원은 이른 아침부터 체육관에 나와서 관장과 함께 경기와 관람을 위한 세팅을 하고, 온갖 잔심부름에 손님맞이까지 하느라 녹초가 될 지경이었지만, 여전히 활기가 넘쳤다.

"형, 오늘 깜짝 손님으로 누가 왔는지 맞혀보세요!"

"왈! 왈!"

소원의 질문이 채 끝나기도 전에, 덩치 큰 동물 특유의 쿰쿰한 털 냄새와 함께 마치 인사하듯 짧게 끊어 짖는 소리가 쩌렁쩌렁 울려 퍼졌다. 개 짖는 소리도 사람의 목소리처럼 특유의 톤과 음색, 억양이 있어서 강한은 그게 예전에 들어본 적 있는 소리라는 걸 구분할 수 있었다.

"코난? 그동안 잘 지냈어?"

"식탐 억제하는 훈련을 받고 있어요. 먹을 걸 워낙 좋아해서 속도가 더디지만, 그래도 착실히 따라와주네요. 아마 내년에는 안내견 테스트에 꼭 합격할 수 있을 겁니다."

코난을 대신해서 대답한 사람의 음성 또한 익숙했다. 쌍둥이 아들의 수술비 마련을 위해 보이스피싱 자작극을 벌였던 성암시각장애인복지관의 오성수 팀장이었다. 강한은 그게 소원과 합을 맞춰 처음으로 해결한 사건이었다는 걸 떠올리면서 입가에 엷은 미소를 띠었다.

"오 팀장님, 쌍둥이는 괜찮습니까?"

"네, 둘 다 무사히 수술받고 얼마 전 퇴원했습니다. 지금까지 후유증도 없고, 잘 먹고, 잘 자고, 잘 싸고 건강합니다. 이 모든 게 검사님 덕분입니다. 이 은혜를 어떻게 갚아야 할지……."

"남자아이들이니, 나중에 운동 삼아 권투를 시켜보세요. 체력과 지구력, 순발력 기르는 데 좋습니다. 이 체육관에서 키즈 프로그램도 운영하고 있으니까요."

오 팀장의 목소리에 물기가 촉촉이 배어들면서, 말이 끝도 없이 길어질 기미가 보이자, 강한은 은근슬쩍 화제를 돌려버렸다. 그는 사람들로부터 진심 어린 감사 인사를 듣는 데 익숙지 않았다.

예전에는 너 죽고 나 살자는 식으로 용의자를, 피의자를 살벌하게 몰아붙였고, 욕을 먹으며 적이 늘어날수록 일 잘하는 검사라고 생각했다. 때로는 엄격한 처벌이 아닌 관대한 용서가 범죄의 구렁텅이에 빠질 뻔한 사람을 구원해낼 수도 있다는 것. 그리고 자기 자신도 무작정 남을 단죄할 수 있을 만큼 완전무결한 존재가 아니었다는 것. 시각장애인 검사가 된 후에야 강한이 천천히 배우게 된 것들이다.

"크흠! 그럼 지금부터 대한민국 제1회 블라인드 뽁싱 대회를 시작하겠심다. 첫 번째 선수, 이름으로 다 말합니데이. 키 183센티미터, 몸무게 71킬로그램, 미들급, 열다섯 살에 처음 글러브를 잡아가, 3년 만에 전국체전 우승을 차지해뿌린 영원한 챔피언, 울트라 메가톤 핵 펀치, 강! 한!"

어디서 빌려왔는지 모를 확성기를 잡고 잔뜩 신이 난 관장의 소개 멘트에, 강한은 낯간지럽기도 하고 쑥스럽기도 해서 수건으로 얼굴을 가리려 했다. 그러나 옆에 있던 소원이 그 손을 잡아채서 공중으로 번쩍 들어 올렸다. 그와 동시에 모두가 우레와 같은 함성을 보내주었다.

"우와아아!"

선수와 그 가족, 친구, 스태프 들까지 합쳐 고작 40명 남짓 되었지만, 그들은 누구보다 열렬하고 헌신적이었다. 고등학생 때 출전했던 전국체전의 뜨거운 현장으로 되돌아온 것만 같아, 강한은 감회가 새로웠다. 소원의 팔을 잡은 채 링에 오르자, 경기 시작을 알리는 벨소리가 울렸다.

"1번! 2번!"

명칭은 복싱 토너먼트지만 블라인드 복싱이어서 상대방 선수와 싸우는 형식은 아니었다. 목에 방울을 단 소원이 파트너로서 함께 링에 올랐고, 강한은 관장의 구령에 맞춰 펀치를 선보였다. 1번은 레프트 펀치와 라이트 펀치, 2번은 훅을 함께, 3번에서는 스트레이트 펀치까지 날려야 했다. 그때마다 링 바로 앞에 앉은 심판이 정확도와 기술성을 보고 점수를 매겼다. 정안인인 심판은 관장의 후배로, 한때 아시아 권역에서 이름을 날렸던 프로 복서 출신이었다.

"역시 경력자는 다르네요. 나도 눈이 좋을 때 미리 배워뒀다면 지금은 훨씬 잘할 수 있었으려나."

2분 만에 1라운드가 끝나고 소원이 강한의 헤드기어를 조정해주는데, 링 옆에서 대기하고 있던 중년의 여성 참가자가 부러워하는 투로 말했다. 그녀는 검은 안대를 얼굴에 쓰고 있었다.

블라인드 복싱 대회에는 강한과 같은 전맹부터 일상생활이 가능한 수준의 저시력까지 다양한 시각장애인들이 참가했고, 공정성을 기하기 위해 모두가 검은 안대를 착용했다. 안대를 낀 채로 잘하는지 못하는지를 어떻게 판단하나 싶었지만, 그들은 글러브와 글러브가 부딪치는 소리와 그 타이밍만으로 놀라울 정도로 정확하게 경기 진행 양상을 판별해냈다.

"꼭 그렇진 않습니다. 시각적인 방해 요소가 없으면 집중이 더 잘되기도 하더라고요. 지금 상태로 부지런히 연습하시면 실력이 금방 늘 겁니다."

강한은 겸손한 태도로 말하면서 다음 라운드를 준비했다. 아마추어 복싱 대회는 3분 3라운드가 표준이지만, 블라인드 복싱 대회는 2분 2라운드로 구성되었다. 공격도 방어도 쉬지 않고 혼자서 해야 하니 체력 소모가 심했기 때문이다.

하지만 강한은 2라운드 내내 지친 기색 없이 소원이 구령에 맞춰 펀치를 날릴 때마다 완벽한 방어 자세를 취했다. 빈틈없이 견고한, 그야말로 강철 같은 방어에 경기를 지켜보는, 그리고 경기를 듣는 모든 이들이 감탄했다.

"그럼 우승자를 발표하겠습니다. 종합 점수 10점 만점에 9.92점을 획득한, 붉은 악마 체육관 소속 강한 선수!"

두 시간에 걸쳐 열 명의 출전 선수가 실력을 겨룬 후, 팽팽한 긴장감 속에 심판이 결과를 발표했다. 호명이 끝나기도 전에 소원이 우왓, 소리를 내며 제자리에서 펄쩍 뛰어올랐다. 강한이 잘하긴 했지만, 후반부로 갈수록 이십대 초중반의 남자 출전자들이 대활약하면서 챔피언 타이틀을 노렸던 것이다. 허겁지겁 달려온 관장이 땀에 흠뻑 젖은 채로 강한을 와락 끌어안았다.

"관장님, 그렇게 좋으세요?"

"하모, 니 이름 새겨진 트로피 받아보는 기 몇 년 만이고. 빤짝빤짝하게 닦아가 시무실 선반에 세워놓을 기다. 아이다, 유리에 넣어서 문 앞에 전시할 기다. 챔피언 나온 체육관이라꼬."

단순히 승부를 가리는 게 목적인 대회가 아닌 만큼, 1등뿐만 아니라 출전자 전원에게 골고루 상이 주어졌다. 2등과 3등, 그리고 체력상, 기술상, 인기상, 노력상, 참가상까지. 열 명이 서고도 남을 만큼 길고 넓은 임시 연단에 관장과 함께 올라가면서, 강한은 충동적으로 말을 꺼냈다.

"이참에 저도 검찰청에 사직서 내고 관장님이랑 같이 체육관 운영이나 할까요? 가끔 아마추어 대회 나가고 하면서. 이제 관장님도 나이 드셨는데, 혼자 하는 거 힘에 부치시잖아요."

"머라카노, 문디 자슥이. 내 아직 팔팔하구마. 허튼소리 집어치아 뿌고 니는 니 할 일 하그라."

무뚝뚝한 투로 받아치는 관장의 태도에 강한은 어리둥절해졌다. 늘 권투, 권투, 노래를 부르던 관장이기에, 그가 돌아간다고 하면 당연히 두 팔 벌려 환영할 줄 알았던 것이다.

"제가 검사 하는 것보다, 권투하는 걸 더 좋아하셨잖아요?"

"그기 아이라, 니가 젤 잘하고 행복해하는 일을 하는 기 좋은 기라. 암만 해도 니한테는 그기 검사 일인 것 같데이. 운동은 그냥 취미로만 하그라."

관장은 단호하게 말하면서 강한의 손을 꽉 잡았다가 놓았다. 백 마디 말보다 더 깊은 감정을 함축한 그 작은 몸짓에 강한의 가슴 한 구석이 묵직하게 저려왔다.

아무 일도 없었다는 듯 돌아갈 수 있다면 얼마나 좋을까. 검찰청 특유의 무미건조한 냄새도, 아침부터 밤까지 치열하게 돌아가는 일과도, 산더미처럼 쌓이는 기록들조차도 새록새록 그리웠다. 두 눈과 마찬가지로, 천직(天職) 또한 잃어버린 후에야 그 소중함을 절실히 깨달았다는 것이 안타까울 뿐이었다.

* * *

오후 1시 30분. 붉은 악마 체육관 중앙 홀.

"니는 한 푼도 몬 버는 백수 자슥이 만다꼬 이런 걸 사가꼬 왔노. 모아둔 돈 펑펑 쓰다가 큰 코빼기 다친데이."

관장은 강한을 타박하는 척했지만, 실은 자랑스럽고 뿌듯하기 그지없는 눈길로 차곡차곡 쌓인 도시락 상자들을 바라보고 있었다. 원래 행사는 시상식과 기념 촬영만 하고 끝나기로 되어 있었는데, 멀리서 온 손님들을 그냥 돌려보낼 수는 없다며 강한이 식사를 제공한 것이다.

"와, 대박 맛있겠다! 저, 먼저 먹어도 되죠? 운동하느라 뱃가죽이 등가죽에 달라붙었어요."

아직 따끈한 온기가 남아 있는 맨 윗줄 도시락 상자를 재빨리 낚아챈 소원이 조잘거렸다. 그가 그토록 염불을 외던 1인 1닭 1피자는 아니었지만, 고된 시합을 마친 선수들의 피로 회복과 영양 보충을 위한 건강 수제 도시락이었다. 소원은 복주머니 모양으로 큼직하게만 쌈밥을 한입에 던져넣고 우물거리면서 만족스러운 듯 으음, 하는 소리를 냈다. 경쟁하는 분위기는 사라지고 모두가 뒤섞여 대화를 나누며 즐겁게 식사하는데, 돌연 체육관 문이 열리면서 군청색 조끼를 걸친 퀵서비스 기사가 안으로 들어왔다.

"강한 씨 계신가요? 퀵 왔는데요."

"퀵이요?"

신중하고 정확히게 나무젓가락을 반으로 가르고 있던 강한의 손길이 우뚝 멈췄다. 집도 아니고 직장도 아닌데, 누가 이곳으로 퀵을 보냈다는 것인지 알 수 없었다.

"여기 붉은 악마 체육관 맞죠? 강한 씨 우승 기념으로 누가 선물을 보내셨어요."

"누군데요? 우승할 줄 어떻게 알고."

이번에는 소원이 의문을 제기했다. 어디서 퀵을 보냈는지는 몰라도 최소한 30분에서 한 시간 전에는 접수를 시켰을 텐데, 강한의 우승 소식은 아직 외부에 알려지지도 않은 상태였다. 배달 기사는 꼬치꼬치 캐묻는 게 귀찮은 듯 가져온 상자를 내려놓으며 퉁명스럽게 대꾸했다.

"그런 건 모르겠고, 그냥 오늘 2시까지 여기로 보내라고만 했어요. 지하철역 물품보관함에 있던 걸 꺼내온 거라서. 메시지 카드도 있으니까 읽어보시면 되겠네요."

도시락을 내려놓고 민첩하게 일어난 소원이 문제의 상자를 두 손으로 집어 들었다. 그 모습을 본 배달 기사는 할 일을 마쳤다는 듯 바람같이 나가버렸다. 대략 한 뼘쯤 되는 너비와 높이의 상자는 청색 테이프로 둘둘 감겨 있어 도저히 그 정체를 파악할 수 없었다.

소원은 박스의 봉합 부분에 꽂혀 있는 손바닥만 한 카드를 꺼내어 펼쳤다. 안에 적힌 내용을 확인한 그의 눈동자가 지진을 만난 것처럼 흔들렸다. 수분이 말라버린 입술을 간신히 떼고 메시지를 읽는 음성이 걷잡을 수 없이 떨렸다.

"예레미야 51장 25절. 나는 네 적이라, 너로 하여금 불타오르는 산이 되게 하리라."

"조규진이야."

배달 기사가 나타난 순간부터 심상치 않은 기운을 감지했던 강한이 주저 없이 결론을 내렸다. 이건 범행 예고 메시지였다. 익명의 SNS 계정도, 24시간의 유예도, 범행 타깃의 사진도 없었지만, 누구를 대상으로 뭘 하겠다는 건지 상당히 명확해 보였다.

"류소원, 그 물건에서 손 떼. 당장. 그리고 천천히 바닥에 내려놔. 충격 주지 않게."

강한의 목소리는 한 치의 흔들림도 없이 고요하고 침착했지만, 관장과 소원은 그 말 속에 숨겨진 심각함을 곧바로 알아차렸다. 소원은 마른침을 꿀꺽 삼키면서 마룻바닥에 상자를 내려놓았다. 필름을 슬로 모션으로 돌린 것처럼 느린 동작이었다. 세 사람이 일제히 입을 다물자, 강한의 귀에만 들리던 아주 작은 소리가 비로소 나머지 둘의 귀에도 들리기 시작했다.

째깍, 째깍, 째깍-.

밀봉된 상자 속에서 들려오는 희미한 초침 소리. 그리고 '불타오르는 산으로 만들어주겠다'는 메시지. 약간의 상상력만 있다면 그 두 가지를 연결시키기란 어렵지 않았다. 관장의 이마에 팬 주름이 확연히 뚜렷해지고, 그 사이에서 송글송글 식은땀이 배어났다. 언제나 혈색이 좋았던 소원의 두 뺨은 핏기가 싹 사라져 종잇장처럼 창백해졌다.

세 사람을 둘러싼 공기가 불현듯 희박해진 것처럼 느껴지면서 숨조차 제대로 쉬기 어려웠다. 얄미울 정도로 규칙적인 초침 소리만이 이 세상의 유일한 소리인 것처럼 귓속을 가득 메우는 가운데, 링을 둘러싸고 놓인 의자들 쪽에서 이질적일 만큼 쾌활한 여자의 음성이 울려 퍼졌다.

"안마를 배우다 보니 팔 힘이 말도 못하게 늘었거든요. 천하장사가 따로 없어서, 남아도는 힘으로 뭐라도 해야겠더라고요. 복싱이 딱이에요. 손님들 상대하면서 생긴 스트레스도 풀고."

조금 전 강한이 링 위에 올랐을 때 그를 칭찬했던 여자 출전자였다. 중도 시각장애로 인해 생업을 그만두고 안마를 배우는 건 분명 엄청난 시련이었을 것이다. 하지만 그녀는 특유의 낙천적인 태도와 자신감으로, 그리고 복싱이라는 건전한 취미를 통해서 씩씩하게 이겨내고 있었다.

지금 이 체육관 안에는 그녀와 같은 사람들, 그리고 헌신적으로 그들을 돕는 사람들이 수십 명이나 있다는 사실이 마치 신의 계시와도 같이 강한의 머리를 강타했다. 죽음과도 같은 어둠에서 기적처럼 살아 돌아온 그들의 새로운 삶을 위기에 처하게 할 권리는 그 누구에게도 없었다. 강한은 관장이 앉아 있는 방향을 향해 결의를 담아 말했다.

"관장님, 지금부터 이 체육관 안에 있는 사람들을 한 명도 빠짐없이 밖으로 내보내야 합니다. 누구도 놀라거나 다치는 일 없도록, 최대한 조용히, 최대한 신속하게요."

134

"알긋다. 근데 뭐라 케야 하노. 여그 폭…… 그기 있다고 말하믄 난리굿 나는 거 아이가. 문도 하나바께 없는데, 서로 먼저 나간다 카다가 사고 나믄 우짜노."

"그건 제가 해결할게요."

난감해하는 관장을 대신해 용감하게 나선 사람은 소원이었다. 그는 로프를 잡고 링으로 훌쩍 뛰어 올라가더니, 엄지와 검지를 입술 사이에 끼우고 날카로운 휘파람 소리를 내어 순식간에 주의를 집중시켰다.

"여러분, 주목해주세요! 오늘 일정이 여기서 끝인 줄 아셨다면 노노노, 경기도 오산입니다! 지금부터 체육관 앞 공원에서 경품 추첨 행사가 열릴 예정입니다. 1등을 차지하신 분께는…… 어 그렇지, 제주도! 제주도 여행 상품권을 드립니다! 지금부터 행사를 위해 어서 모두 이동해주세요!"

"경품 추첨? 제주도 여행권을 준다고?"

"꼭 지금 가야 해요? 아직 밥 먹는 중인데?"

사람들은 경품 얘기에 귀가 번쩍 뜨이면서도, 식사를 하다 말고 움직이는 게 번거롭게 느껴지는 모양이었다. 시각상애인이 이동할 때는 일반인의 몇 배에 이르는 체력과 노력, 시간이 필요하기 때문이다. 소원은 당연히 그런 말이 나올 줄 예상했다는 듯 천연덕스럽게 대답했다.

"도시락은 들고 나가서도 됩니다. 아, 물론 불편하시면 놓고 가셔도 되고요. 추첨은 오래 걸리지 않아요. 10분이면 끝납니다. 추가로 말씀드리면, 2등 경품으로는 5성급 호텔 뷔페 4인 외식권이 준비되어 있어요!"

"오오!"

어차피 공원에는 아무것도 없으니 소원은 내친김에 마구 질러댔고, 사람들은 옳거니 하면서 넘어왔다. 삼삼오오 짝지어 앉아 있던 사람들이 도시락을 내려놓고 일어나는 걸 보고, 관장은 득달같이 체육관 입구로 달려갔다. 그리고 문 두 짝을 활짝 열어젖히면서 활달하게 외쳤다.

"자, 한 줄로 서이소! 암만 경품이 좋아도 새치기하믄 안 됩니데이! 차례차례 나가겠심더!"

평소에는 어리바리한데 위급 사태에 부딪치면 뜻밖의 임기응변을 발휘하는 소원의 재치와 관장의 능청스러운 대처 덕분에, 사람들은 질서정연하게 줄을 서서 체육관을 빠져나갈 수 있었다.

무사히 건물 밖으로 나온 40여 명의 사람들은 관장을 향해 기대에 찬 눈빛을 보내거나, 아니면 각자의 활동보조인이 이끄는 대로 무작정 발걸음을 옮기기 시작했다. 관장은 울며 겨자 먹기로 그들을 공원 쪽으로 인솔하면서, 아직 건물 안에 있는 강한을 향해 신신당부했다.

"한아, 내 먼저 간다! 니랑 소원이도 퍼뜩 따라오그레이!"

그 시각 강한은 관장의 말을 듣고 있지 않았다. 그는 휴대전화로 유미와 통화하는 중이었다. 다시는 폐를 끼치지 않겠다고 맹세한 지 며칠이나 되었다고, 또다시 그녀에게 도움을 구하는 게 어떻게 보면 구차한 일일지도 몰랐다. 그러나 생사가 오가는 마당에서는 그걸 따지는 것조차 사치였다.

"한 시간? 그보다 빨리 오는 건 불가능해? 폭발물이 있을지도 모르는 상황인데."

강한은 눈썹을 찌푸리며 수화기 너머의 유미를 독촉했다. 그는 방금 붉은 악마 체육관에 조규진이 보낸 것으로 추정되는 물건이 도착했으며, 확신할 수는 없지만 가연성 폭발물일 가능성이 있음을 알린 참이었다. 유미는 몹시 놀라는 한편, 자신이 도착하기 전에 강한이 잘못되기라도 할까봐 절대 아무 짓도 하지 말고 가만히 있으라고 수차례 반복해서 말했다.

"알았어. 기다릴게. 그래, 허튼짓 안 한다고. 걱정 마."

강한은 당연한 인과관계로 이어지는 유미의 잔소리에 의례적인 대답을 하고서 전화를 끊었다. 그리고 휴대전화 전원을 아예 꺼버린 후, 초조하게 그의 곁을 서성이는 소원을 향해 명령했다.

"류소원, 너도 나가. 공원으로 가. 50미터 이상 떨어져 있으니 거긴 안전할 거야. 한 시간, 아니 두 시간 후에 EOD(Explosive Ordnance Disposal, 폭발물 제거반)가 다 끝났다고 하면 그때 돌아와. 아예 안 돌아오면 더 좋고."

"에이 씨. EOD가 뭔데, 형은 또 뭔데? 코만도스 급이라도 돼요? 어이가 없네, 정말."

풍파가 닥칠 때마다 도망치기는커녕 맨 앞으로 나서서 온몸으로 충격을 흡수하려고 하는 강한이, 소원은 안타깝다 못해 이제 짜증이 다 났다.

자기가 무슨 강철로 만들어진 줄 아는 건지, 아니면 전에 말했던 것처럼 이것도 '속죄'의 일환인 건지. 소원이 보기엔 이미 충분했다. 두 눈을 잃어버린 채로, 모두가 묻으려고만 하는 진실을 파헤치기 위해 자기 직위까지 걸고 발버둥치는 것만으로도 강한은 용서받아 마땅했다. 괜한 오기마저 생긴 소원은 체육관 바닥에 철퍼덕 소리 나게 주저앉으면서 말했다.

"그 상자 안에 뭐가 들었는지도 모르는데, 공원이라고 무조건 안전하리라는 보장도 없잖아요. 그냥 여기 있을래요."

"지금 너 달래면서 낭비할 시간 없어. 좋은 말로 할 때 나가."

"말로 안 하면 어쩔 건데요? 때릴 거예요? 그럼 때려보든가. 어차피 내가 없으면 형은 맘대로 움직이지도 못하잖아요. 내가 형 눈이라면서요. 눈이 어딜 가요, 꼼짝없이 붙어 있어야지."

소원은 절대 양보하지 않을 기세였다. 강한은 가슴 한구석이 뭉클해졌다. 삐딱하고 반항적인 말투를 빌리긴 했지만, 소원의 의사는 뚜렷했다. 무슨 일이 있더라도, 설령 자기가 다치거나 죽게 되더라도 끝까지 강한과 함께하겠다는 거였다.

그 마음을 오기든, 미운 정이든, 아니면 우정이든 뭐라고 부르든 상관없었다. 그게 별 도움은 안 되어도 고맙고 기특했다. 돈과 명예, 지위를 잃으면 주변 사람들도 떠나가는 게 이치라고 생각했는데, 이 텅 빈 체육관에 자신과 함께 남아주겠다는 이가 있다니 인생을 헛살지는 않은 것 같았다. 강한은 저도 모르게 잠겨오는 목을 감추려고 일부러 짧고 퉁명스럽게 말했다.

"후회해도 책임 안 진다."

"책임져달라고 한 적 없거든요?"

소원의 말이 맞았다. 사람은 자기의 선택을 스스로 책임져야 하는 존재였다. 누군가를 지키는 것도, 누군가를 위해 희생하는 것도, 대가를 바라고 해서는 안 될 일이었다. 강한은 조심스럽게 케인을 뻗어 문제의 상자가 있는 위치를 신중히 확인한 후, 소원에게 다시 한 번 지시했다.

"휴대전화 전원 끄고, 책상 밑으로 들어가. 바닥에 엎드려서 팔꿈치는 옆구리에 붙이고, 손바닥으로 귀와 머리를 덮어. 만에 하나 뭐가 터지더라도 그나마 충격이 덜할 거야."

"형은요? 내가 책상 밑으로 들어가면 형은 뭘 하려고요?"

"두 번 말하게 하지 마라. 인내심에 한계가 오고 있으니까."

강한이 자신을 여기 남게 해준 것만으로도 많이 양보한 거라는 걸 알았기에, 소원은 더는 군소리하지 않고 홀 구석으로 치워놓은 관장의 고물 책상 아래로 기어 들어갔다. 휴대전화 전원을 끄긴 했지만 바닥에 엎드리진 않았고, 책상 상판을 손바닥으로 받친 채 고개를 빼꼼 내밀고 있었다. 허리를 숙여 상자를 집어 드는 강한을 지켜보면서 소원은 불안감을 감추지 못했다.

강한은 상자 윗면에 가만히 손을 대고 있다가, 갑자기 접합 부위를 덮고 있는 박스 테이프를 사정없이 뜯어내기 시작했다. 아니, 자폭할 거면 그럴 거라고 미리 말이라도 해주지, 강한의 돌발 행동에 소원은 당황했다. 강한의 손이 거침없이 박스를 열어젖히는 순간, 위협적으로 째깍거리던 초침 소리는 크고 또렷하게 변했고 소원은 자기도 모르게 질끈 눈을 감았다.

전에는 죽어본 적이 없어서 잘은 모르지만, 젖먹이 때 봤던 엄마 얼굴부터 시작해서 지난 시간이 주마등처럼 지나가고 그러다가 콰쾅 하는 폭발음과 함께 세상이 온통 깜깜해져야 할 것 같은데, 아무런 변화도 없이 고요하기만 했다.

어리둥절해진 소원은 필사적으로 감고 있던 두 눈꺼풀을 살그머니 들어 올렸다. 그러자 우두커니 서 있는 강한의 어깨 너머로 상자 속 내용물이 시야에 들어왔다. 그 정체를 알아차린 소원은 그만 얼이 빠져버렸다. 1부터 12까지의 숫자가 새겨진 동그란 몸체에 빨간 지붕 모양의 덮개가 앙증맞게 씌워진 그 물건은, 소원도 익히 아는 것이었다.

"어…… 탁상시계네요. 혹시 시계 폭탄일까요? 잘 만들었네. 누가 보면 진짜 시계인 줄."

"시계 맞아. 처음부터 폭탄 같은 건 없었어. 이건 조규진이 판 함정일 뿐이야."

강한은 덤덤한 말투로 대꾸하면서 상자를 도로 바닥에 내려놓았다. 너무도 태연해 보이는 그 태도에, 소원은 뭔가 짚이는 게 있었다.

"형, 알고 있었어요? 폭탄이 가짜라는 거? 그러면 다른 사람들은 왜 대피시킨 거예요? 폭발물 신고도 했잖아요?"

"혹시 모르니까, 만일을 대비한 거지. 진짜 폭탄이 들어 있다고 믿었으면 널 혼수상태로 만들어서라도 내보냈을 거야."

강한은 소원의 등골을 서늘하게 하는 말을 아무렇지도 않게 내뱉은 후, 주머니에 넣어놓은 휴대전화를 꺼내 전원을 다시 켰다. 역시 '만에 하나' 휴대전화의 전파가 상자 속 폭탄에 영향을 줄까봐 취한 조치였는데, 이젠 조심할 필요가 없게 된 것이다. 소원은 상자 안에서 나뒹굴고 있는 탁상시계를 어처구니없는 표정으로 쳐다보면서 강한에게 물었다.

"조규진은 왜 이런 짓을 한 거죠? 우릴 죽이고 싶었으면 그냥 죽이면 되잖아요."

"더 죽이고 싶은 사람이 있으니까. 우리가 그걸 방해하지 못하게 하려고 시간을 번 거지."

"그게 누군데요? 형 말대로라면 그 사람 지금 굉장히 위험한 거 아니에요?"

"위험하지. 그래서 미리 사람을 붙여뒀어."

강한은 기다렸다는 듯 척척 대답하더니 휴대전화로 어딘가에 전화를 걸었다. 그가 전화할 만한 곳이라면 다 꿰뚫고 있는 소원이 모르는 번호였다. 딱 두 번, 신호음이 울리고 나서 상대방이 전화를 받았다.

— 강 검사님.

나이가 좀 있는 듯한, 담배를 피운 흔적이 남아 있는 굵직하고 탁한 남자 목소리였다. 언젠가 들어본 적 있는 그 음성에 소원이 얼른 기억을 더듬으려는데, 강한이 먼저 입을 열었다.

"한 경감님, 어떻게 되어가고 있습니까? 조 대표 쪽은 아직 별문제 없나요?"

* * *

오후 1시 30분. 인천국제공항 제1여객 터미널 밀레니엄 홀.

"오늘 이 자리에 서기까지 많은 고민을 했습니다. 한없이 부족하기만 한 저라는 사람이 대한민국 리더라는 막중한 책임을 감당할 수 있을지, 정치 쇄신을 열망하는 국민 여러분의 기대에 부응할 수 있을지, 수백 번 수천 번 의심하고 고뇌하며 그간의 정치 인생을 돌아보았습니다."

500여 명의 청중이 홀을 가득 메운 가운데, 조민국 대표의 엄숙하고 권위 있는 목소리가 마이크와 스피커를 통해 터미널 전체에 울려 퍼졌다. 앞줄을 빼곡하게 채운 방송국 카메라들이 그가 하는 말 한마디 한마디, 그의 손짓 하나하나를 남김없이 담아내고 있었다.

"변변한 사무실 하나 없어 국회에서 노숙하며 한 달에 50개가 넘는 법안을 발의하던 풋내기 초선 의원 시절을 떠올리며, 저는 깨달았습니다. 제가 평화한국당의 대표가 될 수 있었던 건 온전히 제힘이 아니었다는 것을 말입니다. 그것은 헌신적으로 저를 도와준 훌륭한 보좌관들과 동료 의원들, 믿고 지지해준 유권자들, 그리고 늘 제 곁을 지켜준 가족들 덕분이었습니다."

조 대표는 단상 옆에 일렬로 선 아내와 딸, 예비 사위, 그리고 아들을 향해 감사와 애정이 듬뿍 느껴지는 눈빛을 보냈다. 차분한 옅은 색 계열의 정장을 맞춰 입은 일가족은 품위가 있으면서도 자신감이 넘쳐 보였다. 특히 젊은 시절의 조 대표를 쏙 빼닮은 규진의 존재가 돋보였다.

"바로 그들을 위해서, 그들이 꿈꾸는 새로운 대한민국을 만들기 위해서, 저는 대통령 선거에 출마하고자 합니다. 민주주의가 살아 숨 쉬는 나라, 만민이 법 앞에 평등한 나라, 가족과 청년과 아이들이 행복한 나라가 될 때까지 이 발이 닳도록 한번 뛰어보겠습니다!"

조 대표가 불끈 쥔 주먹을 높이 들어 올리면서 힘차게 선언하자, 청중들은 그의 이름과 응원 문구가 적힌 슬로건을 흔들면서 미친 듯이 고함을 질렀다. 고막이 터져나갈 듯이 열렬한 환호성은, 그들이 강제로 동원된 게 아니라 마음속에서부터 우러나와 조 대표를 응원하고 있음을 여실히 보여주었다. 그들에게는 조 대표가 곧 대한민국의 밝은 미래고, 전지전능한 구원자였다.

"조 대표님! 조 대표님!"

역대급으로 성공적인 출마 선언을 마치고 단상을 내려오는 조 대표를 향해 기자들이 굶주린 하이에나처럼 몰려들었다. 유세 계획이며 선거 공약에 대한 질문이 빗발치는 와중에, 지원군으로 출동한 가족들에 대한 질문도 쏟아졌다. 특히 잘생긴 아들에 대한 궁금증이 폭발하는 듯하자, 계단을 내려오던 조 대표는 잠시 멈춰서서 빙그레 웃으며 넉살 좋게 한마디 던졌다.

"제 아들 규진이는 선거 운동을 돕기 위해 미국 유학까지 미뤘습니다. 제 입으로 자랑하긴 쑥스럽지만 워낙 총명한데다 시사 문제에 밝아서, 젊은 세대의 여론을 파악하는 데 아주 큰 도움이 됩니다. 이런 상황에서 제가 낙마하면 그야말로 아들 볼 면목이 없어지는 거겠죠? 하하핫!"

조 대표가 너털웃음을 터뜨리자 기자들 사이에서도 덩달아 웃음소리가 났다. 기자들이, 그리고 유권자들이 뭘 보고 싶어하는지 귀신같이 잘 아는 조 대표는 지극히 자연스럽게 아들의 곁으로 다가가 어깨동무를 했다. 친근하고 허물없는 부자(父子)의 모습은 보기 좋은 그림을 만들어냈고, 기자들은 열광적으로 카메라를 들이댔다. 포토 타임은 그 후에도 한참 동안 이어졌다.

"대표님, 이제 이동하실 시간입니다."

"음."

자기가 수석 보좌관이라도 되는 것처럼 나선 이태리 검사의 말에, 조 대표는 터미널 천장에 걸린 디지털 시계를 확인하고는 고개를 끄덕였다. 오후 2시 30분. 공항에서의 일정이 끝나면 가족들은 이 검사의 차를 타고 일단 집으로 돌아가고, 조 대표는 서울에 있는 당사로 이동해 예비 후보 등록 절차를 밟을 예정이었다.

"이따 저녁 8시에 축하 만찬 있는 거 알지? 집에 가서 옷 갈아입고, 너희 엄마, 매형, 누나와 함께 반드시 참석하도록 해. 허튼짓할 생각 하지 말고."

조 대표는 땀이 날 정도로 바짝 붙어 있던 규진의 어깨에서 손을 떼며 다른 사람에게는 들리지 않을 만큼 작은 목소리로 엄포를 놓았다. 느닷없이 유학을 거부하고 한국에 남은 아들의 속내를 알 수 없어 못내 찝찝했지만, 한편으로는 머리가 있으면 오늘 같은 날 사고를 치겠나 싶었다.

"조심히 가세요, 아버지."

규진은 조 대표가 하는 험악한 말 같은 건 아예 듣지도 못한 것처럼, 뒤로 한 걸음 물러나며 공손하게 인사했다. 얼핏 보기엔 완벽해 보이지만 자세히 들여다보면 가면처럼 인위적인 예의 그 미소가, 이 순간에도 변함없이 그의 진짜 얼굴을 가려주고 있었다.

135

"대표님, 아니 후보님께서 청와대로 입성하시는 역사적인 첫걸음을 함께하게 되어 가문의 영광입니다. 당사까지 안전하고 편안하게 모시겠습니다."

공항 주차장에서 대기하고 있던 운전기사는 조 대표가 나타나자마자 90도로 허리를 굽혀 인사했다. 기사의 뒤에는 항상 몰고 다니던 검은 세단 대신, 초대형 스크린과 간이 연설대가 달린 선거 유세용 밴이 버티고 서 있었다. 등록이 끝나고 예비 후보 기호가 나오면, 그 밴은 기호가 큼직하게 박힌 조 대표의 사진을 두르고서 달리는 광고판 역할을 하게 될 터였다.

― 평화한국당 조민국 대표가 조금 전 인천국제공항에 마련된 환영식장에서 드디어 대선을 향한 출사표를 던졌습니다. 지지율 여론조사에서 압도적인 1위로 앞서 나가는 조 대표의 출마 선언으로 인해, 예비 후보 경선이 사실상 무의미해진 게 아니냐는 말이 나오고 있는데요.

넓찍한 가운데 좌석을 혼자 차지하고 앉은 조 대표는 라디오 뉴스를 들으며 흡족함을 감추지 못했다. 보좌관들을 다른 차량에 태우고 6인용 밴에 기사와 단둘이 탄 건, 바로 이렇게 막간의 안락함을 즐기며 출마 선언의 여운을 즐기기 위함이었다.

그러나 그것도 잠시뿐, 포물선을 그리며 슬쩍 올라간 조 대표의 눈썹이 급격히 불편해진 기분을 드러냈다. 인천공항의 거대한 스카이돔을 비롯한 각종 구조물이 창밖으로 휙휙 지나가는 간격이 지나치게 짧았기 때문이다.

"김 기사, 너무 밟는 것 같은데. 속도 낮춰. 딱지라도 끊으면 그게 무슨 망신이야."

"네, 대표님."

깍듯하게 대답한 기사는 지체하지 않고 손을 움직였지만, 별로 달라진 건 없었다. 아니, 오히려 밴의 속도가 높아졌다. 그와 더불어 조 대표의 언성도 한층 높아졌다.

"김 기사, 뭐 하는 건가? 아까보다 더 빨라졌잖아."

"대표님, 좀 이상합니다. 속도가 줄어들지를 않습니다."

기사는 구둣발로 브레이크를 짧게 연달아 밟으면서 당혹스러운 표정을 지었다. 말도 안 되는 소리에 조 대표의 얼굴에는 짜증이 섞여들었다. 누가 봐도 대선 예비 후보의 것임이 명백한 이 차량이 정신 나간 듯 도로를 질주하는 게 기자들에게 포착되기라도 하면 어떤 사태가 벌어질지 불 보듯 뻔했다.

"브, 브레이크가 말을 듣지 않습니다. 고장인가 봅니다. 어떻게 하죠, 대표님?"

"공항에 올 때까지만 해도 멀쩡하던 차가 갑자기 고장이라고? 그럴 수가 있나?"

조 대표는 혹시 기사가 술을 먹은 건 아닌지 곁눈질로 살폈지만,

낮이 불그스름하기는커녕 백지장처럼 창백하게 질려 있었다. 하긴, 평소에도 두 시간을 기다리든 세 시간을 기다리든 술을 마시기는커녕 화장실조차 참고 또 참다가 부리나케 다녀오는 충직한 기사였다.

"일시적인 이상이겠지. 잠깐 기다려봐. 박 보좌관에게 전화해볼 테니까."

조 대표는 대수롭지 않게 생각하면서 휴대전화를 꺼내 들었다. 그러나 일정한 거리를 두고 뒤따라오는 세단에 타고 있을 수석 보좌관은, 밀려드는 전화 공세에 정신이 없는지 계속 통화 대기 상태였다. 그동안에도 밴의 속도는 조 대표를 약 올리듯 조금씩 빨라지고 있었다. 몇 분 만에 겨우 통화가 연결되자, 조 대표는 성마름을 드러내면서 보좌관을 불렀다.

"박 보좌관, 밴에 문제가 생긴 것 같네. 브레이크가 안 듣는다는데 어떻게 된 건가?"

— 네? 브레이크가요? 그럴 리 없습니다, 대표님. 제가 사흘 전 매장에서 직접 시승해보고 출고해온 새 차량인데요.

그래서 뭐 칭찬이라도 해달라는 건지, 사태를 파악하지 못하고 태평한 소리나 해대는 보좌관의 반응이 조 대표의 심기를 더욱 망쳐놓았다. 그는 점잖은 척, 온화한 척하는 것을 집어치우고 보좌관을 쥐잡듯이 닦달하기 시작했다.

"일주일 전에는 어땠는지 몰라도, 지금 당장 브레이크가 작동을 안 한다잖아. 이러다 사고라도 나면 어쩔 거야. 어떻게든 해봐. 119 라도 불러보라고!"

— 119요? 대표님, 그랬다가 언론에 새어나가기라도 하면…… 오늘처럼 중요한 날에 불미스러운 보도는 최대한 피하는 게…….

바람 잘 날 없는 정치판을 조 대표와 함께 헤쳐나오며 산전수전

다 겪은 역전의 수석 보좌관도 고장 난 브레이크에는 답이 없는지, 똑 부러지게 해답을 제시하지 못하고 횡설수설했다. 화가 치밀어오른 조 대표가 휴대전화에 대고 한바탕 퍼부으려는 찰나, 그의 등 뒤에서 얄미울 만큼 침착한 남자의 음성이 들려왔다.

"그래봤자 소용없을 겁니다. 아무리 119 대원이라고 해도 시속 120킬로미터로 달리는 차량에 탑승하는 게 쉽진 않을 테니까요."

"강 검사? 여긴 어떻게!"

반사적으로 고개를 돌렸던 조 대표는 홀연히 나타난 강한을 보고는 유령을 맞닥뜨린 것 같은 표정이 되었다. 도대체 어디서 튀어나온 것일까. 밴의 맨 뒷좌석을 접어 트렁크와 연결해놓은 공간, 선거 유세용 현수막과 대형 포스터가 둘둘 말린 채 쌓여 있는 곳에서 슬금슬금 기어나오는 소원을 보고 난 후에야 두 남자가 어디에 숨어 있었는지를 알아차릴 수 있었다.

"우선 전화를 끊으시죠, 조 대표님. 그러면 제가 어떻게 된 상황인지 설명해드리겠습니다."

순간적으로 조 대표의 눈동자에 망설이는 기색이 스쳐 지나갔다. 그는 강한의 요청대로 전화를 끊을 수도 있었고, 반대로 수화기 너머의 보좌관에게 강한의 무단 침입을 알릴 수도 있었다. 그러나 다른 차에 타고 있는 보좌관은 당장 조 대표를 도울 수 없는 처지였다. 짧은 시간 내에 신속하고 냉철하게 상황 분석을 마친 조 대표는 가만히 통화 종료 버튼을 눌렀다.

"시간 없으니 본론부터 말씀드리겠습니다. 지금 이 차량은 해킹당했고, 근거리 원격조종으로 움직이고 있습니다. 원격조종 프로그램을 조작하고 있는 사람은 대표님 아들 조규진입니다."

강한의 단도직입적인 말에 조 대표가 황망하게 숨을 몰아쉬는 소리가 들렸다. 분명 깊은 충격을 받고 동요한 것 같았지만, 그렇다고 해서 방금 들은 말을 도저히 믿을 수 없다거나 부인하려는 느낌은 아니었다. 강한의 예상대로였다. 조 대표는 자기 아들이 그러고도 남을 인물이라는 걸 익히 알고 있는 것이었다. 오히려 운전석에 앉아 대화를 엿듣던 기사가 더 난리였다.

"그게 무슨 소립니까? 해킹? 규진 학생이? 말도 안 됩니다, 대표님. 거짓말일 겁니다. 앞도 안 보이는 사람이 뭘 알겠습니까? 그러지 말고 경찰에 신고부터 하시는 게……."

조 대표의 운전기사는 강한을 알고 있었고, 여진과 약혼했던 시절 집까지 태워다준 적도 몇 번 있었다. 파혼 사실만 알고 그 내막은 자세히 모르고 있으니, 강한이 조 대표의 가족을 이간질하고 해코지하려는 것으로 오해할 여지는 충분했다.

물론 조 대표 입장에서도 그렇게 몰아가는 게 편리하겠지만, 통제를 잃은 밴이 벌써 대여섯 개의 적색 신호를 그냥 지나쳐버린 현재의 상황에서는 일단 강한의 말을 끝까지 들어볼 필요가 있었다. 조 대표는 입술을 지그시 깨물면서 무뚝뚝한 말투로 운전기사에게 명령했다.

"김 기사, 차단막 올려."

"대표님!"

"내 말 못 들었나? 차단막 올리라니까!"

반평생 다른 사람들 위에 군림하며 살아온 권력자답게, 조 대표의 음성에는 절대로 거역할 수 없는 힘과 권위가 실려 있었다. 기사는 더 하고 싶은 말이 있는 듯 머뭇거리다가 결국 계기판에 달린 작은 버튼을 눌렀다.

위이이잉-.

운전석 시트 바로 뒤에서 두껍고 불투명한 유리가 올라와 뒷좌석과의 사이를 가로막았다. 그걸 보면 원격조종이 모든 기능을 차단하진 않은 모양이었다. 빈틈없이 폐쇄된 공간 안에 갇히게 된 조 대표는 강한을 독촉했다.

"자네 말대로 시간이 없네. 내 아들이 왜 이런 짓을 하는 건지, 어떻게 하면 이 차가 멈출 수 있는지, 1분 안에 설명해봐."

"2주 전, 제 활동보조인이 대표님 댁에 김장 아르바이트를 하러 갔었습니다. 물론 김장은 핑계였고, 제 지시대로 조규진의 방을 수색해서 범행의 증거를 손에 넣는 게 진짜 목적이었죠."

강한은 규진의 트로피 속에 숨겨져 있던 죽은 아이의 머리끈에 대해서는 일부러 언급하지 않았다. 비록 잠깐 같은 차에 타긴 했지만 그와 조 대표는 물과 기름처럼 결코 섞일 수 없는 적대관계였기 때문에 이쪽이 가진 카드를 전부 펼쳐서 보여주는 건 멍청한 짓이었기 때문이다.

"제 활동보조인은 원하던 증거는 찾지 못했지만, 그 대신 태블릿 PC를 발견했죠. 물론 비밀번호가 걸려 있었지만 문제없었습니다. 컴퓨터나 노트북을 보게 되면 하드 디스크를 통째로 복제해 오라고 제가 건네준 도킹 스테이션이 있었으니까요."

소원이 숨겨 간 비장의 무기, 소형 폴라로이드 카메라처럼 생긴 검은색 가전기기가 바로 도킹 스테이션이었다. 강한은 휴대전화나 개인용 컴퓨터만큼 그 사용자에 대해 많은 정보를 포함하고 있는 게 없다는 걸 잘 알고 있었기에, 세은에게 도킹 스테이션을 구해오게 했던 것이다.

"복제한 하드 디스크는 사설 디지털포렌식 업체에 맡겼습니다. 사실 큰 기대를 걸진 않았죠. 조규진은 컴퓨터에 일기를 쓸 타입으로 보이진 않았으니까요. 그런데 분석 전문가가 뜻밖의 얘기를 하더군요. 태블릿에 설치한 프로그램 중 자동차 해킹에 쓰이는 원격조종 프로그램이 있다는 겁니다. 전문가의 말로는 돈만 있으면 '다크웹'에서 손쉽게 구할 수 있다고 하더군요."

강한도 강력부에 몸담고 있던 시절 '다크웹'에 대해 들어본 적이 있었다. 일반적인 브라우저가 아닌 익명 프로그램을 설치해 접속하면 기존 인터넷의 20배 넘는 규모와 정보량을 가진 암호화된 인터넷망에 접속할 수 있는데, 그곳에서는 가상화폐를 매개로 해서 개인 정보와 마약류는 물론이고 불법 음란물, 스너프 필름, 심지어 총기까지 버젓이 거래되었다.

다크웹이 국내에서보다 널리 알려진 외국에서는 범죄 공모나 청부에 이용되는 경우도 드물지 않았는데, 규진이 그런 세계에 발을 들여놓았다는 건 한마디로 갈 데까지 갔다는 거였다.

"그뿐이 아니었습니다. 인터넷 접속 기록을 찾아보니 '자동차 해킹' '원격조종' '스마트카 보안' 같은 키워드로 검색해본 흔적이 남아 있더군요. 그때 알았죠. 조규진의 머릿속은 유학이 아니라 다음 범행 계획으로 가득 차 있다는 것을. 아마도 그때까지 구체적인 타깃은 정해져 있지 않은 상태였을 겁니다."

규진은 범죄의 쾌감에 목말라 있었겠지만, 그렇다고 해서 서두르진 않았다. 고분고분하게 유학 준비를 하는 척하면서 김별가, 지온유가, 윤지영이 그랬던 것처럼 환경과 조건이 딱 들어맞는 대상이 나타나길 기다렸을 것이다. 어쩌면 조 대표의 영향력이 덜 미치는 외국에서 범행할 생각을 했는지도 모른다. 그래서 강한은, 처음이자 마지막으로 규진을 유인했다.

"표면적으로는 제가 적인 것처럼 보였을 겁니다. 하지만 저의 팟캐스트 인터뷰를 들으면서 깨닫게 됐겠죠. 두 눈이 멀고 직위까지 잃어버린 무기력한 검사 따위보다, 훨씬 강력하고 거대한 적이 자기 앞에 버티고 있었다는 사실을 말입니다. 바로 조규진이 태어나는 순간부터 그를 억압하고 통제하며 정신과 치료까지 받게 만들었던 무소불위의 권력자, 조 대표님 당신이죠."

사실 강한이 팟캐스트 인터뷰에서 했던 말들은 사용하는 단어부터 말투까지 세밀하게 계산된 것이었다. 목적은 오직 하나, 규진으로 하여금 조 대표가 생존 수단이 아니라 그의 본능, 정체성을 박탈하고 살아 있는 인형으로 바꾸어놓으려는 위협 그 자체라는 걸 인식하게 하는 것이었다.

"조규진의 범행 패턴에서 가장 눈에 띄는 특징은 바로 '위장'입니다. 가짜 범인이나 정황을 겹겹이 설치해놓고 진실을 파악하기 어렵게 만들죠. 이번에도 같은 방법을 쓰려고 했을 겁니다. 다만 이번에는 자신의 실체를 알고 추적하는 사람이 있으니, 가짜 범인 대신 가짜 계획, 가짜 타깃으로 혼선을 초래해야 했습니다. 그래서 저 자신을 가짜 타깃으로 내주었던 겁니다."

강한은 규진이 뒷조사를 할 것임을 예상하고 보란 듯이 매일 체육관에 나갔다. 주목받는 걸 좋아하지 않음에도 불구하고 복싱 대회를 열자는 관장의 제안도 승낙하고, 선수로 출전하기를 자청하기까지 했다. 그렇기에 세은이 체육관 밖에서 도청하는 규진을 목격했다고 했을 때, 강한은 내심 쾌재를 불렀다.

"조규진은 타인의 감정을 갖고 노는 걸 좋아하죠. 디데이를 정할 때도 피해자가 가장 행복할 날, 가족과 그 주변 사람들의 슬픔이 극대화될 날을 골라왔습니다. 생일, 약혼식 날, 남편의 공천 축하 파티날처럼 말이죠. 조 대표님께 그런 날은 언제일까요? 당연히 오늘, 평생 꿈꿔오던 대권에 정식으로 도전하는 날일 겁니다. 그러니 범행 일자를 예측하긴 어렵지 않았죠."

조 대표의 출마 선언 계획은 이미 몇 주 전부터 공공연히 알려져 있었기에, 강한은 바로 그 날짜에 맞춰 복싱 대회 일정을 잡았다. 그러면 규진이 어떤 형태로든 공작을 할 것으로 믿었다. 진심으로 강한이나 소원을 죽이기 위해서가 아니라, 진짜 타깃을 해치울 때까지 그들의 발목을 충분히 오랫동안 잡아놓기 위해서.

"저는 제가 세운 가설에 확신이 있었지만, 그게 어긋날 가능성에도 대비해야 했습니다. 조규진이 연막으로 삼을 거라고 예상되는 체육관을 지키면서, 한 경감을 보내 조 대표님 가족의 동태를 파악하게 했죠. 대표님도 기억하시죠? 연쇄 상해 사건의 첫 번째 피해자 말입니다."

강한은 검사로서 권한을 행사할 수 없는 상태였지만, 어차피 한 경감도 경찰 조직에서 내쳐진 건 마찬가지였다. 강한이 전화로 조 대표의 아들이 진범이고 추가 범행을 계획하고 있다고 말하자, 한 경감은 한동안 아무 말도 하지 않다가 딱 두 마디만 했다. 뭘 도와드리면 되겠느냐고, 그 개자식을 잡기 위해 내가 뭘 할 수 있겠느냐고.

"한쪽 귀가 멀고 경찰 생명이 끝장났어도, 형사 연륜은 어디 가질 않더군요. 인천공항 경비원으로 위장한 한 경감은 누구에게도 들키지 않고 조규진을 염탐하는 데 성공했습니다. 대표님이 하노버에서 귀국하시는 동안 대표님의 아들은 뭘 하고 있었을까요? VIP 대기실에 앉아서 태블릿에 글을 적고 있었다더군요. 자기 아버지의 장례식에서 읽을 추도사(追悼辭) 말입니다."

어머니와 누나는 오찬에서 선보일 의상과 머리 스타일을 결정하느라 난리였지만, 규진은 아무 관심 없는 것처럼 보였다고 했다. 그는 오찬이 열리지 않을 거라고 생각했을 것이다. 그 무렵이면 조 대표가 의문의 교통사고로 사망했다는 소식이 대한민국을 발칵 뒤집어놓았을 테니까.

136

"류뚱, 따라와. 우린 인천공항으로 간다."

"네? 뜬금없이 인천공항이요? 코만도스 올 때까지 기다리는 거 아니었어요?"

한 경감의 보고를 받은 강한은 황당해하는 소원을 이끌고 체육관 뒷골목으로 갔다. 그곳에서는 세은이 렌터카의 시동을 걸어놓고 그와 소원을 기다리고 있었다. 세은은 광활한 미국 하이웨이를 달리며 갈고닦은 운전 솜씨를 발휘해 무려 30분 만에 공항에 도착하는 기염을 토했다. 부지런한 한 경감은 조 대표가 타게 될 밴의 위치와 보안 체제까지 미리 파악해둔 상태였다.

"강 검사가 여기까지 온 건 그렇다 치고. 내 운전기사와 보좌관들이 밴을 지키고 있었을 텐데, 어떻게 숨어들어온 거지?"

어느 정도 경위를 알고 나자 조 대표는 그게 궁금해진 모양이었다. 경쟁 후보 지지자들이 가끔 못된 장난을 치거나 낙서를 해놓는 경우가 있어, 유세용 차량은 일반 차량보다 더욱 철저히 관리하는 편이었기 때문이다. 물론 강한은 거기에 대해서도 대비책을 마련해놓고 있었다.

"운전기사와 보좌관이 자리를 열심히 지키긴 하더군요. 저나 제 활동보조인이 접근했다가는 곧바로 신고당했을 겁니다. 하지만 대표님은 그들에게 또 한 사람을 조심하라고 일러두는 걸 잊으셨더군요. 홍세은 수사관, 그러니까 김은하 양 말입니다."

세은의 아버지와 최소 10년, 길게는 15년까지 함께 일한 보좌관들은 공항 주차장에 나타난 그녀를 보자마자 감격한 나머지 금방이라도 눈물을 흘릴 분위기였다.

"겨울방학이라 잠시 한국에 들어왔는데, 대표님께서 출마 선언을 하신다는 소식을 듣고 곧장 달려왔어요. 무리한 부탁이 아니라면, 대표님 타실 밴에 잠깐만 혼자 들어가봐도 될까요?"

강한과 소원이 공항버스 뒤에 숨어 있는 동안, 세은은 아버지의 옛친구들에게 간곡하게 부탁했다. 1년 전 가족이 비극을 겪었을 때 자기 일처럼 도와준 조 대표에게 응원의 손편지와 선물을 몰래 전하고 싶다는 말에, 운전기사와 보좌관들은 커피를 마시고 올 테니 얼마든지 시간을 쓰라고 흔쾌히 허락해주었다. 세은의 깜짝 선물이 강한과 류소원이라는 사실은 까맣게 모른 채.

"대표님은 지난 1년간 조규진의 범행을 은폐하고 보호해준 장본인이시죠. 덕분에 저에게는 한 가지 선택지밖에 남지 않게 됐습니다. 조규진이 누군가를 죽이려는 현장을 직접 포착해서 현행범으로 체포하는 겁니다."

"그 누군가가 바로 나라는 거군. 존속살인은 일반 살인보다 형이 훨씬 무겁지."

조 대표는 또 하나의 적색 신호가 빠른 속도로 지나가는 것을 차창 너머로 바라보며 중얼거렸다. 넓은 해안도로를 지나, 쭉 뻗은 인천대교를 달리는 동안은 지금처럼 과속해도 큰 문제가 되지는 않았다. 다른 차들도 하나같이 속도를 높이고 있었으니까. 그러나 다리를 건너 번화가에 둘러싸인 국도에 접어들면, 브레이크가 걸리지 않는 차의 운명은 정해진 것이나 다름없었다.

"이런 극단적인 상황을 만든 건 대표님을 위한 것이기도 했습니다. 지금쯤 아실 때가 되지 않았습니까. 대표님의 아들은 교화 불가능한 살인마라는 걸요. 조규진은 이 사회가 아니라 교도소나 폐쇄 병동에 있어야 합니다. 그래야만 다른 무고한 생명의 희생을 막을 수 있습니다."

"⋯⋯."

"선택하시죠. 제 도움을 받으면 명예와 권력은 잃겠지만 대표님과 나머지 가족들이 무사할 것이고, 거절하시면 여기 있는 모두가 10분 내로 죽게 될 겁니다."

밴이 인천대교에 진입하는 것과 동시에 강한은 조 대표를 향해 최후통첩을 했다. 사람을 사지에 몰아넣고 협박한다고 욕할 수도 있겠지만, 이건 강한과 소원에게도 목숨을 건 게임이었다. 바다 위의 활주로처럼 길게 펼쳐진 다리를 어느덧 속도가 시속 130킬로미터까지 올라간 밴이 거침없이 가로지르는 가운데, 조 대표의 이마에 굵은 주름이 패면서 고뇌하는 속내를 드러냈다.

평범한 사람이라면 망설일 것 없이 목숨부터 살리고 보겠지만, 조 대표는 평범한 사람이 아니었다. 아들이 살인범으로 체포된다면 그가 자식보다 소중히 여기는 정치적 업적과 위상은 한순간에 모래성처럼 허물어지고 말 것이다. 어느 쪽도 선뜻 선택할 수 없는 진퇴양난의 형국이었다.

인천대교의 길이는 21.4킬로미터. 시속 130킬로미터로 달리면 8

분 내지 9분 안에 주파할 수 있었다. 속절없이 시간이 흘러가고 속도는 떨어질 줄 모르는 가운데, 툭 건드리면 끊어질 듯 팽팽한 분위기 속에서 느닷없이 휴대전화 진동음이 울려 퍼졌다. 그리고 곧바로 이어지는 낭랑한 안내 음성.

— 010-42××-39××로부터 전화가 왔습니다. 받으시겠습니까?

보이스오버 시스템이 탑재된 강한의 휴대전화였다. 모르는 번호였지만, 강한은 전화를 건 상대방이 누군지 알 것 같았다. 터치패드를 더듬어 통화 연결 버튼을 누르자, 예상했던 바로 그 인물의 차분한 목소리가 들려왔다.

— 바쁜 하루네요, 매형. 복싱 대회에도 나가고, 환영식장에도 오시고. 유세 차량에 숨어들기까지.

규진은 강한이 밴에 타고 있다는 사실을 알고 있었다. 딱히 놀랄 일도 아니었다. 자동차 해킹을 하기 위해 사전에 스마트키를 훔치거나 복제했을 테고, 그때 도청장치를 설치해뒀을 것이다. 강한은 방금 오간 대화를 다 들었어도 규진은 아무렇지 않았을 것이라고 생각했다. 오히려 눈에 거슬리는 두 사람을 한꺼번에 처리할 수 있게 됐으니 다행이라고 여겼을지도 몰랐다.

"너, 지금 어디야?"

— 글쎄요. 어딜까요. 그동안 제 행적을 열심히 파헤치신 것 같은데 직접 알아내보시죠.

같은 말을 다른 사람이 했다면 조롱하는 것처럼 들렸을 텐데, 규진의 음성에는 아무런 감정이 깃들어 있지 않아 그런 기미조차 느껴지지 않았다. 강한을 상대로 인간미 있는 척 연기하는 것은 집어치우기로 한 모양이었다.

차라리 그쪽이 강한으로서도 편했다. 위선적이고 삭막한 조씨 가문에서 유일하게 마음을 터놓고 신뢰할 수 있는 사람이라고, 한때나마 규진을 진짜 처남처럼 여기며 아꼈던 시절을 떠올릴 필요가 없었기 때문이다.

— 본격적인 대화에 앞서, 먼저 거쳐야 할 절차가 있어요. 지금부터 창문을 열 건데, 매형만 빼고 다들 휴대전화를 밖으로 던져주세요. 아버지, 류소원 너도. 아, 그리고 김 기사님 것도요.

규진은 눈을 잠시 감았다 떠보라고 말하는 것처럼 태연한 투로 말했다. 그가 차 안의 사람들에게 휴대전화를 버리라고 하는 이유는 명확했다. 경찰을 비롯한 외부 인력의 도움을 받지 못하게 하려는 것이었다.

— 휴대전화가 두 대라고 해도 속일 생각은 마세요. 밴 안에서 전자파가 수신되면 제가 곧바로 감지할 수 있으니까요. 그런 불미스러운 일이 생긴다면, 즉시 속도를 150킬로미터로 올릴 겁니다.

밴은 인천대교의 4분의 1 정도를 건넌 상태였고, 창밖에는 서해 바다가 푸른 비단처럼 넓고 매끄럽게 펼쳐져 있었다. 이런 상황에서 규진의 명령은 절대적이었다. 말이 150이지, 규진이 마음만 먹으면 속도계는 시속 170킬로미터를 찍을 수도, 200킬로미터를 넘길 수도 있었다. 조 대표는 허둥지둥 버튼을 눌러 앞좌석과 뒷좌석을 차단하고 있는 칸막이를 내렸다.

"김 기사, 휴대전화 좀 줘봐. 빨리."

"네? 제 휴대전화는 왜요?"

얼어붙은 채 어떻게든 사고를 내지 않으려고 운전에 열중하고 있던 기사는 어리둥절해했다. 조 대표는 그 질문에 대답도 하지 않은 채 운전석 팔걸이 옆 거치대에 꽂혀 있는 스마트폰을 냅다 뽑아버렸다. 그러고는 기사가 미처 항변하기도 전에 다시 버튼을 눌러 칸막이를 올렸다.

— 자, 그럼 창문 내려갑니다.

오싹하리만큼 부드럽고 침착한 규진의 목소리와 함께, 뒷좌석 양쪽 창문이 스르륵 소리를 내면서 열렸다. 조 대표가 먼저 휴대전화두 대를 밖으로 집어던졌고, 그다음으로 소원이 입술만 움직여 소리없는 욕설을 뇌까리면서 같은 행동을 했다. 도로에 떨어진 세 대의휴대전화가 질주하는 바퀴들에 밟히자마자 망치로 호두 껍데기를부수는 것 같은 소리가 연달아 났다.

— 잘하셨어요. 그럼 다음 단계로 넘어가볼까요? 매형, 설마 맨몸으로 오진 않으셨죠? 증거를 모아야 하니 송수신 기능이 있는 녹음기 정도는 차고 오셨을 것 같은데요. 옷 안에 있나요?

강한과 조 대표를 한꺼번에 상대해야 하기 때문일까. 규진은 그어느 때보다 철두철미했다. 강한은 낭패한 듯 쯧 하고 혀 차는 소리를 냈다. 그가 걸치고 있던 '붉은 악마 체육관' 점퍼의 지퍼를 내리고, 안에 받쳐 입은 흰색 티셔츠를 밀어올리자, 탄탄한 복근 위에 여러 겹의 테이프로 고정해놓은 최신형 디지털 녹음기가 모습을 드러냈다.

"이것도 밖으로 던지면 되는 건가?"

— 잘 아시네요.

아프지도 않은지 단번에 테이프를 뜯어낸 강한은 비싼 녹음기를미련 없이 창틈 사이로 쑤셔넣었다. 와자작, 아까와 비슷한 파열음이한번 더 들려왔고, 그제야 비로소 창문이 닫혔다. 강한은 규진이 최대한 잘 들을 수 있게 일부러 창가 쪽에 갖다댔던 휴대전화를 거두어들였다. 그리고 터치패드를 조작해 스피커폰을 켠 상태로 규진에게 경고하듯 말했다.

"네 속셈은 다 알고 있어. 조 대표님에게도 말했고. 지금이라도 포기하고 자수하면 어때?"

— 왜 그래야 하는데요? 제가 사용하는 해킹 프로그램은 흔적이 남지 않아요. 지금 그 차에 탄 사람들이 싹 사라지고 나면, 누가 알겠어요. 멀쩡하던 차가 왜 갑자기 사고가 난 건지.

"네가 무슨 짓을 했다는 추측은 할 수 있겠지. 나와 소원이가 이 차에 탔다는 걸 정유미 검사와 홍세은 수사관이 알고 있어. 네가 체육관에 보냈던 가짜 폭탄에 대해서도 상세히 알렸고."

— 폭탄을 제가 보냈다는 증거는 없죠. 체육관으로 보낸 퀵서비스도 현금으로 고용했거든요. 자동차 해킹은, 글쎄요, 녹음파일 송신도 차단해놨는데 입증할 수 있을까요? 한 사람은 편파 수사, 허수아비 수사로 문제가 됐던 매형의 전 여자친구이고, 다른 한 사람은 검찰청에 위장 취업했던 피해자 유족인데요, 둘 다 정신 나갔다는 소리나 듣지 않으면 다행이겠죠.

규진은 강한의 엄포에 주눅이 들기는커녕, 그가 마련해놓은 안전장치를 하나하나 부숴나가는 것을 즐기는 듯 한껏 여유가 넘쳤다.

— 전 비탄에 젖은 아들 노릇을 완벽하게 해낼 거예요. 부자관계가 얼마나 화목하고 애틋했는지는 많은 사람들이 증언해줄 거고요. 만일 제가 수사를 받게 된다 해도, 돈 많은 우리 엄마가 변호사 군단을 동원해서 막아주겠죠. 남편을 잃은 판에 자식까지 잃을 수는 없을 테니까.

"이 악마 같은 놈! 금수만도 못한 자식!"

높고 거친 목소리로 욕설을 하고 나선 건 강한이 아닌 조 대표였다. 자기를 이미 죽은 사람 취급하는 말에 그동안 억지로 뚜껑을 닫아두었던 감정이 폭발하고 만 것이다. 얼굴이 시뻘겋게 달아오른 조 대표는 휴대전화를 쥔 강한의 손을 억지로 끌어당기면서 고래고래 고함을 쳤다.

"내가 너한테 어떻게 해줬는데! 널 위해 무슨 짓까지 했는데! 애비인 나한테 이런 짓을 해!"

— 말 똑바로 하셔야죠. 아버지. 전 제가 했던 일들을 덮어달라고 부탁한 적이 없어요. 그런데 아버지가 주제넘게 나선 거잖아요. 자기 명예가 실추될까봐, 대통령 선거에 나가지 못할까봐 무서워서. 절 낳아서 키운 것도 결국 본인 이미지를 위한 거 아니었나요?

규진이 내뱉는 '아버지'라는 단어에서는 소름 끼치는 냉기 외에는 아무것도 느껴지지 않았다. 그건 조 대표의 잘못은 아니었다. 그의 아내가 하는 것처럼 진실한 애정과 희생으로 아들을 키웠다 하더라도, 사이코패스인 규진에게 그 마음은 단 한 치도 전해지지 않았을 테니까.

— 전 아버지가 원했던 우수한 아들 그 자체예요. 다만 남들처럼 쓸데없고 비효율적인 감정에 휘둘리지 않을 뿐이죠. 그렇게 태어난 게 제 잘못이라면 죄송해요. 윤회 따위는 믿지 않지만, 혹시라도 그런 게 있다면 다음 생에선 좀더 멍청하고 감성적인 아들을 낳아보세요.

"너, 너 이 새끼, 그걸 말이라고……!"

— 아버지가 선거운동 자금을 물 쓰듯 쓰기 전에 재산을 물려받게 되어 다행이네요. 본과생이 되면 유학도 다녀오고, 착실하게 공부해서 유명한 의사가 될게요. 누나는 파산할 때까지 명품 쇼핑이나 할 테고, 엄마는 어디 가서 사기당하기 딱 좋지만, 둘 다 굶어 죽진 않게 해야죠. 아버지가 평소에 지겹게 말했던 대로, 가족이니까. 걱정 말고 안녕히 가세요.

아버지가 아니라 그냥 별거 아닌 피고용인이 없어지는 것처럼, 규진은 조 대표가 없어진 미래를 막힘없이 술술 그려냈다. 무정한 아들이 그대로 전화를 끊으려 한다는 걸 눈치챈 조 대표가 두 손으로 휴대전화를 붙잡고 필사적으로 외쳤다.

"잠깐만 기다려! 메시지를 전할 방식이 전화만 있는 건 아니야! 내가 종이에 사건의 전말을 적어서 몸에 지니거나, 밖으로 던지면 어떻게 할 거지? 내가 죽은 후에라도 네가 범인인 걸 알리겠다면? 누구도 유서를 무시하진 못해. 네가 지금 하고 있는 짓은 전혀 똑똑한 게 아니란 거다. 우리와 같이 자폭하는 거지!"

자신의 죽음을 무기 삼아 아들을 압박하는 것. 이게 조 대표가 할 수 있는 마지막 발악이었다. 규진은 그 말을 곰곰이 따져보는 듯 몇 초간 침묵을 지켰다. 그러나 그것도 잠시뿐, 이내 얼음처럼 차가운 냉소가 돌아왔다.

— 아니, 당신은 절대 그렇게 못해. 난 알아. 어차피 죽을 거라면, 한 점 치부 없는 고결한 정치인으로 남고 싶겠지. 제 자식의 손에 죽은 살인범 아버지로 두고두고 욕먹고 싶진 않을걸.

그 말을 마지막으로 전화는 끊어졌다. 뚜뚜, 하는 선명한 통화 종료음이 차 안에 울려 퍼지면서 공포와 절망을 자아냈다. 반투명한 칸막이 너머로 보이는 자동차 계기판은 시속 135킬로미터를 가리키고 있었다.

137

― 비행기 탑승 모드를 켭니다. 전화, 메시지, 모바일 데이터를 사용할 수 없습니다.

규진의 전화가 끊긴 후, 강한이 제일 먼저 한 일은 휴대전화를 비행기 모드로 전환한 것이었다. 유일하게 살아남은 휴대전화를 구세주 보듯 간절히 바라보던 조 대표는 두 눈을 부릅떴다.

"강 검사, 뭐 하는 건가? 그걸 왜?"

"이게 최선입니다, 대표님. 절 믿으세요."

강한은 단호하게 잘라 말했다. 원격으로 감시당하는 한, 외부로 전화를 걸거나 메시지를 보내는 일은 불가능했다. 그럴 바엔 아예 송수신 기능을 꺼서 규진을 최대한 자극하지 않는 게 나았다. 그런 내용을 조 대표에게 일일이 말로 설명해줄 필요는 없었고, 그러고 싶지도 않았다.

"류소원, 이건 네가 갖고 있어."

강한은 옆에 앉은 소원의 무릎 위에 휴대전화를 올려놓았다. 그와 동시에 보일락 말락 하게 손바닥을 펼쳐 소원의 팔을 지그시 눌렀다. 마치 뭔가 신호를 주려는 것처럼. 소원은 알아들었다는 듯 가볍게 팔꿈치를 까닥하더니, 조금 신경질적인 태도로 강한의 휴대전화를 집어 들었다.

"아, 지금 휴대전화가 문제가 아니잖아! 이게 뭔 엿 같은 상황이냐고요! 형, 아니 검사님! 여기 올 때 이런 일이 있을 거라고는 말 안 해 줬잖아요! 이 나이에 개죽음은 정말 억울하다고!"

소원은 평소보다 훨씬 크고 거친 투로 말하면서 휴대전화 쥔 손을 사뭇 위협적으로 휘둘렀다. 자칫 잘못하면 맞거나 부딪힐 것 같아 반사적으로 몸을 움츠리던 조 대표의 시야에 뭔가 특이한 게 포착되었다. 바로 휴대전화 카메라 렌즈에 붙어 있는 새끼손톱만 한 붉은색 셀로판지였다. 너무 작고 얇아 아까는 눈에 띄지 않았는데, 가까이서 보자 선명하게 보였다.

"검사님은 까이긴 했지만 어쨌든 약혼이라도 해봤지, 전 아직 여자친구도 안 사귀어봤단 말이에요. 거기다 우리 아부지는 어떡해요? 성질 더러워서 아무도 안 거둬줄 텐데, 검찰청에서 죽을 때까지 돌봐줄 거 아니잖아요! 네? 어디 한번 대답해보라고요!"

소원은 금방이라도 욕을 퍼부을 것 같은 기세로 강한을 추궁했다. 휴대전화가 으스러질 것처럼 꽉 움켜쥔 주먹은 좌석 등받이를 쾅쾅 쳐댔다. 그 움직임에 따라 휴대전화 카메라도 정신없이 사방으로 흔들렸다. 아무리 극한 상황이지만 이런 식의 감정 폭발은 다소 갑작스러웠다.

이상한 건 그뿐이 아니었다. 소원은 강한을 향해 분노를 쏟아내는 듯하면서도 시선은 그를 보고 있지 않았다. 오히려 부산할 만큼 눈동자를 여기저기로 굴리고 있었다. 그제야 소원의 행동이 의도적이라는 걸 알아차린 조 대표가 힌트를 찾으려는 듯 강한을 쳐다보았다. 그러나 강한은 일말의 동요도 없이 싸늘한 태도로 소원에게 독설을 내뱉을 뿐이었다.

"어린애처럼 억지 쓰지 마. 검찰이 왜 네 아버지 노후를 돌봐? 교정 공무원 연금도 나오고 알아서 잘 살겠지. 일이 이렇게 된 건 유감이지만, 합리적으로 따져보면 네 책임도 있잖아?"

"내 책임이라니 그게 뭔 개소리예요?"

"네가 주제넘게 수사에 끼어드는 바람에 징계 수위가 높아졌다는 거다. 내가 정직 상태만 아니었다면, 검찰청 인력과 자원을 마음대로 동원할 수 있었을 테니 위험을 무릅쓸 필요도 없었겠지. 그렇게 치면 화를 낼 사람은 나야. 류소원, 넌 내 인생을 제대로 망쳐놨어."

"빌어먹을! 지난 석 달 동안 노예처럼 부려먹은 사람한테 할 소리야, 그게?"

강한과 서로 잡아먹을 듯 싸우면서도 소원은 제게 맡겨진 임무를 잊지 않았다. 셀로판지를 붙인 카메라 렌즈의 각도를 조금씩 바꾸고 움직이면서, 밴 안 구석구석을 부지런히 염탐했다. 특히 작은 물건을 교묘히 숨길 수 있을 만한 구석이나 틈새를 집중적으로 살폈다. 조 대표가 막연하게 짐작한 대로, 지금 이 상황은 강한과 소원이 차에 오르기 전 미리 짜둔 작전이었다.

"조규진은 틀림없이 차 안에 카메라를 설치해놨을 거야. 보다 완벽한 통제를 위해서 말이지. 우리가 차에 타게 되면 그걸 먼저 제거해야 해. 그래야만 원격조종 문제도 해결할 수 있어."

해킹당하는 차 안에서 전자기기를 사용하는 것은 위험했으므로, 강한은 소원에게 몰래카메라를 탐지할 수 있는 간단하면서도 효과적인 팁을 알려주었다. 목표물을 촬영하려면 반드시 렌즈를 외부로 노출해야만 하는 몰래카메라의 특성을 이용한 아날로그적인 방식이었다.

"그 자식이 카메라가 아니라 도청장치를 숨겨놨으면요? 그쪽이 걸릴 위험도 적고, 훨씬 간단하잖아요. 나라면 그렇게 할 텐데."

"아니, 카메라일 거야. 조규진에게 이번 범행은 이전 범행들과는 비교할 수 없을 만큼 특별하고 기념비적이거든. 절대 꺾을 수 없을 것 같던 위대한 존재, 바로 자기 아버지를 쓰러뜨리려는 거니까. 숨이 끊어지기 직전, 희생자의 비참하고 절망적인 표정을 직접 보고 싶을걸."

소원은 강한이 했던 말을 되새기면서 가운데 좌석의 반대 방향, 조 대표의 얼굴을 정면으로 비추는 쪽을 바쁘게 힐끔거렸다. 특히 초소형 카메라를 숨길 수 있을 만한 곳, 그러니까 에어컨 송풍구나 보조 램프, 스마트폰 충전 거치대나 콘센트 등을 향해 슬쩍슬쩍 붉은 렌즈를 비추면서 집중적으로 살폈다. 강한의 커다란 덩치가 소원의 손을 절묘하게 가려주고 있었다.

'근데 정말 이런 식으로 몰카를 찾을 수 있는 거야? 아무래도 사기 같은……!'

강한이 시킨 대로 하면서도 내심 못 미더워하던 소원의 눈에, 번쩍하고 뭔가가 감지되었다. 흠칫한 소원은 휴대전화를 좌우로 움직이던 손을 멈추고 화면에 시선을 고정했다. 작은 루비처럼 붉고 반짝이는 빛이 앞좌석 등받이 옆에 달린 스테레오 스피커에서 새어나오고 있었다. 강한의 설명에 따르면, 일반적인 물건의 표면과 달리 카메라 렌즈는 적외선을 강하게 반사하기 때문에 가능한 방법이라고 했다. 공항 문구점에서 셀로판지를 파는 게 천만다행이었다.

"그동안 난 뭐 네 덕분에 대단히 편안했던 줄 알아? 다 끝난 사건 자꾸 들춰내면서 재수사 안 해주면 집 나가버리겠다고 협박한 게 누군데. 왜, 하류 인생 혼자 살긴 싫고 내 발목 잡아서 똥통에 같이 처박으니 속이 시원해?"

소원이 카메라를 발견한 걸 모르는 강한은 배우로 데뷔해도 될 것 같은 수준급 연기를 계속하고 있었다. 그게 작전의 일환임을 알면서도, 막상 하류 인생이 어쩌고 똥통이 어쩌고 하는 말을 들으니 소원도 은근히 열 받았다. 서로 어떤 대사를 할지 세세히 정하진 않았는데, 어쩌면 이 기회를 틈타 강한이 그동안 하고 싶었어도 꾹 참았던 말을 퍼붓는 게 아닌가 싶었다.

"씨발, 뚫린 입이라고 지껄이기는. 누군 주먹이 없어서 못 쓰는 줄 알아?!"

강한이 소원의 팔을 누른 것처럼, 소원이 '씨발' 하고 큰소리로 욕을 하는 것도 두 사람 간의 비밀 신호였다. 전자는 지금부터 카메라를 찾으라는 뜻이었고, 후자는 찾았다는 뜻이었다. 소원은 성난 늑대처럼 으르렁거리면서 강한을 향해 온몸을 내던지며 오른쪽 주먹을 날렸다.

퍼억-!

심상찮은 기류를 감지한 강한은 기막힌 타이밍으로 윗몸을 숙이면서 피했고, 얼핏 보기에 갈 곳을 잃은 것 같던 소원의 주먹은 강한의 뒤에 있던 스피커에 가서 내리꽂혔다. 블라인드 복싱 대회를 준비하면서 매일 스파링을 뛰었던 파트너였기에 가능한 환상의 호흡이었다.

소원은 그동안 제법 단단하게 여문 주먹 표면에서 스피커 덮개가 빠직하면서 부서지는 것을 느꼈다. 그 틈새를 곁눈질로 확인하자, 양복 단추만 한 크기의 초소형 카메라가 열십자로 금이 간 채 다른 부품들과 함께 빠져나와 있는 게 보였다. 성공이었다.

"됐어요. 카메라를 아작내버렸으니 이제 맘껏 떠들어도 돼요."

소원이 뿌듯한 얼굴로 강한과 조 대표를 향해 그렇게 말한 순간이었다. 이번에는 앞좌석을 가린 칸막이 쪽에서 느닷없이 쿵쿵 하는 소리가 들려왔다. 강한과 소원, 조 대표까지 동시에 화들짝 놀라면서 그쪽으로 고개를 돌렸다. 지진을 만난 것처럼 덜컹덜컹 흔들리는 불투명한 유리막 위로 마치 자해하듯 와서 부딪히는 검고 둥근 뒤통수가 보였다.

"김 기사, 왜 그러나? 어디 아픈가?"

조 대표는 걱정스럽게 물으며 버튼을 눌러 칸막이를 내렸고, 소원도 앞쪽으로 다가가 동태를 살폈다. 이제껏 오직 살겠다는 일념으로 핸들을 잡고 있던 운전기사가 어떻게 된 일인지 정신을 차리지 못하고 있었다. 부릅뜬 두 눈은 초점이 없었고, 뻣뻣하게 굳어진 사지는 미세한 경련을 일으키고 있었다. 이마를 흠뻑 적신 식은땀이 뺨을 따라 빗물처럼 흘러내렸다. 콧구멍과 입은 활짝 벌어져 있었고, 양복 재킷에 덮인 가슴팍은 연신 오르락내리락하고 있었다.

"과호흡 증상이군. 공황발작이 왔나 본데."

강한은 희박한 산소를 갈구하는 것처럼 빠르고 얕게 들려오는 숨소리만으로도 곧바로 원인을 파악해냈다. 그 자신도 염산 테러를 당하고 실명한 후 강한 열기에 노출되거나 뜨거운 물에 닿을 때마다 비슷한 증상을 겪은 적이 있었기 때문이다. 원인도 대책도 모르는 상태에서 브레이크가 고장 난 차를 몰고 있었으니, 그 극단적인 공포와 불안감에 운전기사는 이성을 잃고 만 것이다.

"조 대표님, 김 기사를 뒷좌석으로 옮겨서 눕혀주세요. 옷 단추는 모두 풀어주시고요. 막혀 있는 비닐봉지나 종이봉투가 있으면 그걸로 코와 입을 막고, 손발을 천천히 주물러주세요."

강한은 당황한 기색을 드러내지 않고 침착하게 지시했다. 벼랑 끝에 대롱대롱 매달려 있는 것이나 다름없는 일촉즉발의 사태, 주도권을 잃어버리는 순간 거기서 끝이라는 걸 그는 잘 알았다. 어느새 고분고분 강한의 말을 따르게 된 조 대표가 김 기사의 어깨를 붙잡고 몸을 뒤쪽으로 끌어당기다가 불현듯 동작을 멈추면서 질문을 던져왔다.

"그럼 운전은 누가 하지?"

조 대표는 발작 중인 운전기사에게 응급처치를 해주어야 했고, 강한은 다른 것은 다 해도 운전은 할 수 없는 몸이었다. 밴은 시속 140킬로미터를 유지하며 쭉 뻗은 인천대교를 일직선으로 달리고 있었고, 강한의 눈에는 비치지 않았지만 운전석 전면 유리를 통해 저만치 벌써 끝이 보였다. 육지로 진입하게 되면 도로가 복잡해지고 주변 차량도 대폭 늘어날 게 분명했다.

"류소원, 운전석에 가서 앉아."

"앗싸!"

언제 대형 교통사고가 일어날지 모르는 상황에서 운전대를 잡는 것이 살 떨리게 무서워야 정상이었다. 그러나 스무 살의 패기, 아니 객기는 그와 반대로 씩 웃으면서 칸막이를 넘어가게 했다. 소원의 미소에는 드디어 '가장 중요한 역할'을 맡을 만큼, 강한으로부터 인정받았다는 의기양양함도 깃들어 있었다.

"솔직히 넌 말이지, 너무 단순해. 생각하고 느끼는 게 표정에서든, 목소리에서든 티 나게 드러나. 작전에서 한 사람 몫을 하고 싶으면 감정 숨기는 법을 배우도록 해. 조규진처럼 인격 자체를 꾸며낼 필요는 없지만, 적어도 사회생활은 가능해야 할 것 아니야."

이중 작전에 대해 왜 미리 얘기해주지 않았느냐고 물었을 때, 강한은 소원에게 미안해하기는커녕 핀잔을 주면서 고도의 돌려 까기를 시전했던 것이다. 조금 전 일부러 더 열을 내고 오버하면서 연기했던 것은 강한에게 '나도 할 수 있다'는 걸 보여주고 싶어서이기도 했다.

"엇, 형! 보여요? 앗, 죄송. 이게 아니지. 차가 한 대도 없어요! 대박!"

핸들에 양손을 올린 채 육로로 들어선 소원은 소스라치게 놀란 나머지 절대적인 금기어조차 잊어버렸다. 소원의 말처럼, 드넓게 펼쳐진 6차선 도로는 거짓말처럼 텅 비어 있었다. 조금 과장해 검푸른 아스팔트 위를 휙 불어 스쳐 지나가는 바람의 궤적을 알아볼 수 있을 정도였다.

"그래? 다행이군. 정 검사가 제때 손을 썼나 보네."

강한은 대수롭지 않은 듯 대꾸했지만 실은 제자리에서 펄쩍 뛰어오르고 싶을 만큼 기쁘고 반가웠다. 세은의 차를 타고 인천공항으로 오는 길, 유미에게 전화해서 지금까지의 상황과 앞으로 벌어질 것으로 예측되는 상황을 설명해주었다.

"조규진이 출마 선언이 끝난 직후에 조민국 대표를 칠 거야. 정황을 보면 자동차 해킹을 시도할 것 같은데, 100퍼센트 장담할 수는 없어. 완전히 다른 방식을 시도할지도 몰라. 어쨌든 난 소원이와 함께 조 대표 차에 숨어들 거야. 가장 높은 확률을 걸고 모험을 해야지."

강한은 자못 호기로운 그 말을 들은 유미가 화를 내거나, 소리를 지르거나, 울거나, 아니면 셋 다 할 거라고 생각했다. 그러나 그의 말을 잠자코 듣던 유미는 간결하게 질문을 던질 뿐이었다.

"그래서 내가 어떻게 해주면 되겠어? 오빠가 안전해지는 데 제일 필요한 게 뭐야?"

강한은 유미에게 한 경감의 휴대전화 번호를 알려주면서, 그와 함께 공항을 떠난 이후 밴의 동태를 주시해달라고 부탁했다. 차량이 정상적으로 운행하지 않는다면 그땐 정말 해킹당한 것으로 알고, 혹시 사고가 날 경우에 대비해 구조 차량이 곧바로 올 수 있게 준비해달라고, 유언과도 같은 부탁을 하면서 강한은 그것조차 그녀에게 부담을 주는 것 같아 맘이 편치 않았다.

그런데 유미는 그가 기대한 것의 몇 배 이상을 해냈다. 하루에도 2만 대 이상의 차가 오가는 도로를 막아 오토바이 한 대 얼씬거리지 못하게 만든 것이다. 규진의 지적대로 가뜩이나 검찰청 내에서 입지가 좁아진 그녀가 그 일을 어떻게 해냈는지 강한은 알 도리가 없었다. 틀림없이 뭔가 무리수를 뒀을 거라고, 만만찮은 역풍이 있을 거라고 막연히 짐작만 할 뿐이었다.

"강 검사, 다음은 뭔가? 카메라를 부수고, 도로를 통제했으니, 이 차를 멈출 방법도 있는 거겠지?".

조 대표는 보좌관들의 샌드위치를 담았던 연갈색 종이봉투를 찾아내 운전기사의 코와 입에 덮어씌우면서 물었다. 체감상 느껴지는 밴의 속도는 여전히 무시무시했지만, 도로가 뻥 뚫려 있다는 것만으로도 한결 마음이 놓이는지 조 대표의 목소리에는 은근한 희망이 깃들어 있었다.

"대표님, 자동차 해킹 기술에 대해 좀 아십니까?"

강한은 조 대표의 질문에 곧바로 대답하는 대신 그렇게 되물었다. 물론 직접 운전대를 잡는 일도 별로 없을 조 대표가 뭔가 알 거라고 기대하는 건 아니었다. 그저 그다음에 이어질 설명을 매끄럽게 하려는 포석일 뿐이었다.

138

"이론적으로는 50킬로미터 떨어진 곳에서도 원격조종이 가능하다지만, 현재로선 그렇게까지 기술이 안정화되지 않은 단계입니다. 방해 요소가 철저히 배제된 실험장이 아니라, 온갖 장애물과 변수가 존재하는 실제 교통환경에서는 기껏해야 30킬로미터 남짓이 고작이죠. 그 범위를 넘어가면 원격조종의 영향력은 매우 약해지거나 사라져버립니다. 제 말, 무슨 뜻인지 아시겠습니까?"

강한이 똑같은 방식으로 설명했을 때, 소원으로부터 돌아온 반응은 '그러면 영화 〈아이언맨〉에 나오는 건 전부 사기라는 거네요?'였다. 다행히 조 대표는 그보다 두뇌 회전도, 눈치도 빨랐다.

"규진이의 현재 위치를 파악해서, 그 지점으로부터 30킬로미터 이상 떨어지면 된다는 얘긴가?"

"네, 바로 그겁니다."

"그게 말이 쉽지, 맘대로 되겠나? 그 녀석도 머리가 있는데, 누구에게도 들키지 않게 은밀한 곳에 숨어 있겠지."

조 대표는 환영식장에서 안녕히 가시라며 정중히 인사하던 아들을 떠올리며 회의적인 어조로 말했다. 아들이 잡히길 바라는 건지, 아니면 그대로 무사히 숨어 있길 바라는 긴지, 조 대표도 자신의 신심을 명확히 알 수 없었다. 강한은 그런 조 대표를 향해 단호하게 잘라 말했다.

"아뇨, 의외로 개방된 장소에 있을 가능성이 큽니다. 뉴스를 바로 접할 수 있는 곳, 그 뉴스에 대한 사람들의 반응을 직접 눈으로 확인할 수 있는 곳 말입니다. 만일 대표님이라면, 자기 인생에서 가장 큰 성취를 이루는 순간을 제대로 만끽하고 싶지 않겠습니까?"

인생에서 가장 큰 성취. 강한은 규진에게는 아버지의 죽음이 바로 그런 의미라고 말하는 것이었다. 조 대표는 독주처럼 쓰디쓴 담즙이 식도를 타고 역류하는 것을 느끼면서 입술을 지그시 깨물었다. 강한의 말을 정면으로 반박할 수 없다는 게 분하고 수치스럽고 원통했다.

도대체 어디서부터 잘못된 것일까. 아들에게 치료 불가능한 정신적 문제가 있다는 걸 처음 알았을 때, 뉴스에 보도되는 것처럼 아이를 껴안고 옥상에서 뛰어내리기라도 해야 했던 걸까. 하지만 조 대표는 그런 자기 파괴적인 행동을 하기엔 자긍심과 자기애가 너무도 강한 사람이었다. 자신의 능력과 재력과 인맥을 동원하면 불가능한 일은 없다고 굳게 믿었다.

정신과 전문의가 말하는 반사회적 성격장애도, 완전히 고치지는 못해도 '해결'할 수 있을 줄 알았다. 혼외 자식, 병역 비리, 취업 특혜, 비자금 같은 정치가들의 흔한 문제처럼, 어떻게든 묻고 지나갈 수 있을 줄 알았다. 바로 그게 조 대표의 결정적인 과오이고 오만함이었는지도 몰랐다. 자기가 마치 신이 된 것처럼, 주변의 모든 것을 통제할 수 있다고 과신했던 것.

"자네 말대로라고 해도, 이 근방에 그런 공개적인 장소가 어디 한

둘이겠나? 공항, 터미널, 항구, 면세점, 쇼핑센터. 심지어 대형 호텔만 해도 몇십 개가 넘는 곳이 여기 인천인데. 그걸 언제 다 뒤지고 있어? 게다가 우리는 외부하고 연락도 마음대로 못하는 상태가 아닌가."

혼자 맘대로 결론을 내려버리고 지레 낙담하던 조 대표의 귀에, 신의 계시와도 같은 강한의 목소리가 선명하게 와서 꽂혔다.

"일일이 뒤질 필요 없습니다. 조규진이 이미 우리에게, 자기 위치에 대한 힌트를 줬으니까요."

"힌트라고?"

강한은 손으로 더듬거려 운전석 등받이를 찾아낸 후, 손등으로 톡톡 가볍게 두드렸다. 두 손을 핸들에 얹은 채 제법 카레이서 기분을 내고 있던 소원이 그걸 보고는 강한의 손에 휴대전화를 쥐여주었다. 강한이 다른 사람에게 도움을 청하지 않고 능숙하게 터치패드를 조작하는 장면을, 조 대표는 대단한 진풍경이라도 된다는 듯 신기하게 구경하고 있었다.

— 12월 15일 15시 40분에 녹음된 메시지를 재생합니다.

실명하기 전에는 메모가, 실명한 후부터는 녹음이 몸에 밴 습관인 강한은 휴대전화로 하는 모든 통화도 자동 녹음되도록 설정해놓았다. 보이스오버 시스템의 낭랑하고 기계적인 목소리는, 그 후에 곧바로 이어진 규진의 목소리에 비하면 차라리 더 상냥하고 인간적이라 할 만했다.

— 바쁜 하루네요, 매형. 복싱 대회에도 나가고, 환영식장에도 오시고. 유세 차량에 숨어들기까지.

강한은 규진의 말 한마디 한마디가 끊어질 때마다 휴대전화 볼륨을 키웠다. 그러자 처음에는 들리지 않았던, 모래바람이 응웅대는 것 같은 기묘한 배경음이 차츰차츰 새어나오기 시작했다. 강한은 녹음

파일 재생을 잠시 멈춘 후 조 대표에게 확인하듯 물었다.

"들으셨습니까?"

"뭐, 뭐가? 내가 뭘 들어야 하는 건가?"

조 대표는 미세한 소리를 구분해내지 못하고 얼빠진 표정을 지었다. 역시, '듣는 연습'이 제대로 되어 있지 않은 정안인에게는 고난도의 과제였다. 강한은 휴대전화 볼륨을 최대로 키우고, 재생 속도를 80퍼센트로 줄인 다음 녹음 파일을 재생했다.

— 글쎄요. 어딜까요. 그동안 제 행적을 열심히 파헤치신 것 같은데 직접 알아내보시죠.

통화 내용 속 규진이 강한을 비웃으면서 잠시 말을 멈춘 순간, 조 대표의 귀에 새된 바람 소리 같은 것이 휙 하고 지나갔다. 아니, 그건 바람 소리가 아니었다. 얇고 가느다란 비명 소리였다. 그것도 한 명이 내는 게 아니라 여러 명이 엇갈려서 내는 것 같았다. 규진이 있는 곳에서 사람들이 비명을 지르고 있다는 걸 깨달은 조 대표는 성급히 겁을 먹고 허둥거렸다.

"이, 이건? 누가 아프거나 다친 건가? 아니면 근처에 병원이 있나?"

"조금 더 들어보시죠."

강한은 금방이라도 기절할 듯한 조 대표를 달래는 투로 말하면서 그다음 구간을 재생했다. 규진이 더없이 냉정한 태도로 강한 일행에게 해야 할 일들을 지시하는 부분이었다.

— 매형만 빼고 다들 휴대전화를 밖으로 던져주세요. 아버지, 류소원 너도. 아, 그리고 김 기사님 것도요.

규진이 강세를 주지 않는 음절들 뒤에서, 이번에는 아까 들렸던 것과 전혀 다른 소리들이 연달아 흘러들어왔다. 남녀가 한데 어울린 쾌활한 웃음소리. 그 뒤에 은은하게 깔리는 행진곡 선율. 그와 더불어 남자아이의 천진난만한 음성이, 조금 뭉개진 말투로 '아빠' 하고 부르는 게 들렸다. 애교와 웃음이 담뿍 섞인, 듣기만 해도 사랑스러운 목소리였다.

귀를 쫑긋 세우고 온 정신을 녹음 파일에 쏟고 있던 조 대표는 순간적으로 멍해졌다. 규진은 단 한 번도 그런 식으로 조 대표를 불러준 적이 없었다. 자기 자신밖에 사랑할 줄 모르는 아버지와, 사랑받을 줄 모르는 아들. 그들의 부자관계는 시작부터 일그러져 있었는지도 몰랐다.

그동안 앞만 보고 달려오느라 뒤를 돌아볼 틈이 없었던 조 대표가 깊은 상념에 잠긴 동안에도, 규진의 냉소에 찬 말들은 휴대전화 스피커를 통해 반복되고 있었다.

— 말 똑바로 하셔야죠. 아버지. 전 제가 했던 일들을 덮어달라고 부탁한 적이 없어요. 그런데 아버지가 주제넘게 나선 거잖아요.

— 자기 명예가 실추될까봐, 대통령 선거에 나가지 못할까봐 무서워서. 절 낳아서 키운 것도 결국 본인 이미지를 위한 거 아니었나요?

조 대표는 시각적인 방해 요소를 차단하기 위해 두 눈을 꼭 감은 채, 강한이 하는 것처럼 한데 뒤엉킨 소리의 결을 하나하나 분리해보려고 노력했다. 이미지 없이 소리만으로 정보를 파악하는 게 이렇게 어려운 일인지 예전에는 미처 몰랐다.

타앙, 공기를 가르는 파열음은 군대에 있을 때 자주 들었던 총성 같기도 했고, 질긴 고무가 터지는 소리 같기도 했다. 슈웅, 하고 묵직한 뭔가가 빠르게 지나가는 마찰음은 경비행기가 낮게 나는 소리인가 했다가, 어쩌면 자동차에서 나는 소리인지도 모르겠다 싶었다. 너무도 이질적인 각종 소리들의 조합에 조 대표는 정신이 다 혼미해질 지경이었다.

— 어차피 죽을 거라면, 한 점 치부 없는 고결한 정치인으로 남고 싶겠지. 제 자식의 손에 죽은 살인범 아버지로 두고두고 욕먹고 싶진 않을걸.

조 대표의 폐부를 비수처럼 찌르는 규진의 말. 그 말이 끝나고 전화가 끊어지기 전, 마지막으로 들려온 것은 부우우웅, 하고 길고 희미하게 사라지는 공명음이었다. 그건 어떻게 들으면 음계 낮은 목관악기 소리인 듯, 어떻게 들으면 바람이 터널을 빠져나가는 소리인 듯도 했다. 정신없는 소리의 대향연이 끝난 후, 강한은 아무 말도 못하고 멀뚱멀뚱 있는 조 대표에게 정답풀이를 해주듯 차근차근 일러주었다.

"비명 소리, 웃음소리, 음악 소리, 총소리와 놀이기구 소리, 그리고 뱃고동 소리를 한꺼번에 들을 수 있는 곳. 사람이 많고 TV 시청이나 인터넷 접속이 쉬운 곳. 그러면서도 인천공항, 인천대교, 그리고 지금 우리가 달리고 있는 경인고속도로와도 가까운 곳. 이 모든 조건을 충족하는 장소가 어디일까요?"

"아, 그게 놀이기구, 뱃고동 소리였군. 잠깐, 이 근처에 놀이기구가 있는 곳이면……!"

조 대표가 눈을 번쩍 뜨면서 외치려는데, 강한이 소원이 앉은 운전석 등받이를 다시 한번 톡톡 두드리면서 끝맺어지지 못한 말을 완성했다.

"류뚱, 조규진은 월미도에 있을 거야. 지금부터 그 반대 방향으로 가야 해."

"반대 방향이요? 그게 어딘데요? 저 이 동네 처음이란 말이에요!"

소원은 핸들이 우그러질 정도로 양손으로 꽉 붙잡은 채 절박하게 고함을 질렀다. 운전기사가 눈을 뒤집고 기절한 상황에서 자기까지 겁먹은 티를 내면 안 될 것 같아 일부러 대담한 척했지만, 실은 소원도 죽도록 무서웠다. 형체도 알아볼 수 없을 만큼 빠르게 지나가는 창밖 풍경에 어지럽고 멀미가 나서, 차라리 강한처럼 앞을 못 보는 게 낫겠다는 생각마저 들었다.

"인천신항 쪽을 말하는 거다. 저기, 큰 다리가 보이는 교차로에서 우회전하면 돼!"

휴대전화 내비게이션이 있어도 켜거나 볼 수 없는 강한 대신, 뒷좌석 맵 포켓에서 지도책을 찾아낸 조 대표가 재빨리 길 안내를 했다. 교차로가 코앞으로 들이닥친 지점에서, 시속 140킬로미터로 달리던 차의 방향을 트는 건 운전을 제대로 배운 적도 없는 소원에게는 벅찬 과제였다. 그래도 어쩔 수 없었다. 손발이 달린 벽이 된 것처럼 자아를 내던지고 무조건 운전하는 수밖에.

"우회전! 그리고 다시 좌회전! 저기 횡단보도 앞에서 유턴!"

"빌어먹을, 뭐가 이렇게 복잡해애애!"

소원은 무아지경 속에서 핸들을 돌리고, 꺾고, 또 돌렸다. 그 반동에 뒷좌석에 앉은 사람들은 누가 밀어붙이기라도 한 것처럼 거칠게 반대 방향으로 젖혀졌다. 기력을 잃고 축 늘어져 있던 운전기사의 몸뚱이가 좌석 밑으로 데굴데굴 굴러떨어졌다. 그야말로 아수라장이었다.

그나마 다행인 건, 규진의 원격조종이 방향을 바꾸는 것까지 방해하지는 않는다는 거였다. 물론 하려면 충분히 할 수 있겠지만. 어쩌면 규진은 고삐 풀린 망아지처럼 좌충우돌 날뛰는 밴을 지켜보면서 즐기고 있는지도 몰랐다. 그래봤자 너희들이 뭘 할 수 있겠느냐고, 어디 한번 발악해보라고 맘껏 비웃으면서.

"됐어, 이제 속도 높여! 밟아! 밟으라고!"

"으아아아아!!!"

조 대표는 미친 사람처럼 외쳐댔고, 소원은 문자 그대로 죽을 각오를 하고 액셀을 밟았다. 계기판 속도계의 바늘이 140에서 145, 150, 마침내 160까지 올라가자, 내부 엔진에서부터 굉음이 울려 퍼지더니 차체가 덜덜 떨리기 시작했다. 소원은 딱딱 소리 나게 부딪히는 이빨을 악물며 발끝에 더욱 힘을 주었고, 공포에 질린 조 대표는 두 손으로 뒤통수를 감싼 채 바짝 엎드렸다. 그게 돌이킬 수 없는 실책을 불러올 것이라는 건 알지 못한 채.

"차선 잘못 들어갔잖아, 이 멍청아!"

"이 꼰대 아저씨가 누구보고 멍청이래! 그럼 직접 운전해보시든가!"

조 대표가 한눈파는 사이 넓은 6차선 도로를 벗어나, 훨씬 좁은 2차선 도로로 진입해버린 소원은 제 성질을 못 이겨 버럭하면서 받아쳤다. 아무리 그래도 한번 들어선 길을 곧장 빠져나갈 수는 없었고, 밴은 술 취한 것처럼 이리저리 비틀거리면서 광란의 질주를 계속했다.

"크헉!"

"히익!"

급하게 도로를 통제하느라 전 구간을 완벽하게 막지는 못한 건지, 도심 번화가로 들어서자 드문드문 튀어나오는 차량이 한두 대씩 보였다. 그때마다 소원은 심장이 갈비뼈 밖으로 튀어나올 것 같은 기분으로 아슬아슬하게 충돌을 피해갔다. 한적한 주택가가 나타나면서 이제야 한숨 돌리나 싶었는데, 전혀 예상치 못한 상황이 그들을 기다리고 있었다.

139

"우씨, 저건 또 뭐야? 왜 저기 서 있어?!"

"뭔데?"

"형, 누가 저 앞에 차를 세워놨어요! 씨발, 나보고 어쩌라는 거야!"

소원은 약 50미터 전방, 도로와 갓길 사이에 반쯤 걸친 채 엉거주춤 서 있는 민트색 소형차를 보고는 진심에서 우러나오는 욕설을 뱉었다. 차 밖으로 튕겨나갈 것 같은 속도와 진동을 견디기 위해 등받이를 꼭 부둥켜안고 있던 조 대표가 고개를 불쑥 빼면서 앞을 관찰했다.

"애 엄마인가 본데, 도로변에 어린이집이 있어. 이런 젠장, 애들까지 끌고 나오는군."

조 대표의 말대로였다. 소형차로부터 가까운 곳에 알록달록하게 칠한 아담한 벽돌 건물이 있었고, 삼십대 초반으로 보이는 여자가 현관에서 걸어 나오고 있었다. 양옆에는 그녀의 손을 꼭 잡은 채 해맑은 얼굴로 활짝 웃고 있는 두 아이가 있었다. 어린이집 주차장이 만차여서 주차할 곳이 마땅치 않자, 대충 차를 세워놓고 서둘러 애들을 데리고 나오려 했던 모양이었다.

"울퉁불퉁 멋진 몸매에- 빨간 옷을 입고- 새콤달콤 향내 풍기는- 멋쟁이 토마토!"

네다섯 살 정도 되어 보이는 남자아이가 왼쪽에서 선창하자, 그보다 한두 살 어려 보이는 여자아이가 오른쪽에서 노래를 따라 불렀다. 젊은 엄마는 그런 아이들을 한없이 귀한 보물 보듯이 사랑스럽게 내려다보고 있었다. 그것은 세상에서 가장 훈훈하고 따뜻한 풍경이라고 할 만했다. 브레이크 걸리지 않는 차가 세 식구를 향해 돌진하고 있다는 것만 뺀다면.

"다른 차선은? 비어 있는 거 아니야?"

그 광경을 직접 볼 수는 없지만, 몇 마디 설명만으로 상황을 파악한 강한이 황급히 물었다.

"2차선 도로예요. 반대편에선 화물트럭이 오고 있고요. 이쪽은 제대로 통제가 안 됐나 봐요. 어느 쪽으로 가든 박을 거예요. 형, 어떡해요?"

소원은 최악의 타이밍으로 건너편 차선에서 달려오는 2.5톤 대형 화물차를 발견하고 절망스럽게 외쳤다. 전생에 도대체 무슨 죄를 지었다고, 스무 살의 나이에 이토록 혹독한 시련을 겪어야 하는지 하늘을 향해 통곡하고 싶은 심정이었다. 그럴 시간조차 없다는 게 문제였지만. 잡아먹을 듯 살벌한 눈으로 소형차를 노려보고 있던 조 대표가 망설임 없이 소리쳤다.

"뭘 어떡해, 그냥 오른쪽으로 가야지! 이 밴은 튼튼해! 소형차 한 대 들이받아도 괜찮다고!"

"이봐, 아저씨! 그걸 몰라서 묻는 줄 알아요? 그랬다가 애들하고 엄마가 다치면 어쩔 건데요!"

라이트급과 헤비급만큼이나 차이가 나는 두 차량이 충돌한다면, 밴은 기껏해야 앞 범퍼가 좀 망가지고, 타고 있는 사람들도 목과 허리 근육이 며칠간 뻐근해지는 정도일 것이다. 그러나 소형차는 잘못하면 그 충격으로 뒤집힐 수도 있었고, 차체가 밀려나면서 여자와 어린아이들을 덮쳐버릴 수도 있었다. 마침내 결단을 내린 강한은 소원을 향해 단호하게 지시했다.

"핸들 꺾어, 왼쪽으로."

"강 검사!"

"핸들 꺾고, 브레이크 밟아. 지금쯤이면 원격조종 거리를 벗어났을지도 몰라."

강한은 어처구니없다는 듯 부르는 조 대표의 목소리를 무시한 채 명령을 되풀이했다.

조 대표는 대통령 후보인 자신의 목숨이 다른 사람의 목숨보다 우위에 있다고 여길지 몰라도, 강한은 그렇지 않았다. 모든 생명은 평등하게 소중하고, 굳이 따진다면 앞으로 살아갈 날이 많은 어린아이를 최우선으로 보호해야 한다고 생각했다. 과거 몇 번의 잘못된 선택으로 선량한 생명이 희생되는 데 본의 아니게 일조했으니, 이제는 떳떳하고 옳은 선택을 해야 했다.

"그럼, 갑니다! 꽉 잡으세요!!"

소원은 핸들을 왼쪽으로 확 비틀어 돌리는 동시에 가속기 위에 올려놨던 발을 브레이크 위로 옮겨놓았다. 밴은 큼지막한 반원을 그리면서 방향을 바꿨고, 다행히 소형차는 충돌 반경에서 벗어났다. 그 대신 밴은 파괴력과 살상력이 엄청나 보이는 화물차를 향해 정면으로 돌진하는 꼴이 되었다.

"엄마, 저기 봐!"

"어머!"

도저히 제정신이라고는 볼 수 없는 파격적인 운전 행태에, 인도에서 갓길로 내려오던 젊은 엄마와 아이들의 눈이 휘둥그레지는 것이 소원의 눈에도 보였다. 자칫 자살하려는 것으로 보일지도 몰랐다. 아니, 이건 자살행위 그 자체였다. 하지만 소원은 절대 죽고 싶지 않았다. 흙수저라도, 대학도 못 간 패배자라도, 집에서 내쳐진 불효자식이라도 좋으니 무조건 살고 싶었다.

'하느님, 예수님, 부처님, 알라님. 이번만 도와주세요. 살려주세요. 기적을 보여주신다면, 저도 개과천선하고 누구보다 착하고 성실하게 살겠습니다. 아빠 말도 잘 듣고, 공부도 열심히 하고, 대학도 가서 사회에 헌신하면서 살게요. 정말이에요.'

소원은 20년을 사는 동안 단 한 번도 해본 적 없던 맹세라는 것을 처음으로 했다. 그리고 운전대를 왼쪽으로 돌렸다가 풀어주기를 반복하는 이상한 방식으로 밴을 몰기 시작했다. 2차선 도로의 가장자리에 설치된 가드레일에 밴을 연속적으로 부딪치게 해서 속도를 줄여보려는 의도였다.

쾅! 쾅! 쾅!

목표는 그럴듯하게 세웠지만, 거기까지 이르는 과정은 혹독했다. 밴은 미쳐 날뛰는 황소처럼 갈지(之)자를 그리면서 철제 가드레일에 부딪치고 또 부딪쳤다. 아무리 내구성 좋은 최고급 밴이라지만 이러다가 속도가 줄기도 전에 죄다 박살 나는 건 아닌지 걱정될 정도였다.

"크윽! 으악!"

유일한 버팀목이었던 좌석 등받이를 놓쳐버린 조 대표는 허공에서 손을 허우적거리다가 얼떨결에 강한의 머리카락을 붙잡고 비명을 질러댔다. 반면 강한은 두피가 뽑혀나갈 것 같은 통증에도 눈썹 한 올 까딱하지 않고 허리를 꼿꼿이 세운 채 굳건히 버티고 있었다.

운전석에 홀로 앉아 그들보다 더 심한 충격을 받아내야 하는 소원도 힘든 것은 물론이었다. 머리받이에 뒤통수를 연거푸 부딪쳐 뇌진탕이 올 것 같고, 양 손목은 틀림없이 오늘 이후로 못 쓰게 될 거란 확신이 들었다. 그래도 무데뽀로 들이받은 보람이 있는지 폭주하던 밴의 속도가 아까보다는 조금 줄어든 것 같았다. 소원은 그게 자신의 착각이 아니길 간절히 바랐다.

'제발 말 좀 들어라, 제발!'

상대편 운전자의 얼굴을 알아볼 수 있을 정도로 화물차와의 간격이 가까워지자, 소원은 충돌 작전을 멈추고 기도하듯 핸들 위에 양손을 얹었다. 그리고 젖먹던 힘까지 다 끌어내 브레이크를 밟은 발에 쏟아부었다. 망할 놈의 조규진으로부터 거리가 얼마나 떨어졌는지는 모르겠지만, 지랄 맞은 원격조종이 쫓아올 수 없을 만큼 충분하기만을 빌면서.

끼이이이이이이이익-!

타이어가 찢어지는 듯한 격렬한 마찰음이 칼처럼 날카롭게 공기를 갈랐다. 밴은 기적처럼 조금씩 속도를 줄이면서 아스팔트 깔린 도로를 주욱 미끄러져 갔다. 원격조종의 영향력을 벗어난 것은 분명했지만, 그동안 전속력으로 달려오며 붙었던 관성 탓에 브레이크가 온전히 작동하지 못하고 있었다. 화물차와의 남은 간격에 비하면 제동이 걸리는 속도가 턱없이 느렸다.

화물차와의 거리가 채 5미터도 남지 않았을 때, 소원은 화물차에 앉아 있는 중년 남자와 눈이 마주쳤다. 시원하게 뻥 뚫린 도로가 놀랍기도 하고 반갑기도 해서 룰루랄라 콧노래를 부르며 날듯이 달려왔을 화물차 기사는, 난데없이 차선을 침범해 돌격해온 밴의 존재에 혼비백산하고 있었다. 그가 종잇장처럼 창백하게 질린 얼굴로 갈팡질팡하다가 뒤늦게 브레이크를 밟는 걸 보고, 소원은 글렀다 싶었다. 1초, 아니 0.5초만 더 빨랐어도 좋았을 텐데, 늦어버렸다.

'이럴 줄 알았으면, 세은 누나한테 좋아한다는 말이라도 해볼걸.'

소원은 반쯤 체념하는 심정으로 가만히 두 눈을 감았다. 겁쟁이라고 할지도 모르겠지만, 죽음을 정면으로 맞닥뜨릴 자신은 없었다. 그동안에도 밴의 속도가 감질나게 차츰차츰 줄어드는 게 느껴졌다. 마지막까지 희망 고문을 하다니 이렇게 잔인할 수가 없었다. 그런데 뭔가 이상했다. 몇 초가 지났는데도, 소원이 예상했던 지축을 뒤흔드는 충격과 진동과 소음은 없었다.

소원은 질끈 감았던 눈꺼풀을 한쪽만 천천히, 조심스럽게 들어 올렸다. 곧이어 도저히 믿을 수 없다는 듯 두 눈을 번쩍 크게 떴다. 화물차로부터 딱 한 뼘 떨어진 곳에, 기나긴 광란의 질주를 끝낸 밴이 우두커니 멈춰서 있었다. 얼마나 가까웠는지, 화물차 기사의 이마에서 주르륵 흘러내리는 굵은 땀방울까지 선명히 알아볼 수 있었다.

"휴우……."

소원은 가슴을 쓸어내리며 안도의 한숨을 내쉬었다. 살았다. 강한과 함께 목숨을 걸고 뛰어들었던 모험은 성공했다. 그러나 기쁨에 젖은 것도 잠시뿐, 소원이 전혀 대비하지 못한 일이 일어나면서 상황은 또다시 반전되었다.

"그거, 그거 이리 내놔!"

충격을 줄이기 위해 공처럼 몸을 말고 뒷좌석에 틀어박혀 있던 조 대표가, 돌연 강한의 손에서 휴대전화를 빼앗아 든 것이다. 조 대표는 뒷좌석 문을 벌컥 열어젖히더니, 누가 말릴 틈도 없이 가드레일을 겨냥해 있는 힘껏 휴대전화를 집어던졌다. 오십대 중반의 몸이라고 는 믿어지지 않을 만큼의 풀스윙이었다. 가드레일에 부딪친 휴대전 화는 파직 소리를 내며 바닥에 떨어졌다.

"아저씨, 뭐 하는 짓이에요? 미쳤어요!"

소원은 열십자로 금이 간 휴대전화를 보고는 버럭 고함을 질렀 다. 그러나 거기서 끝이 아니었다. 조 대표는 열린 문틈 사이로 구르 듯 내리더니, 휴대전화가 나뒹굴고 있는 바로 그 지점으로 허겁지겁 달려갔다. 그러고는 구둣발로 휴대전화를, 특히 윗부분을 노려 콱콱 세게 짓밟았다.

갈색 소가죽을 손으로 세공해 만든 조 대표의 최고급 맞춤 구두 는, 특이하게도 밑창에 쇠로 만든 징이 박혀 있었다. 독특하면서도 클래식한 분위기를 내는 동시에 검소하고 근검절약하는 이미지를 심어주자는 보좌관의 아이디어였다. 그 머저리 같은 아이디어 덕분 에 애꿎은 휴대전화만 박살 나게 생긴 셈이었다.

"씨발, 기껏 살려놨더니 이런 식으로 갚아? 아저씨, 진짜 돼지고 싶어 환장했어?"

뒤늦게 정신을 차린 소원이 운전석 문을 열고 뛰어 내려가 조 대 표를 확 밀쳐냈다. 그러나 이미 늦었다. 강한의 하나뿐인 휴대전화는 처참하게 깨지고 조각나버렸다. 머리끝까지 열 받은 소원은 조 대표 의 멱살을 틀어잡고 씩씩거렸지만, 그런다고 돌이킬 수 있는 건 아 니었다.

"미안하네, 강 검사. 휴대전화 안에 규진의 목소리가 들어 있지 않 은가. 그대로 둘 순 없었어."

고개를 푹 떨군 채 소원이 흔드는 대로 흔들리고 있던 조 대표가 차 안의 강한을 향해 힘없이 해명했다. 누구도 설명해주지 않았지만,

강한은 들리는 소리만으로도 방금 무슨 일이 벌어진 건지 파악할 수 있었다. 그와 소원이 목숨까지 걸어가면서 조 대표에게 규진의 실체를 보여주었지만, 그럼에도 불구하고 조 대표의 마음을 돌리는 데는 실패하고 만 것이다. 조 대표는 저 멀리서부터 아스라이 메아리치는 사이렌 소리를 들으면서 통탄에 찬 어조로 되뇌었다.

"이게 부모의 본능이겠지. 살인자든 사이코패스든, 난 그 애를 끝까지 지켜야겠네. 누가 내게 묻는다면, 오늘 있었던 일은 단순한 차량 결함일 뿐인 거야. 그 이상도 그 이하도 아니라네."

여태껏 자각하지 못했던 부성애의 희미한 그림자이든, 사랑하는 아내와 딸을 지키기 위한 보호 본능이든, 아니면 지독한 이기심의 발로이든, 그건 중요하지 않았다. 사람의 행동에 동기가 하나만 있어야 하는 건 아니니까. 중요한 건 평생을 살아오면서 감히 그 권위에 거역하는 사람은 누구든 용서하지 않았던 조 대표가, 자신을 죽이려 했던 아들을 감싸주었다는 사실이었다.

'아버지와 아들이 조금만 서로를 이해하려 했다면, 진심을 담아 대화했다면, 그렇다면 조 대표가 출마 선언을 하는 이날의 끝맺음이 달라지진 않았을까.'

이미 과거가 되어버린 시간을 두고 '만일'을 가정해봤자 무의미했다. 강한은 허탈한 한숨을 내쉬며, 얼굴에 아슬아슬하게 걸려 있는 선글라스를 벗고 뒷좌석 시트에 가만히 머리를 기댔다. 길고 치열한 12라운드를 끝낸 권투선수 같은 기분이었다. 호텔 주차장에서 염산을 뒤집어쓴 순간부터, 아니, 폐건물 안에 쓰러져 있는 어린 소녀의 시신을 발견했을 때부터 시작한 그의 싸움도 마침내 끝이 났다.

140

오후 4시 5분. 월미도 테마파크 안 카페 '이카루스'.

"손님, 커피 리필해드릴까요? 두 잔까지는 무료로 드리거든요."

두 눈을 부릅뜬 채 노트북을 노려보고 있던 규진은 옆에서 들려온 소심한 목소리에 흠칫했다. 살짝 고개를 돌려보니, 그가 처음 들어올 때부터 시선을 떼지 못하던 아르바이트생이 쟁반을 들고 서 있었다. 아르바이트생은 물론 여자였고, 규진과 비슷한 또래로 보였다. 규진은 그녀의 눈에 띄지 않도록 슬그머니 노트북을 덮으면서 상냥하고 부드러운 미소를 지어 보였다.

"괜찮아요. 이제 일어나려고요. 좋아하는 여자한테 여기서 만나자고 했는데, 아무래도 바람맞았나 봐요. 슬프네요."

"어머."

아르바이트생은 한 손으로 입을 가리면서 외마디 탄성을 질렀고, 규진은 민첩하면서도 능숙한 손길로 짐을 챙겨 카페를 빠져나왔다. 하잘것없는 아르바이트생이 감히 그에게 데이트 신청을 할 용기를 내기 전에, 그리고 나중에 누군가 탐문 조사를 할 때 방금 그의 입에서 나왔던 말이 반드시 언급될 수 있게 아르바이트생에게 충분히 깊은 인상을 남긴 다음에.

'어떻게 된 거지? 차가 왜 멈춘 거야?'

규진은 풍선을 들고 모여 있는 어린애들 사이를 헤치고 나오면서 골똘히 생각에 잠겼다. 소원이 강한과 싸우다가 카메라를 부숴버린 후, 밴 안의 정황을 엿볼 수 없게 되어 답답하기 그지없었다. 물론 느닷없이 벌어진 그 싸움이, 정확히 카메라를 향해 날아온 소원의 주먹이 더없이 의심스러웠지만, 유감스럽게도 지금은 그걸 깊게 파고들 시간이 없었다.

'밴이 멈춘 게 원격조종 범위를 벗어났기 때문인지, 아니면 처음에 계획했던 대로 충돌사고가 나서인지 알아내야 하는데.'

다크웹에서 만났던 익명의 해커는 자신이 개발한 프로그램이 50킬로미터 반경까지 문제없이 작동한다고 장담했고, 규진은 별말 없이 거액의 가상화폐로 값을 치렀지만, 그렇다고 해서 허풍에 찬 그 말을 전부 믿은 건 결코 아니었다. 원격조종 기술이 아직 그렇게 안정적이지 않다는 건 조금만 검색해봐도 알 수 있는 사실이었으니까.

인천대교를 벗어나 송도에 이르렀을 때부터 밴이 갑자기 방향을 튼 걸 보면 강한도 그걸 눈치채고 어떻게든 거리를 벌리려고 한 것 같았다. 그런데 규진이 어느 쪽에 있는지는 어떻게 알아낸 걸까. 한 대밖에 남지 않은 휴대전화는 송수신이 끊어진 상태였는데. 게다가 밴이 마지막에 보여줬던 정신 나간 움직임은 교통사고가 아닌 다른 무엇으로는 설명하기 어려웠다.

'어느 쪽이든, 이건 버려야겠지.'

잠시 멈춰선 규진은 어깨 옆으로 늘어뜨린 크로스백에 손을 집어넣고 뒤적거렸다. 가방 안에 든 노트북은 뒷면 덮개의 나사를 풀어

분리해놓은 상태였다. 규진은 며칠 동안 연습해둔 대로 손가락 몇 개만 조용히 움직여 메인보드에 붙어 있는 하드 디스크를 떼어냈다. 신용카드 크기의 그 디스크 안에 규진이 아버지를 죽이려고 했던 결정적인 증거가 남아 있었다.

찰랑-!

슬며시 난간에 기대는 척하면서 디스크를 바닷속으로 던져넣자, 물장난칠 때 나는 가볍고 경쾌한 소리가 들려왔다. 이제 가방 앞주머니에 넣어둔 새 하드디스크를 끼우고 덮개를 씌운 후 나사를 조이기만 하면 된다. 그 작업을 하려고 돌아서는데, 규진의 시야에 누군가 들어왔다.

"안녕하세요, 검사님. 이런 곳에서 뵙다니 뜻밖이네요."

규진이 정중히 고개를 숙여 보인 방향에는, 청바지에 검은 재킷을 걸친 유미가 주머니에 두 손을 꽂은 채 서 있었다. 얼핏 보기에는 그녀 혼자 온 것 같았지만, 규진은 서너 걸음 정도 떨어진 곳에서 서성이고 있는 두 남자가 검찰청 소속 수사관임을 알아차렸다. 유미는 규진의 속을 꿰뚫어 보려는 것처럼 빤히 쳐다보면서 대뜸 반말로 대꾸했다.

"그러는 너야말로, 오찬 갈 준비는 안 하고 여기서 뭐 하고 있어? 아버지가 대통령 후보가 된 날이잖아."

"전 스무 살이잖아요. 관광지로 이름난 인천까지 왔는데 역시 데이트를 하고 싶더라고요. 여자친구를 만나기로 해서, 여기서 기다리고 있었어요. 전 오찬 주인공도 아니고, 조금 늦게 가더라도 아무도 모를 것 같아서요."

규진은 천연덕스럽게 미리 준비해둔 변명을 둘러댔다. 그는 이날을 위해 그 어느 때보다 철두철미하게 준비했고, 일부러 같은 과 여학생에게 월미도 데이트를 신청하는 메시지를 보내두기까지 했다. 그녀가 진짜로 나타날까봐 걱정할 필요도 없었다. 규진은 날카로운 관찰을 통해 그녀가 남자에게는 일말의 관심도 없는, 동성애적 성향을 띠고 있다는 걸 알고 있었으니까.

"그래, 그렇다면 넌 조민국 대표의 유세 차량이 해킹을 당해 교통사고가 날 뻔한 일과는 아무 상관이 없겠네."

"밴에 무슨 문제가 생겼어요? 교통사고가 날 뻔했다고요? 아버지는 괜찮으신 거예요?"

규진은 두 눈을 동그랗게 뜨면서 진심으로 놀라고 걱정하는 표정을 지어 보였다. 그 뻔뻔스러움에 유미는 기가 차다 못해 넌덜머리가 났다. 그녀는 더는 참지 못하고 싸늘하게 내뱉었다.

"이제 연극은 그만둬, 조규진. 다 끝났어. 넌 예쁜 여자친구와 월미도 데이트를 하는 게 아니라 곤봉 찬 교도관과 함께 구치소 데이트를 하게 될 거야. 어때, 기대되지?"

"절 체포하기라도 하시겠다는 거예요? 검사님이요?"

"나도 네 손목에 기쁘게 수갑 채우고 싶지. 하지만 그 영광을 차지할 사람은 따로 있어."

유미의 말이 끝나기 무섭게, 그녀의 뒤에서 험상궂은 인상의 장년 남자가 불쑥 나타났다. 진녹색 비니 모자를 눌러써 한쪽 귀를 가린 그 남자는, 강한이 은밀한 조력자로 삼은 퇴직 형사 한정남이었다. 유미는 입꼬리를 보일 듯 말 듯 끌어올리고는 한 걸음 뒤로 물러나면서 말했다.

"강한 선배와 소원이는 여기서 40킬로미터 넘게 떨어진 곳에 있는데, 우리가 어떻게 곧바로 여기 도착할 수 있었는지 궁금하겠지? 한 가지 충고해줄게. 네가 남을 미행하고 염탐할 때는, 다른 사람도 똑같이 할 수 있다는 걸 기억해야 해."

유미가 의미심장한 말을 던지는 것과 동시에, 한 경감이 스윽 손을 뻗더니 규진이 어깨에 멘 크로스백을 덥석 붙잡았다. 멋스러운 빈티지 디자인의 가죽 크로스백에는 흡사 주머니처럼 생긴 장식용 덮개가 달려 있었다. 한 경감의 손이 그 덮개를 들어 올리자, 육안으로는 그냥 지나치기 쉬운, 개미만 한 크기의 발신기가 교묘하게 붙어 있는 게 보였다.

"퇴직 경찰들이 쓰는 위치 추적 장치는 그 성능이 굉장하지. 어린애가 인터넷에서 살 수 있는 것과는 차원이 다르거든."

한 경감은 조금도 거들먹거리는 기색이 없는, 그래서 더 규진의 자존심을 상하게 하는 덤덤한 투로 말했다. 규진이 가족들과 함께 인천공항에 들어가는 순간부터 나오는 순간까지 그림자처럼 은밀하게 따라다니던 한 경감은, 강한이 따로 지시하지 않았는데도 만일의 경우를 대비해 위치 추적 장치까지 준비해왔다.

규진에게 가까이 접근하는 것은 생각보다 훨씬 쉬웠다. 한 경감이 환영식장 입구에 쌓여 있는 피켓과 슬로건을 들고 조 대표의 지지자인 척 환호성을 지르며 다가가자 아무도 제지하지 않았다. 조 대표가 규진의 어깨를 꽉 끌어안고 기자들의 사진 요청에 응하는 동안, 한 경감은 크로스백을 슬쩍 들추고 그 아래에 몰래 발신기를 붙여놓았던 것이다.

덕분에 유미와 한 경감은 차량 통제 작업이 끝나자마자 규진을 잡으러 출발할 수 있었다. 강한이 현장에 도착한 교통순경의 휴대전화를 빌려 유미에게 전화했을 때, 그녀는 이미 인천항을 지나 월미도로 진입하는 도로 위에 있었다.

"너 같은 인간쓰레기에겐 미란다 원칙을 설명하는 것도 아깝지만, 이거 하나만 말해두지. 그 잘난 집구석이 거덜날 만큼 비싼 변호사를 써야 할 거다. 성암시 초등학생 실인 사건의 진범으로, 그리고 연쇄 법조인 상해 사건의 진범으로 동시에 수사받게 될 테니까."

"뭐, 누구든 꿈을 크게 갖는 건 좋은 일이니까요. 근데 증거는 있으세요?"

한 경감에 의해 오른쪽 손목이 붙잡히고, 왼쪽 어깨가 짓눌리는 상태에서도 규진은 여유만만하기만 했다. 유미는 지금 당장 규진의 면전에 그동안 강한과 소원이 꾸준히 모아온 증거들을 던져주고 싶은 심정이었다.

별하의 일기장, 발레학원 친구들의 진술, 별하의 손톱 아래서 발견된 피부 표피와 DNA 분석 결과, 현장에서 찾아낸 운동화 족적과 그 운동화를 규진에게 보내주었다는 세은의 진술, 그리고 규진의 방에서 찾아낸 머리끈 사진은 별하를 죽인 진범이 규진이라는 합리적 의심을 불러일으키고도 남았다.

어디 그뿐인가. 규진을 장례식에서 본 보육원 원장의 목격담, 지영과 규진의 통화 내역, 꽃집 주인의 진술, 적십자 헌혈 버스 봉사자 명단과 규진에게 나르탈린을 공급해주었던 학교 선배 혜윤의 진술이 있으면, 규진이 약물을 이용해 지영을 배후에서 조종했다는 가설도 입증할 수 있었다. 법정에서 유죄 판결을 이끌어낼 정도는 아니어도, 수사를 재개하기엔 충분할 것이다.

하지만 지금은 아니었다. 그 증거들의 존재에 대해서는 철저히 기밀을 유지하다가, 법정에서 가장 적합한 타이밍에 하나씩 꺼내놓아야 했다. 그래야만 규진이 천하의 악랄하고 파렴치한 거짓말쟁이라는 것을 판사나 배심원들 앞에서 낱낱이 밝힐 수 있을 테니까.

"혹시 증거가 있다면, 일단 재수사부터 하시든가 알아서 하세요.

전 가만히 내버려두시고요. 이미 종결된 사건으로 체포영장 내주는 판사가 없다는 것 정도는 저도 잘 안다고요. 거기다가 그쪽은 지금 경찰 신분도 아니잖아요?"

규진은 신랄하게 코웃음을 치면서 한 경감의 구속에서 빠져나오려고 했다. 그러나 한 경감은 그 말을 듣고도 규진을 놓아주기는커녕, 도리어 더욱 단단하게 옥죄면서 묵직하게 받아쳤다.

"그래, 하지만 방금 일어난 범죄에 대해 민간인으로서 현행범을 붙잡을 수는 있지. 조규진, 널 조민국, 강한, 류소원 세 사람에 대한 살인미수 혐의로 체포한다. 아, 체육관에 가짜 폭탄을 보내 사람들을 위협한 것도 있지. 난 공부를 열심히 안 해서 그게 정확히 무슨 죄에 해당하는지 모르겠는데, 호송차 타고 검찰청까지 가는 길에 정 검사님께서 잘 설명해주실 거다."

"살인미수요? 그건 더 어처구니없네요. 제가 그 해킹인지 뭔지에 관련 있다고요? 제 노트북은 하드디스크가 망가져서 쓰지도 못하는 상태인데요. 한번 보실래요?"

규진은 헤드록이라도 걸 기세로 바짝 밀착해오는 한 경감을 억지로 밀쳐내면서 크로스백에 손을 넣으려고 했다. 그러나 그가 노트북을 채 꺼내기도 전에 유미가 단호하게 손을 내저었다.

"아니, 그럴 필요 없어. 그보다 더 명확한 증거가 나한테 있으니까."

유미는 재킷 안주머니에서 휴대전화를 꺼내 보란 듯이 규진의 눈앞에 내밀었다. 그 안에는 강한이 현장에 출동한 경찰관의 휴대전화를 빌려 즉시 전송한 동영상이 들어 있었다. 유미가 동영상을 재생하자, 강한에게 빈정대는 규진의 적나라한 목소리가 흘러나왔다.

— 만일 제가 수사를 받게 된다 해도, 돈 많은 우리 엄마가 변호사 군단을 동원해서 막아주겠죠. 남편을 잃은 판에 자식까지 잃을 수

는 없을 테니까.

"저걸, 어떻게……."

조 대표를 습격할 계획을 세우면서 이중, 삼중으로 대비했지만, 그중에 이런 변수는 계산에 들어 있지 않았다. 강한과의 머리싸움에서 지고 말았다는 사실을 깨닫자 규진은 당혹하고 분노했다. 그 단정하고 하얀 얼굴을 빈틈없이 덮고 있던 위선과 가식의 가면이 조각조각 깨어져 나갔다. 유미는 붉게 달아오른 규진의 두 뺨, 형형한 기운을 뿜는 눈을 냉정하게 응시했다.

"넌 밴에 설치한 몰카를 통해서 모든 걸 다 볼 수 있다고 믿었겠지. 하지만 틀렸어. 카메라 수십 대를 동원한다 해도, 네가 절대 볼 수 없는 사각지대가 하나 있었거든. 바로 시각장애인인 강한 검사의 의안 속이지."

"의안……이라고?"

"선배는 수정체를 제거해서 눈 안이 텅 비어 있는 상태야. 사람들이 놀라거나 무서워할까봐 평소에는 특수 아크릴 의안을 끼고 다니지."

강한이 의안을 낀다는 사실은 유미와 소원만 아는 비밀이었다. 매주 일요일 밤마다 의안을 손가락으로 꺼내 소원에게 닦아달라고 건네주는 게, 강한에게는 아무리 반복해도 익숙해지지 않는 일이었다. 소원은 결코 꺼려 하는 기색을 보이지 않았지만, 징그러워하면 어쩌나 늘 걱정스러웠다. 그런데 그 의안이, 마지막 작전에서 문자 그대로 히든카드의 역할을 해낸 것이다.

"선배가 의안 속에 숨겨둔 카메라가, 너와의 통화는 물론이고 차 안의 상황을 처음부터 끝까지 빠짐없이 녹화하고 있었어. 네 아버지가 널 감싸주려고 선배의 휴대전화를 부수는 장면까지 아주 생생하게 포착해냈지."

물론 아크릴이 전자파를 완전히 차단해주는 건 아니지만, 규진의 해킹 프로그램도 완벽하지 않은 건 마찬가지였다. 밴이 인천대교를 지나 번화가로 나오면서 주변에서는 수많은 전파 방해가 발생했고, 게다가 규진과의 거리까지 멀어지면서 의안에서 새어나오는 미세한 전자파까지는 도저히 잡아낼 수 없게 된 것이다.

안전하다고 믿고 강한과 조 대표에게 퍼부어댔던 말들이 떠오르면서, 규진의 얼굴에서는 차츰차츰 핏기가 가셨다. 그토록 많은 '실험'을 성공적으로 완수해왔는데, 이번 '실험'도 그렇게 치밀하게 준비했는데, 이토록 사소한 것 하나로 모든 게 무너져버렸다는 걸 믿을 수 없었다. 규진은 충격에 빠진 나머지 한 경감이 그의 손목에 수갑을 채우는 동안에도 꼼짝하지 못했다.

철컥-.

유리처럼 맑고 선명하게 울리는 금속음은 규진의 파멸을 알리는 종소리였다. 유미는 앞 못 보는 강한을 대신해 이 순간을 하나도 남김없이 눈에 담고 뇌리에 새기려는 듯, 눈도 깜박이지 않고 규진의 체포 장면을 물끄러미 지켜보았다.

"얌전히 유학이나 갔다면 무사했을지도 모르는데. 그거 알아, 조 규진? 널 파멸시킨 건 네 아버지도, 강한 선배도 아니야. 바로 하늘 높은 줄 모르고 날뛰던 네 자만심이지."

오만함의 대가는 쓰고 혹독했다. 검사의 권력이 정의 구현을 위해 잠시 맡겨진 것에 불과하다는 걸 잊었던 강한은 두 눈을 잃었고, 증거를 무시하고 독단적인 결론을 내렸던 한 경감과 고 판사는 귀와 손을 잃었다. 두 가족 사이에서 비밀과 명예를 지킬 수 있다고 오신했던 지영은 아들을 잃었고, 자신을 신적인 존재로 여겼던 조 대표는 아들에게 철저히 부정당하고 배신당했다.

　이제는 규진이 그동안 밀린 대가를 치러야 할 차례였다. 한 경감과 수사관들에게 둘러싸여 월미도 공원을 벗어나는 규진의 어깨 너머에서는 카페 '이카루스'의 간판이 음울한 겨울색으로 빛나고 있었다.

141

1년 후 6월 26일 금요일 오후 3시. 광주지방검찰청 해원지청 201호 검사실.

"거시기 생사람 좀 잡지 마시요잉. 느그 말라 비틀어진 물괴기에는 시상 관심이 없당께로!"

"아따, 쟈 말하는 싸가지 한번 오져븐다. 니가 어젯밤 울 양식장 앞을 어슬렁어슬렁하는 꼬라지를 본 사람이 있다 안 허냐. 고따구로 거짓깔만 한께 하늘에서 베락이 내릴 것이여!"

맑고 눈부신 초여름 햇살이 창 위로 나릿하게 내려앉는 오후, 머리가 허옇게 센 노인 둘이 침을 튀겨가며 구수한 사투리 배틀을 펼치고 있었다. 책상에 앉아 컴퓨터 키보드를 두드리며 어떻게든 그 내용을 받아 적으려던 중년의 계장이, 어느 순간 손을 멈추고 땅이 꺼지게 한숨을 내쉬었다. 도저히 보기 좋고 깔끔하게 조서를 정리할 수가 없었던 것이다.

"그러니까 이쪽 어르신은 생선 양식을 하시고, 저쪽 어르신은 그 옆에서 김 양식을 하시는데, 저쪽 어르신이 한밤중에 몰래 통발을 던져 생선을 낚아갔다는 거죠? 그걸 동네의 다른 어르신이 보시고 이쪽 어르신에게 일러주신 거고요?"

계장은 나름대로 최선을 다해 상황 요약을 하려 했지만, 섣부른 시도는 반대로 크나큰 재앙을 초래했다. 절도 혐의를 받은 쪽, 그러니까 김 양식장 주인이 자리를 박차고 일어나 검사실 책상을 쾅쾅 두들겨대며 고함치기 시작한 것이다.

"옴마마, 쩨까 기둘려보소. 억울해서 뒤져부리겄네. 나가 안 그랬다 안 허요! 에이, 염병, 빽따구를 확 뿐질러트러불까보다."

"뭐시여? 니 지금 뭐라고 했냐. 염병? 빽따구? 이 시러벨 잡놈 대글빡을 확 뽀사브끄나!"

서로 부모와 조상의 안부를 묻고 생식기의 안녕을 확인하는 다채로운 욕설의 향연이 펼쳐지는 가운데, 계장은 더는 감당 못하겠다는 듯 질린 표정을 지으며 양손으로 머리를 감싸쥐었다. 여기는 검사가 두 명밖에 없는 작은 지청이고, 평균 연령 육칠십대에 육박하는 바닷가 마을로 둘러싸여 있다 보니 접수되는 사건도 오늘처럼 어촌 주민 간의 사소한 다툼이 많았다.

201호 주임검사의 원칙은 양로원 선풍기가 고장 난 사건도 대기업 총수가 수조 원을 횡령한 사건과 동등한 사명감과 책임감으로 수사에 임해야 한다는 것이었기에, 고소장을 들고 찾아온 이를 문전박대하는 일은 용납되지 않았다. 그렇다고 해서 진짜 양식장으로 현장 조사를 나가 통발에 묻은 DNA를 채취하고, 김 양식장 주인의 집을 압수수색할 수는 없는 노릇 아닌가. 계장이 한창 난감해하는데, 복도에서 차분한 구둣발 소리가 들리더니 천천히 문이 열렸다.

"계장님, 아직 조사 안 끝났나요?"

문 뒤에는 검은 선글라스를 멋스럽게 쓴 강한이 새하얀 목줄을 쥐고 서 있었다. 그 목줄의 끝에는, 복슬복슬한 황금빛 털이 사랑스러운 웃는 인상의 골든레트리버가 꼬리를 흔들며 매여 있었다. 강한의 안내견으로 재탄생한 코난이었다.

"아, 네. 검사님. 죄송합니다. 시민위원회 하시고 오시는 동안 어떻게든 끝내려고 했는데요. 피고소인이 자백하질 않아서……."

"시방 누구더러 피고소인, 피고소인한당가? 나가 저노무 영감탱이를 무고로 맞고소할 것이여!"

아까부터 내내 흥분을 가라앉히지 못하던 김 양식장 주인이 피고소인이라 불린 것에 발끈하며 언성을 높였다. 외부 소란에 민감하게 반응하도록 훈련된 코난이 제자리에서 펄쩍 뛰어오르며 컹컹 짖었지만, 정작 여기 있는 누구보다 청각이 예민한 강한은 미동도 하지 않고 침착했다.

"그런데 이 방에서 매운탕 냄새가 진동하네요. 혹시 매운탕 드시고 오신 분 계십니까?"

강한의 입술 사이에서 '매운탕'이라는 단어가 나오자마자, 부루통한 얼굴로 서 있던 김 양식장 주인의 어깨가 경련을 일으키듯 움찔거렸다. 그 모습을 포착한 생선 양식장 주인의 눈이 번쩍 뜨였음은 물론이었다. 생선 양식장 주인은 조금 전 대질조사할 때보다 훨씬 기운찬 몸짓으로 김 양식장 주인을 향해 마구 삿대질을 해댔다.

"이놈이여! 이 육시랄 놈이 내 물괴기로 매운탕을 끓여 처묵었구만! 비렁뱅이 똥구멍서 콩나물 빼묵을 놈아! 검사 선상, 이 도둑놈을 싸게 잡아다가 깜빵에 보내버리소!"

"허버, 참말로, 지랄들을 하고 앉았당게. 어제 새벽에 안주로 해묵은 매운탕이 지금꺼정 냄새가 남아 있당가. 똥 싸다 풍 맞을 인간이 말은 잘도 갖다붙이제."

김 양식장 주인은 옷소매를 끌어당겨 킁킁 냄새를 맡아보더니, 강한이 허풍을 치는 게 확실하다고 판단했는지 금세 자신감을 되찾았다. 그러나 강한의 신문은 이제 시작일 뿐이었다.

"어제 새벽에 매운탕을 드시긴 했다는 거군요? 장날은 다음주인 걸로 알고 있는데, 그 시간대에 싱싱한 생선을 어디서 구하셨을까요?"

"워메, 검사 양반. 시골 사람이라고 무시하지 마소. 요새는 우리 같은 늙은이들도 다 슈퍼마켓에서 장 보지라. 전날 저녁에 사뒀다가 출출헝께 끓여 먹었는디, 뭐시기 문제 있당가? 매운탕 끓여 먹으면 다 도둑놈이당가? 꼬투리 못 잡아 안달 난 똥강생이맨치로 그라지 말랑께."

이런, 생각보다 만만치 않은 신문 상대였다. 어촌에서야 널린 게 생선이고 라면 끓이듯 손쉽게 끓여 먹는 게 매운탕이니 피고소인의 변론에도 충분한 신빙성이 있었다. 강한은 허공으로 뻗은 손을 신중하게 더듬어 두 노인의 옆에 놓인 빈 의자를 찾았다. 강한이 의자 끄트머리에 걸터앉자, 코난은 주인을 지키겠다는 듯 자연스럽게 그의 발아래 쭈그리고 앉았다.

"자, 어르신. 잠깐 손을 잡아봐도 되겠습니까?"

강한은 정중하게 양해를 구하더니, 대뜸 김 양식장 노인의 손을 잡았다. 분명 앞이 보이지 않는데도, 노인의 목소리가 들려오는 방향과 각도를 가늠해 정확히 그의 손을 찾아내는 것이 꼭 마술 같았다. 얼떨결에 손을 잡혀버린 김 양식장 노인은 남자다운 인상과는 사뭇 다르게 부드럽고 섬세하게 손등을 매만지는 강한을 쳐다보며 어쩔 줄 몰라 했다.

"손등에 작은 생채기가 있군요. 아직 딱지가 앉지 않은 걸 보니 새로 생긴 상처 같은데요. 꺼칠한 소재의 밧줄이나 굵고 단단한 섬유에 긁히면 피부 표면이 이렇게 방사형으로 벗겨지죠. 깜깜한 곳에서 급히 투망 매듭을 푸느라 생긴 찰과상인 것으로 짐작되는데, 어떻습니까?"

"그, 그건, 마누라가 물질하는디 도와달라고 혀서……."

"이제 그만하시죠. 두 분 중 어느 쪽이 거짓말을 하고 있는지는 처음 이 방에 들어올 때부터 알 수 있었습니다. 어르신이 긴장하면서 흘리는 땀 냄새, 불필요하게 높아진 목소리 톤과 감출 수 없는 떨림, 뭐가 그렇게 불안한지 연신 다리를 떠는 진동이 고스란히 느껴졌거든요."

"……."

강한의 논리정연한 지적에, 김 양식장 노인은 사시나무처럼 떨고 있던 다리를 우뚝 멈추었다. 나무옹이처럼 주름진 얼굴에 부끄러운 듯 홍조가 번져 목덜미까지 벌게졌지만, 물론 강한은 그걸 볼 수 없었다. 그는 노인의 침묵 속에서 감정의 변화를 읽고 말투를 한결 누그러뜨렸다.

"물론 거짓말하시는 것도 자유이고 권리입니다. 하지만 고소장이 정식 접수되어 이 사건을 인지하게 된다면, 전 어르신의 집에서 양식장까지 가는 길에 설치된 공용 CCTV를 전부 확인하고 휴대전화 발신기지국 위치도 추적해서 어젯밤에 어디 계셨는지 밝혀내고야 말 겁니다."

강한이 한마디 한마디 힘주어 말할 때마다, 김 양식장 주인의 입은 턱이 빠진 것처럼 스르르 벌어져 다물어질 줄을 몰랐다. 기껏 생선 몇 마리 잡는 게 뭐 대수겠냐고, 검찰청 사람들은 바빠서 이런 일에는 신경도 쓰지 않을 거라고 믿었던 게 오산이었던 것이다. 강한은 순식간에 기세가 수그러든 김 양식장 주인이 조금 우스웠지만, 모른 척하고 계속 진지하게 읊조렸다.

"양식장도 엄연한 건조물이니 야간건조물침입절도죄가 적용되면, 법정형은 징역 10년 이하입니다. 벌금형은 없고요. 나중에 집행유예를 받게 되더라도 일단 법정에 피고인으로 서셔야 한다는 얘깁니다. 댁에 할머님도 계시고, 자녀분과 손자, 손녀분들도 계실 텐데 그런 모습 보이고 싶진 않으시죠? 피해자분께 진심으로 사과하시고, 생선값을 물어주시는 게 어떨까요?"

김 양식장 노인의 체면을 완전히 꺾지는 않으면서 은근하고 효과적으로 압력을 가하는 노련한 스킬을 선보인 강한은, 이번에는 생선 양식장 주인을 향해 돌아앉으면서 걱정하듯 물었다.

"이 사건이 재판까지 가면 피해자분도 번거로우실 겁니다. 검찰청에서 조사받으시고, 법원에서 또 증언하셔야 하거든요. 거동도 불편하신 것 같은데, 먼 길 다녀도 괜찮으시겠습니까?"

퇴행성 관절염 때문에 보조기를 끌고 여기까지 온 김 양식장 주인은 그걸 어떻게 알았나 싶어 그만 두 눈이 휘둥그레졌다. 검찰청에 새로 온 젊은 검사가 무당 못지않게 용하다는 소문을 들었는데, 그게 헛소문이 아니었다.

강한이 의자에 앉으면서 바퀴가 밀려나는 소리를 들었고, 검찰청에 드나드는 민원인 중 보조기를 끌고 다니는 사람이 워낙 많기 때문에 쉽게 추론이 가능했다는 것을 노인으로서는 알 리 없었다. 노인은 존경과 경이에 가득 찬 눈으로 강한을 올려다보며 손을 휘휘 내저었다.

"오매, 아녀라. 그랴도 한동네 사람인디 깜빵 보낼 맴은 없고, 생선값만 지대로 물어주면 되지라. 안 그런가, 김씨? 돈 주고받는 것도 남사시럽고, 대포집에서 쐬주에 고기 푸짐하게 사."

"······미안혀게 됐어라. 우리 양식장 물 대논 게 자꾸 거그 양식장
으로 새가꼬 홧김에 그랬어라. 쪼깐한 붕어 딱 두 마리 잡았웅께, 성
님이 좋은 맴으로 용서해주쇼잉. 나가 한우 살팅게."

돈이나 이해관계보다는 감정에서 기인하는 동네 싸움이기에, 순
식간에 커진 만큼 순식간에 잦아들었다. 두 노인이 검사실을 나갈 때
쯤에는 이미 서로를 '성님, 아우'로 부르고 있었고, 알아보기도 어려
운 글씨로 삐뚤빼뚤 써왔던 고소장은 그대로 쓰레기통에 처박힌 후
였다. 어시장 한복판 같던 검사실이 조용해진 후, 계장은 강한을 향
해 혀를 내두르면서 감탄했다.

"어휴, 검사님은 정말 대단하십니다. 젊은 분이 이럴 때마다 짜증
한 번 안 내시고."

"이런 게 형사부 일상이고 재미 아니겠습니까. 사람 냄새 물씬 나
서 전 좋은걸요."

"사람 냄새 맡는 것도 하루 이틀이죠. 게다가 검사님은 대한민국
에서 제일 유명한 검사잖아요. 대통령 후보와 그 아들을 잡아넣으신
분인데, 어쩌다 이런 시골에 처박히게 되신 건지······."

푸념을 늘어놓던 계장은 실수했다 싶었는지 제 손으로 입을 막
으며 말을 멈추었지만, 강한은 뭐라 대꾸하지 않고 빙그레 웃을 뿐
이었다.

엄밀히 따지면 조 대표와 규진을 구속해서 기소한 건 강한이 아니
었다. 조 대표를 재물손괴죄 현행범으로 체포해 경찰관에게 인계하
긴 했지만, 강한은 그 후의 과정에서는 철저히 손을 뗐다. 수사 공
정성 논란이 다시 한번 일어나는 것을 막기 위해서였다.

그뿐만이 아니었다. 유미는 강한과 개인적 친분이 있다는 이유로,
이태리 검사는 조 대표 측과 관계가 있다는 이유로 수사에서 제외되

었다. 성암지방검찰청에는 성암시 초등학생 살인 사건과 연쇄 법조인 상해 시건, 그리고 조민국 대표 살인미수 사건을 한꺼번에 수사하기 위한 전담팀이 꾸려졌고, 사건의 무게가 막중한 만큼 대검찰청 강력부에서 직접 지휘에 나섰다.

"이기는 사람이 누군지는 중요하지 않아. 조민국과 조규진이 지는 게 중요한 거지."

강한은 수사 자문 역할로 들어오지 않겠냐는 제안을 받았을 때도 거절하면서 소원에게 그 이유를 그렇게 설명했다. 수사팀에서 양날의 검이라고 할 수 있는 강한을 영입하고 싶어할 만큼 길고 치열한 싸움이었다.

142

조규진은 한 건의 살인과 세 건의 특수상해, 한 건의 살인미수와 사체유기, 절도, 마약유통, 위조문서행사 등의 혐의로 구속 기소되었다. 지온유와 윤지영을 말로 속이거나 압박해서 자살하게 만든 건 형법상 살인으로 봐야 하는지 논란이 있어 공소장에서 빠졌다. 에스코트 걸의 목을 졸랐던 일은 피해 여성이 고소도, 진술도 극구 거부해서 수면에 올라오지 못했다.

조 대표에 대해서는 수사팀 내부에서도 오랫동안 논쟁이 벌어졌고, 결국 강한의 휴대전화에 대한 재물손괴와 황 원장에 대한 뇌물공여 혐의로만 불구속 기소되었다. 한 경감과 강한, 고 판사에게 증거를 무시하고 수사를 서두르도록 은근히 요구하고 한참 지난 후에 각종 편의를 제공한 것은 대가성이 인정되지 않는다고 해서 일찌감치 수사 대상에서 제외되었다. 그 밖의 자잘한 증거인멸 행위들도 아들을 위한 것이었기에 친족상도례가 적용되어 처벌이 불가능했다.

"어차피 그 사람은 무기징역형을 받은 거나 다름없어요. 정치 생명이 완전히 끝장났으니까."

조 대표도 규진과 함께 수갑을 차길 바랐던 세은은 그렇게 아쉬움을 달래려 했다. 강한과 소원이 진범을 추적해온 과정을 언론이 집요하게 취재하면서 숨겨진 조력자였던 그녀의 존재도 밝혀졌다. 당장 은둔 생활을 내팽개치고 시골에서 올라온 부모는 그녀를 붙잡고 몇 시간을 소리 내어 통곡했다. 남은 딸만큼은 모든 걸 잊고 행복해주길 바랐지만, 1년 전 사건이 매듭지어지지 않는 한, 그건 불가능하다는 걸 깨달은 데서 오는 회한과 고통과 슬픔의 눈물이었다.

세은의 말대로 조민국은 당 대표직에서 사임하고 사실상 정계에서 사형선고를 받았지만, 그렇다고 해서 쉽게 굴복하진 않았다. 그는 내로라하는 대형 로펌의 화려한 변호인단을 선임해 법정에 동행했고, 그들은 모든 증거를 탄핵하면서 혐의를 전면 부인했다. '증거물 보관의 연속성이 없다'며 특히 집중적으로 공격받은 DNA 증거는 결국 법정에서 채택되지 못했다.

"피고인의 공소사실 제1항에 대해서는 무죄, 나머지 공소사실에 대해서는 유죄를 인정하고, 인정되는 범죄만 보더라도 죄질이 매우 불량하나, 피고인의 나이가 어린 점과 초범인 점, 살인미수 피해자가 피고인에 대한 선처를 탄원하고 있는 점을 참작하여 형을 정하였습니다."

검찰은 규진에게 사형을 구형했지만, 1심 법원은 김별하의 살인 혐의에 대해서는 무죄를 선고하고 나머지 혐의에 대해서 징역 15년이라는 턱없이 부족한 형을 선고했다. 조 대표에게는 징역 6월, 집행유예 1년이 선고되었다. 선고가 이루어지자마자 대한민국 언론은 떠들썩하게 뒤집혔고, 피고인 측과 검찰 측 모두 즉시 항소해서 지금은 제2차 대전을 앞둔 상태였다.

"선배, 조사 끝났어? 시간 있으면 커피 한잔할래?"

다시 열린 201호 문틈 사이로, 옆방 202호 검사가 고개를 쏙 내밀면서 쾌활하게 물었다. 긴 머리를 가슴 아래까지 늘어뜨리고 아이보리색 여름 재킷을 걸친 유미는 예전보다 한결 어리고 생기에 차 보였다. 그녀의 왼쪽 검지에는 강한이 끼고 있는 것과 똑같은 디자인의 은백색 반지가 끼워져 있었다. 굴곡을 많이 겪었던 두 사람의 관계가 안정되었음을 보여주는 징표였다.

조 대표의 출마 선언 날, 유미는 긴급 차량 통제 조치를 발동시키기 위해 해서는 안 될 일을 했다. 조 대표의 유세 차량이 그 아들에 의해 해킹당했다고 주장해봤자 증거가 없으면 아무도 믿어주지 않을 게 뻔하니, 인천대교 인근 화학 공장에서 불산 가스가 누출됐다는 허위 보고를 한 것이다. 유미는 그 소식을 공장에서 일하는 익명의 제보자로부터 접했다고 거짓말을 했는데, 대검찰청 공안부로부터 확인 전화까지 받은 그 제보자는 다름 아닌 한정남 경감이었다.

"긴급 상황이긴 했지만, 허위 보고한 실책이 없어지는 건 아니죠. 책임질 건 책임지겠습니다."

유미는 시원하게 자신의 잘못을 인정했고, 공식적인 징계가 내려지진 않았지만 인사철도 아닌 시기에 이곳 해원지청으로 전보 명령을 받았다. 사실상 좌천이었지만, 때마침 복귀 명령을 받은 강한과 함께 이동하게 되었기에 유미는 오히려 반갑게 받아들였다. 도떼기시장마냥 붐비는 예식장이 아니라, 한적한 바닷가에서 단둘이 결혼식을 올리는 건 그녀의 오랜 꿈이었다.

"여기 전망은 아마 전국 최고일 거야. 이건 좌천이 아니라 영전이지. 안 그래, 오빠?"

지청 건물 옥상에 있는 노천카페로 강한을 데리고 나간 유미는 탁 트인 바다 전망을 보면서 가벼운 탄성을 내질렀다. 사건수는 적은 편이지만 검사수도 적은 탓에 수사와 공판, 그 외 외부 업무까지 모두 도맡아 해야 해서 오히려 더 일이 많은 게 지청의 특징이었다. 바쁜 일상 속에 가끔 푸른 바닷가를 보면서 커피 한잔을 마시고, 사건에 대해 의논하거나 이런저런 잡담을 하는 게 두 검사의 가장 큰 즐거움이자 낙이었다.

"자, 아이스 아메리카노. 그리고 오빠 앞으로 택배 온 것도 있는데 테이블 위에 올려놓을게."

"택배? 누군데?"

"에이, 스포일러 하면 재미없잖아. 직접 뜯어봐."

유미의 말에 강한은 고개를 갸웃거리면서 테이블 위에 놓인 택배 상자를 집어 들었다. 조심스럽게 포장지를 뜯자, 넓고 얄팍한 판때기 같은 것이 나왔다. 거칠거칠한 표면을 손끝으로 더듬어본 강한은 그것이 작은 스케치북만 한 크기의 캔버스란 사실을 깨달았다.

"소원이가 보낸 거구나."

단번에 정답을 알아맞힌 강한의 입가에 엷은 미소가 번졌다. 소원이 보내온 것은 이 세상에서 오직 강한만을 위한 선물, 바로 만질 수 있는 그림이었다. 캔버스 표면에 아크릴 물감을 몇 번이나 두껍게 덧입혀서 입체적인 형태를 표현했다.

소원이 며칠 밤을 꼬박 새워가며 정성스럽게 만들어냈을 윤곽을 가만히 만져보던 강한은, 캔버스 위에 그려진 것이 자신의 얼굴이라는 사실을 깨닫고 피식 웃었다. 이제는 눈으로 볼 수 없게 된 그 얼굴을, 소원의 그림을 통해 손으로 보게 된 것이다. 초상화 속 강한은 양손에 글러브를 끼고 우승 트로피를 든 채 복싱 링을 배경으로 위풍당당하게 서 있었다. 강한의 특징과 성격을 고스란히 살려낸 입체 유화를 보면서 유미도 감탄을 금치 못했다.

"어머, 잘 그렸네. 진짜 예술 작품 같아."

"예술은 무슨. 아직 멀었어. 미대는 그렇게 만만한 곳이 아니라고."

강한은 짐짓 엄격한 투로 말했지만, 두 손은 값비싼 보물을 다루는 것처럼 소중하게 캔버스를 어루만지고 있었다. 캔버스 뒤편에는 남자애답게 편지지 아닌 A4용지에 적은 편지가 끼워져 있었는데, 종이를 만져본 강한은 그게 점자로 쓰였다는 사실을 알고 조금 놀랐다.

형, 잘 지내요? 정 검사 누나도 잘 있죠? 나도 잘 지내요. 어버이날에도 안 써본 편지를 쓰려니 진짜 어색하네. 요새 복지관 다니면서 점자 배우는데, 혹시 틀린 글자 있으면 알아서 해석하세요.

띄어쓰기가 엉망진창인 점자도 점자지만, 소원이 복지관을 다닌다는 얘기에 강한은 못마땅한 듯 한쪽 눈썹을 슬쩍 들어 올렸다. 그런 강한을 눈앞에서 지켜보고 있기라도 한 것처럼, 소원의 편지는 능청스럽게 이어졌다.

아, 잔소리는 접어둬요. 형이 뭐라고 할지 다 아니까. 수업도 꼬박꼬박 듣고 그림도 열심히 그리고 있어요. 형한테 보낸 그림은 중간고사 과제로 낸 건데 A 받았다고요. 끝내주죠? 우리집 꼰대가 액자에 넣어서 걸어둔다는데, 생각만 해도 손발이 오그라드니까 그냥 형 줄게요.

'그럼, 그래야지. 어떻게 들어간 학교인데.'

강한은 점자를 읽으면서 연거푸 고개를 끄덕였다. 미대는 무슨 얼어 죽을 미대냐고, 전문대에 들어가 취직이나 하라는 소원의 아버지 대신 연말 내내 소원을 이끌고 입시를 치르러 다녔던 기억이 아직도 생생했다. 강한은 팔자에도 없는 학부모 노릇을 하려니 영 어색했고, 소원은 소원 나름대로 형편없는 내신 때문에 연이어 물을 먹고 의기 소침해진 상태였다.

그런데 이번에도 안 되면 포기하자면서 마지막으로 원서를 넣었던 실기 100퍼센트 입시 전형의 서울 변두리 미대에서 기적이 일어 났다. 될 대로 되라 하면서 어설픈 입시 미술 흉내를 집어치우고 제 마음 가는 대로 그려버린 소원의 그림이, 취향 독특한 어느 교수의 마음에 쏙 들어버린 것이다. 대한민국 미술계의 용인 범위는 강한이 생각했던 것보다 넓고 깊은 모양이었다.

"우워어어어어어! 말도 안 돼! 신종 보이스피싱은 아니겠지? 형, 나 붙었어요! 붙었다고오!!!"

거짓말 같은 합격통지를 받았을 때, 소원은 저도 모르게 괴성을 지르며 강한의 목에 매달렸고 강한은 그런 소원을 와락 껴안았다. 땀이 나도록 밀착해서 부둥켜안고 있던 두 남자는, 1분 남짓 지났을 때 비로소 자기들이 무슨 짓을 하고 있는지 깨닫고 동시에 화들 짝 놀랐다. 그리고 멋쩍은 헛기침을 하며 누가 먼저랄 것도 없이 떨 어져나갔다.

"마, 우리 소원이가 대학에 찰싹 붙었다꼬? 그라믄 내가 한턱 크 게 쏴야지 안 캤나!"

소원의 합격 소식을 들은 관장은 자기 손자 일처럼 기뻐하며 유미 와 세은까지 불러 삼겹살 파티를 열었다. 그리고 그 자리에서 소원은 관장과 강한으로부터 술을 잔뜩 받아 마시고 고주망태가 되었고, 엉 엉 울면서 세은에게 고백하는 만행을 저지르고야 말았다. 세은은 너

그렇게 웃으며 받아넘겼지만, 추태를 부리는 소원의 모습은 유미의 휴대전화에 고스란히 찍히고 말았다. 류소원 인생 최고의 자랑거리이자 최악의 흑역사로 기록된 그날을 흐뭇하게 되새기면서, 강한은 계속해서 편지를 읽어나갔다.

코난이 활동보조 역할을 제대로 하고 있는지 모르겠네요. 그게 얼마나 어렵고 힘들고 대단한 건데. 아무래도 직접 확인해봐야겠어요. 기숙사 친구들 데리고 한번 내려갈게요. 자식들이, 내가 그 유명한 검사님하고 '절친'이라는데 안 믿어주잖아요.

소원이 제 실력으로 당당하게 합격한 후로는 소원의 부친도 반대를 접고 그만 집으로 돌아오라고 했지만, 소원은 아버지의 제안도 강한의 제안도 뿌리치고 기숙사에 들어가는 것을 선택했다. 통학할 때 드는 교통비를 아끼고 자립심을 키우고 싶다는 이유에서였다.

소원이 짐을 싸던 날, 기숙사는 2인 1실이고 룸메이트는 랜덤으로 배정된다는 이야기를 들으며 강한은 내심 걱정했다. 소원의 욱하는 기질도 그렇고, 한때 연쇄 상해 사건의 피의자로 뉴스를 장식했던 것도 그렇고, 소원 자신도 온유의 죽음을 겪으면서 친구관계에 트라우마가 생기지는 않았을지 염려스러웠던 것이다.

"잘 들어, 류뚱. 대학에는 이상한 애들이 많아. 혹시 누가 괴롭히거나 시비를 걸어서 못 살겠으면, 상대하느라 애쓰지 말고 그냥 우리 집으로 돌아와. 알겠지?"

그러나 언제나 그래왔던 것처럼, 소원은 강한의 예측 범위를 뛰어넘었다. 소원은 온유의 죽음으로 인해 친구 사귀는 걸 무서워하게 된

게 아니라 오히려 친구의 존재를 귀중히 여기는 법을 배웠고, 허물없고 싹싹한 태도로 금세 과 안의 '인사이더'로 떠올랐다.

게다가 개성 강한 학생들이 모여 있는 미대에서 소원의 남다른 과거는 배척당하기는커녕 도리어 일종의 경외심을 불러일으키는 모양이었다. 싱그러운 잔디가 깔린 캠퍼스 언덕에서 피자를 시켜 먹으며, 친구들에게 둘러싸여 '광란과 공포의 인천대교 질주담'을 의기양양하게 늘어놓고 있을 소원의 모습이 두 눈에 선했다. 어엿한 대학생이 되었지만, 한때 강한이 알았던 못 말리는 사고뭉치 고등학생의 면모가 그 안에 아직 살아 있었다.

> 모레부터 여름방학이니까 그때 갈게요. 형이 이 택배를 받아볼 때쯤에 나도 거기 도착할지 모르겠네요. 이번엔 무면허 운전 아니고, 확실히 면허 따고 차 빌려서 갈 테니 걱정 말고요. 밥하고 술은 형이 책임지는 거죠?

편지의 마지막 문단을 읽은 강한은 흠칫 놀라면서 고개를 들었다. 정말 오늘 온다는 건지, 도대체 몇 명을 끌고 오겠다는 건지. 소원만큼 먹성 좋고 뻔뻔한 대학생들이 무더기로 내려와 관사를 점령하고 살림살이를 와구와구 뜯어먹을 거라는 생각에 몸서리가 쳐지려는 찰나, 옥상 문이 벌컥 열리면서 힘차게 그를 부르는 익숙한 목소리가 들렸다.

"형!"

곧이어 우르르 떼 지어 몰려드는 발걸음 소리. 아무리 적게 잡아도 예닐곱 명은 족히 될 것 같았다. 누가 그랬던가, 빈대는 죽지 않고 번식할 뿐이라고. 강한은 지끈지끈 아파오기 시작한 이마를 손가락

으로 지그시 누르면서 후회했다. 그때 1만 시간 봉사활동을 구형하
는 게 아니었다고.

— 끝

암흑검사 2

초판 1쇄 발행 2019년 10월 30일
초판 3쇄 발행 2022년 9월 30일

지은이 초연
발행인 이진수
펴낸이 황현수
기획 이수현 황예인
출판신고 2010년 8월 16일 제2015-000037호

펴낸곳 ㈜타인의취향
기획실장 최지연
마케팅 이유리 김현지 안이슬
디자인 데시그 이하나
주소 서울시 마포구 큰우물로75 성지빌딩 1406호
전화 02-6949-6014 **팩스** 02-6919-9058

ⓒ 초연, 2019

ISBN 979-11-6509-014-2 04810
         979-11-6509-012-8 (세트)